KNAUR

Von Julia Lange ist bereits folgender Titel erschienen:
Irrlichtfeuer

Über die Autorin:
Julia Lange ist Jahrgang 1983 und Ingenieurin für Nachrichtentechnik. Das zeigt sich auch an ihrer Neigung, ihren fantastischen Welten möglichst viel Realismus mitzugeben. Neben dem Schreiben arbeitet sie in einem Rechenzentrum, begeistert sich für unnützes Wissen und teilt sich den Garten mit mindestens dreißig Spatzen.

JULIA
LANGE

BLUT
GESANG

ROMAN

KNAUR

Besuchen Sie uns im Internet:
www.knaur.de
https://www.facebook.com/KnaurFantasy/
Instagram: @knaurfantasy

FSC
www.fsc.org
MIX
Papier aus verantwortungsvollen Quellen
FSC® C083411

Originalausgabe Februar 2019
Knaur Taschenbuch

Ein Imprint der Verlagsgruppe
Droemer Knaur GmbH & Co. KG, München

Dieses Werk wurde vermittelt durch die
Literarische Agentur Thomas Schlück GmbH, 30827 Garbsen.
Redaktion: Hanka Leo
Covergestaltung: © Guter Punkt, Stephanie Gauger,
unter Verwendung von Motiven von Shutterstock und Thinkstock
Satz: Adobe InDesign im Verlag
Druck und Bindung: CPI books GmbH, Leck
ISBN 978-3-426-52196-0

2 4 5 3 1

MIDEA

KAPITEL 1

Blut überzog die handlange, gebogene Klinge.

Elezei sank in die Hocke, und ihre Finger fuhren über den verzierten Metallgriff. Keine Zatarsi würde ihr Messer freiwillig zurücklassen – und doch lag es hier, neben einer Blutlache auf den abgewetzten Steinplatten des Innenhofs, in den Elezei ein Lied ihres Volkes geführt hatte.

Ein Stöhnen riss sie aus den Überlegungen.

Sie sah über die Schulter zu dem Mann, der zwischen ihr und dem Durchgang zur Straße lag. Trotz des spärlichen Lichts der Abenddämmerung war die Blutspur von der Lache vor Elezei bis zu ihm deutlich zu sehen.

Aber er war nicht ihr Problem.

Ihr Blick wanderte zurück zu der Klinge. Dann nahm sie diese auf und erhob sich. Rote Tropfen fielen auf den staubigen Stein zu ihren nackten Füßen. Sie würde das Messer ihrem Stamm bringen, denn die Azai wusste vielleicht, wem es gehörte, und würde erklären können, warum es hier in diesem Innenhof lag.

Schnelle Schritte lösten sich aus dem Durcheinander an Geräuschen, das für diesen Teil Mideas so typisch war und dessen Disharmonie Elezei meist auszublenden versuchte.

Sie ging an dem Mann vorbei, der allen Ernstes versuchte, mit seinen blutigen Fingern nach ihrer Pluderhose zu greifen.

Drei Hüter, zwei Männer und eine Frau, stürmten von der Straße in den Innenhof und blieben abrupt stehen.

Elezei ebenfalls, den Kopf hoch erhoben.

Die Blicke der Hüter bohrten sich in Elezei, während sich die Hände auf die Griffe der plumpen Dolche und Schwerter legten.

Elezeis Finger schlossen sich fest um das blutige Messer.

Der große Hüter, der sie um eine Handbreit überragte und die Schultern eines Ochsen hatte, sank neben dem verletzten Mideaner in die Hocke. »Er lebt.«

Die Hüterin, die eine ungewöhnlich helle Haut hatte, machte einen Schritt vor; der Dritte, der seine Haare gerade so am oberen Hinterkopf zusammenbinden konnte, trat neben sie, den Mund verächtlich verzogen. Als ob das darüber hinwegtäuschen könnte, dass er zu feige war, einer Zatarsi allein gegenüberzutreten.

»Was ist hier passiert?«, fragte die Hüterin.

»Ich habe ihn so gefunden.« Elezei lockerte den Griff um das Messer. Sie würde ihrem Stamm keine Schande bereiten und dessen Gesetze brechen, indem sie die Hüter angriff.

Der Verwundete richtete sich mit der Hilfe des Großen ein wenig auf. »Ich hab die Zatarsi ... aus Versehen ... angerempelt, und sie hat ... mich dann einfach ... angegriffen.«

»Kein Mideaner ist vergossenes Blut wert.« Elezei machte sich nicht die Mühe, die Verachtung in ihrer Stimme zu verbergen.

Die Hüterin verengte die Augen. »Warum seid Ihr dann hier? Ihr wollt mir hoffentlich nicht weismachen, diesen Verletzten zufällig gefunden zu haben? In einem Innenhof?«

»Ich bin einem Lied gefolgt. Der Mideaner lag bereits hier, genauso wie das Messer bei der Blutlache dort drüben.«

»Sie ... lügt.« Mit einem Stöhnen sank der Verwundete zurück.

In Elezei stieg Ärger auf, dass sie sich mit diesem ... Mann überhaupt abgeben musste.

»Hier steht sein Wort gegen Eures.« Die Hüterin sah zwischen ihnen hin und her. »Ihr werdet mit zur Festung kommen müssen.«

»Das werde ich nicht. Ich werde der Azai Bericht erstatten.« Nie wieder würde sie den Sitz der Hüter betreten.

»Du kannst nicht eure Gesetze über die Mideas stellen, Zatarsi.« Die herablassende und viel zu vertraute Stimme des dritten Hüters mit dem kurzen Zopf kroch unter ihre Haut – und weckte Erinnerungen an die Nacht vor einigen Sommern, als er gemeint hatte, sie Demut lehren zu müssen. Sofort glaubte Elezei, wieder den kalten Stein der Zelle unter ihren Knien zu spüren ...

Etwas in ihr zerbrach. Scham und Hass fluteten ihr Inneres.

Sie warf das Messer, das nicht zum Werfen gedacht war.

Es verfehlte die verächtliche Miene des Hüters, flog knapp an ihm vorbei und fiel klirrend zu Boden.

Elezeis Kehle entwich ein Zischen.

Dann tauchte sie unter den zugreifenden Händen der Hüterin hindurch und schlug mit ihren breiten Armreifen den Dolch des Dritten beiseite, bevor sie an ihm vorbei auf die Straße stürmte. Weg von den Hütern, die sie in ihre Festung bringen wollten!

Sie stieß einen Mideaner aus dem Weg und schlug einen Haken um eine Gruppe spielender Kinder, während ihre Füße wie von selbst den Weg zum Zatarsi-Viertel einschlugen.

Elezei beschleunigte, bis sie geradezu über das Pflaster flog. Mit jedem Meter, den sie zurücklegte, verblassten die Erinnerungen und die Stimme des Hüters, bis nur noch der Rhythmus ihrer Schritte, ihres Atems und ihres Herzens blieb.

Am Ende der Straße tauchten die vertrauten Kuppeldächer auf.

Ein Fluch erklang hinter ihr, erinnerte sie an ihre Verfolger. Was war eigentlich in sie gefahren? Warum hatte sie sich von dem Hüter so aus der Fassung bringen lassen?

Elezei rannte über die Brücke des Kanals, hinter dem das Viertel ihres Stammes begann. Mit wenigen Sätzen war sie beim ersten Haus und griff nach einem Sims, über den sie sich auf den Balkon zog, um von dort auf das Dach zu gelangen.

Deutlich hörbar folgten ihr zwei der Hüter hinauf. »Verdammt, bleibt stehen!«

Elezei rannte das schmale Band entlang, das die Kuppel des Hauses umschloss, und sprang auf das nächste Dach. Ihre nackten Füße spürten all die vertrauten Unebenheiten, trugen sie über bekannte Abgründe hinweg und gaben ihr Halt auf steinernen Simsen, die nach all den Jahren der Übung für die Klingenduelle kaum anders als die Straßen unter ihr waren.

Drei Dächer weiter blieb Elezei stehen und drehte sich um, sodass sie gegen die tief stehende Sonne die beiden Schemen der näher kommenden Hüter erkennen konnte. Die Frau und der mit dem kurzen Pferdeschwanz. Natürlich er.

Dann bemerkte sie, dass das Viertel um sie herum den Atem anhielt. Keine Musik. Keine Stimmen. Nur die Schritte der Hüter und gespannte Stille, weil alle lauschten. Es musste wie eine feige Flucht wirken.

Elezeis Hand wanderte zu ihrem eigenen Messer hinten am Gürtel. Immer deutlicher sah sie das fein geschnittene Gesicht des Hüters, voller Verachtung. Ein einziger Schnitt, einmal quer hindurch. Das würde dieses Mal ihn Demut lehren.

Sie verengte die Augen und lief los, direkt auf die Hüter zu, die für einen Moment überrascht aussahen, dann aber anhielten und die Hände auf ihre Waffengriffe legten. Ein Fehler.

Kurz bevor Elezei die beiden erreichte, bog sie nach rechts und rannte um ein Kuppeldach herum. So verlockend es auch war, sie würde nicht noch einmal die Gesetze ihres Stammes brechen.

Das Geräusch der Schritte setzte wieder ein und folgte ihr zuverlässig.

Elezei jagte direkt auf die untergehende Sonne zu. Ihre Füße fanden sicher den Weg über die Dächer, während die Wärme durch ihre Sohlen in den Körper drang. Sie flog nur so dahin und genoss das Gefühl der Freiheit.

Sie stieß sich ab und setzte über einen der Abgründe hinweg, die sie meist erst sah, wenn sie schon in der Luft war. Aber sie kannte jeden Schritt hier. Sie war nur einmal während der Vorbereitung für ihr erstes Klingenduell danebengetreten. Es würde kein zweites Mal geben.

Wie erwartet wurden die Schritte hinter ihr nicht nur langsamer, sondern fielen immer weiter zurück. Dafür nahmen die Flüche zu.

Elezei lauschte, bis die Hüter auf einem der Balkone landeten und damit außer Sicht waren. Dann umrundete sie eine Kuppel und sank in die Hocke, den Kopf mit geschlossenen Augen gegen den warmen Stein gelehnt.

Ein Schaben und Scharren, als die beiden wieder auf die Dächer kletterten.

»Sie war gerade noch da.« Der Hüter spukte hörbar aus. »Verfluchte Zatarsi!«

Der Krach, den die beiden machten, während sie mit ihren Stiefeln über die Dächer eilten und über Abgründe sprangen, verriet ihre Position genau. Einmal kamen sie ihr nahe, doch als Elezei schon ihre Muskeln anspannte, um aufzuspringen, machten sie kehrt.

Ein weiter Fluch ertönte. »Das können wir abbrechen.«

»Vermutlich.« Der Frust war deutlich in der Stimme der Hüterin zu hören. »Meister Lucio wird nicht erfreut sein.«

Elezei unterdrückte ein Lachen. So schnell gaben sie also auf. Auch wenn sie Kämpfer waren, so blieben sie doch Mideaner.

Die Geräusche verrieten, dass die beiden über einen Balkon nach unten kletterten. Dann hallten ihre Schritte und ein kurzes Gemurmel von der Straße herauf. Die einzigen Geräusche im näheren Umkreis. Was die Zatarsi daraus wohl für Geschichten spannen?

Elezei öffnete die Augen und ließ sich in einen bequemen Sitz nieder. Vor ihr brachten die letzten Sonnenstrahlen nicht nur das Zatarsi-Viertel zum Leuchten, sondern auch den Rest Mideas mit seinen flachen Ziegeldächern und unzähligen Türmen, zwischen denen die trutzige Festung der Hüter thronte.

Nach und nach erhob sich um sie herum wieder die Musik, die sich zusammen mit Stimmen, Lachen und Möwenrufen zu der einzigartigen Harmonie des Viertels verwob.

Mit einem letzten Aufstrahlen verschwand die Sonne. Und während die Dunkelheit von Osten herankroch, kam vom Taviasee her eine leichte Brise auf, die Elezeis Erinnerungen an die Nacht in der Festung wegtrug. Es war vorbei – denn die Hüter würden sie nie wieder in die Hände bekommen.

* * *

Adorata umrundete den Häuserblock, während sich ihr Atem von der Jagd beruhigte. Entweder war die Zatarsi schon längst weg, oder sie versteckte sich auf einem der unzähligen Balkone, auf die man von unten selten Einsicht hatte.

Mit einem Fluch, der auch der Zatarsi galt, rieb sie sich ihr schmerzendes Schienbein, das sie sich an einer Dachkante geprellt hatte. Kein Training und kein Alltag hatten sie auf eine Verfolgungsjagd über Dächer vorbereitet.

Schließlich erreichte sie wieder die Stelle, wo sie sich von Fedon getrennt hatte, der ihr nun mit einem Kopfschütteln entgegenkam. Auch wenn sie es hasste aufzugeben, waren die Regeln der Hüter in solch einer Situation klar. Vor allem da sie nur zu zweit waren und sich die Dunkelheit über die Straßen senkte.

Sie warf einen letzten Blick in die Höhe zu den Kuppeldächern, wo die Zatarsi sie und Fedon abgehängt hatte. So ungewöhnlich Flucht für eine dieses Stammes auch war – laut Adoratas Erfahrungen als Hüterin bestätigte ein solches Verhalten die Schuld.

Gemeinsam machten sie sich auf den Weg zum Ausgang des Viertels. Wie ein sanftes Murmeln hingen Stimmen und Musik in der Luft, die immer noch eine gewisse Fremdartigkeit enthielten. Wenn es sich nach über zwei Jahrhunderten Zusammenlebens nur darauf beschränken würde …

Vereinzelt kamen ihnen Zatarsi mit hoch erhobenen Köpfen entgegen, deren kunstvolle Goldreife an Hals, Armen und Fußgelenken im Licht der Laternen leuchteten. Und auch wenn die schwarzen Augen gerade in den Schatten lagen, kannte Adorata die Abneigung gegenüber Mideanern, die darin lag, sehr gut. Genauso wie die Feindseligkeit gegenüber dem Hütergrau ihrer Tunika.

Unweit von ihnen erhob sich Gesang, dessen Kraft und Stolz Adorata wieder wundern ließen, warum die Zatarsi vorhin davongerannt war. Denn egal, ob schuldig oder nicht – Flucht war in den Augen dieses Volkes nichts anderes als ein Zeichen von Schwäche.

Über eine Brücke, unter der stinkende Kanalbrühe stand, verließen sie das Zatarsi-Viertel, wo jedes gesprochene Wort viel zu viele Ohren erreichte.

Adorata atmete auf, als wieder die zwei- und dreistöckigen Häuser mit den flachen Ziegeldächern die belebten Straßen säumten, die mit Lampions, Blumen und Baldachinen in allen Farben geschmückt waren. Das hier war das richtige Midea.

Fedon und sie fielen in einen Laufschritt über das Pflaster der Hauptstraße, die sich zu dieser frühen Abendstunde mit flanierenden und lachenden Passanten füllte, während aus vielen Ecken Musik heranhallte. Eingängige Melodien, denen die Kunstfertigkeit und die Spur Fremdartigkeit der Zatarsi fehlten.

Adorata bremste ein wenig, als sie durch eine Traube Menschen mussten, die sich vor einer noch leeren Straßenbühne gebildet hatte. Respektvoll und nur wenig widerwillig machte man ihnen Platz.

Ein Junge an der Hand seines Vaters präsentierte stolz sein Holzschwert.

Adorata winkte ihm zu und wurde mit einem Strahlen belohnt.

Als sie an der nächsten Kreuzung abbogen, erhob sich vor ihnen der Schatten der Festung, dessen Flammenkranz aus Feuerkörben den Rest des Sonnenuntergangs überstrahlte. Immer noch zogen dort Tag und Nacht Wachen ihre Runden, auch wenn es seit Generationen im Kaiserreich Amaria keine Drachen mehr gab.

Sie nahmen die kurze Straße, die direkt auf das Tor zuführte. Die massiven Torflügel standen offen, und neben den Feuerkörben auf beiden Seiten standen zwei Kameraden, die mit einem Grinsen salutierten.

»So früh schon wieder zurück?«, rief einer ihnen zu.

»Probleme.« Adorata wartete keine Erwiderung ab, sondern eilte durch den von Fackeln erhellten Hof und durch ein weiteres Tor in die Eingangshalle, vorbei an drei Kameraden, die hier ihren Wachdienst taten.

Gemeinsam mit Fedon nahm sie einen der Gänge, der tiefer in die Festung führte und an einer Treppe endete, deren ausgetretene Steinstufen sie hinauf in den ersten Stock führten. Oben angekommen, spürte Adorata wieder ihr geprelltes Schienbein. Warum hatte die Zatarsi nicht wie andere Täter durch die Straßen flüchten können?

Sie folgten einem kurzen Korridor, an dessen grauen Steinwänden in regelmäßigen Abständen rußende Öllampen angebracht waren und dessen Boden unzählige Füße glatt geschliffen hatten.

Vor den Räumen des Meisters der Gerechtigkeit blieben sie stehen und klopften an.

Kurz darauf öffnete sich die Tür, und sie standen Meister Lucio gegenüber, dessen weiße Schläfen im Dämmerlicht des Ganges beinahe leuchteten.

»Adorata. Fedon.« Seine Stimme war so farblos wie das Hütergrau seiner Tunika. »Ist es wichtig, oder kann es noch eine Stunde warten?«

»Wir hatten einen Vorfall mit einer Zatarsi.«

Das Gesicht von Meister Lucio verdunkelte sich, dann trat er beiseite und winkte sie in das großzügige, aber spartanisch eingerichtete Zimmer mit den massiven Deckenbalken, deren Holz Zeit und Lampenruß dunkel gefärbt hatten.

Großmeister Gerion stand vor dem schmalen Fenster, das kaum mehr war als ein Schlitz in den meterdicken Mauern, und blickte ihnen entgegen.

Adorata und Fedon salutierten, die rechte Faust über dem Herzen. Vielleicht war es gar nicht schlecht, dass das Oberhaupt der Hüter bei der Besprechung dieser ungewöhnlichen Sache anwesend war.

Meister Lucio baute sich hinter dem runden Tisch auf, in den die Karte Mideas eingelegt war – und die man vermutlich schon wieder hätte erweitern müssen.

»Dann berichtet.«

»Wir waren auf Patrouille im Tavernenviertel, als uns ein Mädchen alarmierte und zu einem Innenhof führte. Dort haben wir eine Zatarsi ertappt, die augenscheinlich einen Mideaner angegriffen hatte. Als wir sie und den Verletzten zu weiteren Befragungen mitnehmen wollten, ist sie geflohen. In ihr Viertel.«

»Und hat uns dort abgehängt und sich dann verkrochen«, ergänzte Fedon.

»Und der Mideaner?«

»Natale ist bei ihm.«

»Gut, dann sorgt dafür, dass er zur Festung kommt und medizinisch versorgt wird. Ich kümmere mich um die Zatarsi.«

Am liebsten hätte Adorata sich an der Abriegelung des Viertels sowie der anschließenden Suchaktion beteiligt, doch die Regeln verlangten, dass sie sich erst um den verwundeten Mideaner zu kümmern und anschließend ihre Patrouille zu beenden hatte.

Nach einem zweiten Salutieren verließen sie und Fedon die Räume des Meisters und kurz darauf auch die Festung, um sich unter das Leben in den Straßen zu mischen.

»Wir hätten sie einfach vor dem Sitz der Azai abfangen sollen«, durchbrach Fedon das Schweigen.

»Und sie dann zu zweit unter den Augen aller Zatarsi mitnehmen?«

»Dann verstünden die Wilden vielleicht mal, dass die Gesetze Mideas nicht nur irgendwelche Richtlinien sind.«

»Ich glaube, dass Meister Lucio davon alles andere als begeistert gewesen wäre.«

»Leider. Wenn ich Meister der Gerechtigkeit wäre ...«

»... dann wäre ich Kaiserin von Amaria.«

Ein Grinsen huschte über Fedons Gesicht. »Ist vermutlich sogar wahrscheinlicher.«

Ein Wirt, der bestickte Sitzkissen vor seinem Teehaus gerade rückte, nickte ihnen zu. Hier, außerhalb des Zatarsi-Viertels, zeigte selten jemand seine Abneigung gegenüber den Hütern, auch wenn die bei Einzelnen sicher vorhanden war. Vor allem bei den Taschendieben, derentwegen Adorata mit Fedon und Natale am zweiten Tag jeder Woche die Runde durch diese Straßen drehte, wo sich Taverne an Taverne reihte.

»Was macht Natale hier?«, fragte Fedon plötzlich.

Adorata brauchte einen Moment, bevor sie ihn am Eingang einer Gasse entdeckte. Im Licht mehrerer grüner und gelber Lampions war sein finsteres Gesicht deutlich zu sehen.

»Natale!«

Dieser fuhr wie ertappt herum, dann kam er auf sie zu.

Suchend sah sich Adorata um. »Wo ist der Zeuge?«

Er zuckte hilflos mit den Schultern. »Weg.«

»Was meinst du damit?«

»Er sagte, er wäre kräftig genug, mit mir in die Festung zu gehen, und dass das mit dem Blut schlimmer aussieht, als es ist. Wir waren gerade hier, als eine Frau einen Kleinkrieg mit einer Weinverkäuferin anfing. Ich bat den Zeugen, hier kurz zu warten.« Natale deutete auf Fässer, die vor einer Hauswand gestapelt waren.

»Und?«

»Als ich die Frau und die Weinhändlerin beruhigt hatte, war er weg. Keine Spur mehr.«

»Wie lange ist das her?«

»Zu lange. Hab schon alles abgesucht.«

»Sicher Angst bekommen, weil er Dreck am Stecken hat.« Fedon schnaubte.

Adorata seufzte. »Das ist ja echt super, wenn beide Beteiligten verschwunden sind.«

»Beide?« Natale sah fragend zwischen ihnen hin und her.

»Die Zatarsi hat sich wie eine Kanalratte in ihrem Viertel verkrochen«, sagte Fedon.

»Sie ist über die Dächer geflohen, wo sie sich einfach besser auskennt«, fügte Adorata hinzu. »Dabei passen Flucht und Zatarsi so wenig zusammen wie du und Bücher.«

Natale grinste kurz. »Ich vergesse immer wieder, dass sie nicht nur begnadete Musiker sind.«

»Das tun doch die meisten«, sagte Adorata. »Kaum ein Mideaner bekommt die Erlaubnis, bei einem der zatarsischen Klingenduelle zuzusehen.«

»Diese Messerkämpfe, wo keine Männer dabei sein dürfen?«

Adorata nickte. »Einmal hat mich Meisterin Evantia mitgenommen. Es war schon beeindruckend, gleichzeitig kunstfertig und barbarisch. Und alles nur, um einen höheren Rang und damit mehr Zeit für Musik zu erlangen.«

»Dann braucht es mich vermutlich nicht zu wundern, dass sie deinen Dolch wortwörtlich mit links abgewehrt hat«, meinte Natale.

Fedons Gesicht verdunkelte sich. »Glück.«

Adorata dachte an den langen Zopf der Geflüchteten, der vom Scheitel an mit sicher zwei Dutzend Goldringen umschlossen gewesen war. Jemand, der viele Klingenduelle gewonnen hatte – und dann abgehauen war, als es unangenehm wurde.

»Wer von uns berichtet Meister Lucio?«

»Der, der fragt.« Fedon schlug Natale auf die Schulter.

»Vergiss es. Ich habe es das letzte Mal gemacht, als diese Malerin darauf bestanden hat, dass Häuserfassaden ihre Leinwände sind.«

»Und ich habe das Protokoll dazu schreiben dürfen«, ergänzte Adorata.

Fedon grummelte. »Dann bleibt es also an mir hängen.«

»Richtig.« Natale reichte ihm das Zatarsi-Messer, an dessen Schneide immer noch Blut klebte. »Immerhin muss ich Meister Lucio so nicht selbst gestehen, was für ein Idiot ich gewesen bin, weil ich nicht auf euch gewartet habe, wie es sich gehört.«

»Ich werde dir seine Reaktion haarklein berichten.« Fedon grinste. »Aber ein bisschen wirst du leider noch warten müssen, da er sich gerade um die Zatarsi kümmert.«

Gemeinsam machten sie sich auf den Rückweg zur Festung, wobei sie einen weiteren der unzähligen Kanäle Mideas überquerten, dessen stehende Brühe dank der Trockenzeit erbärmlich stank. Da half auch der süße Duft des Jasmins nicht, der sich um das Geländer rankte. Die Mischung erinnerte Adorata an Verwesungsgeruch, was ihrem leeren Magen so kurz vor dem Abendessen nicht gut tat.

»Kam eigentlich nur mir das Gesicht der Zatarsi bekannt vor?«, fragte Natale plötzlich. »Ich weiß bloß nicht, woher …«

»Mir nicht«, sagte Adorata. Mit den schwarzen Augen und der hochgewachsenen Gestalt sowie der bronzenen Haut, wie sie Mideanern eigen war, sah die Zatarsi typisch aus für eine ihres Stammes. Nichts an ihr war ungewöhnlich oder auffällig.

»Vielleicht von früher«, sagte Natale. »Eine der Musikerinnen im Haus meiner Familie oder so.«

Fedon schwieg, das Gesicht verschlossen. Die anderen beiden kannten dieses Schweigen.

»Du weißt, woher«, meinte Natale.

Fedon knurrte etwas Unverständliches.

»Gut, dann eben nicht. Mir wird es schon wieder einfallen.«

Adoratas Gedanken hingen ebenfalls bei der Zatarsi, aber vielmehr bei der Frage, warum diese geflohen war. Eher hätte Adorata eine Beleidigung erwartet. Oder sogar einen Angriff.

»Warum gibt es eigentlich diese dämliche Sonderregel, dass wir alles, was die Zatarsi betrifft, an den Meister der Gerechtigkeit abgeben müssen, damit der dann entscheidet, ob überhaupt die Hüter dafür zuständig sind?« Sie wich einem Liebespaar aus, das ineinander versunken in der Mitte der Straße stand. »Warum können wir der Sache nicht einfach selbst nachgehen?«

Fedon rollte mit den Augen. Vermutlich, weil sie das Thema nicht zum ersten oder zweiten Mal ansprach. Aber noch nie hatte es sie so direkt betroffen.

»Wie willst du denn bei denen weiterkommen?«, fragte Natale. »Die Azai und ihre beiden Sesai bringen den Meistern vielleicht noch einen gewissen Respekt entgegen, aber uns …? Wir sind für die kaum mehr als Kanalratten. Die würden garantiert nicht mit uns zusammenarbeiten.«

»Weil die Wilden denken, sie stehen über uns und den Gesetzen Mideas.« Fedon spuckte aus. »Dabei sollten sie es langsam mal kapiert haben, so lange, wie sie schon hier sind.«

Manchmal konnte Adorata Fedons Hass auf die Zatarsi nicht nachvollziehen. Trotz ihrer arroganten Art und eigenen Lebensweise kamen sie äußerst selten mit dem Gesetz in Konflikt, bereicherten Midea aber mit ihrem außergewöhnlichen Musiktalent.

»Außerdem wird Meister Lucio nicht gegen die Regeln verstoßen«, ergänzte Natale. »Zatarsi-Angelegenheiten sind seit … immer die Sache des Meisters der Gerechtigkeit.«

»Aber die Zeiten können sich ändern. Sonst gäbe es auch keine Frauen bei den Hütern, keinen Frieden mit den Wüstenreichen und auch nicht diese Stadt.«

»Er wird dir den Fall aber nicht lassen«, sagte Natale. »Diese Regel über die Zatarsi riecht nur so nach dunklen Geheimnissen.«

Adorata lachte. »Du übertreibst. Das sind eher festgefahrene Strukturen. Und irgendwann muss die jemand aufbrechen und ändern.«

»Aber ich bezweifle, dass du das sein wirst.«

»Wir werden sehen.«

* * *

Mit einem breiten Grinsen drehte sich Valerian um, den frisch entkorkten Wein in der Hand. »Warum habe ich eigentlich noch nichts von dem sicher netten Konzertvormittag deiner Familie heute gehört?«

Timeon stöhnte auf. »Erinnere mich nicht daran.«

Valerian durchquerte das Terrassenzimmer, das die mehrflammigen Öllampen, die von der bemalten Decke hingen, in ein warmes Licht tauchten, und blieb vor seinem Freund stehen, der sich auf eines der Sitzkissen an dem niedrigen Tisch gelümmelt hatte.

Dieser sah scheinbar interessiert durch die offenen Flügeltüren, hinter denen das letzte Tageslicht den Garten erhellte.

»Ist dir wieder eine Saite gerissen?«, fragte Valerian.

»Nein …« Timeon sah gequält auf. »Ich hatte eine reizende Begegnung mit einer Zatarsi.«

Valerian ließ sich auf ein Sitzkissen nieder und schenkte von dem Wein ein, bevor er die Flasche abstellte. »Mit einer von denen, die deine Mutter immer zu ihren Konzerten einlädt?«

»Ja. Ich war so dämlich, ihr ein Kompliment für ihr Flötenspiel zu machen, und sie sah mich an, als ob ich sie beleidigt hätte.« Timeon seufzte. »Da ist jeder Straßenköter dankbarer.«

»Zatarsi eben.« Valerian feixte, als er sich bildlich vorstellte, wie sein Freund versuchte, eine dieser barbarischen Frauen mit den gleichen Worten zu umgarnen wie eine Mideanerin.

»Ich habe schon lange nicht mehr eine derart perfekte Musik gehört. Sie hat mein Herz durchbohrt.«

Valerian beugte sich über den niedrigen Tisch. »Soll ich dir ein Geheimnis verraten? Du kennst die Wilden und ihre Arroganz schon lange genug, um zu wissen, dass du dich da nur zum Affen machen kannst.«

Timeon schlug halbherzig nach Valerian und fegte dabei das Weinglas herunter, das klirrend auf dem Marmorboden zersprang.

Mit gespieltem Bedauern sah Valerian auf die Scherben, dann zu Timeon und schüttelte den Kopf. »Du weißt den besten Tropfen einfach nicht zu schätzen.«

»Da färbt sicher die Zatarsi auf mich ab. Genauso wie auf das jetzt.« Er griff nach der Flasche auf dem niedrigen Tisch und nahm einen kräftigen Schluck.

»Deine Ausreden waren schon immer so schlecht wie dein Kleidergeschmack.« Was heute neben der goldschimmernden Pluderhose eine knielange Tunika bewies, deren Pfefferminzgrün absolut nicht zu der bronzenen Haut eines Mideaners passte.

Timeon grinste.

Valerian versuchte ihm den Wein zu entreißen, doch sein Freund beugte sich nach hinten, die Flasche so weit es ging von sich gestreckt.

»Dein Arm ist zu kurz, Valli.«

»Und du bist ein Arschloch.«

»Das den Wein hat.«

Valerian erhob sich, musste jedoch innehalten, weil der Raum sich zu drehen begann. Dann machte er einen Satz nach vorn, auf die Weinflasche in Timeons Hand zu.

Das Arschloch stellte ihm ein Bein.

Valerian stolperte mit dem Gesicht voraus in die Sitzkissen und schlug sich das Knie an der verdammten Tischkante an. Der Schmerz brachte einen Moment der Klarheit – dann riss die Wut alles mit sich fort.

Er stieß sich in die Höhe und warf sich auf Timeon, der mit einem Fluch den Wein weiter wegstreckte. Doch Valerian interessierte die Flasche nicht mehr.

Stattdessen drückte er seinen – ehemaligen – Freund mit dem ganzen Körpergewicht nieder und schloss beide Hände um dessen Hals. »Das ist mein Wein, Arschloch.«

Etwas tief in ihm war entsetzt über sein Verhalten, aber er ignorierte es.

»… Luft …«

Die Weinflasche zerschellte, als Timeon nach Valerians Fingern griff und sie aufzubiegen versuchte.

Valerian drückte fester. Er würde Timeon schon zeigen, wer hier das Sagen hatte. Niemand beleidigte seine Gastfreundschaft. Schon gar nicht in seinem eigenen Haus!

Eine verschwommene Erinnerung überlagerte das verzerrte Gesicht unter seinen Händen. Schwarze, aufgerissene Augen. Ein Zopf mit eingeflochtenen Goldringen. Schlanke Finger, die sich um seine Hände krallten.

Dann trat das Arschloch nach ihm!

Valerian presste Timeon mit seinem Körper in die Sitzkissen und klemmte dessen strampelnde Beine ein. Nie wieder würde er seinen Wein teilen.

Jemand klatschte. »Reife Leistung.«

Valerian funkelte Mireta an, die ihrem Arschloch von Bruder viel zu ähnlich sah.

»Lass ihn los, Val!« Ihr eisiger Befehlston wirkte wie ein Wasserguss.

Er sah auf Timeon hinunter, dessen Gesicht blau angelaufen war. Hastig lockerte er den Griff, sprang auf und taumelte ein paar Schritte nach hinten. Verdammt, warum hatte er wegen etwas Wein so überreagiert?

Timeon setzte sich keuchend auf, hustete und rieb sich den Hals. »Ich ... dachte, du hättest ... deine Wutanfälle endlich im ... Griff.«

Das hatte Valerian ebenfalls gedacht. Das letzte Mal war schon Wochen her und da hatte er nur etwas Porzellan und eine teure Vase zerschlagen.

»Tut mir leid.« Er reichte seinem Freund die Hand und half ihm in die Höhe. »Dafür lad ich dich das nächste Mal im Hof der Rosen ein.«

»Da kommt man einmal zu spät vom Tanzunterricht ...« Mireta schüttelte missbilligend den Kopf. »Ich dachte, wir wollten zur Arena.«

Valerian zuckte mit den Schultern. »Uns war nur eingefallen, dass Caj diese Woche endgültig zum Hüter wird.«

»Er ist schon zwei Jahre als Anwärter bei den Hütern!« Sie beförderte eine der leeren Flaschen mit dem Fuß unter den Tisch. »Außerdem ist er doch auch ohne die dämliche Aufnahmezeremonie längst einer von ihnen. Oder warum ist er die letzten Monate nicht mehr mit uns unterwegs gewesen?«

»Weil er vermutlich keine Zeit hatte.« Valerian wusste, dass er sich selbst belog. Aber er vermisste seinen kleinen Bruder und ihre gemeinsamen Ausflüge.

»Genau.« Sie wies auf die Tür hinter sich. »Kommt ihr mit oder muss ich alleine Spaß haben?«

»Wir haben nur auf dich gewartet, werte Dame.« Valerian deutete eine Verbeugung an.

»Der Wein wäre dir eh viel zu süß gewesen.« Mit einem sichtlich erzwungenen Grinsen zog Timeon seine rot bekleckerte Tunika gerade, sodass man nur noch eine Handbreit der goldschimmernden Pluderhose über seinen blank polierten Stiefeln sah.

Mireta schüttelte den Kopf. »Die Herren sehen aus wie besoffene Hafenarbeiter.«

»Wer wird uns schon beachten, wenn eine Schönheit wie du an unserer Seite ist?« Valerian fischte seinen linken Schuh zwischen den Sitzkissen hervor.

Den rechten reichte ihm Mireta. »Weiß deine Verlobte, dass du andere Frauen umschmeichelst?«

»Diantha ist über jegliche Eifersucht erhaben.«

»Das ist ja nicht auszuhalten!« Timeon verzog das Gesicht. »Du klingst schlimmer als die Liebesromane, die unsere Tante schreibt.«

»Du bist nur neidisch.« Valerian nahm seinen Dolch von der Kommode, steckte ihn in den Gürtel – und kurz fragte er sich, wie die Situation eben ausgegangen wäre, wenn er die Waffe statt nur seine Hände zur Verfügung gehabt hätte.

Ein Blick zu Timeon reichte, um zu wissen, dass dieser den gleichen Gedanken hatte. Und dass sein Freund ihm diesmal nicht so schnell verzeihen würde. Aber es war nur ein verdammter Unfall gewesen! Er hatte sich sonst unter Kontrolle!

Die Wut begann wieder in ihm hochzukriechen.

»Gehen wir!« Damit stürmte er voran, aus dem Terrassenzimmer hinaus, durch das Atrium und den Vorraum auf die abendliche Straße, wo bereits unzählige Laternen und Lampions entzündet waren.

Valerian atmete einmal tief durch. Nein, er würde sich von Timeon den Abend sicher nicht verderben lassen.

Bemüht unbeschwert hakte er sich bei seinem Freund, der sich kurz versteifte, und dessen Schwester unter, und gemeinsam schlenderten sie durch Midea, begleitet vom allgegenwärtigen Duft der weißen Jasminblüten, die Geländer, Fassaden und Platanen schmückten.

Valerian genoss das Treiben um sie herum. Schöner wäre es nur noch mit Diantha an seiner Seite. Doch sie war mit ihren Freundinnen singen, und er musste sich bis morgen gedulden, was ihm plötzlich unendlich lang erschien, auch wenn er sie erst heute Mittag gesehen hatte.

Mit einem lautlosen Seufzer beschleunigte er seinen Schritt.

Je weiter sie in den Süden Mideas kamen, desto mehr wich der Jasminduft dem Gestank des fauligen Wassers in den Kanälen. Die Erfahrung besagte jedoch, dass sie es in ein paar Minuten nicht mehr bemerken würden.

Eine Gruppe des ansässigen Pöbels kam in ihre Richtung und musterte sie mit unverhohlener Abneigung.

Valerian schenkte ihnen ein breites Grinsen. Ein bisschen Sonnenschein in ihrem armseligen Leben.

Als sie an eine Kreuzung kamen, sahen sie am anderen Ende der Straße und jenseits einer Brücke die Umrisse der hässlichen Kuppeln des Zatarsi-Viertels. Und wie er gehört hatte, waren die schmucklosen Häuser von innen auch nicht schöner.

Glücklicherweise trug die Brise vom See jegliche Musik der Zatarsi in die andere Richtung und damit weg von Valerian. Ihm war egal, ob er deswegen als Kulturbanause galt und damit vermutlich sogar noch unter den Verfluchten rangierte. Er konnte sein Leben auch so genießen.

Er wandte sich an Mireta. »Hat Timeon dir schon erzählt, dass er versucht hat, eine Zatarsi zu verführen?«

Sie brach in ein Lachen aus. »Du hast was?«

»Ich wollte ihr nur ein Kompliment machen!« Selbst im Licht der vereinzelten Laternen war die Röte in Timeons Gesicht zu erkennen. Genauso wie die Fingermale auf seinem Hals, die der Kragen der Tunika nicht komplett verdeckte.

Valerians Hände ballten sich zu Fäusten. Warum musste ihn selbst ein harmloses Geplänkel wieder daran erinnern?

»Warst du gestern zu lange in der Sonne oder was?« Mireta schüttelte ungläubig den Kopf.

Timeon murmelte etwas Unverständliches.

Statt guter Laune herrschte plötzlich eine unangenehme Stille zwischen den dreien, in der Valerian in seinem Inneren die Wut schwelen spürte. Sonst beruhigte sie sich nach dem Ausbruch schnell wieder, aber heute fühlte sie sich an wie ein lauerndes Tier, das er nicht unter Kontrolle hatte.

* * *

Langsam verlor der Stein unter Elezei die letzte Wärme des Tages, während um sie herum immer mehr Lampen und Kerzen das Zatarsi-Viertel in flackerndes Licht tränkten. Auch wenn die Straßen fast ausgestorben dalagen, erklangen von überallher Musik, Stimmen und Gelächter. Doch Elezei fühlte sich nicht als Teil davon.

Immer wieder sah sie vor sich, wie sie das Messer nach dem Hüter geworfen hatte. Sie hatte ihn umbringen wollen. Hätte sie getroffen, wäre sie nun eine Ausgestoßene.

Ein Frösteln jagte durch ihren Körper.

Elezei schlang die Arme um ihre Beine – und ihr Blick blieb auf den Armreifen hängen, die im Licht von unten aufschimmerten. Dort, wo sie den Dolch des Hüters abgewehrt hatte, war nun eine Kerbe. Wie ein Schandmal.

Sie grub ihre Finger in die Haut. Sie hatte den Hüter nicht umgebracht. Trotzdem fühlte es sich an, als ob sie das Gesetz gebrochen hätte. Weil sie es in dem Moment gewollt hatte und nur Glück gehabt hatte, dass ein Zatarsi-Messer nicht zum Werfen gedacht war.

Elezei erhob sich und eilte leise über die Dächer. Sie musste endlich mit Azai Sindresa sprechen und ihr berichten, bevor es die Hüter taten. Oder sich die Geschichte von ihrer ... Flucht beim Stamm verbreitet hatte und sie jeglichen Respekt verlor.

Unter ihr erklang eine Holzflöte, dann eine Laute und die Stimmen zweier Zatarsi. Alles in Elezei drängte danach einzustimmen. Wie es nun eine Knochenflöte ein Haus weiter tat. Später, wenn die Sache geklärt war, wäre genug Zeit.

Sie huschte zwischen den Kuppeln hindurch und über Balkone und Abgründe auf die Mitte des Viertels zu. Hier und da war der Stein noch angenehm warm, an anderen Stellen schien die Kälte durch ihre nackten Füße in den Körper zu kriechen.

Das Geräusch von Stiefelschritten durchschnitt dissonant die Harmonie des Viertels. Mideaner. Mindestens ein Dutzend.

Elezei eilte geduckt um eine Dachkuppel herum und sank auf dem schmalen Sims in die Hocke. Die Straße unter ihr war leer, die Lieder und Melodien leiser geworden.

Dann trat eine Gruppe Hüter um die Ecke, als ob das Viertel ihnen gehörte, die Hände scheinbar entspannt neben ihren Waffengriffen. Durch das dunkle Haar des Vordersten zogen sich helle Schläfen. Einer ihrer Meister.

Ein Zischen entwich Elezeis Kehle. Sie war zu langsam gewesen. Sie hatte wertvolle Zeit vertrödelt, weil sie hatte warten wollen, bis sich das Viertel beruhigt hatte. Damit ihr Gespräch mit der Azai nicht unnötig viele Zuhörer bekam.

Trotzdem fühlte sie sich beinahe geehrt, dass all die Hüter nur wegen ihr kamen. Womöglich hatten diese aber nur Angst, mit weniger Männern und Frauen vor die Azai zu treten. So oder so entlockte es Elezei ein Grinsen.

Dieses verschwand, als ihre Augen nach dem einen Hüter zu suchen begannen. Falls er sie ebenfalls wiedererkannt hatte, würde die Situation viel schlechter für sie aussehen. Aber sie entdeckte ihn nicht, genauso wenig wie die Frau und den anderen, der nach dem lügenden Mideaner geschaut hatte.

Sie folgte den Hütern, ging oben auf den Dächern den Schritten nach, die laut durch die Straßen hallten, bis sie den Platz der Ehre in der Mitte des Viertels erreichten.

Es brannten Feuerschalen vor den Häusern, die die kreisrunde Fläche wie eine Mauer umschlossen. Pflastersteine bildeten Ringe um die Mitte, die durch einen schmalen Graben vom Rest des Platzes abgetrennt wurde. Für einen Moment glaubte Elezei, die warmen und glatt geschliffenen Platten unter ihren Füßen zu spüren. Vor nicht einmal zwei Monden hatte sie dort bei einem Klingenduell eine Herausforderin auf ihren Platz verwiesen und ihr einen Ring abgenommen.

Zu Elezeis Genugtuung gingen die Hüter am Rand des Platzes entlang und hielten Abstand zur Mitte. Sie schritten auf das größte Haus zu, in dessen Kuppel die Goldintarsien im Feuerschein leuchteten. Der Sitz der Azai, Stammesfürstin der Zatarsi von Midea.

Elezei folgte ihnen weiter durch die Schatten der Kuppeln, ließ sie nicht aus dem Blick. Zwei der Hüter blieben am Eingang stehen, während der Rest hineinging.

Vom gelegentlichen Knacken aus den Feuerschalen und dem weitgehend verebbten Klangteppich des Viertels begleitet, eilte Elezei über die Dächer auf die schimmernde Kuppel zu. Der Besuch der Hüter würde sich vermutlich noch schneller herumsprechen als Elezeis Flucht. Und zu viele würden eine Verbindung vermuten.

Stimmen wehten heran.

Auch wenn die Kuppel der Azai so gebaut war, dass sie den Klang im Inneren behielt, war Elezei nun nah genug, um trotzdem etwas zu hören. Auch ohne dies wüsste Elezei, welche Lügen die Hüter auftischten, die sie nachher korrigieren würde. Denn noch wog die Stimme einer Zatarsi schwerer.

»… die Störung, Azai, doch es gab einen Vorfall mit einem Mitglied Eures Stammes, der keinen Aufschub duldet.«

»Dann berichtet.« Die Stimme von Azai Sindresa drang in Elezeis Körper und vibrierte bis in die Knochen.

»Eine Patrouille hat im Tavernenviertel eine Zatarsi ertappt, die augenscheinlich einen Mideaner angegriffen hat. Als sie zur weiteren Befragung und Klärung der Sache in die Festung gebeten wurde, ist sie geflohen. In Euer Viertel.«

Elezei ballte die Hände zu Fäusten. Dank des Hüters stand sie nun wie ein Feigling da. Es war immer noch besser, als die Hüter getötet zu haben oder nun in der Festung eingesperrt zu sein – aber es machte sie wütend, keine Möglichkeit gehabt zu haben, aus dieser Situation herauszukommen, ohne ihr Gesicht zu verlieren.

»Das ist eine schwere Anschuldigung.«

»Das ist mir bewusst. Doch es ist mir sehr daran gelegen, diese Sache aufzuklären. Dazu werden wir beide Beteiligten jedoch ausführlich befragen müssen.«

Elezei unterdrückte ein Auflachen. Das Urteil der Hüter war schon längst gefällt! Sobald es um Zatarsi ging, galt keine Gerechtigkeit mehr. Das hatte Elezei am eigenen Leib erfahren müssen, als sie die Nacht in der Zelle verbracht hatte. Und sie hatte es nach Lisseas angeblichem Unfall im Hause Morena gesehen.

»Ich soll also meine Stammesschwester zu Euch in die Festung schicken.«

»Das wäre ratsam. Ansonsten muss das Verfahren morgen Abend ohne die Zatarsi beginnen, was sich negativ auf das Urteil auswirken wird.«

Einen Moment herrschte Stille, in der Elezei das Pochen ihres Herzens hörte.

»Ich werde es ihr ausrichten.«

»Habt meinen Dank, Azai.«

Elezei sank auf den schmalen Sims. Kälte kroch durch ihren Körper. Wie konnte Azai Sindresa das zulassen? Sie kannte doch die Hüter und hatte noch nicht einmal Elezeis Seite der Geschichte gehört.

Erst als die Schritte der Hüter verklungen waren, entließ die Starre Elezei. Eigentlich sollte sie sofort mit der Azai sprechen und die Sache richtigstellen. Aber etwas in ihr wollte nicht flehen und betteln. Sie war immer noch eine Zatarsi!

»Denkst du wirklich, dass das der richtige Weg ist, Sindresa?«, erklang die Stimme von Sesai Careisa, einer der beiden Ältesten, die als Beraterinnen der Azai tätig waren. »Sie ist immer noch eine von uns.«

»Es geht nur um eine Befragung, Careisa.«

»Aber wir kennen lediglich die Seite der Hüter. Was, wenn wir ihnen nun eine Unschuldige ausliefern?«

»Dann ist es so. Es geht hier nicht um das Wohl einer Einzelnen, sondern um das Beste für den Stamm.«

All die Erleichterung, die Elezei bei Sesai Careisas Worten gespürt hatte, war mit einem Schlag weg. Stattdessen fühlte sie sich von der Azai verraten. Die Hüter hätten Azai Sindresa nicht zwingen können, Elezei einfach so herauszugeben.

»Wissen wir schon, wer es ist?«, mischte sich Sesai Isazea ein.

»Ich kann es in Erfahrung bringen«, sagte Sesai Careisa. »Dann können wir uns ihre Seite der Geschichte anhören, bevor wir sie zur Festung schicken.«

»Danke, Careisa.«

Keine Schritte waren zu hören, dennoch wusste Elezei, dass die Sesai das Haus verlassen hatte.

So leise wie möglich kam Elezei auf die Füße und eilte über die Dächer, um Sesai Careisa zu überholen. Dann kletterte sie in einer schmalen Gasse zwischen zwei Häusern in die Tiefe und wartete an deren Ende, bis die Älteste vorbeiging.

»Sesai«, wisperte Elezei. »Ich …«

»Komm.« Ohne eine Reaktion abzuwarten schritt Sesai Careisa weiter.

Elezei ging hinter ihr her, die Augen starr auf die unzähligen Goldringe im wadenlangen Zopf vor sich gerichtet, damit sie nicht versucht war, sich umzuschauen. Denn auch wenn sie hörte, dass niemand mit ihnen auf dem Platz war, glaubte sie abwertende Blicke auf sich zu spüren.

Die Sesai betrat eine Gasse, die vom Platz der Ehre wegführte und zum Rand des Viertels strebte. Dorthin, wo der Lärm Mideas die Harmonie störte und nur wenige Zatarsi wohnten, vorwiegend mit niedrigen Rängen oder Männer, die noch nicht zu Gefährten erwählt worden waren.

Elezei folgte Sesai Careisa in ein Haus, dessen Inneres von einer Handvoll Kerzen erhellt wurde, ansonsten aber leer war.

Die Sesai blieb in der Mitte des Raums stehen, den sie mit ihrer Präsenz erfüllte.

Elezei neigte ihren Kopf in Respekt. »Ich möchte mit Euch wegen der Anklage der Hüter sprechen.«

»Dein Name begann sich schon herumzusprechen.« Ein Lächeln erhellte das Gesicht der Sesai. »Du hast also zugehört?«

»Ich musste wissen, welche Lügen die Hüter erzählen.«

»Verständlich. Ich würde mich freuen, deine Sicht der Geschichte zu hören.«

Elezei berichtete, wie sie auf dem Weg zurück ins Viertel gewesen war, als sie die Winterballade gehört und ihr neugierig gefolgt war, weil Mideaner sich nur selten an diesem Lied versuchten. Wie sie statt des Sängers einen Verletzten gefunden hatte, die Hüter hinzugekommen waren und Elezei diese abgehängt hatte.

Sie verschwieg jedoch, dass sie das Messer geworfen hatte, um den Hüter zu treffen. Anschließend wusste sie nicht, ob sie sich schämte, weil sie die Sesai anlog oder weil sie ihr vorenthielt, dass sie die Gesetze des Stammes gebrochen hatte.

»Ich kann mit Sindresa reden, und sie wird deinem Wort mehr Gewicht beimessen«, sagte Sesai Careisa.

Triumph kroch in Elezei hoch und verdrängte die Scham.

»Aber es wird schwierig.« Sesai Careisa wiegte den Kopf hin und her. »In den Augen der Hüter bist du zweimal schuldig: Einmal, weil sie dich scheinbar auf frischer Tat ertappt haben. Und ein zweites Mal, weil du dich geweigert hast, mit ihnen zu gehen.«

Elezei fühlte sich hilflos und wütend zugleich. Das war nichts, was sie in einem Klingenduell klären konnte.

»Außerdem muss Sindresa an das Wohl des ganzen Stammes denken, nicht nur an die einzelnen Schwestern und Brüder.«

»Ich dachte, Ihr teilt die Meinung der Azai nicht, Sesai.«

»Ich bin nur Beraterin, Sindresa ist die Stammesfürstin. Sie entscheidet.«

»Sie kann mich aber nicht einfach an die Hüter ausliefern! Ich werde nicht in die Festung zurückgehen.«

»Das wäre auch nicht ratsam. Sie könnten dich wiedererkennen, Elezei. Der Vorfall damals würde ihnen nur bestätigen, was sie heute zu sehen geglaubt haben.«

»Das ist mehr als zehn Sommer her!«

»Die Hüter haben ihr Papier. Das vergisst und verzeiht nicht.«

Alle Kraft wollte aus Elezeis Beinen weichen. Sie stolperte einen Schritt nach hinten, bevor sie sich fing und aufrichtete, den Rücken gerade und den Kopf erhoben. »Was ratet Ihr mir, Sesai?«

»Ich werde mit Sindresa sprechen und versuchen, einen Weg zu finden. Aber die Gesetze Mideas stehen über den unseren.«

Elezei presste ihre Handfläche auf ihr panisch klopfendes Herz. »Ich schwöre bei meinem Blut, ich war es nicht!«

»Das weiß ich doch.« Sesai Careisa seufzte. »Aber ich weiß nicht, ob ich diese Sache bis zur Frist der Hüter klären kann. Und wenn du hierbleibst, wirst du zur Festung müssen.«

»Ihr verstoßt mich.« Die Worte entkamen ihrem Mund, während sie noch zwischen Unglaube und Entsetzen schwankte.

»Du bist und bleibst eine Zatarsi, Elezei. Doch nicht einmal die Azai kann dich vor der Befragung schützen. Ich werde mit ihr reden und eine Lösung finden, aber diese ein oder zwei Tage musst du ... unsichtbar werden.«

Elezei verstand, dass dies das Beste war, dennoch fühlte sie sich ausgestoßen. Vielleicht war das die Strafe für ihre Lüge. Oder für den Messerwurf.

Sesai Careisa ergriff Elezeis Hand. »Versprich mir, dass du deinen Stamm ehrst und zu einem Schatten wirst, den weder die Hüter noch die Mideaner wahrnehmen.«

Elezei konnte erst nur nicken, dann bekam sie doch noch ein »Ich verspreche es« heraus.

»Ich werde dich finden, sobald ich etwas weiß.«

Elezei neigte mehr aus Gewohnheit ihren Kopf, bevor sie sich umdrehte und zum Ausgang ging. Kein Geräusch hinter ihr verriet, dass die Sesai Anstalten machte, sie aufzuhalten. Aber hatte sie wirklich etwas anderes erwartet?

Bevor sie hinaus auf die Straße trat, hob sie ihren Kopf und sammelte ihren Stolz wie eine Rüstung, die ihren Körper aufrecht halten würde. Sie hatte unzählige Klingenduelle gewonnen, doch nun hatte sie einen Kampf verloren, bevor dieser überhaupt begonnen hatte. Und die Hüter hatten gesiegt.

Mit einem Zischen eilte sie zu einer der Gassen, die am Rand des Viertels entlangführten und wo keine neugierigen Augen sie sahen. Es würde sich noch früh genug herumsprechen, was passiert war. Sie wollte glauben, dass man sie bei der Rückkehr als Siegerin über die Hüter sah, doch viel wahrscheinlicher war, dass sie Elezei die Fliehende, die Zatarsi ohne Stolz sein würde.

Sie nahm ihren langen Zopf nach vorn, dessen Goldringe in der Dunkelheit fast unsichtbar waren. Sie spürte deren Gewicht und wusste genau, wo sie eingeflochten waren. Jeder von ihnen ein Sieg. Ein Beweis, dass sie sich ihren Rang und damit ihre Zeit für Musik verdient hatte. Vermutlich würde das alles nichts mehr zählen, wenn sie zurückkam.

Elezei warf den Zopf wieder nach hinten und begann über einen Balkon und einen Fenstersims in die Höhe zu klettern, bis sich das Zatarsi-Viertel vor ihr ausbreitete, vertraut und plötzlich auch fremd. Aber sie war noch nicht bereit, es zu verlassen.

Lautlos eilte sie über die Dächer, nahm Umwege, wenn ein Sprung zu viel Lärm erzeugt hätte, und versuchte vergeblich, die Lieder und Melodien um sie herum auszublenden, die an ihrem Inneren zerrten.

Bald schon hatte sie das Haus erreicht, das bis vorhin noch ihr Zuhause gewesen war und aus dem die leisen Stimmen von Tarissan und Lissea drangen, die dort auf Elezei warteten. Nichts wollte sie lieber, als zu ihnen hineingehen und wie geplant gemeinsam zu musizieren. Aber das war nicht möglich. Jedenfalls nicht heute.

Sie kniete sich auf den kühlen Stein, die Hände auf den Oberschenkeln, und stimmte leise das Abendlied an, das Tarissan vor ein paar Tagen zwischen seinen Pflichten angefangen hatte zu komponieren.

Eine zweite, tiefere Stimme erhob sich, die Elezeis schon immer perfekt ergänzt hatte. Kurz darauf folgten ein Schaben und leise Schritte, als Tarissan auf sie zukam.

Ihr Bruder ließ sich im Schneidersitz vor ihr nieder. »Sag mir, dass die Gerüchte deiner … Flucht nicht wahr sind.«

Elezei zog die eingewickelte Flöte aus ihrem Gürtel und reichte sie ihm. »Ich war bei der Pfandleiherin, nachdem heute die Frist abgelaufen war und niemand sie ausgelöst hatte.«

Tarissan schob das weiche Leder zur Seite und seine Finger wanderten über das Holz, dessen helle Maserung wie Wasserwirbel schimmerten. »Sie ist immer noch genauso wunderschön wie beim ersten Anblick. Aber sie war zu teuer, wenn an den Gerüchten etwas dran ist.«

Elezei sah auf das Instrument in den Händen ihres Bruders, während sie ihm genau das Gleiche erzählte wie der Sesai – und ebenfalls die Sache mit dem Messerwurf verschwieg.

»Das ist …« Er schüttelte den Kopf. »Hast du schon bei Azai Sindresa vorgesprochen?«

»Ich komme direkt von Sesai Careisa. Ich werde den Stamm für ein paar Tage verlassen müssen.«

Seine Augen weiteten sich vor Entsetzen. »Wie kann sie so etwas verlangen?«

»Wir sind Zatarsi, Tarissan. Da werden ein oder zwei Tage unter Mideanern kein Problem sein.« Doch so zuversichtlich ihre Worte auch klangen, spürte sie im Inneren Angst davor, ihren Stamm zu verlassen. Schlimmer wäre nur, ausgestoßen zu sein und damit auch Midea verlassen zu müssen.

»Trotzdem …« Er atmete tief durch. »Wenn du etwas brauchst, du weißt, wo und wie du mich findest.«

Sie nickte, auch wenn sie genau wusste, dass sie das Angebot nie annehmen würde, weil es ihr Stolz verbot. Und eigentlich sollte das auch Tarissan wissen. Dennoch fühlte es sich gut an, da er sie damit trotz allem als Teil des Stammes wahrnahm.

»Ich …« Für einen Moment saß Tarissan sichtlich unschlüssig da, dann stand er auf. »Bis bald, Elezei.« Damit wandte er sich um und verließ das Dach.

Elezei blieb allein zurück, doch in Gedanken folgte sie seinem Weg, bis seine und Lisseas leise Stimmen wieder aus Elezeis Haus erklangen. Viel zu gern wäre sie ihm gefolgt.

Stattdessen ging sie in die andere Richtung, bis sie auf dem letzten Kuppeldach des Viertels ankam. Wie ein Graben lag der Kanal unter ihr und bildete die Grenze zum Rest von Midea. Dort standen die Häuser mit ihren Ziegeldächern und den vielen Räumen, in denen man sich nicht nur eingesperrt fühlte, sondern in denen sich Klang auch nicht frei entfalten konnte.

Nach einem letzten Blick über die Schulter kletterte sie über einen Balkon nach unten auf die Straße, die an dem schwarzen Wasser entlangführte.

Vor der Brücke blieb Elezei stehen. Sie hatte schon oft das Zatarsi-Viertel verlassen und kannte sich sogar ein bisschen in Midea aus, doch dieses Mal fühlte es sich anders an. Diesmal konnte sie nicht einfach zurück, wenn der disharmonische Lärm oder die Menschen sie störten. Diesmal würde sie es aushalten müssen.

Einen Schritt nach dem anderen, wovon jeder ihr noch schwerer fiel als der vorherige, überquerte sie die Brücke. Sie würde es als Prüfung, als Herausforderung, vielleicht sogar als Kampf verstehen. Und sie würde ihn gewinnen.

* * *

Valerian trat mit Mireta und Timeon durch den Bogen aus grob behauenen Steinen, der mehrere Jahrhunderte alt war. Genauso wie die Arena, die hinter der lärmenden Menge lag. Hätte Valerian früher seinem Hauslehrer zugehört, anstatt vom Schwertkampf zu träumen, hätte er vermutlich mehr darüber gewusst. Nicht, dass es ihm irgendwie wichtig wäre.

Gemeinsam drückten sie sich durch die manchmal parfümierten, aber meist stinkenden Menschen, deren Gelächter, Flüche und Gespräche in dem Kreis aus Häuserrückseiten widerhallten, derweil Valerian herauszufinden versuchte, wer heute einen guten Tag hatte und wer zu viel verlor.

Am Rand der Arena blieb er stehen. Die vor ihm abfallenden Steinränge waren fast komplett mit Menschen besetzt, die abwechselnd die Kämpfer in der von Fackeln umgebenen Mitte beschimpften und ihnen zujubelten. Gerade schlugen dort zwei bullige Hafenarbeiter, nur in Pluderhosen, mit Fäusten aufeinander ein.

Ein Weilchen beobachteten die drei den Kampf, der theoretisch spannend war, da sich die beiden Männer ebenbürtig waren. Aber da Valerian keine Wette laufen hatte ...

Er wandte sich zu Mireta, mied jedoch, Timeon anzusehen. »Wirst du heute gewinnen oder verlieren?«

Sie wiegte den Kopf hin und her. »Ich glaube, das Mittagessen bei Großmutter war zu viel. Da werde ich sicher haushoch verlieren.« Sie warf Valerian ihren Geldbeutel zu. »Setz alles auf eine Niederlage.«

Timeon hielt seinen Sack voller Münzen hin. »Ebenfalls.«

Kaum hatte Valerian den Beutel entgegengenommen, drehte sich Timeon um und stapfte davon, um kurz darauf in der Menge unterzutauchen.

»Er wird sich schon wieder beruhigen.« Mireta lächelte aufmunternd, während sie ihre dunklen Locken zu einem strengen Pferdeschwanz band. »Er weiß ja, dass du es nicht so gemeint hast.«

Aber in dem Moment, als Valerians Hände um Timeons Hals gelegen hatten, hatte er es so gemeint. Wäre Mireta nicht gekommen ...

Valerian verscheuchte den Gedanken, nickte nur und wandte sich ab. Am liebsten würde er Mireta oder Timeon heute gar nicht mehr sehen. Er wollte nicht ständig an den Vorfall erinnert werden. Er wollte den Abend hier genießen – auch wenn die Wut in seinem Inneren schwelte.

Über eine schmale Treppe stieg er die Ränge zur Hälfte hinab, bis er die kleine, mit Laternen beleuchtete Holztribüne erreichte, auf deren fleckigen Teppichen Ralla thronte, in ihre unzähligen Seidentücher gekleidet.

Mit einem Lächeln voller gelber Zähne sah sie ihm entgegen. »Morena!«

Er verbeugte sich und hauchte ihr einen Kuss auf die angebotene Hand, bevor er aufsah. Direkt in ihre Augen, die gleichermaßen von Falten und Kohlestift umrandet waren. Und die alles wussten.

»Dame Ralla, Ihr seid wie immer der wahre Mittelpunkt.«

»Geld ist immer der Mittelpunkt.« Sie deutete mit ihren knotigen Finger neben sich. »Was kann ich heute für dich tun?«

»Ich habe ein paar Wetten zu setzen.« Valerian nahm ein paar gesalzene Pistazien von dem angelaufenen Silberteller und lehnte sich vertraulich näher zu ihr. »Wie immer kann ich dir einen Zehnt überlassen.«

Sie grinste, was ihre Falten vertiefte. »Wie soll ich einem so charmanten jungen Mann ein derart großzügiges Geschäft ausschlagen.«

Einer ihrer Diener, kaum älter als ein Kind, reichte Valerian einen Becher mit Wein. Nicht die Pferdepisse, die man sonst in der Gegend hier bekam, aber auch nicht das, was in seinem Keller lagerte.

Er wollte die Arena eigentlich genießen, doch Unruhe kroch durch sein Blut. Am liebsten wäre er nach unten in die Mitte gestürmt und hätte den zähen Kampf der beiden Hafenarbeiter beendet, der sowieso immer mehr Buhrufe bekam.

Der Diener füllte den leeren Becher auf, als Valerian ihm diesen hinhielt. Wenigstens etwas. Trotzdem hätte er einen gemeinsamen Abend mit Diantha dieser langweiligen Vorstellung hier allemal vorgezogen.

Endlich blieb einer der beiden Hafenarbeiter im Staub liegen und stand nicht mehr auf.

Ralla nickte einem ihrer Handlanger zu, der in ein Horn stieß und den Kampf damit beendete.

Mit blutigen Gesichtern und Händen räumte der Sieger die vom Fackellicht erhellte Mitte der Arena, während die Arenawachen den Verlierer zum Rand zogen.

Das war auch das Kommando, die Wettscheine gegen Münzen einzutauschen. Soweit Valerian das sehen konnte, bekamen beide Seiten ihr gesetztes Geld zurück – minus Rallas Anteil. Aber wenn sie eine sichere Wette haben wollten ...

Er leerte den Becher, stellte ihn auf den Teppich und warf Ralla seinen sowie Miretas und Timeons Geldbeutel zu. »Setz alles.«

Ihre kohleumrandeten Augen verengten sich. »Auf wen? Deine Freundin ist noch nicht dran.«

»Auf mich.« Er strahlte sie an. »Nur zu deiner Ehre heute.«

Das breiteste Lächeln, das er je bei ihr gesehen hatte, erschien auf ihrem faltigen Gesicht. »Was für eine Schande, dass ich nicht setzen kann.«

Valerian erhob sich und verbeugte sich. »Mein Herz hast du sowieso schon gewonnen.« Damit schritt er die schmale Treppe hinunter. Er wusste, dass er sich nicht beeilen musste. Ein kleines Zeichen von Ralla würde alles andere anhalten.

Kaum hatte er die staubige Mitte der Arena betreten, reichte ihm der Waffenmeister ein Schwert, das zwar nicht ganz ausbalanciert war, aber gut in der Hand lag. Vor allem, um der Menge das gewünschte Schauspiel zu liefern und es ein paarmal durch die Luft sausen lassen.

Jubel brandete auf.

Valerian verbeugte sich in alle Richtungen. Die Menschen hier liebten ihn.

Dann blickte er auf die gegenüberliegende Seite der staubigen Arena, wo hinter dem Ring aus Fackeln die Kämpfer saßen und auf ein Zeichen warteten. Der Großteil von ihnen waren Mideaner, mindestens einer davon ein Verfluchter, daneben zwei Nordländer mit ihrer bleichen, von der Sonne verbrannten Haut sowie einer aus den Wüstenreichen.

Valerian breitete die Arme herausfordernd aus.

Endlich erhob sich eine Kämpferin und stieg die zwei Stufen hinab in den Staub. Die langen, strähnigen Haare fielen ihr bis fast zur gebrochenen Nase und verbargen die Stirn. Aber ihre Lederhandschuhe mit den hässlichen Stacheln, die sie im Gegensatz zu einer Waffe in der Wut nicht wegwerfen konnte, verrieten sie.

Valerian ging der Verfluchten ein paar Schritte entgegen, das Schwert locker in der Hand. »Guten Abend!«

Sie presste die Lippen zusammen.

Valerian war sich sicher, dass er seine Gegnerin noch nie gesehen hatte. Aber vielleicht eilte ihm sein Ruf voraus. Oder die Verfluchte war ein Feigling, die nur wegen des Geldes hier war.

Dann betrat ein zweiter Kämpfer die Arena und drehte sich unter Jubel im Kreis. Kaum Muskeln, aber sehnig und zäh. Und auf der Stirn das eingebrannte V. Noch ein Verfluchter.

Valerian grinste breiter. Ralla wollte also zwei Gegner für ihn?

Er warf einen kurzen Blick über die Schulter zur Herrin der Arena, neben der er Blanda entdeckte, Timeons und Miretas schielende Cousine. Sie lächelte. Dabei war es schon fünf oder sechs Jahre her, dass er sie hatte sitzen lassen.

Schnaubend wandte er sich wieder ab. Wenn sie es nötig hatte, sich auf diese Weise zu rächen ... zwei Verfluchte waren kein Problem für ihn.

Er lockerte seine Schultern ein wenig, ohne seine beiden Gegner aus den Augen zu lassen. Er konnte diesen Kampf schnell beenden. Vermutlich sogar ohne die Verfluchten in die Wut zu treiben. Doch das war nicht das, was er wollte. Was die Wut in ihm wollte.

Das Horn ertönte.

Die Langhaarige stürmte vor. Die Stacheln ihrer behandschuhten Hände, die sie zu Fäusten geballt hatte, leuchteten im Fackellicht auf.

Valerian trat im letzten Moment zur Seite und stellte der Verfluchten ein Bein, sodass sie wortwörtlich den Staub küsste.

Die Menge lachte, und Valerian mit ihnen.

Der Dünne näherte sich vorsichtig. Schlagringe waren an seinen Händen festgebunden. Das Braun von altem Blut verfärbte die Stoffstreifen. Heute würde kein Neues dazukommen.

Die Fäuste schützend vor das Gesicht gehoben, sodass nur noch das eingebrannte V über seinen Brauen zu sehen war, machte er einen Ausfall – der Valerian nicht einmal streifte.

Die Langhaarige rappelte sich wieder auf, die Augen unter den Strähnen immer noch menschlich. Kein Tier. Dann würde es wohl nur bei einem Spiel bleiben.

Valerian wechselte das Schwert in die linke Hand und tänzelte zwischen den beiden Verfluchten hindurch, die viel zu langsam für ihn waren. Ihre Schläge wehrte er ohne große Anstrengung mit der flachen Seite des Schwerts ab.

Als er dem Publikum genug Schauspiel geboten hatte, schlug er der Langhaarigen die Klinge kraftvoll gegen die Schläfe. Sie fiel wie ein Baum.

Jubel füllte die Arena. Die Menschen riefen seinen Namen.

Ohne den zweiten Verfluchten aus den Augen zu lassen, drehte Valerian sich mit erhobenen Händen im Kreis. Nun war es endlich Zeit für Blut und den richtigen Kampf.

Wie zu erwarten, nutzte der Dünne die Gelegenheit für einen Angriff.

Valerians Schwert beschrieb einen schimmernden Halbkreis, dann zog sich eine rote Spur über den Oberschenkel des Verfluchten.

Dieser fletschte die Zähne, jegliche Menschlichkeit in seinem Gesicht wich Wut und Mordlust. Ein kleiner Schnitt, ein bisschen Blut, und schon stand man einem Tier gegenüber – und einem richtigen Gegner.

In der erwartungsvollen Stille, die sich über die Arena legte, hörte Valerian seinen Atem voller Vorfreude schneller werden. Sein Blut jagte durch den Körper. Endlich!

Mit einem herausfordernden Brüllen stürmte der Verfluchte vor. Doch anstatt anzugreifen, riss er Valerian mit seinem Gewicht zu Boden, wo dieser hart im Dreck aufschlug.

Sein Schwert flog davon.

Valerian stieß dem Verfluchten den Handballen gegen das Kinn, dann rollte er sich herum und kam auf dem Mann zu sitzen, aus dessen Kehle ein tiefes Knurren drang. Immer noch einer der besten Momente, wenn sich erwachsene Männer wie räudige Straßenköter verhielten. Irgendwann sollte er vielleicht doch mal einen alten Knochen …

Faust und Schlagring krachten gegen Valerians Kiefer. Mit dem Geschmack von Blut kam die Wut.

Er ergriff die Handgelenke des Verfluchten und presste sie neben dessen Kopf, der sich hin und her warf. Aber es half ihm nichts, denn Valerian war einfach besser. Vermutlich sogar zu gut für alles, was diese Arena bot.

Für einen Moment erschlaffte der Körper des Verfluchten, dann schnappte er nach Valerian und biss ihm in die Wange.

Schmerz explodierte in seinem Gesicht.

Valerian schlug mit der Faust in die gefletschten Zähne unter sich. Er wurde heruntergestoßen und rollte über den Boden, ohne den Verfluchten loszulassen.

Ein Knurren stieg aus Valerians Kehle, als er wieder zuschlug. Dann versank alles in blutroter Wut – bis er bemerkte, dass sich sein Gegner nicht mehr wehrte. Und Valerian konnte sich nicht an die letzten Sekunden oder Minuten erinnern.

Er sah auf den Verfluchten, dessen Gesicht zertrümmert war. Er sah auf seine Hände, die rot vor Blut waren. Genauso wie seine Kleider.

Fluchend fühlte er nach dem Puls des Mannes. Nichts. Er hatte den Mann einfach umgebracht!

Am Rande hörte er das Horn.

Er versuchte mit einem Schulterzucken, die Schuldgefühle abzutun. Berufsrisiko.

Immerhin konnten die Verfluchten hier Geld verdienen, während sonst kaum jemand Männer oder Frauen anstellte, die bei der kleinsten körperlichen Verletzung einen Kollegen angriffen.

Schwankend kam Valerian in die Höhe und wischte sich die Finger an seiner Tunika ab. Schmerz zog durch seine Hände. Seine Wange pulsierte. In seinem Kopf formte sich eine Erkenntnis, die den Gedanken verdrängte, dass er ein Mörder war.

Erst der Jubel erinnerte ihn an das Publikum.

Ein Instinkt ließ ihn die Arme hochreißen und sich in alle Richtungen verbeugen. Ralla – und Blanda – warf er eine Kusshand zu.

Dann sah er Timeon auf dem untersten Rang. Das Gesicht blass und die Augen aufgerissen.

Es dauerte einen Moment, bis Valerian begriff, dass dessen Reaktion nur wenig mit dem toten Verfluchten zu tun hatte. Sie alle hatten hier im Staub der Arena schon Kämpfer sterben sehen.

Er eilte auf Timeon zu und ergriff dessen Arm, als dieser aufspringen wollte.

»Seit wann rennst du vor mir davon?« Er brachte sogar ein Grinsen zustande, das sich allerdings mehr nach einem Zähnefletschen anfühlte.

Sein Freund zuckte zurück, sah auf die blutigen Finger um sein Handgelenk, zerrte daran. »Lass mich gefälligst los!«

Doch Valerian zog ihn näher heran. »Nein, du hast zu viel gesehen.«

»Gar nichts habe ich gesehen!« Timeons Stimme klang beinahe hysterisch.

»Schwöre, dass du es niemandem sagst. Auch nicht Mireta.«

Timeon presste die Lippen zusammen. Sein Blick huschte in alle Richtungen, außer zu Valerian.

»Oder soll ich meinem Vater erzählen, wer im Suff seine heiß geliebte Gondel im Kanal versenkt hat?« Dagegen waren zehn tote Verfluchte nichts.

»Gut. Ich schwöre es.« Für einen Moment hielt Timeon dem Blick stand.

Valerian ließ ihn los. Rote Abdrückte blieben auf dem Pfefferminzgrün des Ärmels zurück.

Dann floh Timeon in den Schutz der Menschenmenge.

Valerians Blick wanderte über die unzähligen Gesichter, während er ein Lächeln aufsetzte. Sie konnten im flackernden Fackellicht nicht gesehen haben, wie er seine Kontrolle für einen Moment verloren hatte. Dass er verfluchtes Blut hatte. Ausgerechnet er.

KAPITEL 2

Adorata blinzelte in das Sonnenlicht, das durch das schmale Fenster in ihre Kammer fiel und die weiß gekalkten Wände mit Gold überzog. Sie konnte diesem Schauspiel ewig zuschauen und einfach liegen bleiben, schwerelos und in sich selbst ruhend.

Neben ihr grunzte Natale und drehte sich in dem schmalen Bett um, das wegen seiner Größe nur wenig Platz für Adorata ließ. Aber was tat man nicht alles aus Liebe.

Mit halb geöffneten Lidern begann er die Hand über ihren Bauch wandern zu lassen, glitt über den dünnen Schweißfilm, der ihren erhitzten Körper angenehm kühlte.

Sie ergriff seine Finger und verwob sein wunderbares Mideaner-Bronze mit ihrer helleren Haut, die sie Vorfahren aus dem Norden zu verdanken hatte. Doch die Wärme und die Schwielen waren an beiden Händen gleich.

»Wir sollten mal langsam aufstehen«, murmelte Natale.

»Hattest du das nicht schon vor einer Stunde gesagt?«

Ein Grinsen breitete sich auf seinem Gesicht aus. »Du hast mich aber abgelenkt!«

»Klar.« Mit der freien Hand knuffte sie ihn in den Oberarm. »Das würde ich natürlich auch sagen, nachdem ich meine wehrlose Kameradin einfach im Bett festgehalten habe.«

Er drückte sein kratziges Kinn in ihre Halsbeuge. »Wir könnten das Frühstück ausfallen lassen.« Seine Lippen wanderten über ihre Haut und verharrten auf ihrem Schlüsselbein, wie ein warmes Versprechen.

Mit einem Stöhnen löste sich Adorata von ihm. »An anderen Tagen gern. Aber ich hör schon meinen Magen während der Aufnahmezeremonie laut knurren.«

»Wenn es gerade ganz still ist«, ergänzte Natale.

»Natürlich, wann auch sonst.« Sie setzte sich auf, was das Bett mit einem Knarzen quittierte. Ihre Füße berührten den kalten Steinboden, von dem sie ihre Tunika und ihre Hose aufhob.

Natales Hand wanderte ihren Rücken hinauf und jagte ihr ein angenehmes Kribbeln über die Wirbelsäule.

»Wenn du nicht aufhörst, gibt es heute Nachmittag auf dem Kampfplatz keine Gnade.«

»Wie ich mich fürchte!« Seine Hand wanderte über ihren Hals zum kurzgeschorenen Haaransatz.

Hastig erhob sie sich, bevor sie der Verlockung nachgab, und sah in Natales breites Grinsen, während er nun auch noch den letzten Rest des schmalen Betts in Beschlag nahm. Selbstgefällig wie eine Hafenkatze.

Adorata warf ihm ihre Kleider ins Gesicht, nur um dann ihre Hose aus dem Knäuel herausfischen zu müssen. Als sie hineinschlüpfte, fiel ihr Blick auf den eindrucksvollen blauen Fleck auf ihrem aufgeschürften Schienbein. Prompt glaubte sie die Schmerzen des Zusammenstoßes mit der Dachkante wieder zu spüren.

»Gut, du hast gewonnen.« Natale seufzte und klaubte seine Kleider vom Boden. »Verdammte Zeremonie.«

Während Adorata ihre knielange Tunika überstreifte, kehrten ihre Gedanken wieder zu der Zatarsi zurück. So im Nachhinein wirkte deren Flucht eher wie ein Spiel, mit dem sie Adorata und Fedon an der Nase herumgeführt hatte. Und sie waren wie Idioten hinterhergerannt, um sich am Ende abhängen …

»Wie viele Messer hatte sie dabei?«

Natale starrte sie einen Moment an, bevor er ihre Frage begriff. »Eines, wie alle Zatarsi?«

»Sie hatte das blutige in der Hand, das sie nach Fedon geworfen hat. Aber als wir ihr gefolgt sind, da hatte sie, glaube ich, noch eines hinten im Gürtel stecken, wie es Zatarsi halt tragen.«

Natale rieb sich über den Nasenrücken. »Dafür ist es zu früh am Morgen.«

»Aber wenn das so wäre, ergibt es keinen Sinn. Sie hätte einfach mitkommen und die Sache klären können.«

»Oder sie hatte ein zweites zur Ablenkung dabei?« Mit dem einen Stiefel in der Hand begann er, den anderen unter dem Bett zu suchen. »Wie auch immer, Meister Lucio hat dir gestern klargemacht, dass er sich darum kümmert.«

»Er kann mir aber nicht verbieten, darüber nachzudenken.«

»Wenn es nur das wäre …« Triumphierend hielt er den zweiten Stiefel in die Höhe, bevor er sich wieder auf das Bett setzte. »Dora, ich kenn dich gut genug, um zu wissen, dass es bei dir selten beim Nachdenken bleibt. Es wäre nicht das erste Mal, dass dich deine Neugier und Beharrlichkeit in Schwierigkeiten bringen.«

Sie grinste. »Du meinst damit aber nicht, dass ich trotz deiner ersten Ablehnung nicht aufgegeben habe, um dich zu werben.«

Natale zog seine Brauen hoch. »Willst du mich als Schwierigkeiten bezeichnen?«

»Hm … lass mich mal überlegen. Vielleicht manchmal. Wenn du versuchst, mir Dinge auszureden.«

»Weil ich nicht verstehe, warum du dich genau in diese Sache verbeißt. Die ist doch auch nicht anders als die sonstigen Fälle, mit denen wir es zu tun bekommen.«

»Doch. Schon allein, weil wir ihn Meister Lucio übergeben mussten, als ob es etwas gibt, das wir nicht entdecken dürfen.«

Natale schnaubte. »Schon einmal überlegt, dass man einfach nicht jemanden wie Fedon auf eine Zatarsi ansetzen will? Das wäre ein diplomatisches Desaster.«

»Nur, weil die Zatarsi sich bisher nie komplett unserer Gerichtsbarkeit unterwerfen mussten und deswegen in ihrer eigenen Welt leben«, murmelte sie.

»Dora …« Natale erhob sich vom Bett und blieb direkt vor ihr stehen. »Berichte Meister Lucio von deiner Beobachtung mit dem Messer und lass die Sache ruhen. Du weißt, dass er gerecht und gewissenhaft ist.«

»Hatte ich sowieso vor. Aber ich möchte erst Fedon fragen, ob ihm das auch aufgefallen ist.« Sie griff nach ihrem Waffengurt und legte ihn an, schob jedoch nur den Dolch hinein. »Bereit?«

Natale nickte.

Adorata ging zur Tür und öffnete diese, bevor sie den Gang in beide Richtungen absuchte. Wie zu erwarten, waren schon alle beim Frühstück und niemand zu sehen. »Luft ist rein.«

»Bis gleich.« Natale huschte an ihr vorbei und den Gang entlang bis zu seiner Kammer, in der er verschwand.

Adorata schloss die Tür ihres Zimmers und machte sich auf den Weg zum Speisesaal. Manchmal wunderte es sie, dass sie es schon seit über einem Jahr schafften, ihre Beziehung geheim zu halten. Sie brachen die einzige Hüter-Regel, die sie noch mehr störte als die Zatarsi-Sonderregel.

Über die Gänge hallte die ausgelassene Stimmung, die so typisch vor Zeremonien war, auch wenn diese inzwischen viel zu selten stattfanden. Es gab nur noch wenige Anwärter, da Patrouillen und Straftaten nicht das gleiche Ansehen hatten wie eine Drachenjagd.

Der Geruch von Gewürzen zog heran und ließ Adoratas Magen knurren.

Im Speisesaal war der Großteil der Holzbänke an den Tischen bereits besetzt. Über den erstaunlich geringen Lärm hinweg, der die meisten Familien neidisch machen würde, bekam Adorata mit, wie die Ersten ihre Wetten setzten, obwohl es nicht die feine Art war, so früh damit zu beginnen.

Sie steuerte auf den langen Tisch neben dem Durchgang zur Küche zu, auf dem mehrere Tonschüsseln mit Brei aus Bulgur, Wasser und Gewürzen bereitstanden. Heute mal wieder mit Honig, den Adorata großzügig über ihr Frühstück verteilte.

Mit der Schüssel in der Hand wandte sie sich um und ließ den Blick über die unzähligen Köpfe und Rücken in grauen Tuniken schweifen, bis sie endlich Fedon entdeckte, der auf den freien Platz neben sich deutete.

Erfreut eilte sie zu ihm hinüber und ließ sich ihm gegenüber auf die Bank fallen.

Verschwörerisch beugte sich Fedon ein Stück über seine leere Schüssel. »Muss schon wieder Natale als Zweiter kommen?«

»Er wollte das Frühstück sowieso mal wieder ausfallen lassen.«

Fedon lachte. »Er hat halt die richtigen Prioritäten.«

»Ich auch.« Damit schob sich Adorata einen Löffel Brei in den Mund und genoss die seltene Süße.

Fedon hob seine Hand und winkte. Kurz darauf ließ sich Natale – mit frischer Tunika und feuchten Haaren – neben ihm nieder, während sein kaum sichtbares Lächeln nur Adorata galt, die es erwiderte. Manchmal war es immer noch wie am ersten Tag, als Natale ihrem Werben endlich nachgegeben hatte.

Adorata spülte den Brei mit Wasser aus dem Krug hinunter, der auf dem Tisch stand. »Fedon, was mir noch eingefallen ist: Als wir die Zatarsi verfolgt haben, trug sie da ihr Messer hinten im Gürtel?«

Dieser runzelte die Stirn. »Gute Frage. Aber ich glaube, ja.« Die Falten über seinen Brauen wurden tiefer. »Aber sie könnte das zweite zur Ablenkung dabeigehabt haben.«

»Ha! Genau das habe ich auch gesagt.« Natales Ausruf fing einen Moment die Aufmerksamkeit der Nebensitzer, die sich jedoch schnell wieder ihren eigenen, leisen Unterhaltungen oder dem Frühstück zuwandten.

Adoratas Löffel sank in den Brei zurück. Vielleicht interpretierte sie wirklich zu viel hinein, weil das Ganze dann einfach spannender war und besser zu der Flucht einer Zatarsi passte. Aber es könnte auch eine Spur sein.

»Aber ich habe noch was anderes mitbekommen, als ihr zwei … trainieren wart.«

»Was?« Sie überging Fedons Seitenhieb.

»Nachdem ich das Protokoll und das Zatarsi-Messer abgegeben

hatte, bin ich Lieke über den Weg gelaufen. Sie hat mir erzählt, dass Meister Lucio gestern nur mit der Azai geredet hat. Keine Abriegelung. Keine Suchaktion. Nichts.«

Adoratas Löffel klatschte in den Brei. »Sicher?«

Fedon nickte. »Lieke war dabei. Und es gab auch keinerlei Anzeichen in der Festung, dass eine größere Aktion am Laufen war.«

»Und was haben Meister Lucio und die Azai besprochen? Was ist mit der Zatarsi?«

Natale seufzte theatralisch. »Und nun hast du ihr einen weiteren Grund gegeben, ihre Nase in Dinge zu stecken, die sie nichts angehen.«

»Gibt wohl eine Frist bis heute Abend, in der die Zatarsi zur Festung kommen muss, da ansonsten das Urteil ohne sie gefällt wird.«

»Da hat die Azai mitgespielt?«, fragte Adorata.

»Ja.« Fedons Gesicht verdunkelte sich. »Aber bisher ist weder die Zatarsi aufgetaucht noch irgendein Name. Vielleicht findet man etwas über das Messer.«

»Aber ich verstehe nicht, warum es keine Abriegelung des Viertels und keine Suchaktion gab. Das wäre normales Vorgehen gewesen.«

»Sonderregel«, murmelte Fedon. »Weil die Zatarsi sich einfach nicht für die Gesetze Mideas interessieren und man ihnen das durchgehen lässt, damit die Azai dann zu deren Gunsten richtet.«

»Meister Lucio wird schon seine Gründe haben«, sagte Natale mit dem Mund voller Brei.

Adorata schnaubte. »Als ob das ein Kippen des regulären Vorgehens rechtfertigt. Und als ob die Azai eines ihrer Stammesmitglieder einfach so ausliefern wird.«

»Das ist unsere Dora: hinterfragt selbst die Wahl der Schüssel, in der das Frühstück serviert wird.«

»Ja, ja, macht euch nur über mich lustig. Meine Hartnäckigkeit hat euch oft genug geholfen, eure Fälle zu lösen.«

»Und irgendwann wird sie uns ins Grab bringen.«

* * *

Aus dem Schutz des mit Rosen bewachsenen Pavillons sah Valerian auf den Hafen des Schlosses, wo drei Barken sanft am Kai schaukelten. Noch waren die farbenprächtigen Segel gerafft, doch an Deck tummelten sich bereits unzählige Gäste. Und es strömten immer noch weitere durch den Park heran.

Valerian schloss die Augen und atmete tief durch. Er hatte es Dianatha versprochen. Das war das Einzige, was gerade zählte.

Er hob die Lider und versuchte sie von seinem Platz aus zu entdecken, doch in dem ganzen Trubel war es hoffnungslos. Er könnte auch einfach hinübergehen, anstatt das Unausweichliche weiter hinauszuschieben.

Schon allein beim Gedanken daran klopfte sein Herz bis hinauf in die Wunde auf seiner Wange und erinnerte ihn daran, dass ein kleines bisschen Blut das Seefest in einem Desaster enden lassen konnte. Aber er hatte es drei Jahrzehnte lang geschafft, sich in der Öffentlichkeit nicht zu verletzen, warum sollte ausgerechnet jetzt etwas passieren?

Stille senkte sich über den Hafen, als die Flügeltüren des Schlosses aufschwangen. Eine Prozession schritt die Treppen hinab, angeführt von einem Tamburinspieler und zwei Tänzerinnen, deren schimmernde Schleier sich in der Brise bauschten. Ihnen folgten Kinder, die Blumenblätter streuten. Etwas, das Valerian für eine Verschwendung hielt, denn er zog Blumen als Ganzes und in einer passenden Vase vor.

Anschließend kam der Teil der Kaiserfamilie Amarias, der von der Thronfolge ausgeschlossen war und hier in Midea im Exil lebte. Nachdem es ihnen verboten war, sich in die Politik einzumischen, genossen sie das sorgenfreie Leben, förderten die Künste und organisierten neben diversen Bällen und Festen auch die monatliche Seefahrt, die Valerian bisher immer hatte meiden können.

Unter dem Applaus der geladenen Gäste betrat der Zug die mittlere Barke.

Valerian löste sich widerwillig von seinem Platz, da er es nicht länger hinausschieben konnte. Nichts wäre schlimmer als Dianthas enttäuschtes Gesicht, wenn er die Abfahrt verpassen und sein Versprechen brechen würde.

Er schlenderte hinter einem Herrn her, dessen türkisfarbene Tunika mit goldenen Fischen bestickt war. Selbst dieser stellte Valerian heute nicht in den Schatten, da er weiße Seide trug und die schlichte Eleganz wie kein anderer beherrschte.

Sorgfältig zog er die langen Ärmel über die aufgeplatzten und verkrusteten Fingerknöchel. Wenn er sie nicht sehen musste, konnte er sich vielleicht weiter vorlügen, dass gestern in der Arena gar nichts Außergewöhnliches passiert war. Dass alles wie immer war.

Als er die letzten Platanen des Parks hinter sich ließ und auf den Kai trat, sah er Timeon auf der rechten Barke. Als dieser Valerian entdeckte, versteinerte sich sein Gesicht, und er drehte sich weg.

Valerians Laune sank tiefer. Dieses Seefest entpuppte sich schon jetzt als Desaster. Fehlte nur noch, dass auch Diantha auf der rechten Barke war und er früher oder später Timeon und Mireta gegenüberstehen würde.

Doch zu seiner Erleichterung machte er sie dort nicht aus, sondern erspähte sie kurz darauf auf der linken Barke. Sein wild klopfendes Herz beruhigte sich ein bisschen, da er immerhin dieser Konfrontation aus dem Weg gehen konnte.

Valerian beschleunigte die Schritte und nahm sich vor, das Seefest wenigstens etwas zu genießen – ein Vorsatz, der schnell wieder vergessen war, als er an Bord ging und dank des sanften Schaukelns ein flaues Gefühl seinen Magen ergriff.

Er versuchte es auf die zwei oder drei Flaschen Wein nach der Arena gestern Abend zu schieben, aber er wusste, dass es nicht stimmte. Außerdem hasste er diese Veranstaltungen einfach. Oder besser gesagt: Er hasste die Menschen, die er hier zwangsweise treffen würde. Bis auf einen.

Diantha wandte sich zu ihm um und schenkte ihm eines ihrer bezaubernden Lächeln.

Für einen Moment erlaubte er sich, in ihren wunderschönen, samtbraunen Augen zu versinken, die ebenso leuchteten wie ihr aufgestecktes, dunkelrotes Haar, das er viel lieber über ihre schmalen Schultern fallen sah.

Dann kam er ihrer Einladung nach, trat neben sie und hauchte einen Kuss auf ihre Hand, bevor er sich vor den anderen Anwesenden verbeugte. »Meine Damen, meine Herren.«

Eine ältere Frau mit Kragen und Fächer aus Pfauenfedern nickte wohlwollend. »Eure Verlobte sprach in höchsten Tönen von Euch, junger Mann. Ich muss gestehen, ich bin äußerst neugierig, Euch kennenzulernen.«

Valerian schenkte ihr ein Strahlen, auch wenn er sich am liebsten einfach umgedreht hätte. »Ein Kompliment von einer Dame wie Euch. Da würde jede meiner Antworten verblassen.«

»Hach, wenn ich dreißig Jahre jünger wäre ...« Sie klimperte mit den Wimpern.

»Dabei seht Ihr so jung aus wie der Frühling!«

Mit ihrem Fächer stupste sie den vermutlichen Gatten neben sich an. »Hast du das gehört? So redet man mit einer Dame!«

Dieser nuschelte etwas, was ihm einen weiteren Klaps einbrachte.

Fanfaren hallten über das Wasser.

Wie auf Kommando blähten sich die farbenprächtigen Segel, und Jubel stieg auf. Dann glitten die drei Barken gemächlich hinaus auf den Taviasee.

Valerian sah in die andere Richtung, wo sich der Hafen des Schlosses immer weiter entfernte, während seine Übelkeit wuchs. Für einen guten Schwimmer wie ihn wäre die Strecke kein Problem, aber die Enttäuschung auf Dianthas Gesicht würde er sich nie verzeihen.

Er atmete tief durch und wandte sich mit oberflächlicher Freundlichkeit wieder der Gesellschaft zu, die zwischen Blumengirlanden, flatternden Bändern und Dienern wie bei einem Schreittanz immer neue Gruppen bildete.

Diantha stellte ihm unzählige Gesichter vor, die er sich genau wie die zugehörigen Namen selten merkte; er begrüßte Frauen mit Küsschen und Männer mit einer angedeuteten Verbeugung. Doch seine Aufmerksamkeit galt allein der Frau an seiner Seite, mit der er sein restliches Leben teilen würde.

Viel zu früh hallte Musik von der kaiserlichen Barke heran.

Für einige hektische Atemzüge sah sich Valerian nach einem Rückzugsort um. Aber die einzige Fluchtmöglichkeit war das Wasser.

Also konzentrierte er sich wieder auf Diantha, hielt seine Fassade mühsam aufrecht und schaffte es sogar, das eine oder andere geistlose Gespräch zu führen, während Bilder einer Zeit in ihm heraufkrochen, in der die Welt noch in Ordnung gewesen war – und die er im Alter von sieben Jahren zerstört hatte.

Doch plötzlich stand ein Mann vor ihm, dessen weiches Gesicht den Effekt eines Kübels Schneewasser hatte.

Valerian verbeugte sich elegant. »Aurelio Ira, was für eine Freude.«

»Die Freude ist ganz meinerseits.« Die Abneigung von Dianthas Vater war in dessen Worten genauso wie in seiner Verbeugung zu spüren. Nicht so im Knicks seiner Frau, die neben ihrer Tochter blass und farblos wirkte.

Wie um die sich ausbreitende peinliche Stille, da niemand ein neutrales Gesprächsthema fand, zu unterstreichen, erstarb nun auch noch die Musik auf der kaiserlichen Barke. Trotzdem hätte Valerian beinahe erleichtert aufgeatmet.

Dann erklang über das Wasser eine kraftvolle Stimme, die genauso wie das virtuose Lied nur zu einer Zatarsi gehören konnte – und die sich direkt in Valerians Eingeweide grub.

Aurelio Ira seufzte. »Was für eine Schande, dass sich mein zukünftiger Schwiegersohn den schönen Künsten verwehrt.«

Valerian schenkte ihm sein strahlendstes Lächeln, auch wenn er sich lieber übergeben würde. »Glaubt mir, das wollt Ihr Euren Ohren nicht zumuten.«

Dianthas Mutter wirkte geschockt – wie jedes Mal, wenn ihr Gatte sein Lieblingsthema auf den Tisch brachte.

Der Gesang der Zatarsi bohrte sich tiefer in Valerian, legte die Dunkelheit in seinem Innersten frei, die er zusammen mit Schmerz und Erinnerungen dort für immer vergraben hatte. Oder zumindest hatte er das geglaubt.

»Ihr hättet es mit der Malerei versuchen können«, stichelte Aurelio Ira.

Nicht nur, weil er mit sich selbst kämpfte, sondern auch – und vor allem – wegen Diantha verzichtete er auf den Hinweis, dass Familie Ira im Rang immer noch niedriger stand als Familie Morena und die Hochzeit für sie einen Aufstieg in der Gesellschaft bedeutete.

»Auch der Kampf mit der Klinge ist nichts anderes als ein kunstvoller Tanz«, erklärte Diantha mit einer Überzeugung, die Valerian nicht glaubhaft hätte machen können. Aber für ihn war der Schwertkampf auch kein Tanz, sondern Disziplin und Aggression.

»Ist das so?«

»Ich kann es Euch gerne beweisen.« Valerians Grinsen war echt, als er daran dachte, wie schnell Aurelio Ira in einem Zweikampf gegen ihn verlieren würde.

»Damit ich anschließend aussehe wie ein geprügelter Hund?« Der Blick von Dianthas Vater wanderte deutlich von Valerians Wange zu seinen Händen, wo die Ärmel der Tunika hochgerutscht waren.

»Besser ich als das Kind, auf das die Verfluchten losgegangen sind.«

Aurelio Ira sah für einen Moment so aus, als ob er noch etwas ergänzen wollte, doch dann wandte er sich nach einer knappen Verbeugung ab und führte seine Frau davon.

Valerian folgte den beiden mit Blicken, bis sie zwischen anderen Gästen verschwanden. Der einzige Nachteil der Hochzeit. Wettgemacht durch Dianthas Anwesenheit, die er nie mehr missen mochte. Sie war das Licht seines Lebens.

Trotzdem hatte diese Begegnung zusammen mit dem Gesang erreicht, dass der Schweiß seinen Rücken hinunterkroch und die Übelkeit ihn fest im Griff behielt. Und als ob das nicht reichte, grub die Dunkelheit weiter ihre Klauen in sein Herz. So würde er es hier trotz Diantha nicht aushalten.

Er wandte sich an sie. »Soll ich dir etwas zu trinken mitbringen? Oder vielleicht haben sie ja auch Limonensorbet?«

»Nein, danke. Aber hol du dir ruhig etwas.« Sie schenkte ihm eines ihrer Lächeln und entließ ihn damit wenigstens ein Weilchen aus dem Reigen von Begrüßungen, gehaltlosen Gesprächen und Gerüchten.

Er schlenderte zu dem langen Tisch, auf dem zwischen farbenprächtigen Blumengestecken Schüsseln, Platten und Körbe mit edelsten Speisen standen. Doch Valerians Blick blieb auf den Kristallgläsern daneben hängen. Sanft schaukelte die blutrote Flüssigkeit hin und her, lockte und versprach, all die Erinnerungen und den Schmerz zu ertränken.

Valerian wirbelte herum und eilte zwischen den viel zu vielen Menschen hindurch zum anderen Ende der Barke. In der Nähe des Steuermanns fand er einen ruhigeren Platz an der Reling, wo das leise Platschen der Wellen und das Knattern der Segel die Musik wenigstens etwas überdeckten.

Er stützte sich auf das Holz und sah über das Wasser nach Midea, dessen in der Mittagssonne leuchtende Gebäude die schmutzig graue Festung einrahmten. In den nächsten Tagen würde Caj dort vom Anwärter zum richtigen Hüter werden und Valerian endgültig einen Bruder verlieren.

Seine Finger klammerten sich um die Reling. Er hätte sich auch selbst der Anwärterprüfung stellen können. Doch anscheinend hatte er tief in seinem Inneren schon geahnt, dass sein Blut das verhindern würde. Außerdem hätte er dann Diantha verlassen müssen.

Er sah über die Schulter und suchte nach ihrem dunkelroten Haar.

Stattdessen entdeckte er Aurelio Ira, der mit zwei genauso herausgeputzten Herren in Valerians Richtung kam.

Mit einem stummen Fluch ging er um den Steuermann herum, schwang sich auf der anderen Seite über das Geländer, zurück in den Hauptteil, und mischte sich unter die lachenden und plaudernden Menschen. Womit ihn nicht nur die Musik von der kaiserlichen Barke wieder voll erwischte, sondern er kurz darauf auch erneut vor dem Büfett stand. Vor den dunkelrot gefüllten Kristallgläsern.

Erneut versprachen sie Erleichterung von der Dunkelheit, die der Gesang der Zatarsi hervorlockte. Aber dafür würde die Wut kommen und vielleicht wegen einer Kleinigkeit die Kontrolle übernehmen. So wie gestern bei Timeon.

Entschieden griff Valerian nach einem der Gläser. Bei ein oder zwei Schluck würde noch nichts passieren. Es war ein gefährliches Spiel, aber er hatte genug Übung, um das richtige Mittelmaß zu finden.

»Wie hatte ich nur annehmen können, du hättest etwas gelernt, Bruderherz.«

Valerian stellte den Wein betont langsam zurück und drehte sich um.

Otavian hatte dieses spöttische Lächeln auf den Lippen, das seine Augen nie erreichte. Zusammen mit den nach hinten frisierten Haaren und der Tunika mit den pflaumenfarbenen Streifen wirkte er wie die jüngere Version ihres Vaters, die er auch sein wollte.

»Oh, das habe ich«, erwiderte Valerian. »Wie zum Beispiel, dass ich deine Gesellschaft immer noch nicht vermisse.«

»Charmant wie eh und je.«

Die Wut stieg nun auch ohne den Wein in ihm auf. Wie immer, wenn er seinem ach so perfekten Bruder gegenüberstand – Vorzeigeobjekt und ganzer Stolz der Familie Morena.

Valerian ballte die Hände zu Fäusten. »Tja, ich hab es nicht nötig, mich am Hof und bei meinen Freunden einzuschleimen.«

»Richtig. Weil du weder Freunde hast noch irgendjemand dich kennenlernen will. Dein Ruf eilt dir leider voraus.«

»Es war ein Unfall«, zischte Valerian.

»Hast du das auch der jungen Ira erzählt, als sie dich nach der Geschichte mit der Zatarsi gefragt hat? Oder nach dem Tod von Mutter?«

Bevor das Verlangen, Otavian in seine perfekte Visage zu schlagen, zu groß wurde, legte sich eine schmale Hand sanft auf seinen Arm.

»Ich habe dich schon gesucht.«

Dank Dianthas Lächeln schmolzen Wut und Dunkelheit dahin.

»Ah, die junge Ira.« Otavian deutete eine Verbeugung an, die einer Beleidigung glich.

»Sehr erfreut.« Diantha knickste. »Entschuldigt uns bitte.« Damit führte sie Valerian sanft, aber bestimmt weg von Bruder und Büfett. Zurück zum Heck, wo sie hinter dem Steuermann fast allein waren.

Diantha nahm die Hand von seinem Arm, ihre Augen waren ungewohnt ernst. »Was meinte Otavian gerade?«

Alles in Valerian wurde eiskalt. Alte Erinnerungen kamen auf, mischten sich mit dem Kampf in der Arena und drohten ihn zu ersticken.

»Ich ...« Er holte tief Luft. »Du kennst die Geschichte von der Zatarsi, die sich in unserem Haus fast mit ihrem Seidenschal erwürgt hat?«

Sie nickte.

»Otavian versucht seit Jahren, mir die Schuld daran zu geben, weil ich Idiot sie mit einem dämlichen Kompliment abgelenkt hatte.« Verdammt, er log Diantha an. Aber das war der Preis, den er zu zahlen bereit war, damit er sie nicht verlor.

»Und deine Mutter? Du hattest mir erzählt, sie wäre gestürzt.«

»Das ist sie auch. Ich war gerade mal sieben und allein mit ihr. Wie hätte ich ihr da helfen können?« Viel zu genau konnte er sich noch erinnern, wie er hilflos dagestanden hatte. Erstarrt und voller Entsetzen.

»Das ist ja furchtbar.« Mitleid färbte das Samtbraun ihrer Augen dunkel. »Mein Vater würde sich sicher prima mit Otavian verstehen.«

»Und er hätte mein Bruderherz sicher lieber als Schwiegersohn statt den Kulturbanausen.«

»Vermutlich.« Sie lächelte ihn an. »Aber ich habe dich ausgesucht, nicht ihn.«

Alle Erinnerungen, alle Dunkelheit und alle Sorgen fielen von ihm ab, und die neuen Gefühle drangen heraus: »Du weißt nicht, wie dankbar ich bin, dass du den Rest deines Lebens an meiner Seite verbringen möchtest.«

Sie ergriff seine Hände. »Doch. Du zeigst es mir gerade wieder. Ich weiß, wie schwer es dir fällt, und trotzdem bist du gekommen.« Die sanfte Berührung tat seinen aufgeschürften Knöcheln gut.

Er wollte am liebsten die Strähne, die ihrer Frisur entkommen war, hinter das Ohr zurückstreichen. Oder besser noch die ganzen perlengeschmückten Haarnadeln und Kämme aus ihrem Haar ziehen und beobachten, wie die Brise hindurchstrich.

Stattdessen hauchte er einen Kuss auf ihre Handrücken. »Mein Leben gehört dir.«

* * *

Elezei versuchte sich allein auf die Wärme der Sonne und der Dachziegel unter sich zu konzentrieren und alles andere um sich herum auszublenden. Doch die Stimmen, das Gelächter und das Geschrei, die von den Straßen und aus den Häusern heraufklangen, waren viel zu laut. Hier gab es keine Lieder, die alles zu Musik verwebten. Hier gab es nur Krach und Disharmonie.

Mit einem Knirschen der Ziegel setzte sie sich auf und lehnte sich gegen den Kamin. Wirklich alles hier war unmelodisch. Selbst die Möwen, die über ihr durch den Himmel schossen, schienen jede Harmonie in ihren Rufen verloren zu haben.

Elezei schloss die Augen und versuchte erneut, das Chaos der Geräusche irgendwie zu sortieren, um eine passende Melodie zu finden. Sie hatte das Gefühl, dass statt der Einstimmigkeit ihres Summens die Harfe besser dafür geeignet wäre. Aber die hatte sie nicht hier.

Einer anderen Idee folgend, begann Elezei den stetigen Lärm Mideas zu einem Klangteppich zu verweben. Sie würde wie beim Flechten ihres Zopfes mit wenigen Geräuschen anfangen und immer mehr dazunehmen. Erst das Flügelklatschen der Tauben hinter ihr …

Ihr Magen knurrte.

Elezeis Summen erstarb, und sie öffnete die Augen. Einen Moment blinzelte sie in das Licht der Sonne, die schon unerwartet hoch stand, dann fiel ihr Blick auf die Kuppeln des Zatarsi-Viertels, nur wenige Dächer entfernt.

Mit einem Schlag war die Sehnsucht zurück. Sie wollte so gern – wie gestern um diese Tageszeit – mit Lissea und Tarissan an einer neuen Komposition feilen und alles andere vergessen. Aber sie musste sich gedulden.

Elezei drückte sich von dem sonnengewärmten Kamin ab und erhob sich. Heute Abend lief die Frist der Hüter ab. Hoffentlich hatte die Sesai Erfolg, und Elezei konnte spätestens morgen zu ihrem Stamm zurückkehren.

Über die knirschenden Ziegel, die jeden ihrer Schritte verrieten, ging sie zum Rand des Dachs, von wo sie über ein Nebengebäude und eine Zierbalustrade in den Innenhof mit der uralten Feige gelangte. Wie zu erwarten, bemerkten die Mideaner in den Häusern rundherum nichts davon, dafür bekam Elezei von ihren Banalitäten umso mehr mit.

Sie trat durch einen Steinbogen hinaus auf die Straße, zwischen die Häuser mit ihren überladenen Fassaden, und mischte sich unter die Passanten, den Kopf hoch erhoben. Sie ignorierte die Blicke der Mideaner, die fast alle kleiner waren als sie, und schritt weiter. Sie wusste zu gut, dass man ihr Volk immer noch als eine Horde Wilder aus den Bergen betrachtete und ihnen gern die Schuld am verfluchten Blut gab.

Je näher Elezei dem Basar kam, desto voller wurden die Straßen und Gassen. Im Dämmerlicht unter den Stoffbaldachinen mischten sich Mideaner, hellhäutige Nordländer mit verbrannten Gesichtern, zierliche und dunkle Menschen aus den Wüstenreichen und Händler aus dem fernen Westen jenseits der Berge, die ihre Köpfe geschoren hatten. Dazwischen fiel sie als Zatarsi weniger auf.

Sie überquerte einen Platz mit einer alten Platane, zu deren Wurzeln die Terrasse eines Teehauses lag, bevor sie den Basar selbst betrat – einen überfüllten Streifen zwischen Stadt und Seeufer, wo ein Gewirr aus Stimmen, Schreien, Klopfen und Klimpern auf Elezei einstürzte. Auch wenn sie es erwartet hatte, überwältigte es sie.

Elezei ließ sich mit der Menge treiben, während ihr Blick über die Stände und Auslagen schweifte. Unbedeutende und nutzlose Dinge, mit denen sich die Mideaner so gern umgaben und die sie auch nicht glücklicher machten. Doch nichts hier machte dem Protz aus so mancher Villa Konkurrenz, in der sie musiziert hatte.

Ein Stand im Schatten eines der unzähligen Stoffbaldachine zog sie an. Auf Schnee, den man extra aus den Bergen brachte, lag dort feinstes, frisches Fleisch. Das Wasser lief Elezei im Mund zusammen, als sie daran dachte, wie es hauchdünn geschnitten auf ihrer Zunge zergehen würde.

Sie griff nach ihrem Geldbeutel – und zog die Hand wieder zurück.

Sie konnte es sich zwar leisten, aber danach nichts mehr. Und bis morgen würde sie ohne ihren Stamm durchhalten müssen.

Ein gebeugter Mideaner mit einem Korb eilte heran. Ohne zu zögern, deutete er auf mehrere Fleischstücke, die der Händler in gewachstes Papier einschlug und gegen ein paar Münzen tauschte.

Elezei verzog den Mund. Sicher würde er es mit Feuer oder Hitze verderben. Nichts war widerwärtiger als gegartes Fleisch. Aber vermutlich vertrugen die Mideaner es anders nicht.

Schweren Herzens wandte sie dem Stand den Rücken zu und ließ sich mit der Menge weitertreiben, bis sie eine Auslage mit Fladenbroten verschiedenster Art entdeckte. Das würde wenigsten den Hunger stillen, auch wenn sie die Erinnerung an den Geschmack blutigen Fleisches nicht aus dem Kopf bekam.

Elezei zog eine halbe Duante hervor und deutete auf die Fladen mit Datteln und Salzkörnern. »Eines davon.«

»Gerne, die Dame.« Der Bäcker nahm ein Brot und wickelte es in ein Stück Papier.

Elezei reichte ihm die Münze – und spürte ein feines Zupfen an ihrem Geldbeutel.

Sie griff zu und fuhr herum. Ihre Finger lagen eisern um ein dürres Handgelenk. Große Kinderaugen starrten sie an.

»Wo ist mein Geld?«, zischte sie.

Die Kinderaugen wurden noch größer. Dann begann das Mädchen laut zu heulen.

Sofort hatte Elezei die Aufmerksamkeit unzähliger Passanten, von den misstrauischen Blicken der Mideaner bis hin zur Belustigung eines schwitzenden Nordländers in Pelzen.

»Was hat sie dir getan, Zatarsi?«, fragte eine Frau, einen Blumenstrauß wie einen Schild vor sich.

Elezei sah auf sie runter. »Sie hat mich bestohlen.«

Die Mideanerin zog beide Brauen hoch. »So, hat sie das?«

»Gibt mehr als genug von den diebischen Bengeln hier«, murmelte der Bäcker.

»Und wer sagt, dass es dieses arme Kind war?«

Das Mädchen blickte die Frau aus feuchten Augen dankbar an. Dann zog es die fadenscheinige Tunika so eng um den Körper, das es keine Möglichkeit mehr gab, etwas darunter zu verstecken, das größer war als ein Ei.

Elezei sah zu ihrem Gürtel, doch statt dem Geldbeutel hingen dort nur zwei durchschnittene Schnüre. Und sie hatte die Hand des Mädchens gespürt.

»Das nächste Mal suchst du dir jemand in deiner Größe, Zatarsi!« Die Frau wagte es tatsächlich, einen Schritt auf sie zu zu machen.

Elezei musste lachen. »Willst du mir drohen?«

»Wenn es sein muss.« Ihre Stimme zitterte.

Elezei hielt den Blick der Mideanerin, die ihren schnell senkte. Niemand, der es wert war, ihm mehr als die nötige Zeit oder gar Aufmerksamkeit zu schenken. Außerdem würde sie ihrem Stamm keine Schande bereiten und die Mideaner oder sogar die Hüter auf sich aufmerksam machen.

Elezei ließ das Mädchen los, das sofort davonrannte. Doch bevor es die Menge verschluckte, sah Elezei ein zweites Mädchen – mit einem breiten Grinsen und dem Geldbeutel in der Hand.

Einen Augenblick lang wollte sie hinter den beiden her, aber sie würde nie schnell genug durch das Gedränge kommen. Und sosehr sie der Verlust des Geldes auch schmerzte – die Mädchen waren besser gewesen als sie.

Die Frau mit dem Blumenstrauß flüchtete beinahe.

Elezei drehte sich zu dem Bäcker um, der ihr hastig das eingewickelte Brot reichte. Es war lächerlich, wie schnell Mideaner eingeschüchtert waren.

Mit hoch erhobenem Haupt ging Elezei an dem Nordländer und den restlichen Zuschauern vorbei. Die freie Hand legte sie auf den Griff ihres Messers. Es würde sicher kein zweites Mal geben.

»Drachenhure!« Das Zischen des Mannes hinter ihr war unüberhörbar.

Elezei ging weiter. Sie war stolz darauf, dass ihr Volk früher in den Bergen mit den Drachen zusammengelebt hatte, während die Mideaner sich vor Angst in ihrer Festung verkrochen hatten. Dennoch hatten diese am Ende gewonnen, und Elezei war nur mit den Geschichten ihres Stammes aufgewachsen.

Kurz vor dem Ende des Basars löste sie sich aus der Menschenmenge und schlängelte sich zwischen einem Stand und einem Fuhrwerk voller Kisten hindurch. Auf der Mauer, die den See hier einfasste, blieb sie stehen und lauschte für einen Moment dem Klatschen der Wellen, das den Trubel des Basars angenehm dämpfte.

Sie ging ein Stück am Ufer entlang, bevor sie sich im Schutz einiger Fässer niederließ und das Fladenbrot auswickelte. Sie biss einen Fetzen ab. Auch wenn sie die Mischung aus der Süße der Feige und dem Salz mochte, kehrten ihre Gedanken zu dem frischen Fleisch zurück.

Bewusst konzentrierte sie sich auf den Rhythmus der Wellen, zu dem sie schon einmal eine Melodie komponiert hatte, und stimmte diese nun leise an, während sie das Fladenbrot aufaß.

Ihr Blick wanderte auf den See hinaus, dessen andere Seite sich in dem Dunst verlor, der auch die Hauptstadt Calantha schluckte. Dazwischen schaukelten unzählige Boote und Schiffe auf dem Wasser. Etwas, dessen Reiz sie nie verstanden hatte.

Nicht weit entfernt segelten drei Barken, von deren Reling Blumen und Bänder hingen. Darauf tummelten sich unzählige Mideaner, deren Lachen nicht zu überhören war. Da fiel Elezei das Seefest ein, dessen Einladung meist mit einer derart fürstlichen Menge Gold als Lohn verbunden war, dass jede Zatarsi ihre Abneigung vor dem Ort dieser Veranstaltung verdrängte.

Wie aus dem Nichts hallte die Stimme einer Zatarsi über den See heran, formte sich zu einem Lied und verdrängte alle anderen Geräusche. Die Melodie, die Elezei schon oft selbst gesungen hatte, grub sich direkt in ihre Brust und nahm ihr die Luft.

Taumelnd kam sie auf die Füße und stürmte am Ufer entlang, bis sie zwischen den Häusern in die Schatten der Baldachine und Fassaden eintauchen konnte. Die Stimme schnitt tiefer, verfolgte sie, übertönte alles andere.

Immer weiter rannte Elezei. Weg von dem Lied, das sie so unerwartet aus der Bahn warf. Immer weiter – bis der Lärm Mideas es endlich erstickte.

Elezei sank gegen eine Hauswand und atmete tief durch. War sie gerade wirklich vor Musik weggelaufen?

Mideaner gingen an ihr vorbei, die Blicke unfreundlich und abschätzend. Einer spuckte vor ihr aus.

Ohne ihn eines Blickes zu würdigen, setzte sich Elezei in Bewegung und folgte den Straßen und Gassen zu dem Innenhof mit der uralten Feige. Im Nu war sie zurück auf dem Dach, dessen Wärme ihr für einen Moment Trost spendete. Trotzdem fühlte sie sich unerträglich allein.

Sie sah zum Zatarsi-Viertel, dessen Kuppeln so nah waren. Sie war noch nicht einmal einen Tag von dort fort, und es fühlte sich schon an wie eine Ewigkeit.

* * *

Adorata klappte die Truhe auf, in der sie die weniger oft genutzten Sachen aufbewahrte, und räumte ein zweites Paar Stiefel sowie das Bündel mit den mageren Besitztümern ihres alten Lebens heraus. Eigentlich hätte sie sich schon bei ihrer Aufnahme davon trennen sollen, doch sie hatte es nicht über das Herz gebracht, die Erinnerungen wegzuschmeißen.

Mit angehaltenem Atem schlug sie das naturbelassene Wolltuch auseinander, das darunter lag. Ihre Hand wanderte über das dunkle Leder, das trotz der Dicke erstaunlich geschmeidig war. Ein Hauch Lederfett blieb an ihren Fingern hängen.

Dann nahm Adorata die Rüstung aus der Truhe und legte sie auf das Bett. Kurz überlegte sie, ein frisches Hemd anzuziehen, aber auch das würde schnell nach Schweiß und Leder riechen.

Sie genoss es, ein Teil nach dem anderen anzulegen und sorgfältig festzuzurren. Erst die Rüstung, die der knielangen, geschlitzten Tunika ähnelte, die zurzeit in Midea so modern war, dann den Armschutz auf beiden Seiten und schließlich ihren Waffengurt, bevor sie die schweren Handschuhe überstreifte.

Adorata sah stolz an sich herab. So fühlte sie sich wie eine echte Hüterin. So wäre sie vielleicht auch gegen einen Drachen in den Kampf gezogen, mitsamt ihrem langen Speer, der aber wie meist in der Ecke der Kammer stehen blieb.

Eingehüllt in den Geruch des Leders verließ sie ihre Kammer.

Die Gänge lagen verdächtig ruhig da.

Adorata verfiel in Trab. Ihre Stiefel hallten im Takt der lautlosen Flüche. Sie konnte noch nicht zu spät sein. Sie hatte doch pünktlich mit den anderen das Schwertkampftraining beendet gehabt und nur einen kurzen Umweg gemacht, um etwas zu trinken.

Mit einem entsetzten Gesicht schloss sich ihr Ilario an, einer der Anwärter, der im Laufen versuchte, den Waffengurt zu schließen.

Kurz bevor sie die letzte Abzweigung erreichten, schallte ein dumpfes Murmeln heran.

Sie lächelten sich erleichtert an, fielen in ein langsameres Tempo und betraten den großzügigen Vorraum. Angeblich hatten die Hüter ihn früher komplett gefüllt, doch nun benötigten ihre Kameraden in den dunklen Lederrüstungen höchstens die Hälfte des Platzes.

Der Schweiß, der Adoratas Hemd durchnässte, erinnerte sie daran, warum sie im Alltag glücklicherweise nur die grauen Tuniken tragen mussten. Daran, wie das dunkle Leder sich in der Sonne aufheizen würde, wollte sie nicht denken.

Sie schob sich durch die wartende Menge. Um sie herum wurden hektische, aber leise Diskussionen geführt und schnell die Gesprächspartner gewechselt. Sie war noch rechtzeitig zum Wetten gekommen.

Während sie sich zu Natale hindurchschlängelte, spitzte sie die Ohren. Offenbar hielten sich die Vermutungen, ob Cajetan während der Nachtwache abgehauen war oder nicht, die Waage. Anders bei Jari, bei dem sich alle sicher waren, dass er geblieben war.

»Ich hatte schon überlegt, ob du den Schlaf von heute Nacht nachholst«, sagte Natale.

Adorata hob eine Augenbraue. »Und, wie hast du nun gewettet?«

»Cajetan ist weg, Jari noch da.«

Sie kramte ein paar Münzen aus ihrer Gürteltasche. »Bei Cajetan setz ich dagegen.« Sie sah sich um, bis sie einen ihrer Kameraden entdeckte, der ihre Wette und die Duanten annahm.

Dann wandte sie sich wieder an Natale. »Die wenigstens nehmen das Angebot an, es sich während der Nachtwache anders zu überlegen und ohne Folgen die Hüter zu verlassen.«

»Aber wenn, dann waren es Leute wie Cajetan, die bisher ein sehr angenehmes und bequemes Leben hatten.«

»So wie du auch.«

Natale verzog das Gesicht. »Gab genug Nachteile dafür.«

»Nach dem, was Cajetan von seiner Familie erzählt hat, gibt es die bei ihm auch. Eine einsame Nachtschicht auf der Mauer mit ihm, und er erzählt Geschichten …« Adorata schüttelte den Kopf. Da zog sie ihre Kindheit als Tochter einer verarmten Händlerwitwe vor, auch wenn diese das Leben irgendwann nur noch mit Dattelschnaps ertragen hatte.

»Warum? Ist er auch in die Arena gegangen?«

»Ach ja, euer bescheuerter Zeitvertreib. Nein, es ging eher um seine Brüder und seinen Vater. Da ist, glaube ich, jede Schlangengrube angenehmer.«

Die Gespräche und das Gemurmel erstarben vom Eingang des Vorraums her. In die Stille hinein erklang das Klopfen des Speeres, dessen spitzes Ende über die Köpfe hinweg zu sehen war.

Adorata bildete mit ihren Kameraden eine Gasse zu der Flügeltür aus mächtigem Eichenholz hin, über der ein pferdekopfgroßer Drachenschädel angebracht war, der ihr jedes Mal weniger eindrucksvoll erschien.

Großmeister Gerion schritt voran, in seiner geprägten Lederrüstung mit dem blutroten Umhang und dem Speer der Hüter in der Hand. Ihm folgten Evantia, Meisterin des Kampfes, mit einem goldenen Dolch und Bashir, Meister der Demut, mit einer silbernen Waschschüssel. In zweiter Reihe schritten Lucio, Meister der Gerechtigkeit, mit einer goldenen Schale sowie Tullia, Meisterin des Wissens, mit gefalteten Tüchern in Hütergrau. In voller Tracht erinnerte sie an die Kriegerin, die die vom Alter gebeugte Frau einmal gewesen war.

Der Großmeister blieb vor der Tür stehen und klopfte erneut mit dem Speerende auf den Boden.

Adorata dachte an ihre eigene Aufnahme, als dieses Hämmern sie aus der Stille der Nachtwache gerissen hatte. Und wie sie sich plötzlich alles andere als bereit gefühlt hatte.

Zwei Hüter öffneten die beiden Türflügel.

Vergeblich versuchte Adorata einen Blick in den Saal zu erhaschen, als Großmeister Gerion und die vier Meister hineingingen. Und weil sie so weit hinten stand, musste sie auch eine gefühlte Ewigkeit warten, bevor sie sich hinter Natale einreihen konnte.

Wie jedes Mal stockte ihr der Atem, als sie eintrat. Sonnenlicht fiel durch die hohen Fenster auf die Hüter, die sich links und rechts in ordentlichen Reihen aufstellten. Der Gang gab den Blick frei auf den leicht erhöhten hinteren Teil, wo Jaris helles Nordländerhaar fast genauso leuchtete wie seine weiße Tunika. Neben ihm kniete Cajetan, mit den dunklen Locken und der bronzenen Haut der Mideaner. Beide Anwärter wandten den Hütern den Rücken zu.

Mit einem Grinsen nahm Adorata ihren Platz neben Natale ein, der ihr mit finsterer Miene antwortete. Wenn er nicht lernte, bei den Wetten auf sie zu hören, würde er nie gewinnen.

Großmeister Gerion stellte sich vor die beiden Knienden, seine Lederrüstung ein dunkler Fleck im Sonnenlicht, das ihn von hinten einrahmte. Die Meister stellten sich jeweils zu zweit an die Seiten.

Erwartungsvolle Stille senkte sich über den Saal.

»Heute werden wir zwei neue Brüder in unsere Reihen aufnehmen.« Die kräftige Stimme des Großmeisters stieg zur Gewölbedecke hinauf, wo in verblassten Farben die Gründung der Hüter dargestellt war. Damals, als Midea nur diese Festung gewesen war, ein Bollwerk am Taviasee zum Schutze Calanthas vor den Drachen, die in Grautönen gemalt worden waren.

»Bruder Cajetan und Bruder Jari haben bewiesen, dass sie selbst nach einer Nacht allein mit ihren Gedanken und der Möglichkeit der Umkehr immer noch zu ihrer Entscheidung stehen.«

Adoratas Blick hing an den farblosen Kreaturen fest. Genossen die Zatarsi vielleicht Sonderregeln, weil sie mit den Drachen zusammengelebt hatten? Was, wenn sie sogar bei deren Ausrottung hier in Amaria mitgeholfen hatten? Durfte das zeitlich nicht sogar hinkommen?

Sie unterdrückte ein Schnauben, schüttelte die absurde Idee ab und konzentrierte sich stattdessen auf die Zeremonie, erinnerte sich daran, wie viele Zweifel und Bedenken während der Nachtwache bei ihr aufgekommen waren. Und wie oft sie kurz davor gewesen war, zu gehen.

Großmeister Gerion breitete die Arme aus. Der geschliffene Stahl der Speerspitze blitzte im Sonnenlicht auf. »Erhebt euch.«

Cajetan und Jari kamen auf die Beine, richteten den Blick nach vorn.

»Seid ihr bereit, euren Eid abzulegen?«

»Das bin ich«, antworteten die beiden gleichzeitig.

Meisterin Evantia, deren asymmetrisches Kinn und Unterlippe großflächig vernarbt waren, trat vor und um Cajetan sowie Jari herum. Dann zerteilte sie mit einem Dolch nacheinander deren weiße Tuniken, die zu Boden fielen. Damit waren die Vergangenheit und die Familie symbolisch abgelegt. Doch in Wahrheit schafften das die wenigsten.

Jari hielt still, als Meisterin Evantia ihm den Schnitt quer über Herz und Brust zufügte. Cajetan dagegen zuckte kurz zusammen. Eine zweite Versicherung nach dem Test bei der Aufnahme als Anwärter, dass ihr Blut nicht verflucht war und ihre Kameraden sich im Kampf auf sie verlassen konnten.

Meister Bashir trat vor. Die silberne Wasserschüssel bildete einen Kontrast zu seinen ebenholzfarbenen Fingern, die als Finger eines Arztes mal hart und unnachgiebig, mal sanft und fürsorglich sein konnten.

Hastig wusch sich Cajetan Gesicht und Hände. Dann Jari.

Adorata fragte sich, ob die beiden zu denen gehörten, die ganz in der Zeremonie aufgingen, oder zu denen, die die unzähligen Blicke in ihrem Rücken spürten. Bei ihr war es leider Letzteres gewesen.

»Kampf stärkt unseren Körper, Gerechtigkeit unser Wesen, Wissen unseren Geist und Demut unser Herz.« Großmeister Gerion trat nach dem zweimaligen Klopfen des Speerendes vor. »Seid ihr bereit, euer Leben in gleichen Teilen dem Kampf, der Gerechtigkeit, dem Wissen und der Demut zu widmen?«

»Das bin ich«, antworteten sie einstimmig.

»Schwört ihr, Amaria mit eurem Leben zu verteidigen?«

»Das schwöre ich.«

»Schwört ihr, jedem Feind – egal wie übermächtig er auch sein mag – ins Auge zu sehen?«

Seit die Drachen in Amaria ausgerottet waren, blieben dafür meist nur hochnäsige Adlige oder ein betrunkener Mob.

»Das schwöre ich.«

»So sei es.« Damit machte Großmeister Gerion einen Schritt nach hinten, und Meister Lucio trat vor. Er hob die goldene Schale in die Höhe, die im Sonnenlicht leuchtete.

Für einen Moment erstarb selbst das leise Rascheln und Knarzen der Rüstungen.

Adoratas Blick hing an dem flachen Gefäß, das langsam kippte. Dann rann das rote Öl hinab, erst über Cajetans Haar, dann über seinen nackten Körper, bis es ihn gänzlich bedeckte und eine blutrote Pfütze zu seinen Füßen bildete.

Sie glaubte wieder den Geschmack aus Kräutern und Metall auf ihren Lippen zu schmecken.

Meister Lucio macht einen Schritt zu Jari, über dessen Kopf er die zweite Hälfte des Öls rinnen ließ. Als der letzte Tropfen vom Rand der goldenen Schale fiel, nahm er diese herunter und trat zurück auf seinen Platz.

Nun schlurfte Meisterin Tullia vor, die statt ihres Gehstocks zwei Tücher im Grau der Hüter in der Hand hielt, wovon sie eines Jari und das andere Cajetan umlegte.

Dann trat Großmeister Gerion erneut vor. Mit sanftem Druck, den Adorata noch genau spürte, drehte er Cajetan um. Sonnenlicht ließ das Öl auf Haaren und Gesicht schimmern, doch das Leuchten in seinen Augen kam aus dem Inneren.

»Willkommen, Hüter Cajetan!«

Jubel erfüllte den Saal.

Großmeister Gerion ging zu Jari, den er ebenfalls umdrehte. Auf dessen heller Haut und Haaren wirkte das Öl noch viel mehr wie Blut, womit er genau so aussah, wie man sich in Midea einen barbarischen Nordländer vorstellte.

»Willkommen, Hüter Jari!«

* * *

»Du machst erst wieder auf, wenn ich dich rufe.« Valerian sah Pero eindringlich an. »Und du wartest am anderen Ende des Ganges, egal was du hörst.«

Der Diener nickte, doch Valerian kannte ihn lange genug, um trotz des spärlichen Lichts der Öllampe zu sehen, dass dem alten Mann die Anweisungen nicht gefielen. Doch auf ihn war Verlass.

»Gut.« Damit schloss Valerian die Tür des Gästezimmers.

Erst als das Geräusch des Schlüssels im Schloss erklang, ging er zu dem breiten Himmelbett und ließ sich darauf nieder.

Plötzlich wurde ihm die Stille im Haus bewusst. Als ob alle gespannt lauschten. Dabei gab es außer Pero nur zwei weitere Diener hier! Sie waren schon im Haus gewesen, als seine Großmutter ihm die Villa vererbt hatte und er hierhergezogen war. Weg von seiner Familie. Weg in die Ruhe.

Nach einem kurzen Zögern zog er seinen Dolch. Noch könnte er sich in einem letzten Rest Ungewissheit wiegen. Noch könnte er den Vorfall in der Arena auf den vielen Wein schieben. Dass er sich zu sehr in den Kampf reingesteigert hatte.

Der Stahl schimmerte im Lampenlicht auf, als ein Zittern durch Valerians Hand ging. Oder er würde endlich Gewissheit darüber haben, was er bisher verdrängt hatte. Weil es sein Leben zerstören würde.

Er atmete tief durch. Dann zog er die Klinge über seine Handfläche.

Schmerz explodierte.

Dann die Wut.

Ein Knurren entwich Valerians Kehle, und das Gästezimmer versank im Rot. Er wolle nur noch auf etwas, nein, jemanden einschlagen. Sein süßes Blut schmecken. Und er wusste, wo sich dieser Jemand befand.

Klirrend fiel der Dolch auf den Marmorboden.

Er sprang auf – und seine Hände, mit denen er gerade noch gegen die Tür gehämmert hatte, fielen herab. Frische rote Flecken und Streifen zierten das Holz. Schmerzen zogen sich von seinen Fingern in die Arme.

Valerian stolperte zurück.

Verfluchtes Blut ...

Seine Beine gaben nach, und er sank auf den angenehm kühlen Marmorboden. Das erwartete Entsetzen blieb aus. Stattdessen fühlte er beinahe Erleichterung. Vielleicht, weil die Wut immer ein Teil von ihm gewesen war. Schnell entbrannt und genauso schnell wieder abgekühlt.

Er sah auf den blutenden Schnitt. Gestern war etwas anders gewesen. Nachdem er bei Timeon die Kontrolle verloren hatte, war die Wut geblieben, und wie ein Anfänger hatte er sich in der Arena auf eine Prügelei eingelassen, anstatt wie sonst den Kampf so schnell wie möglich zu beenden. Bevor Blut floss und die Wut die Kontrolle übernahm.

Ein roter Tropfen rann über die Hand, die gestern nicht zum ersten Mal einen Tod herbeigeführt hatte. Noch immer spürte er den Stoß, den er als Kind seiner Mutter voller Wut gegeben hatte. Und nun das zu Brei geschlagene Gesicht des Verfluchten. Selbst den Hals der Zatarsi vor einigen Jahren, die gerade noch mit dem Leben davongekommen war.

Valerian ballte die blutige Hand zur Faust. Er fühlte sich wie ein Mörder, auch wenn er nichts dafür konnte, wenn die verdammte Wut die Kontrolle übernahm. Sie hatte die Menschen getötet, nicht er! Niemand hatte ihn je gefragt, ob er sie überhaupt wollte!

Plötzlich fragte er sich, wer von seinen Eltern ihm das verfluchte Blut vererbt hatte. Vielleicht war es das unberechenbare Temperament seiner Mutter, das diese wiederum von ihrer Mutter hatte. Oder doch sein Vater, der trotz seiner sonstigen Willensstärke bei Streitereien viel zu schnell nachgab? Eigentlich war es egal. Es würde nichts ändern.

Er ließ sich auf den Rücken fallen und starrte auf die gemalten, tanzenden Nymphen an der Decke. Das verfluchte Blut und die Toten würden ein Geheimnis bleiben müssen, wenn er sein Leben weiterleben wollte. Andernfalls würde ihn nicht nur die Gesellschaft zum untersten Abschaum Mideas degradieren, sondern er würde auch Diantha verlieren. Aurelio Ira würde unter diesen Umständen nie einer Hochzeit zustimmen, egal wie hoch Valerians Rang war.

Aber Timeon würde es eher früher als später Mireta erzählen. Und wenn es zwei wussten …

Mit einem Stöhnen setzte Valerian sich auf. Warum musste alles so kompliziert sein? Warum musste er nun Probleme lösen, die deutlich größer waren als die Entscheidung über die Farbe seiner Kleidung und die Weinsorte?

Gedämpft erklang das Hämmern des Türklopfers.

Schwankend erhob sich Valerian. Für einen Augenblick verfluchte er die Störung. Dann erkannte er in ihr eine willkommene Ablenkung.

Er machte ein paar Schritte in Richtung Tür. Zu dem Brennen in seiner Hand gesellte sich ein unangenehmes Pochen. Rote Tropfen fielen auf den hellen Marmor. Verdammtes, verfluchtes Blut!

Mühsam hob er seinen Dolch auf, schnitt einen Streifen vom Saum der Tunika, aus deren weißer Seide die Blutflecken sowieso nie wieder herausgehen würden, und wickelte den Stoff sorgfältig um seine verwundete Hand. Das musste erst einmal reichen.

Sein Blick wanderte von dem Blut auf dem Boden zu dem an der Tür. Kurz überlegte er, es selbst wegzuputzen, aber Pero war es gewohnt, hinter Valerian herzuräumen. Und er würde nicht nachfragen.

Schritte näherten sich auf dem Gang. »Herr? Ihr habt Besuch von Mireta Aglaia.«

Valerian stöhnte auf. So viel zum Thema Ablenkung. Nur Timeon wäre ihm gerade noch ungelegener gekommen. Dafür hätte er ausnahmsweise seinen Vater und Otavian mit offenen Armen empfangen.

»Ich komme.« Er ging zur Tür und drückte die Klinke herab, die nicht nachgab. »Kannst du bitte wieder aufmachen, Pero?«

Der Schlüssel im Schloss drehte sich, dann öffnete sich die Tür.

Peros Stirn runzelte sich einen Moment, dann trat er mit einer neutralen Miene zur Seite. »Ich nehme an, Ihr wollt keinen Arzt. Soll ich eine Salbe bringen?«

»Nein, aber ich zieh mich kurz um.« Valerian eilte an dem Diener vorbei und über den Gang zu seinen Gemächern. Dort zerrte er das ruinierte Kleidungsstück über den Kopf und ließ es auf den Boden fallen, bevor er eine neue Tunika aus dem Schrank holte. Langärmlig und dunkelrot wie das Blut, das durch den provisorischen Verband blühte.

Neu eingekleidet verließ er seine Räume und ging in Richtung Atrium, wo Mireta auf ihn wartete. Warum sie wohl hier war? Bestimmt wegen Timeon.

Valerian fuhr sich kurz durch die Haare und zog die Ärmel seiner Tunika über die Hände und den neuen Verband, bevor er entschlossen über die gemusterten Fliesen in das Atrium schritt.

»Mireta, was kann ich für dich tun?«

Sie hatte die staubige Lederkleidung an, die sie sonst nur zur Jagd trug. Das und ihr misstrauischer Blick weckten in Valerian ein ungutes Gefühl.

»Timeon hat mir vorhin endlich erzählt, warum er plötzlich nichts mehr mit dir zu tun haben will.«

»Weil ich nach der Arena seine Lieblingstunika mit meinen blutigen Fingern versaut habe?«

»Natürlich!« Miretas Augen verengten sich zu Schlitzen. »Nein, das verfluchte Blut.«

»Keine Ahnung, was du meinst.« Sein Herz raste. Der Schweiß auf seinen Handflächen brannte in dem Schnitt.

»Oh doch. Und wenn wir ehrlich sind, erklärt es so einiges. All die Sachen, über die wir jahrelang hinweggesehen haben.«

»Und deshalb bist du gekommen? Um mir das zu erzählen?«

»Nein. Weil ich will, dass du dich von meiner Familie fernhältst. Du bist nicht nur eine Gefahr, wie du gestern bei Timeon bewiesen hast, sondern befleckst auch unseren Ruf.«

»Was soll das, Mireta? Wir sind Freunde.«

»Waren. Akzeptier es, oder ganz Midea erfährt von deinem verfluchten Blut.« Mit einem letzten warnenden Blick stolzierte sie an ihm vorbei und verließ das Atrium.

Valerian sah ihr hinterher und spürte, wie das gewohnte Leben seinen Fingern entglitt. Wenn Caj nur hier wäre. Sein kleiner Bruder hatte früher schon die Denkarbeit übernommen.

Dann kroch ein Grinsen auf sein Gesicht. Denn wenn Caj nicht hier war, dann müsste Valerian eben zu ihm.

Er wartete noch einige ungeduldige Momente, bis er sicher war, dass Mireta weg war, dann verließ er ebenfalls das Atrium und kurz darauf auch das Haus. Er eilte durch die Straßen und deren abendlichen Trubel, den Valerian heute nicht genießen konnte. Verdammt, er wollte seine Unbeschwertheit wieder!

Er erreichte das Tor zu Festung, das kaum mehr als ein Schatten im zuckenden Licht der Feuerkörbe war. An den offen stehenden Torflügeln standen zwei Hüter, die er nicht kannte, denn er hatte nur eine Handvoll Bekanntschaften hier.

Mit einem Nicken ging er zwischen den beiden hindurch und über den Hof in die Eingangshalle, wo zwei weitere Wachen standen.

Eine dritte Hüterin löste sich von ihrem Platz gegenüber und kam auf Valerian zu. »Wie können die Hüter Euch behilflich sein?«

»Ich muss meinen Bruder sprechen, Cajetan Morena.«

Die Hüterin bedachte ihn mit einem komischen Blick, als ob sie Valerian für nicht ganz dicht hielt – was umgehend die Wut weckte.

Seine Hände ballten sich unter den langen Ärmeln zu Fäusten. Prompt schmerzte der Schnitt in seiner Handfläche, was sein Blut weiter aufstachelte.

»Ich gebe ihm Bescheid.« Damit drehte sich die Hüterin um und verschwand in einem der Gänge, die tiefer in die Festung führten.

Valerian atmete tief durch. Wollte er wirklich ausgerechnet hier sein verfluchtes Blut demonstrieren? Als ob es nicht ausreichte, dass er sich als Verfluchter hier in der Höhle des Drachen befand. Vielleicht war es doch eine blöde Idee gewesen.

Drei Hüter betraten die Eingangshalle. Und diesmal erkannte Valerian eine von ihnen.

»Magalie!«

Auf deren feenhaft filigranen Zügen breitete sich ein Lächeln aus. »Was verschlägt dich denn hier in die Festung?«

»Ich muss dringend meinen Bruder sprechen.«

»Valerian …« Ein Schatten huschte über ihr Gesicht. »… seit heute Mittag ist er nicht mehr dein Bruder.«

Das war wie ein Faustschlag. »Er … die Aufnahme?«

Magalie nickte, dann lächelte sie wieder. »Aber wir werden gut auf ihn aufpassen. Immerhin ist er nun unser kleiner Bruder.«

Valerian blieb stumm. Er konnte und wollte nicht glauben, dass Caj seine Vergangenheit und Familienbande gekappt hatte.

»Ich muss los, Valerian. Für ein bisschen Ruhe und Ordnung sorgen.« Mit einem Winken tänzelte Magalie an ihm vorbei und folgte den zwei anderen Hütern hinaus in den Hof.

Valerian fühlte sich plötzlich sehr allein. Sein kleiner Bruder war nun Hüter. Das, was dieser sich immer gewünscht hatte. Valerian hatte nie verstanden, wie man dieses … Dasein hier dem Leben in einer Villa mit allen Annehmlichkeiten vorziehen konnte. Dennoch hatten sie sich beide immer gegenseitig unterstützt. Gemeinsam hatten sie wenigstens eine kleine Chance gehabt gegen den älteren Otavian, Liebling ihres Vaters.

Schritte hallten heran, und die Hüterin von vorhin kam zurück. Sie nickte Valerian kurz zu, bevor sie ihren Posten wieder einnahm.

Dann stürmte Caj heran. In der grauen Tunika der Hüter, die Wangen gerötet und die Augen leuchtend. Wenigstens einer war zufrieden mit seinem Leben.

»Val! Was machst du hier?«

»Dir gratulieren.« Er musste sich ein Grinsen abringen, auch wenn er sich für seinen Bruder wirklich freute.

»Danke. Es war wirklich die beste Entscheidung, die ich je getroffen habe. Hier habe ich eine Aufgabe, etwas zu tun … nicht mehr dieses Treibenlassen.«

»Du meinst, du hast nun so etwas Widerwärtiges wie einen geregelten Tagesablauf?«

Caj knuffte ihn. »Du bist nur neidisch!«

»Weil ich Diantha habe? Und ausschlafen kann? Nicht zu vergessen das ein oder andere Fläschchen Wein, was es – wie ich gehört habe – in der Festung nicht gibt.«

»Das vermisse ich gar nicht. Dich dagegen …«

»Ja, du fehlst.« Gestern in der Arena zum Beispiel. Vielleicht wäre es dann gar nicht so weit gekommen und alles wäre noch in Ordnung.

»Aber deswegen bist du sicher nicht hierhergekommen.«

»Können wir irgendwo unter vier Augen sprechen?«

»Du kannst es auch hier erzählen. Ich hab keine Geheimnisse vor meinen neuen Brüdern und Schwestern.«

In dem Moment wurde Valerian endgültig klar, dass Caj nun Hüter und nicht mehr sein Bruder war. Und damit auf der anderen Seite als Valerian, ein Verfluchter, stand. Für sie gehörte er mit einem Brandzeichen markiert. Wie Vieh.

Valerian schüttelte den Kopf. »Egal, war nichts Wichtiges.«

Caj runzelte die Stirn. »Ist etwas zwischen dir und Diantha passiert? Oder hattest du wieder ein Zusammentreffen mit Vater? Oder Otavian?«

»Alles wie immer. Geh ruhig weiter deine Aufnahme feiern.« Er wollte sich zum Gehen wenden.

»Warte.« Caj griff nach Valerians Arm. »Was ist los?«

»Hab dich nur vermisst.« Er zwang ein wenig Freude auf sein Gesicht. Dabei war es nicht einmal eine Lüge.

»Hast du wieder zu viel getrunken?«

Val zuckte mit den Schultern. »Vielleicht. Anders lässt sich das Seefest und die Begegnung mit dem Bruderherz sowie den Schwiegereltern nicht aushalten.« Und nun vermutlich auch die mit seinem kleinen Bruder nicht mehr.

Sorge machte sich auf Cajs Gesicht breit. »Willst du wirklich immer so weitermachen, Val?«

»Mach's gut.« Valerian wandte sich ab und verließ die Festung, auch wenn er am liebsten zurückgestürmt wäre und seinem Bruder alles erzählte hätte – egal, ob andere Hüter zuhörten.

Er eilte durch die Straßen, stieß Passanten beiseite, während er versuchte an Diantha zu denken. An ihre baldige Hochzeit. An den Wein, der zu Hause auf ihn wartete und in dem er bis zu ihrem Besuch morgen alle Probleme ertränken würde.

KAPITEL 3

Elezei lag in der späten Nachmittagssonne auf dem warmen Balkon und erlaubte sich, für einen Moment im Klangteppich des Zatarsi-Viertels zu versinken. Erlaubte sich zu träumen, dass alles wieder normal war.

Dann knurrte ihr Magen.

Sie verfluchte ihn lautlos und stützte sich wieder auf die Unterarme, um zwischen den steinernen Streben hindurch auf die Straße zu sehen. Vom Dach aus hätte sie eine größere Gegend überblicken können, aber ihr war die Gefahr zu groß, dass man sie dort entdecken und es nur wieder neue Gerüchte geben würde.

Endlich ertönten Schritte, die mit einem Summen auf den Lippen in einem der Häuser verschwanden.

Sie reckte den Hals. Doch es war nur eine Zatarsi mit ringlosem Zopf und Wasserkrug auf der Schulter.

Elezei fragte sich, ob Sesai Careisa ausgerechnet heute ihren Rundgang durch das Viertel ausließ. Oder ob sie vielleicht anders gegangen war und Elezei viel zu spät gekommen war. Aber dafür gab es keinen Grund. Die Ranglosen waren immer als Letzte dran.

Sie sah in die andere Richtung der Straße, und ihr Blick streifte ihre Armreife, deren Gold im Sonnenlicht leuchtete. Nur die Kerbe von vorgestern war dunkler, wie ein Schandmal, das Elezei daran erinnerte, was sie getan hatte.

Mit einem Zischen riss Elezei ihren Blick los. Sie musste endlich wissen, was die Hüter entschieden hatten, nachdem die Frist gestern Abend abgelaufen war. Und vor allem, ob sie zu ihrem Stamm zurückkehren durfte.

Irgendwo in der Nähe erhob sich eine tiefe Stimme, die sich um das Gurren und Scharren der Tauben ein Haus weiter rankte, was Elezei daran erinnerte, dass hier vor allem Männer wohnten, die noch nicht zu Gefährten erwählt worden waren, sowie die Zatarsi, die es nie geschafft hatten, sich einen Ring zu erkämpfen.

Elezei sah auf ihren Zopf, der neben ihr auf dem heißen Stein lag. All die Goldringe, die in das dunkle Haar geflochten waren, waren nun vermutlich nichts mehr wert. Nicht, nachdem sie vor ihrem

Stamm das Gesicht verloren hatte. Und sie wusste nicht, ob und wie sie das je wiedergutmachen konnte ...

Erneut hallten Schritte heran.

Sie sah zwischen den steinernen Streben hindurch. Erleichterung machte sich in ihr breit, als sie Sesai Careisa erkannte, die die Straße entlangschritt.

Elezei erhob sich lautlos, eilte in das kühle Innere des Hauses und über die Steintreppe nach unten zum Ausgang, der keinen Vorhang trug. Das Zeichen, dass hier niemand wohnte.

Sie wartete, bis die Sesai herankam, dann machte sie einen Schritt vor und senkte den Kopf respektvoll.

Mit einem Lächeln kam Sesai Careisa näher und folgte ihr in das Dämmerlicht des Hauses. Auch wenn diesmal die Kerzen fehlten, erinnerte es Elezei an ihr letztes Treffen – und sofort legte sich eine eisige Hand um ihr Herz. Nein, diesmal würde es besser laufen.

Elezei blieb am Rand des Raumes stehen, dort wo die Akustik am schlechtesten war und ihre Stimmen nur verwaschen und leise nach außen dringen ließ.

»Wie kann ich dir helfen, Elezei?«

»Ich wollte mich erkundigen, ob es etwas Neues gibt. Die Frist der Hüter ist gestern Abend abgelaufen.«

Das Gesicht der Sesai verlor das Lächeln. »Es gab kein Verfahren und folglich auch kein Urteil. Die Sache hat sich unnötig verkompliziert, da der verwundete Mideaner wohl verschwunden ist.«

»Aber dann bleibt doch nur noch meine Aussage, oder?«

»Und die der drei Hüter.«

»Sie haben die Tat nicht gesehen!«

»Du weißt, dass sie unserem Volk gegenüber ungerecht sind.« Der Blick der Sesai verdüsterte sich. »Und sie werden deinen Worten sicher keinen Glauben schenken, sobald sie dich erkennen.«

Elezei ballte die Hände zu Fäusten. »Was heißt das für mich?«

»Du musst dich noch ein bisschen gedulden. Ich versuche bereits, Sindresa zu überzeugen, eine andere Lösung als deine Auslieferung zu finden.«

»Ich soll zurück zu den Mideanern?« Nicht mehr nur der nagende Hunger zog ihr Inneres zusammen.

»Du wirst es schaffen, Elezei, und dem Stamm Ehre bereiten.« Mit einem letzten aufmunternden Lächeln verließ die Sesai das Haus.

Elezei blieb allein zurück. So allein, wie sie sich gerade fühlte. Ohne ihren Stamm. Ohne Musik. Ohne ihre Würde. Ohne Geld.

Sie presste sich die Hand auf den Bauch und atmete tief durch. Sie hatte dringendere Probleme als ihren Hunger!

Elezei ging zur Tür und lauschte. Dann huschte sie über die Straßen und zwischen den meist unbewohnten Häusern hindurch. Sie fühlte sich wie eine Diebin im eigenen Viertel. Als ob sie ihre Ringe unverdient trüge.

Ihre Schritte wurden schneller, und sie rannte beinahe über die Brücke nach Midea. Erst als sie die Blicke der Mideaner bemerkte, wurde sie langsamer und ging mit hoch erhobenem Kopf die Straße entlang.

Ihr Bauch krampfte sich zusammen.

Elezei stieß zischend die Luft aus. Sie würde nicht gegen den Hunger verlieren!

Beim nächsten Ziehen stimmte sie eine Melodie an, deren tiefe Töne durch ihren Körper vibrierten und den Bauch etwas beruhigten. Dafür musste sie sich nun beherrschen, damit das Summen nicht aus ihr herausbrach und zu richtigem Gesang wurde.

Die Ruhe kehrte zurück und klärte Elezeis Gedanken. Sie brauchte Geld, wenn sie weiterhin von ihrem Stamm ... ausgeschlossen war. Sie erinnerte sich an eine Nordländerin, die erzählte, dass man für Kämpfe in der Arena bezahlt wurde. Auch wenn es dort vermutlich keine echte Herausforderung für Elezei gab, würde sie ihrem Stamm keine Schande bereiten, indem sie für Geld kämpfte und nicht wie versprochen ein Schatten blieb.

Ihren Stolz wie eine Rüstung um sich gezogen, ging sie durch die Straßen, ohne die Menschen um sich herum zu beachten. Trotzdem bemerkte sie deren Blicke, und ein Stück weit gab ihr diese Abneigung Stärke zurück.

Elezei ließ sich von der Menge in Richtung Basar treiben, in der Hoffnung, sich ein wenig von dem nagenden Hungergefühl abzulenken. Bereitwillig gab sie sich den Geräuschen hin, die ihren Kopf fluteten: Stimmen, Klimpern von Münzen, Rascheln von Stoff, irgendwo brüllten sich zwei Männer in einer fremden Sprache an, dazwischen ertönte eine schlecht gestimmte Cister, die nicht zu dem Tschilpen der Sperlinge passte.

Trotzdem blieb Elezei einen Moment neben dem Musiker stehen, der wenigstens eine angenehme Stimme hatte, mit der er die einfachen, aber ohrenschmeichelnden Lieder der Mideaner voller Inbrunst schmetterte. Das Klingeln, wenn wieder eine Münze in seinem Hut landete, ergab einen erstaunlich gleichmäßigen Rhythmus, der sogar zu der schiefen Cister passte.

Eine Idee bildete sich in ihrem Kopf, die der nagende Hunger bestärkte.

Elezei verwarf die Idee sofort und eilte weiter, die Hand auf ihrem Messer, das sie zusätzlich am Griff mit den Lederbändern des Geldbeutels festgebunden hatte. Keine Zatarsi würde sich auf die Straße stellen und Musik machen, wo niemand diese mit Gold aufwiegen konnte, wie es die Tradition verlangte! Wenn das auch nur einer von ihrem Stamm erführe ...

Sie verdrängte die Idee und versuchte, den Trubel um sich herum zu genießen. Hier, zwischen den Menschen aus allen Ecken Amarias und fernen Ländern, fiel sie nicht auf. Sie war nicht mehr allein, sondern gehörte dazu.

Dann kroch ein widerwärtiger Gestank in ihre Nase.

Übelkeit stieg in ihr auf.

Hastig sah sie sich um und bemerkte den Rauch, der neben ihr aufstieg. Sie musste den dazugehörigen Grill nicht sehen, um den ekelhaften Geruch von gebratenem Fleisch zu erkennen. Schon allein der Gedanke daran, es in diesem Zustand zu essen ...

Vergeblich versuchte sie, durch die Menge wegzukommen. Weg von dem Gestank. Weg von den Mideanern, die überall um sie herum das verdorbene Fleisch aßen.

Elezei drückte ihren Unterarm vor die Nase und atmete durch den Mund. Doch der Geruch legte sich auf ihre Zunge, wurde zu Geschmack.

Ihr Magen zog sich zusammen.

Allein darauf konzentriert, sich nicht zwischen all den Menschen zu übergeben, drückte und schob sie sich weiter. Immer weg, immer vorwärts – bis die Luft endlich frei von dem Gestank war.

Elezei stolperte zwischen zwei Ständen hindurch und lehnte sich an eine angenehm kühle Hauswand, während sie tief durchatmete. Doch so widerwärtig der Geruch gerade auch gewesen war, ihr Magen verlangte plötzlich gurgelnd nach dem gebratenen Fleisch.

Elezei krümmte sich zusammen, schnappte nach Luft, bis das Ziehen im Bauch weitgehend abgeklungen war. Dann richtete sie sich wieder zu ihrer vollen Größe auf und hob das Kinn. Sie war schwach und erbärmlich!

Ihr Blick fiel auf das Haus der Pfandleiherin auf der anderen Seite des Platzes, wo der Basar endete. Vorgestern war Elezei hier gewesen, um die Flöte für Tarissan zu holen, die der vorherige Besitzer nicht ausgelöst hatte. Drei Monde hatte er Zeit gehabt. Drei lange Monde ...

Wie zur Bestätigung krampfte sich Elezeis Magen zusammen, und sie schnappte wieder nach Luft. In ihr wuchs die Angst, dass bald der Hunger Körper sowie Gedanken beherrschen und sie dann die Kontrolle verlieren würde.

Sie sah wieder zum Pfandhaus, dann zog sie bedächtig ihr gebogenes Messer. Damit hatte sie sich unzählige Male bewiesen, und wie es sich gehörte, hatte die Klinge nur das Blut unwürdiger Zatarsi gekostet.

Entschieden schob sie das Messer zurück. Wenn sie zu ihrem Stamm zurückkehrte, würde sie ihren Rang verteidigen müssen.

Ihr Blick wanderte zu den Armreifen, die im Sonnenlicht leuchteten. Jeder von ihnen symbolisierte eine andere Station ihres Lebens und bewies, dass sie keine Ausgestoßene war, egal wie sie sich gerade fühlte.

Sanft fuhren ihre Finger über das mit kunstfertigen Mustern verzierte Metall, manches stammte sogar noch aus der Zeit ihres Volkes in den Bergen. Als die Drachen Gold gegen Musik getauscht hatten. So, wie es jetzt die Mideaner taten.

Aber es waren nicht nur die Geschichten und das Alter, die Faszination ausübten. Manchmal hatte sie das Gefühl, das Gold war ein Teil von ihr. Und als sie den Verschluss des neuesten Reifes öffnete und ihn abstreifte, war ihr, als ob sie sich einen Finger abschnitt ... Dieser Reif war die Ehrung der Azai, die sie vor einem halben Sommer erhalten hatte, als sie ein Klingenduell gegen eine bis dahin Unbesiegte gewonnen hatte.

Das Ziehen in Elezeis Bauch kehrte wieder. Und der Hunger flüsterte ihr ein, was sie gleich alles an Essen kaufen konnte – wenn sie den Armreif abgab.

Elezei schloss ihre Finger fest um das Schmuckstück und schritt entschieden über den Platz. Es war nur für ein paar Tage. Sobald sie zurück bei ihrem Stamm war, konnte sie den Goldreif auslösen.

Vor dem Pfandhaus blieb sie stehen, und ihr Blick wanderte zu dem Holzschild mit den Münzen, Schmuck und Geschirr über der Tür. Es war nicht endgültig. Nur für ein paar Tage.

Dann trat sie ein.

Innen empfing sie die gleiche Dämmerung wie vorgestern. Die stickige Hitze hing zwischen den Vitrinen, Regalen und Truhen voller Tand fest, in deren Mitte, beleuchtet von zwei Öllampen, ein massiver Eichentisch stand. Und dahinter wartete dieselbe winzige Mideanerin mit denselben geflochtenen Zöpfen und demselben freundlichen Lächeln wie vorgestern.

»Wir kann ich Euch helfen, verehrte Elezei? Ich hab im Moment leider kein weiteres Instrument zum Verkauf.«

Elezei blieb vor dem Tisch stehen. »Ich möchte Geld leihen.« Sie zwang sich, die Finger zu öffnen und den Armreif auf das abgeschabte Holz zu legen. Ihr Hunger verdrängte das Gefühl, eine Verräterin zu sein.

Die Pfandleiherin nahm den Reif und hielt ihn in das Licht der Öllampen über sich.

Elezei hätte ihr den Armreif am liebsten aus den Händen gerissen.

»Viel kann ich Euch nicht dafür geben.«

»Das glaube ich Euch nicht.« Elezeis Stimme klang wie eine Herausforderung. Diese Frau hatte offenbar keine Ahnung. Zatarsi-Schmuck war oft Generationen alt und gelangte praktisch nie in die Hände von Fremden.

Wie aus dem Nichts stand plötzlich ein Mideaner hinter der Pfandleiherin. Auch wenn er nicht besonders groß war, wirkte er mit seinen breiten Schultern und vor der Brust verschränkten Armen bedrohlich.

Elezeis Gefühl einer Herausforderung war mit einem Schlag weg, da sie den Mideaner nicht hatte kommen hören. Und das, obwohl sie dank früherer Besuche von ihm wusste.

»Der ideelle Wert mag hoch sein, aber das Gold ist es im Moment nicht«, fuhr die Pfandleiherin ungestört fort, »und Zatarsi-Schmuck kommt äußerst selten in Mode.«

»Außer einer Zatarsi hat das auch niemand zu tragen.«

»Dann solltet Ihr ihn nicht verpfänden.« Die Mideanerin legte den Armreif in die Mitte des Tisches. »Eure Entscheidung.«

Elezei verengte die Augen zu Schlitzen. Wenn die Frau sich über sie lustig machte …

Ihr Magen wählte genau diesen Moment, um lautstark zu gurgeln. Und auch wenn die Mideanerin nicht reagierte, fühlte sich Elezei durchschaut und gedemütigt.

»Ich nehme das Geld«, presste sie zwischen zusammengebissenen Zähnen hervor. Sie wollte hier nur noch weg.

Ein Nicken, dann ging die Mideanerin zu einem wuchtigen, metallbeschlagenen Schrank, öffnete zwei Schlösser mit verschiedenen Schlüsseln von ihrem Gürtel und nahm einen gefüllten Münzbeutel heraus, in den sie noch ein paar weitere Duanten aus einem anderen Beutel fallen ließ.

Zurück am Tisch schrieb sie etwas in ein dickes Buch, bevor sie Elezei das Geld reichte. »Drei Monate habt Ihr für die Rückzahlung.«

Elezei wollte schon gehen, als ihr noch etwas einfiel. »Erzählt niemandem von meinem Besuch. Ich brauche das Geld für einen Psalter, der ein Geschenk werden soll.« Die Lüge fühlte sich ekelhaft an. Aber sie belog nur eine Mideanerin, keine Zatarsi.

Die Pfandleiherin nickte und hatte wieder das freundliche Lächeln auf dem Gesicht. »Aber nur die drei Monate, danach geht der Reif in den Verkauf.«

»So lange wird er sicher nicht hierbleiben.« Elezei schritt mit dem wunderbar schweren Gewicht des Geldbeutels hinaus auf den Platz. Die Gefühle aus dem Pfandhaus verblassten schnell, als sie sich überlegte, was sie nun zu essen kaufen würde. Und sobald der Hunger besiegt war, würde sie sich überlegen, ob und wie sie ihre Rückkehr ins Viertel beschleunigen konnte.

* * *

»Und gleich einen Schluck kühles Wasser«, meinte Fedon verträumt, während sie durch die Straßen zurück in Richtung Festung gingen.

Natale schüttelte den Kopf. »Ich dachte eher an ein Bad.«

Dagegen hätte auch Adorata nichts einzuwenden, denn die Tunika klebte ihr am Körper, da sie seit heute Mittag auf Patrouille im Hafenviertel unterwegs gewesen waren. Aber meist zog sie eine Schüssel Wasser dem öffentlichen Bad vor, da Natale ihr unter all den wachsamen Augen sowieso nicht den Rücken waschen konnte.

»Sinnlos, wenn uns Meisterin Evantia morgen Vormittag beim Waffentraining triezt.« Fedon grinste. »Außerdem habe ich gestern vor der Aufnahmezeremonie gebadet.«

»Dann pass bloß auf, dass du nicht mit dem Wasser in Berührung kommst, wenn wir nachher die Gänge des Südflügels schrubben.« Adorata stieß ihn mit dem Ellbogen an.

»Dass wir das machen müssen, ist noch unnötiger als der dämliche Küchendienst.«

Natale lachte. »Manchmal hörst du dich echt an, als ob du mit Dienern aufgewachsen bist, und nicht ich.«

»Ein bisschen Dreck hat noch keinem geschadet.«

Adorata sparte sich die Erklärung, dass es nicht vorrangig um Sauberkeit ging, sondern dass sie Demut lernen sollten. Doch Fedon war in Kreisen groß geworden, die mit Demut so wenig am Hut hatten wie mit jeglichen anderen Tugenden.

Sie bogen in eine Hauptstraße ab, und die Festung ragte hinter den Dächern auf. Innen würde nicht nur Wasser warten, sondern auch angenehme Kühle und Schatten, die hier draußen dank der in der späten Nachmittagssonne aufgeheizten Steine fehlten.

Wie von selbst beschleunigten sich Adoratas Schritte. Außerdem war sie neugierig, was wegen der Zatarsi unternommen werden würde, die ziemlich sicher nicht bis zum Ende der Frist gestern Abend erschienen war.

»Halt!«, erklang ein erstickter Ruf hinter ihnen. »Ich ... Toter ...«

Zu dritt drehten sie sich um.

Ein sehr beleibter Mann watschelte auf sie zu, das Gesicht voller Schweißperlen. Vor ihnen blieb er schnaufend stehen, die Hände auf die Knie gestützt.

Schließlich sah er auf. »Im Carill-Kanal ... ist eine Leiche.«

Adorata seufzte lautlos. Da würden Neugier und Waschschüssel wohl oder übel warten müssen.

»Geht vor«, befahl Natale dem Mann.

Dieser wackelte nach einem Nicken voran, wobei er sich regelmäßig mit einem zerknäulten Taschentuch über das Gesicht wischte.

Adorata hatte aufgehört zu zählen, wie oft sie schon Leichen aus der Brühe der Kanäle Mideas gezerrt und vor der Stadt vergraben hatten. Zum Großteil waren es vermutliche Besoffene und nur ganz selten einmal ein – offensichtlicher – Mord.

Der Mann führte sie in Richtung Hafenviertel, wo er mit seiner geflickten, aber gepflegten Kleidung hinpasste. Am Ende einer Straße hatte sich eine Gruppe Menschen am Rand des Carill-Kanals versammelt. Wie verschreckte Tauben stoben sie auseinander, als sie die Hüter kommen sahen. Nur die Kinder blieben neugierig stehen.

»Dort.« Der Mann deutete unter die Brücke.

Adorata ging mit ihren Kameraden zu der niedrigen Mauer, die den winzigen Platz von der stinkenden Brühe abtrennte, und beugte sich ein Stück vor.

Zusammen mit einigen Holzstücken, verwelkten Blüten und undefinierbarem Müll hatte sich die Leiche am Kanalrand unter der Brücke verkeilt. Auch wenn der Mann mit dem Gesicht nach unten in der stinkenden Brühe lag, konnte Adorata erkennen, dass er schon ein oder zwei Tage tot war.

Durch den Mund atmend, half sie Fedon und Natale, die Leiche aus dem Wasser auf den Platz zu ziehen, und sank daneben in die Hocke. Dort, wo Tunika und Hose die Haut frei ließen, hatten die Ratten sich schon bedient. Nichts verkam in Midea.

Adorata spuckte aus, um den widerwärtig süßlichen Geruch von ihrer Zunge zu bekommen.

Sie drehten den Toten um. Das war ausnahmsweise kein ertrunkener Besoffener. Das Blut war zwar vom Wasser weggespült worden, doch sein Gesicht war eindeutig zu Brei geschlagen worden. So etwas überlebte man nicht. Oder zumindest nicht lange.

Der Dicke übergab sich geräuschvoll ins Wasser und tupfte sich mit seinem Tuch hektisch über den Mund.

Natale führte ihn sanft ein Stück weg. »Geht heim. Ihr habt Eure Pflicht getan, guter Mann.«

Mit einem Nicken stolperte dieser davon, ohne auch nur einen Blick zurückzuwerfen.

Natale schob die nassen Strähnen aus der Stirn des Mannes. Trotz der aufgequollenen Haut war das Brandzeichen zwischen den Brauen klar zu erkennen.

»Ein Verfluchter«, sprach Adorata es aus. »Dann wird ihn wohl eh niemand vermissen.«

Fedon sah mit finsterem Gesicht auf den Toten. »Da konnte wohl jemand seine Wut nicht kontrollieren und hat sich in Schwierigkeiten gebracht.«

»Ich bin gespannt, ob Meister Bashir ihn identifizieren kann«, überlegte Natale laut. »Vielleicht erfahren wir dann mehr.«

Adorata erhob sich und blickte zu der Brücke, auf der immer noch Schaulustige standen. Warum hatte man den Mann überhaupt in den Kanal geworfen? Es gab bei Verfluchten selten eine Verurteilung wegen Mord, da die Ausrede der Notwehr eigentlich immer funktionierte.

Es war eine der ungeschriebenen Regeln, die sich die letzten hundert Jahre gebildet hatten, seit die Verfluchten in Midea aufgetaucht waren und man sie nicht alle hatte einsperren können – oder wollen. Denn es gab immer Bedarf an billigen Arbeitern, wobei diese im Grunde nur bessere Sklaven mit einem gewissen Gefahrenpotenzial waren.

Aber diese Regeln interessierten Adorata gerade weniger als die für die Zatarsi, die viel zu viele Fragen aufwarfen, angefangen mit der, warum die Zatarsi überhaupt geflohen war, obwohl sie laut eigener Aussage unschuldig war, dann die, warum es keine Suchaktion und …

»Dora? Hallo?«

Sie blinzelte und sah zu Fedon, der mit verschränkten Armen vor ihr stand.

Natale neben ihm grinste. »Die grübelt sicher wieder über die Sache mit der Zatarsi.«

»Ja, weil es mir verdammt noch mal keine Ruhe lässt, dass nach so vielen Jahrzehnten aus heiterem Himmel eine Zatarsi straffällig wird, und dann passiert nichts!«

»Hast du heute beim Frühstück nicht schon die halbe Festung mit deinen Fragen zu der Sonderregel genervt?«, fragte Fedon.

»Es weiß ja keiner was.« Auf die Bibliothek mit den vielen staubigen Büchern hatte sie keine Lust, aber vermutlich würde sie nicht drum herumkommen.

»Das letzte Mal ist gar nicht so lange her.« Natale runzelte die Stirn. »Die Zatarsi vorgestern … das war die von damals, vor über zehn Jahren, kurz nach meiner Aufnahme, oder?«

Fedon schwieg, aber die Wut in seinem Gesicht verriet ihn.

Adorata sah fragend zwischen den beiden hin und her. »Was war damals?«

»Fedon hatte sich mit der Zatarsi in die Haare bekommen, sie hatte ihn mit ihrem Messer bedroht und dann eine Nacht in der Festung verbracht.«

Sie wollte Nachfragen stellen, doch sie bemerkte Fedons mörderischen Blick. Manchmal wusste auch sie, wann es besser war, den Mund zu halten. Jedenfalls für den Moment.

»Wir sollten den Toten lieber fortschaffen«, meinte Natale, der vermutlich versuchte, vom Thema abzulenken.

»Ich geh den Karren holen.« Fedon stapfte davon. Jede Faser seines Körpers sprach von der unterdrückten Wut, die auf seinem Gesicht gestanden hatte. Noch mehr als sonst, wenn er über Zatarsi sprach.

Natale drehte Adorata demonstrativ den Rücken zu und verscheuchte eines der Kinder mit einem Händeklatschen.

»Was ist damals genau passiert?«

Sie sah seinen Seufzer am Heben der Schultern.

Natale drehte sich um. »Du wirst keine Ruhe geben, bevor ich es dir nicht erzähle, oder?«

»Du kennst mich.«

»Viel kann ich dir eh nicht sagen. Man hört ja immer nur Gerüchte, aber anscheinend war Fedon nicht gerade ... nett.«

»Das heißt?«

Natale zuckte mit den Schultern. »Er redet nicht drüber.«

»Er brüstet sich doch sonst immer damit, wie er es den Zatarsi gezeigt hat.«

»Ich vermute, da hat er nicht gewonnen.« Natale hob die Schultern. »Ich weiß nicht mal genau, warum er überhaupt mit ihr in Streit geraten ist. In einem Moment hat er sie bedroht, im nächsten hatte er ihr Messer an der Kehle. Wir haben sie in die Festung mitgenommen, wo Fedon sie in eine Zelle geworfen hat.«

»Das war alles?«

»Nein, er war die Nacht über auch dort.«

»Du hast ihn alleine mit einer Zatarsi gelassen?«

»Ich war damals noch Anwärter ...«

Adorata hätte am liebsten ihren Kopf gegen die Wand geschlagen. Stattdessen atmete sie tief durch. »Hat Fedon die Zatarsi selbst eingesperrt, ohne Meister Lucio die Sache zu übergeben?«

»Genau das.«

»Und er ist damit davongekommen?«

»Nein. Er hatte ein sehr langes Gespräch mit den Meistern, über das er nie ein Wort verloren hat, und bekam einen Monat in der Stille.«

Sie pfiff zwischen den Zähnen hindurch. »Das ist heftig.«

Natale nickte. »Aber ich weiß bis heute nicht, ob es wegen der Dinge war, die in der Nacht passiert sind, oder weil er gegen die Regeln verstoßen hat. Oder beides.«

»Und ich nehme an, ich brauche Fedon deswegen nicht zu fragen.«

»Nur, wenn du Streit suchst. Oder eine blutige Nase.«

Adorata wusste, dass sie vermutlich nichts aus Fedon herausbekommen würde. Aber sie wusste auch, dass sie ihn fragen würde. Vermutlich nicht heute und auch nicht morgen, aber irgendwann.

Natale verscheuchte wieder einige Kinder, die diesmal tatsächlich verschwanden. Der Alte, der sich auf der anderen Seite des Kanals immer weiter aus dem Fenster lehnte, gaffte jedoch ungeniert weiter.

»Wie lange hing er schon an der Brücke fest?«, rief Adorata zu ihm hinüber.

»Seit heute Morgen mindestens. Die Strömung ist viel zu schwach im Moment, von weit her kann er nicht gekommen sein. Hat sicher zu viel getrunken. Oder er gehört in die Arena, wegen der ich mich schon mehrfach beschwer…«

»Danke für Eure Hilfe«, unterbrach sie ihn. »Wir werden uns drum kümmern.« Sie setzte sich demonstrativ mit dem Rücken zu ihm auf die niedrige Mauer, wo sie nur den gewohnten Gestank des Wassers roch, nicht den Toten. Wenige Verfluchte wurden alt. Entweder man legte sich dank der Wut mit dem Falschen an oder setzte seinem unberechenbaren Leben selbst ein Ende.

»Ob Arena oder Schlägerei, das wird wohl keinen Unterschied machen«, meinte Natale. »Immerhin wusste er, auf was er sich dort einlässt.«

»Als ob die Verfluchten groß andere Möglichkeiten haben, an Geld zu kommen.«

»Aber du kannst sie nicht alle einsperren und durchfüttern«, erwiderte Natale. »Und manche tragen immer noch ihren Teil zur Gesellschaft bei.«

Sie sah zu dem Toten und dessen zerschmettertem Gesicht. Und meist waren sie dabei kaum mehr als eine lebende Zielscheibe oder ein Sandsack. Ganz Midea profitierte von den billigen Arbeitskräften, wie sie als Händlertochter oft genug mitbekommen hatte. Aber in der Arena war es etwas anderes. Dort profitierten nur Ralla und die Wettgewinner.

Das Klappern von Hufen erlöste sie aus den Überlegungen.

Fedon führte ein vor einen Karren gespanntes Maultier heran. Sein Gesicht war immer noch finster, und sein Blick wich Adorata aus. Natürlich wusste er, worüber sie gesprochen hatten. Er kannte sie zu gut.

Ohne ein Wort luden sie den Toten auf den Wagen und zurrten ihn fest, bevor sie ihn mit einem Tuch abdeckten.

Adorata wischte sich die Hände an ihrer Tunika ab, um die schmierige Nässe und den gröbsten Gestank wegzubekommen. Auch wenn ein Bad immer verlockender erschien, musste sie endlich erfahren, was wegen der Zatarsi unternommen wurde. Und sie musste mehr über die Sonderregel herausfinden.

* * *

Valerian zog den bestickten Vorhang vor die offene Terrassentür und machte ein paar Schritte zurück. Nun waren nur noch die Lichter dahinter zu erkennen. So würde es sicher eine größere Überraschung für Diantha werden.

Dann zog er den dünnen Stoff wieder beiseite. Aber so war es einladender, weil der Blick durch das Zimmer hindurch direkt auf die Terrasse und die Pergola gelenkt wurde. Dianthas Füße würden sie wie von selbst dort hintragen. Oder doch lieber anders?

Er ging wieder zur Terrassentür, verharrte dann aber. Wie sollte er alles perfekt machen, wenn er nicht wusste, wie es perfekt war? Vielleicht war es auch nur eine Ablenkung von seinen endlos kreisenden Gedanken, weil er sich seit dem Aufstehen heute Nachmittag mit dem Wein zurückgehalten hatte. Anders als gestern nach Miretas Besuch und dem Ausflug in die Festung.

Er schüttelte entschieden den Kopf. Gerade zählte nur Diantha und dass dieser Abend der schönste wurde, den sie je erlebt hatte. Damit blieb also allein die Frage, ob er den Vorhang öffnen oder schließen sollte.

Schritte näherten sich.

Valerian seufzte lautlos. Hatte er nicht gesagt, er wolle nicht gestört werden? Oder war irgendetwas mit dem Essen schiefgegangen? Oder dem wertvollen Schnee für das Lemonensorbet?

Er drehte sich um. »Was gibt es, Pero?«

Trotz des wenigen Lichts der zwei Kerzen hier drinnen war das Missbehagen des Dieners deutlich zu sehen. »Ich mach mir Sorgen um Euch, Herr.« Trat er wirklich von einem Bein auf das andere?

»Warum?«

»Ihr wart die letzten Tage … anders. Bitte lasst das nicht die Dame Ira merken.«

»Was meinst du mit anders?« Er konnte nichts für den lauernden Ton, der sich in seine Stimme schlich. Und plötzlich war auch das dumpfe Pochen in seiner Wange und seiner Hand wieder da, das er erfolgreich verdrängt hatte.

»Ihr wisst, was ich meine.« Pero sah auf den Boden. »Ihr könnt mir vertrauen. Wie schon Eure Großmutter.«

Valerian sah den Diener verdutzt an. Wollte dieser damit sagen, dass die Mutter seines Vaters, die bis zu ihrem Tod hier gewohnt und sich weitgehend von der Gesellschaft zurückgezogen hatte, verfluchtes Blut gehabt hatte? Die gleiche Frau, die immer so sanft und leise gewesen war?

»Die Dame Ira tut Euch gut, Herr. Macht das bitte nicht kaputt.« Der Diener huschte eilig in Richtung Tür.

»Pero?«

Der alte Mann drehte sich um, der Blick unsicher.

»Was denkst du? Soll ich den Vorhang auflassen oder zumachen?«

»Ihr wisst besser als ich, was für Eure Dame das Richtige ist.« Damit verschwand der Diener endgültig. Die vermutlich einzige Person im Haushalt der Familie Morena, die über die Verlobung glücklich war und die es Valerian gönnte.

Er drehte sich wieder zu dem Vorhang um, der noch offen war und so die Terrasse mit der Pergola fast zu einem Durchgang machte. Nicht unbedingt das, was zu einer vertraulichen Zweisamkeit einlud.

Entschieden zog er den dünnen Stoff zu – und für einen Moment blieb sein Blick auf seinen aufgeplatzten Fingerknöcheln und der verbundenen Hand hängen.

Mit einem Knurren stürmte er durch den Vorhang hinaus in den Garten, der sich gemütlicher und auch privater als sonst anfühlte.

Das, was er für einen Abend mit Diantha brauchte. Nun musste er nur noch warten ...

Über ihm verblasste das letzte Feuer des Abendhimmels, und die Dämmerung brach über den Garten herein, was die unzähligen Kerzen erstrahlen ließ, die er dort hatte verteilen lassen.

Valerian lehnte sich gegen die geschnitzte Säule der Pergola, die den duftenden Blauregen und unzählige bunte Lampions trug. Alles war perfekt für Diantha, doch sein Herz klopfte wie schon lange nicht mehr und schürte Unruhe in ihm.

Vergeblich versuchte er die Erinnerungen an die Arena und das dumpfe Pochen des Schmerzes zu verdrängen. Doch stattdessen sah er sich wieder den Verfluchten ins Gesicht schlagen und im nächsten Moment über einem Toten knien. Und dazwischen nichts außer dem Blutrot der Wut, die ihn schon ein zweites Mal zum Mörder gemacht hatte.

Einzelne Blüten taumelten an ihm vorbei und ließen sich wie Schmetterlinge auf dem weißen Damast zwischen Gläsern und Porzellan nieder.

Valerian zwang sich, seine Hände zu entspannen, anstatt sie gegen die Holzsäule zu schlagen. Damit würde er schon irgendwie klarkommen. Viel schlimmer war, dass er keine Ahnung hatte, was er wegen Timeon und Mireta machen sollte. Und Pero wusste vermutlich auch Bescheid. Ein falsches Wort von ihnen konnte Valerians ganzes Leben zerstören.

Sein Kopf sank nach hinten gegen die knorrigen Ranken. Er musste sich eine Lösung überlegen. Nachher, wenn Diantha wieder weg war. Erst einmal war nur sie wichtig.

Mit einem tiefen Atemzug stieß er sich ab und schlenderte über den Rasen, der angenehm kühl unter seinen nackten Füßen war. Jeden Moment konnte sie hier sein. Und plötzlich war da die Angst, dass er in ihrer Gegenwart die Kontrolle verlieren könnte. Und er sah ihr Gesicht, zerbrochen wie eine Porzellanpuppe. Überall Blut.

Valerian ballte die Hände zu Fäusten. Der aufwallende Schmerz trieb ihm Tränen in die Augen. Nicht Diantha! Er würde ihr nie ...

Da trat sie unter der Pergola hervor, und ihr Lächeln löste Valerians Ängste auf. Er wusste nicht, was er ohne sie machen würde, und er konnte wie so oft sein Glück nicht fassen, dass sie sich für ihn entschieden hatte.

Leichtfüßig und strahlend kam sie auf ihn zu. Ihr Haar fiel in weichen Wellen über die Schultern, die das weiße Kleid frei ließ, das in der Dämmerung beinahe leuchtete.

Ganz nah vor ihm blieb sie stehen, den Kopf leicht geneigt und die Lippen leicht geöffnet. Eine Einladung, der er viel zu gern nachgekommen wäre, doch er respektierte ihren Wunsch, bis zur Hochzeit damit zu warten.

Er nahm ihre Hände und hauchte einen Kuss auf die warme Haut. »Mein Herz.« Dann führte er sie unter die Pergola, die wie eine Insel aus Licht in dem Garten voller Kerzen schwebte.

»Das ist wunderschön.« Ihre Finger wanderten über die bunten Lampions und weiter über die duftenden Blütentrauben. »Wie in einem Märchen.«

»Etwas anderes wäre für dich auch nicht genug.«

Ein Lächeln erhellte ihr Gesicht. »Mein Prinz trägt mich auf Händen.«

»Natürlich.« Er umfasste ihre Taille, hob sie hoch und drehte sich einmal mit ihr im Kreis, ihren warmen Körper an seinen gedrückt, bevor er sie sanft auf eines der Sitzkissen setzte.

Ohne sie zu berühren ließ er sich direkt neben ihr nieder. »Ich werde dir jeden Wunsch von den Augen ablesen, Diantha.«

Ihr Blick strich über seine Wange und blieb auf der leise pochenden Wunde liegen. »Was ist da wirklich passiert?«

Mit aller Kraft schluckte Valerian die aufkeimende Angst hinunter und rettete sich in ein Lächeln. »Das war der Drache, den ich nur für dich bezwungen habe.«

Belustigung machte sich auf ihrem Gesicht breit. »Ich hätte auch nicht glauben können, dass dich jemand in der Arena erwischt hätte.«

»Bis zur Hochzeit hast du deinen perfekten und gut aussehenden Verlobten wieder.«

»Ich mag es. Es macht dich erwachsener.« Sie beugte sich ein Stück vor und senkte verschwörerisch die Stimme. »Und gefährlicher.«

Mit einem Schlag war die Angst zurück. Er wollte nicht gefährlich sein. Schon gar nicht für Diantha. Er wollte, dass sie sich auf ihn verlassen konnte und nicht plötzlich von einem mordlüsternen Verfluchten überrascht wurde. Aber vielleicht ... was, wenn er es ihr sagte?

Allein der Gedanke daran löste den Knoten in seiner Brust ein bisschen, und er bekam wieder Luft. Immerhin würde sie bald seine Frau werden und ihr restliches Leben mit ihm verbringen. Sie hatte nicht nur das Recht, Bescheid zu wissen, sondern auch, es direkt von ihm zu erfahren. Nicht von Timeon, Mireta oder irgendjemand anderem.

»Diantha, ich habe dir etwas zu sagen.«

Sie musste den Ernst in seiner Stimme bemerken, denn das Lächeln auf ihrem Gesicht verblasste und machte einem fragenden Ausdruck Platz.

»Ich ...« Sein Kopf war blank. Er fand die Worte nicht. Aber wie sollte man so etwas auch in freundliche und schöne Worte fassen?

Diantha ergriff seine Hände. »Ich möchte, dass wir uns aus vollstem Herzen vertrauen können, Valerian.«

Die aufgeschürften Knöchel und der Schnitt brannten unter ihren Fingern.

»Das ist auch mein tiefster Wunsch, und ich werde alles dafür tun.« Er atmete tief durch. »Ich liebe dich, Diantha. Du bist mein Leben, und ich möchte nicht, dass sich irgendetwas ändert, aber ...«

Die Verwirrung auf ihrem Gesicht bohrte sich tief in sein Herz.

Valerian strich mit dem Daumen über ihre Hände. »Ich vertraue dir, Diantha, und mir ist es enorm wichtig, dass du Bescheid weißt, dass ich ...«

Sie sah ihn fragend an.

Er holte tief Luft. »Diantha, ich ... ich habe verfluchtes Blut.« Er zwang sich, sie weiter anzusehen, auch wenn er am liebsten davongelaufen wäre.

Für einen Herzschlag weiteten sich ihre Augen, und die Zeit schien stillzustehen.

Alles in Valerian erstarrte. Er wollte ihre Reaktion nicht sehen. Es war ein Fehler gewesen. Er wusste es. Doch nun war es zu spät.

Sie zog ihre Hände weg – und legte sie federleicht auf seine Wangen. »Danke für dein Vertrauen.«

Die Last fiel von ihm ab, und sein Atem entwich hörbar. »Nun bin ich vollends dein, Diantha. Du bist die Hüterin meines Geheimnisses.«

Die Wärme ihrer Finger schwand von seinem Gesicht, und sie griff nach einem der Gläser mit der blutroten Flüssigkeit. »Auf ein glückliches Leben.«

Er nahm das andere Glas. »Auf immer und ewig.«

* * *

Unter der alten Feige lungerten zwei Mideaner herum, die sofort aufmerksam und angespannt wurden, als Elezei den Innenhof betrat. Wie vor einem Kampf.

Vergessen war die Scham über den fehlenden Armreif, und ein Lächeln huschte über ihre Lippen.

Elezei hörte, wie sich hinter ihr ein Dritter von der Straße näherte. Nicht, dass er sie wirklich am Weggehen hindern könnte, aber sie würde kein weiteres Mal flüchten. Nicht vor Hütern und schon gar nicht vor gewöhnlichen Mideanern.

Sie hob ihr Kinn. »An eurer Stelle würde ich gehen.« Ihre Stimme hallte wunderbar zwischen den Fassaden wider.

Statt einer Antwort kamen die drei langsam näher. Im Dämmerlicht der untergehenden Sonne schimmerten Klingen in ihren Händen auf.

Elezei war für einen Moment versucht, ihr eigenes Messer zu ziehen. Aber das hier war kein Klingenduell, und sie würde ihre Waffe nicht mit dem Blut schwacher Mideaner beschmutzen. Bei diesen jämmerlichen Gegnern hatte sie nicht nötig.

Der Kleinste der drei machte einen Satz vorwärts, sein gezähntes Messer beschrieb einen Bogen direkt auf ihren Brustkorb zu.

Elezei war schneller. Zatarsi waren immer schneller.

Sein zweiter Angriff folgte sofort. Diesmal zielte er auf ihr Gesicht.

Elezei wich spielend aus. Unter ihren Füßen spürte sie die noch warmen Steinplatten, die fast so glatt gescheuert waren wie die auf dem Platz der Ehre. Zu dem gleichmäßigen Rhythmus ihrer Schritte und ihres Atems entstand in ihrem Kopf eine Melodie.

Endlich griffen auch die anderen beiden an; ein breitschultriger Mann und eine Frau.

Elezei tauchte unter den Klingen hindurch, schlug mit ihren Armreifen dem Kleinen gegen den Ellbogen, was ihm einen Schmerzensschrei entlockte – den sie in ihre Melodie verwob, die längst nicht mehr nur in ihrem Kopf war, sondern von ihren Lippen floss.

Dann schlug sie dem Breitschultrigen mit dem Handballen ins Gesicht.

Die freie Hand auf die blutende Nase gedrückt, machte er ein paar Schritte nach hinten, sein Messer vor sich haltend.

Elezei wirbelte herum, als die junge Frau herankam. Sie holte viel zu großzügig aus. Und Elezei zog ihr die Fingernägel über das Gesicht, bevor sie mit einem Satz und zwei Schritten hinter der Mideanerin war, um den Rhythmus der Melodie nicht zu brechen.

Sie wich wieder dem Messer des Kleinen aus, griff nach seinem Handgelenk, bog es nach hinten, bis er seine Waffe fallen ließ – die Elezei mit der freien Hand auffing.

Dann zog sie ihn mit einem Ruck heran, sodass er an ihr vorbeistolperte. Ein Tritt in die Kniekehle, und er fiel mit dem Bauch in den Dreck.

Ihr Lachen unterbrach für einen Moment das Lied. Schon lange hatte sie sich nicht mehr so gut gefühlt.

Mit dem nächsten Atemzug war die Melodie wieder da. Und im Takt tauchte sie unter dem Angriff der Frau hindurch, um ihr einen langen Schnitt den Arm entlang zu verpassen.

Blut verfärbte die aufgeschlitzte Tunika. Damit hätte die Frau bei einem Klingenduell verloren. Aber die Mideanerin wusste nicht, wann es besser war aufzugeben und stürzte wieder vor.

Elezei zog das ungewohnt plumpe Messer über den Oberschenkel der Frau.

Warmes Blut spritzte auf ihre Finger.

Dann war der Kleine heran, eine neue Klinge in der Hand.

Sie fügte ihm einen Schnitt quer über den Rücken zu.

Keuchend wirbelte er herum, das Messer in seiner Hand zitterte.

Aus den Augenwinkeln bemerkte Elezei, wie der Mann mit der gebrochenen Nase und die Frau halb hinkend aus dem Innenhof flüchteten. Für einen Moment störten ihre Schritte den Rhythmus von Elezeis Melodie, dann verklangen sie.

Sie ging auf den Kleinen zu.

Er ließ sein Messer fallen und wich mit erhobenen Händen zurück. In Richtung Wand.

In seinen Augen flackerte eine Angst auf, die in Elezei eine tiefe Befriedigung auslöste. Etwas in ihr wollte Blut sehen. Wollte sich rächen. Wollte ihn tot sehen.

Mit dem letzten Ton ihres Liedes stieß sie ihm das Messer in die Schulter.

In der folgenden Stille war nur sein rauer Atem und ein Stöhnen zu hören.

Elezei drehte sich mit einem Lächeln um. Am Durchgang zur Straße verschwanden hastig einige neugierige Gesichter. Sie hatte Zuschauer gehabt. Gut so. Das würde sie hoffentlich daran erinnern, dass Zatarsi Mideanern überlegen waren.

Sie verließ den Innenhof und schritt mit erhobenem Kopf die Straße entlang. Mit der Kraft, die ihr der Kampf gegeben hatte, würde sie nun sicher einen Weg finden, ihre Rückkehr zu beschleunigen – oder denjenigen aufspüren, der sie vorgestern mit der Winterballade in die Falle gelockt hatte.

Als ihr Blick aus neuer Gewohnheit zu ihrem linken Arm wanderte, bemerkte sie diesmal nicht nur den fehlenden Armreif und die Kerbe, sondern auch das Blut, dass ihre Haut sprenkelte. Wie eine Kriegsbemalung. Wie ein weiteres Schandmal.

Elezei blieb mitten im Schritt stehen, als die Erkenntnis kam. Sie hatte gerade genau das getan, wofür sie fälschlicherweise beschuldigt wurde. Sie hatte den Hütern einen Beweis geliefert, und dessen Blut klebte sprichwörtlich an ihren Händen.

Mit einem Zischen eilte Elezei weiter. Dorthin, wo sie das Plätschern eines Brunnens hörte. Und dann weiter, weil sich dort einige Halbstarke mit einem Krug Wein herumdrückten.

Der nächste Brunnen war ein Waschhaus, in dem nur eine einsame Laterne brannte, die sich in den Becken spiegelte.

Hastig wusch Elezei das Blut von ihren Händen, bevor sie diese auf den Steinrand sinken ließ. Erst der Mordversuch an dem Hüter und die anschließende Flucht, dann der Verkauf ihres Armreifes und nun der Kampf. Sie hatte die letzten Tage nichts als Schande über ihren Stamm gebracht.

Sie ging vor dem Becken auf die Knie, und ihr Zopf klirrte leise am Boden. Die eingeflochtenen Goldringe schimmerten im Licht der Laterne. All ihre Siege, deren sie nicht mehr würdig war – und die sie erst wieder verdienen musste.

Elezei griff nach ihrem Zopf, wog ihn in der Hand, dann begann sie ihn zu lösen und entfernte einen Ring nach dem anderen, legte sie neben sich. Jeder von ihnen hatte ihren Rang erhöht, sodass sie fast ihre komplette Zeit mit Musik verbringen konnte. Und jetzt erschien ihr das so fern …

Wie von selbst flochten ihre Finger ihr Haar vom Scheitel an abwärts neu. Es fühlte sich falsch und der Zopf zu leicht an. Nur ein dunkler Strang Haare. Kein schimmerndes Gold mehr. Wie eine Ranglose. Oder Stammlose.

Ihr Blick fiel auf ihre Armreife, auf die Kerbe und die Lücke. Mit diesen Taten musste sie sich eigentlich nicht nur ihren Rang wieder verdienen, sondern sogar ihren Platz im Stamm. Die Azai würde entscheiden müssen, ob Elezei diese Chance überhaupt gewährt wurde. Und tief in ihrem Inneren hoffte sie, dass Azai Sindresa sie kein zweites Mal im Stich lassen würde.

Langsam streifte sie auch ihre Armreife ab. Erst links, dann rechts. Ihr war, als ob sie mehr verlor als ein bisschen Schmuck und dessen Bedeutung. Es schmerzte beinahe, das Schmeicheln des Goldes nicht mehr zu spüren.

Dann folgten die Reife an ihren Fußgelenken, die sie ebenfalls auf den Haufen legte. Und auch wenn sie das Gefühl hatte, einen Teil von sich zu verlieren, fühlte es sich richtig an. Sie würde sich den Respekt ihres Stammes neu erarbeiten.

Wie von selbst wanderten ihre Finger zum Halsreif, zuckten dann aber zurück. Das war ihr Zeichen, dass sie zu einem Stamm gehörte. Sie war trotz allem keine Stammlose oder gar Ausgestoßene. Noch konnte sie zurück.

Sie betrachtete das im Licht schimmernde Gold, das neben ihr auf dem Boden lag. Dann löste sie das Tuch, das sie unter ihrem Gürtel trug, und wickelte den Schmuck sorgfältig darin ein, bevor sie es unter ihrer Tunika um die Hüfte knotete. Auch wenn sich ihre Arme und Beine unerwartet leicht anfühlten, tat das neue Gewicht um ihre Mitte gut.

Als sie aufsah, blickte sie in ein dünnes Mädchengesicht am Rand des Lichtscheins, das sofort wieder in der Dunkelheit jenseits des Waschhauses verschwand. Überall hatte man in dieser Stadt Zuschauer und Zeugen.

Elezei ließ das Plätschern der Wasserbecken hinter sich zurück. Sie wollte weg von den Mideanern. Irgendwohin, wo sie allein war. Und weit weg vom Viertel ihres Stammes.

Ihre Füße trugen sie mal durch Gassen, mal durch Parks und über

Kanäle, mal an strahlend weißen Häusern vorbei, die in der Dunkelheit fast leuchteten, mal an bröckelnden Fassaden, hinter denen noch alte Architektur versteckt war.

Irgendwann endete eine der vielen Straßen auf einem großen Platz, dessen abgewetzte Steine sich im Seeufer verloren. Hinter sich hörte sie gedämpft das Lachen, Grölen und Streiten der Mideaner, doch hier war es angenehm ruhig.

Elezei schritt über den weichen Sand und blieb kurz vor dem Wasser stehen, das in die Schwärze der Nacht überging. In der Ferne schwebte das Leuchten Calanthas, eingerahmt in das Funkeln der Sterne und das Platschen der Wellen.

Nun, wo sie nicht mehr durch Midea lief, sondern hierstand, spürte sie die Unruhe. Ihr Blut schien in Aufruhr zu sein und brannte unerwartet kalt durch ihren Körper. Es war ein Gefühl, das nach Zerstörung dürstete.

Elezei ging vorwärts, bis das Wasser ihre Füße und Knöchel umspielte. Sie konzentrierte sich auf ihren Atem, auf das Klatschen des Wassers. Sie nahm den Rhythmus auf und versuchte ihn zu einer Melodie zu weben, doch diese erstarb in der Frage, wie sie sich den Respekt ihres Stammes wiedererarbeiten konnte.

Erneut fuhren ihre Finger zu dem Halsreif, der plötzlich unnatürlich eng zu sein schien und ihr die Luft abdrückte. Nach einem kurzen Zögern nahm sie ihn ab und konnte freier atmen. Sie würde ihn gleich wieder anlegen. Nur einen Moment ohne die Enge.

Dann begann ihr Blut zu wispern. Dass die Hüter an allem schuld waren. Dass Elezei ohne sie ihren Stamm nie hätte verlassen müssen. Dass sie keine Schande über ihren Stamm gebracht hätte.

Eiskalte Wut jagte ein Zittern durch Elezei.

Der Halsreif bohrte sich in ihre Hand, als sie die Faust darum schloss.

Blut pochte in ihren Ohren. Wie ein primitiver Rhythmus, zu dem keine kunstvollen Lieder der Zatarsi passten.

Eine andere Melodie kam über ihre Lippen. Einfach, aber kraftvoll. Die fast vergessenen Lieder ihres Stammes aus der Zeit, als sie noch zusammen mit den Drachen in den Bergen gelebt hatten, und die nur heimlich weitergegeben wurden.

Die Töne brachten die Wut erst zum Vibrieren, dann zum Brennen, bis sie Elezeis ganzen Körper erfüllte – und diesen sprengen wollte.

Das Lied erstarb in einem Schrei.

Blut pulsierte schmerzhaft durch ihre Adern.

Elezei fiel auf die Knie. Ihre Hände gruben sich wie Klauen in den Sand. Dunkles Wasser umspülte ihre Arme. Das Gold um die Hüfte zog sie nach unten, hinab in die schwarze Stille, wo es keine Luft und keinen Himmel gab, immer tiefer …

Sie sprang auf, taumelte, und rannte zurück ans Ufer, von wo aus sie auf den See starrte. Sie war nie in Gefahr gewesen zu ertrinken. Es war nur die lächerliche Angst ihres Volkes vor tiefem Wasser, die sie stets verdrängte. Die sie schwach machte.

Ihre Beine gaben nach, und sie sank in den Sand. Mit der kalten Wut war auch alle Kraft aus ihr gewichen. Und obwohl sie nun wieder Elezei war, fühlte sie sich falsch und fremd an.

* * *

Adorata ließ die Bürste los, um kurz ihre verkrampften und aufgeweichten Finger zu entspannen. Ein Viertel ihres Lebens sollte sie der Demut widmen, aber in diesen Momenten fühlte es sich nach so viel mehr an.

Mit einem Seufzer sah sie über die Schulter, wo der Gang sich scheinbar endlos hinzog. Allein dauerte die Arbeit viel zu lange. Aber wenn sie Meister Bashir petzte, dass Fedon ihr nicht half, weil er ihren Fragen aus dem Weg ging, dann hätte sie es sich endgültig mit Fedon verscherzt. Und er hatte Geheimnisse, die sie irgendwann erfahren wollte.

Schritte hallten heran, und einer ihrer Kameraden eilte vorbei. Seine staubigen Stiefel zogen Spuren durch die Nässe.

Sie griff wieder nach der Bürste und fuhr fort, einen Stein nach dem anderen zu schrubben. Normalerweise machte es ihr wenig aus, sich das geschworene Viertel der Zeit in Demut zu üben, aber heute machten sie die endlosen Gedanken zu der Sache mit der Zatarsi unruhig.

Sie rutschte wieder ein Stück auf den Knien nach hinten, ohne das inzwischen gelbviolette Schienbein unnötig zu belasten. Sie hatte sich vorhin beim Abendessen umgehört, doch anscheinend war immer noch nichts passiert. Keine Suchaktion, keine Abriegelung des Zatarsi-Viertels, nicht einmal das verdammte Urteil, das Meister Lucio der Azai angedroht hatte.

Von irgendwoher erklang eine schimpfende Männerstimme.

Die Hand auf den nassen Stein gestützt, zog Adorata den Eimer zu sich heran, bevor sie die Bürste eintunkte. Immer weiter, dann hatte sie es bald geschafft und konnte Fedon suchen oder sich bei Natale ausheulen, der heute Küchendienst nach dem Abendessen hatte.

Wieder näherten sich Schritte. Hinter einem Paar Stiefel folgten einmal ausgetretene Schuhe und einmal Sandalen. Nichts, was Hüter trugen.

Sie ließ sich auf die Fersen sinken und sah auf.

Magalie tänzelte mit einem Lächeln für Adorata voran. Hinter ihr gingen ein breitschultriger Mideaner, der den Ärmel auf die Nase presste und leise fluchte, sowie eine junge Frau mit blutigem Gesicht und Tunika.

Nasse Fußspuren hinter sich lassend, folgten sie dem Gang und bogen an dessen Ende ab. Dorthin, wo es zum Krankensaal ging und wo in Ausnahmefällen auch gewöhnliche Bürger versorgt wurden, wenn einer der Meister es anordnete.

Adorata schrubbte weiter, um endlich fertig zu werden. Doch sie hatte nur wenige weitere Steinreihen geschafft, als Magalie zurückkam und die Augen rollte.

»Manchmal könnte man meinen, Midea besteht nur aus Idioten.«

»Warum, was ist passiert?«

»Angeblich hat ihm eine Zatarsi ins Gesicht geschlagen und dabei die Nase gebrochen. Und seiner … Frau soll sie die Kratzer und Schnitte verpasst haben.«

Adorata grinste. »Klingt sehr glaubwürdig.«

»Sie werden immer kreativer mit den Ausreden, um ihre Wunden hier versorgen zu lassen. Aber Meister Lucio wollte es so.« Sie zuckte mit den Schultern. »Warum bist du alleine?«

»Fedon ist ausgetreten.« Die Lüge ging viel zu leicht von ihren Lippen. »Und manchmal hab ich das Gefühl, er nimmt den langen Weg.«

Magalie kicherte. »Ja, die Demut fällt einigen schwer. Bis später.« Damit tänzelte sie auf Zehenspitzen über den nassen Boden. Genauso, wie sie sich leichtfüßig über den Kampfplatz bewegte und inzwischen jeden von ihnen wortwörtlich mit links bezwang.

Adorata entfernte die nassen Spuren sowie einen dicken Blutfleck. Vielleicht war die Geschichte der beiden gar nicht so unglaubwürdig, wie sie zunächst gedacht hatte. Erst der tote Verfluchte mit dem eingeschlagenen Gesicht, dann der Vorfall mit der Zatarsi in dem Innenhof. Andererseits gab es in einer Stadt dieser Größe oft Zufälle.

Ihre Schrubbbewegungen erstarben. Aber was, wenn es kein Zufall war? Wenn alles irgendwie zusammenhing? Wenn eine Zatarsi aus irgendeinem unerfindlichen Grund anfing, Mideaner anzugreifen?

Sie schnaubte und scheuerte weiter. Das war nun wirklich weit hergeholt. Zatarsi hatten ihr Messer, sie schlugen keine Gesichter ein. Abgesehen davon, war es nicht ihre Sache, sondern die von Meister Lucio. Wobei keine Regel verbot, dass sie sich zusätzlich damit beschäftigte – vor allem, wenn er nichts zu unternehmen schien.

Adorata warf die Bürste in den Eimer, den sie an den Rand des Ganges schob. Sie wollte schon zum Krankensaal eilen, als sie die Richtung änderte und auf den Ausgang zusteuerte. Sie brauchte keine Zeugen, falls sie die beiden zum Reden bringen musste.

Sie durchquerte die Eingangshalle, in der einige ihrer Kameraden zusammenstanden und über die Geografiestunde bei Meisterin Tullia plauderten, dann betrat sie den Hof, der von den unzähligen Feuern auf den Mauern beleuchtet war. Mit einem Nicken zu den beiden Kameraden links und rechts des Tors verließ sie die Festung und blieb an der nächsten Kreuzung stehen.

Adorata verbarg sich in den Schatten, die die Laterne am Haus neben ihr warf, und beobachtete, wie vier ihrer Kameraden deutlich angetrunken auf das Tor der Festung zusteuerten. Wenn sie weiterhin solche Schlangenlinien gingen und die Hafenlieder nicht leiser grölten, würden sie sich ein oder zwei Tage der Demut widmen dürfen und die Wäscherei oder die Küche nicht mehr verlassen.

Sie wartete in dem Streifen Dunkelheit, der nach Pisse stank, während weitere Menschen an ihr vorbeiflanierten, und ihre Ungeduld wuchs. Wie lange brauchten die beiden denn? Meister Bashir würde sie sicher nicht dabehalten, oder? Das konnte Adorata irgendwie nicht glauben …

Endlich erschienen die beiden im Tor und kamen die Straße entlang. Der schneeweiße Verband um das Gesicht des breitschultrigen Mannes leuchtete im Licht der Fackeln, das auch die Erleichterung der beiden zeigte. Ob sie etwas vor den Hütern zu verbergen hatten? Oder waren sie nur froh, weil die Verletzungen fachmännisch versorgt worden waren?

Sie hatten beinahe Adoratas Versteck erreicht, als die Stimmen der beiden verständlich wurden.

»... Risiko zu hoch«, zischte die junge Frau mit der blutigen Tunika.

»Warum? Dass mich einer erkennt? Mit der Nase?«

Adorata versuchte den Mann in dem schlechten Licht besser zu sehen, doch die beiden bogen ab und kehrten Adorata den Rücken zu.

Kurzerhand ging sie ihnen nach, hinter einem Pärchen versteckt, das nur Augen für sich hatte und flüsternd miteinander turtelte.

Die Frau, deren Kratzer im Gesicht mit Meister Bashirs schwarzer Salbe versorgt worden waren, blickte über die Schulter. »Wir hätten uns trotzdem lieber einen normalen Arzt suchen sollen.«

»Ist doch alles gut gegangen.«

»Außer dass die Zatarsi uns mächtig eins aufs Maul gegeben hat. Das hat unser Auftraggeber nicht gesagt.«

»Dafür war das Geld aber trotzdem gut.«

Hieß das, dass die beiden bezahlt worden waren, die Zatarsi anzugreifen? Hatte Magalie das nicht andersherum erzählt?

»Aber noch einen Auftrag nehm ich nicht von ihm an«, sagte die Frau. »Kann keine Hüter mehr sehen.«

Die beiden bogen in eine Gasse ab – und das Pärchen ging geradeaus.

Leise fluchend folgte Adorata den Verletzten. Doch hier gab es nichts, wo sie sich verstecken konnte. Nicht einmal Passanten. Sie hatte nur eine Chance.

Mit drei langen Sätzen holte sie auf. Als der Mann sich umwandte, ergriff sie seinen Arm, verdrehte ihn und drückte den Mann gegen die nächste Hauswand.

Wie zu erwarten, rannte die Frau sofort weg.

»Du kannst mir entweder meine Fragen beantworten«, sagte Adorata drohend, »oder ich breche dir sämtliche Knochen.«

Der Mann schwieg.

Adorata bog den Arm weiter nach oben und gab ihm mit der anderen Hand einen leichten Klaps auf den Hinterkopf, der ausreichte, dass die gebrochene Nase mit der Hauswand kollidierte.

Ein Wimmern entwich seiner Kehle. »Gut ...«

Adorata griff an ihren Gürtel – doch sie hatte kein Seil dabei. Nur ihren Dolch. Alles andere hatte sie abgelegt, weil es beim Putzen störte.

Sie zog die Waffe und drückte sie ihm neben dem verdrehten Arm in die Seite. »Auf die Knie.« Dann würde er nicht mehr so einfach fliehen können.

Der Mann tat wie geheißen.

Die Spitze ihres Dolchs wanderte an seinen Hals, dann ließ sie seinen Arm los. »Umdrehen. Hände hinten über den Kopf.«

Wieder folgte er ihrem Befehl.

Sie musterte ihn. Kam er ihr wirklich bekannt vor, oder täuschte sie sich? Die Frau hatte recht gehabt, der Verband machte es schwer.

»Und nun beantwortest du mir ein paar Fragen zu eurem Gespräch gerade eben.«

Sein Blick huschte an Adorata hoch. An ihrer Lederhose, die an den Knien großflächig nass war. Dann zu ihrer grauen Tunika.

Seine Augen weiteten sich, dann zog Trotz auf sein Gesicht. »Wir haben gerade alles schon erzählt.« Blut lief unter dem Verband heraus und über seinen Mund.

»Auch, dass euch jemand bezahlt hat, die Zatarsi zu überfallen?«

Er presste seine Lippen zusammen.

»Deine Wahl, ob du den einfachen oder schmerzhaften Weg wählst.«

Die Dolchspitze ritzte seinen Hals.

Seine Arme schnellten nach vorn, versuchten nach ihr zu greifen.

Adorata wich aus, dann trat sie ihm vor die Brust.

Rudernd fiel er auf das Pflaster.

Ein weiterer Tritt in den Bauch, und er blieb zusammengekrümmt liegen. Nun fielen Licht und Schatten anders auf sein Gesicht – und sie erkannte ihn. Es war der Mann aus dem Hinterhof, der die Zatarsi beschuldigt hatte, ihn angegriffen zu haben, und anschließend Natale entwischt war.

Sie ging neben ihm in die Hocke. »Ich will die ganze Geschichte, Freundchen. Von dem Moment im Innenhof an.«

Er verzog den Mund. »Was passiert mit mir dann?«

»Sei kooperativ, und es soll nicht dein Schaden sein.«

Kurz schloss er die Augen, dann nickte er. »Wir – ich und zwei … Kollegen – wurden am Tag vor dem Innenhof und heute Morgen von einem Mann in den Schatten angeheuert. Geld war das Doppelte vom Sonstigen.«

»Was kannst du über diesen Auftraggeber noch sagen?«

»Nichts. Er hat sich nicht gezeigt. War nicht auffällig. Hat uns nur beide Male gesagt, wo wir die Zatarsi finden.«

»Es war beide Male dieselbe?«

»Vielleicht. Die sehen alle so gleich aus.«

Hieß das, dass die Zatarsi aus dem Innenhof gar nicht mehr bei ihrem Stamm war, sondern irgendwo in der Stadt rumlief? Oder war sie nur unterwegs gewesen?

»Also hat sie dich weder vorgestern noch heute angegriffen.«

»Vorhin schon!«

Adoratas Dolchspitze übte sanften Druck aus.

»Nachdem wir zuerst angegriffen haben! Und sie hat dabei gesungen. Ich schwör's!«

Er schien wirklich mit einer Zatarsi gekämpft zu haben. Sie erinnerte sich an das Klingenduell, bei dem sie einmal dabei gewesen war und wo die Kämpferinnen mit ihrem Summen den Rhythmus des Kampfes bestimmt hatten. Etwas, was Adorata immer noch beeindruckte, da sie sich das nur schwer vorstellen konnte.

»Und dann?«

»Sind wir abgehauen. Die war wahnsinnig, die Drachenhure!«

»Gibt es noch etwas, was ich wissen sollte?«

Hastig schüttelte er den Kopf.

»Sicher?«

Er nickte heftig.

»Gut, dann gehen wir beide zurück in die Festung, und dann machen wir das Ganze noch einmal geordnet und mit Protokoll.«

Für einen Moment erschlaffte er komplett, dann kam er langsam und mit hängenden Schultern auf die Beine. Auch wenn er brav in die Richtung schlurfte, aus der sie gekommen waren, ergriff sie seinen Arm und beließ die Dolchspitze als stetige Warnung an seiner Seite.

Gemeinsam gingen sie die Straße entlang, vorbei an gaffenden Passanten. Adoratas Gedanken waren ganz bei der Sache mit der Zatarsi, die nun – abgesehen von ihrer Flucht und dem Messerwurf auf Fedon – unschuldig war. Der Angriff auf einen Bürger Mideas und ein eventueller Mordversuch hätten deutlich schwerer gewogen. Und nun stellte sich eine ganz neue Frage: Wer wollte warum einer Zatarsi ein Verbrechen unterschieben?

KAPITEL 4

Die ersten Tropfen genoss Valerian noch. Doch als der warme Regen an Stärke zunahm, begann er durch die Straßen zu rennen. Verdammt, er hätte doch die Sänfte nehmen sollen, auch wenn es länger gedauert hätte. Dafür wäre er nicht wie ein klatschnasser Köter vor Diantha erschienen.

Sein Blick fiel auf Menschen, die sich unter Alkoven, Balkonen und Bäumen untergestellt hatten. Kurz überlegte er, es ihnen gleichzutun, aber er musste sich versichern, dass der gestrige Abend voller Gelächter und Scherze kein Traum gewesen war. Dass er Diantha mit seinem Geständnis nicht verschreckt hatte.

Das Wasser lief ihm aus den Haaren ins Gesicht, als Valerian endlich die breiten Stufen zum Eingang der Villa Ira hinaufeilte. An der Tür zog er das Holzkästchen unter seiner Tunika hervor; bis auf einen einzelnen Tropfen war es trocken.

Valerian atmete tief durch, dann betätigte er den schweren Klopfer, dessen Löwenkopf ihn grimmig anstarrte. Genauso, wie Dianthas Vater schauen würde, falls er wider Erwarten zu Hause war.

Eine ihm unbekannte Dienerin öffnete. »Was kann ich für Euch tun?«

»Ich bin Valerian Morena und würde gerne die junge Dame Ira sehen.«

Die Frau bat Valerian mit einer Geste in die Eingangshalle mit den Marmorsäulen und dem riesigen Gemälde, das die Hauptstadt Calantha zeigte, so wie man sie von Midea aus sah, wenn die Luft nach einem Gewitter klar wie Glas war.

Er wurde an einer Frauenstatue mit Öllampe in der Hand vorbeigeführt und in einen Salon gebracht, durch dessen hauchdünne Vorhänge der Garten zu erahnen war. Unzählige Stunden hatte er dort schon mit Diantha verbracht, die die Kräuterbeete selbst hegte und pflegte.

»Wenn Ihr hier bitte warten würdet.« Die Dienerin verließ lautlos den Raum und schloss leise die Tür hinter sich.

Valerian blieb einen Moment unschlüssig stehen, dann stellte er das Holzkästchen auf den mit Intarsien verzierten Tisch und kämmte sich mit den Fingern durch die nassen Haare, die ihm schon fast bis zur Nasenspitze reichten. Vielleicht hätte er doch noch beim Barbier vorbeischauen sollen.

Nachdem er den Sitz seiner Tunika, die glücklicherweise nur an den Schultern durchnässt war, korrigiert hatte, begann er in dem Salon auf und ab zu gehen. Wie lange Diantha wohl brauchen würde? Hatte sie auf ihn gewartet? Oder musste sie sich erst fertig machen? Vermutlich wäre es klüger gewesen, einen Boten vorauszuschicken.

Neben einer Kommode mit Blumenstrauß blieb er stehen und zupfte an den weißen Doldenblüten herum, während in ihm die Zweifel wuchsen, ob sie ihn wirklich wiedersehen wollte. Dabei wünschte er sich nichts sehnlicher, als dass sich zwischen ihm und Diantha nichts geändert hatte.

Die Tür öffnete sich.

Statt Diantha betrat die gleiche Dienerin wieder den Raum und bot Valerian ein Handtuch an. »Die Dame Ira lässt ausrichten, dass sie noch einen Moment braucht. Sie bittet Euch um Geduld.«

Er nahm den flauschigen Stoff entgegen. »Danke.«

Die Frau verschwand wieder lautlos.

Valerian drückte das Handtuch vorsichtig auf seine Haare, ohne diese zu sehr zu verstrubbeln, bevor er sich über das Gesicht rieb – und prompt die Wunde auf seiner Wange aufriss.

Fluchend sah er auf den roten Streifen auf dem hellen Stoff, dann presste er ihn kurzerhand auf die dumpf pulsierende Stelle und wünschte sich, er hätte Peros Salbe nicht abgelehnt.

Er tupfte ein letztes Mal über die Wunde, bevor er das Handtuch sorgfältig zusammenfaltete und auf die Kommode legte. Erst dann fiel Valerian auf, was er mit den Blüten um die Vase herum angerichtet hatte. Und das, wo Diantha jeden Moment kommen konnte!

Mit einem Fluch wischte er die grünen und weißen Krümel zusammen und hinter das Möbelstück. Dann ging er zur Mitte des Salons, wo auf dem Tisch das Holzkästchen thronte. Darin befand sich eine feingliedrige Kette seiner Großmutter, deren tiefrote Granate zu Dianthas wunderschönem Haar passen würden.

Valerian schloss die Augen und stellte sich vor, wie sie vor ihm stand, das Geschmeide um ihren zierlichen Hals. Wie ihrer beider Hände mit einem Band umwickelt waren. Wie er ihr endlich den ersten Kuss gab, ihre weichen Lippen zärtlich auf seinen lagen. Wie er für immer und ewig der ihre sein würde.

Von der Eingangshalle her erklang das Pochen des Türklopfers.

Valerian rannte zur Tür, presste das Ohr gegen das Holz und horchte. Über das Plätschern des Regens hinweg glaubte er Stimmen zu hören. Hoffentlich nur jemand, der Dianthas Vater sprechen wollte. Dieser war aber gerade zu einem ausgedehnten Frühstück mit anschließendem Tanzkurs geladen. Oder doch jemand, der gerade jetzt Diantha sehen wollte? Sie wäre sicher nicht erfreut, wenn sie ihn beim Lauschen erwischte.

Widerwillig löste er sich von der Tür, und ließ sich scheinbar entspannt auf eines der Sitzkissen nieder. Nur um kurz darauf wieder aufzustehen und sich neben das Tischchen zu stellen, sodass er ihr gleich entgegengehen konnte.

Die Tür ging auf – und zwei Hüter betraten den Saal.

Valerian starrte sie einen Moment nur an, während sein Kopf versuchte, diese unerwartete Wendung zu verarbeiten. Doch die aufkeimende Panik glaubte schon zu wissen, warum die Hüter gekommen waren.

»Valerian Morena?«

Sein Blick wanderte wie von selbst zu der Tür, die die beiden mit ihrem Körper blockierten. Er unterdrückte den Impuls, über die Schulter zu der Flügeltür hinter sich zu schauen, die verdeckt von den hauchdünnen Vorhängen offen stand. Dahinter lag der Garten und damit der Weg in die Freiheit. Aber vielleicht waren sie auch wegen etwas ganz anderem hier.

»Morena?«, fragte der Hüter ein zweites Mal, diesmal deutlich ungeduldiger.

Valerian nickte.

»Uns wurde zugetragen, dass Euer Blut verflucht ist.«

»Das muss ein Missverständnis sein.« Statt der Panik Platz zu geben, verfluchte er im Stillen Mireta. Sie hatte verlangt, dass er sich von ihrer Familie fernhielt – und anscheinend zählte sie auch Diantha dazu, obwohl sie beide nur über vier oder fünf Ecken verwandt waren.

Der Hüter zog seinen Dolch, Stahl schimmerte im Sonnenlicht. »Ich kann es gerne testen.«

Valerian senkte den Kopf, als gäbe er auf. Sein Blick fiel auf das

Holzkästchen. Was Diantha wohl sagen würde, wenn sie erfuhr, dass die Hüter in das Haus ihrer Familie gekommen waren, um Valerian mitzunehmen?

Jenseits des Tischchens kam der Hüter langsam näher.

Valerian wirbelte herum, machte einen Satz über die Sitzkissen hinweg, stieß den dünnen Stoff zur Seite und jagte in den Garten – wo drei weitere Hüter auf ihn warteten.

Valerian bremste ab, blieb einen Herzschlag lang stehen, in dem die Panik nach ihm griff. Dann rannte er nach links durch eines der üppigen Blumenbeete und auf die unscheinbare Tür für die Diener zu.

Mit einem Ruck riss er diese auf, zu seiner Erleichterung stand dahinter kein Hüter.

Er warf die Tür hinter sich zu und legte den Riegel vor. Als die Schläge dagegenpolterten, hatte er die Kammer voller Gartenkrempel schon verlassen und eilte durch den schmalen Gang, wo sich einer der Diener mit aufgerissenen Augen gegen die Wand drückte. Derselbe Weg wie damals, als Diantha ihn unbemerkt von ihrem Vater hinausgeschmuggelt hatte.

Von der Küche her erklangen Stampfen und Stimmen. Vielleicht Hüter, vielleicht nicht, das Risiko war zu groß.

Also rannte er nach links, wo er nach einer Kehre und einer weiteren unauffälligen Tür im Atrium und damit im Regen landete. Valerian brauchte einen Moment, um sich zu orientieren. Die Befehle und Rufe kamen aus der Richtung des Salons. Glaubte er zumindest.

Er atmete kurz auf und eilte möglichst lautlos zur Eingangshalle. Dafür würden Mireta und Timeon bezahlen! Seinem Vater zu erzählen, wer seine Lieblingsgondel versenkt hatte, würde nur der Anfang sein. Er würde den beiden das Leben genauso kaputt machen wie sie seines!

Hinter ihm stürmten die Hüter in das Atrium, ihre Schritte laut auf dem Mosaikboden.

Furcht ergriff Valerian. Er wollte weder in die Festung noch ein Brandmal!

Mit einem Satz beschleunigte er, jagte Richtung Ausgang und Freiheit – und bremste ab.

Diantha stand vor der Tür. Ihr Gesicht und ihre samtbraunen Augen ungewöhnlich ernst.

»Ich muss durch, die Hüter sind hinter mir her.«

Sie schüttelte stumm den Kopf.

»Bitte, Diantha!«

»Du wirst mir nicht wehtun, Valerian, du hast es versprochen.«

Dann dämmerte die Erkenntnis in ihm. Deswegen hatte sie ihn so ungewohnt lange warten lassen. Nicht Mireta oder Timeon, sondern seine Verlobte. Sein Herz. Sein Licht.

Er ballte seine Hände zu Fäusten, was den Schmerz in der linken Handfläche aufleben ließ. Er fühlte sich so hilflos wie noch nie. Er wollte Diantha beiseiteschieben, doch er konnte es einfach nicht. Nicht, wie sie so dastand und ihn regungslos ansah.

»Warum?«, flüsterte er.

Dann waren die Hüter heran.

Ohne Gegenwehr ließ Valerian zu, dass sie routiniert seine Arme nach hinten bogen und fesselten. Die Dunkelheit, als sie ihm einen Sack über den Kopf zogen, passte zu seinen Gefühlen.

Er hatte wider seine Erfahrungen einem Menschen sein vollstes Vertrauen geschenkt. Nie wieder.

* * *

Elezei sah aus dem Schutz des Balkons hinaus in die Richtung, in der hinter drei oder vier Häuserreihen das Viertel der Zatarsi lag. Das leise Geräusch des feinen Regens dämpfte den Lärm und gab der Atmosphäre etwas Distanziertes. Als ob alles nur ein Traum wäre.

Das Plätschern wurde zu Tönen, dann zu einer kaum hörbaren Melodie, die sich zu Tarissans Abendlied formte und sich in Elezei bohrte, wo es Überlegungen, Zweifel und ihren Stolz hinwegfegte, bis nur noch die Einsamkeit blieb.

Elezei biss die Zähne zusammen. Sie wünschte sich nichts sehnlicher, als zu ihrem Stamm zurückzukehren, doch sie musste noch ein bisschen durchhalten. Es sei denn …

Die leise Melodie stockte.

Elezei sprang auf. Das Lied, war es eine Einbildung? Was, wenn nicht? Was, wenn Sesai Careisa durch Tarissan mitteilen wollte, dass Elezei endlich zurückkommen durfte zum Stamm? Heim?

Sie eilte hinaus in den warmen Regen. Die Melodie führte sie durch die beinahe ausgestorbenen Gassen und über einen Kanal, der an einer Stelle über die Begrenzung trat. Hoffnung ließ sie schneller werden, trieb sie immer weiter an.

Kurz bevor das unfertige Lied endete, hielt Elezei an einer Kreuzung an. Verzweifelt versuchte sie zu orten, woher es kam, doch die Häuser um sie herum brachen die Töne und warfen sie zurück. Die Melodie schien von überallher zu kommen.

Doch sie endete nicht, sondern wurde zu einer Variation, deren Spielereien ihr vertraut waren – und nicht typisch für Tarissan, sondern für Elezei selbst.

Die Melodie wurde wieder zum Plätschern des Regens.

Elezei erstickte den Schluchzer mit ihrem nackten Arm. Ihre Finger streiften dabei den ebenso nackten Hals. Es gab sowieso für sie kein Zurück mehr. Sie hatte in aller Früh und vor dem Regen vergeblich das Seeufer abgesucht. Ohne ihren Reif war sie eine Stammlose.

Ihre Hand sank herab. Mit dem abgelegten Schmuck war sie fast eine Ausgestoßene. Das, was ihr nach all den Taten der letzten Tage sowieso gebührte.

Ein Mideaner eilte mit einem abwertenden Blick an ihr vorbei. Als wenn er genau wüsste, dass sie ihren Stamm beschämt hatte.

Dann kam die Wut. Nicht auf den Mann, sondern auf sich selbst, weil sie hier auf der Straße stand und sich in Selbstmitleid suhlte. Weil sie allein schuld war, dass sie ihren Halsreif verloren oder sogar weggeworfen und sich damit die Rückkehr verbaut hatte.

Sie presste ihre Kiefer zusammen. So oder so war die Lösung sicher nicht, hier im Regen zu stehen und sich selbst leidzutun. Sie war eine Zatarsi, keine Mideanerin!

Elezei setzte sich wieder in Bewegung, ihre Füße platschten durch Pfützen auf dem Pflaster. Sie ignorierte den Regen, der unter ihre Kleidung sowie über die Haut kroch und ihren Zopf schwer werden ließ – als wenn die Goldringe wieder eingeflochten wären.

Mit einem Zischen eilte sie weiter, über einen Platz und auf ein dreistöckiges Haus zu, in dessen Bogengang sie sich unterstellte. Sofort bemerkte sie die beinahe perfekte Akustik der steinernen Arkaden.

Wie von selbst stimmte sie ein Lied an. Und wie gestern war es eines der alten Lieder, die heimlich unter jungen Zatarsi weitergegeben wurden, weil nicht nur Verbotenes faszinierte, sondern auch die Primitivität dieser ... archaischen Musik.

Elezei verwebte die neuen Töne mit dem Hall der nachhängenden Melodie, bis die Musik erst ihren Kopf füllte und dann durch ihren Körper brannte, wo sie das Blut zu eisigem Feuer wandelte. Ein Kribbeln wanderte über ihre Haut, dann kamen die Schmerzen.

Mit einem Keuchen brach Elezei ab.

Das Blut pulsierte durch ihren Körper, als ob es ihn sprengen wollte.

Die kalte Stimme von gestern kam zurück. Sie wollte Rache an den Hütern, derentwegen sie überhaupt erst in diese Situation geraten war. Und sie wisperte, wie Elezei ihnen auflauern könnte. Wie sie warten könnte, bis genau der richtige Moment zum Zuschlagen gekommen war, und dann ...

Nein, sie war eine Zatarsi! Sie würde sich nicht weiter von dieser Stadt verderben lassen!

Entschieden stimmte sie die Sonnen-Hymne an, bis das Lied und sein Nachhall sie einhüllte und alles andere abwusch.

Erleichtert atmete Elezei auf, als sie sich wieder wie sie selbst fühlte. Ein Gedanke, der sie stutzig werden ließ.

Testweise begann sie ein paar Töne des alten Liedes zu summen.

Sofort war es wieder da, dieses Pulsieren des Blutes, dem die Wut folgte.

Elezei verstummte. War das der wahre Grund, warum diese Musik verboten war? Aber warum hatte sie früher nie etwas gespürt? Hatte sie die Lieder einfach nicht mit der gleichen Ernsthaftigkeit gesungen, weil sie ihr zu primitiv vorgekommen waren?

Sie spielte ein wenig mit beiden Melodien und merkte recht schnell, dass es vor der Wut eine Grenze gab, vor deren Überschreitung sie nicht nur diese seltsamen Schmerzen warnten, sondern auch ein unbestimmtes Gefühl.

Schritte näherten sich.

Elezei hob ihren Kopf und sah hinaus in den Regen.

Ein hochgewachsener Mann betrat die Dämmerung unter den steinernen Arkaden. Gold schimmerte an seinen Armen auf.

Elezei erstarrte. Dann bemerkte sie den fehlenden Zopf und seinen nackten Hals. Ein Stammloser.

Sie entspannte sich ein Stück weit. Sie wusste nicht, was sie gemacht hätte, wenn jemand ihres Stammes sie so gesehen hätte. Ohne ihren Schmuck und in diesem ... Zustand.

Der Zatarsi blieb in respektvollem Abstand stehen. »Ich habe dich singen hören.«

»Der Bogengang hat zusammen mit dem Regen eine einzigartige Akustik.« Eine unverfängliche Antwort, während sie versuchte, sich zu erinnern, ob sie sein Gesicht schon einmal gesehen hatte. Aber die wenigen Zatarsi, die außerhalb des Stammes in Midea lebten, vergaß man immer schnell.

»Das stimmt.« Sein Blick glitt von ihrem Hals zu ihren Armen und zurück. »Midea ist kein guter Ort für eine Ausgestoßene.«

»Das bin ich nicht.« Sie musste ihre Hände bremsen, nicht nach dem inzwischen gewohnten Gewicht um ihre Hüften zu greifen.

»Danach fragen die Hüter uns Zatarsi aber nicht.«

»Bisher haben sie mich nicht gefunden, und ich habe auch nicht vor, das zu ändern.«

»Gut.« Ein Lächeln erschien auf seinem Gesicht. »Ich möchte dir unsere Gastfreundschaft anbieten. Meine Frau und ich freuen uns immer über Besuch.«

Elezei wollte erst ablehnen. Er war nur ein Stammloser. Aber die Aussicht, für eine Weile nicht mehr allein sein zu müssen ...

»Gerne.«

»Ich bin Narezin.« Er legte die Hand auf sein Herz.

Einen Augenblick zögerte sie, bevor sie es ihm gleichtat. »Elezei.« Er war trotz allem ein Zatarsi und hatte damit mehr Ehre als jeder Mideaner. Ein bisschen konnte sie ihm deswegen vertrauen.

Narezin sah kurz in den Regen, dann zu ihr. »Komm, es ist nicht weit.« Damit trat er hinaus auf den Platz.

Elezei folgte ihm um das Gebäude herum und in eine schmale Straße, während sie überlegte, ob sie das Richtige tat. Vielleicht war es nur Schwäche, die sie nach Gesellschaft lechzen ließ. Vielleicht ... aber schaden würde es garantiert nicht.

Vor einem der zweistöckigen Häuser, die sich mit flachen Ziegeldächern zwischen Straße und einem Kanal drängten, blieb Narezin stehen und drückte die Tür zu einem Ladengeschäft auf.

Er sah sich kurz um, bevor er ihr winkte und dann ins dämmrige Innere trat. Nichts war von dort zu hören, außer die Schritte des Stammlosen und Stille.

Plötzlich war ein Misstrauen in Elezei, das sie gegenüber ihrem Volk so gar nicht kannte – und mochte.

Entschieden folgte sie ihm in den Laden, wo sich Stoffballen in Regalen an den Wänden und auf einem großen Tisch in der Mitte türmten, und durch eine weitere Tür in den hinteren Teil des Hauses, bis sie in einer erstaunlich geräumigen Wohnküche standen, die typisch mideanisch viel zu viele Möbel und Tand enthielt.

Ein Mädchen sprang von der Fensterbank und stürmte ihnen entgegen. »Papa!« Nicht nur ihre Stimme verriet sie, sondern auch die dunklen Augen. Aber sie war keine Zatarsi.

»Das ist meine Tochter Leontine«, sagte Narezin.

Das Mädchen winkte schüchtern.

Aus dem Nebenzimmer trat eine Frau, die Elezei gerade einmal bis zum Kinn reichte. Eine Mideanerin. Natürlich. Es gab sehr wenige andere Gründe, warum ein Zatarsi freiwillig den Stamm verließ.

»Und Tya, meine Frau.« Narezin sah die Mideanerin mit leuchtenden Augen an, was Elezei einen unerwarteten Stich versetzte. Nicht einmal der Stammlose war allein.

Tya nickte Elezei grüßend zu, wobei sie einen Moment die Stirn runzelte, dann verschwand sie wieder im Nebenzimmer, um kurz darauf mit zwei dicken Tüchern wiederzukommen. Eines reichte sie Elezei, das andere legte sie ihrem Mann sorgfältig um.

Elezei rieb sich mit dem weichen Stoff über das Gesicht und die Arme, bevor sie sorgfältig ihren Zopf ausdrückte. So gut und so willkommen hatte sie sich schon lange nicht mehr gefühlt, und ein unerwarteter Kloß bildete sich in ihrem Hals, den sie nur mühsam runterschlucken konnte.

Tya nahm ihnen die nassen Tücher ab. »Das Essen braucht noch ein bisschen.«

»Derweil werde ich Elezei das Zimmer zeigen.«

Tyas Blick bohrte sich in ihren Mann, der kleiner zu werden schien, was Elezei beinahe zu einem abfälligen Schnauben veranlasst hätte. Er ließ sich tatsächlich von einer Mideanerin einschüchtern!

Narezin drehte sich um, leitete Elezei aus der Wohnküche und zu einer schmalen Treppe, die nach oben führte. »Geh schon einmal vor. Das erste Zimmer rechts. Ich besorge dir noch etwas Trockenes zum Anziehen.«

Elezei hatte nicht einmal die Hälfte der ausgetretenen Holzstufen erklommen, als aus der Wohnküche ein erhitztes Flüstern erklang. Sie hielt inne und lauschte.

»Ich habe keine Wahl, Tya.«

»Du bist seit fast zwanzig Jahren kein Mitglied ihres Stammes mehr!«

»Das ändert aber leider nichts.«

Elezei unterdrückte ein Grinsen und stieg die restlichen Stufen hinauf. Mideaner verstanden den Zusammenhalt der Zatarsi nicht. Keiner ihres Volkes würde seinesgleichen im Stich lassen – außer eine Ausgestoßene, die von der Azai nicht nur aus dem Stamm, sondern auch aus der Stadt verbannt wurde.

Sie öffnete die erwähnte Tür und trat in ein Zimmer, in dem neben einem schmalen Bett nur ein Waschtisch stand. Auf dem Dach über ihr trommelte der Regen einen leisen und gleichmäßigen Rhythmus. Auch wenn der Raum für ihren Geschmack zu klein und zu niedrig war, fühlte sie sich hier unerwartet wohl.

Sanft löste sie den Knoten des Tuchs um ihre Hüfte und legte es auf das Bett, wo sie den Stoff auseinanderschlug. Die Reife und Ringe schimmerten im hereinfallenden Tageslicht wie magisch, und Elezeis Finger fuhren über das Gold, dessen glatte Kühle etwas ungemein Beruhigendes hatte, sodass sie sich am liebsten in das Bett gelegt hätte.

Es klopfte an der Tür.

Hastig schlug Elezei das Tuch wieder über ihren Schmuck. Niemand – und schon gar kein Stammloser – sollte sehen, dass der Halsreif fehlte.

Narezin trat ein, auf dem Arm einen Stapel Kleidung, den er mehr aufs Bett warf als legte. Dann eilte er an Elezei vorbei, riss das Fenster auf und schloss die Läden mit einem Klappern, sodass nur noch graue Lichtfinger durch die Lamellen fielen.

Er warf ihr ein entschuldigendes Lächeln zu. »Tut mir leid, aber es ist besser, du fällst nicht auf, da ich sowieso schon viel zu oft Besuch von den Hütern bekomme.«

»Warum das?« Plötzlich kam ihr der dämmrige Raum wie eine Falle vor.

»Weil es anscheinend ein Verbrechen ist, dass ich nicht beim Stamm lebe, sondern eine Mideanerin zur Frau und sogar eine Tochter mit ihr habe. Also kontrollieren sie uns regelmäßig.«

Wut kroch in Elezei hoch. Die Hüter schienen jede Möglichkeit zu nutzen, ihr Volk zu schikanieren.

Narezin deutete auf die Kleider auf dem Bett. »Die sind für dich.« Dann wanderte sein Blick zu dem Bündel mit dem eingewickelten Gold. »Ich will nicht neugierig erscheinen, aber es ist ungewöhnlich, dass eine Zatarsi ihre Reife und Ringe nicht trägt.«

Elezei erforschte sein Gesicht, doch da waren nur Neugier und ein wenig Bedauern. Auch wenn sie ihm sicher nicht die komplette Wahrheit erzählen würde, spielten ihm die Hüter genauso übel mit wie ihr.

»Drei Hüter glauben, ich hätte einen Mideaner angegriffen, weil ich vor ihnen am Tatort war.«

Narezins Gesicht verdunkelte sich. »Das wundert mich gar nicht. Wenn es um uns Zatarsi geht, interessiert sie die Wahrheit selten.«

»Und deswegen hat mir die Sesai geraten, den Stamm für ein paar Tage zu verlassen, bis die Sache geklärt ist.«

»Dann hoffe ich für dich auf eine schnelle Lösung, denn die Hüter ziehen unsere Belange gerne Monate, wenn nicht Jahre in die Länge, und entscheiden selten gerecht. Wie damals die Sache mit Lissea und dem Mideaner, die sogar ich mitbekommen habe.«

Die eiskalte Wut meldete sich und flüsterte vom Tod der Hüter, den diese immer mehr verdienten. Da sie sowieso nicht mehr zu ihrem Stamm zurückkonnte und dessen Gesetze nicht mehr für sie galten …

Schnelle Schritte kamen die Treppe herauf, dann stürmte das Mädchen ohne Anklopfen ins Zimmer. »Mama sagt, das Essen ist fertig.«

»Danke, Leo.«

Doch anstatt wieder zu gehen, kam das Mädchen neugierig näher. »Was ist das?« Und schon hatte sie das Tuch von den Reifen und Ringen gezogen, die im Zwielicht aufschimmerten.

»Oh, ist das schön!« Sie streckte ihre Finger aus, doch bevor sie das Gold berühren konnte, hatte Narezin ihre Hand ergriffen und sie zur Tür geschoben.

Elezei schlug hastig das Tuch über den Schmuck.

»Man greift nicht ungefragt nach den Sachen anderer.« Die Stimme des Stammlosen war unerwartet streng. »Geh schon, wir kommen gleich.«

Mit einem letzten Blick aus ihren dunklen Zatarsi-Augen wirbelte das Mädchen herum und rannte hörbar die Holztreppe hinab.

Narezin sah ihr gedankenverloren hinterher, bevor er sich wieder an Elezei wandte. »Wären sie und Tya nicht, hätte ich die Azai schon längst um eine Rückkehr in den Stamm gebeten. Wir sind nicht dafür gemacht, alleine zu sein.«

* * *

Adorata klopfte an die Tür.

Kurz darauf erklang ein »Herein«.

Sie betrat den Raum von Meister Lucio, der von den Papieren aufsah, die er auf dem runden Tisch mit der eingelassenen Karte ausgebreitet hatte.

»Danke für das zügige Kommen, Adorata.«

Sie nickte nur, während ihr Atem und Puls sich noch vom Kampftraining erholten. Regen und Schweiß hatten das wattierte Wams durchnässt, das nun schwer auf ihren Schultern lag.

»Wie du dir sicher denken kannst, habe ich dich wegen des Falls mit der Zatarsi kommen lassen. Aber erst wollte ich mich noch bei dir bedanken, dass du diesen Mann gestern erkannt und zurück in die Festung gebracht hast.«

»Ich habe nur meine Pflicht getan.« Das Lob ging ihr runter wie Öl, auch wenn sie die Fakten ein bisschen gebogen hatte.

»Nachdem ich nun sein volles Geständnis habe, möchte ich noch einmal deine Sicht auf den Vorfall im Innenhof hören. Mit jedem noch so kleinen Detail.«

Adorata erzählte, wie ein Straßenmädchen die Hüter auf die Tat aufmerksam gemacht hatte und sie daraufhin die Zatarsi mit dem blutigen Messer in der Hand entdeckt hatten; dass diese den Angriff abgestritten, dann die Waffe nach Fedon geworfen hatte und geflohen war. Es folgte die Flucht über die Dächer, auch wenn Adorata ungern über ihr und Fedons Versagen sprach. »Und anschließend sind wir direkt hierhergekommen und haben Euch berichtet.«

Meister Lucio rieb sich über das Kinn. »Die Zatarsi wollte die Sache also von der Azai geklärt haben.« Sein nachdenklicher Blick wanderte zu den ausgebreiteten Papieren, die teilweise eng beschrieben waren. Auf einem war die blutige Tatwaffe skizziert.

»Hat das Messer einen Hinweis gebracht?«, fragte Adorata.

»Leider nicht. Vermutlich war es extra für diesen Anlass geschmiedet worden.«

»Erlaubt Ihr mir noch eine Frage, Meister?«

Meister Lucio nickte.

»Warum gibt es diese Sonderregel für die Zatarsi? Warum gelten für sie nicht die gleichen Gesetze wie für jeden anderen in Midea?«

»Das stammt noch aus der Zeit, als sie sich frisch in der Stadt angesiedelt haben. Solche Traditionen sind schwer zu ändern.«

»Warum hat man ihnen das überhaupt am Anfang gewährt?«

Für einen Herzschlag verengten sich Meister Lucios Augen. »Das können wir gerne ein anderes Mal diskutieren, Adorata. Ich muss mich nun um das Urteil für die Zatarsi kümmern.«

»Was wird mit ihr geschehen, wenn man sie findet?« Es rutschte ihr heraus, bevor sie sich zurückhalten konnte.

»Die Azai wird sich um ihre Strafe kümmern.« Der Ton und der Gesichtsausdruck des Meisters machten ihr klar, dass keine weitere der vielen Fragen, die ihr auf der Zunge lagen, beantwortet werden würde.

»Danke.« Adorata salutierte, die Faust auf dem Herzen, dann verließ sie unter Meister Lucios scharfem Blick sein Zimmer. Er war definitiv nicht erfreut gewesen, dass sie nachgehakt hatte. Aber er sollte sie inzwischen gut genug kennen, um zu wissen, dass sie manchmal eine unstillbare Neugier entwickelte.

Sie machte sich auf den Rückweg zum Kampfplatz, drehte dann jedoch um und eilte zu ihrer Kammer. Sie würde den Rest des Schwerttrainings sausen lassen. Meisterin Evantia würde hoffentlich nicht nachfragen, wie lange Adorata bei Meister Lucio gewesen war.

Sie legte hastig das wattierte Wams ab und auf ihr Bett, damit es etwas trocknen konnte. Ihre durchgeschwitzte Tunika warf sie auf den Boden, bevor sie die von gestern von ihrer Truhe nahm und anzog. Für mehr war keine Zeit.

Die Schulter lockernd verließ sie ihre Kammer. Die restliche Anspannung konnte Natale heute Abend nach der Wachschicht auf der Mauer wegkneten. Und sie brauchte noch einen Schluck Wasser, bevor sie die Zeit bis zum Mittagessen im Staub der Bibliothek verbrachte.

Adorata verzog allein beim Gedanken daran das Gesicht. Aber sie benötigte endlich Informationen über die Zatarsi-Sonderregel, deren Herkunft ihr niemand erklären konnte oder wollte.

Sie erreichte den Speisesaal, in dem sich zu dieser Stunde kaum jemand aufhielt. Wer gerade keinen Dienst oder Training hatte, genoss vermutlich draußen den ersten Regen seit Wochen. Aus einem der Wasserkrüge, die auf dem Tisch neben der Küche standen, befüllte sie sich einen Tonbecher, leerte ihn sogleich und schenkte nach.

Dann entdeckte sie Cajetan an einem Tisch am anderen Ende des Saals. Sein finsteres Gesicht machte Fedons Konkurrenz, und seine Fingerknöchel, die sich um einen Becher krampften, waren weiß.

Kurz war sie hin- und hergerissen, dann ging sie zu ihm hinüber und ließ sich auf die Bank gegenüber fallen. »Meisterin Evantia hat dich bei den Waffenübungen gerade vermisst.«

Für einen Moment reagierte Cajetan nicht, dann hob sich sein Blick langsam, bis er an Adorata hängen blieb. »Schon so spät?«

»Noch hast du eine Chance; ich würde das Training nicht komplett ausfallen lassen.« Sie beugte sich über den Tisch vor. »Ich spreche da aus Erfahrung.«

Cajetan sah wieder auf den Tonbecher und machte nicht den Eindruck, als ob er ihr zugehört hatte.

Mit einem Schulterzucken leerte Adorata ihren Becher halb und machte sich daran, aufzustehen.

Da sprach Cajetan: »Sie haben vorhin meinen Bruder hergebracht.«

»Will er auch …«

Aus stumpfen Augen sah er sie an. »Er hat verfluchtes Blut.«

»Ach du Scheiße.«

»Er war mein Vorbild in so vielen Dingen«, erzählte Cajetan. »Er hat mir das Kämpfen beigebracht und mir gezeigt, wie und wo ich noch mehr aus mir herausholen kann. Und er hat mich ermutigt, zu den Hütern zu gehen.«

»Verfluchtes Blut hindert einen nicht daran, ein normales Leben zu führen.«

Cajetan lachte humorlos. »Klar. Vor allem, wenn ihn seine Verlobte verpfiffen hat. Und meine Familie … die wollen vermutlich nun endgültig nichts mehr mit ihm zu tun haben.«

»Das mag sein.« Adorata lehnte sich wieder vor. »Aber das ist nicht mehr deine Sache. Du bist nun ein Hüter, und das darfst du nicht vergessen.«

»Weißt du, was die Ironie des Schicksals ist?« Cajetan schien sie gar nicht gehört zu haben. »Vor einigen Wochen, bei meinem letzten Ausflug, hatten wir in der Arena noch unseren Spaß mit den Verfluchten. Wir haben sie sprichwörtlich bis auf das Blut gereizt.«

Adorata verstand diesen … Sport der Adligen und Bessergestellten nicht, auch wenn Natale mehrfach versucht hatte, ihn ihr zu erklären.

»Die einzige Abwechslung in einem Alltag voller schöngeistiger Tätigkeiten.« Cajetans Worte klangen beinahe wie eine Entschuldigung.

Bei Adorata daheim hatte es nie Ruhe, Freizeit oder gar Langeweile gegeben, sondern immer mehr als genug Arbeit.

»Du hast den Schwur abgelegt und dich von deinem alten Leben losgesagt«, sagte Adorata eindringlich. »Und wenn dein Bruder sich hat erwischen lassen, dann ist das nicht deine Schuld.«

»Ich hätte es aber sehen müssen!« Seine Faust knallte auf den Tisch. »Die Anzeichen waren seit Jahren klar und deutlich. Aber wir haben alle unsere Augen verschlossen.«

Adorata hielt seinen Blick fest. »Daran kannst du nun aber nichts mehr ändern. Überleg dir lieber, was du als Hüter tun kannst.« Auch wenn sie nicht glaubte, dass es da viel gab. Die Gesetze waren streng und eindeutig.

Cajetan sank ein wenig in sich zusammen. »Du hast ja recht.« Er erhob sich. »Danke … ich geh mal zu Meisterin Evantia.« Dann eilte er aus dem Speisesaal.

Adorata sah ihm hinterher, bis er außer Sicht war. Sie war gespannt, was er nun tun würde. Denn wenn er es nicht schaffte, die nötige Distanz zwischen sich und seinen Bruder zu bringen, dann war er es nicht wert, Hüter zu sein.

Sie leerte ihren Becher, stellte ihn zu dem schmutzigen Geschirr und eilte durch die Gänge zur Bibliothek, auf deren schwerer Eichentür eine geschnitzte Drachenjäger-Szene prangte. Dahinter lag ein zweistöckiger, runder Raum. Regale, die auf halber Höhe von einer rundherum laufenden Empore unterbrochen wurden, zeigten wie Sonnenstrahlen von der Mitte zur Wand, an der sich ein Buch an das andere reihte.

Adorata schloss die Tür leise hinter sich, und der Geruch nach

Staub, Leder und Alter hüllte sie ein. Auf den besetzten Lesepulten brannten verglaste Laternen, und dank des milchigen Oberlichts, das die Mittagssonne brach, war der Raum unerwartet hell.

Obwohl Wissen einer der vier Pfeiler der Hüter darstellte, war sie schon viel zu lange nicht mehr hier gewesen. Meist reichten ihr die regelmäßigen Stunden von Tullia über Geografie, Geschichte und Drachenkunde. Oder Meister Bashirs Lektionen über Heilkräuter.

Etwas unschlüssig blieb sie stehen. Die Aufteilung und Sortierung der Bibliothek war einmal Teil des Unterrichts gewesen, aber da Bücher sie bisher eher wenig interessiert hatten, war nicht viel davon hängen geblieben. Adorata hatte keine Ahnung, wo sie mit ihrer Suche nach der Sonderregel beginnen sollte.

Zielstrebig ging sie auf Onorio zu, der wegen eines durchgegangenen Esels ein Holzbein hatte und in der Bibliothek seine Berufung gefunden hatte, auch wenn er immer noch ein passabler Kämpfer war.

»Entschuldigung, ich bräuchte Hilfe.« Sie schenkte ihm ein Lächeln.

»Ah, wie schön, ein seltenes Gesicht zu sehen.« Er schien aufrichtig erfreut zu sein. »Was suchst du denn?«

»Ich hatte vor ein paar Tagen bei der Patrouille einen Zusammenstoß mit einer Zatarsi, und mir ist aufgefallen, wie wenig ich über sie und die Sonderregel weiß.«

»Dein Durst nach Wissen ist also erwacht.« Er grinste wie ein kleines Kind. »Ich nehme an, du brauchst erst einmal etwas Allgemeines.«

Sie nickte.

Mit dem Klacken seines Holzbeins hinkte er zu einem der Regale, die von der Mitte zur Wand führten. Dorthin, wo die Bücher über Midea standen, wenn sie das noch richtig in Erinnerung hatte.

Mit einem dünneren Buch sowie einem Wälzer kam er zurück und legte beides mit einem Ächzen auf ein Lesepult. »Der Bericht einer Hüterin, die sich ein paar Tage bei den Zatarsi aufhalten durfte. Und eine rein wissenschaftliche Abhandlung von dem großen Völkerkundler Renagur, der als Mann den Stamm hier in Midea mehr von außen betrachten musste. Hier unten haben wir, glaube ich, nichts konkret zu der Sonderregel, aber vielleicht fällt mir noch etwas ein.«

»Danke.« Bei ihrem Lesetempo würde sie damit definitiv eine Weile beschäftigt sein. Aber sie tat sich das hier immerhin freiwillig an. Wenn Natale davon erfuhr, würde er sie sicher auslachen.

»Ansonsten kannst du auch in den Katalogen schauen.« Er deutete auf das Pult, das der Tür am nächsten stand, und auf dem zwei dicke Bücher lagen. »Einer ist nach Autoren sortiert, der andere nach Stichwörtern.«

Adorata nickte und verfluchte sich innerlich. Hätte sie die Kataloge nicht vergessen, hätte sie darin nachschlagen können, ohne dass jemand erfahren hätte, was sie suchte.

»Wenn du bei etwas Hilfe brauchst, kannst du dich gerne melden.«

»Danke.«

Onorio hinkte zurück zu seinem Lesepult und vertiefte sich in einen Wälzer, zu dem er sich Notizen machte.

Adorata nahm sich erst das Buch der Hüterin vor – es war dünner und klang spannender. Doch zu ihrem Entsetzen waren die Seiten dicht an dicht mit einer winzigen, wenn auch klaren Handschrift bedeckt. Die Zeit dafür würde sie nicht nur dem Wissen opfern, sondern auch gleich Demut lernen.

Nach den ersten paar Seiten über die Zatarsi-Häuser und deren spärliche Einrichtung begann Adorata querzulesen und kurz darauf ganze Stücke zu überspringen. Genauso wie die Kapitel über die Essgewohnheiten und Besessenheit von jeglicher Musik. Nichts, was ihr half, die Sonderregel oder deren Herkunft zu verstehen.

In der Hoffnung, dass es ein Fazit oder eine Zusammenfassung gab, blätterte Adorata ans Ende. Anscheinend war der ganze Aufenthalt dieser Hüterin eine Art Überprüfung gewesen, ob und wie sich die Zatarsi in Midea eingelebt hatten.

Dann ließ ein Nebensatz Adorata stutzig werden, in dem die Hüterin versicherte, dass sie in ihrem Amt als Meisterin der Gerechtigkeit keinerlei Gefährdung für den Pakt sehe.

Adorata las die Stelle noch einmal, dann die Absätze davor und danach. Doch weitere Erklärungen darüber, was dieser Pakt war, von dem sie noch nie etwas gehört hatte, fehlten. Könnte er die Sonderbehandlung der Zatarsi erklären? Aber hieße ein Pakt nicht, dass auch die Hüter davon profitierten? Aber wie? Sicher nicht ausschließlich von dem Musiktalent dieses Volkes. Und die Integration hatte trotz des positiven Resümees der Autorin immer noch nicht vollständig geklappt.

Blieb die Frage, ob es diesen Pakt überhaupt noch gab. Das Buch war laut der Einleitung fast zweihundert Jahre alt. Vielleicht waren die Sonderbehandlungen nur Überbleibsel. Aber warum hatte Meister Lucio dann nichts von diesem Pakt erzählt? Wusste überhaupt noch jemand davon?

* * *

Valerian starrte in die Schwärze, in der er seit Minuten, Stunden oder auch Tagen sitzen mochte. Zum x-ten Mal fragte er sich, warum er Diantha vertraut hatte. Und zum x-ten Mal war die Antwort, dass sie ihm mehr als nur gut getan hatte. Dank ihr hatte er sein Leben genießen können.

Seine Hände schlossen sich fest um die harte Kante der Pritsche, und Schmerzen jagten durch den Schnitt in der Handfläche. Diesmal hatte er die Lektion, dass Menschen egoistisch und nur auf den eigenen Vorteil bedacht waren, endgültig gelernt. Er wäre nie wieder so dämlich, auf ein hübsches Lächeln hereinzufallen. Falls er überhaupt je wieder hier herauskam.

Er drückte sich in die Höhe und stapfte durch die Dunkelheit in Richtung Tür. Zumindest glaubte er das, bis seine Finger schmerzhaft gegen kalten Stein stießen.

Fluchend tastete er sich weiter, um kurz darauf das raue Holz zu spüren. Mit den Fäusten hämmerte er dagegen und schrie Verwünschungen, bis seine Stimme heiser war und er nur noch ein jämmerliches Betteln zustande brachte.

Mit einem Schluchzer stolperte er zurück, rammte sich die Kante der Pritsche gegen die Beine und ließ sich auf das bessere Brett fallen. Warum ausgerechnet Diantha? Warum nicht Timeon oder Mireta? Selbst bei seinem Vater oder Otavian hätte er es verstanden. Aber nicht bei ihr …

Seine Hände gruben sich in die Decke, dann schleuderte er das Stück kratzige Wolle von sich. Es war allein seine Schuld! Er war ihr wie ein liebestoller Idiot verfallen und hatte ihr sein Herz ausgeschüttet. Hätte er einfach die Klappe gehalten, hätte sie es vielleicht nie erfahren!

Valerian sackte auf der Pritsche zusammen. Dafür war es nun zu spät. Irgendwie würde es schon weitergehen. So war es bisher immer gewesen. Mal mehr, mal weniger miserabel.

Draußen auf dem Gang ertönten Schritte und hielten vor Valerians Zelle. Mit einem Schaben wurde der Riegel zurückgezogen.

Dann stach Licht in Valerians Augen. Hastig schloss er die Lider, doch das Brennen hatte sich bereits in seinen Kopf gebohrt. Irgendwie schien sein Leben nur noch aus Schmerzen zu bestehen.

Jemand kam näher, und Valerian wurde wortlos in die Höhe gezerrt, bevor man seine Hände fesselte. Was hatte er erwartet? Er war nun ein Verfluchter, Abschaum Mideas und noch weniger wert als die Zatarsi, denn er verbreitete weder die Faszination eines Wilden, noch konnte er Musik machen.

Schmerz explodierte in seinem linken Unterarm.

Dann die Wut.

Mit einem Knurren und gefletschten Zähnen stürzte er sich auf den Hüter, bevor alles im Blutrot ertrank.

Kaltes Wasser durchnässte ihn bis auf die Haut, ein leerer Eimer wurde abgestellt. Valerian lag auf dem Zellenboden. Seine Hände waren immer noch gefesselt, und sein linker Unterarm brannte wie Feuer.

Ein Hüter mit weißen Schläfen ging vor ihm in die Hocke. »Valerian Morena ... dein Bruder zeigt deutliches Talent, um zu einem der besten Hüter zu werden – und du liegst mit deinem verfluchten Blut vor mir im Dreck.« Lucio, einer der Meister, wenn er sich richtig erinnerte. Er hatte den Mann noch nie gemocht.

Trotz seiner zusammengebundenen Hände versuchte er in eine nicht ganz so entwürdigende Position zu kommen. Auch wenn er dabei fast gegen den Hüter fiel.

»Euer Service lässt zu wünschen übrig«, presste er heiser hervor.

»Du wirst ihn noch ein paar Tage länger in Anspruch nehmen müssen. Mit allen Annehmlichkeiten.« Lucio deutete auf die Wolldecke, die halb im Pisspott gelandet war. »Es gibt immerhin zweimal am Tag Essen, und manchmal ist es sogar noch warm.«

»Ihr könntet mich einfach gehen lassen. Das wäre für alle angenehmer.«

»So einfach ist das nicht, Morena. Du musst erst beweisen, dass du kein Kandidat für einen Daueraufenthalt bist.«

»Daueraufenthalt?«, würgte er hervor.

»Wessen verfluchtes Blut zu stark und unkontrollierbar ist, der genießt unsere Gastfreundschaft für den Rest seines Lebens.«

Entsetzen breitete sich in Valerian aus.

Lucio grinste, als ob er seine Gedanken erkannt hätte. »Aber deine Chancen dürften gut sein, hier wieder herauszukommen, da du bis jetzt gut durchgehalten hast – abgesehen vielleicht von dem einen Ausrutscher mit der Zatarsi?« Der Blick des Hüters wurde bohrend.

»Sie hat sich in ihrem Seidenschal verheddert«, zischte Valerian. »Meine Familie kann es bezeugen!« Diese Erinnerungen waren das Letzte, was er gerade gebrauchen konnte.

»Natürlich werden sie es bezeugen. Die Morenas wollen sich ja nicht den Ruf verderben. Vielleicht wäre ein Daueraufenthalt doch angenehmer für dich?«

Valerian fröstelte es nicht nur wegen seiner nassen Kleidung. Er würde garantiert nicht den Rest seines nun jämmerlichen Lebens in einer Zelle verbringen. Egal, ob sich das seine verdammte Familie wünschte.

»Cajetan kann dich übrigens jederzeit besuchen kommen – falls er noch etwas mit seinem ehemaligen Bruder zu tun haben möchte.«

Für einen Moment setzte Valerians Herz aus. Dass Caj Bescheid wusste, daran hatte er gar nicht gedacht. Und noch weniger daran, dass der sich von ihm abwenden könnte.

»Danke für die aufmunternden Worte«, sagte Valerian schwach.

»Aber gerne doch.« Damit erhob sich Lucio und verließ die Zelle, woraufhin eine Hüterin mit einem Napf und Krug hereinkam und beides auf die Pritsche stellte. Bevor sie ging, nahm sie Valerian die Fesseln ab.

Dann war er wieder allein in der Schwärze.

Valerian taumelte in die Höhe und stolperte in die Ecke, wo der Pisspott stand. Seine Hände fanden die kratzige Decke, die er um seinen zitternden Körper wickelte, bevor er zurück zur Pritsche schlurfte.

Seine tastenden Finger stießen gegen den Wasserkrug, den er an die Lippen setzte und gierig trank, bis er sich verschluckte und hustete. Und dann weitertrank, auch wenn es kaum besser schmeckte als Kanalwasser.

Nach und nach wurde ihm der Druck um seinen Hals bewusst. Seine Hand wanderte dorthin, und unter seinen Fingern spürte er etwas Glattes. Metall? Wofür, wenn man ihn nicht daran angebunden hatte?

Er stellte den Krug zurück auf die Pritsche – oder wollte es zumindest –, denn der Ton zerschellte auf dem Boden und Wasser spritzte über seine Füße.

Doch Valerian war mehr mit dem Ding um seinen Hals beschäftigt, auf dem er einen Spalt sowie mehrere Erhebungen fühlte. Er drückte und schob, brach sich Fingernägel ab, bekam den Verschluss aber nicht geöffnet. Schließlich fielen seine Arme kraftlos und zitternd herab.

Valerian sank auf die Pritsche, seine Hand landete im lauwarmen Brei. Vor Kurzem hatte er noch ein glückliches Leben gehabt. Nun saß er nass, frierend, nach Pisse stinkend und mit einem Halsband wie ein Köter in einer Zelle. Da konnte es doch nur besser werden. Oder?

KAPITEL 5

Elezei ging zu dem offenen, bodentiefen Fenster und wollte sich gerade auf dessen Metallgeländer stützen, als sie schräg gegenüber eine runzlige Mideanerin gaffen sah. Also blieb sie hinter dem dünnen Vorhang verborgen, denn sie würde die kleine Wohnung, die ihr Narezin überlassen hatte, nicht leichtfertig aufs Spiel setzen.

Ihr Blick wanderte durch den Stoff hindurch in die Gasse unter ihr, wo die Mittagssonne scharfe Schatten warf. Trotz der dämpfigen Hitze waren einzelne Mideaner unterwegs, aber keiner kam in die Nähe der Tür. Keiner würde sie von der Einsamkeit erlösen, die sie seit dem Aufenthalt bei Narezins Familie umso stärker spürte.

Elezei wandte sich um und ging zu dem kniehohen Tischchen, neben den Sitzkissen die einzige Einrichtung in dem Zimmer, das niedrig und klein war, für die Gegend vermutlich aber großzügig.

Auf dem Tuch schimmerte das Gold im hereinfallenden Licht der Mittagssonne. In der Mitte lag der schmale Armreif, den sie mit dem Geld, das Narezin ihr gegeben hatte, sofort bei der Pfandleiherin ausgelöst hatte. Damit fehlte nur noch ein Reif. Der wichtigste.

Ihre Finger wanderten zu ihrem nackten Hals. In der Zeit, die sie bei Narezins Familie verbracht hatte, hatte sie gar nicht an ihn gedacht. Erst jetzt wieder, wo die Einsamkeit sie nach nicht einmal einem halben Tag zu verschlingen begann.

»Wir sind nicht dafür gemacht, alleine zu sein«, hallten Narezins Worte in ihrem Kopf wider.

Elezei entwich ein frustriertes Stöhnen. Es gab aber nichts, was sie dagegen tun konnte! Narezin hatte ihr deutlich gemacht, dass er regelmäßig Besuch von den Hütern bekam und dass es bei ihm für sie nicht sicher war. Trotzdem wünschte sie sich gerade Leontines Trubel und die gerunzelte Stirn von Tya, sobald deren Blick auf Elezei fiel.

Mit einem Zischen verbannte sie die Gedanken und griff nach der Harfe, die Narezin ihr geliehen hatte. Seine Gastfreundschaft machte einem Zatarsi alle Ehre. Und das, obwohl er ein Stammloser war.

Elezei ließ sich auf einem Sitzkissen nieder und bettete das Instrument auf ihren Schoß. Sachte strich sie über die Saiten. Die Töne erfüllten den Raum, brachen sich aber viel zu früh an den Wänden und verzerrten den Klang, der beinahe dem ihrer eigenen Harfe glich.

Elezei zupfte einzelne Saiten und versuchte eine Melodie zu finden, doch das Instrument erschien ihr plötzlich viel zu komplex. Stattdessen drängte sich immer wieder das alte Lied auf, das trotz jeder fehlenden Kunstfertigkeit eine rohe Kraft besaß, die Elezei nicht mehr losließ.

Einer Eingebung folgend, versuchte sie eine Begleitung für das Lied zu finden, aber so einfach sie die Akkorde auch hielt, es passte nicht richtig. Dabei war die Musik der Mideaner fast genauso primitiv und ließ sich wunderbar verarbeiten.

Entschieden stellte sie die Harfe zur Seite und konzentrierte sich allein auf ihr Summen, während das Lied ihr Blut zum Vibrieren brachte und ihre Gedanken glasklar wurden. Und etwas in ihr wollte diesen Fokus dafür nutzen, die Hüter zur Rechenschaft zu ziehen. Sie bezahlen …

Ein Klopfen hallte von unten herauf.

Elezei verstummte und stand auf. Hatte sich jemand in der Tür geirrt oder wollte zu dem alten Ehepaar unter ihr? Oder war es Narezin, der etwas vergessen hatte?

Lautlos ging sie zu der Treppe, deren ausgetretene steinerne Stufen sie ein Geschoss hinabführten, wo sie ihr Ohr an das Holz legte.

Jemand summte das Lied, das sie gerade abgebrochen hatte. Eine klare Kinderstimme.

Elezei öffnete die Tür, ohne ihre Freude allzu deutlich zu zeigen.

Auf der Schwelle stand Leontine. »Ich soll dich zu Papa bringen. Er möchte mit dir Musik machen.«

Bevor Elezei etwas erwidern konnte, drehte sich das Mädchen um und hüpfte über die Pflastersteine wie auf einem unsichtbaren Muster.

Elezei schloss die Tür und folgte Leontine, die mal ihr Hüpfspiel unterbrach, mal das alte Lied summte, mal still voraneilte, ohne jedoch innezuhalten. Und als Elezei versuchte, zu ihr aufzuschließen, machte sie mit einem Grinsen ein paar Sätze vorwärts und vergrößerte den Abstand wieder.

Durch Gassen und enge Straßen ging es Richtung Süden, wo einst prunkvolle Fassaden die alte Architektur verbergen sollten, welche durch Risse und abgebrochene Giebel jedoch hier und da wieder zum Vorschein kam. In einigen Spalten wuchsen knorrige Feigenbäume oder gurrten Tauben.

Leontine hüpfte zwischen zwei Häusern hindurch auf einen winzigen Platz mit gesprungenen Bodenplatten, den die Mittagssonne wunderbar aufgeheizt hatte. Auch wenn Elezei die Wärme für den Moment genoss, taxierte sie die Außenwelt, die jedoch leblos und harmlos wirkte.

Das Mädchen öffnete eine Tür. »Er wartet dadrinnen.«

Elezei nickte.

»Kommst du uns mal wieder besuchen?«

»Ich hoffe es.« Und sie meinte es so.

»Dann bis bald.« Das Mädchen rannte los, blieb dann aber noch mal stehen. »Ich mag dein Lied.« Mit ihren Schritten verklang auch ihr Summen. Erst dann merkte Elezei, wie sehr sie Leontines Gesellschaft genossen hatte.

Nach einem kurzen Blick über den ausgestorbenen Platz trat Elezei ein – und fand sich in einer unerwartet großen Halle wieder. Von oben hereinfallende Lichtfinger strichen über Wände und Boden aus grob gehauenem Stein, was erstaunlich behaglich wirkte.

Irgendwo tropfte Wasser und verriet die perfekte Akustik dieses Raums. Beinahe wie Harfentöne perlten sie durch die Stille, die selbst Mideas Lärm kaum berührte. Kein Wunder, dass Narezin hier mit ihr musizieren wollte.

Lautlos ging Elezei ein Stück vorwärts. Hier, umgeben von Ruhe, würde man ganz neue Lieder entwickeln können, die …

Ein leises Rascheln.

Aus dem Dämmerlicht aus Schattenflecken und Lichtfingern trat Narezin. Eine langärmlige Tunika verbarg seine Armreife, und die bis zu den Füßen weite Pluderhose den Schmuck an den Fußgelenken. Beinahe wirkte er wie ein gewöhnlicher Mideaner, vor allem wegen des fehlenden Zopfes, auch wenn er als Mann nie Ringe eingeflochten hatte.

»Ein seltener Ort im Trubel Mideas«, sprach sie ihre Gedanken aus.

»Er hat zwei Eingänge von verschiedenen Straßen aus. So wird niemand unsere Treffen bemerken.«

»Warum diese Heimlichkeit?« Sie mochte das nicht. Es war so ... unehrenhaft.

»Wegen der Hüter. Es wäre sonst zu riskant – für mich und dich.«

»Und deiner Tochter erzählst du, dass wir gemeinsam Musik machen?« Sie war enttäuscht, dass sie diese wunderbare Akustik nicht austesten und genießen konnte.

»Normalerweise mache ich das hier auch. Die Häuser der Mideaner sind dafür ungeeignet.«

»Das habe ich leider schon bemerkt.«

Selbst ihre beiden Stimmen trugen zwischen den Säulen hindurch und wurden zu einem Duett, das zwischen den alten Steinen ungeahnt kraftvoll klang.

»Wir können gerne ein anderes Mal Musik machen, aber heute muss ich gleich wieder den Laden aufschließen.« Er schritt auf sie zu und hielt ihr eine verkorkte und beschriftete Glasphiole hin. »Deine Möglichkeit zur Rückkehr.«

Sie sah ihn fragend an. Wollte er sie auf den Arm nehmen?

»Ein seltenes und fast vergessenes Gift, das bei den Hütern ...«

Elezei stieß ein Zischen aus. »Ich bin keine feige Mörderin!« Auch wenn eine leise Stimme in ihrem Inneren fragte, ob das die Rückkehr nicht wert sei.

»Lass mich bitte ausreden.« Narezin hatte die freie Hand beinahe abwehrend gehoben. »Dieses Gift tötet nicht, es löscht nur Erinnerungen.«

»Das ist kaum besser, als jemanden in den Rücken zu stechen.«

»Es ist deine einzige Möglichkeit. Damit kannst du den Hütern die Zeugen nehmen, und sie müssen ihr Verfahren einstellen. Sie können es dann nicht mehr Monate oder gar Jahre hinauszögern, die du alleine hier in Midea verbringen musst.«

Elezei starrte auf die Glasphiole, die in einem Lichtfinger beinahe verlockend leuchtete. Es war und blieb Gift. Feige und unehrenhaft. Nichts, was eine Zatarsi verwenden oder gar besitzen sollte.

Abscheu stieg in ihr auf. Dann Misstrauen. »Warum hast du so etwas überhaupt, Stammloser?«

»Wegen meiner Familie.« Sein Seufzen hallte zwischen den Säulen wider. »Die Hüter schikanieren uns, wie ich dir schon erzählt habe. Über die letzten Jahre habe ich mir für den Notfall … Auswege gesucht.«

Ihr Misstrauen wich, von der Abscheu blieb nur eine Spur Abneigung. Sie verstand ihn besser, als ihr lieb war.

»Erst habe ich die Wohnung gekauft, in der du bist. Dann habe ich das Gift besorgt. Ich werde nicht zulassen, dass die Hüter das Leben meiner Familie zerstören.«

»Es ist trotzdem feige.«

»Ja, aber die Hüter werden sich nicht daran erinnern. Und mir ist es meine Familie wert.«

Sie blickte auf die Glasphiole, die er ihr immer noch hinhielt. War es ihr auch ihre Rückkehr wert? Ein Gedanke an den heutigen Vormittag, den sie allein verbracht hatte, reichte für eine Antwort.

Mit zitternden Fingern nahm sie die Phiole aus seinen Fingern. Kühl lag sie in ihrer Hand. Darauf klebte ein Etikett, das sie nicht lesen konnte, weil ihr Stamm kein Papier brauchte, um Musik zu komponieren.

»Das hier wirst du auch brauchen.« Narezin reichte ihr so etwas wie eine lange, dicke Nadel. »Je tiefer du das Gift in ihr Blut bringst, desto schneller wirkt es.«

»Und wenn ich mich selbst vergifte?«

»Das kannst du nicht. Zatarsi sind dagegen immun.«

Sie sah auf die Glasphiole in ihren Fingern. So einfach und schnell würde ihre Rückkehr sein? Damit würde sie keinen Hüter töten und die Gesetze ihres Stammes nicht brechen.

Die Wut erfüllte sie mit kalter Befriedigung.

»Sie werden dafür bezahlen.« Die Wände warfen ihr geflüstertes Versprechen zurück.

»Und du kannst deinen Halsreif wieder mit Stolz tragen.«

Die Worte waren wie ein Eimer Schneewasser.

Mit einem Schlag schwand die Wut und machte dem Wissen Platz, welche Schande sie in den letzten Tagen ihrem Stamm bereitet hatte. Und dass ihr Halsreif im Taviasee lag.

Elezei ließ Nadel und Phiole fallen.

Das Klirren erfüllte die Halle.

»Ich bin keine feige Attentäterin«, zischte Elezei.

Dann stürmte sie aus der kühlen Dämmerung der Halle hinaus in die Mittagssonne, die sie für einen Moment blendete. Nach und nach vertrieb die Hitze das widerwärtige Gefühl, wie tief sie gerade gesunken war.

Elezei lief. Weg von dem Stammlosen, der sie mit seiner Familie über seine Ehrlosigkeit hinweggetäuscht hatte. Weg von der Erkenntnis, dass sie in ihrer Einsamkeit auf ihn hereingefallen war, obwohl sie seine Art genau kannte.

Während sie durch die beinahe leeren Straßen eilte, kehrten ihre Gedanken dennoch immer wieder zu dem Angebot zurück. Es wäre eine Möglichkeit gewesen, zu ihrem Stamm zurückzukehren. Und um den Halsreif hätte sie sich dann immer noch kümmern können.

* * *

Valerian kreuzte die Arme unter seinem Kopf und starrte in die Schwärze über sich, die zu einem vertrauten Freund geworden war. Genauso wie die Dunkelheit der Erinnerungen in seinem Inneren, die weiter wuchs, je länger die Wut fernblieb.

Dabei hatte er sich schon in den Arm gebissen, die Wunde auf seiner Wange aufgekratzt und den Hinterkopf gegen die Steinwand geschlagen. Er hätte sich die Finger gebrochen, wenn er auch nur eine Chance gesehen hätte, dass es die Wut zurückbringen würde.

Stattdessen pochte der Schmerz in ihm, und er hörte Bruchstücke der Lieder, die seine Mutter früher gesungen hatte. Fern und nicht greifbar, aber jeder Ton bohrte sich tiefer. Er spürte wieder den Stoß unter seinen Händen, der sie zu Fall gebracht hatte. Mit dem Kopf auf die Marmorbank. Und wie er sie danach geschüttelt hatte, damit sie trotz des blutüberströmten Gesichts wieder aufwachte.

Mit einem Stöhnen drehte sich Valerian zur Seite und grub die Nägel in die Handflächen. Sosehr er seine Wut immer verabscheut hatte, nun vermisste er sie – oder wahlweise ein paar Flaschen Wein.

In der Ferne ertönten Schreie, von denen er nicht sicher war, ob sie von anderen Gefangenen oder aus seiner Einbildung kamen.

Er presste die Hände auf die Ohren. In seiner Verzweiflung dachte er an Diantha. Nicht an die versteinerte Maske, als sie ihn aufgehalten hatte, sondern an ihr wunderschönes Lachen, umrahmt von Blauregen und Lampions. Und sosehr die Erinnerungen auch schmerzten, sie halfen ein bisschen gegen die Dunkelheit in ihm.

Das Schaben des Riegels erklang.

Valerian machte sich nicht die Mühe, sich aufzusetzen oder gar die Augen zu öffnen. Es gab sowieso nur einen Napf mit kaltem Eintopf und einen Krug Kanalwasser. Und wenn er Glück hatte, wurde sein Pisspott geleert.

»Aufstehen!« Eine Hand riss ihn grob in die Höhe.

Seine Lider sprangen auf, Licht bohrte sich in seine Augen, und er sah den Schemen einer Gestalt. Dann wurden seine Hände gefesselt.

Valerian blinzelte einige Male, bis er wenigstens das Gröbste erkennen konnte.

Ein zweiter Hüter betrat die Zelle. Lucio.

Wortlos überprüfte dieser das Metallhalsband, das Valerian inzwischen fast vergessen hatte und dessen Zweck ihm nicht klar geworden war.

»Heute keine aufmüpfigen Worte?«

Valerian zuckte nur mit den Schultern.

Die Hand des Hüters schoss vor, umspannte Valerians Kinn wie ein Schraubstock und drehte das Gesicht ins Licht, das durch die geöffnete Tür hereinfiel, wo Lucio es ausgiebig musterte. Dann zog er seinen Dolch und ergänzte gemächlich eine blutige Spur neben dem halb verheilten Biss des Verfluchten.

Neuer Schmerz brannte in Valerian auf, er riss sich los und stolperte zurück in die Schatten. »Wollt ihr mich in Stücke schneiden?« Wieder blieb die Wut aus. Was nicht hieß, dass er nicht einen gewissen, wenn auch lächerlichen Zorn auf den Hüter verspürte.

»So wie es aussieht, hast du Glück, Morena. Dein verfluchtes Blut scheint relativ schwach oder deine Kontrolle gut zu sein.« Lucio wischte den Dolch an Valerians Tunika ab und steckte ihn weg. »In zwei Tagen kommst du raus – mit ein paar Auflagen.«

Valerian sparte sich eine Erwiderung. Denn auch wenn er froh war, hier herauszukommen und vielleicht ein Gläschen oder Fläschchen

Wein zu genießen, wusste er nicht, was ihn sonst erwartete. Oder wie es überhaupt weiterging.

»Du hast übrigens Besuch.« Damit verschwanden Lucio sowie der andere Hüter, und ein dritter kam herein.

»Caj!«

Sein Bruder, in die graue Tunika der Hüter gekleidet, nickte mit einem zurückhaltenden Lächeln.

»Ich hatte schon Angst, du vergisst mich hier in euren luxuriösen Unterkünften.« Valerian zog eine Grimasse, um die Tränen der Erleichterung zu unterdrücken.

»Nein, aber wir mussten sichergehen, dass es dir ... gut geht.«

Das »wir« schmerzte stärker als die Zeit, in der Valerian auf seinen Bruder gewartet hatte.

Er ließ sich auf die Pritsche fallen, die gefesselten Hände brav in den Schoß gelegt. Plötzlich fielen ihm die vielen Flecken auf seiner Hose und Tunika auf. Er versuchte nicht darüber nachzudenken, woher sie stammten.

Er sah zu seinem Bruder auf. »Was passiert nun wirklich mit mir?«

»Wie Meister Lucio gesagt hat, wirst du in zwei Tagen freigelassen. Dann sollte sich dein verfluchtes Blut so weit beruhigt haben, dass du in nächster Zeit stabil bleibst, wenn du dich von Ärgernissen fernhältst. Und vom Wein.«

»Das ist nicht dein Ernst, oder?«

»Doch. Du weißt genau, dass Alkohol dich schon immer aggressiv gemacht hat, Val.«

»Das wird ein beschissenes Leben.« Nichts bliebe dann mehr, was die Dunkelheit in seinem Inneren vertreiben konnte.

»Und noch ein gut gemeinter Rat: Lass die Ausflüge in die Arena. Oder willst du plötzlich auf der ... anderen Seite sein?«

Der Gedanke war ihm noch gar nicht gekommen, doch die Bilder kamen schnell: Wie Timeon und Mireta ihn bluten ließen, um seine Wut zu beschwören. Weil er plötzlich nichts mehr zählte, weil er ein Brandzeichen ...

»Wie konnte ich das vergessen?«, flüsterte er entsetzt.

Caj sah ihn verständnislos an. »Was?«

»Das Brandzeichen.« Er wollte seine unversehrte Stirn zwischen den Brauen berühren, ließ seine gefesselten Hände aber wieder fallen.

»Es ist Gesetz. Verfluchtes Blut muss gekennzeichnet werden, um Mitmenschen vor der potenziellen Gefahr zu warnen.«

»Dann lieber dieses scheußliche Halsband!« Das konnte er wenigsten entfernen, ohne dass etwas zurückblieb.

»Und wie lange würdest du es tragen, sobald du hier raus bist?«

»Ich könnte es versprechen …« Er wusste, dass die Worte sinnlos waren.

»Tut mir leid, es ist Gesetz.« Caj seufze. »Ich hätte dir sicher helfen können, wenn du zuerst zu mir gekommen wärst. Bevor du es Diantha erzählt hast.«

»Das habe ich ja versucht!«

»Wann hast …« Da machte sich Erkenntnis auf Cajs Gesicht breit. »Am Tag meiner Aufnahme. Als du in die Festung gekommen bist.«

»Und du meintest, ich solle es doch einfach sagen. Vor den anwesenden Hütern.«

»Warum hast du nicht versucht, mir klarzumachen, wie wichtig es ist?«

»Weil ich erkannt habe, dass du nun einer von ihnen bist. Wie kannst du mir da noch helfen?«

»Trotzdem wäre ich vermutlich besser als Diantha gewesen. Wir hätten sicher eine Lösung gefunden.«

»Sie hatte mein Vertrauen. Und du … ihr behandelt die Verfluchten wie Dreck!«

»Weil die meisten Freigänger ihre Freiheit nicht zu schätzen wissen.«

»Freiheit!« Valerian spuckte aus. »Du meinst für immer ausgestoßen und gemieden werden.«

Cajs Gesicht wurde hart. »Da wird sich bei dir ja nicht viel ändern.«

»Richtig. Außer, dass du mir gerade allen verbliebenen Spaß verbietest. Dann kann ich ja auch gleich den Daueraufenthalt hier genießen.« Irgendwann würde sich sicher eine Chance zur Flucht bieten. Ohne das Brandzeichen.

»So, willst du das?« Mit einem Schritt war Caj neben Valerian und zog ihn in die Höhe, ergriff genau dort den Unterarm, wo gestern das verfluchte Blut getestet worden war. Damit schmerzte wenigstens der neue Schnitt auf seiner Wange nicht mehr am stärksten.

Er unterdrückte ein Stöhnen, als Caj ihn auf den Gang schob. Regungslos standen dort im Schatten zwei Hüterinnen, die vermutlich alles mitbekommen hatten. Warum hatte er auch geglaubt, er könnte diesmal unter vier Augen mit seinem Bruder sprechen?

Dieser stieß ihn wortlos den Gang entlang und auf eine Tür zu, deren Riegel Caj entschieden zurückzog, bevor er Valerian hindurch in einen weiteren Gang schob, dessen Wände aus Gitterstäben bestanden.

Bewegung kam in mehrere Dutzend Männer und Frauen, die erst nur knurrten und heulten, sich dann gegen das Metall warfen. Oder um Hilfe flehten.

Cajs Griff zerrte Valerian unbarmherzig zu einer der Zellen, in der drei Menschen zusammengekauert auf dem Boden saßen. Ihre leeren Augen in den eingefallenen Gesichtern blickten ins Nichts. Der oder die Jüngste, kaum mehr als ein Kind, wiegte sich stumm hin und her.

»Willst du wirklich so den Rest deines Lebens verbringen, Val?«

Nein, bestimmt nicht. Doch wenn er so dem Brandzeichen entkommen konnte? Und es würde nur temporär sein, bis er ...

Caj schlug mit seinem Dolchknauf gegen die Stäbe.

Während das Kind knurrend nach vorn sprang und mit zu Krallen gekrümmten Fingern nach ihnen griff, drängten sich die zwei anderen beinahe nackt in die Ecke. Ihre kurz geschorenen Haare offenbarten das eingebrannte V knapp über den Augenbrauen.

Valerians letzte Hoffnung, es einfach aussitzen und abwarten zu können, verrauchte. Für ihn gab es nur noch eine Wahl: ob er den Rest seines Lebens vergessen zu Hause oder vergessen in einer Zelle verbringen wollte.

»Deswegen solltest du lernen, deine Wut unter Kontrolle zu bekommen, Val«, meinte Caj in einem versöhnlichen Ton. »Sie nimmt dir sonst Stück für Stück deine Menschlichkeit.«

Widerstandslos ließ er sich zurück in seine Zelle führen, wo Caj seine Fesseln abnahm und ging.

Nur die Schwärze blieb. Und Valerian war allein mit den leeren Blicken der Gefangenen und der Frage, wie viel ihnen das verfluchte Blut und wie viel ihnen die Gefangenschaft genommen hatte. Und ob er auch so enden würde.

* * *

Adorata klappte das Regelwerk der Hüter mit einem Knall zu, der sie selbst zusammenzucken ließ. Seit dem Ende der Patrouille heute Mittag hatte sie sich sorgfältig von Seite zu Seite gequält und nicht den kleinsten Hinweis auf einen Pakt gefunden. Sie war so schlau wie vorher, außer, dass sie nun wieder bis ins letzte Detail wusste, wie sie – laut Papier – mit Taschendieben, Betrunkenen und Zechprellern umzugehen hatte.

Sie rieb sich die gereizten Augen und streckte ihren steifen Körper. Selbst über die Sonderregel der Zatarsi hatte sie nur den bekannten Absatz gefunden, der besagte, dass alle Fälle, die dieses Volk betrafen, an den Meister der Gerechtigkeit übergeben werden mussten. Je nach Schwere der Schuld entschied dieser dann, ob die Azai das Urteil selbst fällen durfte. Aber nirgends fand sich dafür eine Erklärung.

Als Adorata das Regelwerk zurück an seinen Platz stellte, bemerkte sie Meisterin Tullia, die auf ihren Gehstock gestützt neben Onorio oben auf der Empore stand und heruntersah. Der nachdenkliche Ausdruck auf ihrem Gesicht wandelte sich zu einem Lächeln und dann zu einem Nicken.

Adorata beugte ebenfalls kurz den Kopf, bevor sie sich abwandte und in Richtung Tür ging. Zu gern würde sie wissen, ob es dort oben Bücher über den Pakt gab. Aber in diese Bücher gewährten die Meister einem normalen Hüter nur selten Einsicht.

Mit einem letzten Blick zu Meisterin Tullia, die wieder mit Onorio in ein leises Gespräch vertieft war, verließ Adorata die Bibliothek. Vielleicht sollte sie die Sache einfach ruhen lassen, wie es ihr Natale nicht nur einmal geraten hatte. Aber sie konnte es nicht. Sie wollte wissen, was es mit diesem Pakt auf sich hatte, und sich dann dafür einsetzen, dass die Sonderregel abgeschafft wurde und es Gleichberechtigung für alle gab.

Mitten auf dem Gang blieb sie stehen, als ihr eine ganz andere Frage in den Sinn kam. Konnten die Zatarsi eigentlich verfluchtes Blut haben? Immerhin gab es Gerüchte, dass sie es aus den Bergen oder sogar von den Drachen mitgebracht hatten, da es praktisch nur hier in Midea vorkam. Aber unter all den Verfluchten war noch nie eine Zatarsi gewesen – das hätte sich trotz Sonderregel herumgesprochen.

Sie schüttelte den Kopf und ging weiter. Das Lesen brachte nur abstruse Ideen. Sie brauchte dringend eine Pause, was ihre brennenden

Augen bestätigten. Ein bisschen Entspannung für Körper und Kopf, dann würde sie auch besser vorankommen.

Kurz bevor sie ihre Kammer erreichte, kam ihr Natale entgegen.

»Ich hatte dich schon gesucht.«

Zusammen gingen sie weiter, für einen Herzschlag streiften sich ihre Finger. Eine Mischung aus den Versprechen, was sie machen würden, sobald sie allein waren, und dass sie immer füreinander da sein würden.

»Hatte ich nicht gesagt, dass ich in die Bibliothek geh, um nach Informationen zu suchen?«

»Kann sein.« Natale grinste. »Aber ich wäre trotzdem nicht auf die Idee gekommen, dass meine lesefaule Kriegerin das ernst meint.«

Adorata hatte das Bedürfnis, ihm wie ein Kind die Zunge rauszustrecken, öffnete stattdessen aber die Tür zu ihrer Kammer. »Meisterin Tullia ist sicher erfreut, dass ich endlich auch das Wissen ernst nehme. Trotzdem habe ich nichts Brauchbares gefunden.«

Er folgte ihr hinein. »Warum fragst du dann nicht um Hilfe? Es gibt doch genug Hüter, die fast den kompletten Tag dort im Staub sitzen.«

»Weil ich das Gefühl habe, dass dieser Pakt geheim gehalten werden soll.«

»Übertreibst du damit nicht?«

»Vielleicht. Aber so oder so brauche ich nun erst mal eine Pause.«

»Wie passend.« Er lehnte sich gegen den Türrahmen. »Ich hatte dich für eine Runde Speerwurf gesucht, nachdem Meisterin Evantia meinen schwachen Wurfarm gestern so kritisiert hat.«

»Zwischen Abendessen und Nachtpatrouille gerne, aber gerade treffe ich höchstens die Mauer neben den Zielscheiben.«

Natale stieß sich ab, schloss die Tür und kam auf sie zu. »Dann hätte ich einen anderen Vorschlag.« Seine Hände legten sich auf ihre Hüfte und zogen sie heran. »Wir verlegen die Übung ins Bett.«

Kurz war Adorata versucht, sein Angebot anzunehmen. Vor allem weil seine Finger den Weg unter den Stoff fanden und über ihre Haut glitten, doch ihr Schädel brummte noch von den vielen Wörtern.

Sie schüttelte den Kopf. »Du willst nicht, dass ich dabei ans Regelwerk der Hüter denke.«

»Hmm … wenn du mir damit die Leviten liest? Nur in deine Lederrüstung gekleidet …«

Adorata schnaubte. »So genau wollte ich deine Fantasien nicht wissen.«

Auch wenn er grinste, stand die Enttäuschung deutlich in seinen Augen, und seine Hände sanken herab. Dort, wo er sie berührt hatte, fehlte plötzlich die Wärme.

Adorata strich über seine Brust. »Ich will nur bei der Sache sein.«

»Passt schon. Später dann. Oder ich frag Fedon.« Das Grinsen wurde etwas breiter. »Für den Speerwurf natürlich.«

»Ansonsten wäre ich auch beleidigt!«

Mit einem Lachen verließ Natale die Kammer, doch sie wusste genau, dass seine Enttäuschung nicht weg war. Sie würde es später wiedergutmachen – auf die eine oder andere Weise.

Aus der kleineren ihrer beiden Truhen zog sie den dunkelblauen, hauchdünnen Überwurf, wie er letztes oder vorletztes Jahr in Midea modern gewesen war. Auf den ersten Blick würde er das Hütergrau und einen Teil des Waffengurts verbergen, ohne sie im Notfall zu behindern.

Adorata eilte durch die Gänge, die Eingangshalle sowie den Hof und verließ kurz darauf die Festung. Zusammen mit der Mittagswärme stand noch ein unangenehmer Rest Dämpfigkeit vom gestrigen Regen in den Straßen. Wenigstens hing dafür weniger Staub in der Luft.

Während sie durch Midea ging, klärten ihr das Sonnenlicht und das Leben um sie herum langsam den Kopf. Trotzdem kehrten ihre Gedanken immer wieder zu diesem seltsamen Pakt zurück, über den sie nichts hatte erfahren können.

Sie umrundete eine verhängte Sänfte und bog in eine Gasse ein, unter deren farbenfrohen Baldachinen sich mit jedem Schritt mehr Menschen drängten, während der Lärmpegel nicht nur wegen der Händler stieg, deren Stände sich an die Fassaden drängten, sondern auch, weil sie dem Basar immer näher kam.

Auf Adoratas Gesicht breitete sich ein Lächeln aus. Sie war zu Hause. Etwas, was sie trotz all der Jahre nicht in dieser Intensität bei den Hütern und in der Festung spürte.

Sie schob sich durch die Menge zu einem der zweistöckigen Häuser, die den Platz vor dem Basar einrahmten, und betrat dessen Terrasse, wo unzählige Tischchen und Sitzkissen unter einer uralten Platane ausgebreitet waren. Zu ihrer Freude war sogar einer ihrer Lieblingsplätze im hinteren Bereich frei.

Mit einem glücklichen Seufzer ließ sich Adorata nieder. Ihr Blick schweifte erst über die Terrasse, dann über den vollen Platz dahinter und schließlich zum Taviasee, dessen leichte Brise in den Blättern über ihr flüsterte. Bevor sie das hier aufgab, würde sie eher die Hüter verlassen und alle Folgen auf sich nehmen.

Ein kleiner Mann mit blondem Spitzbart und schreiend buntem Kaftan wuselte heran. »Adorata, meine Schöne!« Er nahm ihre Hand und hauchte einen Kuss darauf.

»Hekan, du alter Schmeichler.«

Er riss seine kohleumrandeten Augen auf. »Als ob ich da eine Wahl hätte, liebste Adorata.« Damit schlängelte er sich schon wieder zwischen Tischchen, Sitzkissen und Gästen hindurch und verschwand im Inneren des Hauses.

Adorata blieb mit einem Lächeln zurück, während die Schreie der Händler und das Rufen eines Pfaus in der Platane sie willkommen hießen. Der einzige Wermutstropfen war, dass sich Natale als Sohn eines Adligen nie mit diesem Trubel und Lärm hier hatte anfreunden können, denn sie hätte ihn nur zu gern dabeigehabt.

Ihr Blick wanderte auf den See hinaus, wo Boote und Schiffe mit bunten Segeln schaukelten. Irgendwo im Dunst hinter ihnen lag Calantha, die Hauptstadt Amarias, von der man hier genauso selten etwas mitbekam wie vom Kaiser. Nicht, dass es in Midea jemanden störte. Hier war man froh, selbstständig und unabhängig zu sein.

»Der Tee, meine Schöne«, flötete Hekan neben ihr und stellte ein bunt bemaltes Glas mit einer umständlichen Geste ab. Daneben platzierte er einen Teller voller kandierter Früchte und Rosenblüten. »Ein Geschenk des Hauses.« Er strahlte sie an.

Sie erwiderte sein Lächeln. »Und es gibt nichts Besseres in ganz Amaria.«

Er verbeugte sich, dann wuselte er zu einem anderen Gast, der mit einer Handvoll Nordländer um ein Tischchen in der Nähe des Baumstammes saß und sie anscheinend von Tee zu überzeugen versuchte.

Adorata nahm das heiße Glas am oberen Rand vorsichtig auf und sog das würzige Aroma des Tees ein.

Zwischen den Gästen hindurch schoss ein Sperling heran, setzte sich auf die Tischkante und beäugte die kandierten Früchte. Zwei weitere gesellten sich zu ihm, und gemeinsam hopsten sie vorsichtig näher.

Adorata warf ihnen eine zuckerüberzogene Mandel zu, um die sie sich prompt so stritten, dass diese auf den Boden fiel – wo das Gezeter weiterging, bis einer mit der Beute davonflog.

Mit einem Grinsen griff sie nach einer kandierten Orange und schob sie sich in den Mund. Wie immer wurden bei diesem süßherben Geschmack Kindheitserinnerungen wach. An damals, als die Welt noch in Ordnung gewesen war und ihre Mutter noch nicht getrunken, sondern mit ihrer Tochter in der spärlichen Freizeit den Basar besucht hatte.

Wütende Rufe eines Streits hallten heran.

Automatisch suchte Adorata die Ursache, bis sie direkt neben der Terrasse zwei Frauen entdeckte. Die Hand der einen lag an einem Dolch.

Adorata seufzte und wollte sich gerade erheben, als Hekan auf die beiden zustürmte. Auch wenn sie nicht verstand, was er zu den Frauen sagte, schien es zusammen mit seinen ausschweifenden Gesten zu helfen, denn die beiden gingen in verschiedene Richtungen davon.

Sie warf Hekan ein dankbares Lächeln zu, da er ihr immer wieder bewies, dass sie hier sie selbst sein und ihren Status als Hüter für ein Weilchen vergessen konnte. Etwas, was sie die letzten Jahre sehr zu schätzen gelernt hatte.

Sie wollte sich gerade wieder den kandierten Früchten und Blüten zuwenden, denen zwei Sperlinge gefährlich nahe gekommen waren, als ihr Blick auf einen Zatarsi fiel, der im Treiben der Menge viel zu still stand. Der goldlose, schulterlange Zopf fehlte genauso wie sein Halsreif. Einer der Stammlosen, die sich freiwillig von ihrem Stamm gelöst und komplett an das Leben eines Mideaners angepasst hatten.

Unverwandt blickte er zu der Säule mit der alten Handelsgöttin, in deren Schatten eine Frau mit Kopftuch stand, der Größe und Haltung nach eine weitere Zatarsi – die herübersah.

Adorata wollte sich schon wieder schulterzuckend ihrem Tee widmen, da drehte die Zatarsi ihren Kopf ein Stück, wie wenn sie etwas gehört hätte, und die Nachmittagssonne beleuchtete einen Moment das Gesicht.

Adoratas Finger schlossen sich fest um das Teeglas, dann ließ sie ihren Blick wie zufällig schweifen. War das wirklich die Zatarsi aus dem Innenhof? Oder täuschte sie sich?

Sie sah zu dem Stammlosen, der sich nun in Bewegung setzte, genau auf die Zatarsi zu, die ihrerseits in Adoratas Richtung sah.

Entschieden setzte sie den Tee ab, scheuchte damit die Sperlinge auf und erhob sich, um hinüberzugehen. Doch als sie für einen Moment den Blick senkte, um nicht über die Sitzkissen zu stolpern, waren die beiden Zatarsi verschwunden.

Brummend nahm Adorata wieder Platz. Und nach dem nächsten Schluck Tee kam es ihr plötzlich absurd vor, dass sie ausgerechnet diese eine Zatarsi erkannte haben wollte, die für ihr Volk völlig durchschnittlich aussah. Außerdem war das Gesicht halb im Schatten des Tuchs verborgen gewesen.

Entschlossen griff sie nach den kandierten Rosenblüten, deren Geschmack sie zwar nicht an die Kindheit erinnerte, aber die sie trotzdem liebte. Sie war hier, um ihren Kopf freizubekommen. Mit allem anderen würde sie sich beschäftigen, sobald sie wieder zurück in der Festung war.

* * *

Aus dem Schatten einer Säule, auf der eine Frauenstatue mit Geldbeutel und armlangem Stab thronte, sah Elezei hinüber auf die Terrasse im Schatten der riesigen Platane. Dort, wo die hellhäutige Hüterin im frühen Abendlicht saß und in aller Seelenruhe Tee trank.

Elezei ballte die Hände zu Fäusten. Hätte sie heute Mittag nachgedacht, bevor sie Narezins Angebot ausgeschlagen hatte, dann könnte sie nun ihren ersten Schritt in Richtung Heimkehr machen. Dann müsste sie nicht mehr untätig in der kleinen Wohnung herumsitzen. Dann wäre sie nicht mehr allein.

Ihre Nägel bohrten sich schmerzhaft in die Handflächen. Aber sie würde sicher nicht zurück zu Narezin, einem Stammlosen, kriechen und ihn um Hilfe bitten.

»Noch nicht«, flüsterte eine Stimme in ihr.

Mit einem Zischen wandte sie sich ab – und stand Narezin gegenüber.

»Guten Abend.«

»Was machst du hier?«, entfuhr es ihr.

Er zeigte auf seinen Korb, in dem frischer Knoblauch und Koriandergrün lagen. »Ich hab dich gerade zufällig gesehen, als ich für das Abendessen eingekauft habe. Ich würde dich gerne einladen, aber …« Er seufzte.

Sofort waren die Erinnerungen an Narezins Familie wieder da – und mit ihnen die Einsamkeit.

Der Stammlose sah an ihr vorbei. »Ist das eine der drei Hüter?«

Elezei nickte. »Ich hatte sie zufällig entdeckt.« Nachdem sie eine ganze Weile in der Nähe der Festung gelauert hatte, um sich abzulenken – und weil ein kleiner Teil von ihr Blut und Rache wollte.

»Es tut mir leid wegen heute Mittag«, sagte Narezin. »Ich wollte nur helfen, weil ich weiß, wie schwer es ohne Stamm für uns ist.«

Elezei wusste nicht, was sie antworten sollte. Sie wollte die Entschuldigung eines Stammlosen nicht annehmen, aber sie wollte auch, dass er ihr das Gift noch einmal anbot, ohne dass sie danach fragen musste.

Dann sah sie, wie die Hüterin sich erhob und sich zwischen den Tischen und Sitzkissen hindurch in ihre Richtung schlängelte.

Elezeis Hand wanderte zum Griff des Messers. Doch wenn sie die Hüterin umbrachte, war ihr Weg zurück endgültig verbaut. Da würde die Azai weder Ausrede noch Wahrheit – wie vielleicht bei dem Halsreif – gelten lassen.

»Wenn du immer noch helfen willst, wäre jetzt der Zeitpunkt dafür«, zischte sie.

Narezins Blick wanderte an Elezei vorbei, dann drehte er sich um. »Komm.« Er ging um einen Stand herum, dessen Gewürze zu eindrucksvollen Kegeln aufgetürmt waren.

Elezei folgte ihm. Die Heimlichkeit fühlte sich falsch an, aber sie würde sich wohl daran gewöhnen müssen, wenn sie sein Angebot annahm. Die ein oder zwei Tage mehr, in denen sie mit dem Stolz der Zatarsi brach, würden – so ungern sie es zugab – auch nicht mehr ins Gewicht fallen.

Sie hatte erwartet, dass er sie zurück zu dem alten Saal führte, doch er blieb kurz darauf hinter einem Wagen voller Säcke stehen und zog eine Phiole hervor, die genauso aussah wie die von heute Mittag. Zusammen mit der Nadel hielt er sie Elezei hin.

»Warum hast du es mir nicht gleich gegeben?« Sie nahm beides an sich und verstaute es in einer Tasche ihres Gürtels. »Die Hüterin war in Reichweite.«

Er schüttelte den Kopf. »Es gab zu viele Zeugen, und ich muss an meine Familie denken.«

»Du bist ein Feigling!«

Der Stammlose richtete sich auf, versuchte tatsächlich sich größer zu machen. »Nein, ich weiß, wie der Hase hier läuft, weil ich nicht bis vor ein paar Tagen den Schutz eines Stammes genossen habe.«

Bevor Elezei wusste, was sie tat, hatte die Wut in ihr Narezin am Hals gepackt. Die Gesetze verboten es, Hüter und andere Mideaner zu töten, aber sie galten nicht bei Stammlosen. Und sie hatte nun, was sie brauchte. Außerdem wusste er zu viel über sie.

»Ich ... ich kann dir helfen, die Hüter zu finden, wenn sie alleine sind«, presste er hervor, als wenn er ihre Gedanken gelesen hätte.

»Ich brauche sie nicht allein.« Sie lachte. »Als ob zwei oder drei Hüter ein Problem für mich wären.«

»Das bezweifle ich nicht. Aber es erzeugt mehr Aufsehen. Und mehr Zeugen.«

Sie musste sich zurückhalten, ihren Griff um seinen nackten und schutzlosen Hals nicht zu festigen. Da half es nicht besonders, dass er recht hatte. Trotzdem wollte sie ihn an seinen Platz erinnern – als Mann und als Stammloser.

Er senkte den Blick.

Elezei ließ ihn los, und er sank keuchend zusammen. Er war auch nicht mehr wert als ein Mideaner. Aber er hatte eine Familie, fast so etwas wie einen eigenen Stamm. Etwas, was sie gerade nicht hatte.

Narezin hob den Kopf, ohne sie direkt anzusehen. »Ich ... ich weiß, wo einer ... der anderen beiden Hüter ist.«

»Du kannst gar nicht wissen, wen ich überhaupt suche.«

»Ich nicht. Aber sie.« Er deutete auf das Mädchen, dem Elezei bisher keine Beachtung geschenkt hatte. Ihre Augen waren die einer Mideanerin und ihre Kleidung kaum mehr als Lumpen. Im Gegensatz zu Narezin sah sie ohne Angst auf.

»Und woher weiß sie es?« Heute Mittag erst hatte der Stammlose Elezeis Misstrauen zerschlagen, nun war es wieder da. Sie konnte nur ihrem Stamm trauen.

»Sie hat gehört, wie drei Hüter erzählten, dass sie mit der Erlaubnis der Azai das Zatarsi-Viertel durchsuchen dürfen, um eine Verdächtige zu finden. Sie wollen dir einen Mord anhängen, weil der verletzte Mideaner gestorben ist.« Narezin sah weiter an ihr vorbei und wirkte, als ob er weglaufen wollte. Seiner Frau konnte er vielleicht den starken Mann vorspielen, nicht jedoch Elezei.

Wieder stieg das Gefühl in ihr hoch, von Azai Sindresa im Stich gelassen worden zu sein. Doch die Eiseskälte in ihr gab den Hütern die Schuld. Die ihr keine Chance geben würden, sobald sie sie erkannten. Dazu kam der Verdacht, dass der Zatarsi, der vor ihr am Boden kauerte, ihr nachspionierte.

»Du weißt zu viel, Stammloser.«

»Nein, ich möchte es nur rechtzeitig wissen, wenn die Hüter mich und meine Familie holen kommen. Sie sind mein Stamm!«

Elezei sah auf ihn runter. »Und warum hilfst du dann mir?«

»Weil du keinen Stamm hast. Weil du mir leidtust.« Er würgte die Worte geradezu heraus.

Mitleid! Sie wollte und brauchte sein Mitleid nicht!

Dann bemerkte sie die vielen Menschen, die stehen geblieben waren und gafften.

Narezin traute sich, ihr wieder in die Augen zu sehen, beinahe flehend wie ein hungriger Köter. »Wenn sie sich getäuscht hat und er es nicht ist, kannst du doch einfach wieder gehen.«

Erneut hatte der Stammlose recht, so ungern sie es auch zugab. Und sie hatte gerade schon ihre Chance bei der Hüterin verpasst. Wenn sie nun eine weitere ausschlug …

Sie sah zu dem Mädchen. »Bring mich hin.«

Narezin atmete sichtlich auf, dann nahm er seinen Korb wieder auf und begann seine herausgefallenen Knoblauchknollen aufzusammeln.

Elezei zog ihr Tuch tiefer ins Gesicht und folgte dem Mädchen, das sich zielstrebig durch die Menge schlängelte. Kein Hüpfen und auch kein Lied. Trotzdem begann die alte Melodie Elezeis Kopf zu erfüllen und die Wut zu stärken, die ihr eisig im Blut brannte.

Sie verließen den Basar und umrundeten die Festung, deren Zinnen wie die Türme Mideas im letzten Abendlicht leuchteten, während die Dunkelheit bereits Straßen und Gassen füllte.

Nur am Rande bekam Elezei mit, wie um sie herum die Laternen und Lampions entzündet wurden. Es gab nur das Mädchen und das Lied, über das sich mal das Fauchen einer Schmiede erhob, mal das Gelächter einer Gruppe Mideaner.

Das Mädchen eilte, ohne sich auch nur einmal umzudrehen, durch die stilleren Seitengassen, die hier im Norden Mideas so breit und gepflegt waren wie die Hauptstraße in der Nähe von Elezeis Unterkunft. Trotzdem kamen ihnen nur selten Passanten entgegen.

Schließlich blieb das Mädchen stehen und deutete auf eine der prachtvollen Villen, die den Platz mit einem Springbrunnen in der Mitte umgaben. Dann verschwand es in den Schatten, bevor Elezei ihr einen Obolus geben konnte.

Sie ging zu dem Haus, dessen Stein noch Wärme abstrahlte. Über das Plätschern des Wassers hinweg hörte sie leises Gemurmel, dann die schrille Stimme einer Frau – die nicht der hellhäutigen Hüterin gehörte.

Ein Mann beschwichtigte sie.

Diese Stimme erkannte Elezei. Nicht nur aus dem Innenhof, sondern auch von damals. Es war die Stimme einer der beiden Hüter, die sie in die Festung gebracht hatten.

Ihr Blick wanderte über den Platz, der beinahe verlassen dalag, während aus den Gebäuden und Gärten allerlei Stimmen, Gelächter und Musik heranhallte. Dann betrachtete sie die Villa vor sich, in der sich ihr Ziel aufhielt. Sie hatte alle Zeit, und sie würde warten. Wie der Jäger auf die Beute.

Sie suchte sich einen Platz an der angenehm warmen Mauer, von wo aus sie die Tür gut im Blick hatte und selbst ein bisschen im Schatten der unzähligen Laternen und Lampions verschwand.

In ihrem Kopf hing das Echo des alten Lieds, das das Plätschern des Brunnens genauso ausblendete wie die schrill vorgetragenen Monologe hinter ihr. Und jedes Mal, wenn der Hüter doch einmal sprach, wuchs ihre Anspannung.

Schritte näherten sich.

Elezei öffnete die Augen. Wie sie geahnt hatte, war es nur ein Mideaner, der über den Platz ging. Der Lichtschein offenbarte ein Schwert an seiner Seite, doch seine weiche Haltung verriet, dass er nicht wusste, wie er es zu benutzen hatte.

Seine Mundwinkel verzogen sich verächtlich, als er an Elezei vorbeikam.

Sie schenkte ihm so viel Aufmerksamkeit wie einem lästigen Insekt.

Während er sich Zeit damit ließ, den Platz wieder zu verlassen, begann eine Idee in ihr zu keimen …

Elezei wartete noch zwei oder drei lange Atemzüge, bis sie seine Schritte nicht mehr hörte – und rief dann um Hilfe.

In dem Haus verstummte die schrille Stimme der Frau.

Elezei streifte ihr Kopftuch zurück. Sie würde ihrem Gegner ins Gesicht sehen, wenn sie ihn vergiftete, und damit einen letzten Rest Ehre bewahren.

Im Haus ertönten eilige Schritte.

Sie tauchte die Nadel in die Phiole, bevor sie diese wieder in ihrer Gürteltasche verstaute. Dunkel schimmerte die Flüssigkeit im Licht. Beinahe wie Blut.

Dann flog die Tür auf, und der Hüter stürmte auf den Platz, die Hand auf dem Schwertknauf. Jetzt, wo sie wusste, wer er war, erkannte sie ihn, obwohl er seit damals erwachsen geworden war. Und jetzt würde sie dafür sorgen, dass er kein zweites Mal bei ihrer Demütigung mithalf.

In ihrem Kopf bildeten sich die ersten Töne zu einer Melodie.

Sein Blick huschte über den Platz, bevor er an Elezei hängen blieb. »Ist Euch etwas geschehen?«

Elezei schüttelte den Kopf und eilte auf ihn zu, während ihre Schritte und die vorgetäuschten Blicke über die Schulter den Takt vorgaben.

Erleichterung machte sich auf seinem Gesicht breit. »Was ist …« Seine Augen weiteten sich voller Erkenntnis.

Elezei stach zu. Mitten in die Brust, wo ihn das bisschen Stoff nicht schützen konnte.

Seine Hand schoss vor, doch auch wenn er schnell war, war er zu langsam für Elezei, die die Nadel schon wieder herausgezogen hatte.

Das Lied in ihrem Kopf wurde zu einem Summen, als sie seinen unbeholfenen Angriffen auswich. Blut befleckte seine Tunika, und sein Gesicht war schmerzverzerrt.

Elezei tauchte unter einem Schlag hindurch, der ihre Schulter streifte und für einen Atemzug den Takt störte.

Mit einem Keuchen taumelte der Hüter zurück. Seine Arme fielen herab. »Was … warum?«

Elezeis Lied verstummte.

Dann gaben seine Knie nach, und er sank auf das Pflaster, auf dem er sich kurz hin und her wälzte, bevor er still lag.

Elezei sank neben ihm in die Hocke. Seine Augen starrten ins

Nichts, Speichel lief aus seinem Mundwinkel. Er wirkte wie tot, wäre da nicht sein unregelmäßiger Atem.

Sie erhob sich und sah einen Moment auf ihn hinunter, dann ging sie. Ihre Arbeit war getan. Ein kleiner Teil von ihr hätte den Hüter lieber tot gesehen, während der andere Teil über die Art der Tat entsetzt war.

Die Frau mit der schrillen Stimme rief einen Namen. Vielleicht seinen, es interessierte Elezei nicht. Sie war einen Schritt näher an ihrer Heimkehr. Das war alles, was zählte.

* * *

Valerian zog die Decke enger um sich, sodass er für einen Moment den Gestank von Körperausdünstungen und Pisse roch. Er wollte weder wie ein Tier in einer Zelle hocken noch allein zu Hause, ohne jeglichen Spaß. Aber vor allem wollte er das verdammte Brandzeichen nicht haben.

In der Dunkelheit sah er die verächtlichen Blicke seines Vaters und Otavians mit dieser winzigen Spur Mitleid. Wer weiß, wohin sie ihn sperren würden, damit auch ja niemand von dem verfluchten Blut erfuhr und der Ruf der Familie Morena beschädigt wurde.

Ein frustriertes Stöhnen entstieg seiner Kehle. Vor ein paar Tagen war alles noch so einfach gewesen. Ein bequemes Leben. Ausreichend Wein. Freunde, um Spaß zu haben. Eine Verlobte, die er auf Händen getragen hatte.

Wieder sah er Dianthas ausdrucksloses Gesicht, als sie ihn an der Flucht gehindert hatte – weil er sie nicht hatte beiseitestoßen können, weil er ihr versprochen hatte, ihr nicht wehzutun. Weil er ihr vertraut hatte.

Valerians Hände krampften sich in die Wolldecke. Er wollte nicht mehr an ihren Verrat denken, der sich wie ein glühendes Messer in sein Herz bohrte. Nicht mehr an ihr Lächeln und das Strahlen ihrer Augen. Aber sie war ein Teil von ihm. Er konnte sie nicht einfach so loswerden.

Und plötzlich sehnte er sich danach, sie zu fragen, warum sie es getan hatte. Vor allem weil sie an dem Abend davor weitergemacht hatte, als ob sich nichts zwischen ihnen geändert hätte. Vielleicht hatte ihr Vater sie gezwungen? Oder es war nur ein Missverständnis?

In der Dunkelheit keimte die Hoffnung in ihm. Dass sie ihn gar nicht hatte verraten wollen. Dass es den Hauch einer Chance auf ein normales Leben an ihrer Seite gab.

Aber dafür konnte er kein Brandzeichen gebrauchen.

Seine Hand fuhr zur Stirn, wo die Haut zwischen den Augenbrauen glatt und ebenmäßig war. Ob es doch noch irgendeine Möglichkeit gab, mit den Hütern zu verhandeln? Um vielleicht einmal mit Dantha zu sprechen? Aber er würde das Brandzeichen so oder so bekommen, egal wie das Gespräch ausging. Er brauchte so schnell wie möglich einen Plan. Oder mehr Zeit.

Valerian erinnerte sich daran, was Lucio und Caj gesagt hatten. Zwei Tage, bis er rauskam und das Brandzeichen erhielt. Und er hatte keine Ahnung, wie viel Zeit davon schon vergangen war.

Dann kam ihm ein ganz anderer Gedanke: Was, wenn er noch gar nicht bereit für die Entlassung war?

Mit einem Lächeln ließ er sich alle möglichen und unmöglichen Szenarien durch den Kopf gehen. Da er sich nicht ernsthaft mit den Hütern anlegen wollte, war die Wahrscheinlichkeit, dass etwas schiefging, hoffentlich gering.

Voller Unruhe und Vorfreude rutschte er auf der Pritsche hin und her. Selbst wenn sein Plan nicht klappte, hätte er immerhin in Erfahrung gebracht, wie die Hüter reagieren würden und wie viele Wachen es gab. Was vielleicht mal nützlich sein konnte. Aber dazu musste erst einmal jemand kommen ...

Nach einer gefühlten Ewigkeit näherten sich Schritte und blieben vor der Zelle stehen.

Valerian sprang auf, stellte sich neben die Tür an die Wand und verengte seine Augen zu Schlitzen. Sein Herz klopfte voller Erwartung bis zum Hals.

Der Riegel schabte. Licht flutete die Zelle, und jemand trat ein.

Valerian stürzte sich auf die Hüterin, krallte sich in ihre Tunika und zerrte wie wild an dem Stoff, während er möglichst eindrucksvoll knurrte.

Ein gezielter Schlag traf ihn ins Gesicht. Dann ein Stoß vor die Brust, der ihn ein paar Schritte nach hinten taumeln ließ.

Doch Valerian sprang die Hüterin sofort wieder an, bohrte seine Finger in ihre Schulter und versuchte sie auf den Gang zu stoßen, um dort etwas zu sehen.

Stattdessen wurde er zu Boden gedrückt.

»Wenn du dich einmal in deiner Wut hättest kämpfen sehen, wüsstest du, wie lachhaft deine Darbietung ist.« Sie verdrehte seine Arme, Schmerz jagte durch seinen Körper.

Valerian versuchte sich vergeblich aus ihrem Griff zu winden und sah dabei einen weiteren Hüter in der Tür stehen, entspannt und die Arme vor der Brust verschränkt.

»Denkst du wirklich, du bist der Erste, der auf diese glorreiche Idee kommt, um was auch immer zu erreichen?«

Er gab auf und sackte auf den kalten Stein. Das bisschen Wut, das er verspürte, galt ihm selbst, weil er Idiot die Hüter unterschätzt hatte. Aber er hatte es wenigstens versuchen müssen.

»Und soll ich dir noch etwas sagen?« Ihre Stimme war direkt neben seinem Ohr. »Dein Bruder wird dir nicht helfen. Er ist einer von uns.« Die Hüterin ließ Valerian los und verließ nach einem letzten Tritt in seine Seite die Zelle.

Die Tür fiel zu, und die vertraute Schwärze war zurück.

Valerian blieb einfach liegen. Es war vorbei. Sein Leben war vorbei. Das kleine bisschen Hoffnung verpuffte, und zurück blieb nur die Dunkelheit in ihm.

* * *

Adorata betrat die Bibliothek, in der es bis auf die Lichtinseln der verglasten Laternen dunkel war. Eigentlich hatte sie sich vor der Nachtpatrouille ein oder zwei schöne Stunden mit Natale machen wollen, aber der hatte anscheinend kurz nach ihr die Festung verlassen.

Sie ging in die Mitte, wo nicht nur die Kataloge auf einem der Lesepulte bereitlagen, sondern sich auch eine Handvoll Kameraden über Bücher beugte. Allein beim Anblick der gekrümmten Rücken verspannte sich alles in Adorata, aber da musste sie durch, wenn sie Informationen wollte.

Onorio sah von seiner Abschrift auf und lächelte ihr entgegen. »Wie schön zu sehen, dass deine Wissbegier anhält.«

»Manchmal braucht es einfach etwas, das Interesse weckt.«

Er nickte und senkte verschwörerisch die Stimme. »Ich war vor dem Unfall auch nicht anders als du.«

Adorata grinste. »Dann sollte ich wohl besser aufpassen, dass ich nicht auch nach Staub und Büchern süchtig werde.«

»Es ist aber etwas Tolles. All das Wissen und die Geschichten, die in diesem einen Raum lagern.«

»Und ich weiß nicht einmal genau, nach was ich suche.« Doch, sie wusste es, aber das würde sie hier unten nicht finden.

»Wenn du Hilfe brauchst ...«

»Danke, aber ich möchte es erst einmal selbst probieren.« Sie trat an das Lesepult direkt vor sich und schlug den Katalog auf, in dem der Bücherbestand nach Themen sortiert war. Viel zu langsam wanderte ihr Finger über die Auswahl, in der Hoffnung, etwas zu finden, was den Pakt oder die Sonderregel genauer erklärte.

Das Licht der Laterne strengte ihre Augen an, als sie sich Seite für Seite durch den Katalog kämpfte. Doch das Einzige, was vielleicht Auskunft gab, war die Handvoll Bücher über die Zatarsi – oder eben die Bücher auf der Empore, zu der sie keinen Zugang hatte.

Ihr Blick wanderte nach oben, wo es dunkel war. Niemand war dort. Ob Adorata sich einfach hinaufschleichen sollte?

Sie klappte den Katalog zu und schlenderte zu einem Regal, das ganz in der Nähe der Wendeltreppe stand. Ihre Finger glitten über die Buchrücken, deren Titel philosophisch und abgehoben klangen.

Als sie eines davon herauszog und scheinbar interessiert hineinblätterte, drehte sie sich ein Stück zur Raummitte. Anstatt an seiner Abschrift zu arbeiten, sah Onorio zu ihr herüber. Wieder lächelte er, und Adorata fühlte sich durchschaut. Keiner würde ihr glauben, dass sie diese Bücher hier las.

Schlagartig verschlug es ihr die Lust. Es war für sie schon so schwer genug, Wissen zu suchen und sich anzulesen. Aber wenn sie nun auch noch überwacht wurde ...

Adorata stellte das Buch zurück und verließ die Bibliothek, wo sie erst einmal Luft einatmete, die nicht voller Staub war, sondern nach Waffenöl und Essen roch. Vielleicht war Natale inzwischen zurück, da die Nachtpatrouille bald anstand. Heute ging es in eines der Nordviertel, wo es meist recht ruhig war.

Sie eilte durch die Gänge, wo so kurz vor dem Abendessen einiges los war, da Kameraden von ihren Runden, Wachen, Trainings oder Unterrichtsstunden kamen. Oder wie sie ein paar Stunden freigehabt hatten.

Das lang gezogene Klagen einer Frau übertönte Stimmen und Gelächter.

Adoratas Schritte stockten. Interpretierte sie schon wieder zu viel hinein oder ...

Sie rannte los, flog über den Steinboden und zur Eingangshalle, wo sie abrupt abbremste.

Natales Mutter Fiorella war in der Mitte des Raumes auf die Knie gesunken. Mehrere Kameraden standen hilflos um die Frau herum, von deren Erhabenheit nur ein Häufchen Elend geblieben war.

Adorata wandte sich an Rashad, der ihr am nächsten stand. »Was ist passiert?«

»Natale ist bewusstlos in die Festung gebracht worden. Alles, was wir wissen ...«

Ein weiteres Klagen erfüllte die Eingangshalle.

»Und sie konnte uns noch nicht sagen, was passiert ist«, ergänzte Jari.

Adorata ging zu Natales Mutter und sank vor ihr in die Hocke, bevor sie deren Hände ergriff. »Dame Fiorella, erinnert Ihr Euch noch an mich? Ich war vor ein paar Monaten mit Eurem Sohn zu Besuch.«

Schluchzer entwichen der Kehle der Frau. Die gestammelten Worte waren nicht zu verstehen.

»Er hatte Euch gerade besucht gehabt, oder?« Nur so ergab es Sinn, dass Fiorella vom Zustand ihres Sohnes wusste. Keiner würde sie benachrichtigen. Hüter hatten keine Familie mehr.

Fiorella nickte.

»Ist er zusammengebrochen?«

Die Schultern in der bestickten Seidentunika zuckten. »Drau... draußen, auf ... auf der Stra... Straße.«

»Ihr habt es nicht gesehen?«

Sie schüttelte den Kopf.

»Ist er gekommen oder gegangen?«

»Da ... da war ein Hilf... Hilferuf.«

»Natale verschließt nie die Augen, wenn jemand Hilfe braucht. Ihr könnt stolz auf ihn sein.«

»Aber nun ... ist ...« Ihr Schluchzen ging wieder in ein lautes Klagen über.

»Es wird alles wieder gut.« Adorata drückte Fiorellas Hände. »Er bekommt hier bessere Ärzte als der Kaiser in Calantha.« Was vielleicht sogar stimmte. Oder zumindest fast.

»Was pa… passiert nun mit … mit ihm?«

Adorata sah ihr fest in die geröteten Augen. »Er wird wieder gesund werden.« Bashir war nicht nur Meister der Demut, sondern auch Meister seines Fachs.

»Du!« Adorata deute auf Jari. »Kannst du Dame Fiorella bitte nach Hause bringen?«

Er nickte und kam näher.

Natales Mutter tupfte mit einem Stofftuch über ihre Augen. »Ich werde hier warten.«

»Natale würde das nicht wollen.« Adorata drückte die Hände von Fiorella ein letztes Mal. »Ich verspreche Euch, Bescheid zu geben.«

Fiorella ließ sich von Adorata in die Höhe helfen, das Gesicht verquollen, aber ernst. »Bei jeder noch so kleinen Veränderung.«

»Das werde ich.« Sie sah Fiorella hinterher, die sich schwer auf Jaris Arm stützte. Das war nun das zweite Mal, dass sie Natales Mutter gesehen hatte. Das erste Mal hatte er sie bei einem seiner Besuche mitgenommen. Und das Klagen, als sie gegangen waren, hatte Adorata nie vergessen. Genauso wenig wie Natales Geständnis, dass das ein Grund gewesen war, warum er zu den Hütern gegangen war.

Adorata eilte durch die sich zerstreuenden Kameraden und über die Gänge bis zum Krankensaal. Über eines der Dutzend Betten beugte sich Meister Bashir, dessen ebenholzfarbene Haut und zierliche Gestalt seine Herkunft aus den Wüstenreichen verriet.

Sie eilte näher, bis sie einen Blick auf Natale werfen konnte, der entkleidet war. Sein Gesicht war beinahe so weiß wie die Laken und seine Augen offen, auch wenn sie nichts zu sehen schienen.

Angst kroch in Adorata hoch.

Meister Bashir schenkte ihr ein aufmunterndes Lächeln. »Das kriegen wir schon wieder hin.«

»Was hat er?«

»Vermutlich eine Vergiftung.« Der Meister deutete auf eine winzige Wunde oberhalb Natales Herz. »Das hier sieht aus wie ein Einstich, wodurch das Gift verabreicht worden sein könnte.«

Adorata unterdrückte den Impuls, über die Stelle zu streichen. »Wisst Ihr schon, was es ist?«

»Leider noch nicht, aber das sollte kein Problem darstellen.«

Meister Bashir stützte Natales Kopf und setzte ihm einen Tonbecher an die Lippen.

Natale schluckte.

»Das ist schon einmal ein gutes Zeichen.«

»Was war das?«

»Mariendistel. Hilft bei einer ganzen Reihe von Giften unterstützend.«

In der ruhigen Anwesenheit Meister Bashirs, der genau zu wissen schien, was er tat, löste sich ein Teil ihrer Angst auf und zurück blieb die Gewissheit, dass Natale wieder gesund werden würde.

Ein Klappern erklang aus einem Nebenraum, dann erschien Elia, Meister Bashirs Gehilfe, der vorsichtig eine Schüssel in seinen riesigen Pranken zu ihnen herüberbalancierte.

»Wir werden Natale jetzt waschen, dann braucht er ein bisschen Ruhe«, erklärte Meister Bashir. »Schlaf ist immer noch das Beste für eine schnelle Genesung.«

Elia stellte die Schüssel ab, drückte den Schwamm aus und fuhr sanft über Natales Arm, wo noch Reste des Straßenstaubs klebten. Es fühlte sich so falsch an.

»Darf ich das bitte machen?«, fragte sie.

Meister Bashir sah sie einen Moment nachdenklich an, dann nickte er. »Komm Elia, wir wollten sowieso noch nach dem Lorbeeröl schauen.« Die beiden ließen Adorata mit Natale allein.

Sie wollte nach dem Schwamm greifen, doch plötzlich drohten Schuldgefühle sie zu ersticken. Nur weil sie gemeint hatte, Tee trinken gehen zu müssen, hatte er überhaupt die Festung verlassen. Wäre sie geblieben, hätte ihn niemand vergiften können, und er würde nicht in diesem Bett liegen, sondern in Adoratas Kammer.

Sie widerstand dem Gefühl, ihn in den Arm zu nehmen und einen Kuss auf die blasse Stirn zu geben. Sie würde helfen, ihn gesund zu pflegen, und es anschließend wiedergutmachen. Und sie würde herausfinden, wer Natale vergiftet hatte.

Adorata nahm den weichen Schwamm aus der Waschschüssel und drückte das nach Lavendel duftende Wasser aus, bevor sie Natales schlaffe Hand in ihre nahm. Langsam fuhr sie mit dem Schwamm über seine Haut, wie es Natale immer bei ihr im Bad gemacht hatte.

Als sie mit dem einen Arm fertig war, erhob sie sich, ging um das Bett herum und machte mit dem anderen Arm weiter. Vielleicht fühlte sie nun das erste Mal in ihrem Leben echte Demut, während sie in Gedanken Entschuldigungen flüsterte.

Wieder tauchte sie den Schwamm ein, wrang ihn aus und begann mit Natales Brust, ohne einen Blick auf sein Gesicht zu werfen. Seine glasigen Augen schienen sie zu verfolgen. Und sie waren voller Vorwurf.

Der Schwamm fiel aus ihren Fingern und sie auf die Knie. Ihre Stirn sank auf die Bettkante. Was, wenn Natale nie wieder gesund werden würde? Wenn er immer so hierliegen musste? Wenn man ihn für immer füttern und waschen musste wie einen Säugling?

Eine Hand legte sich auf ihre Schulter und drückte sanft.

Adorata blinzelte die Tränen weg und sah auf.

Fedon stand neben ihr, den Blick auf Natale gerichtet. »Es tut mir leid.«

Sie wusste nicht, wen er meinte.

»Ich ... soll ich dir helfen?«

Sie griff hastig nach dem Schwamm auf dem Boden. »Geht schon.« Dann stand sie auf und begann sorgfältig Natales Oberkörper zu waschen, fuhr über all die vertrauten Narben, die sie sonst unter ihren Fingern spürte.

Aus dem Nebenraum erklang die beruhigende Stimme Meister Bashirs.

»Was ist passiert?«, fragte Fedon von der anderen Seite des Bettes.

»Meister Bashir glaubt, dass Natale vergiftet worden ist.«

»So etwas machen nur Feiglinge.«

Adorata tauchte den Schwamm erneut in die Waschschüssel, bevor sie ihn ausdrückte. Warum hatte sie überhaupt auf den Basar gehen müssen? Früher oder später hätte auch die Zeit zu zweit für genug Ablenkung gesorgt und ihren Kopf frei gemacht.

Sie riss sich zusammen und wusch hastig Natales Oberkörper fertig. Dann drehte sie ihn zusammen mit Fedon auf den Bauch, sodass sie an den Rücken kam. Er half ihr anschließend auch, Natale ein Hemd überzustreifen und das Laken zu richten.

»Dora, ich ...« Fedon starrte auf den Boden, dann atmete er tief durch und sah sie an. »Die letzten Tage ... es ... es tut mir leid. Natale ... das Leben ist so zerbrechlich. Wir sollten nicht streiten.«

Adorata nickte. Natale hatte es immer gehasst, wenn sie stritten.

»Verzeihst du mir?«

»Wenn du meine Neugier entschuldigst.«

Die Erleichterung stand deutlich auf seinem Gesicht. »Natürlich. Das bist halt du.«

Auch sie atmete auf.

»Und Dora, er wird wieder gesund werden. Er war schon immer ein zäher Brocken. Wie damals, als er wegen diesen Halbstarken von dem Baugerüst gefallen ist und sich ich weiß nicht was alles gebrochen hat.«

Adoratas Blick wanderte zu Natale. »Und wir werden die feige Sau finden, die ihn vergiftet hat.«

KAPITEL 6

Das Schaben des Riegels weckte Valerian aus dem Halbschlaf. Er setzte sich auf und versuchte die Traumfetzen abzuschütteln. Diantha würde ihn nicht befreien und ihn mit einem strahlenden Lächeln direkt zur Hochzeit führen.

Die Tür ging langsam auf, sodass sich Valerians Augen ein bisschen an das Licht gewöhnen konnten. Trotzdem wäre er lieber in der Dunkelheit geblieben, wo er sich wenigstens hatte einbilden können, eine glückliche Zukunft zu haben.

Caj kam herein und blieb vor der Pritsche stehen. »Ich habe was für dich.« Er präsentierte einen kleinen Tiegel mit einer scharf riechenden, schwarzen Paste.

»Was ist das?«

»Für deine Wunden. Soll den Heilungsprozess beschleunigen.«

Dank dieser Erinnerung spürte Valerian wieder dumpfes Pochen in Gesicht und Arm, das inzwischen zu einem vertrauten Begleiter geworden war – vor allem, wenn er gedankenlos mal wieder an einer der verschorften Wunden entlangschabte.

Er nahm den Tiegel entgegen und schmierte sich die Masse großzügig auf die Wange, bevor er auf seinem linken Unterarm weitermachte. Hätten die verdammten Hüter das verfluchte Blut nicht an nur einer Stelle testen können?

»Morgen kommst du raus.«

Es war wie ein eisiger Wasserguss. Hier wusste er, was ihn erwartete, draußen … musste er sich einem neuen Leben stellen. Mit einem Brandzeichen, das ihn zum Aussätzigen machte.

Seine Hand sank herab, und der Tiegel fiel auf die Pritsche.

»Val?«

»Ich will nicht.«

»Du hast keine Wahl. Und sei ehrlich, es wird sich für dich sowieso kaum etwas ändern. Du hattest dich schon lange weitgehend von der Gesellschaft zurückgezogen.«

»Und was, wenn das mit Diantha ein Missverständnis war?«

»Sie hat dich an uns verpfiffen, Val!«

»Und wenn sie keine andere Wahl gehabt hat?«

Caj schüttelte den Kopf. »Ich versteh dich echt nicht. Aber gut, ich lass dich allein mit deinen Illusionen.« Damit wandte sich Caj in Richtung Tür – und Valerian begriff, dass das vermutlich seine einzige und letzte Chance sein würde.

Er schlug die Hände vors Gesicht. »Es … es tut mir leid. Ich … vor wenigen Tagen war noch alles normal. Diantha liebte mich und … und …«

Ein Rascheln ertönte, dann spürte er Cajs Hand auf der Schulter. »Du warst schon immer der Kämpfer von uns beiden. Du wirst es auch diesmal schaffen.«

Im Stillen entschuldigte Valerian sich bei seinem Bruder.

Dann ergriff er Cajs Hand und zog sie mit einem Ruck näher. Während Caj einen Überraschungslaut ausstieß, sprang Valerian auf und wirbelte herum.

Ein gezielt gesetzter Schlag gegen die Schläfe seines Bruders – und dieser fiel neben der Pritsche zu Boden. Nach all den Jahren, die sie sich erst gerauft und später duelliert hatten, hätte er das kommen sehen müssen.

Er nahm Cajs Dolch an sich und presste sich neben der Tür an den Stein, dann versuchte er Cajs Stimme zu imitieren. »Hilfe! Er dreht durch!«

Eine Hüterin stürmte herein, die Hand auf dem Waffenknauf.

Valerian schlug ihr mit beiden Fäusten in den Nacken, sodass sie nach vorn stolperte. Ein weiterer Schlag gegen den Hinterkopf, und sie kollidierte mit der gegenüberliegenden Wand. Während die Hüterin noch benommen schwankte, schnitt Val den Schlüsselbund von ihrem Gürtel.

Mit einem Grinsen eilte er aus der Zelle, warf die Tür zu und legte den Riegel vor.

Schläge ließen das Holz beben. Eine Reihe von Verwünschungen über Valerians Blut und Abstammung folgten.

Er warf einen kurzen Blick zu der massiven Tür, durch die man ihn hereingebracht hatte. Dann rannte er in die andere Richtung, wo er den Riegel der zweiten Tür zurückzog und zu den Verfluchten hineinstürmte, die um Hilfe bettelten oder sich knurrend gegen die Gitterstäbe warfen.

Valerian ignorierte sie und eilte weiter zu der Tür am Ende des Ganges, die er von seinem ersten Besuch noch in Erinnerung hatte. Seine Hoffnung war, dass es dort in Richtung irgendeines Ausgangs ging, ohne dass er einmal komplett durch eine Festung voller Hüter musste.

Doch auf dieser Seite der Tür gab es weder einen Riegel noch ein Schloss.

Mit einem Fluch trat Valerian gegen das Holz, bevor er dagegen sank. So schnell konnte seine Flucht doch nicht vorbei sein!

Weiter vorn fuhren zu Krallen geformte Finger zwischen den Gitterstäben hindurch.

Wie viele Wachen wohl vor der anderen Tür standen? Eine sicher, eher zwei. Ohne Waffen würde es ein harter Kampf werden, außerdem wollte er nur ungern ein Blutbad anrichten und die Sache noch komplizierter machen.

Aber selbst wenn er die Wachen vor der Tür besiegte, kannte er erstens den Weg durch die Festung nicht und zweitens würde er unzähligen weiteren Hütern gegenüberstehen. Und das unbewaffnet und allein.

Nach und nach wurde es auf dem Gang ruhiger, da das Scheppern der Gitterstäbe, das Knurren und das Flehen nachließen.

Wie von selbst wanderte sein Blick über die Türen der Zellen, während seine Hand sich fester um den Schlüsselbund schloss – und sich ein Plan in seinem Kopf formte.

Valerian stieß sich von der Tür ab und ging diesmal langsamer den Gang entlang.

Zur rechten Seite holte das Licht der Öllampen gut zwei Dutzend bleiche und leere Gesichter aus der Dunkelheit. Verfluchte, die mehr Tier als Mensch waren und vermutlich genauso wenig kontrollierbar. Auf der anderen Seite des Ganges, wo es sogar ein paar schmale Fensterscharten gab, waren fast noch einmal genauso viele Männer und Frauen eingesperrt, deren Augen jedoch noch menschlich erschienen. Und die ihn um Hilfe anflehten.

Er kam ihrem Wunsch nach und schloss die Türen auf.

Vorsichtig trat einer nach dem anderen auf den Gang, die Blicke voller Misstrauen auf Valerian gerichtet.

»Ihr habt sicher auch genug von dieser lausigen Unterbringung«, begann er. »Ihr wollt sicher wieder die Sonne auf eurer Haut spüren und etwas anderes als den Fraß hier essen. Frische Feigen, Wein …«

Zustimmendes Nicken. Gesichter hellten sich auf. Bei einigen blieb die Skepsis, vor allem bei einer Gruppe um eine sehnige Frau, die die kalten, grauen Augen der Nordländer hatte.

»Es wird nicht einfach werden, aber gemeinsam können wir es schaffen. Wir haben nämlich einen großen Vorteil: Die Hüter rechnen nicht mit uns. Und schon gar nicht damit, dass wir uns zusammengetan haben.« Das hoffte er zumindest.

»Und was genau ist der Plan?«, fragte die Grauäuige.

»Durch den Vordereingang. Schnell und leise, bevor die Hüter etwas merken.«

»Das klingt nach Wahnsinn.«

Einige murmelten zustimmend.

Valerian grinste. »Das ist es auch, aber es ist die einzige Möglichkeit. Ja, vermutlich werden es nicht alle von uns schaffen. Vielleicht wird es sogar Tote geben, aber wollt ihr die nächsten Jahre oder gar Jahrzehnte tatenlos hier warten, bis der Tod euch endlich holen kommt?«

Heftiges Kopfschütteln.

»Dann tut, was ich sage, und wir schaffen es.«

Die kalten, grauen Augen verengten sich, doch die Frau sagte nichts.

Valerian drehte sich um und ging voran. Jedes Härchen in seinem Nacken prickelte, als er sich bewusst machte, dass ihm jederzeit jemand in den Rücken fallen konnte. Dass er sich auf keinen Einzigen dieses Abschaums verlassen konnte. Und dass sie alle bereits viel Menschlichkeit verloren hatten.

Das Knurren hinter ihm wandelte sich zu einem durchdringenden Heulen.

Dann klapperte Metall.

Valerian fuhr herum.

Die Grauäuige und zwei ihrer Spießgesellen ließen die anderen Verfluchten heraus. Mit dem Schlüsselbund, den er in seine Tasche gesteckt hatte und der dort nun fehlte.

»Was soll das?«

»Je mehr, desto besser die Chancen.« Ihre kalten Augen leuchteten zu hell.

Valerian stürmte weiter, durch die Tür in den vorderen Teil des Trakts, denn plötzlich hatte er das Gefühl, allein mit einer Meute ausgehungerter Streuner zu sein.

Schläge donnerten aus einer Zelle heran.

Verdammt. Er hatte seinen Bruder und die andere Hüterin ganz vergessen!

Die Verfluchten beäugten die Tür misstrauisch, die unter dem Hämmern bebte. Und natürlich war es die Frau mit den kalten Augen, die vortrat und auf die Zelle zuging.

»Val!«, drang Cajs Stimme heran. »Du kommst nicht raus. Gib auf!«

»Weiter!« Valerian deutete auf die Tür, die aus dem Verlies führte. »Wir haben keine Zeit, wenn wir die Überraschung nutzen wollen.«

»Das ist ein Hüter, oder?«, zischte die Grauäuige. »Sie haben uns das angetan.«

Zustimmendes Gemurmel erhob sich.

Panik stieg in Valerian auf. Nicht nur, weil er so schnell wie möglich hier wegwollte, sondern auch wegen Caj. Der war trotz allem sein Bruder!

Als die Frau die Hand nach dem Riegel ausstreckte, schlug Valerian ihren Kopf kräftig gegen das Holz. Wie ein Sack fiel sie zu Boden. Die Gier in einigen Augen verursachte Valerian Übelkeit.

»Wie ich schon sagte: Wir haben keine Zeit.« Er schritt voran zum Ausgang und hoffte inständig, dass er nach dieser Machtdemonstration seinen Platz als Anführer ausreichend verteidigt hatte. Falls die Verfluchten sich auch in diesem Bereich wie Tiere verhielten.

Vor der Tür legte er den Finger an die Lippen, während er seinem Blick erlaubte, einen winzigen Moment zu der Zelle mit Caj zu huschen. Sie war noch geschlossen. Und das Poltern war in die Stille hinein deutlich zu hören.

»Diese Tür hier muss mit allen Mitteln offen gehalten werden«, flüsterte er zu den Verfluchten direkt vor ihm.

Dann hämmerte er gegen das Holz. »Cajetan hier, ich bin fertig.«

Nur einen Herzschlag später schabte der Riegel. Die Tür ging auf – und bevor der Hüter sich von der Überraschung erholen konnte, hatte Valerian ihn zu sich gezogen und mitten unter die Verfluchten gestoßen, deren Strom aus Leibern zur Tür und hinausdrängte.

Valerian ließ sich ein kurzes Stück mitreißen, dann drückte er sich an die Wand und ließ den Großteil der Verfluchten weiterstürmen, bevor er sich am Schluss wieder unter sie mischte, wo er hoffentlich nicht allzu sehr auffiel.

Das Knurren und Heulen führte sie in einen Gang, wo der Meute kurz darauf drei Hüter gegenüberstanden. In ihrer dämlichen Blutgier ließen die Verfluchten einen fliehen, und dann begannen einige auch noch, sich gegenseitig zu bekämpfen.

Das Läuten einer Glocke hallte durch die Festung.

Panik stieg in Valerian auf. Vergeblich versuchte er, in dem Labyrinth aus Gängen und Korridoren eine Richtung auszumachen und einen Fluchtweg zu finden. Doch überall waren nur der gleiche graue Stein und die gleichen flackernden Lampen, die mal blanke Wände, mal Türen beleuchteten.

Dann kamen die Hüter. Eine ganze Gruppe stürzte sich ohne Erbarmen auf die Verfluchten, die beinahe von selbst in die Schwerter und Dolche rannten. Und auch wenn er sich hinten gehalten hatte, wurde Valerian mit in den Kampf gerissen.

Er schlug einen Verfluchten nieder, der Freund nicht mehr von Feind unterscheiden konnte, und versuchte sich einen Ausweg mit seinen Ellbogen zu bahnen und außer Reichweite der Dolche und Schwerter der Hüter zu bleiben.

Mit einer Handvoll Männern und Frauen kam er schließlich frei und folgte ihnen in einen weiteren, gleich aussehenden Gang. Er ließ die Verfluchten weiterrennen und schlüpfte nach einem kurzen Lauschen durch die nächstbeste Tür. Als Erstes sah er einen Haufen Kisten und Fässer, die von einem Rest Tageslicht beleuchtet wurden. Dann das Fenster.

Er kletterte auf einen Holzbehälter, doch schnell wurde ihm klar, dass der Spalt zu schmal war. Hier würde er nicht entkommen. Der einzige Hoffnungsschimmer war, dass er eine Außenmauer gefunden hatte.

Valerian horchte an der Tür. Kein Geräusch außer dem nervigen Läuten der Glocke war zu hören.

Er schlüpfte hinaus und eilte lautlos weiter. Die nächste Tür war abgeschlossen, die danach nicht.

Schritte hallten heran. »Stehen bleiben!«

Im Nu hatte Valerian die Tür aufgerissen, sprang in den Raum und warf sie hinter sich wieder zu, den Blick allein auf das Fenster gerichtet, das groß genug war.

Er kletterte gerade auf eine Truhe, als hinter ihm die Tür aufflog.

Hastig zog er sich auf die Fensterbank und quetschte sich hinaus. Nur am Rande bemerkte er das Brennen, als er sich am Stein Kleidung, Haut und Wunden aufriss. Dann schwebte sein Oberkörper ein ganzes Stockwerk über dem Kanal, der die Festung umschloss.

Eine Hand griff nach seinem Fuß.

Valerian trat panisch um sich, traf, dann fehlte plötzlich der Zug, und aus seinem geplanten Sprung wurde ein kontrollierter Fall.

Mit einem Platschen umschloss ihn das stinkende Wasser der Freiheit.

* * *

Adorata starrte auf das Papier, das im Licht der Kerze vor ihr lag. Knapp die Hälfte hatte sie bereits mit dem Protokoll vollgeschrieben, das Meister Lucio verlangte. Trotzdem stand dort eigentlich nichts. Fedon und sie hatten sich zwar mehr als ausgiebig in der Nähe des Tatorts umgehört, aber nichts Brauchbares herausgefunden.

Sie legte die Feder aus ihren verkrampften Fingern. Nicht einmal Dame Fiorella war noch etwas eingefallen. Stattdessen hatte sie nur von ihrem armen Sohn geredet, der bei den Hütern sein musste anstatt zu Hause, wo sie und ihr Leibarzt ihn viel besser betreuen könnten.

Ein Stöhnen entwich Adorata, dann konzentrierte sie sich wieder auf das Protokoll. Sie hatten einen Diener verhört, dessen Herr behauptet hatte, er habe sich die letzten Tage seltsam genommen – was im Endeffekt nur auf eine Beziehung mit der Tochter des Hauses zurückzuführen gewesen war.

Und dann war da noch ein Passant gewesen, der eine Zatarsi gesehen hatte. Abgesehen davon, dass die sowieso gern verdächtig wurden, hatte Adorata dank der Sonderregel keine Möglichkeit, dieser Spur nachzugehen. Sie hoffte, dass es Meister Lucio tat.

Adorata sah noch einen Moment auf das beschriebene Blatt Papier, dann erhob sie sich. Sie musste endlich wissen, was es mit dem Pakt auf sich hatte. Anschließend würde sie das Protokoll fertigstellen und vielleicht sogar selbst die Zatarsi befragen.

Sie blies die Kerze aus, verließ die Kammer und eilte durch die Gänge, wo sie einer Handvoll Kameraden über den Weg lief, denen sie grüßend zunickte. In Kürze würde es hier ganz anders aussehen, da das Abendessen näherrückte.

Schließlich erreichte sie die dunkle Eichentür mit der geschnitzten Drachenjäger-Szene und betrat die Bibliothek. Auf der Empore brannten zwei verglaste Laternen und beleuchteten Meisterin Tullia, die sich über ihren Tisch gebeugt hatte. Hier unten sah nur einer der drei anwesenden Kameraden auf, als Adorata zwischen den Lesepulten hindurchging. Onorio war nirgends zu sehen.

Sie ging hinüber zur Treppe und erklomm die ersten Stufen, blieb dann jedoch stehen. Sollte sie wirklich die Meisterin fragen? Das Wissen über den Pakt war sicher nicht ohne Grund aus dem allgemein zugänglichen Teil der Bibliothek verschwunden.

Adorata sah nach oben, wo das letzte Abendlicht durch das Oberlicht fiel und die Bücher und Regale den Schatten überließ. Was konnte ihr im schlimmsten Fall passieren? Nur eine Absage, denn die Suche nach Wissen war gewünscht, nicht verboten.

Entschieden stieg sie die Stufen hinauf, betrat die Empore und ging zum Tisch von Meisterin Tullia, wo sie in respektvollem Abstand stehen blieb. »Meisterin.«

»Einen Moment, bitte.« Der Finger der alten Frau wanderte über mindestens genauso alte Seiten, während sie Notizen auf einem Blatt Papier daneben machte.

Während Adorata ihr zusah, wuchsen die Zweifel, ob sie das Richtige tat. Aber anders würde sie nie etwas herausfinden und sich auch nicht für das Kippen der Sonderregel einsetzen können, da sie dafür erst einmal eine vernünftige Grundlage brauchte.

Schließlich klappte Meisterin Tullia das Buch vorsichtig zu und erhob sich mit einem leisen Ächzen. »Es freut mich, dich so oft hier zu sehen.« Ein Lächeln erschien auf ihrem faltigen Gesicht. »Irgendwann kommt bei jedem der Moment, an dem er die volle Nützlichkeit von Wissen erkennt.«

»Danke für Euer Vertrauen. Ich hoffe, ich enttäusche es nicht.« Sie würde es, sobald sie hatte, was sie brauchte. Das hier war nicht ihre Welt.

»Wobei kann ich dir helfen?«

»Ich hatte mich über die Sonderregel für die Zatarsi informieren wollen, nach dem Vorfall vor ein paar Tagen.« Sie atmete tief durch. »In dem Bericht einer Hüterin bin ich dabei über die Erwähnung eines Pakts zwischen Hütern und Zatarsi gestolpert.«

Meisterin Tullia nickte. »Den hatte man damals geschlossen, als die Zatarsi sich hier ansiedeln wollten. Es gab einige Bedenken, nachdem es doch ein ganzes Volk war, das bis dahin wenig Berührung mit der Zivilisation hatte. Nicht zu sprechen von dem Zusammenleben mit den Drachen.«

»Und heute?«

»Die Zatarsi haben sich gut integriert und sind ein Teil Mideas wie du und ich. Aber alte Regeln und Gewohnheiten sollte man nur mit viel Vorsicht ändern.«

»Das heißt, der Pakt existiert noch?«

»Teile des Pakts, ja.«

»Welche? Und wäre es möglich, ihn zu sehen, um das Ganze besser zu verstehen?«

»Tut mir leid, aber das ist nicht einsehbar, da es sich um ein schwieriges Schriftstück handelt, das ohne den entsprechenden geschichtlichen und kulturellen Kontext nicht zu verstehen ist.«

»Bitte, Meisterin. Diese Sonderregel für die Zatarsi ... ohne Hintergrundwissen wirkt sie so willkürlich. Und ich möchte meine Arbeit gut machen.«

»Ich verstehe dich, Adorata.« Auch wenn sie lächelte, blieben ihre Augen hart. »Aber das ist eine Sache der Meister.«

Adorata musste sich auf die Zunge beißen, um nicht nachzufragen. Oder besser gesagt, nicht jetzt zu fragen, denn sie würde die Sache mit dem Pakt garantiert nicht ruhen lassen.

»Gibt es irgendetwas anderes, was ich alternativ lesen könnte?«, fragte sie stattdessen, um ein bisschen guten Willen zu demonstrieren. Sie sollte sich mit Meisterin Tullia auf jeden Fall gutstellen.

»Onorio kann dir sicher ein paar Bücher empfehlen, damit du die Zatarsi besser verstehen lernst.«

»Danke, Meisterin.« Das würde ihr sicher nicht helfen, den Sinn der Sonderregel und vor allem den Pakt zu akzeptieren.

Sie wandte sich um und ging die Treppe hinunter, an deren unterem Ende sie mit zu Fäusten geballten Händen stehen blieb. Sie schwor sich, dass sie sich um den Pakt kümmern würde – sobald sie Natales Angreifer ausfindig gemacht hatte. Und dafür musste sie das Protokoll fertig schreiben, damit Meister Lucio der Spur der Zatarsi nachgehen konnte.

Adorata verließ die Bibliothek und eilte zu ihrer Kammer.

Neben deren Tür lehnte Fedon und sah ihr entgegen. Damit war er früher als erwartet aus dem Hof der Rosen zurück, wo er regelmäßig seine Schwester Fara besuchte, die es aus eigener Kraft aus der Gosse, in der die beiden aufgewachsen waren, dorthin geschafft hatte und mehr als ihr Bruder verdiente.

Fedons Augenbrauen zogen sich zusammen. »Ich dachte, du schreibst das Protokoll.«

»Es ist etwas dazwischengekommen.«

»Was ist wichtiger, als Natales Attentäter zu finden?«

»Darum geht es ja!« Sie öffnete die Tür und hielt sie ihm auf, bevor sie Fedon folgte. »Unsere derzeit einzige Spur ist eine Zatarsi, die vielleicht etwas gesehen hat. Und die dürfen wir wegen der Sonderregel nicht befragen.«

»Und die willst du mal eben kippen? Du weißt, dass ich das unterstütze, da die verdammten Zatarsi nach den gleichen Gesetzen gerichtet gehören wie der Rest Mideas, aber so schnell wird das nicht gehen.«

»Deswegen war ich eben bei Meisterin Tullia, nachdem ich vorgestern von einem Pakt zwischen Zatarsi und Hütern erfahren habe.«

»Ein Pakt?«

»Ja, und Meisterin Tullia hat mir mehr oder weniger gesagt, dass es den zwar gibt, der mich aber nichts angeht.«

»Und nun hast du mal wieder Blut geleckt und willst der Sache auf den ...«

Das hysterische Läuten einer Glocke ertönte.

Im Nu hatte Adorata ihr Schwert ergriffen, das auf dem Bett lag, und rannte Fedon hinterher aus der Kammer. Noch im Laufen steckte sie die Waffe zu ihrem Dolch in den Gurt. Diesen Alarm hatte sie noch nie im Ernstfall gehört. Oder machte sich jemand einen Spaß?

Am Ende des Ganges blieben sie stehen. Dann hörte sie Rufe sowie weitere Schritte. Aus der Richtung der Verliese im Nordflügel.

Fluchend rannte Adorata los, Fedon an ihrer Seite, der wie sie die Hand auf dem Dolchgriff hatte. Gab es einen Aufstand oder sogar einen Ausbruchsversuch? Für gewöhnlich geschah so etwas nur im Ostflügel, wo die gemeinen Kriminellen untergebracht waren. Im Nordflügel gab es nur Verfluchte. Und Morena.

Plötzlich sprang ein Mann mit einem Knurren und gefletschten Zähnen auf sie zu.

Adorata machte einen Satz zur Seite, doch die zu Krallen gekrümmten Finger erwischten sie in der Enge des Ganges. Sie trat von hinten gegen die Knie des Verfluchten, bevor dieser sich umdrehen konnte. Er stolperte vorwärts, direkt in Fedons Griff, der den Mann zu Boden drücken.

Den Dolch in der Hand sah sich Adorata um, doch kein weiterer Angreifer folgte.

Sie warf einen kurzen Blick auf die Kratzer auf ihrem Arm, die harmlos aussahen, dann half sie Fedon den knurrenden Verfluchten zu verschnüren, auch wenn dessen Augen schon menschlicher wirkten.

Adorata zog den Mann in die Höhe. »Ich frag mich ja, wie der drei abgeschlossene Türen überwunden hat und dem Verlies entkommen ist.«

Der Verfluchte presste die Lippen zusammen.

Fedon zuckte mit den Schultern. »Bringen wir ihn zurück in seine Zelle und finden es heraus.«

Gemeinsam schleiften sie den Verfluchten über die Gänge, der sich immer wieder halbherzig wehrte und versuchte, die Füße in den Boden zu stemmen. Doch seine Kraft hätte vermutlich nicht einmal gegen einen von ihnen gereicht.

Zwei weitere Kameraden eilten ihnen entgegen, hier und da Kratzer und Bisswunden, aber nichts Ernstes.

»Drei fehlen noch. Und Morena«, tönte Meisterin Evantias Stimme durch die Gänge.

Adorata brauchte einen Moment, um das ganze Ausmaß des Alarms zu verstehen. Konnte es sein, dass Morena die Verfluchten des Daueraufenthalts befreit und zu einem Ausbruch angestiftet hatte?

Von links schleiften zwei Kameraden eine Frau heran, die eine Blutspur hinter sich herzog. Ihre glasigen Augen verrieten, dass sie den Fluchtversuch nicht überlebt hatte.

Meisterin Evantia stand vor dem Eingang des Verlieses. Mit den reglosen Leibern zu ihren Füßen, dem Dolch in der Hand und den Blutspritzern im finsteren Gesicht, dessen Kinn und Unterlippe großflächig vernarbt waren, wirkte sie eher wie eine archaische Kriegsgöttin als die Meisterin des Kampfes.

»Einer noch. Und Morena.«

»Der ist entkommen«, meldete Ayasha, die neueste Anwärterin, die den Toten gerade am Rand des Ganges ablegte. »Über eine Vorratskammer im Westflügel.«

Meisterin Evantias Gesicht wurde noch finsterer. »Fedon, gib den Meistern Bescheid. Adorata, sorg dafür, dass Meister Bashir sich nur um die wichtigsten Verletzungen kümmert. Ich will gleich alle im Speisesaal sehen. Morena wird uns nicht entkommen.«

* * *

Elezei ging durch die Straßen Mideas, die nach dem Einbruch der Dämmerung nicht nur von Laternen erleuchtet wurden, sondern auch von den Lampions, die in Bäumen, Girlanden und Baldachinen baumelten. Und über all diesen Lichtern hing der Mond, dem Treiben um sie herum so fern wie Elezei.

Sie wich einer Gruppe lachender Mideaner aus, die sich vor einer Taverne gebildet hatte und einen Krug herumreichte. Sie wollte die bekannte Verachtung spüren, weil sie es nötig hatten, sich zu betrinken. Stattdessen hatte sie das Bedürfnis dazuzugehören.

Mit einem Schnauben eilte sie weiter und konzentrierte sich auf all die Eindrücke des abendlichen Mideas. Immerhin hatte sie sich in den Trubel gestürzt, um nicht länger allein in der Wohnung zu sitzen und sich von der Einsamkeit auffressen zu lassen.

»Wir sind nicht dafür gemacht, alleine zu sein.« Narezins Worte, die Elezei in Gedanken viel zu häufig wiederholte.

»Wunderschöne, holde Frau!« Ein Mideaner verbeugte sich übertrieben vor ihr. »Gesellt Euch doch zu uns.«

Doch Elezei ging schnell weiter, getrieben von der Angst, dass sie seine Einladung annehmen könnte – und für einen kurzen Moment fragte sich, was daran eigentlich so schlimm wäre. Nichts. Bis ihr Stamm davon erfuhr.

Auf einem Platz, den ein von Trompetenwinden umwickeltes Metallgeländer vom Kanal trennte, spielten vier Mideaner zum Tanz. Ihr treibender Rhythmus war einfach und schlicht, aber er hallte in Elezeis Kopf wider.

Und ohne es zu merken, stand sie plötzlich mitten in der Reihe Tanzender, die sich mit schwungvollen Schritten vorwärtsbewegten, dann stampften, um sogleich Sprünge zu machen.

Gesichter lachten Elezei an.

Nach einem Klatscher griffen Hände nach Elezei und zogen sie in eine Lücke der Reihe. Berauscht von der Musik vergaß sie alles andere und versuchte, es den anderen gleichzutun. Auch wenn ihr Volk nicht tanzte, entdeckte sie schnell eine Ähnlichkeit zu den Klingenduellen.

Elezei ließ sich treiben, während ihre nackten Füße den Rhythmus aufnahmen. Sie erlaubte es sich sogar, für einen Moment die Augen zu schließen und zu träumen, dass sie wieder bei ihrem Stamm war.

Dann endete das Lied.

Elezei öffnete widerwillig die Augen.

Um sie herum erhob sich ein Klatschen und ein Jubeln.

Der Mideaner links von ihr rückte plötzlich ab, sein Gesicht verzog sich, und er spuckte vor ihre Füße. »Geh zurück zu deinen Wilden, Drachenhure!«

Seine Worte waren wie ein Kübel kaltes Wasser. Er hatte recht. Sie war keine Mideanerin und kein Teil dieses Lebens.

Elezei drehte sich mit hoch erhobenem Kopf um und tauchte zwischen den anderen Menschen unter, während hinter ihr die Musik zum nächsten Tanz einlud. Aber nicht sie. Sie gehörte nicht dazu.

Sie eilte von dem Platz, rannte beinahe, denn sie wollte nur noch weg. Weg von dem tollen Gefühl dazuzugehören, das nur Leere hinterließ.

Ihr wurde klar, dass sie so gut wie alles tun würde, um zurück zu ihrem Stamm zu kommen. Drei Hüter zu vergiften war dafür ein kleiner Preis. Und allein darauf musste sie sich konzentrieren.

Sie begann zu summen, nicht die seichten Melodien der Mideaner, sondern das alte Lied, damit diese eisige Wut alles Störende wegspülte und ihre Gedanken klärte. Damit nichts mehr von der jämmerlichen Gestalt blieb, die sie den Rest des Tages gewesen war. Sie war eine Zatarsi!

Und sie würde nicht weiter darauf warten, dass Narezin ihr half, die anderen beiden Hüter zu finden. Sie würde sich garantiert nicht von einem Stammlosen und Mann abhängig machen.

Elezei ging die Straße entlang, ließ die Mideaner ihr ausweichen, anstatt selbst zur Seite zu gehen, während in ihrem Inneren die eiskalte Wut flüsterte, was sie alles mit den Hütern machen würde.

Mit jedem Schritt, der sich dem Pulsieren ihres Blutes und damit der Melodie anpasste, nahm sie weniger von dem Treiben um sich herum wahr. Stattdessen sah sie Opfer. Leichte und ahnungslose Ziele. Stellen für Hinterhalte, die sie nicht einmal nötig hätte.

Schließlich erhob sich vor ihr die Festung mit ihren beleuchteten Mauern, als ob sie in Flammen stünde. Etwas tief in ihr wollte hineinstürmen und keinen Hüter mehr am Leben lassen. Doch ein größerer Teil erinnerte sie an die Gesetze des Stammes. Und sie wollte nicht ausgestoßen werden.

Elezei ging zu einem der Häuser, die die Straße säumten, und zog sich auf den Sims, von dem aus sie auch schon gestern den Zugang zur Festung beobachtet hatte. Hier oben, über den Köpfen der Mideaner, fühlte es sich richtig an. Und nichts störte ihren Blick auf die beiden Hüter, die das Tor bewachten, sowie auf alle, die ein und aus gingen.

Nur am Rande bemerkte sie die Männer und Frauen, die unter ihr über die Straße flanierten. Den Karren, der laut über das Pflaster holperte. Ihr Fokus galt allein der Festung, die im Gegensatz zu vorgestern viel ruhiger dalag, weil das stetige Kommen und Gehen fehlte.

Elezei verlagerte ihr Gewicht, damit ihre Glieder nicht steif wurden. Nur noch zwei Hüter brauchte sie. Dann konnte sie endlich zurück zu ihrem Stamm. Wobei … niemand würde ihr glauben, dass ausgerechnet die drei Zeugen zufällig ausgefallen waren.

Ein Zischen entwich ihrer Kehle. Das kam davon, wenn man sich auf einen Stammlosen einließ! Nein, sie würde mehr Hüter vergiften und damit ihre Spur verwischen. Und dann würde sie warten, bis die Azai sie zurückrief.

Ein Grölen und Lachen hallte herauf.

Elezeis Finger schlossen sich fest um den Sims. Hier gab es jedoch zu viele Zeugen, sie konnte schlecht eine ganze Straße vergiften. Die Wut war anderer Meinung.

Mit einem Satz sprang Elezei vom Sims, erschreckte dabei eine Frau, deren Gesichtsausdruck sie auflachen ließ. Kein Mideaner würde einen Tag in den Bergen bei den Drachen überleben!

Sie bog in eine Straße ab, die an dem Kanal entlangführte, der die Festung umgab. Hier gab es ein paar vereinzelte Fackeln an den Häusern und den Mond, kein Lichtermeer, das alles unnötig erhellte.

Ihr Blick suchte die Straße nach einer passenden Stelle ab. Ihr Mund verzog sich, als sie dunkle Nischen und Ritzen entdeckte. Wie ein gewöhnlicher Dieb und Feigling.

Dann entdeckte sie einen winzigen Balkon, den sie über eine Fensterbank locker erreichte und auf dem sie sich niederließ. Von hier aus hatte sie einen wunderbaren Blick über die ganze Straße. Und zu der Festung, die wie ein Schatten jenseits des Kanals aufragte. Ein Stück weiter beleuchteten zwei Fackeln ein Gatter, das einen Zugang über das Wasser blockierte.

Sie konzentrierte sich allein auf die Straße und blendete alles andere aus. Während jede Faser ihres Körpers angespannt war, bildeten Atem und Herz einen beinahe trägen Rhythmus, der jedes Zeitgefühl schluckte.

Endlich hörte sie Schritte aus der Richtung, aus der sie gekommen war.

Ein Lächeln breitete sich auf ihren Lippen aus, und in ihrem Kopf bildete sich eine Melodie.

Dann sah sie die Hüter näher kommen. Fünf Stück, alle in die Lederrüstungen gehüllt, die sie sonst nur trugen, um Eindruck zu schinden. Vielleicht spürten sie ja die Gefahr, die ihnen drohte. Offenbar hatten sie Angst, denn es waren mehr als die üblichen drei gemeinsam unterwegs.

Elezeis Finger legten sich um die kühle Nadel, und ihre andere Hand wanderte in die Gürteltasche zu der Glasphiole, während ihr Blick auf den Hütern blieb, Stärke abschätzte, Schwachstellen suchte.

Ohne nach oben zu schauen gingen sie an Elezei vorbei.

Ihr Körper spannte sich zum Sprung – und aus den Augenwinkeln bemerkte sie eine Bewegung. Ein Mideaner, der ausgerechnet jetzt diese Straße nutzte!

Elezeis Augen verengten sich zu Schlitzen. Dann sank sie wieder in die Hocke. Die Gefahr war zu groß, dass einer von ihnen davonrannte und es neue Zeugen gab. Diesmal sogar von der Tat selbst. Eine Tat, mit der sie nie wieder zu ihrem Stamm zurückkönnte.

Mit dem Geräusch der Schritte verklang auch Elezeis Lied. Sie würde eine zweite Chance bekommen. Sie hatte Geduld.

* * *

Vorsichtig näherte Valerian sich dem Ende der Gasse, die auf den Platz der sieben Winde führte. In der Mitte erhob sich die überlebensgroße Marmorstatue von Philemon Celio, dem bedeutendsten Dichter des letzten Jahrhunderts, dessen Werke Valerian zu blumig fand. Dahinter befand sich die Villa, die er schon sein Zuhause genannt hatte, bevor sie ihm seine Großmutter vererbt hatte.

Die Fenster des Hauses waren dunkel, doch Pero würde da sein. Der Einzige, dem Valerian noch vertraute, von dem er hoffte, dass dieser ihm helfen würde, das verräterische Halsband abzumachen, ohne ein weiteres Wort darüber zu verlieren. Und der ihm ein Bad einlassen würde, damit er nicht nach Kanal stinkend und durchnässt vor Diantha treten musste.

Aber direkt vor dem Eingang, im Licht der beiden Laternen statt im Schatten daneben, standen zwei Hüter.

Valerian konnte nicht glauben, dass sie wirklich so naiv waren und hofften, dass er einfach so vorbeispazierte und sich gefangen nehmen ließ. Sollten sie sich doch die nächsten Tage die Beine in den Bauch stehen.

Mit einem Grinsen eilte er zurück in die Gasse und weiter durch eine schmale Nebenstraße, während sein Blick die Schatten nach weiteren Hütern absuchte. Jeden Moment erwartete er, ein »Halt« zu hören oder Schritte, aber alles blieb ruhig.

Immer näher kam er der Rückseite des weitläufigen Gartens, wo es ein verstecktes Tor in der Mauer gab, das Caj und er zuletzt als Kinder genutzt hatten, um heimlich ihre Großmutter zu besuchen.

Am Ende der Gasse drückte er sich im Schutz eines überwuchernden Spaliers an die Hauswand und suchte die Straße vor ihm ab. Wie erwartet war hier kein einziger Hüter zu sehen oder zu hören. Nichts, was ihm den Weg zu einem heißen Bad – und einem Gläschen Wein – verwehrte.

Geduckt eilte er auf das Tor zu, dessen verwittertes Holz unter der herabhängenden Trompetenblume beinahe unsichtbar blieb. Valerians Finger tasteten über die vertrauten Unebenheiten der Mauer daneben, bis sie den losen Stein fanden, hinter dem der Schlüssel versteckt war.

Schritte erklangen hinter ihm.

Ein Schlag in den Rücken ließ ihn mit dem Tor kollidieren.

Der Schlüssel fiel klirrend zu Boden.

Er wirbelte herum – und wurde gegen das Holz gepresst.

Im wenigen Licht einer Laterne erkannte er das Gesicht ausgerechnet der Hüterin, die ihn bei seinem peinlichen Versuch, Wut vorzuspielen, gesehen hatte. Neben ihr standen zwei weitere Hüter, sodass jeder Fluchtweg abgeschnitten war.

Sie grinste. »Dein Bruderherz hatte also doch recht.«

Ein Stich fuhr in Valerians Brust, gefolgt von Enttäuschung und Verbitterung. Das hätte er von Caj nicht erwartet. Nicht einmal jetzt, wo er Hüter war. Damit hatte ihn nun auch der letzte Mensch, den er geliebt hatte, verraten. Und es fühlte sich richtig mies an.

»Du stinkst übrigens wie eine ersoffene Kanalratte«, sagte die Hüterin.

»Die in ihrem Leben sicher mehr Spaß hatte als ihr alle zusammen.«

»Du wirst gleich sehen, wie viel Spaß ich habe und wie wenig du hast, wenn wir gemeinsam spazieren gehen.« Ohne den Druck ihres Körpers von seiner Brust zu nehmen, drückte sie seine Handgelenke mit eisernem Griff zusammen und wies einen ihrer Kameraden an, die Hände zu fesseln. Vorn und nicht hinten, wie es die Hüter sonst machten.

Die Hüterin griff nach dem Stück Seil, das von den Fesseln übrig blieb, bevor sie sich an den Dritten wandte. »Ilario, gib den anderen Bescheid, dass wir das entflogene Vögelchen haben.«

Mit einem Nicken entfernte sich der Hüter. Nur noch zwei. Trotzdem hatte er mit den gebundenen Händen keine Chance.

Sie grinste Valerian an, dann zog sie ihn an dem Seil hinter sich her. Wie einen Köter. Und vermutlich war der Kragen seiner nassen Tunika verrutscht, sodass jeder das passende Halsband sah.

»Weißt du, was ich nicht verstehe, Morena?«, sagte der Hüter hinter ihm. »Du schaffst es seit Langem als Einziger, der Festung zu entkommen. Und dann fliehst du ausgerechnet nach Hause, wo jeder dich als Erstes suchen würde?«

Ja, es klang dämlich, wenn man es so aussprach. Aber er hatte gedacht, er wäre schlauer. Er könnte sie austricksen und unter ihrer Nase hindurchspazieren, weil niemand etwas von dem Tor in den Garten wusste. Außer Caj. Und nicht einmal da war Valerian die Idee gekommen, dass sein Bruder ihn verraten könnte.

»Deine neuen Freunde sind übrigens alle wieder eingefangen – oder tot«, ergänzte die Hüterin. »Und ich habe ihnen gesagt, dass du sie zur Flucht genutzt hast. Nur falls du auf die Idee kommst, es ein zweites Mal zu versuchen.«

Valerian erwiderte nichts. Warum auch?

Die beiden führten ihn durch weniger belebte Straßen, in denen kaum etwas vom abendlichen Treiben Mideas zu merken war. Trotzdem begegneten ihnen genug Menschen, deren Blicke irgendwo zwischen Desinteresse und Belustigung schwankten.

Valerian wäre am liebsten im Pflaster versunken. Oder hätte sich in eine der Gassen oder Nischen verkrochen, in die regelmäßig irgendwelche Gestalten verschwanden, sobald sie die Hüter kommen sahen.

Auf der anderen Seite des Kanals, an dem die Straße nun entlangführte, ragte die Festung auf, von der kaum mehr als die Mauern mit ihren Flammenkörben zu sehen waren. Bald würde Valerian die vertraute Schwärze und die kratzige, nach Pisse stinkende Decke wiederhaben. Und dann gab es kein Entkommen mehr vor dem Brandzeichen.

Er spürte, wie seine Augen brannten. Und er wünschte sich nichts sehnlicher herbei als seine Wut, die alles in ihrem Blutrot ertränken würde. Wenn er dabei die beiden Hüter mitnehmen konnte – umso besser.

Erneut kam ihnen jemand entgegen. Ein Kopftuch beschattete das Gesicht der groß gewachsenen Frau, die sogar Valerian um ein paar Fingerbreit überragte. Und da er für einen Mideaner nicht gerade klein war, musste sie eine Zatarsi sein.

Ihre stolze Haltung und der Gang, als ob die Straße ihr gehörte – es weckte Erinnerungen, und in Valerian kroch das Entsetzen hoch, dass von allen Zatarsi es ausgerechnet sie sein könnte, die ihm hier begegnete. Vor seinem inneren Auge sah er, wie sie das Tuch zurückstreifte und nach all den Jahren neben ihrem Halsreif immer noch die Abdrücke seiner Finger zu sehen waren.

Der Hüter hinter ihm ergriff Valerians Arm und drückte ihn zum Straßenrand, sodass seine Schulter an der Hauswand entlangschabte.

Das Brennen klärte seinen Kopf. Und ihm wurde bewusst, wie absurd seine Gedanken waren. Abgesehen davon, dass es schon Jahre her war, war sie nur eine von vielen Zatarsi und würde ihm nicht genau in diesem Moment …

Die Hand der Zatarsi schnellte vor, zum Gesicht der Hüterin. Noch während diese einen Fluch ausstieß, war die Zatarsi mit einem Satz neben Valerian, der sich instinktiv fallen ließ.

Er rollte sich zur Seite und sprang auf, die gefesselten Hände schützend vor sich gehoben. Erst bemerkte er den stechenden Schmerz in seinem Oberarm, wo sie ihn erwischt haben musste, dann das lose Seilende.

Die Zatarsi tänzelte im Takt ihres Summens um den Hüter herum, der sie mit Schwert und Dolch auf Abstand hielt. Die Hüterin wischte sich gerade über das blutende Gesicht, wobei ihre Aufmerksamkeit der Angreiferin galt.

Valerian rannte los. Die verdammten Fesseln behinderten ihn, und er taumelte so oft, dass er sich schon in der Kanalbrühe landen sah. Außerdem bohrte sich der Schmerz immer weiter in seinen Oberarm, aber diese kleine Verletzung würde ihn sicher nicht an der Flucht hindern.

Immer weiter die Straße entlang.

Eine ungewohnte Schwere kroch in seine Beine. Hatten die paar Tage in der Zelle gereicht, um ihn derart zu schwächen? Oder war das Stück, das er auf seiner Flucht im Kanal geschwommen war, zu viel gewesen?

Er stolperte wieder, fing sich jedoch wieder. Viel lieber würde er sich einfach hinlegen und warten. Nein, er musste weiter. Jetzt war keine Zeit für Schwäche. Wenn er weit genug weg war, konnte er sich ausruhen.

Da erklangen Schritte hinter ihm – und er wurde zu Boden gerissen.

»Du wirst sicher kein zweites Mal fliehen.« Die Worte der Hüterin klangen schleppend, hatten den scharfen Spott verloren.

Valerian wand sich aus ihrem lockeren Griff. Dann schlug er ihr seine zu Fäusten geballten Hände vor die Brust.

Sie kippte zur Seite auf das Pflaster.

Mit schweren Gliedern und auf allen vieren kroch Valerian zu ihr hinüber. Ihre Augen starrten zwischen all dem Blut glasig ins Nichts, doch ihre Brust hob und senkte sich. Wie hatte er das geschafft? Der Stoß war doch dank seiner ungeschickten Position und den Fesseln gar nicht so stark gewesen.

Ihn überkam das Bedürfnis, sich einfach daneben zu legen. Und da seine Arme, Beine und sogar sein Kopf bleischwer waren, kam er dem Verlangen nach und sank auf das immer noch leicht warme Pflaster.

Schon lange hatte er die Sterne nicht mehr in dieser Ruhe betrachtet.

Über ihm erschien ein kantiges Gesicht. Selbst in dem wenigen Licht sah er die schwarzen Augen der Zatarsi, in denen eine eisige Wut brannte, die so anders war als seine. Und weil ihr Tuch nun zurückgezogen war, erkannte er, dass es nicht die Zatarsi von früher war.

Sie wandte sich kurz der Hüterin zu, bevor sie ihn erneut ansah, den Kopf schief gelegt. Die Kälte in ihrem Blick wich Neugier und Misstrauen.

Fühlte sich so Vieh beim Schlachter?

»Du bist … wach.« Ihre Stimme war melodisch, und auch leicht rau.

Für einen Moment rätselte er, was sie meinte, dann kam die Erkenntnis: Die Zatarsi musste die Hüter vergiftet haben. Und ihn.

Valerian schob sich ein Stück von ihr weg, bevor er sich aufsetzte. Alles in ihm wollte fliehen, doch sein Körper war viel zu träge und seine Hände gefesselt. Weit würde er nicht kommen.

Die Zatarsi machte einen Schritt zurück. Sie schien entspannt, doch ihr Körper verriet die Alarmbereitschaft einer Kämpferin. Sie wirkte irgendwie unentschieden.

Langsam stand Valerian auf, die gefesselten Hände gut sichtbar vor sich. Er hatte keine Idee, wie er aus dieser Situation herauskommen konnte und was sie von ihm wollte. Er hatte aber wenig Lust, so leblos wie die Hüterin neben ihm zu enden.

Ihr Körper verriet sie.

Erneut schnellte die Hand vor.

Valerian fing sie ab. Schmerz jagte durch den Schnitt in der Handfläche, doch er stoppte die Spitze eines feinen Metallstabs nur zwei Fingerbreit vor seinem rechten Auge, das er lieber behalten würde.

Die Zatarsi stieß ein Zischen aus. Aber nicht nur sie war stark!

So fest wie möglich bohrte er seine Finger in ihr Handgelenk und drehte es ein Stückchen zur Seite, bis die Waffe klirrend zu Boden fiel. Mit einem Tritt schaffte er es sogar, den dünnen Metallstab außer Reichweite, wenn auch nicht in den Kanal zu befördern.

Ihr Blick bohrte sich in ihn, dann neigte sie kurz das Haupt und ihr Arm sank herab.

Nur zögernd lockerte Valerian seinen Griff um ihr Handgelenk und ließ die Zatarsi nicht aus den Augen. Wenn sie noch einen Angriff wagte ... er würde kein zweites Mal gewinnen. Sein Körper war am Ende, die Glieder zu schwer und der Schnitt brannte bis in den Arm hoch.

»Warum wirkt das Gift bei dir nicht?«

Er zuckte mit den Schultern, während er vorsichtig einen Schritt nach hinten machte.

Für einen Herzschlag erstarrte die Zatarsi, ihr Kopf legte sich schief, als wenn sie lauschte.

Wieder schoss ihre Hand vor.

Valerian schaffte es nicht auszuweichen.

Ihre Finger schlossen sich um das Seilende, das von den Fesseln herabhing. »Du wirst mitkommen.«

* * *

Wie ein leises Echo folgten die Schritte des Mideaners Elezei durch die dunkle Gasse. Immer wieder gerieten sie aus dem Takt oder schlurften über das Pflaster. Ob nun wegen des Giftes oder etwas anderem, er war körperlich am Ende.

Elezei überquerte eilig eine breitere Straße, wo im Licht der Lampions viele Mideaner unterwegs waren, bei denen sie nur unnötig Aufmerksamkeit erzeugen würden, wie eben, als sie einen Platz zwischen Tavernen passiert hatten.

Als sie das Treiben in der nächsten Gasse hinter sich gelassen hatten, bemerkte Elezei, dass sie instinktiv den Weg zurück zu ihrer Unterkunft nahm. Aber wollte sie den Mideaner wirklich dorthin bringen? Sie brauchte nur einen ungestörten Ort, um herauszufinden, warum das Gift bei ihm nicht wirkte. Sie wollte bei den nächsten Hütern keine böse Überraschung erleben.

Elezei bog nach links in eine weitere, schwach beleuchtete Gasse und ging in Richtung der alten Halle, in der sie Narezin getroffen hatte. Sollte er dort sein, konnte sie ihn wegen der Wirksamkeit des Giftes fragen – aber dabei wollte sie den Mideaner wiederum nicht dabeihaben.

Kurzerhand ging sie an der nächsten Abzweigung wieder nach rechts. Auch wenn es ihr nicht gefiel, war ihre Unterkunft gerade der geeignetste Ort. Vor allem da sie den Mideaner nicht einfach gehen lassen konnte. Er hatte zu viel gesehen.

Elezei folgte der Straße bis zu der bekannten Tür, die sie öffnete und dann dem Mideaner bedeutete hineinzugehen. Trotz des wenigen Lichts sah sie an seiner Haltung, dass ihm das nicht gefiel – aber sie würde sicher keinen Fremden in ihrem Rücken dulden.

Sie entzündete die Kerze in der Nische neben der Tür und sagte nachdrücklich: »Geh vor.«

Widerwillig stieg er die Stufen hinauf, angespannt und mit schnellem Atem.

»Hätte ich dich töten wollen, hätte ich dich nicht erst hierherbringen brauchen.«

»Was weiß ich. Bei euren barbarischen Bräuchen …«

Elezei stieß ein Zischen aus, das ihn zusammenzucken ließ, was ihr eine gewisse Befriedigung verschaffte. Nur weil Mideaner weder Ehre noch die Verbundenheit eines Stammes kannten, schoben sie immer alles auf die fehlende Zivilisation in den Bergen.

Der Mideaner blieb kurz am oberen Ende der Treppe stehen und sah sich mit einer Mischung aus Belustigung und Interesse in dem Zimmer um, bevor sein Blick an dem bodentiefen Fenster hängen blieb.

»Wenn du mit deinen gefesselten Händen und in deinem Zustand da hinauskletterst, brichst du dir das Genick.« Dann hätte sie zwar keinen unliebsamen Zeugen mehr, aber auch keine Antworten.

»Wie schön, dass du plötzlich um meine Gesundheit besorgt bist, nachdem du mich gerade noch vergiftet hast.« Seine Stimmmelodie war roh und ungeschliffen. Ein bisschen wie die alten Lieder.

Elezei entzündete die Öllampe auf dem Tischchen und zusätzlich ein paar Kerzen, bis der Raum hell erleuchtet war. Nichts würde ihr entgehen, wenn sie den Mideaner befragte.

Dieser ließ sich mit einem leisen Stöhnen auf ein Sitzkissen fallen, die gebundenen Hände in seinem Schoß. Dann schloss er die Augen für einen Moment, was ihn trotz diverser Wunden jung und ... weich aussehen ließ. Aber vorhin war er ihr ebenbürtig gewesen. Obwohl er gefesselt und erschöpft war.

Elezei sah zu seinem blutverschmierten Oberarm, den die verdreckte Tunika frei ließ. »Warum hat das Gift bei dir nicht gewirkt?«

Seine Lider schnappten auf, dann zuckte er mit den Schultern. »Zu wenig?«

»Nein.« Darüber hatte sie auch schon nachgedacht, aber sie hatte die Hüterin nur mit der Nadelspitze gestreift, während sie bei dem Mideaner viel tiefer gestochen hatte. Oder täuschte sie sich?

Mit zwei Schritten war sie neben ihm, tauchte den Zipfel ihres Kopftuchs in den Wasserkrug auf dem Tisch und wischte die noch feuchte Kruste von seinem Arm.

Er zuckte zusammen, hielt aber ruhig.

Auch wenn immer neues Blut kam, war zu erkennen, dass der Einstich tief genug war.

»Zufrieden?«

Sie trat zurück, das nun an einer Ecke dunkle Kopftuch in der Hand. Was hatte sie übersehen? Ein Zatarsi war er definitiv nicht, vielmehr ein typischer Mideaner, wenn auch ein ziemlich abgerissener. »Was wollten die Hüter von dir?«

»Ich war mit ihrer Gastfreundschaft unzufrieden und bin gegangen.«

»Warum saßest du überhaupt in einer ihrer Zellen?« Sie hatte keine Ahnung, für welche Vergehen Mideaner eingesperrt wurden. Aber ein gewöhnlicher Dieb war er kaum, denn trotz des Drecks erkannte sie die gute Qualität seiner Tunika.

»Ich mach dir einen Vorschlag, Zatarsi.« Ein Grinsen erschien auf seinem Gesicht. »Du nimmst mein Halsband ab, und ich beantworte dir alle Fragen.«

»Warum sollte ich das tun?«

»Weil ich nicht länger dieses Ding um den Hals haben und wie ein Wilder aussehen will.«

»Es ist ein Zeichen, das jeder Zatarsi mit Stolz trägt.«

Sein Blick blieb auf ihrem nackten Hals hängen. »Und wo ist dann deins?«

»Das würdest du als Mideaner« – sie spuckte ihm das Wort ins

Gesicht – »nicht verstehen.« Doch ihr Herz zog sich zusammen. Und ihre Abneigung wuchs, weil er sie an diesen Verlust erinnerte.

»Ist ja schon gut.« Er sah auf seine Hände. »Aber da ich es nicht mit Stolz trage, könntest du es einfach abmachen.«

Elezei legte das Tuch weg und blickte einen Moment auf ihn hinab, während sie überlegte, was sie mit ihm machen würde, falls er ihre Fragen nicht beantwortete. Die Wut in ihr hatte einige interessante Vorschläge.

»Bitte.« Er schien sich an dem Wort zu verschlucken.

Elezei ging um ihn herum und sank auf die Knie, sodass sich der Halsreif direkt vor ihr befand. Auch wenn ihn dunkle Farbe bedeckte, in der hier und da Kratzer aufschimmerten, war sie sicher, dass er aus Gold bestand. Wie Zatarsi-Schmuck.

»Weshalb trägst du diesen Reif?«, wollte sie wissen.

»Die Hüter haben ihn mir während meines … Aufenthaltes angelegt.«

»Warum?«

Er zuckte mit den Schultern. »Niemand hielt es für nötig, mir das zu erklären.«

Ihre Finger fuhren über das vertraute Metall. Dieser Mideaner war voller Geheimnisse.

Elezei besah sich den Verschluss genauer, der so raffiniert gearbeitet war, dass sie mehrfach hinschauen musste, um ihn zu verstehen und zu öffnen.

Kurz darauf lag der bemalte Halsreif in ihren Händen. Auf der Innenseite schimmerte das Gold, und Elezei widerstand dem Wunsch, den Reif um ihren eigenen Hals zu legen.

Der Verfluchte rieb sich mit seinen zusammengebundenen Händen über die geröteten Stellen. »Einmal und nie wieder.« Er drehte sich halb zu ihr um. »Du kannst ihn behalten.«

Elezei sah auf den Halsreif in ihren Fingern. Ein Geschenk, das keine Zatarsi leichtfertig machen würde, da es nur zwei Gründe dafür gab: der vierte Sommer eines Kindes – und die Wahl eines Gefährten.

Hastig erhob sie sich und legte den Reif auf das Tischchen. Dann setzte sie sich ihm gegenüber. »Du bist mir Antworten schuldig.«

»Dann frag.«

»Warum hat das Gift bei dir nicht gewirkt?«, versuchte sie es erneut.

»Das weiß ich immer noch nicht.«

»Was wollen die Hüter von dir? Was hast du verbrochen?«

Sein Gesicht verfinsterte sich, und er presste die Lippen zusammen, sodass sie schon dachte, er würde ihr gar nicht antworten. Notfalls gäbe es andere Methoden, die Wahrheit aus ihm herauszubekommen.

»Weil ich ein Verfluchter bin«, stieß er zwischen den Zähnen hervor, doch jegliche Wut fehlte.

Kurz war Elezei überrascht, dann ergab einiges Sinn. Konnte es sein, dass das verfluchte Blut die Wirkung des Giftes geschwächt hatte? Aber dann gab es keine Möglichkeit, seine Erinnerung zu löschen. Er blieb ein Zeuge. Und sie wusste nicht, was sie mit ihm machen sollte.

Oder log er sie an?

»Warum hast du kein Brandzeichen?«

»Das gibt es erst, wenn man offiziell entlassen wird. Und ich bin vorher gegangen.«

Wenn er wirklich verfluchtes Blut hatte und das Gift deswegen nicht wirkte: Wie konnte sie sichergehen, dass nicht einer der Hüter ebenfalls betroffen war? Und warum hatte Narezin das nicht erwähnt?

Der Verfluchte präsentierte ihr mit fragendem Gesicht seine zusammengebundenen Hände.

»Warum sollte ich das tun?«, fragte Elezei.

»Weil es für mich unbequem ist?«

»Und du einfacher abhauen kannst.«

Er seufzte. »Ehrlich gesagt, möchte ich gerade nur schlafen. Ich hatte einen anstrengenden Tag und dein Gift hat mir den Rest gegeben.«

Sie musterte ihn, wie er erstaunlich entspannt auf dem Sitzkissen saß. Es entsprach nicht dem Bild, das sie bisher von Verfluchten kannte. Disziplin und Ruhe statt der Wut eines in die Enge getriebenen Tieres.

»Du weißt nicht, was du mit mir tun sollst.« Ein Grinsen breitete sich auf seinem Gesicht aus. »Weil ich gesehen habe, wie du die Hüter getötet hast.«

»Sie sind nicht tot. Ich bin keine Mörderin.«

»Gut, dann hast du sie eben angegriffen. Das ist übrigens ebenfalls eine Straftat.«

»Du hast keine Ahnung, Verfluchter.« Entschieden griff sie nach dem Seilende, das zwischen seinen Füßen am Boden lag und zog ihn daran hoch, dann hinter sich her in das dunkle Schlafzimmer.

»Oh, eine Nacht mit einer Zatarsi. Das hatte ich noch nie.«

Sie wirbelte herum und gab ihm eine Ohrfeige.

Er lachte allen Ernstes, doch sein Atem wirkte angestrengter und rauer. Mehr wie bei dem Tier, das sie erwartet hatte.

Sie fand in dem Dämmerlicht, das aus dem anderen Zimmer hereinfiel, den Bettpfosten und knotete das Seil daran fest. Sie sollte ihn auf dem Boden schlafen lassen, doch es gab hier nichts anderes, um ihn anzubinden.

Ohne ein weiteres Wort verließ sie das Schlafzimmer und setzte sich auf ein Sitzkissen an der Wand im Wohnraum, ließ den Kopf dagegensinken. Er hatte recht. Sie wusste nicht, was sie mit ihm tun sollte. Er konnte ihr nicht einmal sein Wort geben, dem sie vertraute.

Sie hörte das leise Rascheln, als er sich auf das Bett setzte. Und plötzlich war da das Gefühl, nicht mehr allein zu sein.

* * *

Adorata streichelte Natales Hand, die seit gestern unverändert schlaff und reaktionslos war. Gefühlt saß sie auch seit gestern hier, dabei konnte es noch nicht lange her sein, dass sie zusammen mit einer Handvoll Kameraden den letzten Verfluchten im Vorratskeller aufgestöbert hatte, während der Rest auf die Suche nach Valerian Morena gegangen war.

Vor den schmalen Fenstern war die Dunkelheit hereingebrochen, die hier drinnen von Lampen und Kerzen vertrieben wurde. Das Licht gab Natales Haut den Goldton wieder und vertrieb die Blässe, doch der glasige Blick störte das Bild der scheinbaren Genesung.

Einige unverständliche und zusammenhangslose Worte entkamen seinem Mund.

Entsetzt bemerkte Adorata den aufkeimenden Widerwillen, ihm nahe zu sein und ihn anzufassen. Vielleicht stand deswegen immer noch die Waschschüssel unberührt am Boden, obwohl sie Meister Bashir erneut gebeten hatte, Natale waschen zu dürfen.

Adorata sah sich nach dem Meister um, aber der war nirgends zu sehen. Vielleicht hatte er inzwischen genug von ihren Fragen, die er ihr schon mehr als einmal geduldig beantwortet hatte. Oder er entwickelte wieder eine neue Kur.

Sie lehnte sich auf dem Stuhl zurück und schloss für einen Moment die Augen. Sie würde versuchen sich zu gedulden, wie Meister Bashir es ihr geraten hatte. Dennoch bröckelte ihre Zuversicht. Und sie wünschte sich nichts sehnlicher, als dass Natale da wäre, um ihr Trost zu spenden.

Hastige Schritte hallten durch die Gänge und kamen näher.

Adorata öffnete die Augen.

Schon stürmten einige Kameraden in den Krankensaal. Erst entdeckte Adorata Fedons finsteres Gesicht, dann die beiden leblosen Gestalten, die sie mit sich trugen und auf zwei freie Betten verfrachteten.

»Sucht Meister Bashir!«

»Gib Meister Lucio Bescheid, Dario!«

Mit einem unguten Gefühl erhob sich Adorata und ging hinüber zu Fedon. Rashad lag auf dem Laken und starrte mit den bekannten glasigen Augen ins Nichts. Dafne im nächsten Bett genauso, zudem war ihr Gesicht blutverschmiert.

Adorata sah über die Schulter zu Natale. Er hatte zu Dafne und Rashad nicht mehr Kontakt gehabt als die meisten hier. Ob es dennoch Verbindungen gab? Oder war es nur Zufall?

Ein Klatschen riss sie aus den Gedanken.

»Ich bitte alle, die nichts unmittelbar beizutragen haben, zu gehen.« Meister Bashir war wie immer die Ruhe in Person, und die Hälfte der Kameraden verließ gehorsam den Krankensaal, sodass ein bisschen Ruhe zurückkehrte.

»Wer kann mir nun berichten, was passiert ist?«

Fedon machte einen Schritt vor. »Wir wurden von einem Bürger alarmiert, der Dafne und Rashad auf dem Gladiolweg entdeckt hatte. Bewusstlos.«

»Sie waren zusammen mit Ilario für die Gefangennahme von Valerian Morena eingeteilt gewesen«, ergänzte Phila. »Er hatte uns Bescheid gegeben, dass Dafne und Rashad den Flüchtigen haben und mit ihm zur Festung aufgebrochen sind.«

»Diesen Schnitt hatte Dafne schon, als wir sie gefunden haben«, fügte Fedon hinzu.

Wie aus dem Nichts erschien Elia hinter Meister Bashir und reichte ihm ein feuchtes Tuch, mit dem dieser das Blut vorsichtig von Dafnes Gesicht tupfte.

»Ein dünner, tiefer Kratzer, aber kein Schnitt.«

»Vielleicht hat sich Morena gewehrt«, schlug Phila vor.

Meister Bashir wiegte den Kopf hin und her. »Es waren keine Fingernägel. Ich tippe eher auf … eine Nadel. So eine wie die, mit der Natale gestochen wurde.« Er rieb sich über seinen geschorenen Schädel. »Danke, ihr könnt gehen.«

Bis auf Fedon verließen die restlichen Kameraden den Krankensaal, sodass sie nur noch zu viert um Dafnes Bett herumstanden.

»Wenn ich nur wüsste, was es ist«, murmelte Meister Bashir.

»Habt Ihr keinen Anhaltspunkt?«, fragte Fedon.

»Gift ist nichts für Spekulationen.« Er sah Adorata an. »Würdest du dich bitte um Dafne kümmern? Dann kann ich Rashad untersuchen.«

Sie nickte und stellte sich so, dass sie Meister Bashir und Elia im Blick hatte. Mit fliegenden Fingern löste sie Dafnes Waffengurt, den sie mit Schwert und Dolch zu deren Füßen legte. Es folgten die staubigen Stiefel und die Lederhose.

Fedon ging um das Bett herum und stellte sich ihr gegenüber. »Ich kenne diesen Gesichtsausdruck bei dir«, murmelte er.

»Ich will wissen, ob sie einen Einstich wie Natale hat oder ob es die Wunde im Gesicht ist.«

Er half ihr, Dafne die graue Tunika auszuziehen. Narben überzogen ihre bronzene Haut, und über den Brüsten hatte Schweiß im Staub Spuren hinterlassen, doch sonst war dort nichts zu sehen.

Hastig begann Adorata, auch den Rest des Körpers zu untersuchen, drehte die Bewusstlose mit Fedons Hilfe vorsichtig auf den Rücken und wischte mit ihren Fingern Dreck und Schmutz weg. Es gab nur diese eine Wunde im Gesicht.

Sie ging zu Natales Bett, nahm die unberührte Waschschüssel vom Boden auf.

Da eilten Meister Lucio und Meisterin Evantia in den Krankensaal und steuerten direkt auf Meister Bashir zu, der ihnen ein paar Schritte entgegenging. Ihre Stimmen waren zu leise, um etwas zu verstehen, doch ihre Besorgnis war nicht zu übersehen.

Adorata balancierte die Waschschüssel extra langsam und vorsichtig zu Dafne, während sie versuchte, einige der Gesprächsfetzen zu erhaschen.

»Elia, hast du eine Salbe für Dafnes Wunde?«, fragte Fedon.

Erst wollte sie ihn wütend ansehen, weil er die Worte der Meister übertönte, doch dann sah sie, wie Elia mit einem Nicken von Rashad abließ und in das Nebenzimmer lief, in dem Kräuter und andere Zutaten sowie fertige Heilmittel aufbewahrt wurden.

Fedon nahm ihr mit einer neutralen Miene die Waschschüssel ab, während sie ein »Danke« flüsterte und an Rashads Bett trat, der bereits entkleidet und mit einem Laken zugedeckt war. Hastig schob sie den Stoff beiseite. Die ebenholzfarbene Brust war makellos bis auf eine einzelne, aber alte Narbe.

Sie unterdrückte einen Fluch und begann, den Rest seines Körpers zu untersuchen. Erst Arme und Beine, dann drehte sie Rashad vorsichtig um. Doch auch auf seinem Rücken entdeckte sie weder eine kleine Wunde wie bei Natale noch einen Kratzer wie bei Dafne. Nichts.

Enttäuschung machte sich in ihr breit. Vielleicht war es doch eine Krankheit, wie kurzzeitig vermutet worden war? In diesem Fall wären all die Gegengifte und die Medizin, die Natale verabreicht worden waren, umsonst gewesen.

Sie wollte Rashad schon wieder zurückdrehen, als sie auf dem schneeweißen Laken einen Fleck entdeckte. Einen roten Fleck.

Ihr Blick wanderte zu Rashad, zu dem Blutfleck und zurück.

Dann schob sie mit fliegenden Fingern seine Haare im Nacken beiseite – und entdeckte eine winzige, auf der dunklen Haut kaum sichtbare Wunde am oberen Hals. Die gleiche Art wie bei Natale.

Adorata wollte Fedon Bescheid geben, doch als sie aufsah, blickte sie nicht nur in dessen Gesicht, sondern auch in das aller drei Meister. So viel dazu, schnell zu sein und unbemerkt zu bleiben.

»Du hast den Einstich gefunden?«, fragte Meister Bashir.

»Hier am Haaransatz.« Sie deutete auf die Stelle.

»Also können wir nun absolut sicher sein, dass es Gift und keine Krankheit ist«, stellte Meister Lucio fest.

Meister Bashir nickte. »Tullia und ich sind schon mit der Recherche beschäftigt. Alle bisherigen Gegenmittel haben leider nicht geholfen.«

»Mich würde interessieren, wer meint, Hüter vergiften zu müssen.« Meisterin Evantia ballte ihre Hände zu Fäusten.

»Jemand, der ein Problem mit den Gesetzen und deren Durchsetzung hat.« Meister Lucios Gesicht war fast genauso finster wie das von Fedon. »Es ist jedoch das erste Mal, dass jemand sich mit Gift rächen will.«

Adorata sah wieder zu Rashad, der immer noch auf dem Bauch lag. Sein Kopf war zur Seite gedreht und die glasigen Augen sichtbar. Was für eine feige Art, sich zu rächen – oder was auch immer die Intention gewesen war.

»Ich möchte, dass du dich weiter um diese Sache kümmerst, Adorata«, sagte Meister Lucio, die Stimme noch farbloser als sonst.

Überrascht sah sie auf.

»Vielleicht kannst du diesmal mehr herausfinden als bei Natale. Und ich möchte auf dem Laufenden gehalten werden, egal wie nichtig manche Details zunächst erscheinen mögen.«

»Ich werde den Täter finden.« Viel wichtiger erschien ihr die Aussicht, dass sie damit einen Hinweis auf ein Gegengift erhalten konnte.

»Soll sie gleich anfangen?«, fragte Fedon.

»Natürlich. Ich möchte nicht, dass weitere Hüter in diesem Zustand enden.«

»Dann werde ich sie zum Gladiolweg bringen, wo Rashad und Dafne gefunden wurden.«

Meister Lucio nickte. »Und sprecht auch noch einmal mit Ilario, ob er vielleicht nicht doch etwas mitbekommen hat. Er hat erst morgen früh wieder eine Patrouillenrunde.«

Fedon und Adorata verließen den Krankensaal, und Adorata versuchte erneut, eine Gemeinsamkeit zwischen Natale, Dafne und Rashad zu finden. Denn falls es zufällige Angriffe sein sollten, hätte es der Täter leichter haben können.

Statt zur Eingangshalle führte Fedon sie durch die Festung zu dem großen Gewölbe, das ein Wasserbecken überspannte. Wie zu erwarten, fehlten um diese Stunde die Kähne, die Vorräte und andere Waren brachten. Das Gatter, das den Ausgang zum Kanal hin sicherte, war geöffnet.

»Wir haben Rashad und Dafne hier reingebracht«, erklärte Fedon. »Das war kürzer und schneller.«

Sie ergriff eine der Patrouille-Laternen von dem Sims und entzündete diese, bevor sie an Remo vorbeieilte, der auf dem schmalen Steg auf der rechten Seite des Gatters Wache stand. Auch die breite Holzplanke, die für solche Fälle bereitstand, war noch über den Kanal gelegt, der hier aus Sicherheits- und Verkehrsgründen keine Brücke hatte.

Gemeinsam eilten sie über das vibrierende Holz, wobei Adorata wie jedes Mal das Gefühl hatte, gleich in der stinkenden Brühe zu liegen. Doch sie erreichten die Straße auf der anderen Seite ohne Zwischenfall.

»Habt ihr den Tatort noch nicht untersucht?«, fragte Adorata.

»Nur kurz. Es war wichtiger, Dafne und Rashad in die Festung zu bringen.«

Trotz der Laternen und Lampions erschienen die Straßen Mideas heute dunkler, und auch die flanierenden Menschen um sie herum ließen Adorata mehr als einmal zusammenzucken. Sie wusste, wie irrational diese Angst war, da zwischen den Angriffen bisher ein Tag vergangen sowie der Ort ein anderer gewesen war.

Sie wandte sich an Fedon. »Kannst du mir etwas versprechen?«

»Was?«, fragte er irritiert.

»Wenn ich vergiftet werden sollte, dann beende die Sache. Ich will so nicht … leben.«

Nach einem kurzen Zögern sagte er: »Versprochen.«

Dann bog er schon in den Gladiolweg ein, der am Kanal entlangführte und in dem es plötzlich viel zu viele Schatten und viel zu wenig Licht gab. Doch niemand stürzte sich auf sie. Es kam ihnen nicht einmal jemand entgegen.

In der Mitte der Straße blieb Fedon stehen. »Hier.«

Adorata drehte sich mit erhobener Laterne im Kreis, aber auf den ersten Blick war nichts Auffälliges zu sehen. Nicht, dass sie das erwartet hätte.

Dann suchte sie Stück für Stück den Gladiolweg ab. Erst die Nischen und Durchgänge zwischen den Häusern, anschließend die Pflastersteine, Reihe für Reihe.

Bis sie einen verschmierten Blutfleck fand.

Sie schaute zu Fedon, der mit der Hand auf dem Schwertgriff noch an derselben Stelle stand, während sein Blick unruhig umherschweifte. Etwas, was ihre eigenen Gefühle nur bestärkte.

Entschieden schob sie diese beiseite und suchte weiter nach Spuren. Kurz darauf bemerkte sie unweit des Kanalrands ein Schimmern zwischen den Pflastersteinen.

Adorata ging in die Hocke und stellte die Laterne ab. Dann holte sie mit dem Dolch etwas hervor, das aussah wie eine größere Nadel – und an deren Spitze Blut klebte. Was war das für ein Gift, bei dem diese kleine Menge ausreichte? Und wer tat so etwas?

KAPITEL 7

Valerian schreckte hoch. Statt der erwarteten Schwärze sah er Streifen aus Sonnenlicht, die durch die Schlitze geschlossener Fensterläden fielen. Und unter sich spürte er ein weiches Bett anstatt der Pritsche. Wo ...

Mit einem Fluch wollte er aufspringen, vergaß aber die Fesseln und verlor das Gleichgewicht, sodass er kurz darauf halb am Bettpfosten und halb auf dem Boden hing, während das Seil in seine Haut schnitt.

Ein weiterer Fluch entwich ihm. Verdammt, er hatte doch nicht einschlafen wollen, falls die Zatarsi ihre Meinung änderte und ihm doch die Kehle durchzuschneiden gedachte. Bei diesen Wilden wusste man nie.

Dann fiel ihm die Stille auf. Schlief die Zatarsi noch? Oder war sie etwa weg, weitere Hüter vergiften?

»Wo bleibt mein Frühstück?«, rief er testweise.

Er lauschte, doch bis auf den Lärm, der von draußen hereindrang, war nichts zu hören.

Valerian schob sich auf das Bett, bevor er den Knoten am Pfosten löste, den er heute Nacht schon gelockert hatte, aber jetzt im Tageslicht besser erkannte. Genauso wie die Fesseln um seine Hände, die nun auf den Boden fielen.

Er rieb sich die Handgelenke, in die das Blut wieder ungehindert fließen konnte. Früher hatte Otavian ihn oft gefesselt, um ihn für seine unberechenbare Wut zu strafen. Bis Valerian ihm an Größe und Kraft ebenbürtig geworden war.

Lautlos stand er auf und streckte seinen verspannten Körper, bevor er zur Tür schlich. Das andere Zimmer war leer. Kurz blieb sein

Blick an dem Halsreif hängen, der noch auf dem Tischchen lag. Hässlich angemaltes Metall. Vielleicht Messing oder Bronze; nichts, mit dem er noch einmal etwas zu tun haben wollte.

Valerian eilte die Treppe hinab und durch die Tür auf die Straße. Erst als er sich ein ganzes Stück von dem Haus entfernt hatte, atmete er auf. So dankbar er der Zatarsi auch war, dass er nicht wieder in der Festung saß – ihr Rachefeldzug, oder was auch immer das war, konnte ihm gestohlen bleiben.

In einer Nebenstraße, über der Stoffbaldachine den Vormittag in farbiges Dämmerlicht tauchten, blieb er stehen. Und nun? Er war den Hütern entkommen und der Zatarsi, aber er konnte weder heim, noch hatte er Geld. Oder Freunde. Und Diantha ... tief in ihm war noch immer dieses bisschen Hoffnung, dass sie keine Wahl gehabt hatte.

Ein Gedanke festigte sich in seinem Kopf: Er brauchte Gewissheit. Er hatte sowieso nichts mehr zu verlieren.

Mit einem Lächeln drehte er sich um und eilte die Straße entlang. Die Entscheidung fühlte sich gut an. Und sie verdrängte die ganzen anderen Probleme, mit denen er sich sonst hätte beschäftigen müssen.

An einem Brunnen, den mehrere Platanen beschatteten, blieb er stehen und löschte erst seinen Durst, bevor er mit den nassen Händen durch die Haare fuhr.

Sein Blick fiel auf das von Wellen verzerrte Spiegelbild. Valerian erkannte Bartstoppeln sowie die Reste der schwarzen Salbe in seinem Gesicht. Er sah aus wie ein Bettler. Und er roch auch nicht besser.

Angewidert betrachtete er das ehemalige Silbergrau seiner Tunika, das nun voller undefinierbarer Flecken und Blut war. Kurzerhand zog er das Kleidungsstück über den Kopf und warf es in das Wasser, rubbelte sich die Salbe vom Gesicht, bis aus den Wunden wieder Blut sickerte.

Dann zog er die Tunika aus dem Brunnen, wrang sie aus und zog sie über. Der feuchte Stoff lag für einen Moment unangenehm kühl auf der Haut, aber er fühlte sich schon deutlich besser. Wieder wie ein Mensch.

Er machte sich auf den Weg, mied die Hauptstraßen mit ihrem Trubel und eilte durch weniger belebte Gassen, in die sich die Hüter seltener verirrten. Mit jedem Schritt blühte die Hoffnung in ihm etwas mehr auf, dass Diantha ihn noch liebte. Dass sie ihm helfen würde, die ganzen Probleme zu lösen, denn er hatte keine Ahnung, wie er aus alldem allein herauskommen sollte.

Bis er die Villa der Familie Ira erreichte, war seine Tunika so gut wie trocken und schimmerte wieder silbergrau. Trotzdem hätte er gerade viel für frische Kleidung gegeben. Und ein Bad. Vielleicht noch ein Fläschchen Wein und ein gebratenes Täubchen mit Oliven und …

Valerian blieb stehen. Diese Wünsche waren nur Ablenkung von der Angst, dass Diantha ihn wirklich verraten hatte. Dass sie nichts mehr mit ihm zu tun haben wollte und froh gewesen war, als die Hüter ihn mitgenommen hatten.

Er schüttelte entschieden den Kopf und setzte sich in Bewegung. Wenn er es jetzt nicht klärte, würden ihn Ungewissheit und Hoffnung weiter quälen.

Alle Sinne angespannt, eilte er durch die Parallelstraße, während er immer wieder einen Blick zwischen den Häusern hindurch auf die helle Steinmauer warf, hinter der die Villa und der Garten der Familie Ira lag. Viel lieber hätte er den Vordereingang benutzt, als sich wie ein Dieb einzuschleichen.

Er wollte sich gerade dem Grundstück nähern, als drei Hüter die Straße entlangkamen.

Hastig kauerte sich Valerian hinter einen Tonkübel voller Blumen, deren schwerer Duft ihm fast den Atem nahm. Vielleicht war es auch die Angst, dass sie ihn entdeckten und zurück in die Festung brachten.

Halb verborgen durch ein Meer aus himmelblauen Blüten traten die Hüter in sein Blickfeld, als sie weiter an der Mauer entlanggingen. War es Zufall, dass sie gerade jetzt vorbeikamen? Oder hofften sie, ihn hier abzupassen? Ein zweites Mal würde er sich nicht erwischen lassen.

Er wartete, bis die Hüter um die Ecke verschwunden waren, bevor er sich hinter dem Blumenkübel erhob und umsah. Doch bis auf einen Passanten, der mit dem Rücken zu Valerian stand, war die Luft rein.

Er eilte auf die Mauer zu, wo die uralte Feige ihre Wurzeln in den Stein gegraben hatte und über die er Diantha zweimal heimlich besucht hatte, bevor sie ihren Vater eingeweiht hatten.

Oben auf der Mauerkrone ging er in die Hocke und sah in den Garten, der sich vor ihm ausbreitete. Rechts von ihm trimmte ein Gärtner einen Pfau aus Buchs. Ansonsten war niemand von hier oben zu sehen, doch Hecken, Bäume und Sträucher schufen einige uneinsehbare Räume, die Valerian neulich noch sehr recht gewesen waren, ihn nun aber störten.

Mit einem letzten Blick zum Diener sprang er hinab auf den weichen Rasen und eilte im Schutz einiger Hibiskus-Sträucher auf das Haus zu. Wo sich Diantha wohl aufhielt? Er würde nur ungern in ihre privaten Gemächer eindringen, denn auch wenn er aussah wie ein Lump, musste er sich nicht so benehmen.

Stimmen klangen heran, dann ein Lachen.

Diantha!

Valerians Herz klopfte heftiger, während er versuchte, den Ursprung zu orten. Zwischen Beeten und Hecken schlängelte er sich hindurch in Richtung Pavillon, dessen blutrote Rosenblüten in der Sonne leuchteten.

Wut kroch in ihm hoch, als er die zweite Stimme erkannte. Valerians Hände ballten sich zu Fäusten. War Diantha etwa überredet worden, ihn zu verraten? Oder sogar erpresst?

Er näherte sich dem Pavillon von der Rückseite, stieg über eine Reihe Lavendel hinweg und lugte durch die Ranken voller Stacheln ins schattige Innere.

Sein Herz setzte einen Moment aus, als er Diantha in dem hellvioletten Kleid sah, das ihre schmalen Schultern frei ließ. Ihr dunkelrotes, mit Veilchen geschmücktes Haar floss offen über den Rücken. Genauso wie er es liebte.

Und ihr gegenüber, so nah, dass die beiden sich beinahe berührten, stand Mireta.

»… bist nun frei, Dia. Dein Leben gehört wieder dir.«

»Du kennst meinen Vater, Reta. Er ist schon wieder auf der Suche nach dem nächsten potenziellen Ehemann.«

»Dann lass uns endlich Midea verlassen.«

Dianthas Augen leuchteten. »Das würdest du für mich tun?«

»Natürlich!« Mireta ergriff Dianthas Hände. »Ich habe in Calantha die letzten Jahre schon ein bisschen was investiert für unsere Unabhängigkeit.«

»Das klingt nach einem Traum«, hauchte Diantha.

»Den wir sofort wahr machen können. Ohne Familien, die uns vorschreiben, was wir zu tun haben. Ohne irgendwelche oberflächlichen Männer, die uns nur als Zierde und Statussymbol betrachten.«

Ein Zittern ging durch Valerians Körper. Er krampfte seine Hände um das Rankengitter des Pavillons, bis der Schnitt in der linken schmerzte, und schloss die Augen, während er sich bemühte, tief durchzuatmen.

Das Bild ihres Lächelns besänftigte die Wut.

Valerian öffnete die Augen.

Dianthas Hand lag auf Miretas Wange. So wie sie vor ein paar Tagen noch auf Valerians Wange gelegen hatte, der ihre federleichte Berührung dort wieder spürte.

Mireta zog Diantha sanft an sich heran, sodass sich ihre Körper aneinanderschmiegten. Eine Nähe, von der Valerian immer geträumt hatte, die er aber nie bekommen hatte. Immer war da dieser kleine Abstand zwischen ihnen gewesen, dessen ganze Bedeutung er jetzt erst verstand.

Die Wut kam zurück. Auf sich selbst, weil sein Leben anscheinend so oberflächlich war, dass er nie etwas bemerkt hatte. Auf Diantha, die ihm die Verliebte vorgespielt und seine Gefühle ausgenutzt hatte. Auf Mireta, die Dianthas Herz besaß und glücklich war.

Mit letzter Willenskraft löste er seine Hände und drehte sich um. Jede bebende Faser seines Körpers brauchte er, um nicht dem heiß pochenden Blut nachzugeben. Hier gab es nichts mehr für ihn, hatte es nie etwas gegeben.

»Morena den Hütern auszuliefern, war das Beste, was du je getan hast, Dia.«

Einen Moment erstarrte alles.

Dann wirbelte Valerian herum, stürmte durch die Blumenbeete und in den Pavillon.

Mireta schaffte es noch, ihre Augen aufzureißen, dann drückte Valerian sie schon zu Boden, den Unterarm auf ihrem Hals.

»Verschwinde … Dia«, röchelte sie.

Diantha machte jedoch nur ein, zwei Schritte zurück, was Valerian kaum wahrnahm. Ihn interessierte nur die Verräterin, die sein Leben zerstört hatte.

»Du hättest es mir auch einfach sagen können, anstatt dich hinter meinem Rücken an meine Verlobte ranzumachen«, zischte er.

»Lass mich ... los ... Arschloch.« Mireta versuchte vergeblich sich aus seinem Griff zu winden.

Doch alles in Valerian wollte nur noch fester zudrücken, wollte der Verräterin geben, was sie verdient hatte. Wollte sie leiden sehen. So wie er hatte leiden müssen.

Er nahm den Arm von der Kehle und schlug Mireta in den Magen, sodass diese sich mit einem Stöhnen zusammenkrümmte. Ein zweiter Schlag folgte.

»Val, bitte«, flehte Diantha mit tränenerstickter Stimme.

Doch er sah nur das angstverzerrte Gesicht der Verräterin unter sich. Genau so, wie es sich gehörte.

»Hände weg!«, rief eine unbekannte Stimme.

Valerian warf einen kurzen Blick über die Schulter. Der Gärtner, der ein kurzes Messer in der Hand hielt. Keine Gefahr.

»Nein, nicht!«, hörte Valerian Diantha rufen.

Dann spürte er brennenden Schmerz an seinem Hals.

»Ich habe gesagt, Hände weg.«

Die Wut explodierte in Valerian. Seine Lippen verzogen sich zu einem Knurren, während die Welt im Blutrot ertrank. Er sprang auf – und der Gärtner lag zuckend unter ihm, das Messer im Auge.

Dianthas Schrei bohrte sich in Valerians Kopf.

Schwerfällig kam er in die Höhe. Sein ganzer Körper war noch kampfbereit, doch in seinem Kopf wuchs das Entsetzen.

Valerian schwankte einen Schritt rückwärts, bevor er sich umdrehte und davonrannte, quer durch die Blumenbeete und den flachen Wasserlauf, bis er die Mauer erreichte, die er erklomm, während hinter ihm Rufe laut wurden.

Ohne einen Blick zurück sprang er hinunter auf die Straße, rannte in den Schutz der nächsten Gasse und von dort immer weiter, bis sich ein Stechen in seine Flanken bohrte und er gegen die nächste Hauswand sank. Er fühlte sich seltsam leer. Die Wut war weg. Die Hoffnung auch. Es blieb nur das Bild von Dianthas entsetztem Gesicht.

Valerian schlug mit der Faust gegen die Mauer. Selbst wenn er je eine Chance gehabt hätte – nun war es endgültig aus. Nun hatte sie den Verfluchten gesehen. Das Tier. Den Mörder.

Von irgendwo eilten Schritte heran.

Wie von selbst setzte sich Valerian in Bewegung. Auch wenn ihm die Zelle der Hüter nun gar nicht mehr so übel erschien, hatte er keine Lust auf das schlechte Essen und die schlechte Laune der Wärter. Und auf Cajetan, der recht gehabt hatte.

* * *

Von der Schlange des Wasserverkäufers aus beobachtete Elezei die drei Hüter, die sich von der Menschenmenge über den Basar schieben ließen. Sie waren aufmerksam, aber nicht aufmerksam genug. Und ihre Lederrüstungen, die sie seit Neuestem wohl ständig trugen, würden sie auch nicht schützen.

Sie kamen näher. Elezei erkannte keinen von ihnen.

Ihre Hand wanderte zu der Gürteltasche, die die Glasphiole enthielt. Aber sie hatte noch keine neue Nadel, wegen der sie eigentlich zum Basar gegangen war. Sie würde Narezin sicher nicht gestehen, dass sie ihr Werkzeug verloren hatte.

Ihr Blick folgte den Hütern, die sich langsam entfernten – und ihr kam eine Idee. Sie musste nicht auf eine leere Gasse und Dunkelheit warten. Hier in der Menge waren kleine Kratzer normal. Ein kurzer Blick in das Gesicht des Ziels, dann war es schon zu spät für dessen Flucht.

Begleitet von den Möwenrufen, dem Schreien eines Esels und dem Gewirr unzähliger Stimmen, ließ sich Elezei von den Menschen vorwärtsschieben bis zu einem Stand mit Haushaltswaren.

»Wie kann ich der Dame helfen?« Das Gesicht des Händlers und seine Stimme waren freundlich, doch die Augen verrieten seine Abneigung. Vielleicht sollte sie das neue Werkzeug direkt an ihm testen.

»Ich hätte gerne diese hier.« Sie deutete auf die größte Nadel, die etwas dünner und kürzer war als die, die sie gestern Abend verloren hatte.

»Ah, die Dame möchte Segeltuch nähen?«

Mit einem eisigen Blick legte sie zwei Duanten vor den Händler.

Hastig wickelte er die Nadel in Seidenpapier, bevor er sie ihr zusammen mit einer Viertelduante reichte. »Auf Wiedersehen!«

Elezei wandte sich ab, steckte den Kauf ein und ließ sich mit der Menge zu dem Platz mit der uralten Platane treiben, von wo sie vor ein paar Tagen die Hüterin auf der Terrasse des Teehauses beobachtet hatte. Bald konnte sie sich wieder auf die Lauer legen – gleich nachdem sie sich um den Verfluchten gekümmert hatte.

Je weiter Elezei sich vom Basar entfernte, desto ruhiger wurde es in den Straßen, nicht jedoch in ihrem Kopf, der wieder mit der Frage beschäftigt war, was sie mit dem Verfluchten machen sollte.

Immer weiter trugen sie ihre Füße über heißen Stein und hellen Staub, durch kleine Parks, deren schattige Bänke besetzt waren. Die Anwesenheit des Verfluchten hatte – so ungern sie es sich eingestand – die größte Einsamkeit vertrieben. Und dieses Wissen machte es nur noch schwerer, eine Lösung zu finden. Zudem lenkte es sie von der eigentlichen Mission ab. Spätestens nach dem nächsten, zufälligen Opfer brauchte sie wieder alle Konzentration.

Erst als ihre Schritte langsamer wurden, bemerkte Elezei, dass sie nicht zu ihrer Unterkunft zurückging, sondern am Ende der Straße die Kuppeldächer des Zatarsi-Viertels auftauchten. Erste Fetzen des wohltuenden Klangteppichs schwebten heran.

Sie tauchte in die einzigartige Harmonie ein, während ihr Kopf sich mit Musik füllte und seine eigenen Melodien schuf, die sie am liebsten in dieses Gesamtwerk eingewoben hätte.

Vor der Brücke, die den Kanal und damit die Grenze zum Viertel überspannte, blieb Elezei stehen. Es sah so klein aus, dieses letzte Stück, das sie zurück zu ihrem Stamm bringen würde. Dort würde sie die letzten sieben oder acht Tage, die sich wie Monde anfühlten, einfach vergessen können.

Elezei grub die Nägel in die Handflächen, um dem Drang zu widerstehen. So konnte sie nicht unter die Augen ihres Volkes treten. Gesucht von den Hütern und goldlos wie eine Ausgestoßene.

Sie drehte sich um und ging die Straße zurück, die sie gekommen war. Der Klangteppich klebte an ihr und wollte sie nicht loslassen. Genauso wie das Bedürfnis, einfach einzustimmen.

Immer schneller wurde sie, bis der letzte Rest Musik in ihrem Kopf erstarb und nur der Lärm Mideas bar jeglicher Harmonie blieb.

Mit einem erleichterten Seufzer blieb Elezei mitten auf der Straße stehen. Sie hatte das Gefühl, als ob sie irgendwelchen … Fängen entkommen war. Es war ihr Stamm. Ihr Zuhause. Es sollte sich nicht so anfühlen.

Sie schloss die Augen und reckte ihr Gesicht in die Sonne, deren Hitze erst ihren Körper und dann ihre Gedanken entspannte. Sie überreagierte. Die Zeit außerhalb ihres Volkes und in der Einsamkeit begann, ihren Tribut zu fordern.

Elezei hob die Lider und setzte sich in Bewegung. Da sie den Verfluchten mit seinem Wissen nicht gehen lassen konnte, würde er ein paar Tage in ihrem Schlafzimmer verbringen müssen. Immerhin würde sie sich dann nicht mehr so allein fühlen.

Sie schnaubte. Wie sie sich anhörte! Es wurde wirklich Zeit, dass sie zu ihrem Stamm und in ihren Alltag zurückkehrte.

Endlich erreichte sie die Unterkunft. Mit einer leisen Enttäuschung verließ sie die Hitze der späten Vormittagssonne und trat durch die Tür, die sie sorgfältig schloss, bevor sie die Treppen emporstieg – und mitten in der Bewegung verharrte.

Der Verfluchte lümmelte auf einem Sitzkissen, gegen die Wand gelehnt, und grinste sie an. Dann hielt er ihr eine Flasche hin. »Du siehst aus, als ob du einen Schluck gebrauchen könntest.«

Elezei blinzelte. Sie wollte ihn anfahren, was er sich dachte. Sie wollte ihm danken, weil er anscheinend wiedergekommen war. Sie wollte wissen, warum er nicht mehr gefesselt war.

Er sah sie auffordernd an. »Der Fusel ist echt erstaunlich gut. Hat mich immerhin mein einziges und letztes Hemd gekostet.«

Erst jetzt bemerkte Elezei, dass er nur eine Hose trug.

Sie atmete tief durch. »Warum bist du noch hier?«

»Ich hab beschlossen, dass es hier ganz angenehm ist.« Er nahm einen kräftigen Schluck aus der Flasche. »Nachdem ich die Lebensqualität ein bisschen angehoben habe.«

»Indem du dich betrinkst?« Sie schüttelte angewidert den Kopf. Wie konnte man nur freiwillig die Kontrolle über sich verlieren?

»Du solltest es ausprobieren. Es hilft wirklich.« Wieder bot er ihr die Flasche an.

»Das ist das Erste, was du mit deiner Freiheit anfängst?«

Sein Gesicht verdunkelte sich, aber in seinen Augen leuchtete die Wut auf. »Nein, das Zweite. Nachdem ich rausgefunden habe, dass mich meine Verlobte angelogen und betrogen hat, und ich vor ihren Augen den Gärtner getötet habe.«

Elezei streifte das Tuch vom Kopf und trat in das Zimmer. Sie wusste nicht, was sie mit ihrem Gefährten gemacht hätte, wenn er sie betrogen hätte – aber sein Tod, den sie daraufhin eigenhändig herbeiführen durfte, hätte ihr nicht ausgereicht.

Sie ließ das Stück Stoff auf das Tischchen fallen. »Und dein restlicher Stamm … Familie?«

Er zog eine Grimasse, der ein weiterer Schluck folgte. »Wenn du keine Fragen stellst, dann stelle ich auch keine.«

»Ich möchte verstehen, warum du zurückgekommen bist.« Denn nur so ließ sich etwas Vertrauen herstellen, damit sie nicht dauernd angespannt oder sogar kampfbereit sein musste.

Sorgfältig stellte er die Flasche auf den Boden, dann erhob er sich und machte einen Schritt auf sie zu. »Lass mich ein paar Tage hierbleiben und mit dir zusammen verstecken.«

»Ich versteck mich nicht.«

»Du lebst hier allein, trägst keinen Schmuck, vergiftest Hüter … das klingt nach einer Geschichte, mit der du dich verstecken solltest. Aber so wenig, wie ich in die Festung zurückwill, willst du, dass die Hüter von dir erfahren. Ist doch ein guter Handel.«

»Vielleicht hätte ich dich einfach töten sollen.« Kein Gesetz der Zatarsi verbot das explizit bei Verfluchten.

Er breitete die Arme aus, während sich sein Körper anspannte. »Dann los.« In seinem Blick stand eine echte Herausforderung.

Elezei war versucht. Er wäre ein würdiger Gegner für ein Klingenduell. Aber er war kein Zatarsi. Und er hatte ihr gerade eine Lösung angeboten.

»Du willst also hierbleiben und wirst dafür den Hütern nichts erzählen.«

»Richtig.« Seine Hände sanken herab. »Und ich will auch gar nicht wissen, warum und weshalb du sie vergiftest. Das ist deine Sache, nicht meine.«

Sie zog ihre Klinge, und bevor der Verfluchte zurückweichen konnte, hatte Elezei ihm die Spitze auf die Brust gesetzt. Genau über das Herz. »Schwör auf dein verfluchtes Blut, dass du diesen Handel ehrst.«

»Ich schwöre es.«

»Wenn dein verfluchtes Blut dir irgendetwas wert ist, rate ich dir, diesen Schwur nicht zu brechen.« Sie steckte ihr Messer weg und machte einen Schritt zurück. »Ich bin Elezei.«

»Val.« Er ließ sich auf das Sitzkissen fallen und griff nach der Flasche. »Und ich mag übrigens keine Musik.«

Elezei musste lachen. »Und da willst du ausgerechnet bei einer Zatarsi bleiben?«

»Ja. Weil du notfalls einen wütenden Verfluchten in Schach halten kannst. Das macht das Leben etwas zwangloser. Wie Wein übrigens auch.«

Und Elezei wurde klar, dass das der Vertrauensbeweis war. Von einem Mideaner. Den sie gestern noch ans Bett gefesselt hatte.

* * *

Adorata erlaubte es sich, kurz an dem plätschernden Brunnen anzuhalten. Mit beiden Händen schöpfte sie sich Wasser ins Gesicht und in den Nacken, wo ihre graue Tunika auf der Haut klebte. Das waren Momente, in denen ihr sogar ein Bad im nächsten Kanal verlockend erschien.

Schnell trank sie ein paar Schlucke, dann eilte sie weiter durch die von der Sonne erhitzten Straßen, in denen wie immer zur Mittagszeit so gut wie nichts los war. Statt wie die restlichen Bewohner die heißesten Stunden des Tages im Schatten zu verbringen, hatte sie noch eine Befragung zu erledigen. Erst dann konnte sie zurück in die kühle Festung – und nach Natale sehen.

Sie spürte Panik in sich emporkriechen, dass sich sein Zustand ausgerechnet dann veränderte, wenn sie nicht da war. Dabei wusste sie genau, dass er bei Meister Bashir und Elia in besten Händen war. Aber vielleicht hätte sie Fedon bitten sollen, ebenfalls dortzubleiben, anstatt weitere Zeugen für den Angriff auf Dafne und Rashad ausfindig zu machen.

Schließlich erreichte sie den kleinen Laden, der wie alle Gebäude dieser Gegend seine alte Architektur hinter einer neuen, hellen Steinfassade verbarg. Auch wenn es kein Schild gab, wusste halb Midea über den Inhaber Bescheid. Inklusive Adorata und ihren Kameraden.

Schwungvoll stieß sie die Tür auf, was den daran befestigten Strang Glöckchen zu einem schrillen Schellen veranlasste. Der dämmrige Raum dahinter war derart mit Regalen, aufgetürmten Kisten und wertlosem Plunder vollgestopft, dass man hier nicht einmal einen Dolch hätte ziehen können.

Adorata drückte sich an einer halben Amphore vorbei zu dem abgenutzten Tisch, hinter dem mild lächelnd Tadeo saß, sein ganzes Erscheinungsbild wie das des freundlichen Großvaters von nebenan, und eine Reihe Etiketten beschriftete.

»Ah, die Dame Hüterin. Zu dieser unmenschlichen Stunde unterwegs?« Er legte die Schreibfeder zur Seite, bevor er die Finger auf dem Holz verschränkte.

Sie baute sich vor dem Tisch auf. »Ja, weil ich Fragen habe.«

»Wie kann ich Euch helfen?«

»Ich suche ein Gift, das einen erwachsenen Menschen in wenigen Atemzügen zu einem hilflosen Säugling werden lässt.«

Tadeo blinzelte. »Woher sollte ich das kennen? Ich bin nur ein Antiquitätenhändler.«

Sie warf zwei Doppelduanten auf den Tisch, die beinahe im gleichen Moment verschwanden.

»Tut mir leid, davon ist mir nichts bekannt.«

Adoratas Hand schnellte nach vorn, griff nach dem Tunikakragen des Alten und zog diesen halb über den Tisch. »Mir ist heute nicht nach Spielchen zumute. Also spuck es aus!«

Das Lächeln auf seinem Gesicht war verschwunden. »Ich ... ich habe von so was wirklich noch nie gehört.«

Sie stieß ihn nach hinten, sodass er zurück auf seinen Hocker fiel. »Und du schimpfst dich den besten Giftmischer der Stadt.« Sie spuckte aus.

»Die anderen nennen mich so, nicht ich.« Doch sein Stolz war sichtlich verletzt. »Vielleicht fällt mir noch was ein, wenn ich mehr Informationen zu dem Gift oder zu den Symptomen bekomme?«

Adorata tastete in ihrer Tasche nach der gesäuberten Nadel, die sie mitgenommen hatte, nachdem Meister Bashir und Meisterin Tullia sie ausgiebig untersucht, aber leider nichts Hilfreiches daran gefunden hatten.

Sie legte sie neben die Etiketten auf den Tisch.

Die dürren Finger Tadeos wanderten kurz über die Nadel, dann nickte er. »Es wirkt so schnell, weil es direkt ins Blut gebracht wird.« Er kratze sich am kahlen Schädel. »Und was heißt genau, dass die Opfer zu Säuglingen werden?«

Auch wenn es Adorata zurück in die Festung und zu Natale zog, erzählte sie alles so genau wie möglich und versuchte nichts auszulassen. Tadeo war gerade ihre letzte Hoffnung.

»Erinnert mich ein wenig an das Gift der weißen Wüstenkobra. Vielleicht auch an das des jassirischen Skorpions. Allerdings stirbt man daran entweder, oder der Körper neutralisiert es nach ein bis zwei Tagen.« Er rieb sich das haarlose Kinn. »Jedenfalls ist das nichts, was bei mir … was in Midea verkauft wird.«

»Du weißt es also nicht.« Wut und Enttäuschung machten sich in ihr breit. »Du bist eine Schande für deinen Ruf, Tadeo.«

Er presste seine Lippen zu einem schmalen Strich zusammen. Plötzlich wirkte er so, als ob er jeden Moment fliehen wollte. »Es … es gibt noch etwas.« Er zog den Kopf beinahe komplett zwischen die Schultern.

»Raus mit der Sprache!«

»Es gab immer wieder Gerüchte über das sogenannte Drachengift. Angeblich machte es die Menschen willenlos, und sie gaben einfach das Leben auf.« Seine Stimme wurde leiser. »Selten gab es Ausnahmen, und diejenigen, die überlebten … waren in diesem Zustand Jahre gefangen.«

»Es gab?«

»Gibt! Was sonst.« Sein Grinsen wirkte panisch.

»Und sagen diese Gerüchte auch, woher es kommt oder woher es seinen Namen hat?«

»Nicht direkt.« Er schluckte. »So viele Geschichten, so viele Antworten. Vielleicht, weil es so mächtig wie ein Drache ist? Oder weil man damit sogar eines dieser Monster umbringen konnte?«

»Du wirst Midea nicht verlassen, Tadeo.«

»Natürlich nicht.« Er gewann einen Teil seiner Haltung zurück. »Ich bin den Hütern immer zu Diensten.«

Sie schnaubte voller Abscheu. Dann griff sie nach der Nadel, drehte sich wortlos um und verließ mit einem weiteren Schellen den Laden. Für diese paar Gerüchte hatte sie den ganzen Tag jeden Giftmischer, Alchimisten und selbst Gewürzhändler befragt.

Sie eilte durch die Mittagshitze zurück zur Festung, die sie komplett durchgeschwitzt erreichte. Trotzdem ging sie direkt in den Krankensaal, wo es dank der dicken Wände angenehm kühl war.

Leise trat sie an das Bett, in dem Natale lag, der gerade schlief. Drachengift. Sie hatte noch nie davon gehört, auch wenn Meisterin Tullia ihnen im Unterricht regelmäßig jedes Detail zu Drachen einbläute, für den Fall, dass diese nach Amaria zurückkehren sollten. Zum Töten der Drachen war so etwas nicht eingesetzt worden. Dafür hatte es Speere und vor allem Ballisten gegeben.

Mit der Ecke des Lakens wischte Adorata sanft den Speichel ab, der aus Natales Mund lief. Es waren halt typische Gerüchte, und selbst wenn sie ein Körnchen Wahrheit enthielten, war das meiste übertrieben oder falsch.

Adorata sah zu Rashad und Dafne, die sich unruhig hin und her warf. Unartikulierte Laute kamen über ihre Lippen. Was, wenn sie ganz falsch an die Sache heranging? Wenn es nicht das Gift war, das sie zuerst finden musste? Falls sie den Täter fand, dann konnte er mehr über das Gift sagen.

Ihr Blick wanderte zwischen den hier liegenden Kameraden hin und her. Gab es nicht doch irgendetwas, was die drei verband? Sie waren sicher einmal zusammen unterwegs gewesen, aber normalerweise hatte jeder seinen festen Partner. Gerade bei den Patrouillen, wo es am ehesten zu Konflikten kam, musste man sich ganz und gar auf seine Kameraden verlassen können.

Doch sosehr sie auch grübelte, ihr fiel kein Grund für die Attentate ein. Kein Vorfall, kein Urteil, keine Strafe, nichts. Aber vielleicht hatte Meister Lucio eine Idee. Sie musste ihm ohnehin Bericht erstatten.

Adorata wischte ein letztes Mal den Speichel von Natales Kinn, dann verließ sie den Krankensaal, eilte die nächste Treppe rauf in den ersten Stock und zu den Räumen, die dem Meister der Gerechtigkeit zur Verfügung standen.

Kurz sah sie an sich hinunter. Verschwitzt und staubig, aber sie war sicher nicht die Erste, die so hier aufschlug.

Von drinnen erklangen Stimmen.

Entschieden klopfte sie an.

Es wurde still.

Dann öffnete Meister Lucio die Tür. »Ist es wichtig, oder kann es warten?«

Hinter ihm erkannte sie die restlichen Meister. Und zwischen ihnen saß eine Sesai, deren wissender Blick sich in Adorata bohrte. Die schwarzen Augen wirkten wie die eines Raubtiers.

Hastig schüttelte sie den Kopf. »Es kann warten.«

»Danke.« Damit schloss er ihr die Tür vor der Nase.

Adorata zögernde einen Moment, dann versuchte sie zu lauschen. Doch Meisterin Tullias Stimme war zu leise. Und irgendwo in der Nähe erklangen Schritte.

Mit einem stummen Fluch wandte sie sich ab. In ihr wuchs das

Gefühl, dass die Spur mit dem Drachengift genauso im Nichts verlaufen würde wie die Sache mit dem Pakt. Wie sollte sie da je den Täter und vielleicht sogar ein Heilmittel finden?

* * *

Erneut erhob sich Elezei und ging zum Fenster, wo sie durch die dünnen Vorhänge hinunter auf die Gasse sah. Einzelne Mideaner, die in der Mittagshitze unterwegs waren, drückten sich in den schmalen Schatten auf der anderen Straßenseite.

Sie ballte ihre Hände zu Fäusten. Die Unruhe in ihr wuchs, während ihre Gedanken um die Frage kreisten, ob das Gift auch bei den anderen Hütern zuverlässig wirken würde. Zeugen waren das Letzte, was sie gebrauchen konnte. Vor allem, weil es dann ihr Stamm erfahren würde.

Elezei wandte sich ab und ließ sich auf einem Sitzkissen nieder. Vielleicht sollte sie doch Narezin fragen. Warum hatte er nichts darüber gesagt, als er ihr das Gift gegeben hatte? Oder wusste er es gar selbst nicht?

Val, der ihr gegenübersaß, öffnete seine Augen. »Die Unruhe passt nicht zu dir.«

»Ich wäre sie auch lieber los, aber diese unbestimmte Warterei ... mein Volk kennt das nicht.« Genauso wenig wie Hilflosigkeit.

»Aber man hat doch immer Pausen und Leerzeiten.«

»Nicht als Zatarsi, wenn du alles mit einem Lied oder einer neuen Komposition füllen kannst.«

Etwas flackerte über sein Gesicht, was Schuld sein könnte, aber sie war sich nicht sicher. »Und das kannst du nicht wegen mir.«

Elezei sah zu der Harfe, die seit Tagen in der Ecke stand, und schüttelte den Kopf. »Ich ... die Stadt, ihr Mideaner, ihr verändert mich.« Außerdem hatte sie Angst vor den Wunden, die selbst die kleinste Melodie aufreißen mochte.

»Vielleicht siehst du die Welt auch einfach nur mit anderen Augen.«

»Ist das nicht das Gleiche?«

»Finde ich nicht. Als mir bewusst wurde, was ich ... dass ich verfluchtes Blut habe, ist mir so vieles klar geworden. Aber ich bin kein anderer Mensch.«

»Und um der Wahrheit zu entfliehen, betrinkst du dich.«

Val grinste freudlos. »Das tue ich schon mein Leben lang.« Sein

Blick wanderte zu der leeren Flasche neben dem Fenster. »Aber es hilft immer nur kurz.«

»Das klingt nach einem traurigen Leben.« Die Worte rutschten ihr einfach so heraus.

»Warum?«

»Keine Musik, und immer so ... betäubt.«

»Ach, so schlecht war es nicht. Meistens jedenfalls. Ich hatte alles, was ich mir wünschen konnte: gutes Essen, Wein, Spaß, Freunde. Die große Liebe.«

»Und nun sitzt du hier in Gesellschaft einer Zatarsi und trägst ein geliehenes Hemd.«

Er sah sie lange stumm an, bevor er sprach: »Wenn ich ehrlich bin, finde ich es gerade ganz angenehm.« Ein Grinsen schlich sich auf sein Gesicht. »Abgesehen davon, dass du mir keinen neuen Wein kaufst.«

»Ich versteh euch Mideaner ... dich da nicht. Man verliert die Kontrolle und ...« Sie schüttelte den Kopf. »Nein, ich verstehe es wirklich nicht.«

»Du klingst wie mein Schwertlehrer. Der wäre von dir begeistert.«

Ihre Augen verengten sich zu Schlitzen, dann erkannte sie, dass er es ehrlich gemeint hatte. Ein Kompliment. Irgendwie fühlte es sich zwischen ihnen vertrauter an, seit sie gestern ihren Handel geschlossen hatten.

»Ich glaube«, sagte er, »wenn wir uns irgendwo in der Mitte treffen würden – mein Gehenlassen und deine Steifheit –, wären wir gute Menschen.«

»Dann wäre ich nicht mehr ich.« Aber gerade wollte sie auch gar nicht die echte Elezei sein. Die nie mit einem Mideaner und schon gar nicht mit einem Verfluchten geredet hätte. Oder sah sie ihn nur mit anderen Augen, weil sie keine Wahl hatte?

»Wenn du Musik machen willst ...« Val deutete mit dem Kinn auf die Harfe. »Ich kann ein Weilchen vor die Tür gehen.«

Sie schüttelte den Kopf. »Ich kann ... nein, gerade nicht.«

Da beugte er sich vor. »Wir könnten einen Übungskampf machen.«

Elezei starrte ihn an. Etwas an dieser Idee gefiel ihr. Immerhin war er ein ebenbürtiger Gegner – und es wäre ein Übungskampf, kein Klingenduell. Aber war es nicht sowieso egal, bei all dem, was sie in letzter Zeit getan hatte? Und wer von ihrem Stamm würde es schon erfahren?

Doch sosehr es sie reizte, es würde sie ihrem Ziel kein bisschen näher bringen. Es war verschwendete Zeit. Auch dass sie schon viel zu lange hier saß, grübelte und mit einem Verfluchten redete.

Sie erhob sich. »Ich muss los.«

»Weitere Leute vergiften?«

»Sicher nicht, wenn das Gift nicht zuverlässig wirkt.«

Er sah sie verwirrt an. »Ich dachte, du willst Hüter vergiften?«

»Und wenn einer von ihnen verfluchtes Blut hat?«

»Das haben sie nicht. Das wird schon bei der Bewerbung getestet. Und später noch einmal bei der endgültigen Aufnahme.«

Ein Lächeln kroch auf ihre Lippen und mit ihm breitete sich die Ruhe in Elezei aus. Sie griff nach ihrem Tuch. »Danke.«

Val sah sie aus schmalen Augen an, sein Gesicht verdunkelte sich, bevor er es abwandte.

Elezei eilte die Treppe hinab und trat durch die Tür hinaus in die Mittagshitze der glühenden Straße. Ein schöner, großer Balkon oder ein Dach, um die Wärme zu genießen, fehlten der Unterkunft einfach.

Sie sah nach oben zum Fenster, wo sie für einen Moment Vals Gesicht zu sehen glaubte. Eigentlich sollte er froh sein, dass sie Jagd auf die Hüter machte, denn sonst säße er wieder in einer ihrer Zellen.

Dann machte sie sich auf in Richtung Festung. Einen beliebigen Hüter noch, um die Spur zu verwischen, dann würde sie sich wieder auf die eigentlichen Ziele konzentrieren. Anschließend wäre die Heimkehr in Reichweite.

Ein Lächeln breitete sich auf ihren Lippen aus. Dann würden ihre einzigen Sorgen nur noch Fragen gelten, welches Instrument sie wählen sollte oder welcher Akkord besser geeignet war.

Weit vor dem Eingang der Festung bog Elezei in eine schmale Gasse voll kühlen Zwielichts. Zu gern wäre sie über den Basar gegangen, doch sie wollte die eine Hüterin nicht aufschrecken, falls sie wieder auf der Terrasse des Teehauses weilte. Dort war sie nämlich ein ideales Ziel.

Elezei trat auf eine der Hauptstraßen, die sich wie Lebensadern durch die Stadt zogen, und erreichte kurz darauf einen der hohen Türme Mideas. Über den Platz zu dessen Fuß strömte trotz der Mittagshitze ständiger Verkehr, ein bisschen schneller in Richtung der platanengesäumten Allee als in Richtung Festung.

Elezei ging hinüber unter die Baumkronen, wo es fast unangenehm kühl war. Aber das Spiel aus Licht und Schatten hier war trügerisch für die Augen. Genau das Richtige, um nicht aufzufallen.

Sie mischte sich unter die Passanten, während ihr Blick über deren Gesichter, Kleider und mögliche Waffen streifte. Doch auch wenn sie im Moment keinen Hüter entdeckte, würde hier früher oder später einer durchkommen.

Elezei erreicht das Ende der Allee, die sich an der Kaiserstatue – sie wusste nicht einmal, ob sie den aktuellen zeigte oder nicht – auffächerte. Sie drehte um, blieb in einem der wenigen Sonnenflecken stehen, die durch die Kronen der Platanen fielen, und versuchte all die Details um sich herum aufzunehmen. Im Idealfall würden es ihr die vielen Passanten leicht machen, dicht an einen Hüter heranzukommen. So könnte sie ihm direkt ins Gesicht sehen, bevor sie ihn vergiftete.

Dann sah sie Mizrei, die mit einer Laute über der Schulter die Allee entlangkam. Genau auf Elezei zu.

Für einen Moment wollte sie der Stammesschwester entgegenlaufen, dann wandte sie sich nach rechts und blieb an einem dicken Baumstamm stehen. Ihr Herz klopfte, als sie von dort aus zurücksah, doch Mizrei ging einfach weiter, die Gedanken sicher bei der nächsten Komposition.

Elezei sank gegen die glatte Rinde und atmete tief durch, denn die Sehnsucht schien ihr die Luft abzudrücken. Bald. Vielleicht schon morgen oder übermorgen.

Kaum hörbar begann sie das alte Lied zu summen, bis sich ihr Kopf klärte, all die störenden Gefühle schwanden, und nur die eiskalte Wut blieb. Sie fühlte sich wie einer der Falken, die regelmäßig hoch über der Stadt kreisten und nach Beute suchten. Alles andere um sie herum wurde zur bedeutungslosen Nebensache.

Elezei mischte sich unter die Menge und ließ sich zu dem Platz mit dem Turm tragen, während sie konstant nach Hütern ausschaute. Nach einer Weile erlaubte sie sich kurz die Augen zu schließen und ihr Gesicht in die Sonne zu halten.

Als sie die Lider wieder hob, glaubte sie Val unter den Passanten zu sehen. Aber dank einer Sänfte verlor sie ihn kurz aus dem Blick, und danach war er nicht mehr zu sehen. Oder er war nie da gewesen. Er hatte deutlich gemacht, dass er nichts mit ihrer Mission zu tun haben wollte.

Als ihr Körper von der Sonnenwärme erfüllt war, ging sie zurück in den Schatten der Platanen und bis zur Mitte der Allee. Von hier aus würde sie ausreichend Zeit haben, egal aus welcher Richtung Hüter kamen.

Sie stellte sich etwas abseits und ließ ihren Blick über die Mideaner streifen, unter die sich hin und wieder Nordländer und andere Fremde mischten. Auch einen weiteren Zatarsi sah sie, einen Stammlosen. Trotz ihrer Bekanntschaft mit Narezin verstand sie nicht, wie man dieses Schicksal freiwillig wählen konnte.

Eine Unruhe in der Menge ließ sie herumfahren. Doch es war nur ein Junge mit einem Korb voller Rosen, die er jeder Frau mit ausschweifenden Gesten anpries. Tote Pflanzen ... ein weiteres Faible der Mideaner.

Elezei blendete ihn aus, wurde wieder zum Falken, während ihr Blick umherwanderte. Nichts war mehr von der Unruhe geblieben, dieses Lauern, dieses Warten fühlte sich richtig an.

Aus der Richtung der Kaiserstatue kam erneut Unruhe in die Menge, als diese sich teilte, um zwei Frauen Platz zu machen. Selbst von hier aus waren die Uniformen zu erkennen. Elezeis fokussierte allein diese beiden. Ihr Ziel.

»Ihre Beute«, wisperte die Wut.

In Elezei formte sich das alte Lied, an dessen Takt sich das Pulsieren ihres Blutes und ihre Schritte anpassten, während sie sich mit der Menge nähertreiben ließ, den Blick auf die ungeschützten Hälse und Gesichter der Hüterinnen gerichtet. Nicht einmal Handschuhe trugen sie. Und selbst der Stoff der Tuniken war kein Hindernis.

Wie ein Lachen spürte sie das Vibrieren der Töne auf ihren Lippen, als die Gedanken zum Summen wurden. Die Hüter waren genauso schwach und hilflos wie jeder andere Mideaner.

Immer näher kam sie den beiden Frauen. Eine ältere mit Narben im Gesicht und eine jüngere mit tänzelndem Schritt. Elezeis Hand wanderte zu ihrer Gürteltasche.

Ein Knurren erklang. Nicht tierisch, menschlich.

Da bemerkte Elezei den Mann, der sie unverhohlen anstarrte. Zwischen seinen Brauen war ein V eingebrannt. Warum musste er sie ausgerechnet jetzt stören? Konnte er nicht jemand anderen belästigen?

Wut flammte in seinen Augen auf. Die Fäuste öffneten und schlossen sich im Takt von Elezeis Lied.

Ihr Summen erstarb. War sie es gewesen, die ihn aufgestachelt hatte?

Der Verfluchte fletschte die Zähne. Dann stürzte er vorwärts, die Finger zu Krallen geformt.

Elezei sprang zur Seite.

Jemand schrie auf.

Die Hüterinnen waren im Nu heran. Die mit dem vernarbten Kinn riss den Verfluchten zu Boden und versuchte ihn zu bändigen, während dieser tobte, ohne Elezei aus dem Blick zu lassen.

Ein Zischen entwich Elezeis Kehle, das den Mann nur noch mehr anstachelte. Nun konnte sie sich nicht mehr unbemerkt an ihre Ziele anschleichen. Aber sie würde ihre Beute nicht kampflos aufgeben.

»Was ist passiert?« Die jüngere Hüterin sah Elezei an, eine Spur Misstrauen in der Stimme.

Doch es kam keine Antwort über Elezeis Lippen, sondern ein Lachen. Es war so einfach!

Sie drehte sich um, machte ein paar Schritte, bevor sie loslief. Sie wusste, dass ihr die zierliche Hüterin folgen würde. Dass diese glaubte, dass sie die Oberhand hatte – bis sich das Opfer als Jäger entpuppen würde.

Elezei hielt auf eine Gasse zu, die von der Allee abging und aus der die Mittagssonne alle Mideaner vertrieben hatte. Der Rhythmus ihrer nackten Füße passte sich ihrem Atem an.

Dann endlich das Geräusch von Schritten.

Eine neue Melodie bildete sich in ihrem Kopf, während sie über das Pflaster flog und um eine Ecke. Weiter vorn entdeckte sie einen Balkon, der einen tiefen Schatten warf. Dort würde sie warten.

Im Laufen fasste sie in ihre Gürteltasche und zog die Phiole hervor.

Jemand ergriff ihren Arm.

Elezei stolperte, und das Gift glitt aus ihrer Hand.

Glas klirrte.

Dann wurde sie in eine Nische gezogen. Eine Hand presste sich auf ihren Mund, Arme legten sich eisern um ihren Körper.

* * *

Valerian brauchte all seine Kraft, um Elezei fest- und ihren Mund zuzuhalten. »Wenn du mir zuhörst und nicht gleich losstürzt, lass ich dich los.«

Das Geräusch der Schritte erklang sehr nah.

Elezei nickte, ihr Körper blieb angespannt.

Als er sie losließ, wirbelte sie herum und ihr Messer zeigte direkt auf seine Brust. »Wegen dir habe ich kein Gift mehr.«

»Und? Die beiden sind verdammte Schwertmeister! Vielleicht die besten in Amaria!« Er versuchte einen versöhnlicheren Ton. »Lass uns verschwinden.«

Doch Elezeis Augen funkelten unter dem Kopftuch mit einer eiskalten Wut, die seine eigene entfachte. Er hatte vergessen, wie arrogant und überheblich Zatarsi sein konnten.

Dann war die Hüterin heran und ging an der tiefen Nische vorbei. Die tänzelnden Schritte erkannte er überall wieder. Ausgerechnet Magalie.

Valerian drückte Elezeis Arm herab und klemmte das Messer zwischen ihnen beiden ein. Ihr angespannter Körper war hart und knochig, nicht so weich wie Dianthas. Unter seiner Hand spürte er ihren Herzschlag, ruhig und gleichmäßig.

Dann küsste er sie.

Die Wut in ihren tiefschwarzen Augen wich Überraschung.

Valerian schoss durch den Kopf, dass er sich damit nun vielleicht verlobt hatte, doch es war ihm egal. Vor allem, als ihre Lippen sich ein Stück öffneten und ...

»Valerian?« Aus den Augenwinkeln sah er, dass Magalie stehen geblieben war.

Ein stummer Fluch entwich ihm.

Elezei stieß ihn von sich, halb der Hüterin entgegen.

»Magalie«, brachte Valerian hervor. Seine Lippen brannten von dem harten Kuss.

»Und ich hatte für dich gehofft, dass du die Stadt verlassen hast.«

Elezei schob sich auf der anderen Seite an der Hüterin vorbei. Wollte die Zatarsi wirklich abhauen? Nach einem Angriff sah das auf jeden Fall nicht aus.

»Ich mag Midea. Und die Frauen.« Er zwang sich zu einem Grinsen. »Ich hab doch sicher noch einen Gefallen bei dir gut, oder?«

Sie seufzte und schüttelte den Kopf. »Da wirst du nun deine Dummheit selbst auslöffeln dürfen.« Ihr Blick streifte kurz Elezei, die ausreichend Abstand hielt und entspannt wirkte. Wie eine normale Mideanerin, die ihren Kopf mit einem Tuch vor der Mittagssonne schützte.

»Ach komm, Magalie. Der alten Zeiten wegen.« Valerian schenkte ihr sein bestes Lächeln, in der Hoffnung, dass es ihn irgendwie aus dieser beschissenen Lage retten würde.

Dann bemerkte er, dass Elezei tatsächlich nicht floh, sondern sich langsam, aber zielstrebig auf die Pfütze zwischen den funkelnden Glasscherben zubewegte.

Die Hüterin wandte sich um. »Moment!« Dann ergriff sie Elezei und verdrehte ihr den Arm, sodass diese sich kaum noch rühren konnte. »Du warst doch gerade bei dem Verfluchten.«

Elezei wehrte sich mit einem Zischen, doch Magalies Griff war eisern.

Sie zog ihr das Tuch vom Kopf. »Eine ausgestoßene Zatarsi!«

»Ich bin keine Ausgestoßene!« Elezei spuckte die Worte der Hüterin entgegen. Die eiskalte Wut in ihren Augen war zurück.

»Das sieht aber anders aus.« Sie wandte sich zu Valerian um. »Sag mir bitte, dass du verzweifelt warst.«

Er zuckte mit den Schultern. »Diantha hat mich mit Mireta betrogen.« Es schmerzte weniger, als er gedacht hatte. Stattdessen spürte er wieder Elezeis harte Lippen, die eine ganz andere Seite in ihm ansprachen als Dianthas Sanftheit.

»Beileid.«

Elezeis freie Hand wanderte zu ihrem Messer, doch Magalie schlug der Zatarsi in den Magen, ohne sie loszulassen.

Obwohl Elezei sich zusammenkrümmte, senkte sie ihren Blick voller eiskalter Wut nicht. Und plötzlich hatte Valerian Angst, sie würde sich auf Magalie stürzen und ihr die Zähne in die Kehle …

»Magalie!« Der Ruf hallte zwischen den Fassaden hin und her.

»Hier!« Dann sah die Hüterin Valerian scharf an. »Wenn du rennst, werde ich deiner Freundin wehtun.«

Valerian blieb unschlüssig stehen. Er wusste nur eines: Er musste das schnell beenden – oder man würde sie beide in die Festung bringen.

Elezei nahm ihm die Entscheidung ab. Sie zog der Hüterin die Nägel ihrer freien Hand über das Gesicht, woraufhin diese mit einem Fluch deren Arm ein Stück weiter verdrehte.

Valerian nutzte die Ablenkung, sprang vor, duckte sich und legte seine Finger um Magalies Dolchgriff.

Ihr Ellbogen traf ihn am Kopf.

Valerians Zähne klapperten, Schmerz jagte durch seine Kiefer, und er stolperte einen halben Schritt zurück, ohne jedoch den Griff der Waffe loszulassen. Aber der verdammte Dolch hatte sich in der Scheide verkeilt!

Elezeis Kehle entwich ein Zischen, als sie sich weiter zu befreien versuchte.

Endlich bekam Valerian den Dolch heraus und wich einem weiteren Schlag Magalies aus, bevor er die Klinge in ihren Oberschenkel stieß, möglichst weit weg von der großen Blutbahn.

Mit einem Schrei ließ sie Elezei los und taumelte rückwärts, ihr entsetzter Blick lag auf Valerian. »Du …«

»Tut mir leid.« Damit griff er nach Elezei und zog sie mit sich. Weg von Magalie, die ihm Verwünschung an den Kopf warf. Weg von den herannahenden Schritten.

Schmerz jagte durch seine Hüfte.

Dann klapperte ein Wurfmesser neben ihm auf das Pflaster. Blut klebte an der Schneide.

»Scheiße.« Er begann zu rennen. Nur am Rande bekam er mit, dass er immer noch Elezei hinter sich herzog.

Er bog an der nächsten Kreuzung nach rechts, in eine weitere Gasse, die nur aus Fassaden zu bestehen schien. Nirgends ein Versteck oder eine Fluchtmöglichkeit. Und in ihm kochte die Wut hoch.

Dann war es plötzlich er, der weitergezogen wurde.

Schweiß lief über seinen Rücken, als er all seine Kraft brauchte, um gegen die Wut anzukämpfen.

Er wurde durch eine Tür in ein dämmriges Gebäude gestoßen, wo er auf die Knie sank und die Stirn auf den hoffentlich kalten Boden drückte – auf dem jedoch ein dünner Teppich lag.

Nackte Füße traten in sein Gesichtsfeld.

Die Wut drängte ihn anzugreifen, doch er konnte sich zurückhalten. Noch.

Dann ließ sich Elezei vor ihm auf die Knie nieder.

Panik stieg in ihm auf, dass sie vielleicht doch nicht stark genug war. Er sah das bewusstlose Gesicht der Zatarsi, seine Hände um ihren Hals. Und sie wurde zu Elezei.

»Verschwinde«, flehte er, doch es klang wie ein Knurren.

Elezei begann zu singen. Ihre Stimme hallte in dem Raum wider, und das Lied stürzte aus allen Richtungen auf Valerian ein. Immer tiefer drangen die Töne, krochen in seinen Kopf und durch sein Blut.

Die Wut löste ihren Griff, und der rote Nebel hob sich von seinen Gedanken. Das anfängliche Staunen drohte jedoch in der Dunkelheit der Erinnerungen zu versinken, die nun an Macht gewannen.

Als das Lied endlich erstarb und die Stille zurückkehrte, fühlte sich Valerian wie nach einem mehrstündigen Kampftraining.

Er hob den Kopf und sah in schwarze Augen, die voller Verwunderung waren.

»Es hat geholfen«, sagte Elezei.

Valerian atmete tief durch. »Du wusstest es nicht?«

Sie schüttelte den Kopf. »Es war nur eine Vermutung.« Sie machte eine Pause. »Und eigene Erfahrungen.«

»Ich verstehe nicht …«

»Dein Fluch, das ist Zatarsi-Blut.«

»Wie kommst du auf den Schwachsinn?« Er musste beinahe lachen, so lächerlich war diese Idee.

»Deine Wut. Dein Halsreif aus Gold. Die Giftimmunität. Der Verfluchte vorhin, den mein Lied angesprochen hat.«

»Du musst dich täuschen.« Er schüttelte den Kopf. »Niemand in meiner Familie ist von deinem Volk. Und ihr würdet euch doch niemals mit uns abgeben.«

»Mein Stamm nicht. Aber es gibt schwache Stammlose, die manchmal Kinder zeugen.« Ihre Abscheu war deutlich zu sehen.

Valerian gefiel der Gedanke ebenso wenig. »Aber das muss Generationen her sein, wie sollte das Zatarsi-Blut bei mir immer noch so stark sein?« Er konnte Elezei nicht glauben. Das klang einfach zu abstrus. Und dennoch hatte ihr Lied funktioniert.

Sie zuckte mit den Schultern. »Vielleicht ist das Blut der Mideaner einfach so schwach.« Sie erhob sich in einer fließenden Bewegung, ohne ihn aus den Augen zu lassen. »Wir sollten gehen.«

Valerian stand wesentlich weniger elegant auf. Seine Hüfte brannte, wo Magalies Wurfmesser ihn erwischt hatte, und jeder Muskel tat weh. Immerhin eine Abwechslung zum Pochen, Brennen und Jucken der ganzen anderen Wunden.

Er folgte Elezei durch das stille Haus hinaus in einen winzigen, von

Mauern umgebenen Garten, wo ihn das Licht der Sonne blendete und das Plätschern eines kleinen Brunnens willkommen hieß.

Er schwankte über den schmalen Weg und tauchte seinen Kopf in das kühle Nass, bis seine Gedanken klar waren. Sofort drängten sich die ganzen Probleme wieder auf.

Valerian streifte die triefenden Haare aus dem Gesicht, sodass ihm das Wasser in die Tunika lief und den verschwitzten Rücken kühlte. Kurz blickte er zu seiner Hüfte, wo der Stoff aufgeschlitzt war und sich rot verfärbte. Darum würde er sich später kümmern.

Elezei ging auf das von Lorbeersträuchen gesäumte Tor zu, auf dessen Steinbogen sich einer der weißen Pfaue Mideas sonnte.

»Warte.«

Sie blieb stehen und drehte sich zu ihm um.

»Ich möchte wissen, was hier eigentlich los ist.«

»Du wolltest doch nichts damit zu tun haben.«

»Aber nun riskiere ich mein Leben für etwas, von dem ich nicht einmal weiß, was es ist.«

»Warum bist du überhaupt hierhergekommen?«

»Weil es auch für mich unangenehm wird, wenn sie dich erwischen.« Und weil es irgendwann auch Caj treffen könnte. Oder er wieder nur tatenlos danebenstand, wenn es um das Leben einer Zatarsi ging.

Schweigend sah sie ihn an. Zum ersten Mal fiel Valerian auf, wie schwarz ihre Augen wirklich waren. Selbst das Licht der Mittagssonne schienen sie zu schlucken. Und er hatte das Gefühl, zu fallen.

Schließlich nickte sie. »Vor einigen Tagen habe ich einen verwundeten Mideaner und daneben ein Messer meines Volkes gefunden. Dann kamen die Hüter und haben fälschlicherweise mich verdächtigt, den Mann angegriffen zu haben. Nun nehme ich ihnen die Erinnerung daran, damit ich zu meinem Stamm zurückkehren kann.«

»Das ist alles? Warum hast du nicht einfach mit ihnen geredet und die Sache richtiggestellt?«

»Weil sie mir nicht geglaubt hätten«, zischte sie.

»Selbst wenn? Hätte dann nicht die Azai deine Strafe verhängt? Wäre das nicht besser als heimlich Hüter zu vergiften?«

Ihre Augen verengten sich zu Schlitzen. »Wie hätte ich auch erwarten können, dass ein Mideaner das versteht.«

»Dann erklär es mir bitte.«

»Auf diese Weise kann ich vielleicht morgen oder übermorgen zurück zu meinem Stamm, ansonsten könnte es Monde dauern.«

»Weil die Azai dich temporär ins Exil schicken müsste?«

»Nein! Weil die Hüter solche Prozesse gerne in die Länge ziehen, wie ich gehört habe.«

»Wie du gehört hast … wer erzählt dir so einen Mist?«

»Jemand, dem ich glaube.«

Valerian unterdrücke das Bedürfnis, den Kopf zu schütteln. Oder die Zatarsi durchzurütteln.

Für einen Moment ballte Elezei die Hände. »Außerdem habe ich schon mehrmals selbst miterlebt, dass die Hüter nicht auf der Seite der Zatarsi sind – bei mir vor ein paar Sommern, und bei meiner Stammesschwester Lissea.«

Valerian blieb die Luft weg. Lissea. Das war ihr Name. Wieder sah er ihr Gesicht vor sich. Unter sich. Und die Hände um ihren Hals.

Er atmete tief ein. Elezei durfte nie die Wahrheit erfahren. Er musste schleunigst das Thema wechseln.

»Und das wievielte Opfer wäre die Hüterin gerade gewesen?« Auch wenn er und Magalie nie eng befreundet gewesen waren, gefiel ihm die Vorstellung nicht.

Einen Moment sah sie ihn unverständlich an. »Keiner der Gesuchten. Nur eine Ablenkung von den eigentlichen Zielen.«

Valerian rieb sich über den Nasenrücken. »Noch einmal langsam: Du vergiftest einen Haufen Hüter, damit sich niemand mehr daran erinnert, was du getan hast, und dann spazierst du zu deinem Stamm zurück und die glauben an einen tollen Zufall und nehmen dich wieder auf?«

»Wie ich schon sagte: Du verstehst es nicht.«

»Richtig. Das ergibt alles keinerlei Sinn.«

Ohne etwas zu erwidern, drehte sich Elezei um. Doch er sah noch die Verwirrung und die Zweifel auf ihrem Gesicht. In was war er da nur hineingeraten? Vielleicht sollte er sich doch eine andere Unterkunft suchen.

* * *

Ein Hämmern an der Tür weckte Adorata.

Widerwillig hob sie die Lider und blinzelte in das warme Licht des späten Nachmittags, das durch das schmale Fenster in ihre Kammer fiel. Sie musste eingeschlafen sein, als sie sich kurz hatte ausruhen wollen, bis Meister Lucio für sie Zeit hatte.

»Adorata?« Elias Stimme. »Du sollst in den Krankensaal kommen. Sofort.«

Mit einem Satz war sie bei der Tür und aus der Kammer. Ohne, dass sie fragen konnte, ob Elia ausnahmsweise eine gute Nachricht hatte, eilte dieser schon los. Und Adoratas Gedanken spannen unzählige Szenarien, von denen viel zu viele Natales Tod beinhalteten.

Ihre Schritte wurden schneller, bis sie schließlich Elia überholte und vor ihm in den Krankensaal stürmte.

Beim Anblick aller vier Meister, die um ein Bett standen, bremste sie hastig ab. Erst kam die Erleichterung, dass es keines von denen war, in denen Natale, Dafne oder Rashad lagen. Dann das Entsetzen, was es stattdessen bedeutete.

Meister Bashir machte ihr Platz, als sie an das Bett trat. Auf dem weißen Laken lag Magalie, blutige Kratzer quer über dem Gesicht, aber die Augen wach, während sie gerade eine durchschnittliche Zatarsi beschrieb.

»Und du bist sicher, dass sie keinen Schmuck trug?«, fragte Meister Lucio.

»Weder am Hals noch an den Armen und im Zopf. Ich hatte vermutet, dass sie eine Ausgestoßene sei, aber sie hat es abgestritten.«

»Das dürfte sogar stimmen. Die Azai hat in letzter Zeit niemanden ausgestoßen. Es gab nicht einmal neue Stammlose.«

»Was, wenn eine der Ausgestoßenen zurückgekommen ist?«, fragte Magalie.

Die Meister warfen sich kurz Blicke zu, dann schüttelte Meister Lucio den Kopf. »Nein, das ist nicht möglich.«

»Dann wäre da noch die Zatarsi, von der laut Sesai Careisa niemand weiß, wo sie ist«, warf Meister Bashir ein.

»Elezei?« Meister Lucio rieb sich über das Kinn. »Warum sollte sie freiwillig ihr Gold ablegen?«

Meisterin Evantia schnaubte. »Weil sie vielleicht nicht mehr ganz bei Trost ist? Oder warum hätte sie sich sonst mit einem Morena zusammengetan?«

»Gute Frage …«

Ging es um die Zatarsi, die aus dem Innenhof geflohen war? Und nun auch noch von ihrem Stamm getrennt war? Und hatte das etwas mit dem Gift zu tun?

»Was ist überhaupt passiert?« Adorata konnte ihre Neugier nicht länger zügeln.

Magalie sah fragend zu Meisterin Evantia, die nickte.

»Wir waren bei Duka Verita, um seinen unfähigen Sprösslingen mal wieder Unterricht zu geben. Auf dem Rückweg ist in der Pardalstraße ein Verfluchter durchgedreht, den vermutlich eine Zatarsi bis aufs Blut gereizt hat, bevor sie geflohen ist. Ich bin ihr hinterher, während Meisterin Evantia sich um den Verfluchten gekümmert hat.«

»Danach habe ich in den Gassen versucht, Magalie zu finden.«

»Währenddessen bin ich über Valerian Morena gestolpert, der anscheinend romantisch mit eben dieser Zatarsi involviert ist. Als ich die beiden festhalten und auf Meisterin Evantia warten wollte, hat Valerian mir meinen Dolch ins Bein gerammt und ist mit der Zatarsi davongerannt.«

»Und ich musste Magalie hierherbringen, da sie sonst verblutet wäre.«

»Dann war es also kein Giftattentat?«, fragte Adorata, um sicherzugehen.

»Vielleicht …« Meister Bashir hielt ihr eine glasierte Tonschale hin, in der sich statt der üblichen Salben die Reste einer Glasphiole befanden. »Das wurde am Tatort gefunden, aber weder Valerian Morena noch Elezei wurden gesehen, wie sie es benutzt haben.«

»Ich wette auf mein Amt, dass die beiden dahinterstecken«, erwiderte Meisterin Evantia.

Adorata starrte die Scherben an, während sie versuchte, das Gehörte und ihre Gedanken zu sortieren. Wenn nun Elezei und Valerian Verdächtige waren – was bedeutete das für die Vermutung, dass jemand Elezei die Sache mit dem Innenhof und den Angriff auf die Mideaner unterschieben wollte …

»Moment, dieses Schild von der Phiole, kann ich es ganz sehen?«

Meister Bashir schob mit einem Stäbchen vorsichtig die Scherben herum, bis Adorata die Überreste des Stückchen Papiers und der Handschrift sehen konnte.

»Das sieht aus wie von Tadeo, dem Giftmischer vom Südhafen. Ich war vorhin bei ihm. Und er war ziemlich nervös.«

Meister Lucio wandte sich zu Elia um. »Schick jemanden los, ihn zu holen.« Dann wieder an Adorata: »Hast du etwas über das Gift herausfinden können?«

»Nichts Konkretes. Einige der Giftmischer und Alchimisten hat es an das Gift der weißen Wüstenkobra, des jassirischen Skorpions und der Schuppenkatze erinnert.«

»Hm ...«, brummte Meisterin Tullia nachdenklich. »Ähnlich ja, aber nicht gleich.«

»Auf die Wüstenkobra und die Schuppenkatze hatte ich die Betroffenen schon behandelt«, meinte Meister Bashir. »Dann werde ich den jassirischen Skorpion als Nächstes testen. Schaden wird es auf keinen Fall.«

»Tadeo hat dann noch von Gerüchten erzählt«, fuhr Adorata fort. »Laut denen könnte es sich auch um Drachengift handeln.«

Erstaunen, Wut und Unglaube machten sich auf den Gesichtern der Meister breit. Und weckten schlagartig Adoratas Neugier.

»Das ... kann nicht sein«, murmelte Meister Bashir.

Meister Lucio stimmte zu. »Schon allein beim Import nach Amaria werden Höchststrafen verhängt.«

»Wie soll Tadeo überhaupt rangekommen sein?«

»Das werden wir hoffentlich gleich erfahren«, sagte Meisterin Evantia grimmig.

»Wenn ihr wisst, was es ist, dann könnt ihr es heilen, oder?«, fragte Adorata voller Hoffnung.

»Ich hatte bisher nie damit zu tun«, sagte Meister Bashir. »Es war eine Sache aus alten Geschichten und Büchern.«

»Ich werde schauen, ob sich etwas finden lässt.« Damit schlurfte Meisterin Tullia auf ihren Stock gestützt aus dem Krankensaal.

»Aber falls vorhin wirklich ein Giftattentat geplant war ...« Adorata sah in die Runde. »Gibt es irgendeine Verbindung zwischen Natale, Dafne, Rashad und Magalie? Einen Vorfall? Einen Prozess oder eine Verurteilung? Oder nur einen Streit?«

Einer nach dem anderen schüttelte den Kopf.

»Wir können die Archive überprüfen«, ergänzte Meister Lucio, die Stirn gerunzelt. »Aber ich bin mir recht sicher, dass da nichts in diese Richtung gewesen war.«

»Und was, wenn nicht ich das Ziel gewesen bin, sondern Meisterin Evantia?«, warf Magalie ein.

Diese schüttelte den Kopf. »Ich hatte außerhalb des Kampfplatzes sehr wenig mit Rashad und Dafne zu tun. Und auch bei Natale würde mir nichts einfallen, was dieses ... Vorgehen rechtfertig.«

»Vielleicht ist die Auswahl nur zufällig«, murmelte Elia, dessen erneutes Eintreten Adorata gar nicht bemerkt hatte.

Meisterin Evantia schnaubte. »Dann hätte es einfachere Möglichkeiten gegeben.«

»Das sehe ich genauso«, bestätigte Meister Lucio. »Hoffen wir, dass der Giftmischer Licht in diese Sache bringt.«

Wie auf Kommando näherten sich Schritte.

Tadeo betrat in Begleitung von drei Kameraden den Saal. »Ich hab doch schon alles gesagt, was ich weiß! Ich ...« Er entdeckte Adorata. »Ihr könnt das bezeugen!«

Meister Lucio baute sich vor dem Giftmischer auf und hielt ihm die Schale mit den Splittern hin. »Ist das Eure Phiole?«

Tadeos Gesicht wurde blass, dann sagte er energisch: »Tut mir leid, noch nie gesehen.«

»Lügt mir nicht ins Gesicht.«

Der Giftmischer wurde etwas kleiner. »Vielleicht?«

»Und was war der Inhalt?«

Tadeos Blick huschte nervös zwischen ihnen hin und her. »Ich war nur neugierig. Ich habe nichts Böses damit ...«

»Raus mit der Sprache!«, fuhr ihn Meisterin Evantia an.

»Ich ... es war Drachengift. Es wurde mir angeboten. Wie konnte ich da Nein sagen!«

»Ihr wisst, dass es illegal ist.«

»Und wer hat es Euch angeboten?«

»Ein ... ein Kontakt aus Kaamos war letzte Woche hier und hat mir ein Fläschchen gebracht. Er hat behauptet, es wäre die rohe Form des Drachengiftes. Ich hatte es destilliert und ... und dann wurden mir alle drei Phiolen geklaut!«

Meisterin Evantia sah aus, als ob sie Tadeo gleich an die Gurgel springen wollte. »Geklaut ...«

»Wirklich! Ich schwöre es!« Der Giftmischer sank auf die Knie. »Ich wollte nichts Böses. Wirklich!«

»Sahen die anderen Phiolen genauso aus?«, fragte Meister Bashir.

Tadeo nickte heftig.

»Gibt es ein Gegengift?«, stellte Adorata die wichtigste Frage.

»Nicht, dass ich wüsste. Aber ich wusste bis vor einer Woche auch nicht, dass die Gerüchte vom Drachengift wahr sind! Es waren Geschichten, die man sich nach einem Krug Rotwein zu viel erzählt. Ich …« Er sackte in sich zusammen.

»Bringt ihn in eine Zelle«, befahl Meisterin Evantia.

Willenlos ließ sich der Giftmischer von den drei Kameraden, die ihn gebracht hatten, davonschleifen.

»Wir müssen dringend die anderen zwei Phiolen Drachengift finden«, stellte Meister Lucio fest.

»Vielleicht hat die Zatarsi sie noch«, sagte Meister Bashir.

»Eine Zatarsi, die einbricht, Gift klaut und dieses auch noch anwendet?« Meister Lucio schüttelte den Kopf. »Die Geschichte wird immer abenteuerlicher.«

»Aber wir kennen den oder die möglichen Täter«, meinte Meisterin Evantia.

Meister Lucio sah in die Runde. »Ich möchte, dass bekannt gegeben wird, dass ab jetzt alle ihre Rüstungen zu tragen haben, sobald sie die Festung verlassen. Und das nur noch in Begleitung von zwei oder mehr Kameraden.«

Was Adorata nicht daran hindern würde, der neuen Spur namens Valerian Morena nachzugehen.

KAPITEL 8

Adorata stürmte in den Speisesaal, wo sich unzählige ihrer Kameraden zum Abendessen – irgendein lecker riechender Eintopf – versammelt hatten. Ihr Blick huschte suchend über die Gesichter, doch ohne Erfolg.

»Hat jemand Cajetan gesehen?«, rief sie in den Saal.

Kurz verstummten die Gespräche und das Gelächter.

»Er ist noch seine Strafe absitzen«, kam die Antwort aus der Menge.

Mit einem »Danke« machte Adorata kehrt und eilte durch die

Gänge bis zu der schmalen Wendeltreppe, deren ausgetretene Steinstufen sie hinauf in den ruhigen Nordturm stieg. Früher war die ständige Wache in der Glockenstube für den Alarm bei Drachenangriffen zuständig gewesen, inzwischen warnte sie vor allem vor Bränden. Und war anwesend für den unwahrscheinlichen Fall, dass die Drachen nach Amaria zurückkehrten.

Adoratas Tunika war komplett durchschwitzt, als sie das vorletzte Stockwerk erreichte. Eigentlich war die Abgeschiedenheit dafür gedacht, dass man in der Stille ganz ungestört über seine Taten nachdenken konnte. Nun hatte sie auch den Vorteil, dass niemand mitbekam, wie Adorata diese Regel brach.

Kurz horchte sie die Treppe nach oben, doch kein Geräusch klang von der Glockenstube oder der Wache herab. So leise wie möglich schob sie den Riegel zurück und öffnete die Tür.

Cajetan saß mit angezogenen Beinen auf der Pritsche und sah auf, als Adorata eintrat. Seit der Flucht seines Bruders wirkte sein Gesicht härter, als ob er nun erwachsen geworden wäre.

»Was machst du hier?«, flüsterte er. »Wenn sie dich erwischen, darfst du auch gleich ein paar Tage hier verbringen.«

»Ich habe Fragen.«

»Kann das nicht warten? Ich komme morgen raus.«

»Nein, es geht um deinen Bruder.«

Seine Miene verfinsterte sich. »Ist er gefunden worden?«

»Nein, aber ich habe vor, das so schnell wie möglich zu tun.«

»Und dafür brauchst du meine Hilfe.«

Adorata nickte.

»Wenn ich wüsste, wo er ist, hätte ich es schon längst gesagt. Die Meister haben mich deswegen bereits regelrecht verhört.«

»Ich weiß. Aber ich brauche einfach jeden noch so kleinen Anhaltspunkt, damit ich irgendwo anfangen kann. Irgendetwas, was vielleicht nicht so offensichtlich ist.«

Cajetan runzelte die Stirn. »Meine Familie wird schon überprüft worden sein. Sicher auch Vals Dienerschaft. Ich nehme an, auch Familie Ira?«

»Ja, da hat er sich heute Vormittag eingeschlichen. Er hat die zusätzlichen Wachen umgangen und dann wohl in seiner Wut den Gärtner getötet.«

Caj seufzte. »Verdammter Idiot … was ist mit Mireta und Timeon

Aglaia? Aber ich glaube, die hatte ich Meister Lucio auch schon genannt.«

»Die Mireta, mit der Diantha deinen Bruder betrogen hat?«

»Sie hat was?« Cajetans Augen wurden groß.

»Hat Magalie erzählt.«

»Dann wird Val sicher nichts mit den Aglaias zu tun haben wollen. Er kann da sehr … nachtragend sein.«

»Irgendwelche Verstecke?«

»Val liebt Bequemlichkeit und Luxus. Er wird sich nicht in irgendeinem Loch auf der Straße verkrochen haben.«

»Was ist mit der Zatarsi, mit der er angeblich rumgemacht hat?«

Cajetan lachte. »Val hat sich sicher mit keiner Zatarsi eingelassen, da er sie und vor allem ihre Musik verabscheut. Vielleicht wollte er von was anderem ablenken.«

»Laut Magalie hätte er die Chance gehabt, zu fliehen – wenn er die Zatarsi in ihren Händen gelassen hätte. Stattdessen hat er Magalie angegriffen.«

»Vielleicht hatte er mal wieder zu viel getrunken …« Cajetan wirkte ratlos. »Ich wünschte, ich könnte irgendwie helfen.«

»Wenn du sagst, er liebt Bequemlichkeit und Luxus – das gibt es nicht umsonst. Wo würde er dafür Geld auftreiben? Hat er irgendwo Reserven?«

»Val doch nicht. Seine Planungen reichen normalerweise nur bis zum nächsten Vergnügen. Aber vielleicht … er hat gerne in der Arena mit Wetten Geld gemacht. Dort könntest du mal Ralla befragen.«

»Danke.«

So leise wie möglich verließ sie die Kammer, schloss die Tür und legte den Riegel vor. Ausgerechnet die Arena, die sie sowieso nicht mochte und deren Anziehung sie nie verstanden hatte, egal wie oft Natale versucht hatte, sie ihr zu erklären.

Diesmal nahm sie die unzähligen Stufen langsamer und ging zurück zum Krankensaal, wo nicht nur Fedon wie versprochen auf sie wartete. An Natales Bett kniete eine Gestalt. Kein Hüter, sondern eine Bürgerin.

Adorata ging näher und erkannte Fiorella, die ihre Finger um Natales schlaffe Hand gekrampft hatte und deren Schulter stumme Schluchzer schüttelten. Ein Blick auf Natales Gesicht und die glasigen Augen reichte, um zu sehen, dass sich nichts verändert hatte.

Sie ließ sich neben Natales Mutter in die Hocke nieder. »Dame Fiorella?«

Die Frau zuckte zusammen, wischte sich hastig über das Gesicht und erhob sich mit Adorata.

»Zwei Tage habe ich nichts gehört und mir alle Sorgen einer Mutter gemacht.« Zorn flammte in ihren verquollenen Augen auf. »Eine einzige Nachricht wäre wirklich nicht zu viel verlangt gewesen.«

»Natale ist ein Hüter und hat damit keine Familie außerhalb dieser Festung mehr«, versuchte sich Adorata in die Regeln zu retten. In Wahrheit hatte sie Fiorella schlicht vergessen gehabt.

»Und was hat diese … Familie für ihn getan?« Sie verzog den Mund. »Sein Zustand ist unverändert.«

»Er ist in besten Händen und bester Behandlung.«

»Ich möchte ihn mitnehmen und mich selbst um ihn kümmern. Mein Leibarzt wird wissen, was zu tun ist.«

»Tut mir leid, das wird nicht möglich sein. Ich versichere Euch, Dame Fiorella, wir geben unser Bestes.«

»Das ist nicht genug für meinen Sohn!« Sie versuchte sich groß zu machen. »Ich verlange, dass er heute noch nach Hause gebracht wird.«

»Das hier ist sein Zuhause. Er ist ein Hüter und …«

»Er ist mein Sohn!« Ihr Ausruf hallte durch den Saal.

Hilfe suchend sah Adorata zu Fedon, der genauso ratlos wie sie wirkte. Sie hatte keine Ahnung, wie sie Natales Mutter beruhigen und wieder nach Hause schicken konnte. Es wäre so viel einfacher, wenn sie eine Fremde wäre …

Meister Bashir eilte aus dem Nebenraum mit den Arzneien, Gesicht und Haltung erschöpft. »Was geht hier vor?«

»Dame Fiorella vertraut unseren …«

»Ich werde meinen Sohn mitnehmen!«

»Verständlich«, sagte Meister Bashir. »Aber setzt Euch doch bitte erst einmal.« Er deutete auf den Stuhl, auf dem Adorata so viele Stunden verbracht hatte, und entließ sie und Fedon mit einem Blick.

Adorata ging widerwillig, auch wenn sie wusste, dass der Meister dafür sorgen würde, dass Natale hierblieb.

»Wenn Ihr alles tun würdet, wäre er schon längst wieder gesund!« Fiorellas anklagender Ruf schnitt tief in Adorata. Nicht nur, weil er schrill und laut war, sondern weil er ihre eigenen Vorwürfe bestärkte.

»Habe ich genug getan?«, murmelte sie.

»Ja, verdammt.« Fedon ergriff ihren Arm und drehte sie zu sich. »Du bist kein Heiler oder Arzt, Dora. Überlass das Meister Bashir und Meisterin Tullia. Die wissen, was sie tun.«

»Sie haben auch keine Heilung gefunden ...«

»Und du glaubst, dass du was finden kannst? Mach lieber das, was du wirklich kannst: den Täter finden.«

Adorata atmete tief durch. »Du hast recht. Aber das Gefühl ist halt da.« Sie durfte nicht zulassen, dass es sie an ihrer Arbeit hinderte. Daran, Natale Gerechtigkeit zu verschaffen – und vielleicht sogar einen Hinweis auf das verwendete Gift zu bekommen.

»Lass uns Valerian Morena finden«, sagte sie. »Laut Cajetan könnten wir in der Arena eine Chance haben.«

Fedon verzog das Gesicht. »Warum wundert mich das nicht?«

Mit einem letzten Blick auf Meister Bashir und Fiorella verließen sie den Krankensaal und rekrutierten Phila, die ihnen entgegenkam, bevor sie in ihren Kammern Lederrüstungen und Waffen anlegten.

Adorata fragte sich, ob das überhaupt etwas nutzen würde, da zumindest Rashad und Dafne am ungeschützten Kopf angegriffen worden waren. Und einen Helm gab es nicht, da er die Sicht zu stark einschränkte.

Kurz darauf trafen sie sich gegürtet und gerüstet in der Eingangshalle und gingen schweigend aus der Festung, die Hände auf den Waffen. Statt sich jedoch Gedanken über eine potenzielle Gefahr zu machen, wurde in Adorata das Gefühl übermächtig, dass Philas Anwesenheit falsch war.

Sie sah kurz zu Fedon, dem es offenbar nicht anders ging. Sie waren ein eingespieltes Team, und niemand konnte einfach so Natale ersetzen. Aber da sie nur mindestens zu dritt die Festung verlassen durften ...

Gemeinsam eilten sie durch die Straßen, Adorata voran. Sie machte einen kleinen Umweg über eines der Anschlagsbretter, um sich zu vergewissern, dass die offiziellen Gesuche nach Valerian Morena schon aushingen.

Schließlich erreichten sie die Arena, wo ihnen die Menschenmenge unter misstrauischen Blicken Platz machte, sodass sie ungehindert zur obersten der abfallenden Steinreihen kamen. Auch wenn sich einige Köpfe zu ihnen umdrehten, waren die meisten Zuschauer gebannt von dem Geschehen in der Mitte, wo sich gerade ein schlanker Mideaner und ein zierlicher Mann mit ebenholzfarbener Haut umkreisten.

»Könnt Ihr bitte hier warten?«, bat Adorata ihre beiden Kameraden.

Fedons Augen wurden zu Schlitzen. »Wir sollen zusammenbleiben.«

»Es wird mich hier sicher niemand vergiften. Und wenn doch, habt ihr den Täter gleich.« Sie senkte die Stimme. »Haltet lieber die Augen nach Valerian Morena offen.«

Sie stieg die wenigen Stufen zu der kleinen Tribüne hinab, auf der sich Ralla mit einem Ächzen erhob. Unzählige Seidentücher verbargen nicht nur ihren Körper, sondern garantiert auch eine Waffe.

»Wie kann ich Euch helfen, Hüterin?« Rallas Grinsen entblößte gelbe Zähne.

»Ich suche Valerian Morena.«

Die Alte wiegte den Kopf hin und her. »Es ist sicher schon eine Woche her, dass ich ihn das letzte Mal gesehen habe.«

Adorata hielt den kohleumrandeten Blick der Frau und suchte in deren Gesicht nach den Anzeichen einer Lüge. Sie fand nichts – was aber nichts heißen musste. Sie kannte genug Geschichten über die Herrin der Arena.

»Wenn Ihr irgendetwas von ihm hört, will ich es wissen.« Sie verschränkte die Arme. »Und wenn ich erfahre, dass Ihr ihn deckt …«

Das Grinsen der alten Frau wurde breiter. »Wollt Ihr mir drohen, Hüterin?«

»Wie ich gehört habe, seid Ihr eine kluge Frau. Und glaubt mir, ich werde Wege finden, diese … Veranstaltung dichtzumachen.« Und sie würde es sogar mit viel Vergnügen tun.

»Ihr wollt also Valerian Morena? Sonst nichts?«

»Richtig. Ich will wissen, wenn er bei Euch auftaucht. Arbeitet mit mir zusammen, und es soll nicht Euer Schaden sein.«

Ralla streckte ihre faltige Hand aus. »Abgemacht.«

* * *

Elezeis Blick hing auf Val, der seit ihrer Rückkehr in die Unterkunft auf dem Sitzkissen ihr gegenübersaß, den Kopf gegen die Wand gelehnt und die Augen geschlossen. Sie wusste, dass er nicht schlief, denn es fehlten seine Unruhe, das Wimmern und das Stöhnen. Sein Atem ging ruhig. Ob er wie sie an vorhin denken musste?

Ihre Finger wanderten zu ihrem nackten Hals. Hin und wieder boten Männer ihres Stammes den Halsreif ihrer Gefährtin zuerst an, aber bei körperlicher Nähe würde keiner von ihnen den ersten Schritt wagen. Doch Val war kein Zatarsi, auch wenn er vielleicht Spuren des Bluts in sich trug. Und der Kuss war nur eine – wenn auch missglückte – Tarnung gewesen.

Sie stieß ein lautloses Schnauben aus. Sie wusste genau, dass sie diesem Kuss zu viele Gedanken schenkte. Doch alles war besser, als darüber nachzudenken, dass sie Narezin um neues Gift bitten musste. Oder an Vals Fragen in dem Garten vorhin, dank denen nun der ganze Plan keinen Sinn mehr zu ergeben schien.

Elezeis Finger gruben sich in ihre Oberschenkel. Früher oder später würde sie sich damit auseinandersetzen müssen. Vielleicht heute Abend, wenn sich ihre Gedanken etwas beruhigt hatten. Oder morgen.

Stattdessen musterte sie Val. Nichts verriet sein verfluchtes Blut. Und nichts war von der Wut geblieben, über die er vorhin die Kontrolle verloren hatte, weil er zu schwach war. Trotzdem hatte er den ersten Schritt gemacht und gewagt, sie zu küssen.

Ein Zischen entwich ihrer Kehle.

Vals Lider flogen auf, sein Blick fiel auf sie.

»Dein Name ist also Valerian«, versuchte sie sich nicht nur aus ihren Gedanken zu retten.

Für einen Herzschlag schien er zu erstarren, was Elezeis Neugier anfachte. Dann nickte er langsam »Das ist er, ja.«

»Er hat einen viel schöneren Klang als die Abkürzung.«

»Ich zieh Val aber vor.«

»Die Hüterin kannte dich.«

»Ich war immerhin ein paar Tage auf der Festung zu Gast.« Er atmete tief durch. »Magalie und ich hatten, bevor sie Hüterin geworden ist, den gleichen Schwertlehrer.«

»Warum hast du ihr dann nicht beigestanden, sondern sie angegriffen?«

Er sah sie unverständlich an.

»Sie ist deine Kampfschwester und damit deine Familie.«

»Wir sind keine Zatarsi. Bei uns halten nicht einmal die engsten Familienbande.« Er grinste freudlos. »Du solltest froh sein, dass es bei euch überhaupt funktioniert, so egoistisch und auf den eigenen Vorteil bedacht, wie Menschen sind.«

»Warum hast du mir dann vorhin geholfen?«

»Weil ich an mich gedacht habe! Was glaubst du, machen die Hüter mit mir, wenn sie dich erwischen und erfahren, dass ich die ganze Zeit bei dir war?«

»Das werden sie nun sowieso erfahren. Du hast die Hüterin leben lassen.«

»Und? Sie weiß nur, dass ich aus lauter Verzweiflung mit einer Zatarsi rumgemacht habe.«

Sie erinnerte sich an den angeekelten Ton der Hüterin. Allein und ohne den Schutz des Stammes schmerzte so etwas plötzlich.

Val lehnte sich wieder zurück und sah sie viel zu lange und viel zu aufmerksam an. »Warum lässt dich dein Stamm bei der ganzen Sache eigentlich alleine? Gäbe es da nicht Möglichkeiten, dir zu helfen?«

»Auch wenn ihr uns für Wilde haltet, haben wir Gesetze.«

»Und? Es gibt immer Möglichkeiten, wenn einem etwas wirklich wichtig ist. Und ich dachte, das ist jede Zatarsi für ihren Stamm.«

In Elezei regte sich die Wut, und sie versuchte sich einzureden, dass sie auf Val wütend war. Wegen ihm gab es immer mehr Zweifel. Wegen ihm fühlte sie sich schwach, weil sie ihn nicht wegschicken konnte. Weil sie nicht allein sein wollte.

Sie atmete tief durch, um die Wut zu beruhigen. »Du stellst zu viele Fragen, Verfluchter.«

»Ich versuche dich zu verstehen.« Er zuckte mit den Schultern. »Es macht das Zusammenleben angenehmer.«

»Sollte das dann nicht auf Gegenseitigkeit beruhen?«

Grinsend streckte er seine Arme aus. »Dann frag. Oder hast du Angst, dass es den Verfluchten plötzlich zu einem Menschen macht?«

Die Wut verflüchtigte sich, als ihr die Wahrheit in seinen Worten bewusst wurde. Doch sie konnte nun nicht zurück, ohne einzugestehen, dass er recht hatte.

»Warum magst du keine Musik? Ich kann mir das gar nicht vorstellen.« Eine hoffentlich unverfängliche Frage.

Seine Hände sanken herab. »Musik ist mit Gefühlen verbunden. Mit Erinnerungen. Und beides bietet nicht immer Anlass zur Freude.«

»Warum?« Sie verstand es nicht. Selbst traurige Lieder und Gesänge füllten einen aus und waren auf ihre Art tröstlich.

»Die mideanische Musik erinnert mich an meine Mutter, die unser Haus mit Liedern erfüllt hatte. Jeden Abend hat sie am Bett meiner Brüder und mir gesungen, bis wir eingeschlafen sind …« Traurigkeit verdunkelte seinen Blick.

Auch ohne dass er es aussprach wusste Elezei, dass seine Mutter nicht mehr da war.

»Und die Musik der Zatarsi … du hast es mir vorhin … erklärt, Elezei. Sie nimmt mir alle Wut und lässt nur Dunkelheit und Erinnerungen übrig, die mich verschlingen. Wut und Wein sind meine Rettungsanker.«

»Sollte dafür nicht deine Familie da sein?«

»Früher war sie das vielleicht. Aber es hat sich nach dem Tod meiner Mutter viel geändert. Meine … mein Stamm ist zerbrochen. Egoismus, Vorteile und so.«

Elezei sah auf ihre Finger, und ihr wurde bewusst, dass es ihr gar nicht so anders ging. Dass die Musik der Zatarsi sie schmerzhaft an ihren Stamm erinnerte, dass sie diese mied. Dass die Harfe seit Tagen unberührt in der Ecke stand.

Val lehnte seinen Kopf gegen die Wand, sein Blick ruhte auf Elezei. Es fühlte sich nicht mehr so störend an wie gestern noch. Was er wohl sah? Und wo seine Gedanken waren? Sie brachte es nicht über sich, ihn danach zu fragen.

Vertraute Stille füllte den Raum. Von draußen drangen die Geräusche Mideas herein, die nicht mehr ganz so disharmonisch klangen. Es war nur eine andere Melodie als die zu Hause. So zerbrochen und vielseitig wie die Bewohner. Und Elezei begann den Klang zu mögen.

Ein Klopfen an der Haustür störte.

Sie sprang auf und griff nach ihrem Tuch, legte es um ihren Kopf. Sie wollte sich von Val verabschieden, doch der hatte die Augen demonstrativ geschlossen und die Arme vor der Brust verschränkt. Es hatte sich also trotz Gespräch gar nichts geändert.

Voller Vorfreude lief sie die Treppe hinunter. Sie wusste nicht, wen sie lieber sehen wollte: Narezin oder Leontine. Auf der anderen Seite gab es noch so viel, worüber sie mit Val reden wollte. So viele Fragen, auch wegen der Sache mit seinem Zatarsi-Blut.

Sie öffnete die Tür und stand Narezin gegenüber, der eine kleine, abgedeckte Schale in der Hand hielt.

»Elezei!« Leontine war plötzlich heran. »Ich hab dich vermisst!«

Einen Moment war Elezei sprachlos.

»Sie hat darauf beharrt, mitzukommen«, erklärte Narezin.

»Weil ich was für dich habe.« Stolz präsentierte das Mädchen eine Handvoll zusammengebundener Stoffstücke.

Elezei nahm das Geschenk entgegen und drehte das … Ding hin und her, das eine vage Ähnlichkeit mit einem Mensch hatte, von dessen Kopf eine lange, dunkle Kordel hing.

»Das bist du!«, platzte es aus Leontine heraus.

»Danke. Das ist schön.«

Narezin lächelte, dann wandte er sich an seine Tochter. »Du weißt, was du versprochen hast?«

»Aber ich habe gar nicht mit Elezei geredet!«

»Sie kommt uns sicher bald mal wieder besuchen.« Narezins Ton wurde schärfer. »Und du gehst nun wie versprochen deiner Mutter helfen.«

Leontine schob die Unterlippe vor, dann winkte sie und hüpfte davon.

Elezei sah ihr nach und bemerkte, dass es lange nicht so schmerzte wie beim letzten Mal. Dass sie sich nicht mehr ganz so einsam und allein fühlte.

»Kann ich hereinkommen oder hast du gerade Besuch?«

Elezeis Herz setzte einen Schlag aus. Sie wollte das alte Lied in ihrem Kopf beschwören, doch ihre Gedanken wirbelten zu sehr durcheinander. Sie hatte kaum eine Wahl.

»Gerne doch, komm herein«, antwortete Elezei lauter als nötig. Sie hoffte, dass Narezin es auf den Umgang mit den Mideanern schob. Und dass Val es hörte.

Elezei ging mit dem Lumpenbündel in der Hand gemächlich voran, während sie gleichzeitig nach oben lauschte. War da ein Rascheln gewesen, oder bildete sie es sich nur ein? Lag etwas herum, das Val oder seine Anwesenheit verraten konnte?

»Wie kommst du darauf, dass ich Besuch haben könnte?«, sprach Elezei wieder laut. »Die Mideaner suchen nicht gerade unsere Gesellschaft.«

»Ich dachte, ich hatte dich sprechen hören.« Nichts in seiner Stimme verriet irgendetwas. Aber Elezei wusste nicht, ob und was er wirklich gehört hatte, da man als Zatarsi hier in Midea den ganzen Lärm um einen herum ausblendete und sie und Val bereits eine Weile geschwiegen hatten.

»Ich rede manchmal mit den Tauben, wenn sie sich ihre Brotkrumen abholen.« Wie die Alte gegenüber es immer tat.

»Das macht Leontine auch gerne«, sagte Narezin. »Sie fressen ihr sogar aus der Hand.«

Elezei hörte ihm kaum zu. Ihr Herz schlug bis zum Hals, als sie die oberste Treppenstufe erreichte. Der suchende und genaue Blick Narezins entging ihr nicht. Doch Val war nirgends zu sehen. Nicht einmal das blutige Tuch, mit dem er vorhin die neue Wunde an der Hüfte versorgt hatte.

Der Stammlose nahm auf einem Sitzkissen Platz und stellte die abgedeckte Schüssel auf den Tisch.

Elezei setzte sich ihm gegenüber. Nur mühsam konnte sie ihre Unruhe unterdrückten. Sie würde zu gern wissen, ob Narezin etwas von Val mitbekommen hatte. Oder warum er sie ausgerechnet jetzt besuchte. War es wirklich Zufall oder ...

»Wie geht es dir, Elezei?«

»Ich vermisse meinen Stamm.«

»Wir sind nicht für diese Einsamkeit gemacht.« Das Lächeln auf Narezins Gesicht wurde zu Ernst. »Ich habe Gerüchte gehört. Dass bereits mehrere Hüter vergiftet worden sind und sie nach einem Attentäter suchen.«

»Ich habe mir die Freiheit genommen, meine Spuren zu verwischen.«

Etwas wie Angst huschte über Narezins Gesicht. »Das ist zu gefährlich! Das kannst du nicht machen.«

»Es ist gefährlich, wenn ich genau den drei Hütern die Erinnerung nehme, die mich gesehen haben.« Konnte der Stammlose das verstehen? Er war beinahe genauso weich und schwach wie ein Mideaner.

Er schüttelte den Kopf mehr für sich. »Ich ... ich hab dir etwas mitgebracht.« Narezin nahm das Tuch von der Schale. Feucht schimmerten die feinen Scheiben des Fleisches. Unverdorben und natürlich.

Erst jetzt bemerkte Elezei, dass sie ihre Hand um das Stoffbündel gekrampft hatte. Sie lockerte die Finger und legte das Ding neben die Schüssel.

Narezin war halb durch den Wind. Sein Blick wanderte unruhig durch den Raum. Immer wieder öffnete und schloss er den Mund, als ob er etwas sagen wollte. Vielleicht eine Ausrede. Vielleicht einen Vorwurf.

Elezei nahm eine Fleischscheibe und rollte sie, während das Blut ihre Finger verfärbte. Sie schloss die Augen, als sie es in den Mund schob und abbiss. Noch nie hatte sie etwas Besseres gegessen.

Als sie die Lider wieder hob, sah sie Narezin halbherzig lächeln.

»Ich erinnere mich noch genau; als ich den Stamm verlassen hatte, war das eines der Dinge, die mich getröstet haben.« Er berührte den Rand der Schale, in der noch zwei Fleischscheiben lockten. Seine Finger zitterten. »Ich ... ich habe herausgefunden, wo einer deiner vermutlichen Zeugen seine Abende verbringt.«

Vor Elezeis innerem Auge erschien das Gesicht des Hüters mit dem kurzen Zopf. Und sie hörte seine Stimme, als er sie Demut hatte lehren wollen. Doch nun würde sie ihn Demut lehren. Sie wusste nur noch nicht, wie, denn ihm nur die Erinnerung nehmen reichte nicht aus.

»Nach Sonnenuntergang geht er regelmäßig in den Hof der Rosen. Im Inneren hast du eine gute Chance.«

Die Ungeduld in ihr wuchs. Sie wollte am liebsten gleich los. Aber sie hatte kein Gift mehr.

»Hast du zufällig noch so eine Phiole? Mir ist meine heute heruntergefallen.« Jedes Wort kostete sie Kraft. Ihr Versagen einem Stammlosen einzugestehen ...

»Ja, ich hab noch etwas. Ich hatte es damals gleich in kleinere Mengen aufgeteilt, weil ich genau so etwas befürchtete. Wenn du vor dem Hof der Rosen zu der alten Halle kommst, gebe ich dir noch einmal etwas von dem Gift. Du findest den Weg, oder?«

Elezei nickte. »Ich werde kommen.« Und danach würde sie den Hüter Demut lehren, bevor sie ihm die Erinnerung nahm.

* * *

Valerian zuckte kurz zusammen, als Elezei halb auf den schmalen Sims mit Geländer trat, den man kaum Balkon nennen konnte. Den Finger auf die Lippen gelegt, bedeutete sie ihm, hereinzukommen. Offenbar war der Besuch verschwunden.

Mit einem lautlosen Seufzer entspannte Valerian seine Muskeln, die von den unendlich langen Minuten regungslosen Verharrens schmerzten, und folgte Elezei durch das Schlafzimmer in den Hauptraum.

Von dem Besuch waren nur ein hässlicher Lumpenhaufen mit Kordel und eine glasierte Tonschüssel geblieben. Aus dieser nahm Elezei eine Scheibe rohes Fleisch, rollte sie zusammen und schob sie in den Mund. Womit sie sein Bild einer Wilden bestätigte – das Valerian jedoch mehr faszinierte als abstieß.

Genauso wie das Blut auf ihren Lippen, das sich zu einem Tropfen formte. Hypnotisiert beobachtete Valerian dessen Weg, bis Elezeis Zungenspitze ihn entfernte – und unwillkürlich fragte er sich, wie es wohl schmeckte.

Auffordernd deutete Elezei auf die Schüssel, in der ein letztes Stück Fleisch lag. Blutig und roh.

Er schüttelte den Kopf. Noch bevorzugte er sein Essen gekocht oder gegrillt. Außerdem war ihm Taube lieber als Lamm, Rind oder was auch immer das in der Schüssel war.

»Du solltest es wirklich probieren«, sagte Elezei in die Stille hinein. »Dir entgeht eine echte Köstlichkeit.«

»Danke, nein.« Er verschränkte die Arme vor der Brust. »Wer war das gerade?«

»Ein Stammloser, der mir hilft.«

»Einfach so? Ohne Hintergedanken?«

»Er weiß, wie schwer das Leben ohne den Stamm ist.«

»Deswegen schickt er dich auch in den Hof der Rosen.«

Ihre Augen leuchteten auf. »Du kennst diesen Ort?«

»Ja. Dorthin würde ich einen Attentäter schicken, wenn ich ihn gefangen genommen haben will.«

»Du kannst dir dein Misstrauen sparen. Er hat mir bisher immer geholfen.«

»Und warum hat er dir dann nicht empfohlen, zu den Hütern zu gehen und die Sache zu klären, bevor er dir Gift in die Hand gedrückt hat?«

»Du hast keine Ahnung von uns Zatarsi«, zischte sie. »Ihr Mideaner versteht einfach nicht, dass man als Stamm zusammenhält und sich um den anderen kümmert – auch wenn es keinen persönlichen Vorteil bringt.«

»Aber er ist nicht dein Stamm. Und was ich sehr wohl verstehe, ist, dass niemand so selbstlos hilft. Trotz der Gefahr, dass er auffliegt, falls die Hüter dich erwischen!«

Ihre Augen verengten sich zu Schlitzen und für einen Moment zogen sich ihre Lippen von den weißen, unerwartet scharfen Zähnen zurück.

Die Wut in Valerian wollte ihr mit der gleichen Geste antworten. Aber er war kein Straßenköter!

Mit einer fließenden Bewegung setzte sie die Spitze ihres Messers auf seine Brust. »Du wirst mich zum Hof der Rosen bringen.«

»Nur zu.« Er breitete seine Arme aus. »Ein Schnitt mehr macht auch nichts aus.«

»Diesmal wird es aber kein Lied geben, sondern du wirst einen Teil deiner Finger vermissen, wenn du wieder zu dir kommst.«

Ein Blick in ihre schwarzen Augen reichte, um zu wissen, dass sie es ernst meinte – und er wollte sie dafür küssen. Nicht wegen der Erinnerung an ihre harten Lippen, sondern weil es gut tat, dass sie die Wut als Teil von ihm akzeptierte.

»Gut, ich bring dich hin. Mehr nicht.«

Elezei steckte die Klinge weg. »Du würdest mich sowieso nur ablenken.«

»Angst vor einem weiteren Kuss?« Die Frage und das dazugehörige Grinsen mussten einfach heraus.

»Nein, denn diesmal würde ich dir die Zunge abschneiden.« Elezei nahm das letzte Stück Fleisch aus der Tonschüssel und biss davon ab, ohne ihn aus den Augen zu lassen. Dann schob sie den Rest in den Mund und leckte ihre Finger ab. Auf ihrem Kinn blieb eine rote Spur zurück, die ihn an eine Kriegsbemalung erinnerte.

»Gehen wir«, sagte sie.

»Ohne das Gift? Das kannst du erst in ein oder zwei Stunden abholen.«

»Bis dahin kann ich mir einen ersten Eindruck von diesem Hof machen, vor dem ich anscheinend so viel Angst haben muss.«

Valerian unterdrückte den Wunsch, mit den Augen zu rollen, und ging voran, die Stufen hinunter, während der verdammte Schnitt an der Hüfte wieder zu brennen begann. Langsam reichte es wirklich mit neuen Verletzungen; er fühlte sich zuweilen, als hätte ihn ein Sandlöwe in die Mangel genommen!

Er trat auf die Straße, die bereits im Schatten lag, während über ihnen der Himmel in Flammen stand. Aus den Augenwinkeln sah er zu Elezei, die mit hoch erhobenem Kopf neben ihm herschritt. Wie konnte jemand wie sie so leichtgläubig sein? Wie konnte sie sich dazu herablassen, Hüter feige zu vergiften? Und dann so blind in eine offensichtliche Falle laufen?

Er sah wieder auf die Straße vor sich, als ein schon länger schlummernder Gedanke Form annahm: Warum lieferte er Elezei nicht an die Hüter aus? Sie würde eine Strafe erhalten, die höchstens ihren Stolz verletzte – und er könnte vielleicht eine Kleinigkeit für sich heraushandeln.

Doch so verlockend ihm die Idee im Moment auch erschien, er hatte Elezei gegenüber nicht nur auf sein Blut geschworen, sondern sie hatte ihm auch zweimal den Hintern gerettet. Ganz so einfach ließ sich das nicht vergessen.

Der Weg führte sie im ausreichenden Abstand um die Festung herum in den Norden Mideas. Je näher sie dem Ziel kamen, desto stärker wurde die Brise, die den Gestank der Kanäle und den Duft des Jasmins davontrug.

Kurz darauf erreichten sie die Uferpromenade, wo an Land wie auf dem Wasser buntes Treiben herrschte. Unwillkürlich suchte Valerian die Umgegend nach Hütern ab, die hier wegen der Taschendiebe oft patrouillierten.

Neben einer der Platanen, die das Ufer säumten, blieb er stehen. »Das ist der Hof der Rosen.« Er deutete auf das nächste Haus, dessen üppig blühende Kletterrosen Lampions im gleichen Dunkelrot schmückten. Es war viel zu lange her, seit er das letzte Mal hier gewesen war und einen der edlen Tropfen des Hauses genossen hatte.

»Und davor hast du Angst?« Elezei hatte den Kopf schief gelegt. Ihre Belustigung war nicht zu übersehen.

»Nein, der schwache Verfluchte hat bloß keine Lust, wieder in einer dunklen Zelle mit schlechtem Service zu landen.« Und doch noch ein Brandzeichen zu kassieren.

Mit einem unergründlichen Blick zu ihm ging Elezei los, geschmeidig und vorsichtig. Der Gang eines Raubtiers.

Valerian sah zum Hof der Rosen, der so lange einladend und harmlos wirkte, bis man den Betrieb störte. Wenn er Elezei nun allein hineingehen ließ, wäre es nicht anders, als wenn er sie den Hütern eigenhändig auslieferte – außer, dass er nicht davon profitieren würde.

»Warte!« Er lief ihr hinterher. Es war eine dumme Idee, und er würde sie sicher bereuen.

Mit schmalen Augen drehte sie sich um. »Ich kann mir diesen Hof durchaus alleine anschauen.«

»Daran hab ich keine Zweifel, aber lass mich dir trotzdem erst etwas zeigen. Und außerdem haben sie guten Wein.«

Elezei verzog das Gesicht. »Niemand sollte das freiwillig trinken.«

Sie würden definitiv keine Freunde werden.

»Überlass das Reden bitte mir. Du kannst mir immer noch die Zunge abschneiden, wenn wir erst einmal im Hof der Rosen sind.«

»Gerne.« Ihr Grinsen wirkte mit der Blutspur auf dem Kinn noch gefährlicher. Valerian hoffte, dass sie sein Angebot nicht annahm.

Er ging voran und umrundete das Gebäude, dessen blühende Fassade die Straße in Rosenduft ertränkte. Vor dem Hintereingang stand ein Mann mit verschränkten Armen. Die Tunika, im gleichen Rot wie die Lampions, spannte über den breiten Schultern.

»Val?« Seine Brauen wanderten in die Höhe.

»Nino, mein alter Freund.« Er schlug in die angebotene Pranke ein.

»Lange nicht gesehen.«

»Du weißt doch, Diantha hat andere Vorstellungen von Abendunterhaltung.«

Nino senkte die Stimmte. »Gibt Gerüchte, dass du verfluchtes Blut hast.«

Valerian schob die Haare aus der Stirn. »Gerüchte eben. Sicher wieder Blanda. Oder Mireta, die die Zerstörung meines Lebens und meiner Verlobung rechtfertigen will.«

»Hatte mich schon gewundert, warum du dich so gehen lässt, aber wenn Diantha dich verlassen hat … verständlich.«

Zu spät erinnerte Valerian sich daran, dass – auch wenn er inzwischen die Hose gewaschen und eine neue Tunika anhatte – seine Kleidung kaum mehr als Lumpen waren. Aber tadellose Seide war nicht die einzige Eintrittskarte.

Er seufzte übertrieben. »Tja, du weißt, was Frauen alles mit einem machen.«

Fragend sah Nino zu Elezei. Wenigstens hielt man Val hier nicht für geistesgestört, wenn er etwas mit einer Zatarsi anfing. Ein wenig hatte ihn Magalies Reaktion schon gekränkt, und er hätte sich Elezeis Arroganz gewünscht, um den Vorwurf von sich abprallen zu lassen.

»Ein Geschenk für die schönste aller Rosen!«, sagte Val und hoffte, dass die Zatarsi das nicht verstand – da er sonst gleich ein Messer im Rücken haben würde.

Nino musterte Elezei wie ein Stück Vieh, was die Wut in Valerian anfachte. Dann trat Nino beiseite und nickte zur Tür. »Und Val, ich will die ganze Geschichte.«

»Klar, vielleicht morgen früh, wenn deine Schicht vorbei ist.« Valerian unterdrückte das erleichterte Aufatmen, ergriff Elezeis Hand und zog sie ins Innere, wo sie sich sofort losriss.

»Wir haben kein Geschenk«, zischte sie.

»Richtig. Aber man marschiert nicht einfach so zum Hintereingang des Hofs der Rosen herein. Und am Vordereingang hätten wir in unserer Aufmachung sofort alle Blicke auf uns gezogen.«

Valerian eilte über den schlichten, leeren Gang und öffnete eine der Türen, durch die er Elezei winkte. Dann folgte er ihr hinein in den eigentlichen Hof der Rosen, wo ihn der schwere Duft unzähliger Blumen einhüllte und die Farbenpracht der Stoffe blendete.

Statt es wie sonst genießen zu können, wanderte sein Blick über die unzähligen Männer und Frauen, die mal zusammensaßen, mal innig verschlungen auf den Kissen lagen, die das Bodenmosaik bedeckten. Auch wenn es die Kerzen und gedimmten Laternen schwierig machten, glaubte er kein bekanntes Gesicht zu sehen.

Erleichtert schob er Elezei, die regelrecht erstarrt schien, in eine Nische neben einem Baldachin aus blutroter Seide, von wo aus sie einen guten Überblick hatten, ohne gleich gesehen zu werden.

In der aufgeheizten Luft spürte er ihre Nähe überdeutlich.

»Hier kauft ihr Mideaner euch also die Liebe.« Elezeis Verachtung war nicht zu überhören. »Ihr seid ein so armseliges Volk.«

»Nur wir?« Mit einer gewissen Befriedigung deutete Valerian auf einen Zatarsi, der bis auf seinen Schmuck nur das Nötigste trug und bei dem nicht ganz klar war, ob er Gast war oder nicht.

»Er ist eine Schande«, zischte Elezei.

»Ihr macht es euren Männern auch nicht unbedingt einfach.«

»Sie müssen nur ihren Wert beweisen.« Aufmerksam betrachtete sie den Hof. »Narezin hatte recht, das hier ist genau der richtige Ort. Ihr lasst jegliche Vorsicht fallen, seid noch schwächer und verwundbarer.«

»Das mag für die Gäste stimmen, aber siehst du die zwei Frauen dort in den Arkaden?« Er zog sie ein Stück zu sich heran – und spürte ihren Körper, voller Kanten und Muskeln.

Hastig rückte er so weit von ihr ab, wie es die Nische erlaubte.

»Sie sind sehr aufmerksam«, sagte Elezei zurückhaltend.

»Ignoriere deine Verachtung für einen Moment und sieh dich um. Der schöne Schein, den du Schwäche nennst, trügt.«

Selbst in dem Dämmerlicht sah er, wie sie sich anspannte.

»Und soll ich dir noch ein Geheimnis verraten? Der kleinste Alarm reicht aus, dass alle Ausgänge verschlossen werden. Und selbst wenn du fliegen könntest, würde es dir nicht helfen.« Er deutete auf das Glasdach über dem Hof, dessen Farben im letzten Tageslicht schimmerten.

Ihre Hände ballten sich zu Fäusten. »Ich … ich verstehe es nicht.«

Valerian drehte sich so weit um, dass er sie direkt ansehen konnte. »Doch, das tust du. Aber du willst nicht akzeptieren, dass ein Zatarsi dir nicht aus reiner Selbstlosigkeit hilft.«

* * *

Adorata trat gerade mit Fedon und Phila durch das Festungstor, froh darüber, die Lederrüstung endlich loswerden sowie Schweiß und Staub abwaschen zu können, bevor der regluäre Dienst beginnen würde, als Jari über den Hof auf sie zustürmte.

»Fedon, Adorata, Meister Lucio möchte euch sofort sehen!«

»Hat er gesagt, warum?«

Jari schüttelte den Kopf. »Aber es ist so dringend, dass ich mir in der Eingangshalle sicher eine halbe Stunde die Beine in den Bauch gestanden habe.«

Adorata warf einen fragenden Blick zu Fedon, doch der zuckte mit den Schultern. Sie wollte nicht glauben, dass es um Natale ging. Gab es eine neue Spur? Hatten sie etwas übersehen? Oder war gar die Zatarsi gefunden worden?

Gemeinsam eilten Adorata und Fedon durch die Gänge und hinauf in den ersten Stock zu den Räumen des Meisters der Gerechtigkeit. Kaum hatte Adorata dort angeklopft, ging die Tür schon auf und Meister Lucio winkte sie herein.

An dem runden Tisch mit der eingelassenen Karte Mideas lehnte Meisterin Evantia, die Stirn gerunzelt. »Wo wart ihr?«

»In der Arena, um eine Spur zu Valerian Morena zu finden«, antwortete Adorata.

»Habt ihr etwas gefunden?«

»Nichts Aktuelles. Ich habe Ralla nahegelegt, dass sie uns Bescheid gibt, falls er dort auftauchen sollte.«

Meisterin Evantia nickte. »Gut ... den Rest werde ich dann übernehmen.«

Adorata sah sie ungläubig an. »Warum, wenn ich fragen darf?«

»Zu eurer Sicherheit«, antwortete Meister Lucio. »Wie du ja mitbekommen hast, war heute Mittag Sesai Careisa hier, und wir hatten ein längeres Gespräch über die gesuchte Zatarsi. Die Vermutungen legen nahe, dass sie die Giftattentäterin ist und ihr die nächsten Ziele seid.«

Ihnen beiden verschlug es die Sprache, und unzählige Fragen wirbelten durch Adoratas Kopf.

»Zum einen liegt es wohl daran, dass ihr Zeugen wurdet, wie sie geflohen ist – eine Schwäche und damit Peinlichkeit für jede Zatarsi. Zum anderen hegt sie bereits seit Längerem einen Hass auf uns Hüter, woran du, Fedon, wohl leider nicht ganz unschuldig bist.«

»Ich habe dafür gebüßt«, presste dieser zwischen den Zähnen hervor. »Und sie hatte vorher schon keinen Respekt vor uns.«

»Aber wenn sie uns als Zeugen beiseiteräumen will, warum dann Dafne und Rashad? Und vielleicht Magalie?«

Meister Lucio zuckte mit den Schultern. »Vermutlich, um Spuren zu verwischen.«

»Deswegen werdet ihr euch vorerst in der Festung aufhalten müssen«, ergänzte Meisterin Evantia. »Wir möchten euer Leben nicht unnötig riskieren.«

Ein Schauer lief Adoratas Rücken hinab. Selbst der Gedanke, gegen einen Drachen zu kämpfen, hinterließ nicht die Angst in ihr wie die Vorstellung, sie könnte wie Natale enden. Gefangen im eigenen Körper, nachdem man als Letztes diese Zatarsi gesehen hat.

Adorata hatte das Gefühl, schwarze Augen auf sich zu spüren. Kalt und erbarmungslos ... wie auf dem Basar.

»Mir ist wieder etwas eingefallen«, brach es aus ihr hervor. »An dem Tag, als Natale ... war ich am Basar Tee trinken und dabei hat mich eine Zatarsi beobachtet. Ich hatte kurz gedacht, es sei Elezei, hatte es dann aber als Einbildung abgetan und wegen Natale schließlich vergessen.«

Die Meister wechselten einen besorgten Blick.

»Ist sie einfach wieder gegangen, oder was ist passiert?«, fragte Meisterin Evantia.

»Als ich zu ihr wollte, ist sie in der Menge untergetaucht. Aber davor hatte sie sich mit einem Stammlosen getroffen.«

»Weißt du, mit welchem?«

»Nein. Er trug zwar seinen Schmuck – außer dem Halsreif natürlich –, hatte aber nicht den ringlosen Zopf der zatarsischen Männer. Er trug typisch mideanische Kleidung, ein bisschen besser als durchschnittliche Qualität, würde ich sagen.«

Meister Lucio rieb sich über das Kinn. »Da bleiben nicht viele. Eine Handvoll vielleicht.«

»Dann würde ich vorschlagen, wir gehen gleich nachfragen«, sagte Meisterin Evantia.

»Ja, wir brechen sofort auf. Adorata wird mitkommen, um den Stammlosen zu identifizieren.« Meister Lucio sah zu Fedon. »Und du berichtest Meister Bashir und wirst die Festung unter keinen Umständen verlassen.«

Fedon presste die Zähne zusammen. Heute war der Tag, an dem er fast jede Woche seine Schwester im Hof der Rosen besuchte. Aber da er offiziell seiner Familie entsagt hatte, konnte er das schlecht zugeben. Jeder nahm an, dass Fedon aus dem offensichtlichsten Grund dorthin ging – vor allem, weil er dafür zahlte, um eine ruhige Stunde mit Fara zu haben.

Gemeinsam verließen die beiden Meister und Adorata die Räume von Meister Lucio, kurz darauf auch die Festung und tauchten in den Trubel der Straßen Mideas ein, wo bereits unzählige Lampen entzündet waren, obwohl der Himmel über ihnen noch in Flammen stand.

Trotz des Lachens und Singens um sie herum jagte jede entgegenkommende Gestalt Adoratas Puls in die Höhe, auch wenn sie genau wusste, dass es albern war, überall Attentäter zu sehen.

Adorata versuchte sich auf Meister Lucio zu konzentrieren, der zügig vor ihr herschritt. Und hinter ihr ging Meisterin Evantia, sodass sie sich eigentlich keine Gedanken machen musste.

Schließlich erreichten sie einen kleinen Laden unweit der Festung, in dem noch Licht brannte. In der Auslage hingen Tamburine mit bunten Bändern sowie mehrere schlichte Flöten. Zwischen den Instrumenten hindurch sah Adorata einen Zatarsi, der ein Stück Holz bearbeitete.

»Und, ist er das?«, fragte Meister Lucio.

Adorata runzelte die Stirn. Einen Moment war sie sich unsicher, dann beugte sich der Zatarsi vor und das Gesicht war besser zu erkennen.

»Nein, er wirkte jünger. Aber das Alter ist bei denen immer so schwer zu schätzen.«

»Der Tuchmacher?«, meinte Meisterin Evantia an Meister Lucio gewandt.

Dieser nickte. »Den hätte ich auch vorgeschlagen.«

Zu dritt gingen sie weiter durch die Straßen und Gassen, die sich mit Leben und Lärm füllten. Die Menschen machten ihnen respektvoll Platz, wenn auch manch einer neugierige Blicke auf die ungewohnte Lederrüstung warf. Adorata fühlte sich trotzdem kaum sicherer, wenn sie an Dafnes und Rashads Verletzungen dachte.

Sie erreichten den Seidenkanal, dessen Wasser im Licht der Laternen dank der Färbereien flussaufwärts bunt leuchtete. Und der genauso stank wie jede andere Brühe hier in Midea.

Wieder blieben die Meister vor einem Haus stehen, dessen Auslage jedoch schon abgeräumt und der Laden dahinter dunkel war.

Meister Lucio hämmerte gegen die Tür.

Es dauerte ein Weilchen, bis sich durch den Laden eine Kerze näherte. Kurz darauf wurde ein Riegel zurückgeschoben. Über der Flamme schwebte das runde Gesicht einer Mideanerin, die ein bisschen erblasste, als sie die Hüter sah.

»Was kann ich für Euch tun?«

»Wir würden gerne mit Eurem Mann sprechen, Tya«, antwortete Meister Lucio.

»Er ist gerade auf Geschäftsreise.« Ihr Kopf zuckte, als ob sie sich zwingen musste, nicht über die Schulter zu schauen.

»Können wir einen Moment hereinkommen? Wir würde Euch gerne ein paar Fragen stellen.«

Sie nickte abgehackt und trat beiseite.

Adorata folgte den Meistern in den Laden, der nach Wollfett, Lavendel und einer Spur Eintopf roch. Doch um ihren Magen hatte die Angst ihre Faust geschlossen, sodass trotz Essenszeit kein Hunger aufkam.

Tya schloss die Tür, bevor sie zwei Öllampen entzündete, deren Licht die Pracht der Stoffballen in den Regalen offenbarte. »Wie kann ich Euch behilflich sein?«

»Hatte Euer Mann in letzter Zeit Kontakt zu den Zatarsi?«, fragte Meister Lucio.

»Der Stamm meidet ihn normalerweise. Er ist keiner mehr von ihnen.«

Meisterin Evantia verschränkte die Arme vor der Brust. »Konkret geht es um eine Zatarsi namens Elezei.«

Tyas Augen weiteten sich. »Sie ... sie war hier kurz zu Besuch. Warum, ist etwas passiert?«

»Wir müssen mit ihr reden.«

»Ich hab sie seitdem nicht wieder gesehen. Narezin bestand drauf, sie eine Nacht zu beherbergen.«

»Warum?«

»Weil er weiß, wie schwer es ohne den Stamm ist, und weil er immer zu nett ist.«

»Aber sie ist nicht stammlos oder ausgestoßen.«

Tya sah verwirrt zwischen ihnen hin und her. »Sie trug aber kein Gold.«

»Was könnt Ihr uns noch über sie erzählen?«, fragte Meister Lucio.

»Nicht viel.«

Adorata hatte das Gefühl, dass die Frau etwas verschwieg. Da hörte sie ein leises Klappern aus dem hinteren Teil des Ladens, wo eine Tür vermutlich in die Wohnräume führte. War der Stammlose etwa doch zu Hause? Warum versteckte er sich?

Lautlos ging Adorata durch den Laden – und entdeckte ein Kindergesicht, das um die Ecke lugte, die Augen weit aufgerissen und viel zu schwarz für eine Mideanerin.

Mit einem Lächeln ließ sie sich vor dem Mädchen in die Hocke sinken. »Ich bin Adorata, wer bist du?«

»Geh zurück ins Bett, Leontine!«, erklang der Befehl der Frau, deren Stimme leicht zitterte.

Das Mädchen schüttelte den Kopf, einen Stoffpfau fest an den Körper gedrückt.

»Kennst du Elezei?«, fragte Adorata.

Leontine nickte. »Sie ist ganz arg nett und hatte einen sooo langen Zopf. Aber sie ist nur kurz geblieben.«

»Und was hat sie hier gemacht?«

»Mit uns gegessen. Und geschlafen. Und mit Mama und Papa geredet.«

Adorata sah über ihre Schulter. Nicht nur Meister Lucio und Meisterin Evantia beobachteten sie, sondern auch Tya.

Diese zuckte mit den Schultern. »Sie hat mit Narezin vor allem über Musik geredet. Er vermisst das Musizieren mit dem Stamm manchmal.«

»Und seitdem habt Ihr die Zatarsi nicht mehr gesehen?«

Tya schüttelte den Kopf. »Ich war froh, als sie weg war.«

»Aber Papa hat sie vorhin besucht, da durfte ich mit und ihr die Puppe schenken, die ich nur für sie gebastelt habe!«

»Ich dachte, Narezin ist auf Geschäftsreise.« Meisterin Evantias Stimme klang scharf.

Tyas Kopf sank nach vorn. »Ich weiß nicht, wo er ist«, flüsterte sie kaum hörbar. »Bitte, er weiß nicht, was er tut. Er fühlt sich seinem Stamm immer noch viel zu sehr verpflichtet.«

Meister Lucio sah zu dem Mädchen. »Kannst du uns denn zu Elezei bringen?«

Leontine nickte heftig. »Sie freut sich immer über Besuch.«

»Es tut mir leid, Tya, aber wir müssen Eure Tochter kurz mitnehmen.«

»Ich komme mit!« Tya zog unter dem Tisch in der Mitte des Ladens ein ungesäumtes Tuch hervor und legte es sich um, dann folgte sie ihnen hinaus auf die Straße und schloss den Laden ab.

Meister Lucio ging wieder voran, gefolgt von Tya, die immer wieder ihre Hände ballte. Was auch immer Narezin mit den Zatarsi zu schaffen hatte, schien ihr alles andere als zu gefallen.

Adorata ging hinter ihnen her, Leontine an der Hand. Mit der anderen umklammerte das Mädchen den Stoffpfau.

Sie sah zu Adorata auf. »Kennst du Papa? Er hat oft Besuch von Hütern.«

»Leider nicht, aber ich habe von meinen Kameraden gehört, was für ein toller Mensch er ist.«

»Ja, Papa ist toll!« Ihr Gesicht verdunkelte sich etwas. »Aber er mag nicht, dass ich Hüterin werde, wenn ich groß bin.«

»Du hast ja noch ein paar Jahre Zeit, da kann sich noch viel ändern.«

»Oder du kannst mit ihm reden.« Ihre Augen wurden groß. »Bitte?«

»Ich versuche es. Du hilfst uns immerhin so toll.« Ein bisschen mies fühlte sie sich schon dabei, denn es war sehr unwahrscheinlich, dass eine halbe Zatarsi bei den Hütern aufgenommen wurde. Aber vielleicht würde das Mädchen auch eine neue Ära einläuten. Wie vor wenigen Jahrzehnten die erste Hüterin.

Ihre Gruppe zog den einen oder anderen interessierten Blick auf sich – und wieder begann diese irrationale Angst Adoratas Rücken hinunterzukriechen, dass die Zatarsi ihr irgendwo auflauerte.

Schließlich blieb das Mädchen vor einer Reihe Häuser stehen, die sich Wand an Wand drängten. »Hier.« Kein Licht leuchtete hinter dem Fenster im ersten Stock, auf das Leontine zeigte.

Adorata ging in die Hocke und reichte dem Mädchen eine halbe Duante. »Dein erster Sold für deine tolle Hilfe.«

Leontine strahlte sie an.

»Wir geben Euch Bescheid, sobald wir etwas über den Verbleib Eures Mannes wissen«, sagte Meister Lucio.

Mit einem abgehackten Nicken ergriff Tya die Hand ihrer Tochter und zog sie mit sich, während diese immer noch ganz fasziniert auf die Münze starrte.

Meister Lucio warf einen kurzen Blick in die Runde. Dann näherten sie sich mit gezogenen Waffen der Tür, die nach einem gezielten Tritt des Meisters aufschwang. Dahinter war es still und dunkel.

Adorata tastete mit der freien Hand nach der Kerze, die in irgendeiner Nische stehen musste.

Kurz darauf erhellte flackerndes Kerzenlicht eine Steintreppe, die sie nacheinander und lautlos hinaufstiegen, nur vom gelegentlichen Knarren des Leders begleitet. Doch niemand erwartete sie oben, der Wohnraum war bis auf die kärgliche Einrichtung leer. Genauso wie das Schlafzimmer.

Adorata hielt die Kerze in die Höhe und sah sich um, während Meister Lucio und Meisterin Evantia die Wohnung durchsuchten, ohne allzu viele Spuren zu hinterlassen.

»Wer auch immer hier war, ist noch nicht lange weg.« Meister Lucio deutete auf eine glasierte Tonschüssel, in der feuchtes Blut klebte. Hoffentlich nur von dem rohen Fleisch, das die Zatarsi so liebten, auch wenn sich Adorata ganz andere Bilder aufdrängten.

»Und wollte wiederkommen.« Ein paar Kleidungsstücke lagen herum, und auch sonst wirkte es nicht, wie wenn jemand endgültig gegangen war.

Meisterin Evantia zeigte auf eine leere Weinflasche. »Nicht das, was man bei einer Zatarsi erwartet.«

»Aber was zu Valerian Morena passt, nach dem, was Cajetan so erzählt hat«, ergänzte Adorata.

Meister Lucio nickte. »Schon interessant, dass es ausgerechnet einen Morena zu einer Zatarsi verschlagen hat.«

»Auf die Geschichte bin ich wirklich gespannt«, meinte Meisterin Evantia.

»Die werden wir bald erfahren. Sobald sie uns in die Falle gegangen sind.«

* * *

Elezei drückte die Tür auf und trat in die alte Halle, in der eine Handvoll dicker Kerzen Schatten über die Säulen und grob behauenen Steinwände tanzen ließ. Wachspfützen verrieten, dass sie schon länger entzündet waren. Wartete Narezin bereits auf sie?

Sie lauschte in die Stille, in der diesmal das Tropfen des Wassers fehlte. Gedämpft klangen die Geräusche Mideas heran, das so kurz nach Sonnenuntergang zum Leben erwachte. Ansonsten war nichts zu hören. Kein Rascheln. Keine Schritte.

Sie ging ein Stück vorwärts. »Narezin, ich bin da.« Ihre Stimme hallte zwischen den Steinsäulen wider.

Statt einer Antwort kam die Ungeduld. Es juckte sie in den Fingern, endlich die zwei letzten Hüter zu vergiften. Denn auch wenn sie nun wusste, dass es im Inneren des Hofs der Rosen zu riskant war, würde der Hüter dorthin kommen und von dort weggehen. Und dann würde sie ihn problemlos erwischen.

Elezei begann umherzugehen, durch die Flecken aus Licht und Schatten, die weniger wurden, als eine der Kerzen mit einem Zischen erlosch. Narezin würde sicher gleich kommen.

Sie blieb in der Mitte der Halle stehen, wo sie die fast perfekte Akustik umfing. Testweise summte sie ein paar Töne. Der volle Klang weckte in ihr das Heimweh, und sie sehnte sich nach ihrem Haus mit der Kuppeldecke, nicht dem kleinen Raum der Unterkunft, der die Musik dämpfte und verzerrte.

Schweren Herzens unterbrach sie die Melodie – und sofort waren die Zweifel zurück. Sie nagten und stellten unzählige Fragen, und viel zu oft hatten sie Vals Stimme. Vielleicht hätte sie doch mit ihm reden sollen, anstatt ihn anzuschweigen und zurück in die Unterkunft zu schicken, weil sie seine Bedenken nicht hören wollte.

Elezei begann, gegen diese Gedanken anzusingen. Aus der Zatarsi-Melodie entwickelte sich ohne ihr Zutun eines der alten Lieder, das dank der Akustik seine ganze Pracht entfalten konnte und Elezei einhüllte. Eiskalte Wut brannte durch ihren Körper und jagte ein Kribbeln über ihre Haut, die wie die Kleidung plötzlich zu eng zu sein schien.

Elezei brach ab.

War da ein Rascheln?

Doch nur die Stille rauschte in ihren Ohren, während sich in ihrem Kopf das Echo des Liedes weiter ausdehnte, bevor es wieder zu einem Summe wurde und dann erneut die Halle füllte.

Ein weiteres Rascheln.

Eine Bewegung im Zucken der Schatten.

Dann traf ein Schlag Elezeis Hinterkopf, und die Schwärze brachte das Lied zum Verstummen.

Als sie zu sich kam, lag sie bäuchlings auf dem kalten Steinboden und jemand machte sich an ihren Handgelenken zu schaffen.

Ein Zischen entwich Elezeis Kehle. Sie wollte herumfahren, aber da ihre Hände auf dem Rücken gefesselt waren, landete sie wieder auf dem Bauch.

Narezin kniete vor ihr.

»Was soll das, stammloser Abschaum?« Elezei zerrte an den Fesseln, doch das Seil schnitt nur tiefer in ihr Fleisch.

»Ich muss die Sache beenden.« Er klang unerwartet verzweifelt. »Ich wollte da nie reingezogen werden!«

»Und da sinkst du so tief und verrätst eine Zatarsi?«

Er erhob sich, bevor er Elezei mehr in die Höhe zog, als ihr zu helfen. Sie versuchte den Verräter mit ihrem Hinterkopf zu treffen, doch er wich aus.

»Ich hab keine Wahl! Ich steh in ihrer Schuld.«

»Wessen Schuld? Dann kümmere ich mich persönlich darum.« Die Wut war wieder da. Nicht nur auf den schwachen Stammlosen, der sich zum Instrument machen ließ, sondern auch auf sich selbst, weil sie darauf reingefallen war. Und auf Val, weil er recht gehabt hatte.

»Tut mir leid«, flüsterte Narezin.

Aus den Augenwinkeln sah sie, dass der Stammlose einen Halsreif in der Hand hielt, wie Val einen getragen hatte.

Mit einem Zischen warf sie sich nach hinten, versuchte Narezin mit der Schulter umzuwerfen.

Doch sein Griff um ihre Handgelenke wurde fester, und er zog diese in die Höhe.

Elezei biss die Zähne zusammen. Sie würde sich nicht beugen. Sie würde sich nicht demütigen lassen.

Ein Schrei entwich ihrer Kehle.

Dann gab ihr Oberkörper nach und kippte nach vorn. Elezei in Demut vor einem Stammlosen.

Übelkeit stieg in ihr auf.

Der Reif zog brennende Spuren über ihren Hals, als der Stammlose ihn ihr grob umlegte. Glaubte er wirklich, er könnte sie damit zähmen wie einen schwachen Verfluchten?

Als er ihre gefesselten Hände endlich losließ, stolperte sie zwei Schritte vorwärts, bevor sie sich fing und herumwirbelte. »Das wirst du bereuen.« Mehr ein Zischen als Worte.

»Das tue ich schon. Die Hüter haben vorhin meine Familie befragt.« Seine Hände ballten sich zu Fäusten. »Und Leontine mag dich wirklich.«

»Weiß sie – und deine Mideanerin – überhaupt, was du hier machst?«

All die Nervosität und Unsicherheit in Narezins Gebaren verflog. »Wenn du eine der beiden mit hineinziehst, werde ich dafür sorgen, dass dein Stamm alles von dir erfährt und du nie wieder zu ihnen zurückkannst.«

Elezei musste lachen. »Als ob du die Macht dazu hättest, Stammloser. Dein Wort zählt nichts.«

»Vielleicht nicht, aber ich habe immer noch Kontakte. Und wenn ich dafür noch tiefer in ihrer Schuld stehen würde, würde ich das in Kauf nehmen.«

Die Drohung war wie ein Schlag in den Magen. Ausgestoßen! Kein Stamm mehr, auf ewig allein.

Plötzlich hielt er eine der Glasphiolen in der Hand, die er kurzerhand Elezei in die Gürteltasche schob, obwohl sie versuchte auszuweichen.

»Verschwende nicht dein kostbares Gift!«

»Es war nie für mich gewesen. Es bringt nichts, Hüter zu vergiften. Wer in Midea friedlich leben will, muss nach ihren Regeln spielen.«

Es dauerte einen Moment, bis die Worte ihre volle Bedeutung entfalteten. Man hatte sie schon wieder benutzt. Wie bei der Melodie, die sie in den Innenhof geführt hatte. Jemand hatte das von Anfang an geplant. Heimlich und hintenherum, anstatt ihr die Chance auf ein Klingenduell zu geben, bei dem sie ihrem Gegner in die Augen hätte sehen können. Und sie war wie ein Lamm gefolgt.

Widerstandslos ließ sie sich von ihm am Arm in Richtung Ausgang führen. War sie es überhaupt wert, zurückzukehren? Sich eine Zatarsi zu nennen?

Elezei begann leise zu summen. Doch ihr Blut nahm den Rhythmus nicht richtig auf, und die eiskalte Wut blieb schwach.

Im letzten Licht der Kerzen hinter sich sah sie den wissenden Ausdruck auf dem Gesicht des Stammlosen. Wieso kannte er das Geheimnis des Goldes? Ein Stammloser?

Das bisschen Wut in ihr reichte, um sich loszureißen und Narezin die Schulter in die Brust zu rammten. Bevor er sich fangen konnte, nutzte sie den Fluss der Melodie, um nach ihm zu treten.

Doch er wich aus und griff nach ihren gefesselten Händen, die er erneut in die Höhe drückte, bis sie hilflos durch die Tür nach draußen stolperte, wo das Lied auf ihren Lippen erstarb. Sie verlor gegen einen Stammlosen!

In den Schatten neben ihr bewegte sich eine Gestalt.

Für einen Herzschlag blickte Elezei in Vals Gesicht, dessen Augen in dem Licht einer Laterne vor Wut leuchteten.

Dann stieß er Narezin mit beiden Händen vor die Brust, sodass dieser Elezei losließ und zurücktaumelte.

Während sie noch versuchte, den plötzlich fehlenden Zug an ihren Händen auszugleichen, brachte sie ein Ruck am Gürtel beinahe aus dem Gleichgewicht.

Stahl schimmerte im Feuerschein auf, dann hatte Val dem Stammlosen eine gebogene Klinge in den Hals gestoßen, um sie gleich wieder zurückzureißen.

Val atmete zischend zwischen den Zähnen hindurch, seine Schultern hoben und senkten sich. Dann wandte er sich um und schnitt Elezeis Fesseln durch.

Er hielt ihr die Waffe hin, die dunkel glänzte. »Nun bin ich dir nichts mehr schuldig.«

Sie starrte auf die Klinge. Ihre Klinge. In der Hand eines Verfluchten und beschmutzt vom Blut eines Unwürdigen.

Und in ihr gab es nur endlose Leere.

KAPITEL 9

Willenlos ließ sich Elezei von Val durch Gassen und Straßen ziehen, vorbei an gesichtslosen Schatten, die Mideaner oder Zatarsi sein konnten; es war egal. Alles war egal. Es war vorbei.

Von irgendwoher erklang eine Laute, doch die Töne drangen kaum zu ihr durch und setzten sich nicht zu einer Melodie zusammen. Die ganze Welt um sie herum zerbrach. Passend zu den Scherben aus Zatarsi, die mal Elezei gewesen waren.

Der Reif um ihren Hals drückte. Mit der freien Hand zerrte sie ihn ab und ließ ihn einfach fallen. Neue brennende Striemen blieben auf ihrer Haut zurück, dank denen sie sich jedoch seltsam lebendig fühlte. Seit wann gab sie so leicht auf?

Ihr wurden Vals Finger bewusst, die sich um ihr Handgelenk geschlossen hatten. Nicht anders als die Fesseln vorhin.

Elezei riss sich los und stieß ihn an die Hauswand, presste ihn mit ihrem Körper dagegen. »Du hast mich zu einer Ausgestoßenen gemacht!«

Das Leuchten der Wut kehrte in seine Augen zurück. »Ich hab dir den Arsch gerettet!«

»Du hast mein Leben zerstört!« Sie drückte ihren Unterarm gegen seine Kehle. »Deine Tat hat mich beschmutzt. Nun kann ich nie mehr zu meinem Stamm zurück.«

Er lachte ihr ins Gesicht. »Meine Tat? Was ist mit deinen feigen Giftattentaten? Als ob das die ach so stolzen Zatarsi verzeihen würden.«

»Das werden sie nie erfahren!« Sie erhöhte den Druck auf seine Kehle und griff nach ihrem Messer – das immer noch Val hatte.

»Und woher sollen sie erfahren, wer den Zatarsi getötet hat?« Sein Körper entspannte sich, auch wenn die Wut unvermindert in seinen Augen glühte.

Dann umschlangen seine Arme ihre Taille.

Für einen Augenblick gab es nur ihren zischenden Atem und das Schlagen ihrer Herzen. Und eine Wärme, die nicht nur von ihren aneinandergedrückten Körpern kam.

Dann war es plötzlich Elezei, die gegen die Wand gepresst wurde, ihre Hände eingeklemmt zwischen ihnen. Wie heute Mittag erst.

»Hör zu, Elezei.« Vals Stimme war rauer als sonst. »Du bist im Hof der Rosen nicht in die Falle gegangen. Also wollte dieser Typ selbst dafür sorgen, dass du bei den Hütern landest.«

Als sie an Narezin dachte, verdrängte eisige Wut das Gefühl der Wärme von Vals Körper. Doch der Stammlose war nicht verantwortlich, sondern jemand, dem er etwas schuldig gewesen war – und für den er nun sein Leben gelassen hatte. Es geschah ihm recht.

Val trat einen Schritt zurück. »Wenn du so ein starkes Bedürfnis hast, die Gastfreundschaft der Hüter zu genießen, kann ich dich ihnen jederzeit ausliefern.«

Ihre Finger krümmten sich zu Klauen. Vielleicht sollte sie ihn ebenso verletzten, wie seine Worte sie gerade verletzt hatten.

Sein Blick ruhte auf ihrem Gesicht. Das Leuchten der Wut in seinen Augen war eine Herausforderung. Und alles in ihr verlangte danach, diese anzunehmen. Ihm seinen Platz zu zeigen.

Dann begann Val zu summen.

Sie brauchte einen Moment, um die Melodie zu erkennen, die er rau und ungeschliffen hervorbrachte. Tarissans Abendlied. Warum hatte sie ausgerechnet dieses genutzt, um Val heute Mittag aus der Wut zu holen?

»Lass das«, zischte sie.

Doch er summte weiter.

Auch wenn sich die einzelnen falschen Töne schmerzhaft in ihren Kopf bohrten, tat das Lied seine Wirkung und vertrieb die eiskalte Wut aus Elezei.

Genauso wie das Leuchten aus Vals Augen.

»Hör bitte auf«, presste sie hervor.

Er verstummte, den Kopf fragend schief gelegt.

»Genug mit Vertrautheiten, Verfluchter.« Sie hatte ihn viel zu nahe an sich herangelassen. So nahe, dass allein der Gedanke an den Kuss und seinen warmen Körper eine ungewollte Hitze in ihr auslöste.

»Den Gefallen kann ich dir leider nicht tun.« Da war es wieder, dieses breite Grinsen. »Wir haben nicht genug Geld für zwei Zimmer.«

»Dann suchen wir uns etwas Billigeres.« Kurz überlegte sie, in die Unterkunft von Narezin zurückzukehren, aber das Risiko war zu hoch, dass die Hüter davon erfuhren und entsprechende Schlüsse zogen.

»Ich habe meinen gewohnten Standard schon drastisch gesenkt, aber ich möchte nicht komplett zerbissen werden oder gar nicht mehr aufwachen.« Er zuckte mit den Schultern. »Und es ist nur eine Nacht. Morgen ist ein anderer Tag.«

Schließlich nickte sie. Sie brauchte Ruhe, um all die Gedanken zu ordnen. Um zu überlegen, wie sie weiter vorgehen würde. Immerhin hatte sie das Gift noch. Allerdings stand auf der Liste nicht mehr nur die Hüterin, sondern auch Narezins ... Auftraggeberin.

Elezei folgte Val, der sie durch Gassen und Gässchen Richtung Süden führte, in eine Gegend, in die sie oder ihr Stamm nie einen Fuß gesetzt hatten, da es hier niemanden gab, der die Musik der Zatarsi in Gold aufwiegen konnte.

Immer weiter entfernten sie sich von dem Viertel der Zatarsi. Doch im Moment konnte sie sowieso nicht dorthin zurückkehren. Sie musste erst eine Lösung für alles finden.

Vor einem zweistöckigen Haus, aus dem Gelächter und Licht drangen, blieb Val stehen. Über seinem Kopf hing ein von einer Laterne beleuchtetes Schild mit einer roten Karaffe. Eine Schwäche der Mideaner ...

Val folgte ihrem Blick. »Den kann man hier nicht trinken. Und was den Komfort anbelangt ...« Er verzog das Gesicht. »Wird schon eine Nacht gehen.«

Sie fragte sich, wer er wirklich war. Sie kannte Midea gut genug, um zu wissen, dass er aus dem Norden der Stadt stammte. Nun, als Verfluchter, würde er sich an das untere Ende der Gesellschaft gewöhnen müssen.

»Komm.«

Elezei folgte Val in die Gaststube mit den erdrückend niedrigen Deckenbalken, an denen mehrere rußende Öllampen hingen. Deren Licht fiel auf die Gesichter einiger Mideaner, die unverhohlen von ihren Tischen herüberstarrten.

Sie hob ihr Kinn und stolzierte Val hinterher, der sich nur oberflächlich entspannt an den Tresen lümmelte. »Wir brauchen ein Zimmer.«

Der Blick des glatzköpfigen Wirts huschte neugierig zwischen ihnen hin und her. »Zwei Duanten. Essen kostet extra.«

Val zog Elezeis Geldbeutel aus seinem Hosenbund.

Ihre Augen verengten sich, und sie wollte ihn schon anfahren, warum er sie nun sogar beklaute, als ihr einfiel, dass sie die Lederbörse die letzten Tage in der Unterkunft gelassen hatte, wenn sie diese nicht brauchte. Als Vorsichtsmaßnahme.

Er fischte die Münzen heraus und legte sie in die aufgehaltene Hand, die sofort mit dem Geld unter dem fleckigen Hüfttuch verschwand.

»Treppe hoch, rechts, letzte Tür links.«

»Danke.« Damit stieß sich Val vom Tresen ab und steuerte auf die schmale Treppe in der hinteren Ecke der Schankstube zu; vorbei an einer Gruppe Männer, die lethargisch um einen Krug in einer roten Pfütze saßen.

Elezei wandte sich angewidert ab und eilte hinter Val die knarzenden Holzstufen hinauf in einen Gang, der noch niedriger als der Schankraum war. Sie wollte am liebsten umdrehen, raus auf die Straße laufen, wo es Platz und Luft zum Atmen gab.

Stattdessen folgte sie Val, der zu der vom Wirt genannten Tür ging und diese öffnete. Das Zimmer dahinter war genauso niedrig wie der Gang und mit den zwei schmalen Betten auch nicht viel größer.

Elezei trat zu dem offenen Fenster und hielt ihr Gesicht in die Brise, die vom Taviasee heranstrich. Gegenüber beleuchtete der tief stehende Mond die flachen Ziegeldächer. Ihre neue Heimat.

Sie ertrug den Gedanken kaum. Den Blick fest auf die sanft leuchtende Scheibe gerichtet, begann sie eines der alten Lieder zu summen. Unerwartet schnell antwortete die Wut.

»Warum hattest du mir eigentlich nicht gesagt, dass es eine dritte Sorte Musik gibt?« Vals Worte störten den Rhythmus. »Dann wäre der Zatarsi vielleicht noch am Leben.«

Elezei brach ab und drehte sich um. »Weil diese Lieder nicht für fremde Ohren bestimmt sind.« Da wurde ihr bewusst, warum sie verboten waren: Weil unzählige Mideaner zu schwach waren, ihr Zatarsi-Blut zu kontrollieren. Wie Val. Wie der Verfluchte heute Mittag.

»Dann behalte sie bitte auch jetzt für dich. Wut ist das Letzte, was wir gerade gebrauchen können.«

»Sie gibt Kraft.«

»Sie vernebelt den Kopf und treibt uns wie Tiere.«

»Nur weil du sie nicht beherrschen kannst.«

»Denkst du, das habe ich die letzten drei Jahrzehnte nicht versucht?«

»Dann bist du zu schwach für das Zatarsi-Blut.«

Er schnaubte. »Das klingt genauso dämlich wie die Geschichten, dass es dein Volk von den Drachen aus den Bergen mitgebracht hat.«

»Außer, dass ich Beweise habe.« Sie summte ein paar Töne, ohne ihn aus ihrem Blick zu lassen. Sie wollte, dass er sich auf sie stürzte und ihre Körper sich aneinanderpressten. Hart und unnachgiebig.

Stattdessen stürmte Val aus dem Zimmer und schlug die Tür mit einem Knall hinter sich zu.

Elezei musste lachen. Wie er vor seiner Wut floh, anstatt zu akzeptieren, dass sie ein Teil von ihm war und dass sie durchaus Vorteile hatte.

Sie drehte sich wieder zum Fenster, wo der Mond gerade hinter die Dächer Mideas sank, und stimmte wieder die alte Melodie an.

Das Summen vibrierte durch ihren Körper, erfüllte ihn, bis er sich viel zu klein anfühlte und ihre Haut brannte, als ob sie zu eng wäre. Die Kleider kratzten, schnürten sie ein.

Mit einem Zischen riss sie sich den Stoff vom Leib.

Dann gab es nur noch die eiskalte Wut.

* * *

Die Wut brodelte in Valerian, während er durch die Straßen Mideas ging. Sie brachte sein Blut zum Brennen und stachelte ihn an, dem Nächsten, dessen Gesicht ihm nicht gefiel, einfach eine reinzuhauen.

Stattdessen schlug er gegen den Stamm einer Platane, die hier das Pflaster aufgebrochen hatte. Den losen Steinen gab er auch gleich noch einen Tritt. Doch es half nicht. Es machte ihn wütend, dass er sich nicht unter Kontrolle hatte. Dass Elezei ihn für schwach hielt.

Valerian ballte die Hände zu Fäusten, bis seine Knöchel schmerzten. Dabei hatte er bisher das Gefühl gehabt, dass sie ihn als Einzige so akzeptierte, wie er war. Mit seiner beschissenen Wut. Mit seinem angeblichen Zatarsi-Blut.

Jemand rempelte ihn an.

Ohne zu denken, packte Valerian den Kragen des Idioten und zog ihn heran. Als er mit der freien Hand zuschlagen wollte, blickte er in die weit aufgerissenen Augen eines Mädchens. Verdammt, eines Kindes!

Mit aller Willensanstrengung stieß er es von sich und rannte los. Immer weiter, egal wohin, nur weg. Weg von Menschen. Weg von sich selbst.

Auch wenn das Trommeln seiner Füße und die Wut ein anderes Lied verlangten, stieß er zwischen den Zähnen die Melodie hervor, mit der Elezei ihn erst heute Mittag beruhigt hatte. Er bekam die Wut vermutlich nie vollständig unter Kontrolle, aber er würde sie mit allen Mitteln in die Schranken weisen.

Valerian verringerte sein Tempo, um sich besser auf die Töne konzentrieren zu können, die in seiner ausgetrockneten Kehle kratzten, bis die Wut sich widerwillig zurückzog. Dorthin, wo sie schon immer gewesen war und immer sein würde.

Seine Schritte wurden langsamer, und schließlich blieb er mitten in der Gasse stehen. Und nun? Er könnte zum Gasthaus zurückkehren, doch er wollte nicht hören, wie schwach er war. Genauso wenig, wie er daran erinnert werden wollte, wie sich ihr Körper angefühlt hatte.

Valerian schob die Gedanken beiseite und wanderte ziellos durch die Straßen und Gassen, die trotz der mitternächtlichen Stunde voller flanierender Menschen waren. Deren Kleidung brachte zusammen mit den Lampions, Baldachinen und Blüten die Nacht in allen Farben zum Leuchten.

Er umrundete einen Lautenspieler und zwei Tänzerinnen, die mit ihren Schleiern wie exotische Vögel der Schwerkraft zu trotzen schienen.

Mit aller Wucht brach das Gefühl über ihn herein, wieder dazugehören zu wollen. Wieder ein Teil dieser Welt zu sein, sich sorglos durch das Leben treiben zu lassen und es in vollen Zügen genießen zu können. Dazu eine gute Flasche Wein und ein paar Feigen. Vielleicht noch einen Kampf in der Arena, wo ihn die Leute liebten.

Auf der Stelle drehte er um und stieß fast gegen eine Frau mit Blumen im Haar, eilte die Straße zurück, die er gerade gekommen war. Immer weiter in den Süden Mideas, vorbei an dem Gasthaus, in dem er Elezei zurückgelassen hatte, dorthin, wo er schon aus der Ferne den Staub und Schweiß in der Luft zu schmecken glaubte.

Er trat durch den Steinbogen und mischte sich in die Menge. Sein Blut pulsierte vor Aufregung, und alle Probleme waren wie weggefegt. Wie hatte er das hier die letzten Tage nicht vermissen können? Aber er hatte auch den Wein nicht vermisst, während er bei Elezei gewesen war.

Er schlängelte sich zwischen den Männern und Frauen hindurch zum Rand der Arena, in deren Mitte gerade ein Hüne gegen einen Zatarsi kämpfte, an dessen Fußgelenken und Armen Gold im Fackellicht schimmerte. Nicht jedoch am Hals.

Valerians Blick wanderte weiter, suchte in dem flackernden Dämmerlicht der paar Fackeln an den Treppen vergeblich nach dem Gesicht der Verräterin Mireta. Er hatte keine Ahnung, was er machen würde, wenn er vor ihr stünde. Oder vor Timeon.

Die Wut meldete sich, als er daran dachte, dass Mireta vermutlich glücklich und zufrieden in Calantha saß. Doch genauso schnell verpuffte sie wieder, da von Diantha nur noch ein blasses Bild in ihm geblieben war. Vielleicht war es schon immer blass gewesen.

Valerian schüttelte die Vergangenheit ab, sie interessierte ihn nicht mehr. Sie verdarb nur das Hier und Jetzt.

Er fuhr sich durch die Haare, setzte sein bestes Lächeln auf und schlenderte die Stufen zu Ralla hinab, die ihn mit ihrem Grinsen voller gelber Zähne empfing.

»Herrin Ralla.« Er verbeugte sich ausschweifend, bevor er ihre Hand küsste.

»Wir haben dich vermisst.«

»Ich habe jeden Tag an dich gedacht, doch wichtige … Geschäfte haben mich ferngehalten.«

Sie deutete auf den Teppich neben sich und sah wieder in die Mitte der Arena, wo der Zatarsi die Langsamkeit seines Gegners ausnutzte. Ihm fehlte jedoch nicht nur die Eleganz von Elezei, sondern auch dieser … Rhythmus, den er bei ihr gespürt und gehört hatte.

Dann übersah der Stammlose den zweiten von direkt aufeinanderfolgenden Hieben, und der Hüne schmetterte ihn zu Boden, wo der Zatarsi liegen blieb.

Buhrufe stiegen auf.

Das Horn beendete den Kampf.

Ralla wirkte unzufrieden.

Kurz darauf entstand hektischer Trubel, als die Wettscheine eingelöst wurden, während Ralla ein paar leise Worte mit einem ihrer Laufburschen wechselte. Vielleicht eine Drohung für den Zatarsi, die ihn anspornen sollte, denn Ralla verlor ungern.

Es folgte erwartungsvolle Stille, deren Spannung auch auf Valerian übergriff. Er wünschte sich nichts sehnlicher, als ein bisschen Geld zu setzen oder selbst in die Arena zu steigen.

»Ich bin gespannt, was du zu meinem anderen Neuzugang sagst.« Ralla nahm eine Handvoll gesalzener Pistazien von dem angelaufenen Silberteller vor ihr. »Er nennt sich Furio.«

Unten betrat eine Nordländerin mit einem langen Messer, das beinahe als Kurzschwert durchging, die Arena. Mit finsterem Gesicht sah sie in die Runde, während sie die Schultern lockerte. Sie war eine ganz passable Kämpferin, wie Valerian schon selbst erfahren hatte.

Als Zweites kam eine kleine Gestalt in die Arena; fast noch ein Junge, der unzählige Messer am Körper trug. Sein Lächeln ließ die Menge jubeln.

Ralla hob die Hand, das Horn erklang, und sofort begann der Kampf. Die Nordländerin war gut, aber durchschnittlich. Das Kind dagegen ...

Valerian beugte sich vor. Die Schnelligkeit des Jungen beeindruckte ihn. Nichts verriet, dass er schon getroffen worden war. Ein Gegner, gegen den er zu gern einmal kämpfen würde. Und mit Elezeis Messer im Hosenbund hätte er auch genau die richtige Waffe dafür dabei.

»Wo hast du ihn gefunden?«, fragte er Ralla.

»Sein Vater hätte ihn beinahe im Kanal ertränkt.«

Valerian war das Kind sofort sympathisch, denn Morena senior hätte sicher schon mehrfach das Gleiche tun wollen. Aber an Furio war noch mehr. Vielleicht war es die Wildheit in seinen Augen oder die Vorsicht vor der Klinge der Nordländerin, die Valerian bekannt vorkam.

Sein Blick wanderte zur Stirn des Jungen, die durch die Strähnen hindurch als staubig, aber unversehrt zu erkennen war. Trotzdem war Valerian sich sicher. »Er ist ein Verfluchter.«

»Und die Menge liebt ihn.«

Wie auf Kommando brandete Jubel auf, als der Junge der Nordländerin einen weiteren Schnitt quer über den Rücken zufügte. Er spielte mit ihr. Er hätte den Kampf schon längst beenden können, aber das war nicht das, was die Menschen sehen wollten.

Ralla griff nach dem angelaufenen Silberteller und hielt ihn Valerian hin. »Die Hüter waren hier und haben nach dir gesucht.«

»Ich hab da ein paar Bekanntschaften.« Wie beiläufig nahm er von den gesalzenen Pistazien und schob sie in den Mund, während er sich innerlich auf eine Flucht vorbereitete. Solche Wendungen in Gesprächen nahmen selten ein gutes Ende.

»Mir ist es egal, in was für Sachen du verwickelt bist.« Rallas Blick bohrte sich in ihn. »Aber meine Favoriten bringen keine Hüter hierher.«

Aus den Augenwinkeln bemerkte Valerian Bewegungen drei Reihen über sich, die nicht zum Rest der Menge passten. Die zu langsam und zu gewollt unauffällig waren. Nicht so, wie sich ein gewöhnlicher Besucher bewegen würde.

Valerian musste sich zwingen, nicht nach Elezeis Messer zu greifen. »Das war nur ein Versehen, das sich sicher bald korrigieren lässt.« Er sah wieder zur Mitte, wo Furio sich gerade fallen ließ und eines seiner Messer eine rote Spur durch die Kniekehlen der Nordländerin zog.

Dennoch bemerkte Valerian die beiden Wachen, die viel zu beiläufig die Treppen in der Nähe der Tribüne hinaufstiegen.

Ein Grinsen hellte Rallas Gesicht auf. »Da bin ich mir sicher.«

Valerian schenkte ihr ein Lächeln. Momentan standen seine Chancen noch schlecht. Er musste sich gedulden. Nur noch ein kleines bisschen …

Endlich erklang das Horn, und Jubel brandete in der Arena auf.

Das Kind stand winkend neben der am Boden liegenden Nordländerin und badete in der Aufmerksamkeit.

»Sie unterschätzen Furio immer noch«, sagte Ralla neben ihm, sichtlich zufrieden.

Valerian nickte nur, während er unauffällig zu den Wachen zu sehen versuchte, die schon viel zu nahe waren. Verdammt, hatte er sich verschätzt?

Als Panik in ihm aufstieg, kam endlich Bewegung in die Menge, als die Menschen ihre Wettscheine einlösen wollten. Die Wachen wurden schneller.

Mit einem Satz war Valerian auf den Beinen und rannte los, quer über die steinernen Sitzreihen und mitten in das Chaos, das er befeuerte, als er Besucher zur Seite stieß.

»Haltet ihn!«, tönte Rallas Stimme heran.

Hände griffen nach ihm.

Jemand stellte sich ihm in den Weg.

Valerian zog Elezeis Messer. Die scharfe Klinge glitt mühelos durch Fleisch und hinterließ Blut und Schreie. Etwas, was ihn nur noch mehr antrieb.

Im letzten Moment wich er einem Schlag aus. Mit einem Sprung erreichte er die oberste Sitzreihe und tauchte in der Menge unter, die zu seinem Glück noch nicht ganz mitbekommen hatte, was überhaupt los war.

Plötzlich wurde er an seiner Tunika zurückgerissen, und ein eiserner Griff fixierte die Hand mit dem Messer.

»Ist das nicht der, den die Hüter suchen?«

Valerian wurde umgedreht, und er sah in ein grobes Gesicht, das zum Reinschlagen geradezu einlud – was er kurzerhand tat: Seine Stirn kollidierte mit der Nase des Mannes.

Sofort riss Valerian seine Hand frei, und das Zatarsi-Messer zog eine blutige Spur über die breite Brust vor sich.

Mit einem Knurren fuhr Valerian herum und bahnte sich mit seinen Ellbogen einen Weg durch die Menge, wobei er hin und wieder mit der blutig roten Klinge nachhelfen musste. Jeder von ihnen hatte es verdient.

Endlich tauchte der Steinbogen vor ihm auf, und Valerian konnte beschleunigen. Das Messer in der Hand hetzte er durch die Straßen, schlug Haken an Kreuzungen, tauchte in Menschengruppen unter und stürmte durch Freudenhäuser, bis er Rallas Wachen endlich abgehängt hatte.

Schwer atmend sank er in den Schatten eines Durchgangs. Warum hatte er geglaubt, dass er einfach so Teile seines Lebens zurückhaben konnte, ohne dass die Hüter ihn dort erwarteten? Er war ihnen immerhin zweimal erfolgreich entwischt, hatte den Gärtner der Familie Ira getötet, und vielleicht brachte man ihn sogar mit den Vergiftungen in Zusammenhang.

Er trat gegen die Hauswand. Verdammt! Er wollte doch nur in den Tag hinein leben, gut essen und trinken. Und er wünschte sich die alte Oberflächlichkeit statt der Sorgen, wie weit das Geld noch reichen würde. Aber es gab kein Zurück mehr, außer er stellte sich seiner Strafe – und dem Brandmal.

* * *

Adorata schaute auf Narezins weißes Gesicht, den man in einem Nebenraum des Krankensaals aufgebahrt hatte. Sie war sicher, dass er der Stammlose gewesen war, den sie auf dem Basar mit Elezei gesehen hatte. Und nun lag er hier, nur Stunden nachdem die Hüter sich nach ihm erkundigt hatten.

Ihr Blick wanderte zu seinem Hals, wo ein langer Schnitt klaffte, der seltsam blutlos wirkte. Etwas, was nur mit einer scharfen Klinge gelang. Einem Zatarsi-Messer. Aber sie hatte keine Beweise, und sie durfte nicht die Festung verlassen, um danach zu suchen.

Adoratas Finger berührten die Goldreife, die nicht mehr vom Körper erwärmt wurden.

Selbst wenn sie gehen dürfte, wären ihre Hände gebunden. Weil es diese verdammten Sonderregel gab, derzufolge alles, was die Zatarsi betraf, dem Meister der Gerechtigkeit übertragen werden musste!

Schritte erklangen hinter ihr.

Fedon trat ein. »Elia meinte, dass ich dich hier finde.« Er blieb neben ihr stehen und sah auf Narezin. »Weiß man etwas Genaues?«

Sie schüttelte den Kopf. »Eine Anwohnerin hat von einem Täter gesprochen, ein Betrunkener will angeblich zwei Personen flüchten gesehen haben. Sonst nichts.«

»Und ein Hinweis, was er überhaupt auf dem Dova-Platz gemacht hat?«

»Keiner. Aber davor hatte er sich vermutlich mit Elezei getroffen, deren Unterschlupf nicht allzu weit entfernt ist.«

Fedon verschränkte die Arme vor der Brust. »Du glaubst nicht, dass es Zufall war.«

»Nein. Aber ich habe das Gefühl, ich habe nur lauter Einzelstücke und keinerlei Ahnung, was sie zusammengesetzt ergeben sollen.«

»Du hast dich also mal wieder an einer Sache festgebissen.«

»Natürlich!« Sie ballte ihre Hände zu Fäusten. »Natale liegt dort drüben im Zustand eines Säuglings. Niemand findet eine Kur, und keiner weiß genug über dieses seltsame Drachengift. Da sollte es doch möglich sein, wenigstens den Täter zur Rechenschaft zu ziehen!«

»Und du glaubst, dass der Täter diese Zatarsi ist?«

»Erst hielt ich Elezei für unschuldig, weil die Sache mit dem Innenhof von jemandem in Auftrag gegeben wurde; vielleicht von demselben, der auch die Mideaner zur Falschaussage anstiftete. Nun scheint es aber sehr wahrscheinlich, dass sie – zusammen mit Valerian Morena – Hüter vergiftet hat. Und jetzt ist der Stammlose tot, mit dem sie sich getroffen hat und den wir befragen wollten.«

»Schon einmal darüber nachgedacht, dass er der Auftraggeber sein könnte?«

»Ja, aber ich glaube, eher nicht. Er hatte seit vielen Jahren nichts mehr mit seinem ehemaligen Stamm zu tun. Da kann ich kein Motiv entdecken.«

»Gab es wenigstens etwas Neues von den Wachen an dem Versteck der beiden? Oder aus der Arena?«

»Nichts. Die beiden scheinen verschwunden zu sein. Vielleicht haben sie auch die Stadt verlassen.« Adorata zuckte mit den Schultern. »Ich habe das Gefühl, langsam gar nichts mehr zu wissen. Nicht einmal Elezei verhält sich, wie man es von einer Zatarsi erwartet.«

»Doch, sie drückt sich vor dem Gesetz, genauso wie ich es bei einer wie ihr erwarte.«

Sie grinste. »Wenigstens auf dich kann ich mich verlassen.«

Er schenkte ihr einen finsteren Blick. »Dabei warst du es, die vor ein paar Tagen wie ein Rohrspatz über die Sonderregel und diesen Pakt geschimpft hat.«

»Den ich vor lauter Giftattentate fast vergessen habe ...« Sie seufzte. »Aber ich will irgendetwas tun, Fedon. Ich kann nicht einfach hier sitzen und Däumchen drehen!«

»Als ob wir dafür Zeit hätten, so wie uns die Meister heute mit Aufgaben eingedeckt haben, um uns von dummen Ideen abzuhalten.«

»Bis zur Mauerwache hätten wir ein Stündchen ...«

Fedon packte sie am Arm. »Du wirst die Festung nicht verlassen! Ich will dich nicht wie Natale dort drüben liegen sehen.«

»Das hatte ich auch nicht vor.« Sie entzog ihm ihren Arm. »Ich hatte eher an die Bibliothek gedacht. Vielleicht finde ich über dieses Drachengift eine Spur zu den Tätern.«

Fedon zog die Brauen hoch. »Ist das nicht etwas weit hergeholt?«

»Vielleicht. Aber es ist das Einzige, was ich gerade machen kann. Und irgendetwas muss ich tun.«

»Dann werde ich so lange bei Natale bleiben. Mein Rücken tut vom Schrubben sowieso weh, da brauch ich nicht noch Lesepulte.«

Gemeinsam verließen sie die Kammer mit dem aufgebahrten Zatarsi, und während Fedon sich auf den Stuhl neben Natales Bett setzte, ging Adorata zur Bibliothek.

Sie drückte die geschnitzte Tür auf und trat in den Geruch aus Staub und Alter. War es wirklich erst gestern Vormittag gewesen, dass sie hier gewesen war? Es kam ihr wie Wochen vor.

In einer der Lichtinseln, die die verglasten Laternen schafften, sah Onorio auf. »Und ich hatte schon Angst, dass dein Interesse an Wissen versiegt ist.«

»Nein. Aber mit der Vergiftung von Natale, Dafne und Rashad sowie der Suche nach dem Täter blieb kaum Zeit.«

»Verständlich«, sagte Onorio. »Kann ich dir bei etwas helfen?«

»Danke, aber ich bin noch nicht ganz sicher, was ich suche.« Adorata konnte das Gefühl nicht abschütteln, dass er nicht nur aus reiner Hilfsbereitschaft fragte.

Wie von selbst wanderte ihr Blick zur Empore, doch dort brannte keine Laterne. Meisterin Tullia war nicht da.

Adorata ging zu dem Lesepult, wo die zwei Bibliothekskataloge lagen. Zielsicher griff sie nach dem mit der Themensortierung und gab einen Moment vor, ziellos zu blättern, bevor sie zu »Drachengift« sprang. Es gab genau zwei Einträge. Einmal wurde das Thema in den Handelsbestimmungen Mideas erwähnt, und einmal in denen von Amaria.

Enttäuschung machte sich in Adorata breit. Beides hörte sich nicht danach an, als würde sie dort die Informationen finden, die sie suchte. Trotzdem merkte sie sich die Regalstandorte der beiden Bände, bevor sie den Katalog zuschlug.

Unter Onorios viel zu beiläufigem Blick entzündete sie eine der verglasten Laternen und ging durch die flackernde Dämmerung bis zu der gesuchten Bücherreihe. Vor ihr reihten sich alle möglichen Werke zu Gesetzen, Regeln und Rechtsprechung.

Sie zog das erwähnte Buch heraus und wollte es zu einem der Lesepulte tragen, ließ sich dann aber kurzerhand auf dem Boden vor dem Regal nieder. Auch wenn sie nichts Verbotenes tat, wollte sie nicht ständig beobachtet werden.

Adorata schlug das Buch auf und suchte das Inhaltsverzeichnis ab, doch dort wurde Drachengift nicht erwähnt. Also musste es unter irgendeinem anderen Punkt stehen. Aber wo?

Sie erinnerte sich an das Gespräch der Meister im Krankensaal und schlug das Kapitel über den Import von Waren auf. Schon der erste Absatz war so trocken und voller Fachwörter, dass sie sich zwingen musste, weiterzulesen, da jeder zweite Satz keinen Sinn zu ergeben schien.

Nach einer gefühlten Ewigkeit fand sie endlich eine Liste von Waren, die in Amaria verboten waren. Dort entdeckte sie das Drachengift – neben dem Strafmaß sowie dem Jahr des Verbots, das gut zweihundert Jahre zurücklag.

Das machte sie stutzig. War es nur Zufall, dass es fast genau mit der Ankunft der Zatarsi in Midea übereinstimmte? Oder hatten diese irgendetwas mit dem Gift zu schaffen? Aber genauso wie Elezeis Attentate passte es nicht zu diesem Volk und seinem Verständnis von Ehre.

Kopfschüttelnd schlug Adorata das Buch zu, stellte es zurück und rutschte ein Stück weiter, sodass sie an die Handelsbestimmungen Amarias heranreichte. Auch hier stand nicht das, was sie suchte, im Inhaltsverzeichnis.

Sie blätterte wieder zum Import von Waren, bis sie eine fast identische Liste fand – mit genau den gleichen Informationen zum Drachengift. Vielleicht hatten die Zatarsi das Wissen mitgebracht, nachdem sie mit den Drachen zusammengelebt hatten. Aber das waren nur Spekulationen.

Mit einem frustrierten Stöhnen stellte sie auch dieses Buch zurück. Wenn es etwas über das Drachengift gab, war es sicher oben auf der Empore zu finden. Wie auch die Bücher über den Pakt. Ob sie einen Versuch wagen sollte, sich nach oben zu schleichen, jetzt, da Meisterin Tullia nicht da war?

Noch während sie Risiken und Neugier abwog, erklangen von draußen gedämpfte Schritte und Stimmen, die rasch näher kamen. Dann wurde die Tür geöffnet, und mehrere Personen betraten die Bibliothek.

Adorata streckte den Hals.

»... und werde morgen Narezins Frau benachrichtigen«, vernahm sie Meister Lucio.

»War das nicht einer der seltenen Fälle, wo es sogar ein Kind gab?«, fragte Meisterin Evantia mit einer Abscheu, die Adorata nicht verstand.

»Eben der.«

Dann kamen nicht nur Meister Lucio und Meisterin Evantia in Sicht, sondern auch die anderen beiden Meister und sogar Großmeister Gerion. Was gab es so Wichtiges, dass sie sich alle hier versammelten?

Ohne auch nur einen Blick in Adoratas Richtung zu werfen, stiegen sie die Treppe zur Empore hinauf, wo kurz darauf Licht aufblühte und wieder ein Gespräch einsetzte, das Adorata wegen der leisen Stimmen jedoch nicht verstehen konnte.

Lautlos erhob sie sich und eilte zwischen den Regalen hindurch, bis sie ziemlich genau unterhalb der Meister stand. Wahllos zog sie ein Buch heraus, als ob sie gerade etwas lesen wollte, und lauschte.

»... Elezei muss so schnell wie möglich gefunden werden. Sie hat noch zwei weitere Phiolen Gift, und ich will nicht noch mehr Hüter auf der Krankenstation sehen«, hörte sie Großmeister Gerion sagen.

»Wir können es nicht dulden, dass sich die Azai gegen eine Suche stellt!« Wenn Meisterin Evantia diesen Tonfall anschlug, war es normalerweise an der Zeit zu gehen.

»Lass Tullia erst einmal nachschauen, ob wir ihr Einverständnis bei einer derart großen Sache überhaupt brauchen.«

Adorata wollte es nicht glauben. Die Hüter brauchten ein Einverständnis von der Azai, um eine potenzielle Attentäterin zu suchen?

»Selbst wenn die Azai es uns untersagen sollte, können wir immer noch die Suche nach Valerian Morena ausweiten«, beschwichtige Meister Bashir. »Nach dem Mord am Gärtner der Familie Ira haben wir definitiv einen Grund dazu.«

»Und wenn sie sich getrennt haben?«

»Weiß er hoffentlich genug, damit wir die Zatarsi erwischen.«

»Und dann bringt sie hoffentlich endlich Licht in die Sache.« Meister Lucio klang leicht frustriert. »Mir gibt es da noch viel zu viele Unstimmigkeiten.«

Adorata war froh, dass sie nicht die Einzige war, der es so ging. Wenn selbst Meister Lucio zweifelte, der sicher mehr Informationen dank Sesai Careisa hatte ...

»Ah, hier«, ertönte Meisterin Tullias Stimme.

Dann das Scharren von Füßen auf der Holzempore.

»Und?«

»Lucio hat recht, ein Angriff auf Hüter gibt uns noch keine Freiheit, ohne die Erlaubnis der Azai zu handeln. Aber sobald es um Mord geht, liegt es komplett in unserer Hand.«

»Du willst der Zatarsi Narezins Tod anhängen?«, fragte Großmeister Gerion.

»Um sie zu finden, ja. Wir haben immerhin ein paar Hinweise, dass sie es gewesen sein könnte.«

Meisterin Evantia schnaubte hörbar. »Noch nie hat mich der verdammte Pakt so genervt wie bei diesem Fall.«

Adoratas Atem stockte. Er war kein altes, halb vergessenes Ding, wie Meisterin Tullia ihr hatte weismachen wollen. Der Pakt war immer noch aktuell und bindend.

»Gut, dann leite ich alles in die Wege«, sagte Großmeister Gerion.

Würde es endlich eine vernünftige Suche nach Elezei geben? Wenn sie Erfolg hätte, könnte Adorata endlich wieder die Festung verlassen und ...

Schritte näherten sich.

Hastig senkte Adorata den Blick in das Buch, dessen Schrift und Zeichnungen sie in dem Dämmerlicht kaum erkannte. Vielleicht hätte sie doch auch ihre Laterne mitnehmen sollen.

Onorio kam um das Regal herum und blieb vor ihr stehen. Seine Augenbrauen waren fragend in die Höhe gezogen.

»Ich wollte schon immer mehr über Amarias Hoftänze wissen.«

Die Zweifel waren ihm deutlich anzusehen.

Adoratas Herz pochte schneller. Wenn sie des Lauschens für schuldig befunden wurde, erwartete sie keine milde Strafe.

»Natale hat mir öfters davon erzählt. Und ich vermisse seine Vorträge und Vorführungen.« Sie hatte plötzlich ein schlechtes Gewissen Natale gegenüber, weil sie ihn als Ausrede missbrauchte.

Onorio seufzte. »Gut, aber wenn du das nächste Mal solche Interessen hast, wirst du dich wie jeder andere an ein Lesepult begeben.«

»Natürlich.« Sie versuchte sich ihre Erleichterung nicht anmerken zu lassen. »Ich muss nun nur leider los, Nachtschicht auf der Mauer.«

Onorio nickte nur, behielt Adorata aber im Blick, während sie das Buch zurückstellte und die Bibliothek verließ. Ihre Gedanken waren sofort wieder bei dem Pakt. Sie musste mehr darüber erfahren, genauso wie über das Drachengift.

* * *

Die Kerze auf dem Tisch war fast heruntergebrannt, als Elezei erwachte. Das flackernde Licht, das den Raum seltsam verzerrt wirken ließ, stach in ihren Augen und verstärkte das dumpfe Pochen in ihrem Schädel.

Ein Stöhnen entwich ihrer Kehle. Doch auch wenn ihr Blut beinahe schmerzhaft durch ihren Körper pulsierte und ihre Haut brannte, fühlte sie sich so gut wie schon lange nicht mehr. Selbst die Erlebnisse der letzten Tage schienen fern und unbedeutend.

Nach und nach wurde ihr bewusst, dass sie auf dem Boden lag. Die Decke hing halb vom Bett, das aufgerissene Kissen lag daneben. Vage erinnerte sie sich daran, wie sie erst ihren Schrei darin erstickt und dann die Wut daran ausgelassen hatte.

Elezei atmete tief durch, um die Kopfschmerzen etwas zu lindern. Sie wollte sich aufsetzen und die Schläfen reiben, doch ihre Glieder gehorchten ihr nicht, waren nicht da, wo sie sein sollten. Stattdessen schwankte der Raum. Nein, ihr Kopf schwankte, und er war viel zu beweglich.

Panisch versuchte sie, sich herumzudrehen. Zwei Füße streckten sich vor ihr in die Luft. Kräftige, sehnige Beine, die mit bleichen Schuppen bedeckt waren und in langen Krallen endeten.

Elezei erstarrte.

Die Beine auch.

Sie presste die Lider zusammen, bis Lichtblitze durch die Dunkelheit schossen. War sie aus dem Bett und auf den Kopf gefallen? Oder war sie in einem dieser realistisch anmutenden Träume, die man hin und wieder hatte?

Langsam öffnete Elezei ein Auge, dann das andere. Der fremde Blickwinkel war immer noch da. Und die Füße mit den Schuppen und Krallen. Nun bemerkte sie auch etwas vor ihrer Nase, etwas wie … eine Schnauze? Das war so abstrus, sie konnte nicht wach sein. Einmal kneifen würde das ganz schnell ändern.

Sie konzentrierte sich und fand dann doch noch eine ihrer Hände. Aber auch wenn sie einen Daumen hatte, waren die Finger viel zu lang. Und zwischen ihnen spannte sich bleiche Haut wie ein Segel. Langsam setzte sie sie an ihre Seite, wo die Daumenkralle jedoch wirkungslos an den Schuppen abglitt.

Mit einem Zischen biss sie sich auf die Zunge. Schmerz und der Geschmack von Blut breiteten sich in ihrem Mund aus, doch nichts passierte.

Elezei biss ein zweites Mal zu. Fester. Wollte aufschreien, presste aber ihre Lippen … ihre Schnauze zusammen.

Auf dem Tisch flackerte die Kerze weiter vor sich hin.

Davor standen die … ihre krallenbewehrten Füße immer noch in die Luft. Wenn nicht gerade die Angst in ihr emporkriechen würde, die ihr die Luft abdrückte, würde sie vielleicht lachen, so lächerlich sah das aus.

Elezei versuchte erneut, sich umzudrehen.

Die Beine zuckten.

Ein langer Schwanz peitschte gegen den Tisch.

Die Kerze wackelte, und der Docht ertrank im Wachs.

Dunkelheit senkte sich über das Zimmer.

Elezei gab dem Wunsch nach, sich einzurollen. Krallen und Schuppen schabten über Holz. Ein Teil von ihr fand diese Geräusche beruhigend, was zusammen mit dem immer lauter werdenden Gedanken, dass dies vielleicht doch kein Traum war, die Angst nur weiter anfachte.

Statt einem Schluchzer kam ein grollendes Glucksen aus ihrer Kehle. Was, wenn das hier echt war? Wenn sie nun dieser … dieses Monster war?

Erneut presste sie die Lider mit aller Kraft zusammen und wünschte sich aufzuwachen. Wieder eine Zatarsi zu sein. Wieder Elezei zu sein und Finger zu haben, mit denen sie Harfe spielen konnte.

Doch nichts geschah. Die kleinste Bewegung bestätigte es durch das Rascheln der Schuppen. Am liebsten würde sie jede von ihnen einzeln ausreißen – und dennoch ein Monster bleiben. Eingesperrt in einen winzigen Raum.

Jederzeit konnte Val zurückkommen.

Panik wallte in ihr auf. Dann erinnerte sie sich daran, dass die Mideaner nie Türen ohne Riegel bauten.

Sie versuchte sich so leise wie möglich zu erheben, stieß aber erst gegen das Bett und fegte – mit ihrem Schwanz? – den Waschtisch um. Das Klirren des Krugs hallte laut in ihren Ohren wider, und sie hatte das Gefühl, dem ganzen Haus zu verraten, zu welchem unbeholfenen Monster sie geworden war.

Dann stieß sie mit ihrer ... Schnauze gegen die Tür. Ein weiteres unnötiges Poltern, das ihr ein Zischen entlockte.

Sie versuchte den Riegel mit ihrem Daumen zu ertasten, doch die ... Flügel blieben irgendwo in der Dunkelheit hängen. Also beugte sie sich vor und zog die Lippen zurück, bis ihre Zähne über das Holz schabten. Endlich fand sie den Riegel und schaffte es sogar, ihn vorzulegen. Für ein Weilchen Sicherheit.

Elezei ließ sich vor der Tür auf den Boden fallen und schaute zu dem Fenster, wo ein paar Sterne zu sehen waren. Sie versuchte sich allein auf deren Flimmern zu konzentrieren, auf die Muster, die man mit ihnen bilden konnte. Sie wollte an nichts anderes denken. Nur die Sterne ...

Schritte näherten sich.

Elezei wollte gleichzeitig unter die Decke flüchten und ihre Zähne fletschen. Stattdessen blieb sie wie erstarrt liegen. Es war sicher nur ein anderer Gast. Oder der Wirt ging zu Bett. Nichts, was sie beunruhigen musste.

Das Geräusch stoppte direkt neben ihrem Kopf.

Es klopfte. »Elezei?«

Sie wusste, dass Val nicht hereinkommen konnte. Trotzdem malte sie sich genau dieses Szenario aus. Vor allem die Stelle, an der er Licht machen und das schuppige Monster sehen würde. Dass er einfach wegrennen würde, wäre vermutlich der beste Ausgang.

»Ich komme jetzt rein.«

Sie hörte und spürte ihn an der Tür rütteln, dann fluchen.

»Gut, der Boden hier draußen wird sicher genauso bequem sein wie das, was sie hier Betten nennen.«

Es raschelte und polterte gegen das Holz.

Elezei glaubte, seinen Atem zu hören. Sie lauschte allein diesem Geräusch, bis es gleichmäßig wurde und irgendwann in das bekannte Wimmern überging, das ihr zum ersten Mal fast so etwas wie Trost gab.

Sie rollte sich zusammen, die Schuppen raschelten, die Klauen kratzten, und Elezei begann leise zu summen, auch wenn das, was aus ihrer Kehle kam, kaum als Musik bezeichnet werden konnte. Doch die Melodie, die ihr vor Klingenduellen zu Ruhe und Gelassenheit verholfen hatte, hallte in ihrem Kopf wider und vertrieb alles andere, bis es nur noch dieses eine Lied gab.

KAPITEL 10

Als Valerian erwachte, waren sein Nacken steif und sein rechter Arm, mit dem er gegen die Zimmertür lehnte, eingeschlafen. Trotzdem hatte er eine erstaunlich angenehme Nacht gehabt – samt eines verschlafenen Vormittags, wenn er das Licht richtig einschätzte.

Langsam verflüchtigten sich die letzten Traumfetzen, in denen sich die Hüter bei ihm entschuldigt hatten, weil das mit dem verfluchten Blut ein Missverständnis gewesen war. In denen er einfach hatte nach Hause gehen können, wo ihn Pero empfangen und ein heißes Bad vorbereitet hatte.

Mit einem Ächzen erhob sich Valerian und lehnte sich an den Türsturz. Nicht nur, dass es sich anfühlte, als ob sich Nadeln in seinen Arm bohrten, auch der Rest seines Körpers schmerzte an den unterschiedlichsten Stellen. Die nächste Nacht würde er nicht auf dem Gang verbringen.

Er klopfte an die Tür. »Elezei?«

Kurz glaubte er ein Rascheln zu hören, aber das war schon alles.

Also hämmerte er gegen das Holz. »Mach endlich auf!«

Wieder keinerlei Reaktion. Warum tat er sich das eigentlich an? Warum fand er nicht einfach einen Weg, seine Träume wahr werden zu lassen? Vermutlich, weil ihm schon der Gedanke an die damit verbundene Arbeit abschreckte.

Valerian klopfte noch einmal so laut, dass man es sicher im halben Gasthaus hörte. War sie überhaupt noch da? Aber wie hätte sie unbemerkt gehen sollen? Durch das winzige Fenster? Eher nicht.

Er rüttelte an der Klinke, doch die Tür gab nicht nach. Außerdem war ihm Elezei bisher nicht wie jemand erschienen, der sich klammheimlich davonschlich und die Konfrontation scheute.

Besorgnis stieg in ihm auf.

Valerian besah sich die Tür genauer. Massives Holz, das man sicher nicht eintreten konnte. Aber entweder war es keine sorgfältige Arbeit, oder der Rahmen hatte sich verzogen, denn ein feiner Schlitz war dort, wo die Tür schloss.

Kurzerhand zog er Elezeis Messer aus dem Hosenbund, wo dieses einen schmerzhaften Abdruck hinterlassen hatte. Dann schob er die gebogene Klinge vorsichtig in den Spalt und drückte nach mehreren Versuchen damit den Riegel hoch.

»Ich komm nun herein.« Er öffnete die Tür und trat in das Zimmer.

Elezei saß in der hintersten Ecke des rechten Bettes, ein Laken um ihren Körper geschlungen und das dunkle Haar offen – zum ersten Mal, seit er sie kannte. In ihren Augen fehlte jede Wut und jeder Stolz, stattdessen wirkte sie verletzlich. Wie eine Fremde.

Valerian schloss die Tür und machte ein paar Schritte vor. Scherben knirschten unter seinen Füßen; die Reste des Wasserkrugs. Daneben lag der Waschtisch, den er wieder aufstellte. Und wo er schon dabei war, hob er auch gleich den Kerzenstummel auf.

Er sah wieder zu Elezei, die immer noch unverändert im Bett saß. Wenn er an ihre Stimmung gestern dachte, wunderte es ihn kaum, dass sie die Wut an der Einrichtung ausgelassen hatte. Offenbar war es keine schlechte Entscheidung gewesen, zu gehen.

Er trat an das Bett. Kaum hörbar summte sie eines der Lieder, die die Wut beruhigten.

Valerian hielt Elezei ihr Messer hin. »Das gehört dir.«

Sie rührte sich nicht. Sie sah die Klinge nicht einmal an, auf deren Schneide ein Rest eingetrockneten Blutes klebte, sondern starrte irgendwo ins Nichts hinter ihm.

Mit einem Schulterzucken legte er das Messer auf den Schemel, neben dem sich Elezeis Kleider befanden. Waren die tiefen Kratzer im Boden schon gestern da gewesen?

Er ließ sich auf das zweite schmale Bett fallen, das wie zu erwarten hart, aber sicher angenehmer als der Gang war. »Die Nacht vor der Tür war nicht sehr erholsam.«

Ihr Blick streifte ihn, dann ging er erneut ins Nichts.

»Wenn ich ignoriert werden will, kann ich auch zu meiner Familie gehen.« Der Spott schmeckte schal. Was auch immer Elezei beschäftigte, es konnte keine kleine Sache sein. Hatte sie der Tod des Stammlosen so getroffen? War es gestern einfach zu viel für sie gewesen?

»Willst du darüber reden, was los ist?« Er hatte den Eindruck, das Gesagte prallte völlig an ihr und dem kaum hörbaren Lied ab.

Valerian wusste, dass er ohne ihr Summen längst wütend geworden wäre. Stattdessen krochen die Dunkelheit und die Erinnerungen empor. Sobald Elezei die Wahrheit erfuhr, würde das hier sowieso vorbei sein. Dann würde er sein Leben endgültig selbst in die Hand nehmen müssen.

Allein der Gedanke daran verursachte ihm Kopfschmerzen. Es reichte, wenn er sich damit beschäftigte, sobald er musste. Jetzt wäre vielmehr genau der richtige Zeitpunkt für ein Gläschen Wein.

Er zog den Geldbeutel aus seinem Gürtel und schüttete die paar Münzen neben sich auf die fleckige Matratze. Drei Duanten und ein bisschen Kleinkram. Eine weitere Nacht und vielleicht noch drei oder vier Mahlzeiten. Oder Flaschen.

»Morgen ist das Geld aus.« Eine Tatsache, die er am liebsten vergessen hätte.

Das kaum hörbare Summen erstarb. »Mein Gold und dein Halsreif sind in einem der Sitzkissen an der rechten Wand.«

»Du willst es verkaufen?«

Sie schüttelte den Kopf. Das Laken rutschte von ihrer Schulter, die kantig und fest war. Und er spürte wieder ihren Körper, wie dieser sich gegen ihn gedrückt hatte …

»Die Pfandleiherin am Basar.«

Valerian riss sich von dem Anblick los. »Und wenn du es nicht wieder auslösen kannst?«

In ihren Augen leuchtete etwas von der alten Elezei auf. »Dann ist das mein Problem.«

Valerian räumte die Münzen zurück in den Geldbeutel und steckte ihn ein. Er würde nicht Nein sagen, wenn sie den protzigen Schmuck loswerden wollte. Ihm gefiel sie ohne sowieso besser. Außerdem würde er nicht nur seine Probleme aufschieben, sondern sicher auch ein paar Duanten für ein gutes Fläschchen abzweigen können.

Elezei begann wieder zu summen, den Blick irgendwo im Nichts, während das Laken weiter nach unten rutschte.

Hastig verließ Valerian das Zimmer, doch sein Kopf spann die Sache weiter. Verzweifelt versuchte er an seinen Traum zu denken. Wie er wieder zu Hause war, mit einer Flasche Wein im dampfenden Bad, das er sich plötzlich mit Elezei teilte.

Er rannte beinahe durch die Gaststube und hinaus auf die Straße, wo ihn die Sonne blendete – die zu seinem Erstaunen den Höchststand längst überschritten hatte. Wenigstens waren die Gedanken an Elezei hier draußen nicht ganz so stark, sodass er freier atmen konnte.

Valerian begann zu summen, versuchte die Melodie mit seinen Schritten zu verweben. Wenn er früher oder später wieder in einen Kampf verwickelt werden würde, könnte ihm das vielleicht helfen. Wie sie alle dumm gucken würden, wenn er dann nicht der Wut verfiel.

Während er die Straße entlangeilte, musste er daran denken, wie Elezei vor ihm gekniet und gesungen hatte. Das hatte mehr Kraft gehabt als sein Gekrächze. Vielleicht konnte sie ihm das beibringen, während er sich noch ein paar Tage durchs Leben treiben ließ.

Er wollte gerade in eine schattige Seitenstraße abbiegen, als er die Hüter bemerkte.

Hastig zog er sich zurück und sah sich um, entdeckte eine halb bewachsene Hausfassade. Ohne zu zögern, drückte er sich halb in das Grünzeug mit den ekelhaft süßlich duftenden Blüten.

Die nächsten Augenblicke, in denen sein Herz bis zum Hals pochte, zogen sich endlos.

Endlich erschienen die Hüter an der Kreuzung. Alle drei trugen die dunkle Lederrüstung, die sonst für Zeremonien vorgesehen war – und die Drachenjagd, die es nicht mehr gab.

Dann gingen sie geradeaus weiter.

Valerian atmete auf. Einen Moment wartete er noch, bevor er weiterging, diesmal deutlich vorsichtiger, wodurch er gleich zwei weiteren Patrouillen ausweichen konnte. Es waren mehr Hüter unterwegs als normalerweise, sodass extra Vorsicht geboten war. Sonst säße er schneller, als er schauen konnte, wieder in der Zelle.

Er umrundete einen Karren mit vorgespanntem Maultier, der mitten auf der Straße geparkt war, und ließ seinen Blick ständig umherwandern. Zum ersten Mal fühlte er sich wirklich wie ein Verbrecher, den die ganze Stadt suchte. Dabei wusste er genau, dass er es sich einbildete, denn für einen Verfluchten betrieb man diesen Aufwand nicht.

In einer Gasse hatte sich unter einem der bunten Baldachine ein Menschenauflauf gebildet, der lautstark diskutierte.

»... die Stadttore geschlossen!«

»Selbst die Boote müssen im Hafen bleiben.«

»Das können sie nicht machen!«

»Vor allem nicht wegen einer Drachenhure. Was auch immer die gemacht hat.«

Valerian fluchte lautlos. Auch wenn sie nach Elezei statt ihm suchten, sollte er sich ernsthaft Gedanken machen, ob er unter diesen Umständen nicht doch seine Probleme allein anging.

»Mein Schwager wollte sich deswegen noch bei den Hütern beschweren.«

»Als ob das irgendeinen Sinn hätte!«

Er ließ die Gruppe hinter sich – und lief fast den Hütern in die Arme.

Valerian drehte sich um, als wenn er in die Taverne gehen wollte, hielt den Atem an und lauschte hinter sich, während sein Kopf ihm alle möglichen Szenarien vorgaukelte, eines unangenehmer als das andere.

Die Patrouille ging dicht an ihm vorbei.

Gefühlte Stunden später traute er sich aufzuatmen und weiterzugehen. Alles in ihm wollte umdrehen und sich im Zimmer bei Elezei verstecken, am besten mit einer Flasche Wein. Doch morgen war das Geld aus und dann saßen sie auf der Straße. Er brauchte den Schmuck.

Kurz bevor er die ehemalige Unterkunft erreichte, wurde Valerian langsamer. Die Gasse lag fast ausgestorben vor ihm. Selbst die Alte, die immer halb aus dem Fenster gegenüber gehangen hatte, fehlte. Irgendetwas stimmte nicht. Vielleicht bildete er es sich auch nur ein?

Er beobachtete eine Frau mit Korb auf dem Kopf, die über das Pflaster schritt. Ihr Verhalten war normal. Trotzdem wollte er nicht riskieren, wartenden Hütern in die Arme zu laufen. Denn wenn sie Narezins Leiche gefunden hatten, hatten sie vermutlich auch eine Spur zu der Wohnung.

Er ging ein Stück die Gasse zurück, bis er in einem Durchgang einen Mann in Lumpen hocken sah.

»Einen schönen Tag!«, grüßte er den Mann. »Hättest du Lust, dir eine Duante zu verdienen?«

Das Gesicht des Mannes zeigte Misstrauen.

Valerian trat einen Schritt näher und senkte verschwörerisch die Stimme. »Hör zu, ich hab meiner Frau versprochen, vor ihr zu Hause zu sein, weiß aber nicht, ob sie schon da ist.«

»Und?«

»Kannst du für mich nachsehen?« Er machte ein möglichst verzweifeltes Gesicht. »Bitte.«

»Einfach hingehen und klopfen?«

»Reicht leider nicht. Sie hat auch schon einmal in der Wohnung auf mich gewartet.«

»Und wenn sie da ist und ich reingehe?«

»Sag, du hast dich im Haus geirrt.« Valerian zog eine der drei verbliebenen Duanten hervor und zeigte sie dem Mann. »Kann dir auch eine zweite geben, wenn sie da war.«

Der Mann erhob sich mit einem Ächzen und nahm die Münze entgegen. »Wo wohnst du?«

Valerian deutete auf das Haus. »Da, die Tür neben dem Atelier. Wenn du reinkommst, geht eine Treppe hoch.« Er lehnte sich gegen die Fassade. »Ich warte hier.«

Der Mann ging nach einem letzten, unschlüssigen Blick hinüber zur Tür, an der er erst klopfte und dann eintrat, nachdem er sich ein zweites Mal umgesehen hatte.

Valerian hielt die Luft an. Nichts geschah. Die Straße lag ruhig da. Vielleicht war er in den letzten Tagen zu misstrauisch geworden, vor lauter Angst, wieder in der Zelle zu landen.

Dann stürmten drei Hüter aus dem gegenüberliegenden Haus über die Straße.

Ohne abzuwarten, fuhr Valerian herum und eilte so unauffällig wie möglich davon, während die Wut durch sein Blut zu brennen begann. Wut auf die Hüter. Wut auf die Aussichtslosigkeit. Denn ohne den Schmuck gab es kein Geld. Und ohne Geld hatte das letzte bisschen Bequemlichkeit ein Ende.

* * *

Elezei wusste nicht, wie lange sie auf die Tür starrte, durch die Val vor einer ganzen Weile verschwunden war. Alles um sie herum erschien so fern und … unbedeutend. Sie konnte nicht einmal mehr genau sagen, worüber sie gesprochen hatten. Es war auch nicht wichtig. Wichtig war nur, dass er wiederkam und mit ihm das Gefühl von etwas Normalität.

Ein Zischen entwich ihrer Kehle und ließ Elezei zusammenzucken. Normalität! Als ob sie weitermachen konnte, als wenn nichts passiert wäre. Als ob sie immer noch die gleiche war.

Sie löste ihren Blick von der Tür, streifte das Laken ab und ließ die Finger über ihre Haut gleiten. Überall die vertrauten, kleinen Narben von dem Training und den Übungsstunden. Und quer über ihren Bauch das große Mal, wo das Messer ihrer Gegnerin Blut gekostet hatte. Das eine Klingenduell, das sie verloren hatte.

Elezei hob ihre Hand. Keine Schuppen. Keine Krallen. Vergeblich hatte sie versucht sich einzureden, dass alles nur ein Traum gewesen war. Doch die hellen Kratzer im Boden waren neu. Der Krug lag immer noch zerbrochen am Boden, neben dem Waschtisch, den Val wieder aufgestellt hatte.

Selbst die Brise, die durch das Fenster hereinkam und über Elezeis Körper strich, erinnerte sie daran, dass sie nicht ohne Grund nackt auf dem Bett saß. Dass nur die Berührung des Lakens gerade noch auszuhalten war.

Ohne darüber nachzudenken, stimmte sie leise das alte Lied an. Sofort spürte sie das Pulsieren des Bluts und die eiskalte Wut, die unerwartet gierig in ihr aufstieg, bereit herauszubrechen.

Elezei verstummte. Trotz der Furcht blieb die Faszination, zu sehen, wie … es passierte.

Die Tür war nicht verschlossen. Es interessierte sie nicht, ob der Wirt oder ein anderer unbedeutender Mideaner hereinkommen würde, doch die Vorstellung, wie Val auf das Monster reagieren würde, machte ihr Angst. Aber der Riegel war vorhin auch kein Hindernis gewesen.

Ihr Blick wanderte zu ihrem Messer auf dem Hocker neben dem Bett. Die gebogene Klinge erinnerte Elezei an eine Kralle. Was, wenn ihr Volk nie mit den Drachen in Harmonie gelebt hatte – sondern wenn sie selbst die Drachen gewesen waren?

Elezei hob ihre Hand und drehte sie in alle Richtungen. Dann stimmte sie wieder das alte Lied an. Das Pulsieren des Blutes breitetet sich unter ihrer Haut aus und flutete bis in die Fingerspitzen. Mit ihm kam die eiskalte Wut, die alle Bedenken und Zweifel zu verbrennen begann.

Schritte hallten heran.

Hastig veränderte Elezei das Summen wieder zu einer der unzähligen Zatarsi-Melodien, deren Harmonien das Blut beruhigte und das Kribbeln unter der Haut zurückdrängte. Enttäuschung und Erleichterung machten sich in ihr breit.

Val betrat den Raum. »Dein Schmuck ist …« Er blieb wie angewurzelt stehen und starrte sie an. Verschiedenste Regungen zogen über sein Gesicht.

Da bemerkte Elezei, dass das Laken lose um ihre Taille lag und den Oberkörper frei ließ. Und Val die Narbe ihrer Niederlage sah. Ein Mal der Schande, das eigentlich nur beim Klingenduell offenbart wurde. Nicht vor den Augen eines Mideaners. Eines Verfluchten.

Hastig zog sie das Tuch bis zum Hals hoch und fragte sich zugleich, warum sie sich deswegen Gedanken machte, wo sie doch heute Nacht Klauen und Schuppen gehabt hatte. Das würde ihn garantiert mehr abstoßen als eine Narbe.

»Ich konnte deinen Schmuck nicht holen. Die Hüter warten dort auf uns.«

Vielleicht sollte sie es ihm einfach erzählen. Vielleicht kehrte er ihr dann nicht ganz so schnell den Rücken, als wenn er es ohne Vorwarnung bemerkte. Aber sie konnte auch warten und noch ein paar Tage seine Gesellschaft …

»Elezei?«

Sie kratzte seine letzten Worte und ihre Bedeutung zusammen. »Ist das nicht egal?«

Die Wut brachte wieder dieses seltsam faszinierende Leuchten in seine Augen. »Die Hüter sind hinter uns her, und dir ist das egal?«

Wenn sie ehrlich war, schon. Alles erschien im Moment eher zweitrangig neben dem Monster in ihrem Inneren.

Val verschränkte die Arme vor der Brust. »Wenn du vorhast, die nächsten Tage hier zu sitzen und vor dich hin zu brüten: Unser Geld ist aus. Wir werden spätestens morgen auf der Straße landen.«

Ein Geräusch vor der Tür riss sie aus ihrem Gedankenstrudel. Kaum hörbare Schritte von nackten Füßen. Wie wenn jemand draußen herumschlich. Etwas, was das Monster in ihr weckte.

Elezei richtete sich auf. Das Laken rutschte von ihrem Körper.

Val stockte.

»Rede weiter«, zischte sie.

Nur am Rande bekam sie mit, wie er etwas von einer Abriegelung Mideas und unzähligen Hüter-Patrouillen erzählte, denn in den Rhythmus seiner Worte mischte sich das verräterische Geräusch.

Elezei ließ sich lautlos aus dem Bett gleiten und schlich zur Tür, während die kaum hörbaren Schritte draußen näher kamen.

Voller Erwartung krümmten sich ihre Finger zu Klauen.

Dann riss sie die Tür auf, ihre Hand schoss hinaus und schloss sich um einen dürren Arm, den Elezei ins Zimmer zerrte.

Val brach ab.

Das Mädchen sah aus großen Augen zwischen ihnen hin und her, das Kinn vorgestreckt.

Elezei schloss die Tür. »Was hast du hier zu suchen?«

»Zimmerdienst.«

»So siehst du nicht aus«, sagte Val. »Wer hat dich geschickt?«

»Ich ... ich hab nur geguckt, wo es was zum ... Mitnehmen gibt.« Trotz des Stotterns blieb ihr Gesicht selbstsicher und trotzig.

Elezei glaubte dem Mädchen nicht. Seit der Sache mit dem Innenhof hatte es zu viele von diesen Kindern in ihrem Leben gegeben.

Sie sank vor dem Mädchen in die Hocke und sah ihm direkt in die Augen. »Wenn du mich weiter anlügst, wirst du gleich herausfinden, was man bei meinem Stamm mit Verrätern macht.« Nie hätte sie gedacht, dass sie all die Gerüchte und Lügen über ihr Volk je nützlich finden würde.

Der Trotz wich vom Gesicht des Mädchens, und es schluckte. »Ich bin ihm gefolgt.« Die dreckigen Finger des Mädchens zeigten auf Val. »Ich war beim Haus mit den Hütern.«

»Und warum?«

»Ich sollte herausfinden, wo ihr euch aufhaltet. Das ist alles.«

In Elezei wuchs die Unruhe, ihre Augen verengten sich. »Ich will dir nicht alles einzeln aus der Nase ziehen müssen!«

Das Mädchen sah zu Boden. »Dann sollte ich bei Sonnenuntergang Bescheid geben. In dem Hof hinter dem Theater beim Zatarsi-Viertel. Dort sollte ich auch den Rest des Gelds bekommen.«

Elezei wusste, welchen Ort sie meinte. Es gab Tage, da war die ... Musik nicht zu überhören.

»Und wen solltest du da treffen?«, fragte sie weiter.

»Weiß nicht. Eine Frau mit Umhang und Kapuze.«

»Das war alles?«

Das Mädchen nickte. »Kann ich gehen? Ich sag auch nichts, versprochen.«

»Nein.« Elezei erhob sich und sah zu Val. »Halte sie fest.«

Wie zu erwarten, versuchte das Kind in Richtung Tür zu stürmen, doch Val war schneller und packte es an den Armen. Das Mädchen trat um sich und versuchte erfolglos, sich aus dem Griff zu winden.

Elezeis Blick wanderte kurz zu ihrem Messer, dann zog sie jedoch Nadel und Fläschchen aus ihrer Gürteltasche auf dem Boden.

»Muss das sein?«, wisperte Val.

Sie nickte. Es würde keine weiteren Zeugen geben, und niemand würde berichten, dass sie sich hier aufgehalten hatte.

Kurzerhand stach sie die vergiftete Nadel in den Arm des Mädchens, das einen Schrei ausstieß und in Vals Hand beißen wollte. Bis Elezei die beiden Sachen wieder weggeräumt hatte, war es erschlafft und wurde von Val auf eines der Betten gelegt.

Dieser blieb stehen, den Blick unverändert und starr auf das Kind gerichtet. Sein Kiefer war verkrampft, und seine Fäuste geballt. Doch soweit sie es beurteilen konnte, fehlte das Leuchten der Wut in seinen Augen.

»Kannst du dir bitte etwas anziehen, Elezei?«, presste er schließlich hervor.

Sie sah an sich herunter. Erst da wurde ihr bewusst, dass sie nackt war. Es fühlte sich gut an.

»Bitte?« Er sah weiterhin auf das regungslose Mädchen.

Widerwillig griff sie nach dem Laken und wickelte es um sich herum. Der glatte Stoff kratzte beinahe schon zu viel.

Die Anspannung wich von Val, und er sah Elezei wieder an. »Woher wusstest du, dass sie lügt?«

»Der Stammlose hatte gestern, bevor er mich ... er hat erzählt, dass er bei jemandem in der Schuld steht.« Die Erinnerung daran, dass sie sich so einfach von ihm hatte überwältigen lassen, war unangenehm.

»Du glaubst, dass jemand hinter alldem steckt?«

Sie nickte. »Und nun werde ich herausfinden, wer.«

»Und dann? Willst du ihn oder sie auch vergiften?«

»Das wäre viel zu nett.« Sie sah zu dem Mädchen, das regungslos mit offenen Augen auf dem Bett lag. »Wir warten bis Sonnenuntergang. Dann gehen wir zum Theater.«

* * *

»Wir haben die Zatarsi!«

Adorata starrte Dario einen Moment an, dann rannte sie hinter ihm aus der Waffenkammer, wo sie die Vorräte hatte überprüfen sollen. Endlich! Sie hatte sich nicht zu hoffen getraut, dass die Suchaktion etwas bringen würde.

Sie eilten durch die Gänge bis zur Eingangshalle, wo eine Gruppe Hüter um eine Zatarsi stand, deren schwarze Augen fast Funken sprühten.

Als Erstes fielen Adorata der fehlende Schmuck und die gelösten Haare auf. Dann, dass das Gesicht zu lang war. Erst machte sich Enttäuschung in ihr breit, dann ein ungutes Gefühl.

Sie sah zwischen der Zatarsi und der Gruppe aus fünf wartenden Mideanern hin und her. »Ich hätte gerne eine Erklärung.« Sie ahnte die Antwort bereits.

»Wir haben sie in der Straße gefunden.« Der Mann wirkte wie ein Unruhestifter in Person. »Hat sich da rumgetrieben.«

»Ich war auf dem Heimweg in mein Viertel, als sie mich feige überfallen haben«, zischte die Zatarsi.

»Lüg nicht!« Der gleiche Mideaner. »Das ist die Wilde, die ihr sucht. Und wir wollen die Belohnung.«

»Einen Moment.« Adorata wandte sich an die Zatarsi. »Wie heißt Ihr?«

»Zarea. Und ich habe nichts mit der Ehrlosen zu tun.« Jede Faser ihres Körpers drückte Abneigung und Verachtung aus.

Adorata sah zu den Mideanern. »Wo ist ihr Schmuck?«

»Sie hatte keinen!«

Doch Adorata bemerkte, dass eine junge Frau einen Beutel hinter den Rücken schob. Genauso wie Dario und zwei weitere Kameraden, die sofort heran waren und ihn der Mideanerin abnahmen, bevor sie ihn mit einem verdächtigen Klirren Adorata reichten.

Sie warf einen kurzen Blick hinein. Gold schimmerte im Lampenlicht auf. Dann reichte sie den Beutel Zarea. »Das gehört Euch.«

Diese riss Adorata den Stoffsack beinahe aus der Hand, den Blick mörderisch. »Wenn etwas fehlt, werden diese … Mideaner hoffentlich zur Rechenschaft gezogen.«

Bevor sie etwas erwidern konnte, eilte Meister Lucio heran.

Er sah kurz in die Runde, dann zu Adorata. »Ist das die Gesuchte?«

»Nein, die Herren und Damen dort« – sie deutete auf die Mideaner, die inzwischen von Hütern umstellt waren – »haben Zarea auf der Straße überfallen und den Schmuck abgenommen.«

»Verzeiht bitte die Unannehmlichkeiten, die unsere Suchaktion verursacht hat«, wandte sich Meister Lucio an die Zatarsi. »Ihr wisst nicht zufällig etwas über den Verbleib von Elezei?«

»Nein! Und ich möchte auch nichts mit einer Ehrlosen wie ihr zu tun haben!«

»Verständlich.« Dann sah Meister Lucio zu Adorata. »Danke, ich werde mich darum kümmern.«

Sie warf einen letzten Blick auf Zarea, die etwas Wildes an sich hatte, das Adorata bei den Zatarsi noch nie aufgefallen war. War es nur die Reaktion auf Elezei, über die der Stamm genau Bescheid zu wissen schien?

Kurz vor der Waffenkammer blieb Adorata stehen. Abgesehen davon, dass sie sowieso mehr oder weniger fertig war und es bald Abendessen geben würde, war sie – trotz Nachtschicht – seit den frühen Morgenstunden auf den Beinen, weil die Meister immer neue Arbeit für sie und Fedon heranschafften.

Mit einem Schnauben drehte sie sich um und ging Richtung Krankensaal. Doch je näher sie kam, desto langsamer wurden ihre Schritte. Sie wollte nach Natale sehen, aber nicht wieder diese Schuldgefühle empfinden, dass sie ihn im Stich ließ. Doch sie konnte erst etwas tun, wenn der Großteil der Festung schlief!

Adorata beschleunigte, bog an der nächsten Abzweigung ab und stürmte durch die Gänge in Richtung ihrer Kammer. Nur am Rande bekam sie die Hektik mit, die die Suchaktion ausgelöst hatte, weil ständig Patrouillen kamen und gingen sowie Nachrichten übermittelt wurden, weil irgendein Hochwohlgeborener keinen Jagdausflug oder keine Bootsfahrt machen konnte.

Sie warf ihren Waffengurt auf das schmale Bett, steckte Tunika sowie Dolch in den Hosenbund und zog den dünnen, dunkelblauen Überwurf über den Kopf. Den flüchtigen Blicken in den Straßen würde diese Tarnung hoffentlich standhalten, denn sie musste raus hier, Verbot hin oder her. Niemand würde sie bei dem aktuellen Hüteraufgebot vergiften.

Adorata verließ ihre Kammer und betrat kurz darauf die Eingangshalle, wo nichts mehr von dem Vorfall gerade eben zu sehen war.

Als sie auf den Ausgang zuging, stellten sich ihr zwei Kameraden in den Weg.

»Meister Lucio hatte uns gewarnt, dass du es früher oder später versuchen würdest.« Dario grinste.

»Kommt, lasst mich bitte durch. Mir fällt die Decke auf den Kopf.«

»Du musst hierbleiben.« Cajetan schüttelte den Kopf. »Es ist zu deiner Sicherheit.«

»Ich würde euch dafür einen riesigen Gefallen schulden.«

»Tut uns leid, Adorata. Aber deine Gesundheit ist uns wichtiger.«

Mit einem Seufzer drehte sie um, ging zurück durch die Gänge und über eine Treppe hinauf zur Ostmauer. Immerhin erinnerte sie die Brise dort, die den Geruch des Sees herantrug, ein bisschen an den Basar. Gerade würde sie alles für ein oder zwei Gläser Tee und Hekans Schmeicheleien geben.

Adorata stützte die Hände auf den sonnengewärmten Stein und sah hinab auf Midea, das von hier oben friedlich und ruhig dalag. Sie wollte glauben, dass sich alles in Wohlgefallen auflöste, sobald man die Zatarsi gefunden hatte. Doch die Zweifel daran, dass die Meister eine Kur finden und Natale wieder gesund werden würde, wurden immer stärker.

Ihre Finger krallten sich in das Mauerwerk. Und nun ließ sie ihn wegen ihrer Ängste im Stich. Er hätte sicher jede freie Minute an ihrem Bett gesessen.

Hastig wischte sie sich über die Augen. Dann drehte sie sich um, verließ die Ostmauer und eilte zum Krankensaal, der wie ausgestorben wirkte.

Ein Schauer lief über ihren Rücken.

Adorata schüttelte entschieden den Kopf. Das lag nur an ihrer verschwitzten Tunika und der Kühle hier drinnen!

Trotzdem ging sie erst zu dem Bett von Dafne, die sich halb unter ihrem Laken vergraben hatte und leise vor sich hin murmelte, der glasige Blick ins Nichts gerichtet. An ihren Kratzer erinnerte nur noch eine feine rote Linie und etwas Schorf.

Ein Bett weiter schlief Rashad, das Gesicht eher grau als ebenholzfarben.

Hastig fühlte Adorata nach seinem Puls. Dann nach seinem Atem, seinem Herz. Nichts.

»Meister Bashir!« Sie rannte in den Nebenraum, in dem immer noch der tote Zatarsi aufgebahrt war. Dann wieder hinaus, zum nächsten Raum, wo sie mit ihm zusammenstieß.

»Rashad, er ...«

Da eilte der Meister schon an ihr vorbei zu dem Bett. Auch seine Hände flogen über Rashad, tasteten und fühlten, bis er sich mit einem Gesicht voller Trauer aufrichtete und den Kopf schüttelte.

Adorata hatte das Gefühl, keine Luft mehr zu kriegen.

Meister Bashir stand plötzlich vor ihr und ergriff ihre Hände. »Wir geben weiter unser Bestes, Adorata. Er wird es schaffen.«

In seiner Stimme und auf seinem Gesicht waren so viel Zuversicht, die Adorata nicht fühlte.

Er führte sie zu dem Stuhl neben Natales Bett, auf den sie sich fallen ließ. Kein Wort wollte ihrer Kehle entkommen.

Meister Bashir beugte sich zu ihr runter. »Wie ich die letzten Tage gesehen habe, standet ihr euch näher als alle anderen Kameraden.« Er schüttelte den Kopf, als sie automatisch widersprechen wollte. »Euer Geheimnis ist bei mir sicher. Ich sehe dich schon genug leiden.«

»Wird ... wird er der ... nächste ...«

»Ich weiß es nicht. Ich hoffe, nicht.« Sein Blick war fest. »Du, ich, die Meister – wir tun alles in unserer Macht Stehende.«

Sie nickte nur. Nein, sie tat nicht alles. Deswegen würde sie heute Nacht die Regeln brechen. Sie musste endlich erfahren, was die Meister ihr nicht erzählten.

* * *

Die drei Hafenarbeiter waren mit ihren derben Geschichten gerade einmal ein paar Minuten zur Tür des Gasthauses hinaus, schon begann das Gedankenchaos in Valerians Kopf überhandzunehmen.

Seine Hand schloss sich um den Krug Wasser vor ihm. Kanalbrühe, wie er nach ein paar Schluck festgestellt hatte. Nichts, was er freiwillig trinken oder was seine Situation verbessern würde.

Valerian griff nach einem Becher, den einer seiner Tischgefährten stehen gelassen hatte. Der winzige Rest Dunkelrot am Boden war schon eingetrocknet. Anscheinend hatte sich heute alles gegen ihn verschworen.

Er sank auf den Tisch. Die Furchen und Rillen des abgenutzten Holzes drückten gegen seine Stirn. Irgendwann in den letzten Stunden waren all die Gedanken und Probleme zu viel geworden. Als ob es nicht reichte, dass das Geld morgen aus und jemand hinter ihnen her war, nein, nun hatten sie noch ein verdammtes vergiftetes Kind im Zimmer, das nicht mehr aufwachte!

Ein Schlag erschütterte die Tischplatte. »Das ist ja nicht mit anzusehen.«

Widerwillig hob Valerian den Kopf.

Der Wirt sammelte gerade die leeren Becher ein, doch dazwischen stand ein neuer Krug, aus dem ein verlockender Duft stieg.

»Ich kann nicht ...«

»Is aufs Haus.« Der Glatzkopf schlug Valerian auf den Rücken. »Und die Zatarsi isses sicher nich wert.« Mit einem Zwinkern ging er davon.

Valerian unterdrückte das Lachen, das aufsteigen wollte. Es wäre zu schön, wenn es nur das wäre ...

Er ballte seine Hände unter dem Tisch zu Fäusten, als die Bilder sich aufdrängten. Wie das Laken langsam nach unten rutschte. Erst nur die Schulter, dann weiter über ihre Brüste und die Narben, die er mit den Fingern ...

Entschieden griff er nach dem Krug und nahm einen tiefen Schluck. Auch wenn der Wein sauer und gepantscht war, hatte er noch nie etwas Besseres getrunken. Bald würde er sich besser fühlen.

Erst als der Krug fast leer war, wich das Gedankenchaos der Wut. Auf sich selbst, dass er am helllichten Tag von einer Zatarsi träumte. Auf diese Zatarsi, die einfach so nackt im Zimmer gestanden hatte. Auf die Probleme, die ihn zwangen, sich unbequeme und anstrengende Gedanken zu machen.

Viel zu schnell kam der letzte Schluck, dann nur noch ein paar Tropfen und der verdammte Krug war leer. Er wollte sich am liebsten einen neuen bestellen und mit diesem den Rest der Erinnerungen an Elezei hinunterspülen, aber die Erfahrung sagte ihm, dass er gerade die ideale Balance zwischen Kontrolle und Wut hatte.

Sein Blick wanderte zur Theke. Zum Wirt. Der Gedanke, sich in die Bewusstlosigkeit zu saufen, blieb verlockend. Vernünftiger wäre, er würde auf das Zimmer gehen, weg von der Verlockung. Aber da war Elezei – und das bewusstlose Kind.

Da sein Blick weiter dem Wirt folgte, entdeckte er nun die Gruppe im hinteren Teil der Stube, in deren Mitte sich die Münzen auf dem Tisch stapelten und unter Lachen die Würfel rollten. Wenn das keine willkommene Ablenkung war!

Valerian erhob sich und schlenderte hinüber zu einem der beiden freien Stühle. »Könnt ihr noch einen Mitspieler brauchen?«

»Klar. Einsatz sind zwei Duanten.«

Valerian ließ sich nieder und holte die Münzen hervor. Eine Übernachtung. Aber ob sie nun einen Tag früher oder später auf der Straße landeten, war auch egal. Und wenn er Glück hatte …

Er sah auf den vielversprechenden Münzstapel, dann legte er seinen Einsatz dazu. Kurz dachte er an die Verräterin Mireta, die ihm nie hatte beibringen wollen, wie man ein Spiel zu den eigenen Gunsten beeinflusste.

Dann beobachtete er die Runde, die würfelte. Lauter niedrige Augenzahlen, höchstens Mittelfeld. Jemand drückte ihm einen Becher in die Hand, und Wein benetzte seine viel zu trockene Kehle.

Endlich war Valerian an der Reihe. Er schüttelte und flehte um ein bisschen Glück. Dann ließ er die Würfel fallen. Zwei Sechser, eine Fünf.

Mit einem Grinsen zog er alle Münzen zu sich. Das waren schon ein paar Nächte mehr. Mal sehen, was sich noch machen ließ.

Das Gesicht des Nordländers gegenüber verdunkelte sich. Die feige Sau wollte doch nicht etwa schon aufgeben?

Valerian wandte sich zum Wirt. »Eine Runde für alle!«

Der Nordländer blieb.

In einem Zug leerte Valerian seinen Becher und schob den neuen Einsatz in die Mitte: sechs Duanten, fast alles von seinem Gewinn. Zähneknirschend zog der Rest mit.

Wieder würfelten die anderen mies.

Valerian schüttelte die Würfel lange und ausführlich, bevor er sie auf die abgeschabte Tischplatte rollen ließ.

Vier, fünf und sechs.

Damit hatte er praktisch schon gewonnen.

Er nahm einen Schluck Wein aus dem aufgefüllten Becher, während er voller Ungeduld das Ergebnis des kleinen Mideaners neben sich abwartete.

Drei Sechser.

Valerian starrte auf die Würfel. Dann zu dem Winzling mit dem breiten Grinsen, der sich die Ärmel zurechtzupfte. Etwas, was er bei Mireta viel zu oft gesehen hatte ...

Valerian sprang auf und packte den Gewinner am Kragen. »Du Schwein hast betrogen!«

»Hab ... ich gar ... nicht!«

»Lügner! Ich hab es genau gesehen.«

Eine Hand legte sich auf seinen Arm. »Lass ihn runter und beruhig dich.«

Valerian ignorierte die Nervensäge. Stattdessen hob er den Winzling am Kragen vom Stuhl. »Wo hast du die gezinkten Würfel versteckt?«

Anstelle einer Antwort bekam er einen Stoß ihn den Rücken, der ihn nach vorn taumeln ließ. Den Kragen des Mideaners immer noch umklammert, stolperte er in den besetzten Nachbartisch, wo er den Winzling losließ, um sein Gleichgewicht zurückzubekommen.

Grinsend drehte er sich zu den Würfelspielern um. Dann schlug er dem Erstbesten mit der Faust ins Gesicht. Das Knacken der Nase und der darauffolgende Schrei waren Musik in Valerians Ohren.

Jemand stürzte sich von hinten auf ihn und versuchte ihn umzureißen, doch Valerian rollte den Mann über die Schulter ab und warf ihn mitten auf den Nachbartisch und in die weinbefleckten Scherben. In der Drehung stieß er dem Nordländer seinen Ellbogen in den Magen. So eine gute, alte Tavernenschlägerei tat richtig gut.

Bevor er dem Nächsten die wohlverdiente Ladung Prügel geben konnte, rissen mehrere Männer ihn zu Boden, wobei Valerian einem die Stirn gegen den Kiefer schmetterte. Mit dem Schmerz wurde die Wut stärker. Aber noch hatte er sie unter Kontrolle. Noch wussten die Idioten nicht, dass sie mit dem Feuer spielten.

Ein Tritt traf ihn in die Seite.

Alle seine Glieder wurden auf die versifften Bohlen gedrückt.

Aber sein Kopf war frei. Seine Zähne.

Ein Knurren entwich seiner Kehle.

»Ich glaub, der ist nicht ganz dicht.«

Er würde ihnen gleich zeigen, wie recht sie hatten.

Dann schwand die Wut.

Zwischen den anderen Gästen hindurch sah er Elezei, die Augen zu Schlitzen verengt und den eisigen Blick auf ihn gerichtet. Wenigstens war sie angezogen.

»Ich kümmere mich um ihn.« Ihre Stimme erfüllte den Gastraum.

Die Männer ließen Valerian los und wichen ein Stück zurück.

Er blieb einfach liegen. Es war unerwartet angenehm hier unten, wo der Geruch von altem Wein den Gestank dominierte.

Elezei schritt auf Valerian zu. Sah auf ihn herab.

»Ich will nicht noch mehr kaputte Möbel«, rief der Wirt. »Ich geb auch eine Runde aus!«

Zustimmender Jubel.

Elezei griff nach Valerians Arm und zerrte ihn in die Höhe. Der Raum drehte sich um ihn, und Valerian wurde flau im Magen. Verdammt, wie viel hatte er von diesem Essig getrunken?

»Kannst du gehen?« Keine Besorgnis lag ihn Elezeis Stimme. Dafür hörte er jetzt, wo er direkt neben ihr stand, das leise Summen, das ihn vermutlich aus der Wut geholt hatte.

Männer und Frauen beäugten sie voller Misstrauen.

Einer spuckte vor Elezei aus. »Verschwindet. Niemand will euch hier haben.«

Valerian wollte etwas erwidern, doch sein Gehirn war zu träge, um eine sinnvolle Antwort zu finden.

»Sagt mal, sind das nicht die beiden, die die Hüter suchen?«

»Da musst du dich irren.« Valerian schenkte ihm ein strahlendes Lächeln. »Ich hatte noch nie Probleme mit dem Gesetz.« Er gratulierte sich selbst zu dieser Entgegnung, auch wenn seine Worte vom Wein verwaschen waren.

Der Nordländer lachte schallend. »Der war gut.«

Elezeis gebogenes Messer schimmerte im Lampenlicht auf. »Lasst uns gehen, und alle bleiben am Leben.«

»Du weißt doch gar nicht, wie du mit dem Spielzeug umgehen sollst, Drachenhure.«

»Lasst meinen Gastraum bitte heil«, flehte der Wirt aus der Sicherheit hinter seinem Tresen.

Elezeis Lied veränderte sich, dann war sie im Takt und mit zwei Schritten bei dem Mann. Bevor er die Hände hochreißen konnte, hatte er einen langen, blutigen Schnitt quer über der Brust.

Er quiekte wie ein Schwein.

»Holt die Hüter!«

Zwei oder drei verließen eilig das Gasthaus, während der Rest unschlüssig herumstand und Elezei anstarrte, als ob sie plötzlich Schuppen hätte.

Sie lachte. »Ihr seid so erbärmlich.«

Valerian wollte zustimmend nicken. Stattdessen kämpfte er mit dem Gefühl, sich gleich übergeben zu müssen.

Elezei zog ihn zur Tür.

Die Blicke der Gäste wanderten unsicher zwischen ihnen und dem Blut auf der Klinge hin und her. Niemand hielt sie auf.

Draußen in der kühleren Nachtluft fiel ihm plötzlich ein, dass sie nun alles verloren hatten. Den Schmuck. Das Geld. Sie hatten nur noch das, was sie am Leib trugen.

* * *

Elezeis Finger bohrten sich in Vals Arm, als dieser leicht schwankte. Sie zogen zu viele Blicke auf sich, da zu dieser Abendstunde in jeder noch so kleinen Straße unzählige Menschen unterwegs waren. Und auch wenn Elezei wusste, dass es nicht sein konnte, hatte sie das Gefühl, jeder von ihnen hörte ihr leises Summen.

»Warum?«, unterbrach sie die Melodie.

Wie zu erwarten kam keine Antwort. Aber sie roch den Wein und hatte den umgestürzten Tisch mit Münzen und Würfeln gesehen. Glücksspiel, eine weitere Schwäche der Mideaner.

Sie zerrte Val durch eine Gasse voller Lampions. Sie hatte herausfinden wollen, wer hinter der ganzen Sache steckte – stattdessen hing nun ein Verfluchter an ihrem Arm und stolperte neben ihr her.

Elezei zog ihn an einem Kanal entlang, wo zwischen dem Unrat Blumen, Kerzen und geschmückte Gondeln schaukelten. Nicht zum ersten Mal fragte sie sich, ob es nicht besser gewesen wäre, Val zurückzulassen und zu vergessen.

Eine Gruppe lachender Mideaner kam ihnen entgegen, doch keiner schenkte ihnen mehr als einen flüchtigen Blick.

»Er hat geschummelt«, murmelte Val undeutlich. »Glaube ich.«

»Du hast unser restliches Geld verspielt.«

»Ich dachte, ich kann es vermehren.« Seine Stimme war kaum hörbar.

»Und dich betrinken.« Sie machte keinen Hehl aus ihrer Abscheu.

»Es hilft. Manchmal.« Val ließ ihren Arm los und schwankte auf den Kanal zu, wo er auf die Knie fiel. Dann spritzte er sich die Brühe ins Gesicht und goss es über seinen Nacken, wo es die fleckige Tunika durchnässte.

»Wir hatten etwas vor, falls du das vergessen hast.«

»Nein …« Es klang nicht überzeugend.

Sie verschränkte die Arme vor der Brust und sparte sich einen Kommentar. Vielleicht sollte sie einfach gehen. Allein wäre es vermutlich einfacher. Aber in dem Zustand würde Val den Hütern sofort in die Hände fallen. Und er wusste zu viel.

Mit einem Stöhnen kam er wieder auf die Beine. »Dann los. War eh nicht viel Wein.«

Zusammen, beinahe Schulter an Schulter, gingen sie durch die Straßen und Gassen Mideas, deren Trubel seltsam fern zu bleiben schien, und Elezei genoss die Stille zwischen ihnen beiden.

Zweimal hörte sie den Gleichschritt von Hüter-Patrouillen. Und einmal kamen sie nahe heran, aber es blieb genug Zeit, über eine Nebenstraße auszuweichen.

Mehr Sorgen machten ihr die unzähligen Blicke der Mideaner. Wenn die Hüter sie nun offiziell suchten, dann hielten viel zu viele Augen nach ihnen Ausschau. Aber sie hatten keine Wahl, wenn sie herausfinden wollen, wer es auf Elezei abgesehen hatte.

Schließlich erreichten sie den Hof hinter dem Theater, aus dem ein Duett aus einer nicht exakt gestimmten Laute und einer schrillen Frauenstimme erklang, dazu das regelmäßige Gelächter von Mideanern, die anscheinend diese scheußliche Musik schätzten.

Elezei blendete sie so gut es ging aus und lauschte auf andere Geräusche. Doch sie hörte nichts, was eine anwesende Person im Hof verriet. In dem aus zwei Fenstern fallenden Lichtschein sah sie nur die Schatten von Bühnenrequisiten, die an der Rückseite des Gebäudes lehnten.

Sie versteckten sich in einem schmalen Spalt zwischen einem hölzernen Busch mit abgeblätterter Farbe und weiteren Kulissen. Direkt neben Val roch sie den Wein und einen Hauch Kanalbrühe.

Elezei konzentrierte sich auf den Hof und den Durchgang zur Straße, während in ihr die Sorge wuchs, dass sie vielleicht zu spät gekommen waren. Sie hatte schon früher da sein wollen, aber dank der Komplikationen …

»Was willst du machen, wenn jemand kommt?«, flüsterte Val.

»Warten und dann folgen. Ich will nicht nur einen weiteren Handlanger erwischen.«

»Gute Idee.«

Sie verfielen wieder in ein Schweigen, das seltsam angenehm war. Genauso wie die Wärme von Vals Körper, wenn er sie zufällig berührte. Wie hatte ihr ein Mideaner in den paar Tagen nur so vertraut werden können? Etwas in ihr wollte ihn wegschicken, damit er nie von dem Monster erfuhr. Aber sie konnte nicht. Nicht mehr.

Endlich näherten sich kaum hörbare Schritte. Weiche Sohlen oder sogar nackte Füße.

Elezeis Blick versuchte die Dunkelheit zu durchdringen, als sie in Richtung des Durchgangs zur Straße sah. Ihre Hand wanderte zu ihrem Messer, was Val offenbar in Alarmbereitschaft versetzte, denn sein Körper spannte sich an.

Die Schritte stoppten, und für einen Moment war nur ihr gemeinsamer Atem zu hören.

Dann ging die Person weiter. Kurz durchquerte sie einen der Lichtflecken, und es war, wie das Mädchen erzählt hatte: Außer einem Umhang mit Kapuze war nicht viel zu erkennen. Falls es wirklich eine Frau war, war sie für mideanische Verhältnisse groß. Fast wie eine Zatarsi.

Die Person blieb im Schatten stehen. Wüsste Elezei nicht, dass sie da war, hätte nichts sie verraten.

Hinter ihnen setzte Applaus ein, gefolgt von einem neuen Lied. Eine Arie, die ein Mann mit so dünner Stimme vortrug, dass sie beinahe im Lärm Mideas unterging. Dennoch reichte es aus, dass sich nicht jedes kleine, versehentliche Geräusch von ihnen beiden verräterisch anfühlte.

Dann bewegte sich der Schatten, und die Person ging vom Hof.

Val wollte sich erheben, doch Elezei legte ihm die Hand auf den Arm. Ihr Gehör würde ihnen einen größeren Abstand erlauben, ohne entdeckt zu werden. Sie würde kein Risiko eingehen. Sie würde den Drahtzieher kriegen.

Schließlich verließen sie das Versteck hinter dem hölzernen Busch und folgten den leisen Schritten. Auch wenn alles in Elezei schleichen wollte, versuchte sie, sich wie ein normaler Passant zu verhalten und mit den Mideanern zu verschmelzen. Dabei wuchs die Angst, dass eine Hüter-Patrouille sie zu einem Umweg zwingen würde und sie die Person verloren.

Doch diese ging nicht weit. Nur zwei Straßen, dann überquerte sie die bekannte Brücke.

Elezei blieb stehen. Sie hatte plötzlich das Gefühl, der ganze Stamm hätte sie verraten. Erst die Azai, nun das hier ...

»Was ist?«, fragte Val.

»Es war eine Zatarsi.«

Er sah sie verwirrt an.

»Die Frau, der wir gerade gefolgt sind. Sie ist ins Zatarsi-Viertel gegangen. Für eine Mideanerin gäbe es dafür keinen Grund.«

»Nicht überraschend.« Er rieb sich den Nasenrücken. »Wer außer deinem Stamm kennt dich schon gut genug, um diese Aktionen durchzuführen?«

Elezei ballte ihre Hände zu Fäusten. Seine Worte klangen so logisch, aber sie wollte es nicht glauben. Sie wollte nicht einmal wissen, wer von ihrem Stamm sie benutzt hatte. Aber es blieb ihr keine Wahl, wenn sie je zurückkehren wollte.

»Was willst du nun machen?«, fragte Val.

»Ich muss mit Sesai Careisa sprechen. Sie muss Bescheid wissen, dass mich jemand vom Stamm in die Falle lockt.«

»Nach allem, was du erzählt hast ... was, wenn es sie ist, die dahintersteckt?«

Elezei schüttelte den Kopf. »Das ist abstrus. Welchen Nutzen sollte sie davon haben?«

Val zuckte mit den Schultern. »Ich kenn sie nicht.«

»Eben, du kennst sie und die Zatarsi nicht.« Ihr Blick bohrte sich in ihn. »Deswegen wirst du hier warten.«

Val schnaubte. »Vergiss es. Ich komm mit, oder ich bring dich eigenhändig zu den Hütern.«

Sie wollte ihm schon widersprechen, doch dann schwieg sie und ging los. Irgendwie war sie froh, das nicht allein machen zu müssen.

* * *

Die Zeit kroch endlos langsam dahin, während Adorata krampfhaft versuchte, wach zu bleiben. Dabei hatte sie sich sogar schon auf den Holzschemel gesetzt und den Rücken gegen die harte Steinwand gelehnt. Doch der Schlaf war hartnäckig.

Sie rieb sich die Augen und starrte in die flackernde Kerze. Sie musste für Natale wach bleiben.

Als ihre Lider wieder zufallen wollten, erhob sich Adorata und schlurfte zum Waschtisch, wo sie sich das warme Wasser ins Gesicht spritzte. So lange konnte es bis zum Wachwechsel doch nicht mehr sein, oder?

Adorata sprang ein bisschen auf dem Platz, lockerte ihre Schulter und schlenkerte die Arme. Sie hatte dank der Nachtschicht auf der Mauer und der vielen Arbeit, die ihr die Meister aufgebrummt hatten, einfach nicht genug Schlaf bekommen.

Sie gähnte.

In einem neuen Versuch, wach zu bleiben, drückte sie die Stirn gegen den kühlen Stein und kämpfte gegen den Drang an, die Augen nur einen einzigen Moment zu schließen. Sie würde Natale nicht enttäuschen.

Schließlich begann sie in ihrer Kammer auf und ab zu gehen. Von der Tür zum Bett, das Adorata immer stärker lockte, und zurück. Dann wieder von vorn. Und noch einmal …

Endlich erklangen auf dem Gang Schritte und leise Stimmen.

Adorata presste das Ohr gegen das Holz. Die Kameraden gingen vorbei. Kurz darauf ging die erste Tür, dann die zweite und die dritte.

Es wurde wieder still.

Schließlich atmete Adorata tief durch und öffnete leise die Tür. Der Gang war leer.

Leise schloss sie die Tür hinter sich und eilte fünf Kammern weiter, wo sie leise ans Holz klopfte. Dann ein zweites Mal, lauter. Auch wenn sie schon oft nachts zu Natale geschlichen war, pochte ihr Herz vor Aufregung.

Endlich schlüpfte Fedon mit verschlafenem Gesicht heraus, die Haare zerzaust und nicht zu dem üblichen Stummel zusammengebunden. Er nickte ihr zu, und gemeinsam machten sie sich auf zur Bibliothek, deren Türen um diese Stunde verschlossen waren. Nicht nur, um die kostbaren Besitztümer zu schützen, sondern vor allem, um das Wissen der Meister zu verbergen. Wie zum Beispiel das über Drachengift.

Fedon zog seine Dietriche aus den Stiefeln und machte sich am Schloss zu schaffen, während Adoratas Blick zwischen ihm und dem Gang hin und her wanderte. Auch wenn viele Bewohner Mideas die Hüter für ehrenhaft und anständig hielten, vereinfachten manche Fähigkeiten ihnen die eine oder andere Sache.

Das Schloss sprang auf.

Adorata folgte Fedon in die Bibliothek, deren Türen sie hinter sich wieder schlossen. Stille, Dunkelheit und der Geruch der alten Bücher hüllte sie ein.

»Weißt du, wo wir hinmüssen?«

»Hoch. Und dann den Katalog für die Empore finden.«

»Dann geh vor.«

Adorata ergriff seine Hand und ging langsam vorwärts, während sie sich zu erinnern versuchte, wo genau Lesepulte und Regale standen. Dennoch stieß sie sich ihr Knie schmerzhaft an. Immerhin konnte sie sich nun an den Möbeln entlang zur Treppe vortasten, über deren erste Stufe sie beinahe gestolpert wäre.

»Treppe.«

Ihre freie Hand fand das Geländer, das sie nach oben führte, wo sie Schritt für Schritt zu Meisterin Tullias Tisch ging. Sie spürte das Holz unter ihren Händen und die Bücherstapel. Dann stießen ihre tastenden Hände gegen Glas.

Im letzten Moment konnte sie das Tintenfass am Fallen hindern.

Kurz darauf beleuchtete die verglaste Laterne nicht nur Meisterin Tullias Tisch, sondern auch einen großen Teil der Empore. Wenn jemand reinkam, würde er sie sofort sehen.

»Das ist wie ein Signalfeuer«, sprach Fedon ihre Gedanken aus.

Adorata griff nach dem Lappen, der zur Reinigung der Federn gedacht war, und deckte das Licht ab, sodass nur noch ein schmaler Streifen blieb, den sie notfalls mit dem Körper abschirmen konnte.

Sie bewegte die Lampe und ließ deren Lichtschein über den Tisch gleiten, der penibel aufgeräumt war, und legte den Kopf schräg, um die Rücken der gestapelten Bücher zu lesen. »Kein Katalog.«

»Bei dem vielen heiklen Wissen hier oben ist der sicher gut versteckt. Die wollen ja nicht, dass neugierige Hüter wie du ihn finden.«

»Und Meister Tullia braucht ihn vermutlich selten, da kann er überall stehen.« Adorata ließ das Licht der Laterne über das Regal direkt neben dem Tisch wandern. Dort sahen alle Buchrücken identisch aus und bestanden aus dem Wappen der Hüter sowie Jahreszahlen.

Die Bücher erinnerten Adorata an die Chronik der Hüter, die unten stand, aber dort waren die einzelnen Bände nur halb so dick. Selbst wenn in diesen hier mehr und vermutlich sogar interessantere Dinge standen, hatte sie keine Zeit, sie durchzulesen, bis sie etwas Brauchbares fände. Also doch der Katalog.

Sie ging zur anderen Seite des Tisches und beleuchtete die Bücher dort, die nicht alle gleich aussahen. Gemeinsam entzifferten sie die Buchrücken, doch keiner der Titel klang hilfreich.

Adorata schüttelte den Kopf. »Wir können hier nicht ewig nach dem Katalog suchen.«

»Die Bücher hier oben sind doch wie unten angeordnet, oder? Dann müssten wir nur herausbekommen, wo welche Themen stehen.«

»Und bei was sollen wir anfangen? Unten habe ich zum Drachengift nur etwas in den Handelsbestimmungen gefunden. Ich will aber mehr und andere Informationen. Wir wissen ja nicht einmal, was es genau ist und woher es kommt!«

Fedon kratzte sich am Kopf. »Und ob es wirklich was mit Drachen zu tun hat …«

»Aber da werden wir anfangen. Sonst kommen wir nie weiter.« Ihr Blick wanderte durch die Dunkelheit, die die unzähligen Regale verbarg, und sie versuchte sich zu orientieren. »Die waren links vom Eingang, oder?«

»Glaube schon.«

Sie liefen die Empore entlang, während der schmale Strahl der Laterne ein Regal nach dem anderen aus der Schwärze holte. Immer wieder schimmerten Titel im Licht auf, als ob sie gelesen werden wollten.

»Hier irgendwo.«

Das erste Regal, das sie absuchten, enthielt nur Bücher über Tierarten, von denen sie noch nie etwas gehört hatten. Auf der Rückseite wurden sie dagegen fündig: Drei ganze Bretter mit Wissen über Drachen.

Wahllos griff sie nach dem ersten Buch und setzte sich kurzerhand auf den Boden, das Licht der Laterne nur auf den kleinen Flecken vor sich gerichtet. Fedon setzte sich ihr gegenüber und verschob den

Lappen so, dass auch auf seiner Seite ein kleiner Lichtfleck entstand, in dem er einen dicken Lederband aufschlug.

Adorata blätterte die ersten Seiten um, die gut leserlich geschrieben waren. Dafür fehlte ein Inhaltsverzeichnis. Sie überflog die Einleitung, dann das Kapitel über die Anatomie. Das kannte sie alles, denn man hatte auch den Hütern eingebläut, wo sie mit Speer, Balliste oder notfalls einem Dolch treffen mussten.

Es folgten weitere Kapitel über die Lebensweise der Drachen, Hierarchien im Schwarm und sogar ein bisschen was über deren Liebe zur Musik. Dann noch eine geschichtliche Abhandlung, die sie überflog, und danach war das Buch zu Ende.

»Nichts.«

»Und hier viel zu viel über das Paarungsverhalten. Die Männchen haben da echt nichts zu sagen.«

Adorata grinste. »Genau das Richtige für dich.«

Fedon schnaubte.

Entschieden schob sie das Buch zurück und nahm den nächsten Band heraus, der ihr aufgrund seiner Schwere fast aus der Hand glitt. Immerhin gab es diesmal ein ausführliches Inhaltsverzeichnis, über das sie mit dem Finger fuhr.

Sie wollte gerade die Unterpunkte zur Anatomie überspringen, als ihr ein Punkt ins Auge stach: »Drachenspeichel – oder auch Drachengift«.

Hastig blätterte sie zu der angegebenen Seitenzahl, nicht ohne aus Versehen die eine oder andere Seite einzureißen. Schon die ersten Zeilen bestätigten die Überschrift: Drachengift war der konzentrierte Speichel der Drachen, den man durch Destillation gewann. Etwas, was in den Büchern unten nie gestanden hatte und von dem sie noch nie gehört hatte.

»Drachengift ist Drachenspeichel!«

»Was?«

Sie hielt ihm das Buch hin. »Und uns hat man nur von der relativ geringen Giftigkeit des Drachenspeichels erzählt, die uns vielleicht ein bisschen lethargisch machen könnte.«

Sorgfältig las sie Wort für Wort, doch je weiter sie kam, desto hoffnungsloser fühlte sie sich. Die Symptome passten, auch wenn Natales Zustand schon länger als angegeben anhielt. Alles passte.

Der vorletzte Absatz erwähnte, dass ein ausgiebiges Bad im Drachenblut eine gewisse Immunität gegen den Drachenspeichel versprach. Aber nur im Vorhinein und kaum gegen das konzentrierte Drachengift.

Nach den letzten Worten des Kapitels fiel ihr das Buch polternd aus der Hand. »Es gibt keine Heilung.«

* * *

Nachdem Elezei Valerian eingeschärft hatte, leise zu sein, betrat sie mit ihm das Zatarsi-Viertel und brachte ihn zu dem unbewohnten Haus, in dem sie sich vor ihrem ... Ausschluss mit Sesai Careisa getroffen hatte und wo es nur wenige Ohren gab.

In der fast kompletten Dunkelheit tastete sie nach den Kerzen auf den Treppenstufen, bis sie eine fand und anzündete. Dann deutete sie auf die Empore, die in den flackernden Schatten lag. »Und kein Wort«, wisperte sie. »Ich bin gleich wieder da.«

Val nickte nur und wirkte so müde, wie sie sich fühlte. Mit der aufgeplatzten Lippe hatten die Vorkommnisse eine weitere Spur auf seinem Gesicht hinterlassen, während sie bei Elezei unsichtbar blieben. Dennoch spürte sie die Wunden und Schnitte in ihrem Inneren.

Entschieden ging sie an ihm vorbei die Stufen nach oben und dann über den Balkon auf die Dächer, deren Kuppelmeer sich vor ihr ausbreitete. So oft war sie hier oben gewesen, und dennoch erschienen ihr die Abgründe plötzlich schwärzer und die Simse schmaler.

Elezei eilte lautlos über die Dächer, passte ihre Schritte dem Klangteppich des Viertels an – und wurde kein Teil davon. Sie fühlte sich seltsam abgekoppelt von der Musik um sie herum, beinahe fremd hier.

An der Kante eines Daches ging Elezei in die Hocke und flocht Tarissans Abendlied in den Klangteppich – und da blühte die Sehnsucht auf, wieder ein Teil dieser Harmonie zu sein. Sie wollte endlich nach Hause. Die letzten Tage vergessen. Und das Monster.

Dann fiel ihr Bruder in Elezeis Gesang ein, und es wurde zu dem gewohnt perfekten Duett.

Als sein Flötenspiel lauter wurde, erhob sie sich und führte Tarissan zum Haus am Rand des Viertels. Über den Balkon kletterte sie in die Tiefe, lauschte einen Moment den klaren Tönen der Variation, dann trat sie ins Innere, warf einen kurzen Blick zu den Schatten der Empore und legte den Finger an die Lippen.

Nur ein kurzes, kaum hörbares Rascheln antwortete ihr.

Elezeis Herz schlug stärker, als Tarissan und sein Flötenspiel immer näher kamen.

Dann fiel ihr ein, dass sie ihr Gold nicht trug. Und dass ihr Bruder das sofort sehen würde.

Doch da waren Tarissans Schritte schon nah herangekommen.

Elezei verstummte und streckte ihren Rücken, aber das erhobene Kinn fühlte sich falsch an. Irgendwann in den vergangenen Tagen hatte sie ihren Stolz verloren und es nicht einmal gemerkt.

Tarissan betrat das Haus, seine Flöte sank herab, und er eilte auf Elezei zu, um sie in den Arm zu nehmen. All ihre Bedenken und Zweifel schwanden. Sie war wieder zu Hause, umgeben von Zatarsi und Musik.

Ihr Bruder schob sie sanft ein Stück von sich weg und musterte sie in dem flackernden Kerzenlicht. »Geht es dir gut?« Sorge lag in seiner Stimme.

Elezei nickte. »Ich möchte endlich heim.«

»Du hättest nicht kommen sollen.« Tarissans kaum hörbare Worte waren unerwartet eindringlich. »Geh bitte.«

Für einen Moment war Elezei sprachlos. Dann bemerkte sie, dass sein Blick über ihren Hals und ihre Arme wanderte, und zurück zum Hals. Sie glaubte sein Entsetzen regelrecht zu spüren, aber jede Erklärung blieb in ihrer Kehle stecken.

Val nutzte die Stille, um sich zu bewegen.

Tarissans Kopf ruckte herum. »Hast du einen Mideaner hierhergebracht?« Die Abscheu war nicht zu überhören. »Was ist in den paar Tagen aus dir geworden?«

»Ich hatte keine Wahl«, brachte sie hervor. Sie log ihren Bruder an. Er hatte recht: Was war aus ihr geworden?

»Wenn du das sagst.« Plötzlich war da Distanz zwischen ihnen.

»Ich bring ihn gleich wieder weg, aber ich muss vorher mit Sesai Isazea reden. Bitte.« Erst als sie es ausgesprochen hatte, merkte sie, dass sie nicht wie geplant um ein Gespräch mit Careisa gebeten hatte. Sie musste an Vals Worte denken. Was, wenn er recht hatte?

Tarissan nickte nur und verließ das Haus.

Als das Geräusch seiner Schritte verklungen war, schwand alle Kraft aus Elezei. Sie schleppte sich die Stufen hinauf und sank neben Val zu Boden. Der Gestank nach Wein biss sie in die Nase. Und trotzdem …

»War das dein Geliebter?«, fragte Val. Klang er etwa eifersüchtig?

»Mein Bruder«, brachte sie hervor.

»Kannst du ihm trauen?«

»Er ist mein Bruder!«, zischte sie.

»Ich hab auch zwei ... ich würde keinem von ihnen trauen.«

Elezei wusste nicht, was sie erwidern sollte. Sie wollte Tarissan vertrauen. Sie hatte es früher getan. Und jetzt? Alles schien sich verändert zu haben. Nichts war mehr so, wie es sein sollte.

Val lehnte den Kopf gegen die Wand und schloss die Augen.

Elezei blieb allein mit ihren Gedanken, mit ihren Zweifeln, die selbst die vertraute Musik um sie herum nicht zum Schweigen bringen konnten. Sie versuchte sich in die Harmonie zu versenken, ihre eigene Melodie im Kopf dazuzuspinnen, doch es gelang ihr nicht. Sie fand den Zugang nicht mehr.

Plötzlich wünschte sie sich den Lärm der Unterkunft zurück. Die Schreie, das Lachen, das Gurren. Und Vals Stimme, die alles infrage stellte. Hatte sein Misstrauen auf sie abgefärbt? Oder war es Midea gewesen, das sie gelehrt hatte, mit anderen Augen zu sehen?

Schritte erklangen auf der Straße draußen.

Elezei sprang auf und eilte die Stufen hinab, deren unteres Ende sie erreichte, als Sesai Careisa das Haus betrat. Nicht Sesai Isazea.

Elezei hob ihr Kinn, während sie all die Möglichkeiten in ihrem Kopf durchging, wie das hatte passieren können. Tarissan hatte sicher nicht absichtlich Sesai Careisa Bescheid gegeben. Vielleicht war er ihr zufällig über den Weg gelaufen?

»Guten Abend, Elezei.« Die Stimme der Sesai war lauter als nötig. Und als die Gespräche in der Nähe verstummten, wurde Elezei bewusst, dass diese Stelle des Viertels doch nicht so abgeschieden war, wie sie geglaubt hatte. Vielleicht sollte sie wortlos gehen. Aber ihr Name war genannt worden.

»Guten Abend«, erwiderte sie so ruhig wie möglich, auch wenn die Wut sie kitzelte.

»Ich weiß, dass du mich nicht erwartet hast, aber Tarissan hatte auf sein Blut geschworen, mir Bescheid zu geben, falls du ihn aufsuchen solltest.«

Die Worte bohrten sich wie Stiche in Elezei. Sie glaubte beinahe Vals kritische Fragen zu hören. Aber es war ihr eigener Kopf, in dem das Misstrauen wuchs – und das Gefühl, einen Fehler gemacht zu haben.

»Ich bin einer Stammesschwester gerade bis zum Viertel gefolgt, nachdem …«

»Du trägst dein Gold nicht«, stellte die Sesai nüchtern fest.

»Ich bin immer noch eine Zatarsi mit all meinem Blut.« Sie fühlte sich in die Defensive gedrängt.

»Und warum zwingst du dann einen Stammlosen, dir Gift zu besorgen, um Hüter anzugreifen?« Enttäuschung stand in dem Gesicht der Sesai. »Ich hatte es nicht glauben können, als Narezin es mir erzählt hat.«

Das Haus umgab eine Stille voller Abscheu.

»Und du glaubst den Worten eines Stammlosen mehr als meinen?« Die Wut begann sich zu regen, sie wollte sich mit Klauen und Zähnen auf die Sesai stürzen.

»Nein.« Die Stimme der Sesai wurde sanfter, nicht jedoch leiser. »Aber die Hüter haben es bestätigt. Genauso wie Narezins Tod.«

Elezei wollte ihre nächsten Worte mit Bedacht wählen, doch die Wut schleuderte sie hinaus: »Er wollte mich ihnen ausliefern!«

»Und deswegen hast du ihn töten müssen? Oder war es der Verfluchte, den du mitgebracht hast?«

Ein Zischen entfuhr Elezei, ihre Hände ballten sich zu Fäusten und die Wut kroch höher. Sie wollte nach ihrer Klinge greifen, konnte sich aber beherrschen. Doch der Drang blieb, sich auf die Sesai zu stürzen.

»Verstehst du nun, was ich meinte, als ich sagte, deine Schwester braucht Hilfe, Tarissan?«

Elezeis Wut war wie weggeblasen. »Er ist nicht hier.«

Auf dem Gesicht der Sesai erschien ein Lächeln.

Von draußen erklang ein hervorgewürgtes »Doch«.

Elezeis Beine wollten nachgeben. Sie wusste nicht, was die Sesai an Lügen erzählt hatte, aber Elezei hatte ihrem Bruder vielleicht gerade alles bestätigt. Und nicht nur ihm …

Die Sesai machte einen Schritt auf Elezei zu, die Hände ausgestreckt. »Ich kann dir helfen, Elezei. Dein Stamm ist trotzdem für dich da.«

Elezei bewegte sich nicht. Sesai Careisa hatte ihr gerade Gesicht, Würde und Stolz genommen. Elezei war kaum besser dran als eine Ausgestoßene. Keiner würde ihr nun noch helfen können und wollen.

Auf der Empore erhob sich Val und kam unter dem amüsierten Blick der Sesai die Stufen herab, trat neben Elezei. »Und was war mit den letzten Tagen, in denen ihr sie alleine gelassen habt? Du bist genauso ein lügendes Stück Scheiße wie meine Familie.« Die Wut, die in ihr hochkroch, lag in seiner Stimme.

»Reizend, wen du zu deiner Verteidigung mitgebracht hast, Elezei.«

Es war alles vorbei.

Elezei drängte sich an Careisa vorbei, rannte aus dem Haus und die Straße entlang. Weg von der Sesai, weg von Tarissan, weg von dem Stamm, der sie im Stich gelassen hatte.

Hinter sich hörte sie Val, der ihr fluchend folgte.

»Hat er dir gesagt, wer er ist?« Careisas Worte hallten zwischen den Häusern wider.

Sie wurde langsamer.

Val griff ihre Hand und zog sie mit sich. »Weiter. Sie versucht dich mit ihren Lügen zu kriegen.«

Elezei stolperte hinter ihm her, wie er vorhin hinter ihr.

»Sei vorsichtig mit Valerian Morena.«

Beinahe musste Elezei lachen. Valerian war ganz sicher kein Morena! Keiner dieser Familie würde sich mit einer Zatarsi einlassen, sich derart mit Hütern anlegen oder sich halb betrunken von ihr durch die Straße ziehen lassen. So viel wusste selbst sie.

KAPITEL 11

Adorata wich viel zu spät aus.

Fedons Übungsschwert schlug mit voller Wucht gegen ihren Arm, von wo sich trotz des wattierten Wamses Schmerzen ausbreiteten.

Sie fluchte.

Er lachte. »Du kämpfst schlimmer als ein Anwärter.«

»So?« Sie stürmte auf ihn zu, wechselte im letzten Moment die Hand und entwaffnete ihn.

»Ein Treffer zu sechs? Sieben?« Fedon hob sein Übungsschwert von den staubigen Steinplatten des Kampfplatzes auf, der in einem beschatteten Innenhof der Festung lag.

»Vielleicht hab ich dich ja auch nur gewinnen lassen.« Doch Adorata merkte, wie ihre Gedanken wieder zu dem Drachengift schweiften. Dabei hatte sie gehofft, hier für ein Weilchen den Kopf freizubekommen.

Fedons Schwert stieß vor.

Sie parierte es und machte einen Ausfallschritt auf seine Seite, aber er hatte die Waffe längst wieder schützend zwischen ihnen.

Adorata umkreiste ihn langsam und wartete darauf, dass er die Schulter zu weit zurückzog, was nur noch selten vorkam. Natale und sie hatten es Fedon über die letzten Jahre hinweg ausgetrieben. Die gemeinsamen Übungskämpfe waren die anschließenden blauen Flecken stets wert gewesen.

Verdammt, sie vermisste Natale!

Alle Kraft wich aus Adorata, und das Schwert sank herab. Genau in dem Moment, als Fedon angriff. Diesmal traf er ihre Seite. Doch der Schmerz fühlte sich gut an.

»Du bist mit deinen Gedanken nicht hier.« Fedon wischte sich den Schweiß von der Stirn. »Lass uns wann anders weitermachen.«

»Ist vermutlich besser, ja.« Adorata räumte ihr Übungsschwert in eine dafür vorgesehene Halterung und ließ sich daneben auf den Boden sinken, lehnte den Kopf gegen das Holz.

Fedon verschränkte die Arme vor der Brust. »Willst du nicht mal mit der Sprache rausrücken, was los ist?«

Sie sah ihn fragend an, auch wenn sie genau wusste, was er meinte.

»Du warst heute noch kein einziges Mal bei Natale. Stattdessen hast du die armen Puppen hier verprügelt, sobald du nichts zu tun hattest.« Er beugte sich zu ihr hinunter. »Da stimmt offensichtlich etwas nicht.«

»Ich habe nur ein bisschen Abwechslung gebraucht.« Sie sah an ihm vorbei zu dem Sonnensegel über dem Innenhof, das aus der gnadenlos herabbrennenden Mittagssonne einen hellen Fleck machte.

»Es ist die Sache mit dem Gift, oder? Dass es keine Heilung gibt?«

Adorata starte in den Lichtfleck auf dem Stoff, bis ihre Augen tränten. Sie wollte nicht darüber nachdenken. Sie wollte vor allem nicht darüber sprechen, da es die Tatsache realer machte.

»Wir haben nur eine Handvoll Bücher durchsucht, Dora. Vielleicht steht in den anderen noch was.«

»Und wenn es nichts gibt?« Sie schrie fast. Der Schmerz wollte raus.

»Schwörst du, Amaria mit deinem Leben zu verteidigen?«

Adorata wollte ihm an die Kehle springen, ihn schütteln, weil er den dummen Schwur zitierte. Und weil er damit recht hatte, da sie ihn alle mit voller Überzeugung abgelegt hatten.

»Glaubst du, Natale würde wollen, dass du ihn einfach so aufgibst, weil du es in irgendeinem Buch gelesen hast?«, fragte Fedon.

»Nein«, murmelte sie. »Er würde mir einen Vortrag halten, dass Lesen nur etwas für Alte und Kranke ist.«

»Siehst du.« Fedon hielt ihr die Hand hin. »Meister Bashir wird sicher eine Kur finden.«

Adorata bewunderte die Überzeugung in seiner Stimme und auf seinem Gesicht. Dann ließ sie sich hoch helfen. »Ich sollte nach ihm schauen.«

Fedon nickte. »Mach das.«

»Danke.« Sie atmete tief durch. »Kannst du deine alten Kontakte bemühen und herausfinden, wer Tadeo das Gift verkauft hat?« Und wo sich vielleicht noch Drachen herumtrieben?

»Kann ich machen. Aber dafür wird mindestens ein halbes Jahr Sold draufgehen.«

»Krieg ich hin.«

»Und ich muss irgendwie aus der Festung kommen. Wenigstens um eine Nachricht zu schicken ...«

»Der verdammte Hausarrest!«

»Mir fällt schon was ein. Ich wollte sowieso noch Fara Bescheid geben, damit sie sich keine Sorgen macht.« Er seufzte. »Aber ich komm erst mal mit zu Natale.«

Adorata war froh, dass er sie nicht allein gehen ließ. Vor allem da mit jedem Schritt durch die angenehm kühlen Gänge die Angst wuchs, dass sie Natale wie Rashad vorfinden würde. Aber würde es einen Unterschied machen, jetzt wo sie wusste, dass das Gift nicht heilbar war?

Sie schüttelte den Gedanken hastig ab und betrat den Krankensaal – wo ein neues Bett belegt war.

Mit einem Fluch rannte Adorata hinüber.

Zwischen den Laken lag ein Mädchen, vielleicht so alt wie Narezins Tochter, allerdings mit verfilzten Haaren und vielen Narben. Ein Straßenkind, dessen Augen glasig offen standen und das nur selten blinzelte.

»Wieder ein Giftopfer«, sagte Fedon neben ihr.

Adorata ballte ihre Hände zu Fäusten. Wann wurde Elezei endlich gefunden, damit das hier endete? Wie lange sollte das so weitergehen? Und warum dieses Kind, wenn es eigentlich um die Zeugen aus dem Innenhof ging?

Elia kam mit einer Schüssel und Tüchern heran.

»Was ist passiert?«, bestürmte Adorata ihn. »Und wie passt sie in das bisherige Schema?«

»Das wissen wir nicht. Der Wirt der Vollen Karaffe hat sie gefunden. In einem Zimmer, das die Nacht über vermutlich Valerian Morena und Elezei bewohnt hatten und das wohl ziemlich zerstört war.«

»Hat man sie endlich geschnappt?«

»Die waren schon weg. Gab eine Schlägerei. Da hat der Wirt sie rausgeworfen. Angeblich haben er und seine Gäste die beiden nicht erkannt.«

Adorata sah auf das entspannte Gesicht des Mädchens. Es war nicht gerecht. Sie hatte sicher nichts getan.

»Heute Nacht werde ich aus der Festung schleichen«, flüsterte Fedon so leise neben ihr, dass es Elia, der fragend aufsah, nicht verstehen konnte.

Adorata nickte. Den Täter sowie den Händler des Giftes zu schnappen war gerade vielleicht die einzige Gerechtigkeit, die es für Natale, Rashad, Dafne und dieses Mädchen geben würde.

Sie schlurfte zu Natales Bett. Fedon folgte ihr und blieb auf der anderen Seite stehen. Auf seinem Gesicht stand die gleiche Hoffnungslosigkeit, die Adorata spürte. Nichts war mehr von der Zuversicht geblieben, die er gerade auf dem Kampfplatz versprüht hatte.

»Erinnerst du dich an das Versprechen, das ich dir hatte geben müssen?«, fragte er, den Blick auf Natale gerichtet.

Sie schüttelte den Kopf.

Er sah sie an. »Dass ich dein Leben beenden soll, wenn du das Gift abbekommst.«

»Das gilt immer noch. Warum?«

Fedon deutete mit dem Kinn auf Natale. »Glaubst du, er hätte gewollt, für Wochen oder Monate hier zu liegen, ohne eine Aussicht auf Heilung?«

Sie konnte Fedon nur anstarren. »Wie kannst du so etwas vorschlagen?« Doch eine leise Stimme, für die sie sich hasste, stimmte ihm zu.

»Weil du ihn liebst.«

»Und deswegen soll ich ihn umbringen?«

»Ja.« Fedon ließ ihren Blick nicht los. »Alles andere wäre dein Egoismus, weil du ihn nicht gehen lassen willst.«

Sie wusste, dass er recht hatte. Aber wie konnte er von ihr verlangen, dass sie Natale ... gehen ließ, wenn da noch dieser winzige Schimmer Hoffnung auf Heilung war?

* * *

Als Elezei erwachte, ließ sie die Augen geschlossen und erlaubte sich einen Moment zu träumen, sie läge im Bett von Narezins Unterkunft und alles wäre nur ein Traum gewesen. Dass alles gut wäre. Wenigstens ein bisschen.

Der Hauch eines Lächelns kroch auf ihre Lippen. Es fühlte sich zu schön an. Sie wollte sich in dem Gefühl verlieren und alles andere vergessen ...

Doch immer mehr drängte sich ihr die ungewohnte Geräuschkulisse auf. Zu viele Männerstimmen, zu viele Karren und Tiere. Kein Gurren und Scharren auf dem Dach über ihr.

Elezei hob widerwillig die Lider. Sonnenlicht fiel durch die schmalen Fenster direkt unter der Decke in den sonst kargen Raum, der kaum größer als Narezins Unterkunft war. Unter ihren Fingern spürte sie rauen Stoff, dennoch lag sie einigermaßen weich.

Sie setzte sich auf, und ihr Blick fiel auf Val, der auf einigen Fässern saß, den Kopf gegen die Wand gelehnt, und sie ungewohnt distanziert ansah, was ihr einen Stich gab.

»Wo sind wir?«, brachte sie hervor.

»Im Lagerraum des Lahmen Pfaus. Das Einzige, was mir auf die Schnelle eingefallen ist. Ein paar Stunden sollten wir hier noch Ruhe haben. Und es gibt zwei Ausgänge.«

Vage erinnerte sie sich daran, wie sie durch die Straßen geeilt waren, stetig die Richtung geändert hatten, weil die Hüter überall gewesen zu sein schienen, während ihre Gedanken immer wieder das Gespräch mit der Sesai durchgespielt hatten.

»Du hattest recht.«

Val grinste. »Mit was diesmal?«

»Mit der Sesai.«

»Warum diese Sinnesänderung?«

»Sie hat doch gesagt, dass Narezin ihr das mit dem Gift erzählt hatte. Es gibt aber keinen vernünftigen Grund, weshalb sie überhaupt mit ihm gesprochen hat – oder er mit ihr. Er ist kein Teil des Stammes mehr.«

»Außer, Narezin stände bei ihr in der Schuld.«

Elezei nickte. »Und dann passt auch seine Aussage, dass er dafür sorgen könnte, dass ich nie wieder zum Stamm zurückkann.«

»Und was willst du nun machen?«

»Midea verlassen und in den Bergen mehr über mein Volk erfahren.« Mehr über die Monster, nach denen sie die Sesai nicht mehr fragen konnte.

Val sah sie ungläubig an. »Moment, du willst sie einfach gewinnen lassen?«

»Nein! Aber erstens werde ich nichts gegen sie ausrichten können, da mir Beweise fehlen und keiner im Stamm mir mehr ein Wort glaubt. Und zweitens ist ihr Ziel sicher nicht, mich aus der Stadt zu bekommen.« Elezei hatte überhaupt keine Ahnung, worauf das Ganze hinauslaufen sollte.

»Du vergisst dabei eine entscheidende Sache.«

»Hm?«

»Mideas ist abgeriegelt. Niemand kommt raus, außer er kann fliegen.«

Konnte sie das? Sie hatte immerhin Flügel gehabt. Aber dann müsste sie Val zurücklassen ...

»Und gehen wir mal davon aus, du kommst irgendwie aus der Stadt raus: Was dann? Du hast kein Geld. Nichts.«

»Vielleicht nimmt mich eine der Karawanen mit. Als Wächterin oder ...« Sie atmete tief durch. »Es würde mich freuen, wenn du mitkommst.«

»Was will ich bei irgendwelchen Wilden, die auf dem Boden schlafen und sich einmal im Jahr waschen? Und regelmäßige Mahlzeiten wären auch nett, da Hunger das Leben echt unbequem macht.«

Seine Ablehnung tat weh. Und nicht nur das – seine Weigerung brachte ihre Idee zum Kippen. Er war nun ihr Stamm. Aber es stimmte, wenigstens ein bisschen Geld würde sie brauchen, und da ihr Gold weg war und sie niemanden mehr hatte …

»Was ist mit deiner Familie?«, fragte sie.

Die Wut flackerte in seinen Augen auf. »Vergiss es.«

Elezei fielen Careisas letzte Worte ein. Gestern hatte sie diese als Lügen abgetan, aber heute und mit klarem Kopf erkannte sie plötzlich Details, die die Behauptung durchaus bestätigen könnten.

Sie versuchte sich an das Aussehen der Morenas zu erinnern. Doch es fiel ihr schwer, da seit dem Angriff auf Lissea keine Zatarsi mehr für diese Familie Musik machte. Präsent waren einzig der Herr des Hauses und einer seiner Söhne – beide großzügig und interessiert. Aber wenn Val keine Musik mochte, dürfte er eher selten bei einem Konzert anwesend gewesen sein, oder?

»Careisa sagte, du bist ein Morena«, sagte sie.

»Und du glaubst immer noch alles, was sie sagt?«

»Sie kannte deinen Vornamen.«

Er zuckte mit den Schultern. »Hattest du nicht auch den Eindruck, dass sie viel zu gut Bescheid wusste? So gut, dass sie oder Narezin uns vermutlich haben ausspionieren lassen?«

»Und wie oft ist dein voller Name und nicht nur die Kurzform gefallen?«

Sein Kiefer spannte sich an. Doch sein Gesicht blieb steinern. Eine Fassade, hinter der er viel versteckte, und vielleicht war es an der Zeit, diese endlich zu zerbrechen.

Elezei begann zu summen, ohne den Blick von ihm zu nehmen. Auch wenn ihr Blut reagierte, war das Monster deutlich träger als Vals Wut. Sie war eben doch stärker.

Seine Augen verengten sich zu Schlitzen. »Lass das.«

Doch das Lied strömte weiter über ihre Lippen, die sich zu einem Lächeln verzogen. Ein bisschen noch, dann würde sie die Wahrheit aus ihm herausbekommen, weil er impulsiver und weniger überlegt antworten würde.

Mit einem Satz war Val von den Fässern, sprang auf sie zu, drückte sie nach hinten auf die Säcke und hielt ihr den Mund zu. Direkt über ihrem Gesicht leuchtete die Wut in seinen Augen auf. »Du weißt, dass ich nur ein schwacher Verfluchter bin.«

Durch seine Finger hindurch summte sie ein paar Töne mehr. Doch die Fragen, die sie ihm hatte stellen wollen, verblassten in seiner Nähe.

Val stieß ein Keuchen zwischen den zusammengebissenen Zähnen hindurch. Sein Griff verstärkte sich, sein angespannter Körper drückte sich gegen sie, sein Unterleib war zwischen ihren Beinen.

Eine ungewohnte Hitze vertrieb die eiskalte Wut. Sie wollte nicht mehr die Wahrheit, sondern etwas anderes.

Elezei krallte ihre Hand in Vals Haare und zog seinen Kopf herunter, während sie ihren Kopf aus seinem Griff wandte. Dann presste sie ihre Lippen auf die seinen, hart und unnachgiebig.

Sein Mund wurde weich, öffnete sich, und seine Hände waren plötzlich auf ihrem Körper, der sich Val entgegenbog. Ihre Finger fuhren unter seine Tunika, über seinen Rücken und bohrten die Nägel in das Fleisch.

Vals Zähne gruben sich in ihre Unterlippe. Die Süße von Schmerz und Blut folgte.

Dann sprang er mit einem Keuchen zurück und taumelte rückwärts gegen die Fässer. »Das bin nicht ich«, presste er hervor. »Das ist die Wut.«

»Und sie ist ein Teil von dir.« Das Echo seiner Hände brannte auf ihrem Körper.

»Den ich so klein wie möglich halten werde.« Angewidert wischte er über seine Lippen, auf denen noch eine Spur Rot hing. »Er richtet nur Schaden an.«

»Ich mag ihn.« Das Blut pulsierte gierig durch ihren Körper und der metallische Geschmack hing wie ein Versprechen in ihrem Mund.

Er lachte humorlos. »Vielleicht bis du erfährst, was du wissen willst.«

»Dass du ein Morena bist?«

»Das auch.« Valerians Hände ballten sich zu Fäusten. »Und vor allem, dass ich es war, der die Zatarsi Lissea fast umgebracht hat. Es war kein Unfall.«

Das kühlte die Hitze in Elezeis Körper schneller ab als ein Kübel Wasser. Sie erinnerte sich noch gut an die Spuren auf Lisseas Hals, die wochenlang zu sehen gewesen waren. Trotzdem hatte die Familie Morena darauf beharrt, dass sich ein Seidenschal ungünstig um ihre Stammesschwester geschlungen hatte. Und die Hüter hatten es bekräftigt.

Da explodierte die Wut in ihr mit einer bisher unbekannten Wucht und drückte ihr zischend die Luft aus den Lungen.

Mit einem Satz war Elezei bei Val und krallte ihre Finger in seine Haare, bog seinen Kopf nach hinten und entblößte seine Kehle.

Er schien seinen Platz genau zu kennen, denn er wehrte sich nicht. Über sein Gesicht jagten die unterschiedlichsten Gefühle.

Das Gleiche spürte auch Elezei unter der eisigen Wut, die Val bezahlen lassen wollte. Die sich auf ihn stürzen wollte. Wie ein willenloser Verfluchter.

Sie ließ ihn los und machte einen Schritt zurück. »Du hast mich verraten!«

»Ich habe dich nicht verraten«, presste er zwischen zusammengebissenen Zähnen hervor. »Ich habe es dir nur nicht erzählt!«

»Und damit mein Vertrauen missbraucht.«

»Ich habe dir nie gesagt, dass du mir vertrauen sollst!« Die Augen hell vor Wut, stürmte er zur Tür, riss sie auf und war mit einem Aufleuchten von Sonnenlicht draußen.

Elezei sank zurück auf die Säcke. Es schmerzte, dass er es ihr nie erzählt hatte. Mehr, als dass er Lissea angegriffen hatte. Und vielleicht war diese ihre Ringe nicht wert, wenn sie sich beinahe töten ließ. Denn auch wenn sie ihre Klinge nicht gegen einen Mideaner ziehen durfte, gab es genug andere Möglichkeiten.

Dann wurde Elezei bewusst, dass sie nicht auf der Seite ihrer Stammesschwester war, wie es sich gehörte. Midea und Val hatten sie wirklich verändert. Vielleicht war es richtig, dass sie nicht mehr zu ihrem Stamm zurückkehren durfte.

In der Stille des Lagerraums wuchs jedoch die Angst, dass sie nun ganz allein war.

* * *

Valerian stürmte durch die Straßen Mideas. Immer schneller verblasste der Moment, als sie ihm sprichwörtlich an die Kehle gesprungen war; stattdessen spürte er immer stärker Elezeis Nägel auf seinem Rücken und ihren harten Kuss auf seinen Lippen.

Er stieß einen gesichtslosen Menschen beiseite und eilte weiter. Viel schlimmer war jedoch, dass er das Blut noch zu schmecken glaubte. Verdammt, er hatte sie wie ein tollwütiger Straßenköter gebissen! Und er hatte in ihren Augen gesehen, dass es nicht nur ihm gefallen hatte.

Angewidert schüttelte er sich. Wie konnte sich so etwas ... Barbarisches so richtig anfühlen? Schon allein beim Gedanken daran reagierte sein Körper.

Er bohrte seine Nägel in die Handflächen und blieb in einer menschenleeren Gasse stehen, wo er mit geschlossenen Augen zu summen begann – nur um wieder Elezei zu sehen, wie sie vor ihm kniete. Dann die Lippen auf seine presste und dabei nichts mehr anhatte.

Mit zusammengebissenen Zähnen ging er im Kopf seine Kampfübungen durch, die sich dem Rhythmus des Liedes anpassten und ihn nach und nach entspannten, bis sich auch die Wut zurückzog.

Er ließ die Melodie verklingen, öffnete die Augen und ging weiter. Die Sache mit Elezei war nun sowieso egal. Jetzt, wo sie wusste, wer er war und was er getan hatte, würde sie ihn garantiert nicht mehr sehen wollen.

Der Gedanke schmerzte. Vermutlich weil er sich daran gewöhnt hatte, bei der Zatarsi er selbst sein zu können, was seinem Leben eine unbekannte Tiefe gegeben hatte. Warum konnte er das nicht zusammen mit der Normalität haben?

An einem Brunnen im Schatten einer Feige blieb er stehen, tauchte seinen Kopf in das angenehm kühle Wasser und wusch sich das Gesicht sowie die Haare. Er hätte nie gedacht, dass er einmal diese simplen Dinge schätzen würde.

Valerian richtete sich auf und versuchte mit den Fingern eine halbwegs vernünftige Frisur hinzubekommen. Auch wenn er sich nun schon viel besser fühlte, würde er am liebsten auch mit dem Rest seines Körpers untertauchen. Inklusive der Kleidung.

»Valerian Morena?«

Er fuhr herum.

Eine Gruppe Halbstarker stand in einigem Abstand in einem lockeren Halbkreis. Ohne ihn aus den Augen zu lassen, begannen sie zu diskutieren.

»... sagte doch, er ist es.« Das Plätschern des Brunnens schluckte einen Teil der Worte.

»... soll aber gefährlich ...«

Valerian strich seine Tunika glatt, die dank des Rinnsals aus seinen Haaren am Rücken klebte. Doch kaum machte er den ersten Schritt, verstummten die Halbstarken wie auf Kommando und rückten ein Stückchen näher. Musste das nun sein?

»Wollt ihr euch wirklich blutige Nasen holen?« Er klang entspannter, als er sich fühlte.

Seine Gegenüber grinsten, einer lachte. »Wir sind fünf, du bist alleine.«

Valerian zuckte mit den Schultern. »Das ist nicht einmal eine Herausforderung.«

Die Halbstarken zeigen sich unbeeindruckt und kamen näher.

Valerian seufzte. Dann sprang er nach vorn und gab dem ersten einen gezielten Schlag, der seine Nase zerschmetterte. Wie zu erwarten wich der Bursche zurück, die Hände vors blutige Gesicht gepresst. Die anderen rückten weiter vor.

In Valerian regte sich die Wut.

Er unterdrückte ein Knurren und summte stattdessen Elezeis Lied. Die halbe Drehung gelang ihm noch im Takt, genauso wie der Schlag mit der Handkante gegen die Luftröhre eines weiteren Halbstarken.

Doch bei der Ohrfeige für den Nächsten war er zu langsam, um im Rhythmus zu bleiben. Und als er sich unter einem Angriff hindurchduckte, lag er so daneben, dass die Melodie erstarb. Es war schwerer als gedacht.

Valerian fiel zum Brunnen zurück, die Fäuste erhoben und der Stand sicher. Auch wenn er bisher keinen Treffer abbekommen hatte, spürte er, wie die Wut stärker wurde. Bald würde er diesen Kampf wollen, und dann konnte es schneller, als ihnen allen lieb war, Tote geben.

Er täuschte einen Angriff vor, stieß den Geohrfeigten mit aller Kraft beiseite und rannte los. Es fühlte sich peinlich und demütigend an, da er ohne Probleme mit ihnen fertiggeworden wäre, aber es war gerade das einzig Richtige.

Das Geräusch ihrer Schritte verfolgte Valerian die Gasse hinab auf eine belebtere Straße und von dort in Richtung Basar, wo der Verkehr dichter wurde. Aber nicht nur Valerian musste langsamer werden, sondern auch seine Verfolger.

Als er in die Menge eingetaucht war, ließ er sich neben einem Karren fallen und rollte sich unter das Gefährt, wo er leise summend liegen blieb.

Unzählige Schuhe, Stiefel und Sandalen gingen vorbei. Manche schneller, manche langsamer. Irgendwelche gehörten sicher seinen

Verfolgern. Trotzdem wartete er ausreichend lange, während sich die Wut beruhigte.

Schließlich kroch er unter dem Karren hervor und richtete sich auf. Dort, wo die Tunika nass gewesen war, klebte nun Straßenstaub. Und so, wie er aussah, fühlte er sich auch: einfach nur elend.

Am liebsten wollte er zurück auf das Pflaster sinken und dort sitzen bleiben. Er wollte nicht mehr rennen und sich verstecken. Er hatte die Schnauze voll. Er wollte eine Flasche Wein und in den Tag hineinleben. Den Wunsch nach Elezeis Gesellschaft schob er entschieden beiseite.

Valerian schlurfte weiter, mischte sich in die Menge. Er hatte die Möglichkeit, diese Lage zu beenden, wenn er das Brandzeichen akzeptierte und seine Strafe absaß. Danach würde er frei sein und seine Ruhe haben, weil niemand etwas mit einem Verfluchten zu tun haben wollte.

Als ob ein Gewicht von seiner Schulter genommen worden wäre, atmete er auf. Er hatte eine Entscheidung getroffen. Aber bevor er sich auslieferte, würde er schauen, ob es vielleicht sogar noch etwas herauszuhandeln gab.

Er senkte den Kopf, sah auf den Boden und passte sich dem Tempo des Menschenstroms an, um nicht aufzufallen. Trotzdem glaube er die Blicke aller auf sich zu fühlen, auch wenn er wusste, dass das nicht stimmte.

Dann kamen ihm drei Hüter entgegen.

Es kostete ihn alle Überwindung, sich einfach weiter treiben zu lassen und zu hoffen, dass sie ihn nicht entdeckten.

Valerian atmete auf, als sie endlich außer Sicht waren. Ihre Gastfreundschaft würde er noch früh genug genießen, aber unter seinen Bedingungen.

An einem Platz kurz vor dem Eingang zum Basar verließ er den Menschenstrom und schob sich durch die stehende Menge, von der sich ein Teil vor einem großen Brett an der Hafenverwaltung zusammendrückte. Sein Ziel.

Valerian schlenderte möglichst unauffällig näher und blieb hinter zwei Frauen stehen, die sich über die Abriegelung Mideas beschwerten. Und alles nur wegen einer Wilden, die nicht mit der Zivilisation klarkam!

Fast sofort fand er sein Porträt. Doch bevor er den Steckbrief lesen konnte, fiel ihm eine zweite Zeichnung auf: die von Elezei. Oder zumindest glaubte er, dass sie es sein sollte.

Er ging ein Stück nach rechts, weg von den geifernden Weibern, um den Text besser lesen zu können. Die Anschuldigung, dass die gesuchte Zatarsi auf der Flucht war sowie Hüter angegriffen habe, bestätigte seine Vermutung.

Doch es war die Belohnung, die seinen Atem stocken ließ. Neben Geld wurde mit einem Freibrief gelockt – einem Freispruch von allen bisherigen Straftaten.

Valerian warf einen kurzen Blick auf seinen eigenen Steckbrief. Wie zu erwarten, war ein bisschen Geld als Belohnung versprochen. Nichts, womit er groß verhandeln konnte, aber bei Elezei …

Er schlängelte sich durch die Menge und runter von dem Platz in eine der kleineren Gassen, wo er sich freier bewegen konnte. Er unterdrückte den Impuls, seine Arme auszubreiten und sich breit grinsend im Kreis zu drehen, da ihm plötzlich die Welt offen zu stehen schien.

* * *

Adorata streichelte sanft über Natales Hand. Seine Augen waren geschlossen, und sein Atem ging ruhig. Diese Illusion der Normalität jagte unzählige Stiche in Adoratas Herz. Sie wollte für diesen Moment glauben, dass alles wieder gut werden würde. Aber sie konnte es nicht.

Sie blickte zu Fedon, der schweigend auf der anderen Seite des Bettes stand und auf Natale hinabsah. Ob er über das grübelte, was er Adorata heute Mittag gesagt hatte und das sie während des Küchendiensts und dem anschließenden Schrubben der Böden nicht losgelassen hatte?

Alles in ihr zog sich zusammen, als sie daran dachte, dass er recht haben könnte. Dass es nur ihr Egoismus war, der Natale nicht gehen ließ. Nicht die winzige Hoffnung, dass es vielleicht doch noch eine Heilung …

Cajetan stürmte in den Krankensaal, sichtlich außer Atem. »Ich … ich brauche eure Hilfe.« Er sank auf das freie Bett neben dem von Natale.

»Kann das bis morgen warten?« Sie wollten heute eigentlich Fedon aus der Festung schmuggeln, damit er die Nachforschungen zur Herkunft des Giftes anstoßen konnte.

»Nein, es ist dringend.« Cajetans Blick wanderte zu Natale und wieder zu ihr. »Tut mir leid, ich weiß, dass du es gerade nicht einfach hast, aber ... ich weiß nicht, wen ich sonst bitten soll.«

»Worum geht es denn?« Vielleicht würde sie das von den endlos kreisenden Gedanken ablenken, bis sie an die Arbeit gehen konnten.

»Um meinen Bruder.« Er reichte ihr einen zerknitterten Zettel.

Adorata strich ihn glatt und las die wenigen Worte, die in einer eleganten Handschrift verfasst worden waren:

»Ich kann euch Elezei und mehr geben, hab aber Bedingungen. Ich warte auf dem Sommerplatz. V.«

»Das ist von deinem Bruder?«

Cajetan nickte.

»Warum kommst du damit zu uns?«

»Weil ich dir am meisten vertraue. Du hast mir neulich den Arschtritt verpasst, den ich dringend gebraucht habe.« Er holte tief Luft. »Außerdem bin ich befangen. Egal, was ich geschworen habe, er ist immer noch mein Bruder.«

»Du willst, dass ich zum Sommerplatz gehe?«

»Mit mir, ja.«

»Du weißt, dass wir Hausarrest haben?«, fragte Fedon.

»Ja, aber ... bitte!«

»Willst du nicht lieber zu Meister Lucio gehen, er könnte dir helfen.«

Cajetan schüttelte heftig den Kopf. »Er und Val sind keine ... Freunde. Und ich brauche jemanden, dem ich vertrauen kann.«

Adorata sah zu Fedon, der genauso unschlüssig wirkte wie sie. Wollte sie dafür den Hausarrest brechen? Was, wenn auch diese Spur ins Nichts führte?

»Bitte. Ich bin euch dann auch einen riesigen Gefallen schuldig. Ich übernehme euren Dienst, mach Botengänge für euch – alles, was ihr wollt.«

Fedon grinste. »Nun kommen wir zur Sache.«

Adorata blickte auf Natale. Ja, sie hatte für den Moment ihren Frieden mit ihm geschlossen. Sie würde ihn Meister Bashirs und Elias Händen überlassen und endlich Licht in die ganze Sache bringen.

»Gut.« Sie reichte ihm den Zettel zurück. »Ich werde mitkommen.«

»Ich auch.«

»Danke!« Die Erleichterung war Cajetan deutlich anzusehen.

»Die Frage ist nur, wie wir rauskommen ...«

»Der Hinterausgang«, sagte Cajetan prompt. »Dort wird gerade entladen.«

Adorata erhob sich, streckte ihren Rücken und warf einen letzten Blick auf Natale. Sie würde nicht lange weg sein, und vielleicht fand sie Antworten oder sogar ein Gegengift. Und sie würde die schwerste Entscheidung ihres Lebens nicht mehr treffen müssen.

Zu dritt verließen sie den Krankensaal, machten einen Umweg über ihre Kammern, um Rüstungen anzulegen sowie Waffen umzugürten, und standen kurz darauf in dem großen Gewölbe, das das Wasserbecken überspannte.

Wie von Cajetan versprochen, lag am Rand ein Kahn, von dem zwei Männer unter Liekes Aufsicht Fässer entluden. Remo stand währenddessen allein auf dem schmalen Steg links des offenen Fallgatters, durch das es hinaus zu den Kanälen ging.

»Rechte Seite«, murmelte Cajetan.

Sie hielten sich rechts des Beckenrandes weitgehend im Schatten, und Remo sah sie viel zu spät, da seine Aufmerksamkeit nach draußen gerichtet gewesen war.

»Hey, ihr dürft die Festung doch nicht verlassen!« Doch er konnte nichts tun, da zwischen ihnen das Wasserbecken lag.

Adorata schenkte ihm ein entschuldigendes Lächeln. Er sollte froh sein, dass seine Strafe vermutlich deutlich milder ausfallen würde als die für Adorata und Fedon, sobald die Meister von dem Ausflug erfuhren.

Sie folgte Cajetan und Fedon über die Holzplanke, die als provisorische Brücke diente, und prompt kroch das ungute Gefühl wieder in ihr hoch, dass sie jeden Moment vergiftet werden konnte. Sie sagte sich, dass das einfach Quatsch war. Nicht, wenn so viele Hüter durch Midea schwärmten.

Gemeinsam eilten sie durch die Straßen, aus denen sich die Sonne bereits zurückgezogen hatte und wo erste Laternen angezündet worden waren. Würde sich Fedon nach ihrer heutigen ... Diskussion noch an sein Versprechen halten? Oder würde er Adorata tagelang hilflos am Leben lassen? Ein Schauer lief über ihren Rücken, aber bevor sie Fedon fragen konnte, erreichten sie den Sommerplatz, dessen Fassaden mit Rosen und Jasmin begrünt und mit Lampions geschmückt waren. Über das noch warme Pflaster flanierten Menschen, sie lachten und plauderten, doch keiner von ihnen sah so aus, als ob er auf jemanden wartete.

»Ich sehe ihn nicht«, sagte Cajetan enttäuscht.

»Vielleicht, weil wir dabei sind?« Adorata wollte nicht glauben, dass sie zu spät gekommen waren.

»Ich vertrau ihnen, Val.« Cajetans Stimme hallte zwischen den Gebäuden wider. Irritierte Blicke hefteten sich auf ihn. »Und ich schwör auf das Grab unserer Mutter, dir wird nichts geschehen.«

Adorata ließ ihren Blick schweifen – bis er an einer abgerissenen Gestalt hängen blieb, die aus dem Schatten zwischen zwei Häusern trat. Auch wenn sie Valerian Morena noch nie gesehen hatte, bemerkte sie sofort die Ähnlichkeit zu seinem Bruder.

Valerian Morena blieb in sicherer Entfernung stehen. »Warum kommst du nicht allein?«

»Weil ich befangen bin. Nicht nur als dein Bruder, sondern auch wegen deiner Flucht, für die du mich benutzt hast.«

Kurz flackerte die Wut in Valerian Morenas Gesicht auf, die so typisch für Verfluchte war. Dann war sie wieder weg. Er hatte sich erstaunlich gut unter Kontrolle.

»Gut.« Er kam ein Stück näher. »Ich hoffe, deine beiden Freunde halten sich zurück.«

»Das werden sie«, sagte Cajetan.

Adorata konnte keine Waffe bei ihm ausmachen, aber das musste nichts bedeuten. Seine Haltung zeigte, dass er zu einem Kampf bereit wäre. Sie versuchte, sich wenigstens äußerlich zu entspannen.

»Du hast geschrieben, dass du über die Zatarsi Elezei Bescheid weißt.«

»Ich weiß, wo sie ist, und ich kann euch alles erzählen, aber ich habe Bedingungen.«

»Stell sie. Aber darüber entscheiden müssen die Meister.«

»Ich möchte eine Begnadigung – ohne Brandzeichen.« Er verschränkte die Arme vor der Brust. »Außerdem einen gerechten Prozess für die Zatarsi.«

»Dazu kann ich nichts sagen.« Cajetan sah fragend über die Schulter.

»Bei ihren Taten wird das Tribunal der Meister über Elezei entscheiden«, sagte Adorata.

»Nicht die Azai oder die Sesai?«, fragte Valerian Morena.

Sie schüttelte den Kopf. »Nicht bei der Schwere ihrer Vergehen.«

»Gut.« Er wirkte zufrieden, was sie nicht verstand. Hoffte er auf eine schärfere Strafe, da seine Familie nicht gerade für ihre Zatarsi-Liebe bekannt war?

»Es kann sein, dass du als Zeuge aussagen musst«, ergänzte Adorata.

Ein Grinsen, dem die Unbeschwertheit von Cajetans Lächeln fehlte, huschte über sein Gesicht. »Gerne.«

Sie hätte seine Bedingungen sofort angenommen. Auch ohne Brandzeichen waren die meisten Verfluchten bei den Hütern bekannt, und einen gerechten Prozess bekam sowieso jeder – auch beim Tribunal der Meister.

»Ich werde mit den Meistern sprechen«, sagte Cajetan, »und so schnell wie möglich wiederkommen.«

»Ich warte hier.« Damit zog sich Valerian Morena in den Schatten zwischen den Häusern zurück, aus dem er vorhin aufgetaucht war. Adorata war sich sicher, dass sie, würde sie ihm folgen, ihn dort nicht vorfände. Nicht einen Kämpfer wie Morena, der sich nun schon so lange den Hütern entzogen hatte.

»Warte!«, rief sie. »Morena?«

Doch er kam nicht zurück.

Cajetan und Fedon sahen sie fragend an.

»War nur wegen was neugierig.« Sie hatte so viele Fragen und nun die Chance verpasst, sie in aller Ruhe und ohne den Blick der Meister zu stellen. Aber bald würde ihr Elezei alles selbst beantworten können.

* * *

Noch bevor draußen die Sonne unterging, zog die Dämmerung in den Lagerraum, und Elezei lag immer noch auf den Säcken. Mit jedem Herzschlag bröckelte ein bisschen von ihrer Hoffnung, dass Val wiederkam.

Sie fragte sich zum x-ten Mal, warum er ihr nicht vertraut und ihr von Lissea erzählt hatte, auch wenn ihre Reaktion vorhin eigentlich Antwort genug war. Außerdem verstand sie nicht, warum er geflohen war. Vor ein paar Tagen hätte sie es vermutlich auf die Schwäche der Mideaner geschoben, aber nun …

Sie setzte sich auf. Es war sinnlos, weiterhin Vermutungen anzustellen. Wenn er es nicht ertragen konnte, dass sie die Wahrheit kannte, dann hatte sie sich vielleicht in ihm …

Mit einem Zischen sprang Elezei auf. Es war genug! Entweder Val würde wiederkommen, oder er kam nicht zurück! Und dann war er es nicht wert, dass sie sich so viele Gedanken über ihn machte.

Sie griff nach ihrem Gürtel, der auf einer der vielen Kisten lag, zog ihre Klinge heraus und legte sie auf das Holz. Es folgte der Geldbeutel, in dem keine einzige Münze klapperte.

Ihre Finger durchsuchten ihre Gürteltaschen, doch außer Ersatzsaiten für ihre Harfe, einem Stimmschlüssel sowie einem Wetzstein hatte sie nur noch das Gift, das sie ebenfalls auf die Kiste legte. Vielleicht konnte sie es einem Alchemisten verkaufen? Aber sie konnte ihm nicht einmal sagen, was es war.

Ihr Blick wanderte zu dem Messer neben der Glasphiole. Sie konnte auch die Waffe zur Pfandleiherin bringen. Aber die Reise in die Berge würde ihre Zeit dauern, und möglicherweise schaffte Elezei es in drei Monden nicht zurück nach Midea. Aber wie viel bedeutete ihr das Messer überhaupt noch?

Elezei zog die Klinge aus der Metallscheide, und ihre Finger fuhren über den schimmernden Stahl. Es würde keine Duelle mehr für sie geben. Ihr Stamm war nun Val, und sie würde jeden Preis zahlen, um ihn auf ihrer Reise dabeizuhaben.

Entschieden schob sie die Klinge zurück in die Scheide. Falls er wiederkam, würde sie mit ihm reden. Ganz ohne Wut und mit klarem Kopf. Danach würde sie zur Pfandleiherin gehen und das letzte Zeichen ihrer Stammeszugehörigkeit abgeben.

Sie ließ sich auf einem Fass nieder. Bis morgen würde sie Val Zeit geben, um zurückzukehren. Und bis dahin würde sie keine weiteren Gedanken an ihn verschwenden.

Elezei begann ein älteres Lied zu summen, das sie nie fertiggestellt hatte und das nur ihr gehörte. Sie konzentrierte sich allein auf die Töne und verlor sich in der Melodie, bis nur noch diese existierte.

Die Schritte einer Gruppe Mideaner draußen störten den Rhythmus. Dann hatte sie das Geräusch in das Lied eingebunden – genauso wie das Streiten der Nachbarn.

Die Schritte verstummten.

Elezei wollte die Melodie erneut anpassen, als ihr bewusst wurde, wo die Mideaner angehalten hatten.

Die Tür wurde aufgestoßen, und mehre Personen stürmten in den Lagerraum. Stahl glänzte im Dämmerlicht.

Elezei griff nach ihrer Klinge, sprang auf und eilte zwischen Kisten hindurch zum zweiten Ausgang, wo ihre Finger sofort den Riegel fanden.

Die Tür schwang auf – und Elezei fand sich auf einem schmalen Holzsteg wieder, umgeben vom Wasser eines Kanals. Ein dunkles Versprechen, sie zum Grund zu ziehen ...

Sie riss sich los und fragte sich, warum sie überhaupt floh. Sie war nicht nur eine Zatarsi, sie war ein Monster mit Klauen und Zähnen!

Betont langsam drehte sie sich um. Im wenigen Licht erkannte sie vier Hüter, die Waffen in den Händen hatten. Die Männer und Frauen mochten schnell sein, aber Elezei war schneller. Zwei würde sie ohne Gegenwehr erwischen, so nahe wie sie zwischen den Kisten und Fässern standen.

»Messer fallen lassen!«

Der Griff ihrer Klinge lag vertraut in der Hand. Einmal hatte der Stahl bereits ein Leben genommen. Nichts sprach gegen ein weiteres Mal, jetzt wo Elezei nicht mehr zu ihrem Stamm zurückkehren würde.

In ihrem Kopf formte sich eine Melodie.

Die Hüter kamen näher.

Elezei wich den einen Schritt zurück, den ihr der Steg erlaubte. Eine Täuschung. Genauso wie das Sinkenlassen der Klinge.

Von der anderen Tür her kamen leise Stimmen.

Mehr Hüter. Mehr Ziele. Beute.

Doch eine der Stimmen brachte ihr Herz zum Stocken und ließ die Melodie sterben. Val! Sie hatten ihn erwischt.

Wie Bluthunde spürten die Hüter diesen winzigen Moment der Ablenkung und rissen Elezei zu Boden. Das Gewicht eines Hüters presste die Luft aus ihren Lungen. Es gab kein Lied mehr, das den Rhythmus des Kampfes bestimmte.

Elezei holte aus, und ihre Klinge fuhr über die Lederrüstung der Frau neben ihr, dann wurde ihre Hand zur Seite gedrückt und ihr die Waffe entwunden.

Mit dem freien Handballen schlug sie einem Hüter von unten gegen die Nase. Ein Grunzen, und Blut sprenkelte ihr Gesicht. Doch anstatt loszulassen, wurde ihr Handgelenk zu Boden gepresst. Dann wich das Gewicht von ihrer Brust, und sie wurde in die Höhe gezogen.

Elezei machte einen Satz vorwärts, um sich loszureißen und ihre Zähne in den nächsten Hüter zu schlagen.

Stattdessen schleuderte sie ein Schlag gegen einen Stapel Fässer.

Sie schmeckte Blut.

Ein Zischen entwich ihrer Kehle.

Dann wurde ein Strick um ihre Handgelenke gewickelt und die Hüter zogen sie hinter sich her. Wie ein Stück Vieh!

Die eiskalte Wut regte sich.

Die Hüter schoben sie zwischen den Kisten hindurch, wo der Mann mit der blutigen Nase die Phiole vom Tisch nahm und einsteckte. Damit hatten die Hüter einen Beweis. Damit war es aus.

Draußen auf der Straße standen drei weitere Hüter. Und neben ihnen Val, der zu Boden sah. Seine Hände waren nicht gefesselt.

»Danke, Morena«, sagte die Frau, die das Seil in den Händen hielt.

Vals Blick wanderte überall hin, außer zu ihr.

Warum?, fragte sich Elezei, während sich ein anderer Teil von ihr am liebsten auf ihn gestürzt hätte. Wie oft hatten sie sich gegenseitig geholfen und unterstützt? Erst gestern hatte er sie ... aufgefangen. Warum jetzt?

Sie bekam einen Stoß in den Rücken, dann ruckte das Seil an ihren Handgelenken. Zwischen den Hütern wurde sie durch die Straßen gezerrt und gestoßen. Mit dem Schmerz wuchs die eiskalte Wut und brannte durch ihr Blut, den Fokus allein auf Val.

Mit einem Lächeln begann sie kaum hörbar zu summen. Das alte Lied.

Hinter ihr gerieten die Schritte für einen Moment aus dem Rhythmus. Er war so schwach. Genauso wie die Mideaner, die am Straßenrand standen, gafften und ausspuckten. So schnell fiel die Maske der Höflichkeit und zurück blieb nur Verachtung. Weil die Zatarsi besser und stärker waren. Weil sie die Musik beherrschten wie kein anderer.

Aber das Monster in ihr wusste, dass es die uralte Angst war. Dass die Mideaner es spürten.

»Es tut mir leid«, wisperte Val.

Elezei summte weiter. Seine Entschuldigung war überflüssig. Alles, was nun geschah, war allein seine Schuld.

Dann begann auch Val zu summen. Tarissans Abendlied. Seine Fehler und falschen Töne stachelten die Wut nur weiter an. Das eiskalte Brennen drückte gegen ihre Haut. Sie glaubte schon, die Hüter unter ihren Krallen und Zähnen zu spüren. Das Blut zu schmecken.

Sie alle würden das Monster sehen.

Auch Val.

Für einen Herzschlag verblasste alles neben dieser Erkenntnis.

Dann stimmte Elezei in Vals Summen ein. Die eiskalte Wut wich widerwillig und ließ das Entsetzen zurück, dass sie sich nicht nur fast vor Vals Augen verwandelt hätte, sondern auch vor den Hütern. In das Monster, das diese seit unzähligen Generationen jagten.

Tarissans Abendlied erstarb auf ihren Lippen. Zurück blieb nur der Schmerz von Vals Verrat, der sich wie eine glühende Klinge in ihr Herz bohrte. Nun hatte sie endgültig keinen Stamm mehr. Sie war vollkommen allein.

KAPITEL 12

Valerian schob das Aprikosentörtchen lustlos durch die Ziegenkäsecreme, die mittlerweile über den ganzen Teller verteilt war. Doch sosehr er diese Nachspeise bisher immer geliebt hatte – heute schmeckte sie nach nichts. Wie eigentlich alles.

Sein Blick wanderte über den dunkel werdenden Garten, der vor einer guten Woche noch eine Oase der Ruhe und Gelassenheit gewesen war. Nun war er still und langweilig. Genauso wie die Lampions zwischen den Resten der verwelkten Blütenrispen blass statt bunt waren.

Er hackte auf das Törtchen ein, sodass die Krümel über den Tisch flogen. Verdammt, er hatte sich seine Rückkehr anders vorgestellt. Voller Überfluss, Freude und vielleicht sogar Musik. Und nun saß er hier allein.

Pero betrat mit der stillen Zufriedenheit, die er seit Valerians Rückkehr ausstrahlte, die Terrasse. Beim Anblick des Schlachtfelds auf Valerians Teller verdunkelte sich sein Gesicht.

Valerian rettete sich in ein Grinsen. »Ich bin so viel Essen einfach nicht mehr gewohnt.«

»Deswegen solltet Ihr umso mehr essen, Herr. Ihr seid ganz dünn geworden.«

»In einer viertel oder halben Stunde ist sicher wieder etwas Platz.« Demonstrativ schob er ein Stück des Törtchens in den Mund, wo es zu Staub zerfiel.

»Kann ich Euch noch etwas anderes bringen?«

Kurz schoss Valerian der Gedanke an rohes Fleisch durch den Kopf, doch er entließ Pero wortlos und griff nach dem Glas mit dem dunkelroten Lorianer. Er war mit das Beste, was Amaria zu bieten hatte. Schon allein der Duft ...

Ohne abzusetzen, kippte er den Wein hinunter, in der Hoffnung, seine Laune wenigstens etwas zu heben. Auch wenn er dann vermutlich Lust bekam, irgendetwas oder irgendwen zu schlagen.

Es dauerte viel zu lange, bis der Alkohol ihm in den Kopf stieg und die Welt etwas weniger dunkel aussah. Dafür wuchs der Wunsch nach Gesellschaft. Nach einer bestimmten.

Hastig griff Valerian nach der Flasche, doch anstatt sein Glas wieder zu füllen, setzte er sie direkt an die Lippen. Er wollte nicht daran erinnert werden. Er hatte alles richtig gemacht. Er hatte Elezei vor sich selbst und vor dieser Sesai geschützt. Wenn sie ihre Strafe abgesessen hatte, konnte sie tun und lassen, was sie wollte.

Er sah auf das zerstörte Aprikosentörtchen und die verschmierte Ziegenkäsecreme. Er würde sich einfach wieder an dieses Leben gewöhnen müssen. Er war gerade einmal eine gute Stunde hier, und morgen früh sah die Welt sicher schon ganz anders aus.

Was eine weitere verdammte Lüge war!

Hastig schob Valerian den Teller weit weg, um ihn nicht vom Tisch zu fegen, und klammerte sich an der Flasche fest. Er wollte nicht darüber nachdenken, wie er sich selbst anlog. Er wollte nur seine Ruhe!

Er lehnte sich zurück und konzentrierte sich allein auf die Lampions und den Blauregen, von dem immer wieder einzelne verwelkte Blüten wie vertrocknete Schmetterlinge herabfielen. Die Lichter verschwammen vor seinen Augen und zwischen ihnen formte sich ein Gesicht mit schwarzen Augen, das er ...

Pero stürmte heran, eine Mischung aus Panik und Entschuldigung auf dem Gesicht. »Ich weiß, Ihr wolltet nicht gestört werden, Herr, aber …«

Valerians Vater drückte den Diener beiseite und baute sich vor dem Tisch auf. Sein missbilligender Blick ruhte einen Moment auf der Weinflasche, dann bohrte er sich in Valerian.

Es gab Sachen, die er definitiv nicht vermisst hatte.

»Immer, wenn ich denke, du kannst mich nicht noch mehr enttäuschen, schaffst du es trotzdem.«

»Und du bist gekommen, um dich dessen zu vergewissern.«

»Ich hatte die Hoffnung, dass du deine Begnadigung zu schätzen weißt. Stattdessen betrinkst du dich.«

Valerian stellte die Flasche sorgfältig neben sich auf den Boden und verschränkte seine Arme vor der Brust. »Das hier ist mein Leben. Und du hast darin nichts verloren.«

»Dein Leben?«, höhnte sein Vater. »Wegen dir haben sich Otavians Schwiegereltern von ihm losgesagt!«

»Und das soll meine Schuld sein? Sie kannten mich doch nicht einmal!«

»Du weißt, wie schnell sich Gerüchte verbreiten. Hast du je an deine Familie gedacht, als du der jungen Ira in all deiner blinden Verliebtheit von dem verfluchten Blut erzählt hast?«

»Es war ein verdammtes Missverständnis! Und es ist nun vorbei.«

Sein Vater trat auf ihn zu, so nah es der Tisch zwischen ihnen erlaubte. »So wie damals, als ich dich davon abhalten musste, diese Zatarsi zu erwürgen? Als du sogar mich in deiner Wut angegriffen hast?«

»Es ist vorbei«, zischte Valerian.

»Ist es das?« Die Hand seines Vaters schnellte vor und packte Valerians Haare. »Willst du wirklich, dass ich es teste?« Dann wurde sein Kopf heruntergedrückt, und er landete mit dem Oberkörper auf den Resten des Aprikosentörtchens.

Valerians Finger krallten sich in die Tischkante, als der eiserne Griff ihn unten hielt und er nur auf die Knie sinken konnte. Sein Vater sollte froh sein, dass die Wut gerade gebändigt war.

Kurz herrschte Stille, dann stieß ihn sein Vater nach hinten. »Ein Halsband wie ein Köter!« Er spuckte aus. »Wie die Wilden!«

»Sagt ausgerechnet der, von dessen Familie das verfluchte Blut stammt.«

Er sah die Ohrfeige kommen. Der Schmerz tat gut.

»Niemand von ihnen war so missraten wie du!« Die Wut in den Augen seines Vaters kam Valerian nur allzu bekannt vor. Zu oft hatte er sie selbst im Spiegel gesehen.

»Dann geh doch zurück zu deinem Vorzeigesohn und lass mich einfach in Ruhe.«

»Ruhe willst du haben? Bitte schön. Du wirst dieses Haus nicht mehr verlassen, bis ich es dir erlaube.«

»Gut, und nun verschwinde endlich.«

Die Hände seines Vaters bebten, aber die zweite Ohrfeige blieb aus. Wortlos stürmte er davon.

Valerian ließ sich in die Kissen sinken, griff nach der Weinflasche und leerte den Rest in wenigen Schlucken. Und er hatte vor wenigen Minuten noch geglaubt, sein Tag könnte nicht beschissener werden ...

Pero huschte heran, doch Valerian entließ ihn mit einer Handbewegung.

Seine freie Hand fuhr zu dem Halsreif, den er plötzlich überdeutlich spürte. Ihn zu tragen war die Bedingung der Hüter gewesen, aber wenigstens ließ er sich diesmal abnehmen. Sie vertrauten darauf, dass er sein zurückgewonnenes Leben zu schätzen wusste.

Ein Lachen entwich Valerians Kehle. Er hatte genau das bekommen, was er gewollt hatte. Nichts hinderte ihn daran, sich wie früher treiben zu lassen und alle Probleme in weiter Ferne zu lassen.

Er sah auf die leere Weinflasche in seiner Hand. So fühlte er sich gerade. Als ob alles Gute fehlte. Und auch wenn er es beiseiteschob, wusste er, dass Elezei nun seinetwegen in einem dunklen Kerker saß und vermutlich genauso wenig wie er wusste, was mit ihr geschehen würde.

* * *

Dunkelheit hüllte Elezei ein und nahm ihr jegliches Zeitgefühl. Manchmal, wenn sie die Abschürfungen der Fesseln spürte, schien ihre Ergreifung nur Minuten her zu sein, andere Male wieder Stunden, weil die Kälte schon so tief in ihren Körper gekrochen war.

Sie schlang ihre Arme um die angezogenen Beine, ohne den Stein der Zellenwand zu berühren. Nichts von ihrer Wärme war geblieben, und sie weigerte sich, die kratzige Decke umzulegen, die ihre nackten Zehen immer wieder streiften. Sie würde sich von den Hütern nicht kleinkriegen lassen.

Doch so schnell die Widerstandskraft kam, so schnell ging sie in den endlos kreisenden Gedanken unter: von dem Treffen mit Sesai Careisa zu Vals Flucht zu seinem Verrat. Zu dem Monster in Elezei, das sich ebenso wie die Wut unter all den Ängsten und Zweifeln versteckt hatte.

Ein Aufheulen drang von draußen in die Zelle und kroch unter Elezeis Haut.

Sie presste die Hände auf die Ohren, doch es half nicht.

Endlich verstummte es.

Elezeis Hände fielen herab, und ihr Kopf sank auf die Knie. Zwischen ihren tiefen Atemzügen hörte sie das gelegentliche Knurren, das schon die ganze Zeit da war. Sie hatte an Hunde geglaubt, doch dieses Heulen eben war zu menschlich gewesen.

Sie erinnerte sich an Vals Erzählungen von den gefangenen Verfluchten, mit deren Hilfe er geflohen war.

Die Dunkelheit um sie herum schien noch schwärzer zu werden, als sie an ihn dachte. An seinen Verrat. Es war seine Entscheidung gewesen, auch wenn ihr Herz es anders sehen wollte.

Das Stechen in ihrem Brustkorb wurde heftiger. Für einen Moment bekam sie kaum Luft. Und zu ihrem Entsetzen spürte sie Tränen aufsteigen.

Elezei richtete sich auf, wischte über die Augen und streckte ihren Rücken durch. Sie würde nicht wie ein Schwächling heulen. Schon gar nicht vor den Hütern und vor allem nicht um Val.

Sie atmete tief durch. Sie war eine Zatarsi. Diesmal würde sie vorbereitet sein und ihre eigenen Forderungen präsentieren. Dazu musste sie allerdings wissen, was sie wollte.

Hastig verbannte sie die leise Stimme, die »Val« sagte.

Stattdessen dachte sie an die Berge und die Suche nach den Wurzeln ihres Volkes. Da sie ihr Gesicht vor ihrem Stamm verloren hatte, wäre es das Einfachste, sich ausstoßen zu lassen.

Auch wenn der Gedanke wehtat, war er nicht so schlimm, wie sie erwartet hatte. Damit würde sie alle Verpflichtungen und Verbindungen kappen und hoffentlich die Pläne der Sesai durchkreuzen. Nichts hielt sie mehr hier.

Das Knurren schwoll wieder zu einem Heulen an, das ihre Nackenhaare aufstellte. Sie wollte ihre Strafe definitiv nicht hier absitzen. Aber dafür musste sie wohl oder übel mit den Hütern zusammenarbeiten.

Elezei schob ihre eisigen Füße ein Stückchen unter die Decke. Ja, sie würde alles dafür tun, um so schnell wie möglich Midea verlassen zu können. Weg von ihrem Stamm, vor dem sie Gesicht und Würde verloren hatte. Und Val ...

Elezei konzentrierte sich allein auf das gleichmäßige Klopfen ihres Herzens. Dann begann sie leise zu summen, eine neue Melodie zu spinnen und in der Musik aufzugehen.

Irgendwann ging in der Ferne eine Tür und Schritte von drei oder vier Personen näherten sich. War es nun so weit?

Elezei ließ das Lied verklingen, zog ihre Füße unter der Decke hervor und stellte sie auf den Steinboden, dessen Kälte sofort in ihre Sohlen biss. Vielleicht hätte sie abwarten sollen, ob dieser Besuch überhaupt ihr galt.

Kurz erklang ein Flüstern, das in den Schritten und dem lauter werdenden Knurren unterging, und die Personen blieben vor der Zelle stehen.

Elezei stand auf und hob ihr Kinn. Sie würde mit den Hütern nur auf Augenhöhe verhandeln. Sie war keine Bittstellerin.

Der Riegel schabte, dann öffnete sich die Tür.

Für einen Moment musste Elezei geblendet die Augen schließen. Sie hörte, wie zwei Personen in die Zelle traten. Damit blieb mindestens eine draußen stehen. Aber sie hatte nicht vor zu flüchten. Sie war eine Zatarsi und würde die Sache nun beenden.

Langsam öffnete sie die Lider. Die Schemen wurden zu zwei Hütern. Ein Mann mit hellen Schläfen, den sie hin und wieder auf dem Weg zur Azai gesehen hatte. Und eine Frau, deren Unterlippe und asymmetrisches Kinn von Narben überzogen waren. Eine der beiden Hüterinnen vom misslungenen letzten Angriff.

»Ich bin Meister Lucio.« Die farblose Stimme des Mannes erfüllte die Zelle. »Eines vorneweg: Wenn du mit uns zusammenarbeitest – was ich dir auch nur empfehlen kann –, soll es nicht zu deinem Schaden sein.«

Sie nickte. Genau das, was sie sich erhofft hatte.

»Du wirst morgen bei Sonnenuntergang vor dem Tribunal, das sich aus dem Rat der Meister sowie der Azai zusammensetzt, gerichtet werden. Die Gesetze verlangen das bei der Schwere deiner Taten.«

Wieder nickte sie. Für einen Moment fühlte sie Erleichterung, dass die Hüter sie nicht allein richten würden. Dann kroch die Scham empor, dass Azai Sindresa alles erfahren würde – was diese dank Sesai Careisa sowieso schon wusste. Und was egal war, wenn sie ausgestoßen wurde.

»Valerian Morena wird als Zeuge anwesend sein.«

Kurz blieb Elezei die Luft weg. Sie war nicht darauf vorbereitet gewesen, ihn je wieder zu sehen. Aber es würde nichts an ihrem Plan ändern.

»Du bist vorrangig angeklagt, drei Hüter und ein Kind vergiftet zu haben.«

Wieder nickte sie.

»Und der Mord an Rashad!« Die Hüterin hatte ihre Augen zu Schlitzen verengt.

Elezei schüttelte den Kopf. »Ich habe kein Leben genommen.« Wer auch immer dieser Rashad war.

»So? Eines deiner Giftopfer ist nach einem schrecklichen Todeskampf gestorben, während die anderen immer noch dahinvegetieren und nicht heilbar sind.« Die Wut der Hüterin machte einem Verfluchten Konkurrenz. »Du hast ihnen – und uns – ihr Leben weggenommen!«

»Das Gift sollte nur bewirken, dass sie mich vergessen.«

Ein bellendes Lachen folgte. »Das haben sie, und alles andere auch.«

Lucio schüttelte den Kopf. »Evantia, das klären wir morgen vor dem Tribunal. Jetzt ist weder der Zeitpunkt noch der rechte Ort dafür.«

Der Blick der Hüterin durchbohrte Elezei, die ihn fest erwiderte, während sie versuchte, das ganze Ausmaß des Gehörten zu begreifen sowie die Frage zu beantworten, ob Narezin sie bewusst angelogen hatte.

Lucio sah über die Schulter. »Fedon?«

Ein weiterer Hüter kam von draußen herein. Auch wenn er in der Tür stehen blieb und sein Gesicht weitgehend im Schatten lag, erkannte Elezei ihn sofort wieder. Aber er hatte keine Macht mehr über sie. Stattdessen schien die Wut in ihr ihn auszulachen.

»Ist das die Zatarsi, die du vor zehn Tagen zusammen mit Adorata und Natale gesehen hast?«

»Ja. Ich sah sie, das blutige Messer in ihrer Hand und einen verletzten Mideaner, dann ist sie davongerannt.« Seine Stimme war neutral, auch wenn sein Mund abfällig verzogen war.

»Ich habe ihn so gefunden«, zischte Elezei. »Verletzt und mit dem Messer meines Volkes in seiner Blutlache.«

»Und dann hast du das Messer nach mir geworfen und bist abgehauen.«

Elezei schwieg. Es war zu peinlich, das zuzugeben. Und im Nachhinein verstand sie nicht, warum sie es je getan hat. Weder den Angriff noch die Flucht.

Fedon spuckte vor ihre Füße. »Ihr arrogantes Schweigen ist doch Geständnis genug.«

»Danke, du kannst gehen.« Lucios Blick hing weiter auf Elezei, während der dritte Hüter mit einem abfälligen Schnauben verschwand und außer Sicht Wache hielt.

Evantia sah dagegen aus, als ob sie Elezei am liebsten sofort aufknüpfen würde.

»Des Weiteren bist du angeklagt, einen Bürger Mideas sowie einen Hüter angegriffen zu haben und anschließend geflohen zu sein.«

Sie nickte nur, obwohl sie ihm widersprechen wollte. Morgen würde sie alles von Anfang an erzählen. Allein, wenn sie von dem Messerwurf auf den Hüter erzählte, den sie ganz vergessen gehabt hatte, würde die Azai keine andere Wahl haben, als Elezei auszustoßen.

»Und als Letztes gibt es noch den Verdacht, dass du etwas mit dem Tod des Stammlosen Narezin zu tun hattest.«

»Das war Notwehr.« Sie wusste nicht genau, warum sie Vals Tat auf sich nahm. Vielleicht, weil es bei den Zatarsi kein Gesetz gab, das den Mord an einem Stammlosen verbot.

»Danke für deine Mitarbeit. Wir werden morgen beim Tribunal ausführlich darüber sprechen.«

Sie schwieg. Es gab keinen Grund, sich bei einem Hüter zu bedanken. Wichtig war nur, dass morgen die Azai sie ausstieß. Und wenn sie Glück hatte, konnte sie Sesai Careisa noch mitreißen.

Nach einem letzten langen Blick verließ Lucio die Zelle, bevor ihm die Hüterin mit der Wut in den Augen folgte und die Tür hinter sich schloss.

Mit der Dunkelheit schwand jegliche Kraft aus Elezei, und sie sank auf die Pritsche. Sie würde es schaffen. Sie musste nur noch bis morgen Abend durchhalten.

»... wir hätten der Zatarsi die Fragen einfach jetzt stellen sollen«, drang Evantias Zischen heran.

»Du weißt, dass wir das nicht dürfen und gerade schon fast über die Grenzen getreten sind.«

»Scheiß auf den Pakt! Oben liegen zwei Hüter und ein Kind, für die es vermutlich besser wäre, tot zu sein.«

Elezei drängte sich wieder die Frage auf, ob Narezin gewusst hatte, was sie mit dem Gift anrichtete. Aber ihn konnte sie nicht mehr fragen.

Als die Stille zurückkehrte, kam noch eine andere Frage: Stammte das Gift überhaupt von Narezin? Oder hatte er es von Careisa, die ihn genauso benutzt hatte wie Elezei? Und war die Antwort nicht egal? War nicht wichtiger, warum die Sesai das alles gemacht hatte? Vielleicht war Elezei nun genau dort, wo die Sesai sie haben wollte?

Elezei schlang die Arme um die angezogenen Beine. Sie hatte keine Antworten. Aber die würde sie morgen beim Tribunal sicher bekommen, wenn sie die ganze Wahrheit erzählte – inklusive der Beteiligung Careisas.

* * *

Adorata starrte auf den Tonbecher Wasser, den sie umklammerte. Nur am Rande bekam sie das Kommen und Gehen mit, das wie immer zur Essenszeit den Saal beherrschte. Ihre Gedanken waren bei Elezei, die im Verlies saß und vermutlich gerade von den Meistern verhört wurde.

Gelächter hallte heran und unterstrich die entspannte Stimmung der letzten ein oder zwei Stunden. Dass keine weiteren Giftattentate drohten, hatte sich schnell herumgesprochen.

Eher um sich zu beschäftigen als aus Durst, nahm Adorata einen Schluck Wasser. Sie musste sich gedulden, irgendwann konnte sie zu der Zatarsi und sie befragen. Vielleicht sollte sie ihre Fragen priorisieren. Doch alle erschienen ihr wichtig.

»Was ist denn mit Fedon los?«, fragte jemand.

Adorata sah von dem Tonbecher auf zu Jari, der ihr gegenüberstand. »Warum?«

»Der ist gerade an mir vorbeigestürmt, Richtung Kampfplatz.« Jari zuckte mit den Schultern. »Sah richtig wütend aus.«

»Keine Ahnung, welche Laus ihm über die Leber gelaufen ist.«

Jari grinste. »Wir sind ja außer Reichweite.« Er deutete auf den Tisch. »Darf ich mich zu dir setzen?«

Adorata seufzte. »Ich muss nach Fedon schauen.« Vielleicht würde er ihre Gedanken ein wenig ablenken, bis sie sicher sein konnte, dass die Meister das Verlies verlassen hatten.

Jari nickte. »Ist vielleicht besser, bevor Meisterin Evantia davon erfährt.«

Sie kippte den Rest des Wassers runter, räumte den Tonbecher weg und verließ den Speisesaal. Sie eilte durch die Gänge und in Richtung Kampfplatz, wo Fedon in dieser Stimmung nichts zu suchen hatte – und trotzdem immer dort landete.

Der Innenhof war nicht nur dank der unzähligen Fackeln, sondern auch wegen der Feuerkörbe auf den Mauern hell erleuchtet. Kameraden standen kopfschüttelnd oder mit finsteren Gesichtern am Rand des Kampfrings und sahen nicht so aus, als ob sie eingreifen wollten.

In der Mitte teilte Fedon gerade wuchtige Schwertschläge gegen Ayasha aus, die garantiert blaue Flecken hinterließen, während er selbst nicht einmal ein wattiertes Wams trug. Nicht, dass Ayasha irgendeine Chance hatte anzugreifen, so wie sie mit der Verteidigung beschäftigt war.

Fedon setzte nach und trieb sie über die Grenzen des Rings, wo er nicht aufhörte, wie es die Regeln verlangten, sondern weiter mit roher Kraft und ohne Taktik zuschlug. Irgendetwas oder irgendwer hatte ihn verdammt wütend gemacht.

Ayasha stolperte über eines der Hindernisse, die bei Bedarf in den Ring gestellt wurden, und saß plötzlich am Boden.

Adorata nahm dem Kameraden neben sich das Übungsschwert aus der Hand, sprang vor und blockte Fedons Waffe, als er sie wieder auf Ayasha sausen lassen wollte.

»Es reicht, Fedon.«

Mit einem Knurren machte er einen Satz zurück, nur um sie dann anzugreifen.

Adorata sprang zur Seite und schlug das Übungsschwert mit der flachen Seite gegen seine Schulter, die er in seiner Wut zu weit zurückzog.

Fedon taumelte kurz, was sie ausnutzte, um ihm den Ellbogen in die Seite zu treiben. Dann gab sie ihm einen heftigen Stoß, der ihn über den Rand des Rings stolpern und auf dem Boden landen ließ.

Adorata hielt ihm die Schwertspitze vor die Kehle. »Gib auf, du hast verloren.«

Für einen Moment glaubte sie, er wollte erneut angreifen, dann erhob er sich jedoch, warf das Schwert weg und spuckte aus.

Sie verschränkte die Arme vor der Brust. »Du hast ein Verbot, in dieser Stimmung überhaupt den Kampfplatz zu betreten.«

Er funkelte sie nur an, dann drehte er sich um und ging davon.

Adorata drückte dem erstbesten Kameraden das Übungsschwert in die Hand, bevor sie hinter Fedon hereilte, ihn auf dem Gang überholte und vor ihm stehen blieb.

Wider Erwarten hielt er an.

»Entweder du sagst mir, was los ist – oder Meisterin Evantia erfährt, dass du gegen die Regeln verstoßen hast. Mehrfach.«

Seine Hände ballten sich zu Fäusten. »Das wirst du nicht machen.«

»Du kannst es gerne testen.«

Er starrte sie an, sein Gesicht wurde noch finsterer. »Ich war bei der Zatarsi«, stieß er hervor.

»Willst du wirklich einen Ausschluss riskieren?«

»Wenn ich dafür die Arroganz aus ihr rausprügeln dürfte ...« Er atmete tief durch. »Meister Lucio hat mich gebeten, mitzukommen.«

»Warum nehmen die ausgerechnet dich mit?«

»Sie brauchten einen Zeugen wegen der Sache im Innenhof.«

»Aha.« Weshalb hatten sie Adorata nicht gefragt? War sie irgendwie in Ungnade gefallen? Immerhin hatte sie Meisterin Tullia wegen des Pakts befragt ...

»Aber du hättest sehen müssen, wie sie auf uns herabgeschaut hat. In all ihrer Arroganz, etwas Besseres zu sein. Wenn ich Meister Lucio gewesen wäre, ich hätte sie knien lassen. Sie Demut gelehrt.«

»Statt deiner Fantasien würde mich interessieren, was besprochen wurde.«

Fedon zuckte mit den Schultern. »Über das Tribunal morgen und ihre Vergehen. Ein halber Satz über einen Pakt. Dann sind wir gegangen.«

»Der Pakt?« Adoratas Interesse war sofort geweckt.

»Keine Ahnung, vielleicht. Ich hoffe nur, die Zatarsi bekommt die Strafe, die sie verdient. Ein paar Wochen alleine in einer dunklen Zelle würden ihr sicher gut tun.«

»Was ist damals passiert, Fedon?«

Er presste kurz die Lippen zusammen. »Ich wollte sie Demut lehren und habe ihr die Hände gebunden sowie sie knien lassen. Die paar Stunden haben aber nicht ausgereicht. Sie ist mit der gleichen Arroganz gegangen.«

Adorata wusste nicht, was sie sagen sollte. Das waren veraltete Methoden, die sie gemeinsam mal in einem Hüter-Buch gefunden und über die sie gelacht hatten. Dass Fedon sie bei einer Zatarsi angewandt hatte, der Stolz wichtiger war als alles andere ...

Sie schüttelte den Kopf. »Ich glaube nicht, dass ein paar Wochen in Dunkelheit helfen würden.«

»Sie hat es verdient! Sie hat Natale auf dem Gewissen. Wie kannst du da so gleichgültig bleiben?«

»Weil es ihn nicht gesund macht.« Und weil da immer noch die Sache mit diesem Auftraggeber war. Sie musste endlich mit der Zatarsi reden. Und jetzt waren die Meister fertig.

Fedon atmete tief durch. »Danke für vorhin.«

»Schau halt, dass es nicht wieder passiert.« Sie wusste, dass die Ermahnung auf Dauer nicht helfen würde.

»Ich brauche nun erst einmal ein Bad. Kommst du mit?«

Sie schüttelte den Kopf. »Ich möchte noch nach Natale schauen.« Die Lüge schmeckte schal.

Mit einem Wink ging Fedon davon.

Adorata wartete, bis er hinter der nächsten Biegung verschwunden war, dann eilte sie in Richtung Speisesaal, wo sie einen Krug Wasser und eine Schale des Lamm-Eintopfes auf ein Tablett stellte.

»Für Fedon«, rief sie Jari zu, der ihr einen fragenden Blick zuwarf.

Hastig ging sie wieder, erst in Richtung Krankensaal, dann jedoch zu den Verliesen. Sie erwartete jeden Moment aufgehalten zu werden. Immerhin war bereits jemand eingeteilt worden, der Gefangenen das Essen zu bringen, und Adorata hoffte, dass dieser jemand das noch nicht getan hatte, denn grundlos würde man sie sicher nicht einlassen.

Sie bog um die letzte Ecke und ging mit einem Lächeln auf Dario zu, der heute vor der Tür stand.

»Diesmal haben wir die richtige Zatarsi«, sagte er zufrieden.

»Ja, Fedon hat es mir erzählt. Nun kann es endlich Gerechtigkeit geben.«

»Und hoffentlich eine Heilung für Natale. Tut mir echt leid wegen ihm.«

Adorata seufzte. »Und ausgerechnet ich soll der Zatarsi das Abendessen bringen.«

»Die Meister werden sich dabei schon etwas gedacht haben.« Er trat zur Seite und schob den Riegel zurück, bevor er die Tür öffnete. »Klopf zweimal, wenn du fertig bist.«

Mit einem Nicken trat Adorata in den Gang dahinter, den zwei Fackeln nur schwach erhellten. Sie war nicht oft in den Verliesen des Nordflügels, da hier selten jemand anders als Verfluchte eingesperrt wurden. Und deren mal leere, mal tierische Blicke jagten ihr stets einen Schauer über den Rücken.

Schnell entdeckte sie die einzige Tür, bei der der Riegel vorgelegt war.

Adorata blieb davor stehen. Noch konnte sie umdrehen, und sie würde nur minimal bestraft werden. Aber dann erfuhr sie vielleicht nie, warum die Zatarsi den Aufwand mit den Giftattentaten betrieben hatte, wenn sie die Umstände einfach mit einem Gespräch hätte richtigstellen können. Und wer wirklich hinter der ganzen Sache steckte.

Mit dem Ellbogen schob sie den Riegel zurück.

Die Tür schwang auf.

Das flackernde Licht der Fackel fiel an Adorata vorbei in die Zelle, wo die Zatarsi mit geradem Rücken und verengten Augen auf der Pritsche saß. Der fehlende Schmuck war auffällig, doch auch sonst schien die Zatarsi … anders zu sein als vor fast zwei Wochen. Wilder, wie diese Zarea gestern.

»Dein Abendessen.« Sie stellte das Tablett auf den Boden, ohne die Zatarsi aus dem Blick zu lassen. Diese rührte sich nicht.

Adorata trat einen Schritt zurück und verschränkte die Arme vor der Brust. »Wir hatten uns in dem Innenhof gesehen.«

»Ich weiß, wer du bist.« Die Stimme der Zatarsi klang neutral.

»Warum bist du nicht einfach geblieben und hast uns erklärt, was vorgefallen war? Oder wenigstens später, bevor du deinen Stamm verlassen hast?«

»Glaubst du etwa nicht wie die anderen Hüter, dass ich ihn angegriffen habe?«

»Nein, weil der ... Verletzte mir gesagt hat, dass er bezahlt wurde, es zu behaupten. Genauso wie für den Angriff mit seinen beiden Kumpanen auf dich ein oder zwei Tage später.«

Eisige Wut flackerte in Elezeis Augen auf.

Die Zatarsi wusste etwas darüber.

»Wenn ich mich gleich ... gestellt hätte, was wäre mit mir passiert?«

»Die Azai hätte dich gerichtet. Was auch immer bei euch die Strafe für eine Flucht und den Angriff auf einen Mideaner wäre – falls du für Letzteres für schuldig befunden worden wärest.«

Die Augen der Zatarsi verengten sich und ihre Hände ballten sich zu Fäusten. »Das ist alles? Keine Einmischung der Hüter?«

»Nein, weil ihr immer noch die Sonderregel genießt, dass so gut wie alles von der Azai gerichtet wird. Wegen des Pakts.« Darauf reagierte Elezei nicht. Vermutlich wussten bei den Zatarsi auch nur die Obersten Bescheid.

Aus der Tiefe des Ganges, wo die Verfluchten einsaßen, erklang ein Scheppern – und erinnerte Adorata daran, dass ihr die Zeit davonlief.

»Hast du eine Idee, wer hinter der ganzen Sache steckt? Wen ich zur Rechenschaft ziehen kann?«

»Es gibt keine Beweise, die ihr Hüter immer braucht, um etwas auszurichten. Und die Azai wird sich morgen nach dem Tribunal sicher darum kümmern.«

»Bitte!« Auch wenn sie recht sicher war, dass eine Zatarsi dahintersteckte, konnte sie schlecht den ganzen Stamm befragen. Vor allem, weil sie keine Ahnung hatte, worum es überhaupt ging.

Elezei schüttelte den Kopf.

»Dann sag mir wenigstens, warum jemand das alles eingefädelt hat.«

»Das weiß ich nicht.« Es klang nach der Wahrheit.

»Versprich mir, dass wir nach dem Tribunal reden. Sonst sorge ich dafür, dass du keine Strafmilderung erhältst.«

Elezei lachte. »Du willst mir drohen, Hüterin? Ich glaube eher, dass du deine Fragen gerade gar nicht hättest stellen dürfen.«

Adorata durchlief es eiskalt. Was, wenn die Zatarsi den Meistern erzählte, dass sie hier gewesen war? Sie musste los.

»Eines Tages wirst du meine Hilfe noch brauchen.« Damit war sie aus der Zelle, warf die Tür zu und legte den Riegel vor. Statt Antworten hatte sie nun noch mehr Fragen. Und der eigentliche Täter lief nach wie vor frei herum.

Sie ging zum Ausgang des Verlieses, klopfte zweimal gegen die Tür und eilte ohne ein weiteres Wort zu Dario davon, direkt zum Krankensaal.

An Natales Bett saß Cajetan. Mit einem Lächeln, das seine Unsicherheit nicht komplett verbarg, sah er auf. »Ich wollte mich nicht nur mit Worten bedanken, dass du mir und meinem Bruder geholfen hast.«

»Du musst das aber nicht machen.« Sie streifte kurz Natales schlaffe Hand, was diesen zu einem glucksenden Geräusch motivierte. Mit einem bereitliegenden Tuch wischte sie den Speichel aus dem Mundwinkel und von der Wange.

»Ich möchte aber. Dank deiner Hilfe hat Valerian kein Brandzeichen und sein altes Leben wieder. Das ist mir viel wert.«

Adorata setzte sich auf das freie Bett. »Als ich ihn getroffen hatte, war ich erstaunt, wie gut er seine Wut unter Kontrolle hat.«

»Er war nicht ohne Grund mein Vorbild.« Cajetan erhob sich. »Sag Bescheid, wenn dir – oder euch – eine Möglichkeit einfällt, wie ich meine Schuld begleichen kann.«

Sie nickte. Aber in Wahrheit war sie es, die ihm einen Gefallen schuldete. Denn dank ihm und seinem Bruder hatten sie Elezei in die Finger bekommen.

Sie erhob sich von dem Bett und setzte sich auf den vertrauten Stuhl, von wo sie auf Natales Gesicht sehen konnte. All das nur, damit sich niemand an die Flucht der Zatarsi erinnerte? Aber warum hatte jemand Elezei überhaupt erst so weit gebracht? Was war die Intention dahinter?

Adorata sank gegen die Rückenlehne. Sie hatte immer noch so viele Fragen. Vielleicht sollte sie heute Nacht noch einmal in die Verliese gehen … sie hätte besser gleich gewartet, dann hätte sie mehr Ruhe gehabt.

Schritte näherten sich.

Statt Meister Bashir oder Elia kam jedoch Meisterin Evantia auf Adorata zu. In ihrem Blick loderte Wut. »Du hattest nichts bei der Zatarsi zu suchen!«

»Ich habe ihr das Abendessen gebracht.«

»Wofür du nicht eingeteilt warst.«

»Ich musste wissen, warum sie Natale vergiftet hat, anstatt einfach auszusagen!« Sie versuchte ihre Rettung in der Wahrheit, doch Meisterin Evantia wirkte nicht so, als ob sie das groß interessierte.

»Du hast ihr also Fragen gestellt.«

»Das heißt leider nicht, dass sie mir diese auch beantwortet hat.«

»Egal, was du erfahren hast, du wirst darüber schweigen.« Meisterin Evantias Augen verengten sich. »Verstanden?«

Adorata nickte.

»Und noch etwas: Die Zatarsi sind und bleiben eine Sache der Meister. Das ist die letzte Warnung.«

* * *

Das Seil um Elezeis Handgelenke brannte sich in ihre Haut. Der Steinboden trieb glühende Klingen in ihre Knie. Um sie herum nur Dunkelheit. Wie damals ...

Sie versuchte in die Höhe zu kommen, gegen die Fesseln anzukämpfen, doch sie konnte nicht einmal einen Finger rühren.

Panik stieg in Elezei auf.

»Schwach wie ein Mideaner«, hörte sie Careisa neben ihrem Ohr wispern. »Eine Schande.«

Es war ihr egal. Sie wollte hier raus. Sie wollte um Hilfe bitten. Doch kein Ton kam über ihre Lippen.

Careisa lachte.

Der Hüter lachte.

Er stand vor ihr, sah auf sie herab, den Mund verächtlich verzogen. »Nun wirst du Demut lernen.«

Mit aller Kraft stemmte sich Elezei gegen die Fesseln, versuchte ihnen und den Schmerzen zu entkommen, die sich durch ihren Körper fraßen. Tränen rannen über ihre Wangen, brannten eine Spur der Schmach hinein.

»So schwach.« Die Stimme des Hüters und Careisas verschmolzen. »Und unwürdig.«

Etwas in Elezei riss.

Ein Schrei drang aus ihrer Kehle und wurde zu einem Brüllen. Mit Klauen und Zähnen stürzte sie sich auf den Hüter – und fand sich in totaler Schwärze wieder. Unter sich spürte sie den Steinboden, der nicht so kalt war wie die Wut, die in ihr brannte.

Draußen knurrten und tobten die Verfluchten. Gitterstäbe schepperten.

Elezei drückte sich auf allen vieren in die Höhe. Ihre Haut spannte und engte sie ein, während ihr Blut bis in die Fingerspitzen pulsierte. Der Hüter würde zahlen. Demut lernen.

Doch der eiskalten Wut in ihr war das nicht genug. Sie wollte alle Hüter. Und Careisa. Und Val.

Ihr Zischen mischte sich unter das Knurren der Verfluchten da draußen. Schon glaubte sie, die weichen und zerbrechlichen Körper unter ihren Klauen zu spüren. Den süßen Geschmack des Blutes. Wie sie sich triumphierend über die Toten in die Luft erheben würde.

Doch als das Bild von Vals gebrochenen Augen neben dem zerfetzten Leib Careisas in ihrem Kopf erschien, brach das Hochgefühl zusammen. Das war nicht das, was sie wollte. Nicht Val!

Die Kraft wich aus ihren Armen, und sie klatschte auf den Steinboden. Seine Kälte kühlte ihre erhitzten Wangen und kroch in ihren Körper, drängte die Wut ein Stück zurück, sodass mehr Platz für Elezei war.

Sie schloss die Augen, presste sich auf die Steine und begann zu summen. Widerwillig und viel zu langsam beruhigte sich ihr Blut. Und es dauerte eine gefühlte Ewigkeit, bis ihre Haut wieder … passte.

Elezei tastete ihre Finger ab. Keine Klauen und Schuppen. Wie wohl die Hüter reagiert hätten, wenn sie plötzlich einem Monster gegenübergestanden hätten? Männer und Frauen, die nicht nur geschult waren in dessen Bekämpfung, sondern vielleicht auch die Wahrheit kannten. Aber hätten sie ihr dann nicht Gold angelegt, um das Blut zu zähmen?

Mit der wenigen verbliebenen Kraft drückte sich Elezei in die Höhe. Niemand würde sie auf dem Bauch liegend vorfinden. Weder die Hüter noch Careisa.

Wieder kroch die Wut in Elezei empor. Die Sesai hatte sie von Anfang an benutzt, und Elezei hatte sich genau so verhalten, wie Careisa es gewollt hatte. Und nun saß sie hier. Wo sie vermutlich von Anfang an hatte sein sollen.

Sie ballte ihre Hände zu Fäusten, um die Wut nicht erneut hinauszuschreien oder gar ein Lied anzustimmen, dessen Rhythmus ihr Blut vorgab. Wie hatte sie nur so naiv sein können? Warum hatte sie es nicht kommen sehen? Und warum hatte sie nicht auf Val gehört?

Die Wut verpuffte. Nun war es zu spät. Alles war zu spät.

Sie schlurfte in die Richtung, in der sie die Pritsche vermutete. Ihr Fuß stieß gegen den Napf, der scheppernd durch die Dunkelheit rollte. Beim nächsten Schritt spürte sie die Schmiere und die Stückchen unter ihrer Sohle. Gekochtes Fleisch.

Ekel stieg in ihr auf, und sie streifte den Fuß hastig auf dem Stein ab. Vielleicht hätte sie etwas essen sollen. Sie würde morgen alle Kraft brauchen, wenn sie Careisa gegenüberstand. Und Val ...

Ihre Beine streiften die Pritsche. Elezei ließ sich nieder, rollte sich unter der Decke zusammen. Sie würde ihn morgen bei dem Tribunal wiedersehen. Doch auch wenn ein Teil von ihr sich darauf freute, wollte sie nichts mehr mit dem Verräter zu tun haben.

* * *

Der stechende Schädel weckte Valerian aus Träumen, die er mühsam versuchte festzuhalten. So glücklich und zufrieden hatte er sich schon lange nicht mehr gefühlt – bis ihm bewusst wurde, dass er von Elezei geträumt hatte.

Hastig öffnete er die Augen und sah direkt in einen leuchtenden Lampion, dessen Licht sich in seinen Kopf bohrte. Mit einem Stöhnen wälzte er sich zur Seite und griff nach der Tischkante, an der er sich ächzend in die Höhe zog.

Als die Pergola sich zu drehen begann, ließ er sich jedoch wieder nach hinten in die Kissen fallen. Immer noch glaubte er Elezeis Hände und Nägel überall auf seinem Körper zu spüren. Und der Geschmack von Blut in seinem Mund war unerwartet süß. Von beidem wollte er mehr.

Valerian rieb sich die Schläfen. Zusammen mit dem flauen Gefühl im Magen half es, die Träume zu vertreiben. Nun fühlte er sich wieder beschissen. Damit war alles in Ordnung.

Diesmal schob er sich langsamer in die Höhe, und der Schwindel blieb aus. Sein Blick fiel auf den vertrauten Tonbecher auf dem abgeräumten Tisch, der jedes Mal zuverlässig da war, wenn er aus einem Rausch erwachte.

Er griff nach dem Becher, verzog das Gesicht und kippte den bitteren Kräutertee hinunter, der nur noch eine Spur Wärme enthielt. War er so lange weg gewesen? Wie viel hatte er getrunken?

Valerian stellte den Tonbecher zurück auf den Tisch, der im Gegensatz zu dem großflächigen Fleck vorn auf seiner Tunika nichts mehr von gestern – oder heute? – Abend erzählte. Nur einen halben Gedanken verschwendete er an seinen Vater, dessen Auftritt so typisch gewesen war.

Nach und nach beruhigten sich das Stechen hinter seinen Schläfen und sein Magen. Dafür kam die Dunkelheit in seinem Inneren zurück. Diesmal waren es nicht die Erinnerungen an seine Mutter oder die Zatarsi von damals, sondern Schuldgefühle, weil er Elezei den Hütern ausgeliefert hatte. Er hatte es nicht zu ihrem Besten getan, sondern zu seinem Vorteil. Und nun saß er hier.

Er starrte in den dunklen Garten jenseits der Pergola. Vor nur einer Woche hatte er versucht, Diantha ein Märchen vorzugaukeln, weil er geglaubt hatte, sie zu lieben. Genauso oberflächlich und blass wie seine Inszenierung war das Bild von ihr, das ihm geblieben war. Sie war nicht wie Elezei.

Valerian schlug auf den Tisch. Nein, es war nur eine Phase! In ein oder zwei Wochen würde sich alles normalisiert haben. Und noch nie hatte er deutlicher gespürt, wie sehr er sich anlog. Es gab kein Zurück mehr. Aber das wollte er auch nicht, er wollte Elezei!

Doch sie war im Verlies der Hüter. Wegen ihm. Und es würde ihn wundern, wenn sie ihn überhaupt wiedersehen wollte. Ihn, den schwachen Verfluchten, der sie für ein bequemes Leben verraten hatte.

Er ertrug diese Gedanken nicht, die sich glühend in seine Brust bohrten. Er wünschte sich seinen Rausch zurück. Oder seine Wut.

Mit einem Knurren zog er den Reif vom Hals und warf ihn im hohen Bogen ins nächste Blumenbeet. Sofort fühlte er sich besser. Und noch besser würde er sich fühlen, wenn die Welt in Blutrot ertrank.

Mit geschlossenen Augen begann er das gefährliche Lied zu summen, dessen Melodie sofort da war. Doch die Wut kroch nur träge in ihm empor. Viel stärker waren die Erinnerungen an Elezei, wie sie mit leuchtenden Augen summte, während er sie auf das Bett aus Säcken drückte. Und ihre Körper sich aneinanderpressten.

Valerian bohrte seine Nägel so fest es ging in die Handflächen und genoss den Schmerz. Dann endlich kam die Wut. Aber es war nicht die unkontrollierbare Raserei, die ihn von Elezei erlöste, sondern die Erkenntnis, was er für ein absoluter Idiot war.

KAPITEL 13

Adorata sah zur Sonne, die den Dächern Mideas schon gefährlich nahe gekommen war. Viel Zeit blieb nicht mehr, bis sie untergehen und das Tribunal beginnen würde.

Mit einem stummen Fluch stürmte sie die Straße entlang; Jari und Ayasha versuchten, Schritt zu halten. Die Meister hatten ihr sicher absichtlich diese große Patrouillenrunde und zwei Kameraden zugeteilt, mit denen sie nicht eingespielt war. Ob sie für den Besuch bei Elezei oder für den gebrochenen Hausarrest bestraft wurde, wusste sie nicht.

Ihr Blick huschte wie von selbst hin und her und kontrollierte die dunklen Ecken zwischen Häusern, doch ihre Gedanken hingen bei Elezei und deren Worten. Adorata hatte es nicht gewagt, ein zweites Mal ins Verlies zu schleichen – auch wenn sie deswegen die halbe Nacht wach gelegen hatte.

»Dort!«, rief Jari.

Erst da sah Adorata die beiden Gestalten, die sich an einer Tür zu schaffen machten.

Und diese bemerkten die Hüter erst, als es schon zu spät war.

Die beiden versuchten zu flüchten, doch Adorata holte sie mit ein paar Sätzen ein. Während sie den einen hart gegen die nächste Wand stieß, rannte Ayasha an ihr vorbei und riss den anderen zu Boden.

Adorata presste ihren Dolch gegen die Kehle des dürren Mannes. »Was war das? Rede!«

»Ich … ich hab den Schlüssel verloren!«

Sie presste die Spitze der Klinge etwas fester, bis Blut seinen Hals herablief. Sie hatte keine Zeit zu verlieren.

»Wir wollten nur was zum Essen und ein paar Münzen. Er prahlt immer, dass er so viel hat.«

Adorata nahm etwas Druck von ihrem Dolch. Dann stieß sie den Mann Jari in die Arme, der vor Überraschung einen Schritt zurücktaumelte. Fedon hätte das kommen sehen.

Dann ging sie zu Ayasha, die die Diebin zwar auf den Bauch gedreht hatte und festhielt, ansonsten aber hilflos wirkte. Etwas, was Adorata normalerweise bei einem Anwärter nicht störte, sie gerade aber nervte.

Adorata griff in die Haare der Diebin und bog den Kopf zurück. »Warum wart ihr hier?«

»Essen«, würgte diese hervor. »Die Nordländer nehmen uns die Arbeit weg!«

Adorata zog die Frau in die Höhe und hatte diese schon gefesselt, als Ayasha gerade erst ihr Seil vom Gürtel genommen hatte.

Mit einem Blick auf die Sonne, die hinter den Dächern verschwand, marschierte Adorata los. Nun konnte sie die Runde abkürzen, weil sie Gefangene hatte. Die sie normalerweise mit einer Verwarnung hätte gehen lassen.

Staub wirbelte unter Adoratas Füßen auf und kroch unter ihre Tunika, wo er im Schweiß kleben blieb. Immerhin mussten sie nicht mehr die warmen Lederrüstungen tragen, auch wenn sie es durchaus erwogen hatte, da der Drahtzieher immer noch frei herumlief.

Vor Adorata erhob sich die Festung, deren trutzige Türme im letzten Sonnenlicht lagen. Wieder fragte sie sich, welche Zatarsi hinter der ganzen Sache steckte und was deren Ansinnen war. Hoffentlich würde sie das nach dem Tribunal erfahren.

Mit den zwei Gefangenen passierten sie das Tor, durchquerten den Hof und traten in die Kühle der Eingangshalle. Auch wenn hier mehr Kameraden als sonst herumlungerten, schienen die Zatarsi noch nicht da zu sein. Sie hatte es rechtzeitig geschafft.

»Kümmert ihr euch bitte um unsere Gäste?«, wandte sie sich an Jari. »Ayasha kennt das Prozedere, glaube ich, noch nicht.«

»Machen wir«, sagte Jari und verschwand mit den beiden Möchtegerneinbrechern und Ayasha in der Tiefe der Festung.

Adorata sank gegen die kühle Steinmauer und rieb sich mit dem Ärmel über die verschwitzte Stirn. Ein Bad oder ein Krug Wasser wären toll, aber dann würde sie die Ankunft der Zatarsi und den Beginn des Tribunals verpassen.

Sie versuchte ihren müden Körper ein wenig zu entspannen. Ihre

Gedanken wanderten zu Natale, den sie seit gestern Abend nicht mehr besucht hatte. Es war einfach keine Zeit gewesen, da sie heute Nacht den Kampfplatz und die Übungsausrüstung von jedem Staubkorn hatte befreien müssen. Ihre Strafe für den Bruch des Hausarrests. Fedon und Cajetan hatten derweil die Zellen der gewöhnlichen Kriminellen schrubben dürfen.

Dann betraten Großmeister Gerion und Meister Lucio in ihren dunklen Lederrüstungen die Eingangshalle, dicht gefolgt von Meisterin Evantia, deren Gesicht sich bei Adoratas Anblick verdüsterte.

Das erstickte Adoratas Idee, sich als Zeuge für das Tribunal zu melden. Sie war bisher nicht gefragt worden, was recht deutlich machte, dass sie bei der Anhörung nicht erwünscht war. Allerdings wäre es ihre einzige Möglichkeit, die Geschichte in all ihren Details zu erfahren.

Von den Mauern erklang ein kurzer Hornstoß. Das Zeichen für die Ankunft hoher Gäste.

Bewegung kam in die Anwesenden, und Adorata stellte sich mit ihren Kameraden in einer ordentlichen Reihe an der Wand auf; die Meister blieben in der Mitte der Eingangshalle.

Mit dem feurigen Zwielicht des Sonnenuntergangs trat eine Gruppe Zatarsi ein. An ihrer Spitze schritt statt der Azai jedoch eine der Sesai, gefolgt von einem halben Dutzend Frauen, deren lange Zöpfe mit unzähligen Goldringen geschmückt waren. Kämpferinnen, wie auch ihre Haltung verriet.

»Willkommen, Sesai Careisa!« Großmeister Gerion machte einen Schritt auf die Zatarsi zu.

»Azai Sindresa entsendet ihre Grüße. Sie hat mich mit dieser Sache betraut.« Das Gold der Sesai leuchtete geradezu. Es erstaunte Adorata immer wieder, wie wenig Menschen auf die Idee kamen, deswegen eine Zatarsi zu überfallen. Vermutlich war der Ruf dieses Volkes daran nicht ganz unschuldig.

Während sich Meister Lucio gut unter Kontrolle hatte, war bei Meisterin Evantia das Missfallen deutlich zu sehen. Auch wenn Adorata noch nie ein Tribunal miterlebt hatte, so wusste sie, dass die Abwesenheit der Azai fast eine Beleidigung war – vor allem, da es um den Tod von Hütern ging.

»Das Tribunal wird beginnen, sobald der Zeuge Valerian Morena anwesend ist.« Meister Gerion ließ sich ebenfalls nichts anmerken, aber er war nach Meisterin Tullia auch am längsten im Amt.

In der folgenden Stille breitete sich eine fast greifbare Spannung in der Eingangshalle aus, während Zatarsi und Hüter sich musterten. Beinahe wie Gegner …

Adorata wollte ihre Hand auf den Schwertgriff legen. Dabei gab es keinen Grund für dieses Kribbeln im Nacken, das sie sonst bei Gefahr spürte.

Sie hielt ihre Hand zurück und sah zu der Sesai, die entspannt wirkte. Nein, zwischen Hütern und Zatarsi hatte es schon seit Jahrzehnten keine direkten Auseinandersetzungen mehr gegeben, auch wenn eine gewisse gegenseitige Abneigung geblieben war.

Ein Trupp Hüter eilte von draußen herein, angeführt von Remo, der unter seiner bronzenen Haut bleich war.

Vor den Meistern und der Sesai blieb er stehen und salutierte, die Faust auf dem Herzen. »Valerian Morena ist unauffindbar.«

»Was heißt das?«, fuhr ihn Meisterin Evantia an.

»Er ist wohl vor einer Stunde etwas trinken gegangen und nicht wiedergekommen.«

Jemandem entwich ein Fluch.

Adorata sah zu Cajetan, den Meisterin Evantia mit Blicken regelrecht aufspießte. »Entspricht das der Wahrheit?«

Dieser seufzte. »Ja, das klingt nach meinem Bruder.«

»Ist jemand dort geblieben?«, fuhr die Meisterin Remo an.

»Ja. Und der Diener hat ebenfalls versprochen, Bescheid zu geben.«

»Wenn er trinken gegangen ist, kann das bis morgen dauern«, murmelte Cajetan.

Meisterin Evantias Blick versprach Sanktionen.

Großmeister Gerion legte die Stirn in Falten. »Verehrte Sesai, wir können das Tribunal ohne Zeugen beginnen, oder ich kann den Giftmischer aus seiner Zelle holen lassen, von dem das Gift stammt.«

»Danke für Euer Angebot, aber Azai Sindresa besteht darauf, dass Valerian Morena als Zeuge dabei ist.«

»Dann muss ich leider vorschlagen, dass wir das Tribunal auf morgen verschieben.«

Die Sesai nickte. »Sobald der Zeuge aufgetaucht ist.«

Adorata unterdrückte ein Stöhnen. Einen weiteren Tag, den sie warten musste. Ob sie sich heute Nacht doch noch ein zweites Mal ins Verlies schleichen sollte?

Als die Zatarsi die Eingangshalle verließen, wich die Spannung merklich. Und als die Meister gegangen waren, lösten sich Adorata und ihre Kameraden aus ihren Positionen. Kurz darauf wurden die ersten Wetten gesetzt, wann Valerian Morena auftauchen würde.

Sie ging zu Cajetan hinüber, der die Hände zu Fäusten geballt hatte.

»Ich verstehe es nicht«, sagte er. »Warum muss der Idiot gleich am ersten Tag alles kaputt machen?«

»Was du mir erzählt hast, klingt das eher nach seinem typischen Verhalten.«

»Schon, aber ich hatte ihn gebeten, mit dem Trinken aufzuhören …«

»Du kannst niemanden zu seinem Glück zwingen.«

Cajetan schlug mit der Faust gegen die Wand. »Warum hatte ich gedacht, er würde sich ändern?« Dann fuhr er sich über das Gesicht. »Entschuldigung, dass du dir nun meinen Frust anhören musst.«

»Das braucht man manchmal einfach.« Sie vermisste Natale, dem sie immer alles hatte erzählen können.

Und da wusste Adorata, dass sie definitiv keine zweite Nacht wach liegen wollte. Sie würde noch einmal mit der Zatarsi reden und herausfinden, wer hinter der Sache steckte.

* * *

Im Schatten eines Bootsschuppens streifte Valerian seine Kleider ab und griff nach dem Bündel aus gefettetem Leder. Noch konnte er das Ganze einfach abbrechen, aber er wusste genau, dass er es nicht tun würde – egal wie wahnsinnig sein Vorhaben auch war.

Kurz sah er hinauf zu dem massiven Umriss der Festung, der sich gegen den Sonnenuntergang abhob, bevor er sich lautlos über den Steg in die Kanalbrühe sinken ließ, deren Gestank sich mit dem Jasminduft am Haus hinter ihm zu einer widerwärtigen Süße verband. Es war nichts gegen das, was ihm bevorstand.

Valerian atmete ein paarmal tief durch, dann tauchte er zwischen all dem undefinierbaren Unrat unter. Wie zu erwarten, umgab ihn absolute Schwärze, die er sich zunutze machen würde.

Seine Schwimmzüge zählte er nicht nur, um seine Gedanken und damit seinen Puls zu beruhigen, sondern auch um die Entfernung abzuschätzen. Nur einmal hatte er sich bei Tageslicht getraut, die Strecke in nicht ganz so finsterem Wasser zu überwinden.

Valerian tastete vor sich, bis er die Ecke des Kanals fand. Zwei weitere Schwimmzüge beförderten ihn vorwärts und zu dem verzerrten Rest Fackellicht, der von oben aufs Wasser fiel, die Schwärze aber nicht wirklich erhellen konnte.

Noch ein Zug und seine ausgestreckten Hände berührten das Fallgatter. Bis hierhin hatte er sich heute Mittag getraut. Was dahinter lag, wusste er nur von einem der Lieferanten.

Valerian zog sich an die Metallstäbe heran, die hier in der Mitte weiter auseinanderstanden als am Rand, presste sich seitlich durch – und blieb stecken.

Panik stieg in ihm auf. Er hatte sich unzählige Szenarien ausgemalt, was alles schiefgehen konnte, aber dieses war nicht dabei gewesen!

Langsam und ohne allzu viele Luftblasen ließ er fast allen Atem aus seinen Lungen, bevor er weiter zog und sich wand. Das Eisen schrammte über seine Brust und seinen Rücken, riss die Haut auf.

Dann endlich kam er frei. Und gratulierte sich selbst zu dem Einfall, den Halsreif der Hüter aus dem Blumenbeet geholt zu haben.

Valerians Lungen begannen zu brennen, und das Verlangen aufzutauchen wurde übermächtig. Stattdessen schwamm er weiter, bis er das Licht der Fackeln und damit die beiden Wachen am Gatter hinter sich ließ.

Schließlich tauchte er langsam auf und unterdrückte den Impuls, nach Luft zu schnappen. Gierig sog er diese durch die Nase und zwischen den zusammengebissenen Zähnen hindurch ein.

Er blinzelte, um die Brühe aus den Augen zu bekommen. Um ihn herum erhob sich das riesige Gewölbe, in das tagsüber Waren und Nachschub geliefert wurden. Auch wenn von draußen das abendliche Leben Mideas hereindrang und hier drinnen widerhallte, war hier wie erwartet alles ruhig.

Er sah über die Schulter zu dem Gatter, an dem rechts und links jeweils ein Hüter stand, die ihm den Rücken zugedreht hatten. Er wusste nicht, wie viel Zeit ihm noch blieb, bevor sie ihre Runde um das Becken drehten und die Plätze tauschten.

Lautlos schwamm er an den linken Beckenrand, wo sich Fässer und Kisten türmten. Zwischen ihnen ging ein schmaler Gang ab, der – laut seinen Beobachtungen von heute sowie seinem Aufenthalt hier – in die Verliese führen musste. Vermutlich war dort sogar die Hintertür, vor der er bei seiner Flucht gestanden hatte.

Nach einem kurzen Blick zu den Wachen stemmte er sich aus dem Wasser und zog sich auf den kalten Steinboden, bevor er geduckt zu einem Stapel Kisten schlich. Das hatte besser geklappt als erwartet, aber es waren nicht die Hüter oder die Aussicht auf eine Gefangennahme, die ihm die meiste Angst einjagten, sondern Elezeis mögliche Reaktion.

Er verscheuchte den Gedanken und knüpfte das Bündel auf. Seine Finger fuhren über das kühle Metall des Messers und des Schmucks. Beides war erstaunlich leicht in den eher zwielichtigen Läden des südlichen Mideas aufzutreiben gewesen.

Valerian griff nach der Kleidung, die bis auf ein paar wenige Stellen trocken geblieben war. Aktuelle Mode, nicht ganz so protzig und in einer farblichen Geschmacksverirrung. Genau so, wie es die Zatarsi gern trugen.

Hinter ihm am Becken erklangen leise Worte, die sich unter das Gelächter und Gegröle von draußen mischten, dann Schritte.

Hastig zog Valerian Hose und Tunika über, steckte das Messer in den Bund und legte die Arm- und Fußreife an. Egal ob Zatarsi-Blut oder nicht – er fand den schweren Schmuck einfach nur lästig.

Als Letztes wickelte er sich ein Tuch um die untere Gesichtshälfte, wobei er darauf achtete, dass sein Halsreif zu sehen war. Wie praktisch, dass seine Körpergröße der der Zatarsi-Männern entsprach. Alles perfekt – solange er nicht Musik machen oder singen musste.

Zwischen zwei Kisten hindurch sah er zu dem Becken, auf dessen gegenüberliegender Seite einer der beiden Hüter zu sehen war. Er würde den Platz mit der anderen Wache tauschen, dabei die Runde am Wasser entlang machen, und anschließend wäre wieder ein Weilchen Ruhe.

Valerian drückte sich tiefer in die Schatten. Auch wenn sein Herz klopfte und die Hand um den Messergriff feucht wurde, zwang er sich ruhig zu atmen.

Der Hüter auf dieser Seite kam mit gleichmäßigen Schritten näher. Dann stockte er.

Mit angehaltenem Atem schob Valerian sich etwas nach links, um an den Kisten vorbeisehen zu können.

Die Wache sank in die Hocke.

Und selbst im schlechten Licht waren die kleinen Pfützen zu erkennen – die vom Wasserbecken direkt auf Valerians Versteck zuführten.

Er unterdrückte einen Fluch. Wie hatte er das vergessen können?

Die Hand des Hüters sank auf den Waffengriff. Langsam kam er näher. Noch ein kleines Stückchen ...

Valerian sprang vor, presste eine Hand auf den Mund des Mannes und schlang den anderen Arm um dessen Hals. Kurz ließ er den Hüter das Zatarsi-Messer und die Armreife sehen, dann drückte er ihm die Luft ab.

Ein Ellbogen traf Valerian in der Seite, Finger krallten sich in seine Hände und rissen die Haut blutig. Schon zum zweiten Mal heute bewahrte ihn der Halsreif.

Nach einem letzten Röcheln erschlaffte der Hüter – und entglitt Valerians Griff, als das Gewicht plötzlich zu viel wurde.

Der Mann schlug auf dem Boden auf. Das Gewölbe verstärkte das Klirren seines Waffengurts und warf es in alle Richtungen, sodass es die Geräusche des abendlichen Lebens von draußen übertönte.

»Was machst du, Ilario?«, erklang die Stimme der zweiten Hüterin.

Valerian erstarrte.

»Kanalratten«, knurrte er dann.

Ein Lachen. »Du lässt dich von denen immer noch reinlegen?« Ihre Schritte wurden schneller.

Valerian grunzte, was jede Antwort hätte bedeuten können.

So leise es ging, zog er den Hüter ein Stück in den Schatten.

Die Zweite kam näher. »Ilario?«

Wieder hinter die Kiste geduckt, wartete Valerian. Dann schaltete er die Hüterin auf die gleiche Art und Weise aus, auch wenn diese sich deutlich kräftiger wehrte und Valerian mehrere blaue Flecken und blutige Kratzer verpasste.

Nachdem er die Bewusstlose zu ihrem Kameraden gezerrt hatte, platzierte er das Zatarsi-Messer so, dass es nicht sofort auffiel, aber auf den zweiten Blick gefunden wurde. Zu gern wäre er dabei, wenn die Sesai das vor den Hütern erklären musste.

Er vergewisserte sich, dass das Tuch über Mund und Nase saß, dann eilte er in den Gang, der ihn hoffentlich zu den Zellen führen würde. An dessen Ende beleuchtete eine rußende Fackel die vielversprechende Tür.

Möglichst leise hob Valerian den schweren Riegel, öffnete die Tür – und sah in den vertrauten Gang mit den vergitterten Zellen links und rechts. Gleich hatte er es geschafft. Gleich würde er Elezei wiedersehen.

Mit klopfendem Herzen ging er an den eingesperrten Verfluchten vorbei. Wie beim letzten Mal ertönten Knurren und Rufe, doch diesmal bekam er zusätzlich Zatarsi-Beleidigungen an den Kopf geworden. Alles lief nach Plan.

Dann erreichte er die Tür am anderen Ende des Ganges – von der er vergessen hatte, dass diese den Riegel auf der anderen Seite hatte.

Valerian stieß einen Fluch aus. Ihm rannte die Zeit davon. Er hoffte, dass die Suche nach ihm das Tribunal etwas herauszögern würde, aber er konnte nicht abschätzen, wie lange. Er musste handeln. Er würde keine zweite Nacht ohne sie überstehen.

Eine kleine Stimme erinnerte ihn daran, dass Elezei vielleicht gar nicht mitkommen würde. Dass sie ihn nicht einmal mehr sehen wollte.

Entschieden hämmerte er gegen die Tür. Das letzte Mal hatte es vor seiner Zelle eine Wache gegeben.

Kurz darauf hörte er das Schaben des Riegels.

Erleichterung machte sich für einen Augenblick in ihm breit.

Dann stand er einer Hüterin und deren blankem Dolch gegenüber.

Ohne zu zögern, traf Valerians Handkante ihre Luftröhre. Dann schlug er den Kopf der Frau gegen die Wand. Dem Geräusch nach vielleicht zu fest.

Klirrend fiel erst der Dolch zu Boden, dann folgte mit einem dumpfen Poltern der leblose Körper.

Valerian sah einen Moment auf die Hüterin hinab. Verdammt, dafür würden sie ihn gleich wieder einsperren. Genauso wie für Elezeis Befreiung.

Mit einem Schnauben wandte er sich ab und ging den Gang entlang, wo links und rechts Türen die Zellen verschlossen. Doch nur ein Riegel war vorgelegt.

Er wollte darauf zugehen, aber seine Füße bewegten sich nicht mehr. Stattdessen schlug sein Herz lauter und sein Mund wurde trocken. In ihm gab es nur noch die Angst, dass er Elezei endgültig verlieren konnte.

Irgendwo in der Ferne erklang ein Scheppern.

Valerian ballte die Hände zu Fäusten. Und wenn er noch länger zögerte, verspielte er die Chance auf eine Flucht, falls sie doch mitkommen würde.

Mit feuchten Händen zog er das Tuch vom Gesicht, hob den Riegel und öffnete die Tür. Fackellicht fiel an ihm vorbei in die Zelle, wo sich eine Gestalt hastig auf der Pritsche aufsetzte und ihn aus verengten Augen ansah.

Mit zwei Schritten war er bei Elezei, fiel auf die Knie und ergriff ihre kalten Hände. »Es tut mir so leid. Ich bin so ein Idiot!«

* * *

Elezei spürte die Wärme und den Druck von Vals Händen. Unzählige Male hatte sie darüber nachgedacht, was sie ihm sagen würde, wenn sie heute Abend vor ihm stand. Aber das hier war nicht das Tribunal. Das waren sie beide allein in einer Zelle der Hüter, und ihr Herz pochte bis zum Hals.

Aber er hatte sie verraten.

Sie entzog ihm ihre Finger. »Du hast mich verraten.«

Wut stieg in ihr auf, doch sie ging beinahe in der Freude unter, Val trotz allem wiederzusehen.

Scham lag ihn seinem Blick. Schwarze Zatarsi-Augen im Schatten des hereinfallenden Lichts. »Ja, und ich war ein Idiot, es zu tun. Können wir das bitte ausdiskutieren, wenn wir draußen sind?«

Die Tür hinter Val stand offen wie ein Versprechen. Aber wenn sie jetzt ging, erfuhr sie nie, warum sie das alles hatte durchmachen müssen.

»Ich werde zum Tribunal gehen.«

»Du glaubst, dass die Sesai dich die Wahrheit erzählen lässt? Was auch immer sie plant, du bist doch genau da, wo sie dich haben will!«

Sie wusste, dass er recht hatte. Mal wieder. Und es lockte sie, einfach mit ihm zu gehen ...

»Elezei, komm mit und lass die Sache sich beruhigen. Dann kannst du immer noch allein, ohne die Sesai mit den Hütern reden.«

Ein Vorschlag, der sich vernünftig anhörte und der ihr gefiel. Doch noch mehr gefiel es ihr, Careisa einen Strich durch die Rechnung zu machen. Deren Plan zu zerstören, so wie diese Elezeis Leben zerstört hatte.

Val stand auf und hielt ihr die Hände hin. »Komm. Bevor die Wachen Alarm schlagen oder man dich zum Tribunal holt.«

Elezei erhob sich ebenfalls, aber die Zweifel in ihr flüsterten. Er hatte sie vor einem Tag erst den Hütern ausgeliefert. Und nun wollte er sie befreien? Das ergab keinen Sinn.

»Wie kann ich dir vertrauen?«

Er rollte mit den Augen, dann wurde er ernst und legte seine Hand auf das Herz. »Ich schwöre es bei meinem verfluchten Blut. Und falls ich dich noch einmal verraten sollte, gebe ich dir auch gleich ein Messer dazu.«

Sie zögerte einen Moment, dann gehorchte sie ihrem Herzen und reichte ihm die Hand. Warm legten sich seine Finger um die ihren.

Über Vals Gesicht huschte ein Lächeln. »Ich werde es wiedergutmachen, versprochen. Aber erst einmal müssen wir hier raus.«

Sie folgte ihm aus der Zelle hinaus auf den Gang, wo das flackernde Licht der Fackeln auf eine Hüterin fiel, die bäuchlings am Boden lag. Blut tränkte das helle Haar. Sie fühlte nichts bei diesem Anblick. Die Frau ... ihr Leben ... es war gerade egal.

Anders empfand sie jedoch, als Val ein Tuch vor seine untere Gesichtshälfte zog und ihr auffiel, dass er barfuß war und den Schmuck ihres Volkes trug. Fälschungen, wie sie an zwei Reifen erkennen konnte. Für einen Moment gefiel ihr, was sie sah, dann wuchs die Abneigung. Das war nicht Val. Er war kein schwacher Zatarsi-Mann.

Schweigend gingen sie an den Gittern vorbei, hinter denen die Verfluchten knurrten, wimmerten, heulten oder um Hilfe baten. Manche spuckten aus. Wie Tiere, als die Elezei sie immer gesehen hatte.

Am anderen Ende des Ganges stand eine Tür einladend offen.

Val legte den Finger an die Lippen, dann gingen sie hindurch und einen kurzen Gang entlang, an dessen Ende zwei leblose Körper lagen. Hüter, wie sie ohne jegliche Regung feststellte.

Erst als Val sich kurz bückte und mit dem Finger über deren Halsschlagadern fuhr, erkannte sie, dass die beiden noch lebten. Am liebsten hätte sie die Zatarsi-Klinge aufgehoben, die halb im Schatten zwischen zwei Fässern lag, und die Sache beendet. Aber das würde ein Gespräch mit den Hütern nur unnötig schwer machen.

Val erhob sich und ging voran bis zum Rand des riesigen Wasserbeckens, das trotz der Fackeln schwarz und bodenlos schien. Schon der Gedanke, dort hineinzufallen ...

»Dort müssen wir raus.« Val deutete zu einem Fallgatter rechts von ihnen, das den Weg nach draußen versperrte. Zu ihrer Erleichterung sah sie auf beiden Seiten des Kanals einen schmalen Steg, gerade oberhalb des Wasserspiegels.

Val wickelte das Tuch von seinem Kopf und offenbarte einen schimmernden Reif um seinen Hals.

Elezei konnte nicht anders, als das Metall zu berühren, das unter ihren Fingern zu singen schien. Keine Arbeit ihres Volkes, aber auch keine Fälschung. Echtes Gold.

»Eine Bedingung der Hüter.« Er zog eine Grimasse. »Aber es hilft.«

Ihre Hand fiel herab. Wie bei ihr und ihrem Volk. Es versklavte sie und unterdrückte ihr wahres Ich. Nichts, was mit Stolz getragen werden sollte. Plötzlich erschienen ihr die Sprüche der Mideaner gar nicht mehr so fern von der Wahrheit.

Val zog die Tunika über seinen Kopf und ließ sie einfach fallen. Blutige Striemen zogen sich über seine Brust. Für einen Moment wuchs ihre Wut auf die Hüter, dann bemerkte sie, dass die Wunden frisch waren.

»Kannst du schwimmen?«, fragte er.

Gold klirrte, als er den Arm- und Fußschmuck ebenfalls fallen ließ und nicht immer den Stoff traf. Einer der Reife rollte mit einem leisen Platschen in das Becken.

Elezei starrte auf die größer werdenden Kreise, die sich auf dem Wasser ausbreiteten. Schwarz und tief …

Sie riss sich von dem Anblick los. »Nein, aber wir können den Steg nehmen.«

»Da sind die Stäbe zu eng. Und das Gatter anzuheben wäre zu langsam und zu laut, aber es ist nicht weit.« Auffordernd hielt er ihr die Hand hin.

Doch schon der Gedanke, in dieses Becken zu steigen …

»Ich kann nicht.« Ihre Worte waren kaum hörbar.

Hinter den Fässern erklang ein Stöhnen.

»Elezei, bitte!«

Sie konnte ihren Blick nicht von der spiegelnden Oberfläche abwenden.

Val ergriff ihre Hände. »Vertrau mir.« Dann zog er sie an sich und ließ sich mit ihr in das Becken fallen.

Wasser stürzte auf sie ein, drückte sich in ihre Nase und ihren

Mund. Zog sie in die schwarze, bodenlose Tiefe, wo es nur dröhnende Stille gab.

Finger legten sich um ihre Handgelenke, und sie wurde in die Höhe gezogen, bis ihr Kopf wieder frei war. Sie schnappte nach Luft, hustete. Kein Boden unter den Füßen, überall nur das Wasser, das gierig an ihr zerrte.

»Elezei, sieh mich an.«

Vals Augen waren direkt vor ihr. Keine Wut lag darin, nur Ruhe und Zuversicht. Doch es beruhigte ihr hämmerndes Herz nicht.

»Schling gleich deine Arme um mich.« Er ließ eines ihrer Handgelenke los und drehte sich um, bevor er sie näher zog. »Halt dich fest.«

Ihr Instinkt suchte selbst nach Halt und schlang einen Arm um Vals Hals. Dann auch noch den anderen, als er ihr zweites Handgelenk losließ. Sie fühlte sich so hilflos, mitten im Wasser, und nur Val war da, an den sie sich klammerte. Doch sein gleichmäßiger Atem und die Wärme seines Körpers vertrieben einen Teil der Panik, als er hinaus in die schwarze Tiefe schwamm und auf das Gatter zu.

An ihren Oberarmen, die um seinen Nacken lagen, spürte sie das kühle und vertraute Gold. Sie versuchte, sich allein darauf zu konzentrieren, nicht auf den Körper unter ihr. Oder auf das Wasser um sie herum.

Sie erreichten das Gatter, Val umfasste es. Er wandte den Kopf. »Du musst loslassen, Elezei. Zusammen kommen wir da nicht durch.«

Doch der Gedanke daran reichte, dass sie sich fester an ihn klammerte.

»Du ... drückst mir ... die Luft ab«, röchelte Val. Dann entfernte er vorsichtig ihre Arme und hielt sie an den Handgelenken fest, während er sie zu den Metallstäben führte. Aber so allein im Wasser, das sie einschloss und sofort an ihr zu ziehen begann ...

Dann schob Val sie sanft, aber bestimmt durch die Lücke. Sie musste ihre Arme einziehen, trotzdem schabten sie genauso wie ihre Schulterblätter über das Metall. Der Schmerz klärte die Panik.

Sie hielt sich an den Stäben fest, bis Val neben ihr paddelte, dann legte sie ihre Arme wieder um seinen Hals und ließ sich Richtung Ufer ziehen. Zu ihrem Entsetzen schwamm er jedoch nicht den nächsten Kai an, sondern bog in den Kanal nach rechts.

Dort half er ihr aus dem Wasser, bevor er selbst neben sie kletterte und sie dann auf die Füße zog. Er ließ ihre Hand auch dann nicht los, als er voranging und in einer der Gassen schließlich heftig atmend gegen die Wand sank.

Passanten von der Nebenstraße kreuzten die Gasse. Zwei Mädchen, in den Händen ein zerrupftes Sträußchen Jasmin, hüpften vorbei. Von irgendwoher hallte ein Lachen heran. Der chaotische Lärm Mideas.

Nach und nach fiel die Anspannung von ihr ab, und sie wurde wütend. Wütend auf sich selbst, dass sie Panik bekommen hatte, obwohl es im Nachhinein so leicht erschien. Sie war nie in Gefahr gewesen zu ertrinken. Trotzdem spürte sie noch das Ziehen des Wassers an ihrem Körper.

Val sah sie an. »Verzeihst du mir?«

»Vielleicht.« Dabei hatte sie das schon längst getan.

* * *

Adorata starrte in die Schwärze ihres Zimmers. Wieder verging die Zeit viel zu langsam, aber sie musste abwarten, bis die Wahrscheinlichkeit am geringsten war, dass sie jemand erwischen würde.

Sie verschränkte die Hände unter dem Kopf. Immer wieder kehrten ihre Gedanken zurück zu dem ... Gespräch mit Elezei. Sie wollte verstehen, warum sie scheinbar ohne Gewissensbisse Menschen vergiftete, wenn sie auch alles in einem Gespräch hätte klären können.

Und dann waren da noch die ganzen anderen Fragen: Wer steckte hinter der Sache, und was war der Zweck? Und warum wurden zum Tribunal nur die Meister zugelassen?

Adorata boxte das Kissen. Es war so frustrierend. Vor allem, dass sie das Ganze nicht ruhen lassen und vergessen konnte.

Sie wälzte sich auf die Seite. Sie fühlte sich hellwach, obwohl sie vorhin an Natales Bett hätte einschlafen können. Den ganzen Tag war sie auf den Beinen gewesen, hatte nicht einmal etwas gegessen, sondern war direkt in ihre Kammer gegangen, damit der Hunger sie nun wach hielt. Und sie wusste noch nicht, wie sie unbemerkt an der Wache vorbeikommen sollte ...

Entschlossen schlug sie die Decke beiseite. Sie musste nicht tatenlos hier warten, bis sie eine Lösung für das Problem gefunden hatte.

Sie würde stattdessen eine Möglichkeit finden, an dem Tribunal teilzunehmen. Dort würde sie ganz legal alles erfahren.

In der Dunkelheit tastete sie nach der Tür, öffnete sie leise. Die Öllampe draußen beleuchtete einen leeren Gang. Nichts war zu hören.

Adorata verließ ihre Kammer und schlich zur Bibliothek. Vorsichtig drückte sie die Klinke hinab, doch wie erwartet war abgeschlossen. Etwas, was sich hoffentlich ändern ließ.

Aus ihren Stiefeln zog sie ihre Dietriche und bearbeitete das Schloss, wie Fedon es ihr gezeigt hatte. Doch ohne seine Anleitung wollte es nicht klappen, und dann brach sogar einer der feinen Metallstifte ab.

Adorata biss die Zähne zusammen, um nicht laut zu fluchen. Kurz überlegte sie, nachzuschauen, ob Fedon schon von seiner Schwester zurück war, um ihn zu bitten, ihr aufzumachen. Aber sie wollte nicht zugeben müssen, dass sie nicht einmal das einfachste Schloss nach all den Jahren unregelmäßiger Übung aufbekam.

Sie atmete tief durch und setzte neu an, versuchte sich auf ihr Fingerspitzengefühl anstatt auf ihre Ungeduld zu konzentrieren.

Endlich sprang das Schloss auf.

Adorata öffnete die schwere Eichentür und schlüpfte in die schwarze Stille dahinter. Vorsichtig ertastete sie ihren Weg zwischen Regalen und Lesepulten hindurch, diesmal ohne sich irgendwo etwas anzuschlagen. Auch die Treppe fand sie schnell, genauso wie die verglaste Laterne auf Meisterin Tullias Tisch.

Im schwachen Lichtschein steuerte sie das Regal an, in dem die Bücher über die Hüter standen. Auch wenn die Chronik fast den kompletten Platz einnahm, gab es ganz unten noch eine Reihe anderer Werke.

Adorata sank auf die Knie und entzifferte mit schräg gelegtem Kopf die Beschriftungen auf den Buchrücken, die teilweise kaum noch lesbar waren. Ein Großteil beschäftigte sich mit Kriegsführung, viel davon gegen Drachen. Mehrere Bände behandelten den Bau dieser Festung sowie anderer Festungen am Taviasee. Dazu kamen unzählige Biografien, deren Inhalt sicher so angestaubt war wie der Rest des Buches.

Schließlich fand sie ein dünnes Büchlein, auf dessen Rücken in verblassten Goldbuchstaben ›Friedensvertrag und -bedingungen zwischen Zatarsi und Hütern‹ stand.

Adorata zog es heraus. Auch wenn sie von keinem Krieg zwischen den beiden Parteien wusste, klang das am ehesten nach diesem Pakt. Oder wenigstens nach einem Ansatzpunkt.

Sie schlug das Büchlein auf. Statt einem Inhaltsverzeichnis wurde sofort auf eine Urkunde verwiesen, von der beide Parteien jeweils ein Exemplar besaßen. Auch stand dort, dass nur die Meister sowie die Azai und ihre beiden Sesai Bescheid wussten. Das hatte Adorata ja schon vermutet.

Sie ließ das Buch sinken und beleuchtete mit der Laterne die Stelle, wo sie es herausgezogen hatte. Doch wo auch immer die Urkunde aufbewahrt wurde, es war nicht hier.

Mit einem Schulterzucken vertiefte sie sich in das Büchlein. Dort folgten einige Seiten Regeln für die Zatarsi, wie sie sich in Midea zu integrieren hatten und was sie tun und lassen durften. Diese Seiten las sie genauso quer wie die anschließenden Regeln für die Hüter, wie sie bei der Integration helfen konnten. Das meiste wirkte veraltet und unnötig, wie zum Beispiel dass die Zatarsi keine Badehäuser aufsuchen durften. Oder die Hüter Begleitpersonen zur Verfügung stellen mussten.

Es folgte die Rechtsprechung, die Adorata sorgfältiger las. Hier fand sie unter anderem die Bedingung, dass sich um alle Zatarsi-Angelegenheiten ausschließlich der Meister der Gerechtigkeit zu kümmern hatte. Kleinere Vergehen konnte die Azai jedoch selbst bestrafen.

Adorata rieb sich über die Augen, als diese dank des schlechten Lichts zu brennen begannen. Lesen würde nie zu ihren Lieblingsbeschäftigungen zählen.

Danach kam ein Kapitel namens »Blutsteuer«. Etwas, was sicher mit den barbarischen Ritualen der Zatarsi zusammenhing.

Sie wollte die Seiten schon überblättern, als die Erwähnung der Aufnahmezeremonie ihre Neugier fesselte. Sie bereute es nur wenige Zeilen später.

Adorata schmeckte wieder den metallenen Geschmack des Öls, das man ihr bei der Aufnahme über den Kopf gegossen hatte. Sie hatte ihn wie die rote Färbung auf die Kräuter geschoben. Aber Zatarsi-Blut? Es ekelte und faszinierte sie zugleich, und statt einer Antwort hatte sie wieder eine Frage mehr: Warum?

Hastig blätterte sie weiter. Doch sie fand keinen Grund, nicht einmal so etwas Primitives wie das Baden im Blut des Besiegten. Nur weitere Regeln, dass das Blut frisch sein müsse, welche Menge und wie es genau zu transportieren war, damit es nicht gerann. Und das Gefühl, dass zwischen den Zeilen lauter unausgesprochene Geheimnisse standen. Etwas, was man bereits wissen musste, um die volle Bedeutung zu begreifen.

Adorata leuchtete erneut zu der schmalen Lücke, wo das Büchlein gestanden hatte. Doch da war nichts, was diesen Friedensvertrag ergänzen oder gar erklären könnte. Vermutlich ein Schutz gegen Leute wie sie.

Mit einem Seufzer vertiefte sie sich wieder in den Text, wo es mit den Folgen weiterging, falls eine der beiden Seiten den Vertrag brach.

Die Tür unter ihr flog auf, Licht fiel herein.

»... durch das Gatter gekommen?«

»Das wird uns die Azai nachher erklären dürfen.«

Adorata blies hastig die Laterne aus und schob das Buch mit fliegenden Fingern zurück in die Lücke – oder hoffte es wenigstens. Dann erhob sie sich und schlich geduckt zum Geländer, um einen kurzen Blick in die Tiefe zu werfen. Der Großmeister und die anderen vier Meister gingen zielstrebig auf die Treppe zu.

Sie unterdrückte einen Fluch und eilte auf die Schatten der Regale zu.

Den Bücherstapel dahinter sah sie nicht.

Mit einem Rumpeln fiel er um.

Stille legte sich über die Bibliothek.

Dann eilten Schritte die Treppe hoch.

Adorata blieb stehen. Es gab nun keine Chance mehr, sich zu verstecken oder ungesehen aus der Bibliothek zu kommen. Immerhin würde niemand wissen, was sie gelesen hatte. Die Strafe mochte mild ausfallen.

Das Licht einer Laterne blendete sie.

»Adorata«, stellte Meister Lucio fest.

»Was hast du hier zu suchen?« Meisterin Tullias Stimme war eisig.

»Ich ... ich wollte eine Möglichkeit finden, Natale zu helfen.« Die Lüge ging ihr unerwartet glatt über die Lippen.

Meister Bashirs mitleidiger Blick traf sie mitten in die Brust.

»Meine letzte Warnung ist nicht einmal eine Stunde her.« Meisterin Evantias Worte waren wie ein scharfes Schwert. »Und wer nicht hören will ...«

Meister Lucio stimmte ihr zu. »Wir haben in den letzten Tagen mehr als einmal ein Auge zugedrückt, da wir wissen, wie nahe du Natale stehst. Aber ich denke, eine Woche Stille zum Nachdenken wird dir gut tun.«

Eine Woche?

Adorata sah flehend zwischen den Meistern hin und her, dann zum Großmeister. »Ich wollte doch nur helfen.«

»Das wissen wir. Trotzdem hast du dich wie wir alle an die Regeln zu halten.«

Ohne ein weiteres Wort ging sie zur Treppe. Eine Woche Stille. Dort würde sie nichts mitbekommen und keine Antworten finden. Stattdessen würden sich sicher noch mehr Fragen auftun.

* * *

Valerian nahm mit allen Sinnen auf, wie die ersten Sonnenstrahlen über die bemalte Zimmerdecke und die Wände krochen, während draußen das Leben Mideas nach und nach die Rufe der Pfaue übertönte. Schon lange war er nicht mehr so früh wach gewesen. Die Anspannung, die seinen ganzen Körper ergriffen hatte, ließ ihn nicht mehr schlafen.

Das Licht wanderte weiter, berührte das Bett und brachte die Laken zum Leuchten. Doch nicht nur auf dem Stoff, über allem schien ein wunderbarer Schimmer zu liegen, der bis tief in sein Innerstes reichte – bis zu dem winzigen Flecken Angst, dass die Ereignisse der Nacht vielleicht ein Traum gewesen waren und er nur wieder zu viel getrunken hatte.

Valerian sah zu dem Tischchen neben dem Bett; dort stand kein Tonbecher. Abgesehen davon verspürte er weder Übelkeit noch Kopfschmerzen, sondern nur das Bedürfnis, nach nebenan zu gehen und sich zu vergewissern, dass Elezei wirklich da war. Aber er wollte sie nicht wecken.

Also schloss er die Augen und erinnerte sich daran, wie sich ihr Körper im Wasser an ihn gedrückt hatte. Wie ihre Finger seine Hand auf dem Heimweg immer wieder gestreift hatten. Und dieses kurze Lächeln, bevor sie die Tür geschlossen hatte. Allein das war jedes Risiko wert gewesen.

Ein sanftes Kribbeln breitete sich über seinen Körper aus. Dann hörte er zwischen dem Gurren der Tauben und den Stadtgeräuschen ein Lied, das die Brise zum Fenster hereintrug.

Sofort sprang Valerian aus dem Bett, streifte sich die Hose über und verließ leise seine Gemächer. Mit wenigen Schritten war er über den Flur und bei der Tür zum Raum nebenan und blieb stehen. Er wollte zu ihr, doch er hatte plötzlich Angst, den Zauber des Morgens zu zerstören.

Das Lied endete in einem letzten, klaren Ton.

Sein Kopf sank lautlos gegen das Holz, das angenehm kühl an seiner Stirn lag.

»Du musst nicht vor der Tür stehen, Val.«

Blut stieg ihm in die Wangen, und er fühlte sich einen Moment wie früher, wenn seine Großmutter ihn beim Naschen erwischt hatte. Trotzdem drückte er die Klinke hinunter und trat ein.

Elezei saß auf dem Bett. Sonnenlicht überzog ihr gelöstes Haar und ihre stolzen Züge, ihre Augen leuchteten von innen heraus. Er fragte sich, wie er sie je für unattraktiv hatte halten können.

Erst dann bemerkte er, dass das Laken nur lose um ihre Mitte lag. Wieder überkam ihn dieses Bedürfnis, seine Finger über die Narben gleiten zu lassen, die so gut zu ihr passten. Und er wollte sie nicht mehr nur dort berühren, sondern überall.

Elezei legte den Kopf schief. Ihr Blick war eine Herausforderung.

Valerian machte einen Schritt auf sie zu. »Ich …« Jegliche Worte waren vergessen. Stattdessen waren da all die Überlegungen, dass er nichts über die Zatarsi wusste. Dass er keine Ahnung hatte, ob er sie einfach küssen sollte und durfte oder ob es allein bei ihr lag.

Ein Klopfen rettete ihn.

Er zwang sich, den Blick von Elezei abzuwenden und zur Tür zu gehen, die er nur einen Spalt öffnete.

Durch diesen lächelte ihn Pero über ein voll beladenes Tablett hinweg an. »Guten Morgen.«

Vage erinnerte Valerian sich daran, dass er heute Nacht ein Frühstück bestellt hatte. Was er sonst immer ausließ.

Er nahm das Tablett entgegen. »Danke.«

Dann schloss Pero die Tür, ohne einen neugierigen Blick hereinzuwerfen, wofür Valerian ihn schätzte.

Vorsichtig balancierte er das Frühstück zu Elezei, setzte es neben ihr auf dem Bett ab. Nun war er ihr so nah, dass er sie einfach berühren könnte. Ihre vom Sonnenlicht geküsste Haut. Ihre Lippen, die so weich wirkten und doch so hart forderten.

Valerian stolperte einen Schritt zurück. »Ich hoffe, da ist etwas für dich dabei.«

Sie deutete neben sich, ohne das Frühstück auch nur eines Blickes zu würdigen. »Du willst mich doch nicht etwa allein essen lassen?«

»Ich habe keinen Hunger.« Trotzdem ließ er sich im Schneidersitz vor dem Bett nieder, das Tablett als Sicherheit zwischen ihnen. Er hatte das Gefühl, dass das nicht reichen würde.

Nun sah Elezei auf das Frühstück, und ihr Gesicht begann zu strahlen, als sie die Platte mit der kunstvoll drapierten Blume aus rohem Fleisch entdeckte. Ohne zu zögern, griff sie nach einer feinen Scheibe, rollte sie zusammen und schob sie in den Mund.

»Du solltest es wirklich probieren, Val.«

Er schüttelte nur den Kopf, da er am liebsten ganz andere Dinge probieren würde.

Elezei streckte ihre Hand erneut nach der Platte aus, stockte dann jedoch. Sie beugte sich vor, und ihre blutigen Finger streiften seinen Halsreif, nur um dann ein Stück nach unten zu fahren und dort liegen zu bleiben.

Valerian umklammerte seine Knie.

»Leg ihn ab.« Elezeis Ton war bestimmt.

»Er hilft aber«, brachte Valerian hervor.

»Das bist nicht du, Val. Deine Wut gehört zu dir wie meine …« Sie nahm ihre Hand wieder weg.

Die Stelle auf seiner Brust brannte.

Unter ihrem erwartungsvollen Blick streifte er den Reif ab. Unschlüssig hielt er ihn in der Hand. Wie damals, als sie sich zum ersten Mal begegnet waren und sie ihm geholfen hatte, ihn abzulegen.

»Das ist das zweite Mal, dass du ihn mir abnimmst«, sagte er.

»Den ersten hast du mir geschenkt.« Wieder legte sie ihren Kopf schief, und ihre schwarzen Augen hielten seinen Blick fest. »Bei meinem Volk machen das nur Gefährten.«

Valerian spürte, wie die Hitze erneut in seine Wangen stieg. Hastig sah er auf den Halsreif in seinen Händen, der so unschuldig wirkte. Ein schlichtes Metallband, kein Kunstwerk wie bei den Zatarsi, und trotzdem maß ihm Elezei die gleiche Bedeutung zu.

Kurzerhand schob er den Reif unter das nächste Kissen. »Wie viele Fettnäpfchen habe ich noch gefunden?«

»Wer spricht von Fettnäpfchen?«

Es war vor allem ihr Ton, der ihn wieder aufsehen ließ.

Mit einem Leuchten, dass nicht wie bei Diantha nur die Augen erhellte, sondern sie ganz und gar erstrahlen ließ, griff sie nach der nächsten Scheibe Fleisch und steckte sie in den Mund.

Blut hing auf ihren Lippen.

Bevor Valerian wusste, was er tat, hatte er sich vorgebeugt und wischte den Tropfen sanft ab. Für einen Moment schien die Welt stillzustehen. Es gab nur ihn und Elezei. Und das Tablett zwischen ihnen, das eine blöde Idee gewesen war.

Mit wüsten Beschimpfungen draußen auf der Straße endete der Moment.

Valerian erhob sich, wollte Abstand zwischen sich und sie bringen, um einen klaren Gedanken fassen zu können, doch Elezei ergriff seine Hand. Sie zog ihn heran, ihre Nägel brannten Kratzer in seine Haut und weckten die Wut.

»Nicht ...«

Doch die Herausforderung in ihrem Blick wischte all seine Bedenken beiseite. Und das Verlangen die Wut.

KAPITEL 14

Elezeis Finger wanderten über Vals Brust und blieben einen Herzschlag lang auf den verkrusteten Kratzern ruhen. Nicht nur die Flucht gestern erschien so fern, sondern auch die Idee, ihr Volk in den Bergen zu suchen. Selbst das Monster war kaum mehr als ein Traum, der hier im Sonnenlicht keine Substanz hatte.

Ihre Hand fuhr weiter über die verschwitzte Haut, während sie mit der anderen ihren Kopf abstützte und Vals entspanntes Gesicht betrachtete. Hier gab es nur sie beide. Und nichts anderes wünschte sie sich in diesem Moment, der Ewigkeiten dauern durfte.

Val öffnete träge die Augen. »An was denkst du?«

»Dass es für immer so bleiben soll.«

»Und was spricht dagegen?« Er grinste breit. »Wir lassen uns das Essen ans Bett bringen und müssen nie wieder aufstehen.«

Sie bohrte ihre Nägel leicht in seine Brust. »Klingt durchaus verlockend.«

Ein Stöhnen entwich seinen Lippen.

»Elezei ...« Seine Finger schlossen sich fest um ihr Handgelenk, schoben es jedoch nicht beiseite.

»Und du wolltest eine Mideanerin. Du hättest sie zerbrochen.«

»Und nun zerbrichst du mich.«

Ihre Nägel gruben sich tiefer. »Du hast dir eine Zatarsi ausgesucht.«

»Nein, ich habe dich ausgesucht.« Mit einem Ruck zog er sie näher, sodass ihr Kopf auf seiner Brust zu liegen kam. Klar und deutlich hörte sie das Schlagen seines Herzens und das Pulsieren des Blutes. Wie von selbst formte sich in ihrem Kopf eine Melodie, die die simplen Harmonien des alten Lieds zu etwas Neuem formte.

Leise begann sie zu summen, wurde dann lauter und passte die Musik dem Rhythmus ihrer beiden Herzen an. Ihr Blut reagierte und gewann an Kraft. Doch statt der eiskalten Wut erfüllte sie eine ungeahnte Leichtigkeit.

Vals Arme schlossen sich fest um sie, und er vergrub sein Gesicht in ihren Haaren.

Elezei schloss die Augen und entspannte ihre Finger. Sie gab sich diesem Moment hin – bis ihn laute Stimmen im Haus störten.

Das Lied erstarb.

»Warum hörst du auf? Das war ... wunderschön.«

Sie drückte sich in die Höhe, legte den Kopf schief und lauschte.

»... werde dem Herrn Bescheid geben.« Der Diener, der ihnen gestern mit einem wissenden Lächeln aufgemacht hatte.

»Du hast Besuch.«

Val stöhnte genervt. »Wie hatte ich die verdammten Hüter vergessen können?«

Für einen Herzschlag wollte Panik in Elezei aufwallen, dann kam jedoch die Wut. »Was wollen die?«

»Sicher ein Hühnchen mit mir rupfen, weil ich gestern nicht zum Tribunal erschienen bin.« Mit einem kurzen Grinsen setzte er sich auf. »Manchmal ist ein gewisser Ruf doch praktisch.«

Schritte näherten sich. Dann klopfte es.

»Moment!«

Val zerrte zwischen den zerwühlten Laken seine Hose hervor, die er fluchend anzog, während er das am Boden liegende Tablett und Frühstück umrundete, bevor er die Tür öffnete.

»Herr, die Hüter sind …«

»Schon unterwegs.« Val sah über die Schulter. »Vielleicht muss ich eine Runde mit in die Festung, aber Pero wird dir so lange jeden Wunsch von den Lippen ablesen.« Damit fiel die Tür hinter ihm zu.

Elezei ließ sich zurück in die Kissen sinken und lauschte Vals leisen Schritten, wie sie über den Gang gingen und dann unhörbar wurden, bevor seine Stimme erklang.

»Wie kann ich den Damen und Herren zu dieser viel zu frühen Stunde behilflich sein?«

»Ihr seid gestern nicht zum Tribunal erschienen.« Der Hüter aus dem Verlies mit der farblosen Stimme. Lucio.

»Das war gestern? Oh, das tut mir leid, ich muss die Tage total durcheinandergebracht haben und war gestern mit alten Freunden was trinken.«

»Habt Ihr wenigstens daran gedacht, ein paar Zeugen zu bezahlen?«

»Warum seid Ihr gekommen, Lucio? Um mich wütend zu machen?« Val klang genervt.

»Dafür hätte ich wissen müssen, dass Ihr so dämlich seid, Euren Halsreif abzulegen.«

»Der ist verdammt unbequem zum Schlafen. Und ich bin hier immer noch in meinem Haus!« Die ersten Spuren Wut in seiner Stimme.

Elezei schob die Laken zur Seite und erhob sich. Sie würde sicher nicht zulassen, dass die Hüter ihre Macht ausspielten.

»Gut, dann kommen wir zu der Sache, wegen der wir eigentlich hier sind: Es gibt ernste Hinweise sowie den Verdacht, dass Ihr etwas mit dem Ausbruch der Zatarsi Elezei gestern Abend zu tun habt.«

Elezeis Atem stockte für einen Moment. Wie sollte das möglich sein? Niemand hatte Val gesehen. Seine Spuren deuteten auf die Zatarsi hin, weil die Hüter sicher nicht erkannten, dass die Reife gefälscht waren.

Val lachte. »Das ist ein guter Witz. Vor allem, da ich sie vorgestern erst ausgeliefert habe.«

»So, ist es das? Dann können wir ja sicher das Haus durchsuchen.«

»Klar, durchsucht das Haus.« Val sprach lauter. »Wenn ich danach wieder ins Bett gehen kann.«

Elezei griff nach dem hauchzarten Kleid, das bis zur Hüfte geschlitzt war, wie es mideanische Frauen so gern trugen. Beinahe hätte sie es sofort wieder vom Leib gerissen, so sehr kratzte der Stoff auf ihrer Haut. Stattdessen ließ sie nur die zugehörige Pluderhose liegen.

»Wisst Ihr, Morena, wenn Ihr mit uns kooperiert, seid Ihr beim Tribunal nur ein Zeuge. Anderenfalls müssen wir Euch mitanklagen. Und bevor Ihr oder die Zatarsi auf die Idee kommt zu fliehen: Das Haus ist umstellt.«

Die folgende Stille kam Elezei sehr laut vor. Das leise Geräusch der Tür, als sie diese öffnete, erschien ihr wie ein Donnerknall. Sie schlich dorthin, wo sie die Stimmen gehört hatte, blieb jedoch hinter dem Durchgang zum Atrium außer Sicht stehen.

»Na, sind Euch die Worte ausgegangen, Morena?«

»Durchsucht das Haus halt.« Trotz und Wut lagen in Vals Stimme.

Vielleicht war es an der Zeit, die Sache zu Ende zu bringen – auch wenn sie damit Careisa vermutlich direkt in die Hände spielte.

Sie trat in das Atrium. »Hier bin ich.«

Val fuhr herum. Für einen Moment stand Entsetzen auf seinem Gesicht, gefolgt von Resignation, bevor es zu einer Maske wurde und er sich zurückdrehte.

Elezei blieb neben ihm stehen, das Kinn erhoben und ohne den Blick von dem Hüter Lucio abzuwenden, den sie bereits an der Stimme erkannt hatte. Fünf weitere Männer und Frauen standen im Halbkreis hinter ihm.

»Gut, dann können wir endlich aufbrechen. Ihr werdet bereits sehnsüchtig erwartet.«

»Würden die Herrschaften uns wenigstens erlauben, dass wir uns etwas anziehen?«, fragte Val.

»Ihr hättet Euch vorher überlegen sollen, ob Ihre unsere Zeit unnötig vergeuden wollt, Morena.«

Auf ein Nicken Lucios hin nahmen die Hüter sie in die Mitte und führten sie hinaus auf den Platz, wo noch sechs weitere von ihnen warteten. Im Schatten einer überlebensgroßen Statue standen zwei Mädchen, das eine mit einem Kranz welken Jasmins auf dem Kopf.

Elezei fiel der Moment gestern Abend in der Gasse ein, kurz nachdem sie den Kanal verlassen hatten. Als die Mädchen an ihr vorbeigerannt waren und sie diese nicht weiter beachtet hatte, obwohl sie es hätte besser wissen müssen.

Einer der Hüter stieß ihr in den Rücken, und sie setzte sich in Bewegung. So ging es durch die Straßen Mideas, wo unzählige Menschen gafften und pfiffen. Nach wie vor war der Großteil der Mideaner traurige Gestalten, auch wenn sich Elezeis Blick auf sie etwas geändert hatte.

»Du hättest dich verstecken können«, wisperte Val neben ihr.

»Nein, es wird Zeit, das zu beenden.«

»Und wenn sie dich einsperren?«

»Das werden sie nicht. Sie müssen mich ausstoßen.« Und dann war sie frei, zu tun und zu lassen, was sie wollte.

Val zog zweifelnd die Brauen hoch.

»Genug geturtelt?«, kommentierte einer der Hüter.

»Du bist wohl neidisch, weil du immer selbst Hand anlegen musst«, zischte ihn Val an.

Das Gesicht des Hüters verdunkelte sich. »Du wirst schon noch früh genug merken, wer am längeren Hebel sitzt.«

Val schenkte ihm ein breites Grinsen, das zusammen mit dem Leuchten der Wut in seinen Augen etwas Raubtierhaftes hatte. Es gefiel ihr.

Immer näher kamen sie den trutzigen Türmen der Festung, die sich über die Dächer Mideas erhoben, und mit jedem Schritt wuchsen Elezeis Bedenken, ob sie das Richtige tat. Immerhin war es vermutlich genau das, was Careisa wollte.

Noch bevor Elezei ihre Gedanken fertig sortiert hatte, erreichten sie das Tor und durchquerten den Hof. Und in der Eingangshalle stand sie nicht wie erwartet Azai Sindresa gegenüber, sondern Sesai Careisa. Sofort explodierte das ungute Gefühl in ihrem Magen.

Nur am Rande bemerkte sie die anderen Zatarsi, die Elezei mit Verachtung und Abneigung betrachteten, wie es sonst nur einer Verfluchten gebührte. Aber sie war hier auch wie eine Mideanerin erschienen: in einem dünnen Kleid, ohne Schmuck und mit offenen Haaren. Dazu noch die Gerüchte und Val an ihrer Seite …

Sie hielt ihr Kinn oben und ignorierte das kaum hörbare Zischen, das aus einigen Zatarsi-Kehlen aufstieg – und was die Überzahl an Hütern instinktiv nach ihren Waffen greifen ließ.

Careisa, die mit einer vom Alter gebeugten Hüterin im Gespräch war, sah herüber. »Elezei.«

Lucio nickte der Sesai zu. »Dank Eurem Hinweis haben wir sie gefunden. Es tut mir leid, dass ich fälschlicherweise Euren Stamm verdächtigt habe.«

»Euch sei verziehen«, erwiderte Careisa. »Dürfte ich ein paar Worte mit Elezei unter vier Augen sprechen?«

»Wenn Ihr Euch an die Regeln des Tribunals haltet.«

»Natürlich. Es geht um eine kleine Stammesangelegenheit.«

»Gut, aber bitte nur kurz.«

Mit einem Blick forderte Careisa Elezei auf, ihr zu folgen. Einen Moment wollte diese sich weigern. Vor all den Hütern konnte sie niemand zu etwas zwingen. Dann siegte jedoch die Neugier.

Elezei ging hinter der Sesai her in den Hof, über dem die Geräusche der Stadt wie eine Decke lagen und jedes Gespräch dämpften – selbst vor den Ohren der Zatarsi in der Eingangshalle.

An einer von der Sonne gewärmten Mauer blieb die Sesai stehen. Die stolze Haltung fiel ein Stück weit von ihr ab. »Es tut mir leid, dass es so gekommen ist. Das war nicht geplant.«

Elezei schwieg. Sie hatte keine Ahnung, worauf die Sesai hinauswollte. Hatte sie etwa Angst, dass die Wahrheit gleich herauskommen würde?

»Als du vor drei Tagen ein Gespräch gesucht hast, konnte ich nicht anders reagieren. Ich wollte weder deinen Bruder noch den Stamm hineinziehen, und du hattest den Verfluchten dabei … da habe ich erkannt, dass du hinter das Geheimnis unseres Volkes gekommen bist.«

»Dann sind wir alle …?«

Careisa nickte, die Augen voller Trauer. »Das Vergessen war einer der Preise dafür, dass wir für die Musik in Midea bleiben durften.«

»Die Hüter wissen Bescheid?«

»Die Meister. Und sie nutzen es aus.« Mit einem Blick über die Schulter schob Careisa ihren langen Ärmel hoch. Dort, wo sonst die unzähligen Armreife saßen, zierte eine Narbe neben der anderen die Innenseite des Unterarms. »Wir Sesai müssen unser Blut geben, damit die Hüter barbarische Rituale zu unserer Erniedrigung durchführen können.«

Die eiskalte Wut kroch in Elezei hoch. Und da bezeichnete man ihr Volk als Wilde!

»Wenn das Tribunal vorbei ist, werde ich dafür sorgen, dass du zum Stamm zurückkehren kannst und dass dein Ruf wiederhergestellt wird. Ich weiß, es wird dein Leid nicht ungeschehen machen, aber du wirst als Siegerin hervorgehen.«

Elezei wusste nicht, was sie sagen wollte. Die Sesai bot ihr gerade alles an, was sie sich seit dem Abend nach dem Vorfall im Innenhof gewünscht hatte. Das war ihre Chance, wieder ein Teil des Stammes zu werden und die letzten Tage vergessen zu können.

Careisa ergriff Elezeis Hände. »Dank des Opfers, das du dem ganzen Stamm gebracht hast, werden die Hüter ihr Wissen über unser wahres Wesen verlieren, und wir, wir können endgültig frei sein.«

* * *

Adorata starrte auf den feinen Riss, der sich durch die weiß gekalkte Wand zog. Sie versuchte sich auf jeden Knick und jede Verästelung zu konzentrieren, um ihren Kopf leer zu bekommen. Doch ihre Gedanken formulierten unentwegt Fragen.

Mit einem Seufzer ließ sich Adorata gegen die Wand sinken und zog die Beine auf die schmale Pritsche. Sie war vermutlich gerade einmal ein paar Stunden hier drinnen und hatte schon das Bedürfnis, an die Tür zu hämmern und nach einer Freilassung zu schreien.

Stattdessen zählte sie ihre Atemzüge – einer aus, zwei ein, drei aus – und fragte sich, wer Elezei zu diesen Attentaten gebracht hatte und warum. Wenn sie sich richtig an die Anzahl der Ringe in Elezeis Zopf erinnerte, gab es vermutlich nicht viele Zatarsi, die die Macht dazu hätten.

Adorata schlug den Kopf gegen die Wand. Doch der Schmerz half nicht. Warum konnte sie es nicht einfach den Meistern überlassen? Die würden die Wahrheit während des Tribunals herausfinden und dann die Richtige bestrafen. Und bis Adorata hier raus war, würde alles vorbei sein.

Sie umklammerte ihre Knie, um nicht aufzuspringen. Sie würde vielleicht nie die ganze Geschichte erfahren und herausfinden, warum Natale wirklich vergiftet worden war. Denn sie war sich inzwischen sicher, dass es hier nicht nur um die Beseitigung dreier Zeugen ging.

Das Schaben des Riegels unterbrach ihre Gedanken.

Fedon trat mit einem Wasserkrug und einer Schüssel ein. Beides stellte er wortlos neben sie auf die Pritsche, bevor er noch einmal auf den Gang hinaussah und dann direkt vor ihr stehen blieb.

Adorata lockerte ihren Griff um die Knie und blickte fragend auf. Auch wenn sie schon ahnte, dass eine Schelte folgen würde.

»Wegen dem Drachengift: Die Spur ist hier in Midea im Nichts verlaufen.«

»Das ist alles?« Enttäuschung machte sich in ihr breit.

»Ich konnte die Spur des Händlers, der es Tadeo verkauft hat, bis rüber nach Calantha verfolgen. Der hat es dort wohl von einem anderen Händler aus Midea erhalten, der es wiederum von einem Straßenmädchen hatte, das nicht zu finden ist.«

»Als ob ein Kind an ein derart seltenes Gift kommt ... es ist doch sicher nur benutzt worden.«

»Vermutlich, aber das wird nicht herauszufinden sein.« Fedon verschränkte die Arme vor der Brust. »Und nun kannst du die Sache hoffentlich ruhen lassen.«

»Du bringst mir Infos, und dann sagst du allen Ernstes das?« Sie zog eine Grimasse. »Ich habe es versucht. Aber es gibt so viele offene Fragen, und bei jeder Antwort werden es mehr.«

»Du hast die Meister auf jeden Fall ziemlich angepisst, wenn du eine Woche in der Stille verbringen musst.« Er griff nach dem geleerten Wasserkrug. »Ich hoffe für dich, dass es hilft, um die Neugier ein wenig abzukühlen.«

Sie nickte, obwohl sie genau wusste, dass das nicht passieren würde. Vor allem nicht, nachdem ihr Fedon mehr oder weniger gesagt hatte, dass das Gift aus Midea kam – wo es zwar keine Drachen gab, aber die unbekannte Zatarsi, die hinter allem steckte.

Er atmete auf. »Gut.«

»Kannst du mir einen Gefallen tun?«

»Ich hab vorhin nach Natale geschaut. Es geht ihm unverändert.«

»Danke.« Sie schenkte ihm ein Lächeln.

»Aber da du nun viel Zeit hast: Denk mal über meine Worte nach.«

»Vielleicht.« Sie wollte nicht darüber nachdenken, denn dann würde sie früher oder später eine Entscheidung treffen müssen. Auch wenn sie tief in ihrem Inneren das Gefühl hatte, dass diese schon längst gefallen war.

Mit einem Nicken verließ er die Zelle und legte hörbar den Riegel vor.

Die laute Stille kehrte zurück. Adorata hatte keine Ahnung, wie sie die nächsten Stunden, geschweige denn Tage aushalten sollte.

Seufzend schloss sie die Augen und konzentrierte sich wieder auf ihre Atemzüge. Irgendwann würde es ihr schon gelingen, ihren Kopf zu beruhigen. Es musste gelingen, wenn sie sich nicht selbst in den Wahnsinn treiben wollte.

Sie hob die Lider, als ein leises Klopfen an der Tür ertönte.

Dann wurde der Riegel zurückgeschoben, und Cajetan schlüpfte herein, sichtlich verstört. Wortlos setzte er sich neben sie auf die Pritsche. Sein Mund öffnete und schloss sich mehrfach, doch er sagte nichts.

Adorata wurde ganz kalt. »Ist was mit Natale?«

Er sah sie einen Moment verwirrt an, dann schüttelte er hastig den Kopf. »Nein, da war vorhin alles in Ordnung, als ich nach ihm geschaut habe. Aber …« Er holte tief Luft. »Val war gestern Abend nicht trinken, er hat die Zatarsi befreit und bei sich versteckt.«

Nun war es an ihr, verwirrt zu schauen. »Aber er hat sie doch erst vorgestern ausgeliefert?«

Cajetan zuckte hilflos mit den Schultern.

»Willst du mir alles erzählen?«

»Bei der ersten Schicht gestern Abend sind Ilario und Phila im Festungshafen bewusstlos geschlagen worden. Als sie wieder zu sich kamen, war Lieke – die als Wache im Verlies eingeteilt war – tot und die Zatarsi weg, aber es gab diverse Hinweise, dass ihr Stamm sie befreit hat.«

Kurz fühlte sich Adorata schuldig, weil Lieke sicher nur wegen ihrer Neugier dort postiert worden war. Zuvor hatte dort keine Wache gestanden.

»Das klingt irgendwie nicht nach Zatarsi.«

Cajetan stimmte ihr zu. »Ich war dabei, als der Großmeister und Meister Lucio mit der Azai gesprochen haben. Die war davon überzeugt, dass ihr Stamm nichts damit zu tun hatte. Das gefundene Messer und ein Teil des Schmucks waren wohl Fälschungen, und die Zatarsi haben ein Problem mit Wasser. Die können alle nicht schwimmen.«

»Was hat das mit der Befreiung zu tun?«

»Anscheinend ist jemand durch die Stäbe des Gatters hindurchgetaucht, in der Mitte, wo die Stäbe weiter auseinanderstehen. Val könnte das schaffen, er war schon immer ein guter Schwimmer.«

»Du hast es den Meistern also erzählt?«

»Nein. Wir waren gerade zurück in der Festung, als Sesai Careisa mit einem Mädchen ankam, das Elezei und Val zu dessen Villa hat gehen sehen. Und es war so überzeugend, dass Meister Lucio persönlich losgezogen ist.«

Adoratas Finger krallten sich in ihre Oberschenkel. Das konnte doch kein Zufall sein! Auch wenn sie die Zatarsi nicht immer verstand, klang das für Adorata sehr seltsam. Warum verpfiff die Sesai Elezei an die Hüter, anstatt selbst hinzugehen? Elezei war immerhin ein Teil ihres Stammes!

»Was passiert jetzt?«, fragte sie.

»Das Tribunal hat gerade begonnen. Und Val ist vermutlich nicht mehr nur als Zeuge dabei.« Cajetan seufzte. »Er ist so ein Idiot!«

Sie legte ihm die Hand auf die Schulter. »Die Meister sind in ihrer Rechtsprechung immer gerecht gewesen. Sie werden deinen Bruder sicher nicht in den Daueraufenthalt sperren.«

»Aber ich verstehe nicht, warum er die Zatarsi überhaupt befreit und dann noch bei sich versteckt hatte. Er mochte sie noch nie. Er hasst ihre Musik. Es ergibt keinen Sinn.«

»Vielleicht wollte er den Zatarsi eins auswischen?« Nein, dahinter musste etwas anderes stecken. Valerian Morena hatte einige Zeit mit Elezei verbracht, nach allem, was sie mitbekommen hatte. Was wusste er? Und warum hatte sie nicht früher daran gedacht, zu ihm zu gehen und ihn auszufragen?

Cajetan zuckte mit den Schultern. »Ich habe manchmal das Gefühl, ich kenne ihn seit seiner … Enthüllung nicht mehr. Ich war so sicher, dass er nur sein altes Leben zurückhaben wollte und das für nichts in die Welt wieder hergeben würde.«

»Ich fürchte, so einfach ist das nicht. Dein Bruder und die Zatarsi sind in irgendeine größere Sache verwickelt.«

Er schaute sie erschrocken an. »Was?«

»Ich kann es noch nicht ganz greifen, es sind noch zu viele Fragen …« Da fiel es ihr wie Schuppen von den Augen. Das Mädchen. Wie bei Fedons Recherche. Konnte wirklich Sesai Careisa …

Adorata sprang auf. »Du schuldest mir noch einen Gefallen.«

* * *

Valerian betrat nach einem Teil der Hüter sowie Elezei und der Sesai den kreisrunden Saal, in den sicher eine der kaiserlichen Barken gepasst hätte, würde nicht eine Reihe dicker Steinsäulen in einigem Abstand zur Wand einen abgetrennten Gang bilden.

Mit einem Schauer, der vermutlich von der unerwartet kühlen Luft herrührte, musste Valerian an das Mausoleum seiner Familie denken. Dieser Eindruck bestärkte sich, als er daran dachte, dass sie sich eine Treppe unter der Festung befanden und keine Geräusche von oben herabdrangen.

Die wenigen entzündeten Öllampen des Saals beleuchteten nur die von Füßen glatt gescheuerte Mitte, wo Elezei sich hinstellen musste. Den Kopf hielt sie wie immer stolz erhoben und den Rücken gerade.

Ihr gegenüber ließ sich Großmeister Gerion auf einem vom Alter dunklen Holzthron nieder, der zu beiden Seiten von je zwei Meistern flankiert wurde. Ein Aufgebot, das Valerian als übertrieben ansah, vor allem weil keinerlei Zuschauer anwesend waren.

Lucio bedeutete Valerian, sich in der Nähe des zweiten, deutlich neueren Holzthrons aufzustellen, neben dem die Sesai stand. Diese wirkte mit jeder Minute zufriedener, während den Hütern das Fehlen der Azai nicht zu gefallen schien. Zu gern hätte er gewusst, was die Zatarsi mit Elezei beredet hatte.

Die Wut rührte sich in Valerian, als er daran dachte, dass sie vermutlich alle genau dort waren, wo die Sesai sie haben wollte. Sie alle waren wie Hammel in diese Falle gelaufen und warteten nun auf den Schlachter.

»Hiermit eröffne ich das Tribunal.« Die Stimme des Großmeisters dröhnte durch den Saal. »Im Namen des Rats der Hüter heiße ich Sesai Careisa als Vertreterin der Zatarsi sowie Valerian Morena als Zeugen und Mitangeklagten willkommen.«

Valerian richtete seinen Blick auf den geraden Rücken Elezeis, die mit dem offenen Haar und in dem dünnen Kleid unerwartet verletzlich wirkte. Und er wusste, dass er seine Wut nicht würde bremsen können, wenn ihr etwas geschah.

»Elezei vom Stamm der Zatarsi werden folgende Vergehen vorgeworfen: Angriff auf einen Bürger Mideas und einen Hüter; Verwendung eines verbotenen Giftes; Angriff auf ein Kind und drei Hüter, davon einer tödlich; Ausbruch und Flucht.«

Valerian ballte die Hände zu Fäusten – und zwang sich, diese gleich wieder zu entspannen. Wenn er wütend war, würde es garantiert niemandem helfen. Er musste ruhig bleiben. Dann würden sie es schaffen.

Er konzentrierte sich auf Elezei, die ihren Stolz wie eine Rüstung um sich trug und allein dadurch sein Herz höher schlagen ließ.

Großmeister Gerion erhob sich. »Elezei, schwörst du auf dein Blut, dass du nur die Wahrheit sprichst?«

»Ich schwöre auf mein Blut.«

Mit einem Nicken setzte sich der Großmeister auf den Holzthron. »Dann werden wir nun mit deiner Aussage beginnen.«

Valerians Blick wanderte wie von selbst zu der Sesai, auf deren Lippen ein kaum merkliches Lächeln lag, das ihm Angst machte. Sie schien keinerlei Angst zu haben, dass Elezei gleich die ganze Wahrheit auspackte. Lag es an dem Gespräch gerade? Hatte sie Elezei gar erpresst?

»Es begann alles an dem einen Nachmittag vor einem halben Mond, als mich ein Lied meines Volkes in einen Innenhof lockte, wo ich einen verletzten Mideaner vorfand.«

Auf den Gesichtern von Lucio und Evantia erschien Interesse.

Die Erleichterung vertrieb Valerians Wut. Zurück blieb die Angst, dass Elezei vielleicht nicht die ganze Wahrheit erzählen würde. Dass die Sesai sie in der Hand hatte.

»Dort fand ich auch das Zatarsi-Messer, das ich in der Hand hielt, als die drei Hüter mich trafen.« Elezeis Stimme war klar und fest. »Als die Hüter den verletzten Mideaner untersuchten, hat er mich plötzlich beschuldigt, ihn angegriffen zu haben.«

Die alte Hüterin mit dem Gehstock trat vor. »Davor hatte er nichts zu dir gesagt?«

»Nein. Und ich habe ihn nicht angesprochen.«

»Danke«. Damit wich die alte Frau wieder zurück.

»Man wollte ihn und mich mit in die Festung nehmen, ich hingegen wollte erst mit der Azai sprechen. Als dieses Gespräch eskalierte, habe ich das gefundene Messer nach einem der Hüter geworfen.«

Lucio machte einen Schritt vor. »Das war der Hüter, der gestern Abend mit uns in der Zelle war?«

Elezei nickte.

»Ihr habt sie schon verhört?«, fragte die Sesai leicht belustigt.

»Wir haben sie über das Tribunal sowie die Anklage informiert, wie es unser Recht und unsere Pflicht ist.« Lucio kehrte zurück auf seinen Platz, während sein Blick auf der Sesai ruhte.

Diese wirkte immer noch sehr zufrieden, als wenn alles genau nach ihrem Plan liefe.

Die Hilflosigkeit begann wieder Valerians Wut zu wecken, denn er wusste nicht, was er tun konnte, ohne die Anhörung zu stören und Elezei zu schaden.

Er konzentrierte sich auf ihre Erzählung, in der sie unerwartet sachlich von ihren ersten Nächten allein in Midea berichtete. Nur als sie von den drei Mideanern sprach, die versucht hatten, sie zu überfallen, klang ihre Arroganz durch, die ihn früher zur Weißglut getrieben hatte.

Ein Kribbeln kroch von seinem Nacken über seinen Körper und unter die Haut, wo es die Wut anfachte.

Dann glaubte er ein kaum hörbares Summen zu vernehmen.

Elezei erzählte, wie sie Narezin getroffen und er seine Hilfe angeboten hatte.

Valerian sah zu der Sesai, die ihn beobachtete. Dann lächelte sie. Das Lächeln eines Raubtiers.

Panik stieg in ihm auf, die die Wut gleich wieder wegspülte. Wut auf sich selbst, dass er es nicht hatte kommen sehen. Wut auf die Sesai, die ihn benutzte. Aber er würde Elezei nicht in den Rücken fallen! Dieses eine Mal musste er sich kontrollieren.

Er krallte seine Finger um die Unterarme und versuchte zu summen, doch er kam nicht gegen das Lied der Sesai an. Er war mal wieder zu schwach!

Elezei stockte. Sie warf ihm einen Blick über die Schulter zu, in den schwarzen Augen blitzte Entsetzen auf.

Valerian sah, wie sie etwas sagte, doch er konnte sich nicht auf ihre Worte konzentrieren. Er brauchte all seine Kraft und spürte, wie ihm dennoch die Kontrolle entglitt. Und der Gedanke, dass er nun alles kaputt machen würde, fachte seine Wut nur noch weiter an.

Am Rande bemerkte er, wie er auf die Knie fiel. Der Steinboden unter seinen Händen war angenehm kühl. Verzweifelt presste er seine Stirn dagegen, doch statt der Kälte bohrte sich das kaum hörbare Summen weiter in seinen Schädel.

Er hörte seinen Namen.

Elezei?

Valerian wollte zu der Sesai robben und sie zum Verstummen bringen. Für immer. Und auch wenn die Wut seine Gedanken verschleierte, bemerkte ein kleiner Teil von ihm die schmucklosen Fußgelenke unter der ungewöhnlich weiten und langen Pluderhose.

Er sprang auf, etwas in ihm wollte eine Warnung hervorstoßen, doch es kam nur ein Knurren. Der Saal versank im blutroten Nebel, in dem einzig das Gesicht der Sesai klar und deutlich blieb. Sein Ziel.

* * *

Eiskalte Wut brannte durch Elezei. Weniger wegen der zwei Hüter, die den tobenden Val in Richtung Tür schleiften, sondern wegen Careisa, die sein verfluchtes Blut absichtlich aufgestachelt hatte. Und deren pulsierende Melodie immer noch in Elezeis Kopf hing.

»Wir werden kurz warten, bis Meister Lucio und Meisterin Evantia wiederkommen.« Die Stimme des Großmeisters füllte den Saal, wirkte beruhigend.

Es folgte eine leise Diskussion der übrigen Meister, dass man Valerian Morena sicherheitshalber doch einen Halsreif anlegen hätte sollen, auch wenn er nur als Zeuge vorgeladen worden war.

Elezei atmete tief durch und schloss die Augen. Sie würde nicht zulassen, dass die Hüter oder auch Careisa sie aus dem Gleichgewicht brachten. Sie würde die ganze Wahrheit auf den Tisch bringen und damit auf die Rückkehr zu dem Stamm verzichten, der nicht mehr der ihre war.

Das Reißen von Stoff ließ Elezeis Lider aufschnappen. Ihr Blick war sofort bei Val, doch den zerrten Meister Lucio und Meisterin Evantia unerbittlich in Richtung Tür, egal wie sehr er sich wehrte und tobte.

Beinahe hätten die Geräusche dieses Kampfes das kaum hörbare Knacken geschluckt. Ein Knacken, das weder von Val noch von einem der Hüter kam.

Etwas in Elezei zog sich zusammen, und ihr Blut regte sich.

Mit einem Zischen fuhr sie herum.

Sesai Careisa war nirgends zu sehen. Stattdessen schienen sich die Schatten zwischen den Säulen zu verzerren und zu bewegen. Oder war es nur das flackernde Licht der ...

Mit einem Brüllen katapultierte sich Careisa Richtung Tür. Ihr Monster war deutlich größer und dunkler als das von Elezei. Es erwischte Lucio, bevor dieser sein Schwert auch nur halb aus der Scheide bekam. Klauen und Zähne gruben sich in seinen Körper, zerrten ihn mit durch den Saal.

Entsetzt sah sich Elezei nach Val um, der sich – die Zähne gefletscht – von Evantia in den Schutz der Säulen ziehen ließ. Im eisernen Griff der Hüterin würde er vorerst sicher sein.

Der Anblick von Careisa trieb die eiskalte Wut in Elezeis Herz und verdrängte alles bis auf die Sesai, die gerade die Überreste des Hüters beiseitefegte.

Ein Zischen entwich Elezeis Kehle.

Careisa antwortete mit einem ohrenbetäubenden Brüllen, die Schwingen halb ausgebreitet.

Der Großmeister und der zierliche Hüter mit der ebenholzfarbenen Haut schoben sich an Elezei vorbei, die alten Speere bereit zum Angriff. Sie wirkten lächerlich schwach und klein.

Scharfes Metall legte sich an Elezeis Kehle.

»Auf welcher Seite stehst du?« Die alte Hüterin hatte es irgendwie geschafft, sich anzuschleichen.

»Nicht auf ihrer!« Elezei nahm den Blick nicht von Careisa.

Der Druck verstärkte sich, Blut rann ihren Hals herab. »Wenn du dich gegen uns wendest, wird Morena sterben.« Dann nahm die Hüterin die Waffe herunter und reichte sie Elezei. »Kehle, Flügelhaut, Augen.«

Elezei griff nach dem Dolch, der schwer und plump in ihren Fingern lag. Was gäbe sie gerade für ihre eigene Klinge …

Die Alte bewegte sich langsam zur Seite, den Stock wie eine Waffe in der Hand. Sie fixierte Careisa, die mit angelegten Schwingen vor dem Eingang saß und die beiden Hüter mit ihren Speeren nicht aus den Augen ließ – und damit Elezei nicht beachtete.

Sie schlich in Richtung der Säulen, deren Schatten ihr Deckung geben würden. Von dort würde sie sich von der Seite oder vielleicht sogar von hinten nähern können, denn Careisa bewegte sich nicht von der Tür weg. Keiner sollte lebend entkommen. Sie alle waren in die Falle getappt.

Plötzlich stolperte Val zwischen den Säulen hervor, fuhr sofort herum und stürzte sich mit einem Knurren auf Evantia.

Ein Teil von Elezei wollte ihm zu Hilfe eilen, aber Careisa war wichtiger. Diese konzentrierte sich auf die beiden Hüter, die sich mit ihren Speeren langsam vorwärtsschoben. Auf ihren blutigen Lefzen stand so etwas wie ein Grinsen. Sie wusste, dass sie gewonnen hatte.

Die eiskalte Wut brach aus Elezei hervor, brannte über die Haut, die das pulsierende Blut zu sprengen drohte.

Sie stolperte zwischen die Säulen und fiel auf alle viere. Ihr Rücken knackte und ihr Körper dehnte sich aus, Schmerzen setzten ihn in Brand, während ihre Finger ... Klauen sich in den Boden bohren wollten. Sie ließ Careisa keinen Moment aus dem Blick.

Als sich alles ... richtig anfühlte, stürmte sie den Säulengang entlang auf Careisa zu. Diese schnappte gerade nach einem Speer, dessen angelaufene Spitze ihr gefährlich nahe kam.

Dann grub Elezei ihre Klauen und Zähne in den dunkel geschuppten Schwanz. Warmes Blut rann in ihren Rachen und gab ihr Kraft.

Brüllend fuhr Careisa herum.

Elezei wich zwischen die Säulen zurück, wo ihre geringere Größe ein Vorteil war – und Careisa folgte ihr, die Zähne gefletscht.

Die beiden Hüter setzten sofort mit den Speeren nach. Hinter ihnen schlich die Alte zur Tür.

Elezei legte ihre Flügel an, sträubte ihren Stachelkamm und schnappte mit einem Zischen nach Careisa, um deren Aufmerksamkeit zu bekommen.

Doch diese drehte sich um. Ihr Flügel fegte den zierlichen Hüter samt Speer durch den halben Raum, ihr blutiger Schwanz schmetterte die Alte gegen die Wand, wo diese regungslos lieben blieb.

»Sesai Careisa, Ihr brecht den Pakt!« Die Stimme des Großmeisters donnerte durch den Saal. »Wollt Ihr wirklich Euren Stamm dafür bezahlen lassen?«

Diese antwortete mit einem Brüllen.

Eine Bewegung zwischen den Säulen auf der anderen Seite fing Elezeis Aufmerksamkeit. Für einen Moment sah sie im flackernden Lampenlicht Val. Blut verschmierte sein Gesicht und ein Schwert in seiner Hand, doch sein Blick war klar – und auf Careisa gerichtet.

Elezei machte einen Satz vorwärts. Ihre Zähne gruben sich in die weiche Flughaut, die wie Papier riss.

Careisas Schwanz traf sie mit voller Wucht und schleuderte sie gegen eine Säule. Schmerz jagte durch Elezeis Körper, als Schuppen brachen.

Der Speer des Großmeisters prallte von Careisas Flanke ab und fiel klappernd zu Boden.

Die Sesai machte ein Geräusch, das ein Lachen hätte sein können. Dann stieß ihr Kopf nach vorn. Zähne schlossen sich um den Kopf des Großmeisters und schüttelten ihn wie eine Puppe, dann klatschte der leblose Körper auf die Steine.

Elezei versuchte Val zu finden oder ihn wenigstens zu hören. Doch nichts. Tief in ihr wuchs eine Angst, die sich gerade so ... falsch anfühlte.

Sie schnappte erneut nach der Sesai, die ihr jetzt alle Aufmerksamkeit schenkte, da es sonst niemanden mehr gab. Nun war es ein Duell zwischen ihnen, das erst mit dem Tod von einer von ihnen enden würde.

Elezei zog sich Schritt für Schritt zwischen die Säulen zurück. Schmerz pulsierte durch ihr rechtes Bein. Auch wenn sie nicht siegen würde, würde sie Careisa mitnehmen. Koste es, was es wolle.

Careisa folgte Elezei wie erwartet, die Zähne zu einem scheußlichen Grinsen gebleckt. Auch Siegesgewissheit war eine Schwäche, die man in einem Duell ausnutzen konnte.

Da hetzte Val hinter einer Säule hervor und schlitterte direkt unter Careisa, wo das Schwert hörbar über die Schuppen schabte.

Die Sesai wollte herumfahren, doch ihre Schwingen verfingen sich zwischen den Säulen.

Elezei sprang vor.

»Kehle, Flügelhaut, Augen.«

Ihre Zähne gruben sich in die weichen Schuppen direkt unter der Schnauze. Dann ließ sie sich nach hinten fallen und zog Careisas Kopf mit sich. Vergeblich versuchte Elezei mit dem Hinterbein den dunkel geschuppten Hals zu ergreifen. Stattdessen spürte sie, wie Careisas Klauen ihre Flügel zerfetzten. Wie ein Tritt ihre Schuppen am Bauch zerbrach und Klauen sich in die Haut bohrten.

Über ihre Schnauze hinweg und zwischen Hörnern hindurch sah Elezei Val näher kommen. Er hob sein Schwert – und bohrte es in Careisas Auge, dann ließ er den Griff los und brachte sich mit einem Satz aus der Reichweite der schnappenden Zähne.

Ein Aufbäumen ging durch die Sesai.

Doch Elezei ließ nicht locker. Auch nicht, als verzweifelte Tritte weitere Schuppen zerstörten und die scharfen Kanten in ihren Körper trieben. Auch nicht, als Careisas Widerstand schwächer wurde und in ein wimmerndes Knurren überging.

Sie löste ihren verkrampften Kiefer erst, als das Pulsieren von Careisas Herz verstummt war.

Dann stolperte sie ein paar Schritte zurück und spuckte das Blut aus, obgleich es süß und köstlich schmeckte.

»Elezei?«

Ihr Herz setzte einen Schlag aus. Ihr Kopf war wie leer gefegt.

Eine Hand legte sich auf ihren Hals und wanderte vorsichtig über die Schuppen. Ein wunderbares Gefühl.

Aber Elezei wagte nicht, Val anzusehen. Sie hatte Angst, was sie in seinem Blick finden würde.

Seine Finger fuhren über ihre Flügel, dorthin, wo die Haut gerissen war und die Schmerzen in ihren Arm zogen. Dann schwand die guttuende Berührung.

»Kannst du ... kommst du zurück? Die Hüter sollten dich vielleicht nicht so sehen.«

Elezei wusste es nicht. Das letzte Mal hatte sie Ruhe gehabt. Und ausreichend Zeit. Und Val hatte ihr nicht zugeschaut. Hatte es nicht gewusst.

»Ich kann auch weggehen, wenn es dir hilft.« Seine Schritte entfernten sich ein wenig. Dann begann Val zu summen. Tarissans Abendlied. Und trotz seiner falschen Töne reagierte Elezeis Blut.

Sie schloss die Augen, sang in Gedanken die Melodie mit und schob alles andere beiseite.

Ihr Körper zog sich zusammen, die Schmerzen wanderten und breiteten sich aus. Ihre Halswirbel knackten und jagten ein Stechen in ihren Kopf. Ihre Haut fühlte sich so dünn an. Alles an ihr war so zerbrechlich ...

Elezei verlor das Gleichgewicht.

Hastig riss sie die Augen auf und stützte sich an der Säule ab. Alles tat weh, und sie war so schrecklich müde. Sie würde gerade alles für ein blutiges Stück Fleisch geben.

Als ihr Blick zu Careisas Leichnam wanderte, stolperte sie vorwärts, in die Mitte des Raums, wo ihre Beine einfach nachgaben.

Dann kniete Val neben ihr.

Sie sah auf den Steinboden zwischen ihnen. »Ich bin ein Monster.«

»Nichts anderes bin ich. Du solltest Evantia sehen, die ich getötet habe ...«

»Du hast keine Klauen. Und keine Schuppen.«

»Stimmt, aber auch keine Kontrolle.« Er streckte die Hand nach ihr aus, ließ sie dann aber sinken. »Du warst wunderschön.«

»Ich ...«

Die Tür flog auf.

Val sprang in einer fließenden Bewegung auf und stellte sich vor sie.

Ein hörbares Einatmen erklang.

Und Elezei wurde klar, wie das hier wirken musste. Ja, vielleicht waren sie doch beide Monster.

* * *

Adorata stieß die Tür auf, stürmte in den alten Saal – und blieb mitten im Schritt stehen. Ihr Kopf weigerte sich, das Bild, das sich ihr bot, wahrhaben zu wollen. Direkt vor ihr lag Meister Lucio in einer Blutlache, dahinter Großmeister Gerion. Links und rechts weitere regungslose Körper.

Und in der Mitte stand Valerian Morena, Hände und Gesicht blutig.

Adorata zog ihr Schwert, die Spitze auf ihn gerichtet und die Hand fest um den Griff. Sie war froh, den Abstecher in ihre Kammer gemacht zu haben, um sich zu bewaffnen.

Als Morena keine Anstalten machte, anzugreifen oder sich auch nur vom Platz zu bewegen, wanderte Adoratas Blick wie von selbst durch den Saal. So viel Blut ...

Übelkeit stieg in ihr auf. Was war passiert, dass Morena all die Meister umgebracht hatte?

Dann entdeckte sie halb zwischen den Säulen einen grauen ... Haufen. Mit Stacheln? Und war das ein Schwanz?

Das Schwert fest in der Hand, ging sie wie von selbst um Meister Lucios Leiche herum und darauf zu. Und dann erkannte sie es. Halb in den Schatten verborgen lag ein Drache. Ein toter Drache. Das Lampenlicht schimmerte auf den silbernen Rändern der dunkelgrauen Schuppen, und Blut verkrustete das, was wohl die Flügel gewesen waren.

Sie machte noch ein paar Schritte mehr, bis sie auch den behornten Kopf im wenigen Licht hinter den Säulen sah. Noch mehr Blut. Und ein Hüter-Schwert im Auge.

Entsetzt drehte sie sich zu Morena um, der sich nicht bewegt hatte. Und so blutig er auch war, in seinen Augen stand keine Wut, nur Misstrauen.

Da bemerkte Adorata die zweite Gestalt, die hinter ihm auf dem Boden kauerte und die er mit seinem Körper abschirmte. Elezei.

»Was ist hier passiert?« Endlich kamen die Worte. Ihr Schwert sank herab.

»Sesai Careisa hat sich während des Tribunals in dieses Ding verwandelt.« Morena klang erstaunlich gefasst.

»Warum?«

Morena zuckte mit den Schultern. »Brauchen Drachen einen Grund?«

Eine Frage, die sich Adorata nie gestellt hatte. Für sie waren es immer nur Tiere gewesen, wenn auch intelligente.

Elezei kam schwankend auf die Beine und trat neben Morena. Nackt und fast genauso blutig wie er.

»Sie hat uns alle benutzt, um das Tribunal zu bekommen.« Auch wenn sie den Kopf hoch trug, wirkte sie erschöpft. »Ihr Ziel waren die Meister, nicht wir.«

Wieder wollte ein Warum über Adoratas Lippen, doch plötzlich ergaben die ganzen lückenhaften Informationen Sinn: der Pakt beziehungsweise der Friedensvertrag. Das Geheimnis der Meister. Und Elezei, die nackt in der Mitte des Saals stand.

Sie schüttelte den Kopf, so unglaublich war diese Erkenntnis. Die Sesai hatte es offenbar vor den Hütern verschweigen wollen.

Ihr Blick wanderte zu dem toten Drachen, dann zurück zu Morena und Elezei. »Ihr wartet genau hier!«

Als die beiden sich nicht rührten, steckte sie ihr Schwert weg und sah als Erstes nach Großmeister Gerion, dessen Hals aufgerissen war. Wie von großen Zähnen. Sein weißes Gesicht war dagegen fast friedlich, als ob er nur schliefe.

Adorata ging weiter zu Meister Lucio, dessen Brust und Bauch bis auf die Knochen zerfetzt waren. Sein Arm lag abgetrennt daneben.

Sie drückte die Hand auf den Mund, als die Übelkeit ihre Kehle hinaufstieg. War das der Preis, wenn man mit … Monstern einen Pakt einging? Und warum jetzt, warum nicht schon vor Jahrzehnten?

Sie stolperte zur nächsten Säule, gegen deren Rückseite sie sich lehnte, damit Morena und Elezei sie nicht sahen. Sie hatte das Bedürfnis, in Tränen auszubrechen. Im Vergleich zu allem anderen erschien es so einfach.

Stattdessen atmete sie tief durch und versuchte den sauren Geschmack auf ihrer Zunge zu ignorieren. Zurück blieb das Gefühl, dass das hier alles zu groß und zu viel für sie war. Aber sie hatte keine Wahl. Sie war eine Hüterin und das war ihre Aufgabe.

Entschieden ging sie zu Meisterin Evantia, die nicht weit von ihr lag. Auch sie hatte Kratzer und Bissspuren, doch die waren deutlich kleiner. Und Adorata kannte die Spuren, die Verfluchte in ihrer Wut hinterließen.

Ihr Blick wanderte zu Morena, der sich leise mit Elezei unterhielt. Manchmal streiften sich ihre Finger, und ihre Gesichter waren nur eine Handbreit voneinander entfernt. Cajetans Einschätzung bezüglich seines Bruders und der Zatarsi stimmte definitiv nicht.

Sie sah wieder auf Meisterin Evantia. Auch wenn sie kein Opfer des Drachens war, drängte sich Adorata eine Idee auf. Sie würde jemanden brauchen, den sie als Täter präsentieren konnte ...

Mit einem Kopfschütteln ging sie weiter. Später.

Gegen die Wand gesunken fand sie Meisterin Tullia – deren Brust sich hob und senkte.

Voller Erleichterung ging Adorata in die Hocke und griff vorsichtig nach dem dürren Handgelenk, während sie nach Verletzungen suchte. Meister Bashir, der ein Stück weiter in einer sehr großen Blutlache lag, hatte ihnen oft genug eingebläut, dass man ein verletztes Opfer nicht unnötig bewegen sollte.

Meisterin Tullias Lider flatterten und offenbarten trübe Auge, die Adorata fokussierten, der ein erleichterter Schluchzer entwich.

Ein Lächeln verzog die faltigen Lippen. »Nun kennst du das Geheimnis, nach dem du so hartnäckig gesucht hast.«

»Nicht reden, Meisterin, ich hole Hilfe.«

»Nein, meine Zeit ist abgelaufen.« Die Hand der alten Frau schloss sich erstaunlich fest um Adoratas. »Wir brauchen drei Zeugen, damit die Hüter nicht ins Chaos stürzen.«

»Und was ist damit?« Sie deutete in Richtung des toten Drachen. »Wenn es auch nur Gerüchte gibt ...«

»Deswegen dürfen sie nichts sehen.« Meisterin Tullias Finger erschlafften und sanken herab. »Beeil dich. Ich weiß nicht, wie lange dieser alte Körper noch mitmacht.«

Adorata erhob sich. Unschlüssig sah sie auf den Haufen aus grauen Schuppen. Auf den ersten Blick fiel er zwar nicht auf, aber sie konnte kein Risiko eingehen.

Sie sah zu Morena und Elezei. »Löscht alle Lampen außer der hier vorne.«

»Was soll das bringen?«

»Je weniger Fragen meine Kameraden gleich stellen, desto besser – für mich und für euch.«

Die beiden setzten sich in Bewegung, und Adorata eilte zu der massiven Holztür, die sie hinter sich zuwarf, und die Treppe hinauf zu Cajetan, der an deren oberen Ende immer noch Schmiere stand.

»Haben sie ...« Seine Augen weiteten sich. »Ist etwas passiert?«

»Später. Du musst mir möglichst schnell zwei Kameraden bringen. Welche, die notfalls ihre Klappe halten können.«

»Ich ... was ist mit Val?«

»Er lebt.«

»Aber ...«

»Nicht jetzt«, unterbrach sie ihn scharf. »Tu, was ich dir gesagt habe, dann kannst du hereinkommen.«

Er nickte und rannte davon.

Adorata atmete mehrmals tief durch. Irgendwie musste sie das nun hinter sich bekommen, ohne mehr Unruhe als nötig zu schüren. Denn es war ihr ein Rätsel, wie es danach bei den Hütern weitergehen würde. Normalerweise wurde der Großmeister vom Rat der Meister ernannt – der auch neue Meister berief, wenn einer ausschied. Sie wusste nicht, was die Regeln für solch einen Fall vorschrieben.

Sie stieg die Treppe wieder hinab zu der schweren Eichentür. Stille wie in einem Grab. Hier unten ließ nichts das Leben oben in der Festung erahnen – und nichts drang von hier dort hinauf.

Entschieden kehrte sie zurück in den alten Saal, wo nur noch die zwei Lampen in der Nähe des Eingangs brannten. Der Rest des Saals lag in Dunkelheit, die den toten Drachen verschluckte.

Morena legte Elezei gerade den Umhang des Großmeisters um.

Adorata wollte protestieren, aber eine nackte und blutige Zatarsi warf zu viele Fragen auf. Immerhin standen die beiden halb im Schatten, was sie aus dem Fokus nahm – im Gegensatz zu den Toten und dem vielen Blut.

»Ihr bleibt genau dort stehen und haltet euren Mund.« Ihre Stimme klang unerwartet befehlsgewohnt. »Und egal was passiert, ihr spielt mit, sonst haben wir alle ein Problem.«

Elezei nickte. Und auch wenn sie aussah, als ob sie gleich im Stehen einschlafen würde, hatte sie immer noch die stolze – oder arrogante – Haltung ihres Volkes.

»Solange du nicht vergisst, wer das Vieh getötet hat und weswegen du überhaupt die Wahrheit erfahren hast«, antwortete Morena.

»Das werde ich sicher nicht vergessen.« Trotzdem musste sie sich vorrangig um Midea und dessen Sicherheit kümmern. Wenn nur ein winziges Gerücht über Drachen diesen Saal verlassen würde ...

Sie ging zu Meisterin Tullia und sank auf die Knie.

Die alte Frau lächelte, die Lippen blutig. »Du wirst eine wunderbare Großmeisterin abgeben.«

Adorata starrte sie einen Moment an, dann legte sie eine Hand auf die Stirn der Meisterin und ergriff mit der anderen ihre kalten Finger.

»Ich rede nicht wirr. Mein Verstand ist immer noch klar.«

»Aber ...«

Ein Klopfen hallte durch den Saal.

»Adorata?« Das Holz dämpfte Cajetans Stimme.

»Kommt herein. Aber rechnet mit dem Schlimmsten.«

Die Tür ging auf.

Cajetan war der Erste, ihm folgten Elia und Magalie. Nach und nach breitete sich das Entsetzen auf ihren Gesichtern aus, Elia wurde weiß wie ein Nordländer. Sein Blick huschte hin und her, während der von Cajetan auf seinem blutigen Bruder hängen blieb, und Magalies Lippen stumm Wörter suchten.

Adorata durchbrach den Bann. »Hierher!«

Nur widerwillig lösten sich die drei von dem Anblick und kamen herüber.

Elia sank sofort neben Meisterin Tullia nieder, doch sie schob seine Hände entschieden weg, während sie Adorata anlächelte.

»Ihr seid meine Zeugen.« Sie hustete. Weiteres Blut sprenkelte ihre Lippen. »Als letzte lebende Meisterin und kraft meines Amtes ernenne ich Hüterin Adorata zur Großmeisterin.«

Das Entsetzen auf den Gesichtern von Magalie, Cajetan und Elia wich Überraschung und Verwunderung.

Die kalten Finger Meisterin Tullias streiften Adoratas Hände. »Wenn du deine Neugier richtig einsetzt, wirst du das Richtige tun, ich weiß es.«

Adorata ergriff die Hände und drückte sie sanft. Jedes Wort blieb in ihrer Kehle stecken.

Meisterin Tullias Blick wurde glasig. Sie hustete, und ihr Körper krampfte sich zusammen. Dann saß sie still.

Eine unsichtbare Faust schloss sich um Adoratas Brustkorb und nahm ihr die Luft. Auf ihren Schultern ruhte plötzlich ein Gewicht, das sie zu Boden zu drücken schien.

»Adorata … Großmeisterin?« Elia sah sie besorgt an.

Sie schluckte die Tränen und den Kloß in ihrem Hals hinunter, dann erhob sie sich. Um sie herum lagen die Toten und in der Dunkelheit eine Drachenleiche. Sie würde jemanden einweihen müssen, der ihr half, diese Sauerei zu beseitigen. Sie würde Meister ernennen müssen. Aber zunächst …

»Nehmt Morena fest und werft ihn in eine Zelle.«

Ihre Kameraden – selbst Cajetan – reagierten, ohne zu zögern, bewegten sich vorsichtig auf ihr Ziel zu.

Morena sah sie ungläubig an, ließ sich aber widerstandslos fesseln und mitnehmen.

Adorata hatte keine andere Wahl. Sie musste einen Sündenbock präsentieren.

Sie blieb allein mit Elezei zurück. Eine Hüterin und ein Drache.

KAPITEL 15

Valerian schreckte mit wild klopfendem Herz auf. In der Dunkelheit um ihn herum verblasste der Traum. Wie Elezei in schweren Ketten durch Midea geführt wurde. Wie die Menschen Steine auf sie warfen. Wie mit den Speeren der Hüter gerissene Wunden bluteten.

Auch wenn er wusste, dass es nur ein Traum war, fühlte es sich nicht danach an. Er hatte keine Ahnung, was mit Elezei geschehen war, seit man ihn abgeführt hatte.

Mit tiefen Atemzügen versuchte er das Pochen in seiner Brust zu beruhigen und einen klaren Kopf zu bekommen. Er wusste ja nicht einmal, ob diese neue Großmeisterin Elezeis Geheimnis kannte, auch wenn er die Erkenntnis in deren Blick zu sehen geglaubt hatte.

Angst stieg in ihm auf. Angst um Elezei.

Valerian sprang von der Pritsche und hämmerte an die Tür. »Ich will die Großmeisterin sprechen!«

Doch falls ihn überhaupt jemand hörte, reagierte dieser nicht.

Er rutschte am Holz hinab auf den kalten Steinboden und vergrub sein Gesicht in den Händen. Warum waren ihm immer nur ein paar wenige glückliche Momente vergönnt, bevor sein Leben erneut in Scherben zersprang? Er wollte mehr als das. Er wollte Elezei. Jeden Morgen neben ihr aufwachen. Ihre Stimme hören und ihre warme Haut fühlen.

Sein Kopf sank gegen die Tür. Er spürte wieder die unerwartet weichen Schuppen unter seinen Fingern, die silberweiß wie der Mond geschimmert hatten. Und er sah den eleganten Schwung ihres Halses und der Schnauze. Trotz des Blutes darauf war sie wunderschön gewesen.

Ein frustrierter Schrei entwich seiner Kehle. Er wollte sie sehen und ihr das sagen. Er wollte all die Zweifel wegwischen, die er in ihren Augen erkannt hatte.

Auf dem Gang erklangen Stimmen.

Valerian rutschte das nötige Stück in die Mitte der Zelle, um nicht die Tür in den Rücken zu bekommen, und blieb dort sitzen.

Das Geräusch des Riegels erklang, dann wurde die Tür geöffnet und Licht fiel herein.

Geblendet schloss er die Augen.

Ein Schatten fiel auf ihn.

»Bevor wir anfangen: Es sind ausreichend Hüter auf dem Gang und vor den Ausgängen stationiert.« Die neue Großmeisterin, wenn er die Stimme richtig zuordnete. »Ein Fluchtversuch wird dir nichts bringen.«

Er zuckte mit den Schultern. Solange er nicht wusste, was mit Elezei war, wollte er sowieso nicht gehen.

Die Großmeisterin sank vor ihm in die Hocke. Trotz des Gegenlichts sah er die dunklen Augenringe in ihrem bleichen Gesicht. Auf ihrer zerknitterten Tunika befand sich Blut.

»Bitte nicht das von Elezei«, flehte er.

»Ich bin Adorata, die neue Großmeisterin«, sagte sie. »Ich möchte gerne deine Version der Geschichte erfahren. Und es hören uns nur Menschen, die mein vollstes Vertrauen haben.«

Er blinzelte in das Licht. »Was ist mit Elezei?«

»Das tut gerade nichts zur Sache.«

Er ließ sich nach hinten fallen und verschränkte die Hände unter dem Kopf. »Dann wirst du nichts von mir erfahren.« Ohne sein Zutun machte sich ein Grinsen auf seinem Gesicht breit. Die Hüterin wollte etwas von ihm, also musste sie ihm auch etwas anbieten. Er hatte immerhin ihre Ärsche gerettet.

Die Augen der Großmeisterin verengten sich, dann seufzte sie. »Elezei ist zu ihrem Stamm zurückgekehrt. Alles Weitere liegt in der Hand der Azai.«

Er setzte sich wieder auf. »Du schickst sie zu dem Pack zurück, das sie im Stich gelassen hat? Hast du sie überhaupt gefragt, ob sie das will?«

»Das war nicht meine Entscheidung.«

Valerian wusste nicht, ob das stimmte. Aber daran konnte er nichts mehr ändern. Doch vielleicht konnte er Elezei helfen, indem er entschied, welches Wissen die Großmeisterin erhielt.

Er begann die Geschichte mit seinem ersten Zusammenstoß mit Elezei, als sie ihn unfreiwillig von den beiden Hütern befreit hatte. Er beschränkte sich auf das Wichtigste und ließ viel von dem weg, was zwischen ihm und Elezei passiert war. Genauso wie die Auswirkungen ihres Gesangs auf sein Blut.

Die Großmeisterin unterbrach ihn kein einziges Mal, nickte nur hin und wieder.

Dann kam er zum Kampf in diesem Saal. Erst wollte er vorschieben, dass ihn die Wut unter Kontrolle gehabt hatte und er sich an nichts mehr erinnerte – aber es würde wohl ein wenig unglaubwürdig klingen, dass Elezei nicht nur allein einen Drachen bezwungen, sondern währenddessen auch noch einen unberechenbaren Verfluchten in Schach gehalten hatte. Also fasste er den Kampf in zwei Sätzen zusammen, die hoffentlich nichts verrieten.

Die Augenbraue der Großmeisterin wanderte in die Höhe. »Nachdem du das wichtigste … Detail gerade ausgelassen hast, frage ich mich, was in deinem Bericht noch alles fehlt.«

Valerian schwieg.

»Wusstest du vor dem Kampf mit der Sesai, was Elezei ist?«

»Nein.«

Neugier machte sich auf Adoratas Gesicht breit. »Und es stört dich nicht?«

»Nein, weil ich das gleiche Blut in mir habe«, dachte er, sprach es aber nicht aus. Es gab Dinge, die die Hüter nichts angingen.

»Was geschieht nun mit mir?«, fragte er stattdessen.

»Du bringst mich in eine schwierige Situation. Du hast Wissen, das du nicht haben dürftest und mit dem du einiges an Schaden anrichten könntest.«

Valerian musste lachen. »Du glaubst doch nicht allen Ernstes, dass ich es rumposaune und damit eine Hetzjagd auf Elezei eröffne?«

»Ich kenne dich nicht, Valerian Morena, somit bist du mit deinem Wissen ein Risiko für Midea, das ich ungern eingehen möchte. Außerdem bist du des Mordes an den Meistern angeklagt. Die Öffentlichkeit braucht einen Täter.«

»Warum ich? Ich habe euch geholfen. Nehmt doch die Sesai, wie es sich gehört!« Die Wut rührte sich in ihm.

»Weil du ein Verfluchter bist, dem man alles zutraut – und sie ein Teil der Führung eines Volkes, das sowieso schon kritisch beäugt wird.«

Es gab nichts, was er darauf erwidern konnte. Sie hatte recht. Vielleicht sollte er sich damit abfinden, dass er den Rest seiner Tage in einer der netten Zellen bei den anderen Verfluchten verbringen würde. Mit den Liedern von Elezei würde das sicher lustig werden …

»Aber ich kann auch nicht ignorieren, dass du zusammen mit Elezei dafür gesorgt hast, dass der Plan der Sesai vereitelt wurde und wir Hüter weiterhin die Wahrheit über die Zatarsi kennen.« Sie atmete tief durch. »Heute Abend wird ein anderer an deiner Stelle sterben. Damit bist du offiziell tot, Valerian Morena, und wirst es auch bleiben.«

»Was heißt das für mich?« Sie würde ihn sicher nicht einfach gehen lassen.

»Du wirst bis morgen bei Sonnenaufgang Midea verlassen und nie wieder zurückkommen. Eine zweite Chance wird es nicht geben.«

Er nickte. Das würde sie nicht kontrollieren können.

»Das reicht mir nicht. Schwöre es, Valerian Morena.«

Er legte die Hand auf sein Herz. »Ich schwöre es bei meinem verfluchten Blut.« Er wusste, dass er diesen Schwur brechen würde. Er würde dort sein, wo auch Elezei war.

Die Großmeisterin erhob sich und sah auf ihn herab. »Die Sache bleibt übrigens unter uns. Es wird keiner davon erfahren, dass jemand anders für dich stirbt.« Dann verließ sie die Zelle und drehte sich noch einmal kurz um. »Du hast Besuch.«

Valerian blieb einfach sitzen.

Er hörte Stimmen, dann ging eine Tür, und Schritte näherten sich.

Caj lehnte sich in den Rahmen. »Ich habe dich und dieses ... die Zatarsi gestern gesehen.«

»Und?«

»Hast du es wirklich nötig, ausgerechnet mit ihr etwas anzufangen?«

»Es ist immer noch meine Sache, wen ich mir ins Bett hole.«

Caj warf einen Blick über die Schulter, bevor er einen Schritt näher kam und die Stimme senkte. »Und da suchst du dir ein ... Monster aus?«

»Vielleicht steh ich ja drauf.« So gelassen er nach außen hin auch wirkte, in ihm rührte sich das verfluchte Blut.

Angewidert sah Caj auf ihn herab. »Nicht einmal, wenn sie die letzte Frau wäre!«

Valerian stand auf. »Wenn du weiter so über sie redest ...«

»Was dann? Das sind doch nur leere Drohungen.«

Vielleicht war es die Wut, vielleicht die Selbstsicherheit seines Bruders. Doch bevor dieser überhaupt reagieren konnte, hatte Val dessen Dolch gezogen, Caj gegen die Wand und die Klingenspitze gegen dessen Kehle gedrückt. »Es ist meine Sache.«

Dann rissen ihn Magalie und ein Hüter mit einem dämlichen, kurzen Pferdeschwanz zur Seite und stießen ihn zurück, entwanden ihm den Dolch. Kurz blickten sie ihn halb mitleidig, halb vorwurfsvoll an, dann verschwanden sie wieder.

»Leere Drohungen, siehst du.« Doch Cajs Stimme zitterte leicht.

»Ich hätte dich gerade töten können«, zischte Val. »Und ich werde es auch tun, wenn du noch einmal so über Elezei sprichst.«

Caj spuckte aus. »Ihr Monster habt euch echt verdient.« Damit trat er hinaus, schlug die Tür zu und legte den Riegel vor.

In der Dunkelheit sank Valerian auf den kühlen Steinboden. Die Worte seines Bruders hätten ihn verletzten müssen, stattdessen entlockten sie ihm ein breites Grinsen. Ihm war es egal, ob er Elezeis warme Haut oder ihre warmen Schuppen unter der Hand spürte. Es gehörte zu ihr wie seine Wut zu ihm.

Ein Teil von ihm, der Rest des alten Valerians, war angeekelt, doch dieser Teil verblasste mehr und mehr.

Valerian schloss die Augen und erlaubte sich zu träumen, dass er sie heute Abend schon wiedersehen würde. Niemand würde ihn dazu bringen, die Stadt und damit Elezei zu verlassen.

* * *

Adorata sah auf den blutroten Umhang des Großmeisters, der auf ihrem Bett lag. Heute Vormittag hatte man ihn ihr offiziell in der Zeremonie angelegt, und sie hatte nicht das Gefühl, dass sie ihn verdiente. Sie war weder weise noch erfahren genug. Sie hatte nur zufällig ein Geheimnis entdeckt.

Es hämmerte gegen die Tür.

»Dora, bist du fertig, oder willst du die Azai warten lassen?« Fedons vertraute Stimme.

Mit einem Seufzer griff sie nach dem blutroten Stoff, warf ihn sich über und befestigte ihn an der dunklen Lederrüstung. Sie kontrollierte nicht nur deren Sitz, sondern auch den ihres Dolches und Schwertes. Dabei wäre der Speer in der Kammerecke die geeignetere Waffe gegen einen Drachen ...

Schließlich öffnet sie die Tür und verließ die Kammer. »Lass uns gehen.«

Fedon ging voran. Seine Lederrüstung, Tunika und Hose waren makellos. Nichts sprach mehr von der blutigen Nacht, in der sie die Drachenleiche entsorgt hatten.

Die Gänge und Korridore lagen still vor ihnen. Bei allen saß der Schock tief. Und viele waren vermutlich genauso unsicher wie Adorata selbst, ob sie für das Amt des Großmeisters geeignet war.

»Wann ziehst du eigentlich in deine neuen Räume?«, fragte Fedon.

»Ich ... wenn ich bereit bin.«

»Nicht so viel zweifeln, Dora.« Er schlug ihr auf die Schulter. »Du wirst eine prima Großmeisterin abgeben.«

»Wenn es so einfach wäre ...«

Gemeinsam durchquerten sie die Eingangshalle und traten in den Hof, wo sechs Kameraden in der späten Nachmittagssonne auf sie warteten. Alle in ihren Lederrüstungen und mit polierten Stiefeln – nicht dass das im Straßenstaub lange so bleiben würde, aber sie mussten so viel Eindruck und Stärke demonstrieren wie möglich.

Adorata unterdrückte ein Gähnen. Die nächtliche Beseitigung des toten Drachen hatte viel länger gedauert als erwartet. Dabei hatten ihr nicht nur Fedon, Elia und Magalie als neue Meister geholfen, sondern auch Cajetan, vor dem sie die Wahrheit nicht hatte geheim halten können.

Möglichst würdevoll schritt sie aus der Festung und durch die Straßen Mideas, wo ihnen einige Menschen irritiert nachschauten. Die meisten von ihnen waren sicher verwundert, nicht mehr Gerion in dem blutroten Umhang zu sehen. Für eine Ankündigung war noch keine Zeit gewesen, und es dauerte wohl noch etwas, bis sich die Neuigkeit herumsprach.

Kurz vor dem Zatarsi-Viertel blieb sie stehen. Ihr Blick schweifte über die sechs Kameraden, die Adorata mit ihrer Disziplin und Ruhe stolz machten. Aber sie wussten ja auch nicht Bescheid.

Dann wandte sie sich an Fedon an ihrer Seite. »Ich ... kannst du bitte ...«

»Ich werde mich von meiner besten Seite präsentieren.« Er grinste kurz. »Aber du wusstest, worauf du dich einlässt, wenn du ausgerechnet mich zum Meister der Gerechtigkeit machst.«

Sie nickte und ging weiter. Sie hatte jemanden an ihrer Seite gebraucht, dem sie vertrauen konnte. Jemanden, der trotz allem zu ihr hielt. Und auch wenn Fedon bei den Zatarsi immer ein Risiko bleiben würde, tat es gut, ihn dabeizuhaben.

An der Spitze ihrer Truppe schritt Adorata voran, während die Zatarsi sie aus Türen und von Balkonen herab voller Verachtung ansahen. Es war erstaunlich, dass die Feindschaft nach all den Generationen immer noch so tief war, denn wie Sesai Isazea ihr erzählt hatte, wusste das Volk der Zatarsi über sein Geheimnis genauso wenig Bescheid wie die Hüter.

Bald schon wichen die Häuser mit ihren Terrassen und Balkonen dem Platz der Ehre, den sie wie eine Mauer einrahmten. Auf der anderen Seite erhob sich die goldverzierte Kuppel über dem Sitz der Azai.

Adorata hatte keine Ahnung, was sie dort erwarten würde. Sie hatte zwar gestern Abend ausführlich mit Sesai Isazea gesprochen und betont, dass der Pakt vonseiten der Hüter weiterhin eingehalten werden würde, aber am Ende hatte die Sesai sie heute nur zu dieser ... Audienz gebeten.

Am liebsten wäre Adorata einen Moment stehen geblieben, um noch einmal durchzuatmen – und die Begegnung mit der Drachenfürstin hinauszuzögern –, doch sie wollte keine Schwäche zeigen.

Sie straffte ihre Schultern, auf die nicht nur das Gewicht der Lederrüstung und der blutrote Umhang der Großmeisterin drückten, sondern auch die ungeheure Verantwortung. Viel zu schnell könnte sie Midea oder sogar Amaria in einen Krieg stürzen.

Adorata rief sich ins Gedächtnis, dass die Azai und ihr Volk etwas von den Hütern wollten, nämlich unerkannt bleiben und Musik machen dürfen. Also ging sie zu dem Haus mit der goldverzierten Kuppel und zwischen den beiden Zatarsi-Wächterinnen hindurch.

Wie instruiert folgte ihr nur Fedon in das schattige Innere, wo es dank der unzähligen Feuerschalen und Kerzen kaum kühler als draußen in der Nachmittagssonne war. So schlicht die Zatarsi ihre Häuser sonst auch hielten, schimmerte hier Gold nicht nur an den Wänden, sondern auch in den Stoffen der Vorhänge und Kissen. Beinahe wie in einem Hort.

Zwischen all dem Glanz stand Azai Sindresa, deren ärmellose, dunkle Tunika die unzähligen kunstfertigen Armreife hervorhob. Um ihren langen Hals lag nicht nur einer, sondern gleich drei Reife.

Aber es war ihr Gesicht, das Adorata in den Bann zog. Es war knochig und grob und gleichzeitig von einer zeitlosen Eleganz, die das Alter der Azai schlecht schätzen ließ. Ganz anders dagegen die bodenlosen, schwarzen Augen, hinter denen ein uraltes Wesen zu lauern schien.

Sie blieb in angemessenem Abstand vor der Drachenfürstin stehen. »Ich bin Adorata, die neue Großmeisterin der Hüter.«

Erst jetzt bemerkte Adorata Sesai Isazea, die regungslos im Hintergrund stand. Eine zweite Sesai fehlte. Aber es gab im Moment wichtigere Dinge, als nachzulesen, wie die Führung der Zatarsi erwählt oder sogar erkämpft wurde.

»Willkommen.« Die Stimme der Azai vibrierte bis in Adoratas Knochen. »Ich muss gestehen, ich war neugierig, als Isazea von dir erzählt hatte.«

Adorata biss sich auf die Zunge, um nicht nachzufragen.

Die Azai kam näher, musterte Adorata ausführlich. »Ich hoffe, wir werden gut zusammenarbeiten.« Ihr Lächeln zeigte das Raubtier, das hinter dieser menschlichen Fassade steckte.

»Das hoffe ich auch, Azai Sindresa.«

Die Drachenfürstin zog eines der Zatarsi-Messer aus ihrem Gürtel. Die Klinge schimmerte im Feuerschein auf.

»Der Pakt muss neu besiegelt werden, Hüterin.«

Aus den Augenwinkeln sah sie, wie Fedons Hand in die Nähe seines Schwertgriffs wanderte.

Hastig machte Adorata einen Schritt zur Seite und stellte sich vor ihn, obgleich ihr das Herz bis zum Hals hinauf schlug. Wenn die Azai sie hätte töten wollen, wäre das sicher längt geschehen.

Die Drachenfürstin hielt ihre Hand über die Feuerschale und zog den Stahl über ihre Handfläche. Dick und rot quoll das Blut heraus. Tropfen fielen zischend ins Feuer.

Erwartungsvoll sah sie Adorata an.

Diese zog ihren Dolch. Wider Erwarten zitterten ihre Finger nicht, als sie die Klinge über die Haut zog. Das Brennen der Wunde wurde schnell zu einem dumpfen Pochen, das zu ihrem klopfenden Herzen passte.

Weiteres Blut tropfte in die Flammen.

Azai Sindresa presste ihre blutige Hand über dem Herzen auf ihre Brust. »Hiermit schwöre ich auf mein Blut, den Pakt zwischen meinem Stamm und den Hütern weiterhin anzuerkennen.«

Adorata folgte dem Beispiel der Drachenfürstin. »Auch ich schwöre auf mein Blut, den Pakt zwischen uns und den Zatarsi aufrechtzuerhalten.«

Mit einem weiteren raubtierhaften Lächeln trat die Azai von der Feuerschale zurück. »Du hast sicher noch Fragen, Großmeisterin.«

»Verzeiht meine Neugier, aber warum … all das hier überhaupt?«

»Weil die Musik unsere Schwäche ist. Schlimmer, als Gold je sein könnte.« Der Blick aus den tiefschwarzen Augen bohrte sich in Adorata. »Und weil ihr Menschen uns verabscheut und jagt, sobald ihr unsere wahre Gestalt seht.«

Was Adorata niemandem verübeln konnte, wenn sie an die Klauen und Zähne dachte.

»Noch eine Frage, Azai Sindresa: Gibt es für das Drachengift beziehungsweise den Drachenspeichel eine Heilung?«

»Unser Blut ist euch zum Fluch geworden, Hüterin. Es zögert das Unvermeidliche Wochen und vielleicht sogar Jahre hinaus.«

Das war auch das, was die Sesai ihr gestern erklärt hatte: Das Öl während der Aufnahmezeremonie enthielt zu wenig Blut für eine Immunität, aber zu viel für einen schnellen Tod.

»Danke.« Für einen Moment widerstrebte es ihr, der Azai den Rücken zuzudrehen, dann wandte sie sich entschieden um und verließ mit Fedon die Höhle des Drachen.

Draußen empfing sie das Licht und die Wärme der späten Nachmittagssonne, die Adorata frei atmen ließen. Nun wollte sie nur noch weg von den Zatarsi mit ihren verächtlichen Blicken und dem viel zu guten Gehör.

An der Spitze ihrer Leute durchquerte sie das Zatarsi-Viertel und musste sich bremsen, um nicht immer schneller zu werden. Als sie den Kanal endlich hinter sich zurückließen, spürte sie die Erleichterung bei allen von ihnen.

»Warum hatte ich überhaupt eine Entschuldigung erwartet?«, murmelte Fedon neben ihr.

Adorata sah ihn fragend an.

»Es war immerhin ihre Sesai, die die Meister ermordet hat sowie drei Hüter vergiften ließ.«

»Wenn ich das von ihr verlangt hätte, hätte sie mir sicher den Kopf abgebissen.«

»Es hätte von ihr aus kommen müssen, aber was soll man von Zatarsi schon erwarten?«

Adorata zuckte mit den Schultern. Da sie nun um das Geheimnis der Zatarsi wusste, schienen sie viel unberechenbarer zu sein. Der einzige Trost war, dass das Zusammenleben über Generationen geklappt hatte und Azai Sindresa sich an den Pakt halten wollte.

Sie erreichten die Festung, und Adorata hätte am liebsten die ganze Anspannung fallen lassen, sobald sie in den kühlen Schatten der Eingangshalle trat. Aber sie war keine einfache Hüterin mehr, sie war Großmeisterin.

Mit einem Nicken entließ sie Fedon und die anderen sechs. Aber statt zu ihrer Kammer zu gehen und die Decke über den Kopf zu ziehen, schlug sie den Weg zum Krankensaal ein. Es gab noch etwas zu tun.

Elia, den sie zum neuen Meister der Demut ernannt hatte, stand neben Dafnes Bett und sah auf, als sie hereinkam. »Du solltest dir wirklich eine Runde Schlaf gönnen.«

»Nachher.« Sie trat zu ihm. »Wie geht es ihr?«

»Unverändert. Hast du die Azai gefragt?«

Sie nickte. »Es gibt nichts.«

»Es ist die richtige Entscheidung, Adorata.«

Ein Kloß bildete sich in ihrem Hals.

»Dann lass es uns tun«, würgte sie hervor.

Elia verschwand im Nebenraum, während Adorata zu Natale ging und sich zu ihm auf das Bett setzte. Sanft ergriff sie seine schlaffe Hand und strich mit dem Daumen darüber. Sein Blick ging durch sie hindurch.

»Ich war feige, dich so lange hier bei mir zu behalten. Du hast es nicht verdient ...« Die Worte blieben ihr im Hals stecken.

Adorata drückte ihr Gesicht auf seine Brust. »Es ... tut mir so leid.« Sie atmete seinen Geruch ein und weinte still. Sie wünschte sich nichts sehnlicher, als dass er sie in seine Arme schloss und tröstete. Aber das würde er nie wieder tun.

Als sie sich wieder aufsetzte, sah sie Elia, der mit einem Tonbecher in der Hand in der Nähe wartete.

Er reichte ihr das Gefäß, dessen Inhalt wie Kräutertee roch. »Soll ich dich alleine lassen?«

Sie schüttelte den Kopf.

Vorsichtig hob sie Natales Oberkörper an und flößte ihm den Trank ein. »Lebe wohl, Liebster.«

* * *

Die untergehende Sonne hatte ihre Kraft verloren, doch die Hitze des Tages steckte noch im Stein der Dachkuppel und wärmte Elezei. Trotzdem fiel es ihr schwer, sich zu entspannen, da die Unruhe in ihr mit jedem Atemzug wuchs.

Sie schloss die Augen, um sich allein auf die Musik des Viertels zu konzentrieren. Auf die leisen Stimmen, die sich mit dem Gesang rechts von ihr verwoben, und mit den Flöten, Lauten und dem Psalter eine einzigartige Komposition bildeten. Selbst das Gurren des Taubenschwarms zwei Straßen weiter fügte sich nahtlos ein.

Aber sie war kein Teil dieser Harmonie mehr. So wenig, wie sie noch ein Teil des Stammes war, in den man sie wieder aufgenommen hatte – mit der Bedingung, dass sie nie wieder eine Klinge tragen und einen Rang erkämpfen durfte.

Elezei öffnete die Augen und ließ ihren Blick über die Kuppeln des Zatarsi-Viertels wandern, dann weiter zu den flachen Ziegeldächern und Türmen und schließlich zur Festung der Hüter. Wie viel Zeit sollte sie der Großmeisterin noch geben?

Kaum hörbare Schritte näherten sich, dann kam Tarissan um die Kuppel herum und ließ sich vor ihr im Schneidersitz nieder. »Willst du nicht endlich zu uns runterkommen? Dein Gesang würde Lisseas neue Sonate ideal vervollständigen.«

Wahrscheinlich würde er das. Und sie wollte auch wieder singen, deshalb war sie überhaupt erst mit zu Lissea gegangen. Aber ihr Kopf war voller Melodien und Rhythmen, die sie momentan nur mit einer Person teilen wollte.

»Später vielleicht.«

Tarissan runzelte die Stirn. »Ich frage mich langsam, ob du wirklich wieder ein Teil des Stammes sein willst.«

»Wie kommst du darauf?« Ihre Gedanken hingen bei Val, den die Großmeisterin festhielt, obwohl sie Elezei sein Leben versprochen hatte.

»Keiner von uns würde ein Angebot zum gemeinsamen Musizieren ausschlagen.« Sein Blick wanderte zu ihrem Hals. »Und du trägst dein Gold immer noch nicht.«

Sie sah auf ihre Arme, die der Stoff der Tunika genauso bedeckte wie ihren Hals, aber darunter war nur Haut. Dabei hatte Azai Sindresa Elezeis Reife abholen lassen und ihr wiedergegeben, sogar einen neuen Halsreif hatte sie bekommen. Nur nicht die Ringe für den Zopf.

»Es ist meine Entscheidung.«

»Dass du dich wie eine Ausgestoßene benimmst?« Er schüttelte den Kopf. »Sesai Careisa hatte mich gewarnt, dass du …«

»Lass sie da raus!«, zischte Elezei. »Sie hat gelogen und uns alle benutzt.«

»Aber sie hatte auch recht. Du bist nicht mehr du selbst, Elezei.«

»Zwei Wochen in der Fremde verändern jeden.« Auch wenn es wahr sein mochte, war es eine Ausrede.

»Aber du tust nichts dagegen.« Tarissan erhob sich und ließ sie allein.

Seine Worte entlockten ihr nur ein Schulterzucken. Es stimmte, sie tat nichts dagegen. Das lag vor allem daran, dass sie ihre Wahl längst getroffen hatte.

Kurz darauf erklangen von unten Stimmen. Erst die Erklärung Tarissans. Dann ein Lachen von Lissea. »Ich verstehe nicht, warum du die Verräterin überhaupt mitgebracht hast.«

»Das ist sie nicht. Du weißt wie alle, dass Careisa sie benutzt hat.«

Ein Zischen. »Sie hat dem ganzen Stamm Schande bereitet! Bevor ich Gift benutzt und mich mit einem Morena zusammengetan hätte, hätte ich mich in meine Klinge gestürzt!«

Für einen Moment tat die Anschuldigung weh, aber der Schmerz verblasste schnell. Sie war kein Teil dieses Stammes mehr.

»Du weißt, dass sie dich hören kann?«, fragte Tarissan.

»Und sie weiß, dass der ganze Stamm es genauso sieht wie ich.«

Ja, das wusste sie. Daraus hatte niemand ein Geheimnis gemacht. Außer ihr Bruder – zumindest wenn sie in der Nähe war.

Lautlos erhob sie sich. Um ihre Hüfte spürte sie die Beutel mit den unzähligen Münzen, die sie heute Morgen für ihr Gold bekommen hatte. Sie hatte es verkauft. Nicht nur, weil ihr Stamm die Pfandleiherin gut kannte, sondern auch, um einen besseren Preis zu bekommen.

Nach einem letzten Blick über die Schulter eilte sie über die Dächer, weg von dem Flötenspiel, das sich zusammen mit Gesang und Cister hinter ihr erhob. Weg von den Zatarsi, die die Diskussion gerade mitbekommen hatten. Vielleicht sogar weg für immer.

In der Nähe der Kuppel, deren Gold in den letzten Sonnenstrahlen leuchtete, blieb sie stehen. Dort hatte man sie nicht nur auf ihr Blut schwören lassen, dass sie das Geheimnis ihres Volkes wahren würde, sondern ihr auch klargemacht, dass sie ausgestoßen war, sollte sie den Stamm und Midea verlassen.

Lächelnd wandte sie dem Sitz der Azai den Rücken zu. Als ob sie das aufhalten würde. Nicht einmal das Wissen, dass ihr dann die Hüter auf den Fersen wären, da jede nicht überwachte Zatarsi als potenzielle Gefahr gesehen wurde.

Am Rande des Zatarsi-Viertels setzte sich Elezei – nicht zum ersten Mal seit gestern Mittag – auf eines der Kuppeldächer. Hier, wo niemand wohnen wollte, weil die Harmonie hinter ihr mit dem Lärm Mideas vor ihr kollidierte.

Elezei beobachtete, wie nach und nach die Türme der Stadt von unten herauf von der Dunkelheit verschluckt wurden, bis die Spitzen ein letztes Mal aufleuchteten. Früher war ihr nie die Idee gekommen, sich einfach treiben zu lassen. Sie war wirklich eine andere geworden.

Eine kaum hörbare Melodie fing Elezeis Aufmerksamkeit.

Ihr Herz setzte einen Schlag aus.

Dann sprang sie auf und folgte der Spur falscher Töne, während sich ein Lächeln auf ihren Lippen ausbreitete.

PERSONEN

ZATARSI

Sesai Careisa – Älteste
Elezei
Sesai Isazea – Älteste
Lissea
Mizrei
Narezin – Stammloser
Azai Sindresa – Stammesfürstin
Tarissan – Elezeis Bruder
Zarea

HÜTER

Adorata
Ayasha – Anwärterin
Bashir – Meister der Demut
Cajetan – Valerians Bruder
Dafne
Dario
Elia – Bashirs Gehilfe
Evantia – Meisterin des Kampfes
Fedon
Gerion – Großmeister
Ilario – Anwärter
Jari
Lieke
Lucio – Meister der Gerechtigkeit
Magalie – Schülerin von Evantia
Natale

Onorio – Bibliothekar
Phila
Remo
Rashad
Tullia – Meisterin des Wissens

MIDEANER

Aurelio Ira – Dianthas Vaters
Blanda – Miretas und Timeons Cousine
Diantha Ira – Valerians Verlobte
Fara – Fedons Schwester
Fiorella – Natales Mutter
Furio – Verfluchter
Hekan – Teehaus-Besitzer
Leontine – Tyas und Narezins Tochter
Mireta Aglaia – Timeons Schwester
Nino – Türsteher beim Hof der Rosen
Otavian Morena – Valerians Bruder
Pero – Valerians Diener
Ralla – Herrin der Arena
Tadeo – »Antiquitätenhändler«
Timeon Aglaia – Valerians Freund
Tya – Narezins Frau
Valerian Morena

DANKSAGUNG

Auch an »Blutgesang« waren wieder viele tolle Menschen beteiligt. Deswegen möchte ich als Erstes Droemer Knaur – speziell Natalja Schmidt und Jennifer Jäger – danken, die diesem Projekt ein Zuhause gegeben haben, sowie meiner Agentur Thomas Schlück, die es vermittelt hat.

Aus ganzem Herzen möchte ich auch meiner Lektorin Hanka Jobke, die mal wieder eine Menge schwäbische Eigenheiten tilgen durfte, für die wunderbare Zusammenarbeit danken. Ebenso der Agentur Guter Punkt für das tolle Cover und Anke Koopmann für die erneute Verschönerung meiner Karte.

Dank geht auch an meine Testleserinnen, allen voran Nadine, die den Plot einmal komplett zerlegt hat, sodass eine viel bessere Geschichte entstanden ist. Aber auch Aeio, Sarah und Steffi, die »Blutgesang« nicht nur einmal gelesen haben.

Natürlich möchte ich mich auch noch bei meiner Familie, Freunden und Lesern bedanken, die mich auf so viele verschiedene Arten unterstützt haben. Ich hoffe, dass euch dieser Roman dafür belohnt.

Neues aus der Welt von Asgard

LIZA GRIMM

DIE GÖTTER VON ASGARD

ROMAN

Für die einen ist die Prophezeiung vom goldenen Faden die größte Bedrohung für den Status quo. Andere aber sehen in der Weissagung die letzte Hoffnung, dass zwischen den Göttern von Asgard und den Menschen der Erde wieder eine fruchtbare Verbindung existieren könnte – denn andernfalls wären die Konsequenzen fatal.

Als die Studentin Ray die mysteriöse Kára kennenlernt, ahnt sie nicht im Geringsten, wer Kára wirklich ist. Als Walküre ist diese eine der wenigen, die im Götterreich Asgard im „Goldenen Faden" nicht nur eine Bedrohung sehen, sondern auch eine Chance, die zerrissene Verbindung zwischen Göttern und Menschen wiederherzustellen. Doch auch Káras Gegenspieler, die die Prophezeiung gänzlich anders auslegen, haben ihre Handlanger auf die Erde geschickt. Deren Auftrag ist klar: Ray muss sterben, damit sich die Prophezeiung nicht erfüllt. Und obwohl Kára über Ray wacht, kann sie nicht verhindern, dass diese einen faszinierenden jungen Krieger aus Asgard namens Tyr kennenlernt und sich in ihn verliebt ...